twilight

暮光之城

破晓

POXIAO

[美] 斯蒂芬妮·梅尔 著

张雅琳 龚 萍 译

接力出版社
Publishing House

桂图登字:20－2009－182

图书在版编目（CIP）数据

破晓/(美）梅尔著；张雅琳，龚萍译. —南宁：接力出版社，2009.10
(暮光之城)
书名原文：Breaking Dawn
ISBN 978-7-5448-0989-4

Ⅰ.破…　Ⅱ.①梅…②张…③龚…　Ⅲ.长篇小说-美国-现代　Ⅳ.I712.45

中国版本图书馆CIP数据核字（2009）第182982号

总策划：白　冰　黄　俭　黄集伟　郭树坤
责任编辑：马　婕　陈　楠　　美术编辑：严　冬
责任校对：刘会乔　　责任监印：刘　冬
版权联络：金贤玲　　营销主理：陈　杨
社长：黄　俭　　总编辑：白　冰
出版发行：接力出版社　　社址：广西南宁市园湖南路9号　　邮编：530022
电话：010-65546561（发行部）　　传真：010-65545210（发行部）
http://www.jielibj.com　　E-mail:jieli@jielibook.com
经销：新华书店　　印制：中煤（北京）印务有限公司
开本：890毫米×1240毫米　1/32　　印张：18.875　　字数：580千字
版次：2009年10月第1版　　印次：2021年1月第11次印刷
印数：125 001—133 000册　　定价：93.00 元

谨以此书献给我的忍者/经纪人，乔迪·里默尔

感谢你使我免于四处碰壁。

也感谢我最挚爱的乐队，

贴切地命名为缪斯[1]，

为这套系列小说提供有价值的灵感。

---

① 缪斯（Muse）：实际上是天神宙斯的九个女儿，她们分别是希腊神话中掌管诗词、歌曲、舞蹈、历史等的九位女神的称呼，这些女神最能激发艺术家的创作灵感，一般也作为对诗人的雅称。缪斯乐队是一支英国摇滚乐乐队，创立于1994年。乐风融合了独立摇滚、前卫摇滚、重金属音乐、古典音乐与电子音乐。乐团以主唱马修·贝勒米（Matthew Bellamy）对各种阴谋论、外星生物、神学等的怪异兴趣著称。（本书脚注如未特别标明，皆为译者注。）

CONTENTS

目　录

第一部　贝拉

第二部　雅各布

第三部　贝拉

第一部

贝　　拉

童年并不是从出生到某一个特定的年龄，也不是某一种特定的年纪，

孩子长大成熟，收起孩子气的行为。

童年是没有人死亡的天堂。

——埃德娜·圣·文森特·米雷[1]

① 埃德娜·圣·文森特·米雷（Edna St. Vincent Millay）（1892—1950），美国著名抒情诗诗人、剧作家，是第一位获得普利策诗歌奖的女诗人。

序　　幕

我承受过的一切远不止那些几近死亡的经历，这可不是人们能习惯的事情。

死亡再一次降临，奇怪的是，这一次似乎不可避免。好像我真的就是灾难的代名词一样，我曾一次次地逃脱了死神的魔掌，但是死神还是一次又一次地回来找我。

然而，这一次和以前截然不同。

你能从你害怕的人身边跑开，你可以同你憎恨的人殊死搏斗。我所有的反应无非是为了适应各种各样的凶手——那些猛兽，那些敌人。

当你深爱着准备取你性命的人时，你已没有选择的余地了。当你这么做只能伤害自己所爱的人时，你怎么可能逃脱，怎么可能抗拒？倘若生命是你所能给予自己挚爱的人的一切，你又怎么可能会不放手呢？

倘若他是你真心所爱的那个人呢？

订　婚

没有人盯着你，没有人盯着你，我向自己保证道，没有人盯着你。

但是，我撒的谎连自己都没法信服，我得确定一下。

当我等着镇上的交通灯变成绿色时，我偷偷地瞟了一眼右侧——韦伯太太坐在自己的小型货车里，整个身子都转向我所在的方向了。她的眼睛严厉地盯着我，我畏缩了，搞不清楚为什么她不把她的视线移开，或者表露出惭愧的神情呢？目不转睛地看别人仍然被认为是粗鲁的行为，不是吗？难道这在我身上已经不适用了吗？

紧接着我想起来，这些车窗的颜色漆黑，她很可能根本不知道坐在里面的是我，更别说我正好撞见她死死盯着我的眼神。她真正注视的不是我，而是这部车，我试图从这一事实中找到一些安慰。

我的车。可悲。

我瞟向左边，又呻吟起来。两个行人一动不动地站在人行道上，他们在盯着我的车时错过了横穿马路的机会。在他们身后是马歇尔先生，他透过自己的小纪念品商店的厚玻璃窗呆呆地望向同一个方向。至少，他还没让自己的鼻子贴在玻璃上，还没到这个地步。

变成绿灯了，我仓皇而逃时，想也没想一脚踩在踏板上——我启动自己那部古老的雪佛兰货车时通常会这么做。

发动机像正在捕猎的美洲豹一样咆哮起来，汽车向前疾驰得太快，我的身体啪的一声撞在黑色皮质坐椅上，胃部都快紧贴着脊椎了。

“哎呀！”我手忙脚乱地踩刹车时惊呼道。这一次我头脑清醒，只是轻轻地碰了一下踏板。不知怎的，车摇晃了一下，接着就停了下来，纹丝不动了。

就连看一眼周围的反应，我也无法承受。如果之前还有人怀疑谁在驾驶这部车的话，这下他们的怀疑都烟消云散了。我用鞋尖轻轻地把油门踩下半毫米，汽车猛地又向前冲去了。

我设法来到目的地——加油站。要不是我的车一滴油都没有了，我决不会来到镇上。这些日子以来，即便是没有很多东西，比如我可以没有家乐氏水果馅饼和鞋带，也能对付着生活，以避免出现在公共场合。

仿佛是在赛跑一样，我打开揭背式车盖[1]，取下保护罩，扫描信用卡，加油管嘴不一会儿就伸进油箱了。当然了，想要让计量器上的数字加快速度，我压根儿就无能为力。它们嘀嗒嘀嗒慢悠悠地跳动着，仿佛它们这么做就是为了让我心烦意乱一样。

天还没有放晴——下着毛毛雨，这是华盛顿州福克斯镇上典型的天气——不过，我仍然觉得聚光灯好像唰地瞄准了我，注意力集中在我左手的戒指上。和现在一样，许多次我都感觉到我背后的目光，仿佛这枚戒指像霓虹灯标语一样：**看着我，看着我。**

如此忸怩不安很愚蠢，这一点我明白。除了我爸妈以外，其他人对我订婚的事情做何评论有什么关系呢？还有我的车，我神秘地被一所常春藤联盟的大学录取了，还有那张闪闪发光的黑色信用卡，它现在正藏在我裤子的后口袋里让人感到热得发烫呢。

"是啊，谁在乎他们怎么想。"我轻声地咕哝道。

"呃，小姐？"一个男人的声音叫道。

我转过身，接着希望自己没这么做。

两个男人站在一辆花哨的运动型多功能汽车[2]旁边，一只崭新的

---

① 揭背式车盖（Hatch，也称为 hatchback），通常就是两厢车，车尾上的门可向上掀起。外形小巧玲珑，一般来说，价格比较便宜，开起来也比较经济。在北美，最常见的是客货两用车。通常，年轻人开这种车的比较多，学生也占一定比例。

② 运动型多功能汽车（Sports Utility Vehicle，缩写为 SUV）：SUV 起源于美国，在 20 世纪 80 年代，SUV 是为迎合年轻白领阶层的爱好而在皮卡底盘上发展起来的一种厢体车，离地间隙较大，在一定程度上既有轿车的舒适又有越野车的性能。

爱斯基摩皮船绑在车顶上。他们两个人都没有看我，而是目不转睛地盯着我的车。

就我个人而言，我没弄明白。就在那一瞬间，我突然感到很自豪，我能把丰田、福特和雪佛兰的标志区别开来了。这辆车黑亮而精致，保养得很好，但是对我而言，它只不过是一辆车罢了。

“我很抱歉打扰您，但是，您能告诉我您开的是哪款车吗？”高个子的那个人问道。

“呃，是辆梅赛德斯，对吗？”

“是的。”这个男人礼貌地答道。他的那位个子稍矮的朋友听见我的回答转了转眼睛：“我知道。不过我想知道的是……您开的是梅赛德斯·**圣战士**[①]吗？”这个人在说车名的时候满怀敬畏之情。我有种感觉，这个人会和爱德华·卡伦——我的……我的未婚夫（既然婚礼在几天后举行，根本就没法绕开这一事实）——相处融洽的。“这款车在欧洲都还没上市呢，”这个男人继续说道，“更别说这里了。”

当他的双眼打量着我汽车的轮廓时——这辆车在我眼中与其他梅赛德斯系列轿车没什么不同，但是我知道什么——我简短地想了想，我对诸如**未婚夫、婚礼、丈夫**等词语感到很敏感。

我根本没法在脑海中把它们放在一起想清楚。

另一方面，一想到蓬松的白色礼服和婚礼花束，我就会望而却步。我从小就是在这样的熏陶中长大的，不仅如此，我还没法将像“丈夫”这样一本正经、令人肃然起敬的生涩概念与我对**爱德华**的概念对应起来。这就像把大天使的形象投射到会计师身上一样，我无法将他想象成任何平凡人。

和平常一样，我一开始想到爱德华就会陷入一种令人目眩的幻境之中。陌生人清了清嗓子，以引起我的注意，他仍然在等待我对这款车的牌子和型号的回答。

“我不知道。”我诚恳地告诉他。

---

① 梅赛德斯·圣战士（Mercedes Guardian），梅赛德斯系列汽车中拥有特殊防导弹保护的一款车型，属于 S 级别（S-class）。

"你介意我与这辆车合影吗？"

过了好一会儿，我才明白过来："真的吗？你想和这部车合影？"

"当然啦——如果我没证据的话，没人会相信我的。"

"呃，好吧，很好。"

我迅速地收起加油管嘴，爬进前座躲了起来，而那个汽车爱好者从他的背包中摸出一个硕大的照相机，那相机看起来是专业型的。他和他的朋友轮流在车篷前摆姿势，接着他们走到车尾拍照。

"我想念我的货车。"我自言自语地轻声说道。

非常，非常方便——太方便了——在爱德华和我达成不平等的妥协后没过几个星期，我的货车还会呼哧呼哧地发出最后的喘息声，不过，我们俩的妥协内容之一就是，他获准当我的车报废后另外给我买一辆。爱德华曾发誓说过，这样的事本就在意料之中。我的货车服役期满，自然该退役了。他是这么说的。当然啦，我没办法核实他说的话，或者自己把我的车从死神手中夺回来。我最喜欢的技师……

我冷静地阻止了这个念头，不让自己再想下去。相反，我倾听着车外那两名男子的声音，车壁使音量降低了。

"……在线视频上火焰喷射器冲向它，连油漆都没翘起来一点儿。"

"当然不会了，坦克都能从这个宝贝身上碾过去。这款车在这里并没有什么市场，主要是专为中东外交官、军火商设计的。"

"你觉得**她是**个大人物吗？"个子稍矮的那个人问道，他的声音要温和一些。我低下头，脸颊发烫。

"哈，"高个子说道，"或许吧。难以想象在这里需要防导弹玻璃，四千磅的防弹衣，准是要开往某个更危险的地方去的。"

防弹衣，**四千磅**的防弹衣。还有**防导弹玻璃**？好极了。旧式优良的防弹玻璃怎么了？

好吧，至少这有点道理——如果你有种扭曲的幽默感的话。

并不是我没预料到爱德华会趁机利用我们的交易，使事情往对他有利的方向发展，这样他给予我的一切就会大大超过他从我身上可能得到的。我答应过他，若要换车的话，他可以给我换，当然啦，我没料到这一刻来得这么快。当我被迫承认我的货车一动不动地停在我家的马路边上，沦落为经典雪佛兰车型的静物模型时，我知道他给我换车的想法可能会让我感到难堪。这会使我成为惹人注目和众人谈论的焦点，在这一点上，我是对的，但是，在我想象中甚至最糟糕的情况下，我都没预见到他会给我**两**部车。

“之前”的车和“之后”的车，当我几乎害怕得疯狂的时候，他这么跟我解释的。

这只是“之前”的车。他告诉我这只是借用的，并且保证在婚礼之后就会还回去的。这一切对我而言根本毫无意义，直到此时此刻。

哈哈。因为我是如此弱不禁风的人类，各种事故如此频繁地发生在我身上，是我自己危险霉运的受害者，显然我需要一部能防坦克的汽车来保护我的安全，多么妙不可言啊！我确信，他和他的兄弟们在我背后就这一点开的玩笑肯定不少。

或许，只是或许，一个小小的声音在我脑海中轻声说道，**这可不是玩笑，傻瓜，或许他是真的担心你。他为了保护你，反应有些过度，这可不是第一次。**

我叹了口气。

我还没看见“之后”的那部车。它被藏在卡伦家的车库里最幽深的角落里，上面还盖着车罩。我知道，到现在为止，大多数人都已经偷偷地看过了，但是我真的不想知道。

可能那部车上没有防弹衣——因为蜜月之后我就不需要了。实质上的不可摧毁性只是我盼望得到的许多津贴之一。成为卡伦家族的一员最好的地方，不是昂贵的汽车和令人惊讶的信用卡。

“嘿，”高个子男人叫道，他把手拢在嘴边对着玻璃喊道，努力想要窥视里面，“我们好了，非常感谢！”

“不客气。”我回答，接着当我动作轻柔地发动引擎，放慢踏板时，感到一阵紧张。

无论我沿着这条熟悉的归途开回家多少次，我仍然无法使那些被雨水冲刷褪色的传单消失在脑后。传单贴在电话亭和路牌上，就好像刚刚在脸上掴了一掌一样。挨这一巴掌是活该，我的注意力很快陷入之前打断的思绪中，在这条路上我无法逃避。周围都是**我最喜爱的技**

师的照片，它们每隔一段距离就从我眼前一闪而过，这使逃避变得不可能。

我最好的朋友。我的雅各布。

传单上写着“你看见过这个男孩吗？”的标语，这些并不是雅各布的父亲的主意。是**我的**父亲——查理打印了这些传单，然后在全镇散发开去。不仅仅是在福克斯，还在天使港、西奎姆、霍奎厄姆、阿伯丁，以及奥林匹克半岛上所有其他的小镇。他要确保华盛顿州所有警察局的墙上都张贴着同样的传单。他还在自己的警察局里预留出整块软木公告板用来记录寻找雅各布的信息，这块软木公告板大多数时候都是空白的，这令他非常失望，非常沮丧。

我爸爸更加失望的是，缺少反馈信息。他对比利非常失望——他是雅各布的父亲，还是查理最亲密的朋友。

因为比利并没有专注于寻找他那个十六岁的“离家出走的孩子”；因为比利拒绝在拉普西张贴这些传单，海滨上的保留地是雅各布的家；因为他似乎任雅各布消失不见，仿佛他无能为力一样；因为他说：“雅各布现在已经长大了，如果他想回家的话，他会回来的。”

而且他对我也很失望，因为我站在比利这边。

我也不愿意张贴传单，因为比利和我都知道雅各布大致在什么地方，我们也知道没有人见过这个**男孩**。

和平常一样，传单让我哽咽难言，眼泪涌出我的双眼。我很高兴爱德华这个星期六出去狩猎了，如果爱德华看见我的反应，这只会让他也感到很难受。

当然，今天是星期六也有不好的地方。当我缓缓地、小心翼翼地转到开往我家的街道上时，我看见了爸爸的警车停在我家门口的车道上。他今天又没去钓鱼，仍然对婚礼感到闷闷不乐。

因此，我不能用家里的电话，但是我**不得不**打电话……

我在雪佛兰雕塑背后的路边停好车，从汽车仪表板上的小柜中抽出爱德华送给我的手机。我拨了电话号码，电话铃响起时，我用一个手指按在“结束”键上，以防万一。

“哈罗？”塞思·克里尔沃特接的电话，我欣慰地叹了口气。我非常胆怯，不敢和他的姐姐里尔说话。那个短语“怒形于色”[①]用到里尔身上时，就不带有修辞色彩了。

“嘿，塞思，我是贝拉。”

“噢，你好，贝拉！你怎么样？”

我一时说不出话来，不顾一切地想要消除疑虑：“很好。”

“打电话过来想知道新情况？”

“你有心灵感应的能力啊。”

“并不是这样，我可不是爱丽丝——只是因为你不难猜罢了。”他打趣道。在拉普西的奎鲁特小团体中，只有塞思一个人提到卡伦家的人名时感到很自在，更别说拿跟他们家有关的事情，比如那位无所不知，就要成为我小姑子的人开玩笑。

“我知道我是这样，”我犹豫了片刻，“他怎么样？”

塞思叹气道：“还是老样子。他不愿意说话，尽管我们知道他在听我们说。他正努力不要**像人类一样**思考，你知道，他只是听从他的本能。”

“你知道他现在在哪儿吗？”

“加拿大北部某个地方吧，我说不清是哪个省，他对界线不大区分得清楚。”

“有没有迹象表明他可能……”

“他不会回家，贝拉，抱歉。”

我哽咽了：“没事，塞思。我不用问也知道，我只是忍不住这样想。”

“是的，我们大家都有同感。”

“谢谢你忍受我，塞思，我知道其他人肯定让你很为难。”

“他们只不过不是你最忠实的拥护者罢了，”他开心地认同道，“蹩脚的解释，是吧？雅各布做出了自己的选择，你做了你的选择。杰克不喜欢他们对此事的看法，当然啦，你一直追问他的消息，他也不会有多兴奋。”

---

① 英语原文为 bite one's head off，表示“怒形于色”，“对某人大发雷霆”之意。

我惊呼道：“我还以为他不愿意跟你说话呢！”

“他没法在我们面前掩饰一切，不管他多么想这么做。”

那么雅各布知道我很担心。我不确定，我对此有何感想。好吧，至少他知道我并没有躲起来不敢见太阳一直到日落，然后把他忘得一干二净，他或许认为我会这么做呢。

“我猜，我会在……婚礼上见到你。”我说道，从牙缝中挤出这几个字来。

“是的，我和我妈妈都会到的，你们邀请我们真是太酷了。”

听见他热情的语气，我莞尔一笑。尽管邀请克里尔沃特家是爱德华的主意，但我很高兴他想到了这一点。塞思到场的话会很好——那是一种与我消失的伴郎的联系，不管这种联系有多么微弱。“你不来，感觉会不一样的。”

“代我向爱德华问好，好吗？”

“那是当然的。”

我摇了摇头。在爱德华和塞思之间萌发出来的友谊仍然让我感到吃惊不已。不过，这正好证明了情况没有那么糟糕。吸血鬼和狼人一样能够相处融洽，要是他们愿意这么想一想的话，就谢天谢地了。

并不是每个人都喜欢这种想法。

“啊，”塞思说道，他的声音一下子提高八度，“呃，里尔回家了。”

“哦！再见！”

电话断掉了。我把它放在座位上，让自己做好进屋的思想准备，查理在里面等我呢。

我可怜的父亲现在要应付这么多事情。离家出走的雅各布，只是加在他已经负担过重的后背上的稻草之一罢了。他几乎同样担心我，他那尚未达到法定成年年龄的女儿，再过几天就要成为别人的太太了。

我缓慢地穿过蒙蒙细雨，想起我们告诉他的那天晚上……

当查理巡逻车的声音宣布他到家的时候，我突然觉得手指上的戒指有一百磅那么重。我想把左手插进口袋里，或者坐在左手上面，但是爱德华很冷静，紧紧地抓住它，使它放在正中央。

“别逃避了，贝拉。求你努力记住，现在你并不是要供认自己杀过人。”

“你说得倒是很轻巧。”

我听着爸爸的皮靴笨重地走在过道上发出令人不安的声音，钥匙在已经打开的门锁里发出咔咔的摩擦声。这种声音使我想起恐怖电影中的那个情节，受害者意识到她自己忘记插上插销了。

“冷静一些，贝拉。”爱德华轻声说道，他听见我的心跳加速了。

门啪的一声撞在墙壁上，我仿佛被泰瑟枪[①]击中一样瑟缩了一下。

“嘿，查理。”爱德华十分轻松地叫道。

“不要！”我小声地抗议道。

“什么？”爱德华轻声问道。

“等他把枪挂起来之后再说！”

爱德华轻声笑了笑，用空闲的那只手抓了抓凌乱的铜色头发。

查理来到屋角，仍然穿着警服，佩带武器，当他偷偷看着我们一起坐在那个双人沙发上的时候，试图不摆出一副苦相。近来，他做了许多努力尝试着更喜欢爱德华一些。当然啦，这一发现肯定会立即结束那种努力的。

“嘿，孩子们，怎么啦？”

“我们想和您谈一谈，”爱德华说道，态度非常严肃，“我们有些好消息。”

查理的表情突然从克制的友好变成阴郁的怀疑。

“好消息？”查理咆哮道，直勾勾地盯着我。

“坐下来，爸爸。”

① 泰瑟枪（Taser），由美国泰瑟国际公司（Taser International Inc.）开发的一种非致命性武器，它可以发射5万伏的高压电脉冲将人击倒，电击时间只有半秒，且最大的有效射程范围是7米。此外，它还能发射两个有倒刺的箭头，箭头借助6.5米长的细牵引线固定在手枪上，手枪发射后，两个箭头可刺穿5厘米厚的衣服，钩住肌肉，就像钓鱼一样。两个箭头之间的电压可以干扰神经系统控制肌肉的能力，一旦击中，保持骨骼直立的肌肉立即丧失功能，人就会立即倒下。这种武器主要用于执法和劳教。

他挑起一边眉毛，盯着我看了五秒钟，接着迈着沉重的步子走到躺椅边，在椅子边缘坐了下来，他的后背挺得笔直。

“别激动，爸爸，”尴尬地沉默了一会儿之后，我说道，“一切都很好。”

爱德华扮了个鬼脸，我知道那是在反对我用“很好”这个字眼儿。他很可能会用一些像“妙极了”、“好极了”或“令人愉快”之类的词。

“当然了，贝拉，当然。如果一切都那么好，为什么你还在流汗呢？”

“我没流汗。”我撒谎道。

他猛烈的咆哮令我向后退，躲到爱德华那边，我本能地用右手背擦了擦额头，以消除证据。

“你怀孕了！”查理勃然大怒道，“你怀孕了，是不是？”

虽然这个问题很显然是问我的，但是他现在却恶狠狠地盯着爱德华，我发誓我看见他的手猛地朝枪伸过去。

“没有！当然没有！”我想用胳膊肘顶爱德华的肋骨，但是我知道那种动作只会擦伤我自己。我**告诉**过爱德华，人们会武断地得出这个结论的！还有其他什么理由让理智的人在十八岁的时候结婚呢？（他那时的回答使我转了转眼珠子。**爱情**。是的。）

查理脸上的愠怒消退了一些。通常，我是否在讲真话，看一看我的脸色就一目了然了，现在他相信了我的话。“哦，对不起。”

“没关系。”

停顿了很久。又过了一会儿，我意识到大家都在等我说些什么。我抬头看着爱德华，感到惊慌失措，要我说出这些话根本不可能。

他朝我微微一笑，接着挺直肩膀，面对我父亲。

“查理，我意识到我这样做有些违反常规。就传统意义上而言，我本应该先问你的。我并没有不尊重你的意思，但是既然贝拉已经答应了，我不想在此事上轻视她的选择，相反，我向你请求能够与她携手共度人生，我想让你祝福我们。我们打算结婚，查理。我对她的爱超过世界上的一切，超过爱我自己的生命，而且——由于某种奇迹——她也同样爱我，你愿意祝福我们吗？”

他的声音听起来如此笃定，如此平静。有那么一会儿，当我聆听他声音中绝对的自信时，我经历了少见的有洞察力的一刻。刹那间，我能看见世界在他眼中的样子。在短得不过一次心跳的片刻里，这个景象是如此的清晰明了。

就在那时，我看见查理脸上的表情，他的眼睛现在紧盯着戒指。

我屏住呼吸，看着他的脸变色——由惨白变成通红，然后由通红变成紫红，由紫红变成青紫。我开始起身——我不确定自己打算怎么办，或许使用海姆利克手法[①]，以确保他不会窒息——但是爱德华捏了一下我的手，低语道："给他一点儿时间。"他说话的声音很轻，只有我听得见。

这一次沉默的时间更长。接着，查理沉重的脸色逐渐一点一点地恢复正常了。他嘟起嘴巴，眉毛紧蹙，我看出这是他"陷入沉思"的神情。他久久地打量着我们俩，我感到爱德华在我身边很放松。

"我猜自己没那么惊讶，"查理抱怨道，"早就知道我要不了多久就得应付像这样的事情。"

我吐了一口气。

"你对此确定吗？"查理追问道，生气地瞪着我。

"我对选择爱德华百分之百地确信。"我一字一句，语气坚定地告诉他。

"那么，是要结婚？为什么那么急？"他又带着怀疑的眼神看着我。

我们那么急是因为这样的事实：令我感到糟糕的是，我一天比一天更接近十九岁，而爱德华永远地停留在完美无瑕的十七岁，他这样已经有九十年了。并不是因为这一事实使**婚姻**在我看来成为必需的，而是因为爱德华和我达成的微妙而错综复杂的妥协，其底线是他终于同意让我从终有一死转变成永生不灭。

这并不是我能向查理解释的事情。

---

① 海姆利克手法（Heimlich maneuver），美国海姆利克教授发明了这种手法，用于抢救由于食物或异物嵌于声门或落入气管造成的窒息或严重呼吸困难。

"我们秋天要一起上达特茅斯大学，查理，"爱德华提醒他，"我想得体地做事，入乡随俗，我是在这样的教育下长大的。"他耸耸肩。

他不是在夸张吧？他们是第一次世界大战期间老掉牙的平凡人。

查理的嘴巴歪向一侧，寻找可以争辩的角度，但是他能说什么呢？**我宁愿你们首先失礼地生活在一起**？他是父亲，他紧握双手。

"早知道这样的事情就要发生了。"他皱着眉头，自言自语地咕哝道。突然，他的脸色变得非常平和，然后又是一脸茫然。

"爸爸？"我焦急地问道，瞟了一眼爱德华，但是我也读不懂他的脸色，因为他正注视着查理。

"哈！"查理爆发了，他从椅子上跳了起来，"哈，哈，哈！"

我难以置信地盯着查理笑得直不起身子来，他整个身子都在颤抖。

我看着爱德华，希望他能解释一下，但是爱德华紧闭着双唇，好像他正努力克制自己不要大笑起来一样。

"好吧，好吧，"查理挤出这几个字，"结婚。"一阵大笑再次涌遍他的全身，"不过……"

"不过什么？"我追问道。

"不过，你得告诉你母亲！我才不会跟蕾妮说一句话！你得自己跟她说！"他突然放声大笑起来。

我手握着门把手停了下来，脸上带着微笑。当然，那时候查理的话使我感到害怕。最终的厄运——告诉蕾妮。早婚在她的黑名单上的排名，比用开水烫死活生生的小狗还要靠前。

谁能预见到她的反应呢？不是我。当然也不是查理。或许是爱丽丝，但是我没想过要问她。

"好吧，贝拉，"当我吞吞吐吐地挤出那些不可能说出来的话——**妈妈，我要嫁给爱德华了，**蕾妮说道，"我有点儿生气你等了那么久之后才告诉我。只不过机票更贵了，哦，"她不耐烦地问道，"你认为到那时菲尔的石膏可以摘掉了吗？如果他不穿晚礼服的话会不上相的……"

"先退回到前面的谈话，妈妈，"我惊诧地说道，"你说等了那么久是什么意思？我只是订……订……"我无法挤出**订婚**这个词，"刚安排好一些事情，你知道，就是今天。”

“今天？真的吗？那**倒**是个惊喜。我还以为……”

“你以为什么？你**什么时候**开始这么以为的？”

“噢，当你们四月份来看我的时候，看起来事情似乎安排好了，要是你知道我的意思的话。你可不是很难看透的人噢，甜心，但是我什么也没说，因为我知道这样没什么好处。你和查理一模一样。”她叹了口气，一副顺从的表情，“一旦你下定决心，就没法跟你讲道理了。当然啦，和查理一模一样，你也坚持自己的决定。”

接着，她说了一些我根本想不到会从我妈妈嘴里说出的话。

“你并没有重蹈我的覆辙，贝拉。听起来，你好像吓傻了，我猜是因为你害怕我，”她咯咯地笑起来，“害怕我会怎么想。我知道，我曾经对婚姻发表过很多看法，还说过别做傻事——而我不打算收回那些话—— 但是你得意识到，那些事情只是特别符合我的情况。你是一个完全不同于我的人，你犯自己特有的错误，我确定你的人生当中会有自己的遗憾。你跟那些我认识的大多数四十多岁的人相比，过好婚姻生活的概率会更大。”蕾妮又大笑起来，“我的少年老成的小孩，幸运的是，你似乎也找到了拥有同样老成心态的另一半。”

“你不……生气？你不认为我在犯大错误？”

“噢，当然啦，我希望你再多等几年。我的意思是，我看起来老得足以当岳母了吗？别回答这个问题。不过，这不是关于我的问题，这是关于你的问题，你幸福吗？”

“我不知道，现在我正经历着灵魂出窍的感觉。”

蕾妮轻声笑道：“他使你感到幸福吗，贝拉？”

“是的，但是……”

“你还想要别人吗？”

“不想，但是……”

“但是什么？”

“但是，难道你不打算说，听起来我和那些一开始就被感情冲昏头脑的青少年一样吗？”

“你从来就不是青少年，甜心，你知道什么对你而言最好。”

在最后的几周时间里，蕾妮出人意料地完全沉浸在结婚安排之中。她每天花好几个小时和爱德华的妈妈埃斯梅煲电话粥——根本不用担心亲家之间相处不融洽，蕾妮**非常喜欢**埃斯梅，话又说回来，我怀疑任何人都会情不自禁地对我那讨人喜欢的未来婆婆产生这样的看法。

这正好使我摆脱困境。爱德华的家人和我的家人一起负责婚礼的事情，没什么事情要我做，或者要我知道，或者要我过分去想的。

查理当然非常生气，不过，最甜蜜的部分是，他并不是生我的气。蕾妮是叛徒。他本来指望她扮红脸的。他现在还能做什么呢，当他最后的撒手锏——告诉妈妈——变成了一场空？他无计可施，他明白这一点。因此，他百无聊赖地在房子里转，叽叽咕咕地说在这个世界上不能相信任何人……

“爸爸！”我推开前门的时候叫道，“我回来了。”

“等等，贝儿，待在那儿。”

“啊？”我问道，自动地停了下来。

“等我一会儿，哎哟，你弄痛我了，爱丽丝。”

爱丽丝？

“对不起，查理，”爱丽丝回答道，声音听起来很兴奋，“怎么样啦？”

“我在流血。”

“你没事儿的，没有伤到皮肤——相信我。”

“怎么啦？”我追问道，在门口犹豫不决。

“再等三十秒，求你了，贝拉，”爱丽丝告诉我，“你的耐心会得到回报的。”

“哼。”查理补充道。

我跺着脚，数拍子，我还没数到三十，爱丽丝说道：“好啦，贝拉，进来吧！”

我小心翼翼地朝前走，从小小的屋角转进我们的起居室。

“哦，”我惊呼道，“呀，爸爸，你看起来……”

“很愚蠢？”查理打断道。

“我想的是更**温文尔雅**。”

查理脸红了。爱丽丝拉起他的胳膊，用力拽着他，使他慢慢地转过身来，展示一下浅灰色的晚礼服。

“别那样，爱丽丝，我看起来像个傻瓜。”

“由我打扮的人，没一个看起来像傻瓜的。”

“她是对的，爸爸。你看起来棒极了！怎么回事？”

爱丽丝转转眼珠，说道：“这是最后一次确定是否合适，你们两个人都要试。”

我第一次把眼神从优雅得非同寻常的查理身上移开，看见令人感到恐惧的白色婚纱袋小心翼翼地在沙发上铺开。

“啊！”

“回你的幸福地带吧，贝拉，花不了多少时间。”

我深深地吸进一口气，然后闭上眼睛。我一直闭着眼睛，磕磕绊绊地爬上楼梯来到我的房间。我脱掉衣服，只剩下内衣，将胳膊伸直。

“你觉得我要加把劲儿把竹签扎进你的指甲缝里吗？”爱丽丝跟着我进来的时候，自言自语地咕哝道。

我没理她，我在我的幸福地带中。

在我的幸福地带里，与婚礼有关的一切杂七杂八的事情都结束了，都完了。都抛在我身后了，已经被压制、被遗忘了。

我们单独在一起，只有爱德华和我。背景很模糊，一直在变化——它由雾茫茫的森林变成乌云密布的城市，再变成北极的夜晚——因为爱德华一直对我保守着蜜月的秘密，他想给我一个惊喜。不过，我对在哪里度蜜月这件事情不是特别关心。

爱德华和我在一起，我完美无缺地履行了协议中我这边的义务。我嫁给他了，那才是大事情，但是，我也接受了他所有离谱的礼物，秋季去上达特茅斯大学而且已经注册，不管多么没有意义。现在轮到他了。

在他把我变成吸血鬼之前——他最大的妥协——他还有另外一个条款要兑现。

爱德华对我将要放弃经历的人类生活有种挥之不去的担忧，他不希望我错过那些经历。这些经历中的大多数——比如毕业舞会——在我看来很愚蠢。我只担心自己会怀念一种人类经历。当然，那是他希望我会完全忘却的经历。

不过，这才是事情的关键所在。当我不再是人类之后，我会是什么样子，我对此有所了解。我自己亲眼见过新生的吸血鬼，我从即将成为我家人的所有人那里，听说过有关开始时最狂乱日子的事情。有几年，我最大的个性就是**饥渴**。在我再次成为**我**自己之前需要一些时间，而且就算我能自控，我的感受再也不会像现在这样了。

人类……激情澎湃地坠入爱河。

在我拿自己温暖、易碎、由于外激素的作用而像谜一般难以捉摸的身体，交换某种美丽、强壮……以及不可知的事物之前，我想要拥有完整的经历。我想要和爱德华一起度过一个**真正意义上的**蜜月，而且，尽管他担心这样会使我身处险境，但他答应过会试一试。

我只是模模糊糊地意识到，爱丽丝将柔滑的缎子从我的皮肤上轻轻地脱下。此刻，我不在乎整个小镇都在谈论我。我不去想，要不了多久我就会经历的大场面。我不担心自己在行进中会绊倒，或在不恰当的时候咯咯发笑，或者太年轻，或者目不转睛地盯着我的观众，甚至我最好的朋友应该坐在那里的空座位上。

我和爱德华一起在我的幸福地带里。

长　夜

“我已经开始想念你了。”

“我不必离开的，我可以留下来……”

“哦。”

安静了很久，只听见我的心怦怦跳动的声音，我们不均匀的呼吸伴着断断续续的节奏，以及我们的嘴唇同时嚅动时发出的喘息声。

有时候，很容易就忘记我是在吻一个吸血鬼。不是因为他看起来很平常，或者像人类——我任何时候都不会忘记，我双臂拥抱着的他比任何人都更像天使——而是因为他使我根本感觉不到他的嘴在我的嘴唇、脸颊和喉咙上滑过。他自己说过，很久以前他就克服了我的血液带给他的那种诱惑，会失去我的想法治愈了他对我的血液的渴望，但是我知道，我血液的气味仍然带给他痛苦，仍然灼烧着他的喉咙，就像他吸进去的是火焰一样。

我睁开眼睛，发现他也睁开了眼睛，凝视着我的脸。他这样看着我根本没有道理，好像我是奖赏，而不是极不寻常的幸运的赢家一样。

我们对视了一会儿。他金色的双眸如此深邃，我觉得我能一直看透他的灵魂。他有灵魂——这是事实，即使他是吸血鬼——一直争论这个问题似乎很愚蠢。他拥有最美丽的灵魂，比他聪明的头脑、无与伦比的脸庞，甚至漂亮迷人的身材更加美丽。

他看着我的眼神，仿佛也能看透我的灵魂一样，仿佛他喜欢他所看见的一切。

虽然他看不透我的心思，但他却能看透其他任何人的。谁知道为什么——我大脑中的某种奇怪的差错，使我对一些吸血鬼所能做的一切异乎寻常、令人恐惧的事情具有免疫力。（只有我的头脑具有免疫力，我的身体仍然受制于吸血鬼的能力，他们使用这些能力的方式不同于爱德华。）不过，不管那个差错是什么，它都使我的思想成为秘密，我对此真的非常感激。想到反过来的情况，只会令人尴尬不已。

我又拉近他的脸。

“一定留下来。”过了一会儿他说道。

“不，不，今天是你告别单身的派对，你得去。”

我说着这些话，但是我右手的手指却紧紧抓住了他金黄色的头发，我的左手则把他的腰背部搂得更紧了，他凉爽的手轻轻抚摸着我的脸。

“单身派对是为那些告别单身感到难过的人设计的，我迫不及待地想要使我的单身生活离我而去呢。所以，实在没有什么意义。”

“这倒是。”我靠在他的颈窝里，在他那如冬天般冰冷的皮肤上呢喃道。

这里已经靠近我的幸福地带了。查理在自己的房间里睡得什么也不知道，这几乎和独自一个人一样。我们俩蜷曲在我的小床上，尽可能地纠缠在一起，因为我把那条阿富汗厚毛毯裹得紧紧的，像蚕茧一样。我讨厌自己不得不包裹在毛毯里，但是，我的牙齿冻得打冷战的话多少会破坏此刻的浪漫。如果我在八月份就开暖气的话，查理会注意到的……至少，**如果**我不得不穿得暖暖的。爱德华的衬衫已经掉在地上了。我从来都没法克服他完美的身体带给我的震撼——雪白、凉爽，和大理石一样光洁。现在我的手沿着他石头般的胸膛往下滑，从他平坦的腹肌上滑过，只是觉得惊叹不已。他身上一阵轻微的颤抖，嘴巴又贴在我的嘴上了。小心翼翼地，我让自己的舌尖紧紧地贴住他那像玻璃一样光滑的嘴唇，而他叹了口气。他甜美的气息涌遍我的脸颊——冰冷而清新。

他开始抽身，离我远一点儿——不论何时他确定我们做得太过火了，他自然而然地就会有这种反应，不论何时他非常想这么继续下去，他就会产生这样的条件反射。在爱德华的一生中，大部分时间都是在拒绝某种肉体上的满足。我知道，现在对他而言，改变那些习惯令人感到害怕。

“等一等。”我说道，一把抓住他的肩膀，使我自己把他拥抱得更紧些。我挪开一条腿，环住他的腰：“熟能生巧。”

他轻声笑道：“好吧，我们到时候应该快要接近完美了吧，是不是？在过去的一个月里，你究竟睡觉了吗？”

“但是这是穿衣排练，”我提醒他，“而且我们只是排练了某些场景，没有时间顾及安全了。”

我想他会大笑的，但是他没回答，他的身体突然紧张得一动不动了。他眼中的金色似乎僵硬起来，由液态变成了固态。

我仔细地想了想我说的话，意识到他已经听进去的是什么。

“贝拉……”他低语道。

“别再这样了，”我说道，“按照规矩办。”

“我不知道。当你这样和我在一起的时候，很难集中注意力——我很难理智地思考，我会无法控制自己的，你会受伤的。”

“我会没事儿的。”

“贝拉……”

“嘘！”我把嘴唇压在他的嘴唇上面，使他停止恐慌发作。我早就听过，他不可能不按约定的那么做，至少在我答应嫁给他之前。

他回吻了我一会儿，但是我肯定这一次他没像之前那么投入。担心，总是担心。当他不必再担心我之后，会有多么不同呢？他会如何打发那些自由时间呢？他得发展新嗜好。

“你的脚感觉怎么样？”他问道。

知道他话里有话，我答道：“暖烘烘的。”

“真的吗？不需要三思吗？现在改变主意也不迟。”

“你打算摆脱我吗？”

他轻声笑道：“只是确定一下，我不想让你做自己不确定的事情。”

“我对你很确定，其他的我都能忍受。”

他犹豫了，我不知道我是否又说错话了。

“你能吗？”他平静地问道，“我不是说婚礼——尽管你对此有疑虑，我肯定你会熬过去的——但是之后……蕾妮呢？查理呢？”

我叹了口气：“我会想念他们的。”更糟糕的是，他们会想念我的，但是我不想给他火上浇油。

“安吉拉和本，杰西卡和迈克。”

“我也会想念我的朋友们，”我在黑暗中笑道，“特别是迈克。哦，迈克！我该怎么继续生活啊？”

他咆哮起来。

我大笑起来，紧接着就认真地说道：“爱德华，我们已经谈过这些，说好了。我知道这会很难，但是这就是我想要的。我爱你，想永远拥有你，一次人生对我而言根本就不够。”

“永远停留在十八岁。”他低语道。

“那么，每个女人的梦想都成真了。”我打趣道。

“再也不会改变……再也不会往前走。”

“你这么说是什么意思？”

他慢条斯理地答道：“你还记得当我们告诉查理我们要结婚的时候吗？那时，他以为你……怀孕了？”

“而且他想要一枪打死你呢，”我大笑着猜道，“承认吧——有那么一刻，他真的考虑过这么做。”

他没有回答。

“怎么啦，爱德华？”

“我只是希望……好吧，我只是希望他那时候说得没错。”

“嗨！”我惊呼道。

“在某种程度上他说的是对的，我们有那种可能性，我**讨厌**把这种可能性从你身边夺走。”

我沉默了片刻才说：“我知道我在干什么。”

“你怎么会知道呢，贝拉？看一看我的母亲，看一看我的妹妹，这种牺牲并不是你想象中那么容易做到的。”

“埃斯梅和罗莎莉克服得不错啊。如果以后有问题，我们可以和埃斯梅一样——我们可以领养啊。”

他叹了口气，接着他的语气变得很激烈：“这不**对**！我不想你为我做出那样的牺牲。我想为你付出，而不是夺走你的东西，我不想偷走你的未来。如果我是人类……”

我把手放在他的嘴巴上：“你就是我的未来，现在别说了。不要再闷闷不乐了，否则我要叫你的兄弟们过来带你走了，或许你需要单身派对。”

“对不起，我是在无病呻吟，是不是？肯定是因为紧张的缘故。”

“你的脚很冷吗？”

“并不是那种意义上的冷。我等待了一个世纪来娶你，斯旺小姐。婚礼是我无法等待的一件事情……”他想了一半就停住了，“噢，为了一切神圣的爱！”

“出什么事儿啦？”

他咬牙切齿地说道：“你没必要叫我的兄弟们了。很显然，埃美特和贾斯帕今晚没打算让我清闲。”

我紧紧地抓住他，过了一会儿，又放开他。我不祈祷在拔河比赛中赢埃美特。“玩得开心。”

窗户外响起一阵呼啸声——有人故意把钢一般坚硬的指甲划过玻璃，发出可怕的让人捂住耳朵、脊背上起鸡皮疙瘩的噪声，我一阵颤抖。

“如果你不让爱德华出来，”埃美特——在夜晚中还是看不见——威胁道，“我们就要进来抓他了！”

“走吧！”我大笑道，“在他们砸烂我家之前。”

爱德华转了转眼珠，不过他敏捷地站了起来，迅速地穿好衣服。他俯身亲了一下我的额头。

“睡觉吧，明天你可要应付一整天呢。”

“谢谢！那肯定会有助于我放松下来的。”

“我会在圣坛那里和你见面的。”

“我会是穿白纱的那个人。”我的声音听起来十分慵懒，我笑了一下。

他轻声笑着说：“我绝对相信。”紧接着他就蹲了下去，他的肌肉像弹簧一样绷起来。他消失不见了——他从我窗户前跳出去的速度极快，我都没看清楚。

屋外隐约响起一声重击声，我听见埃美特在骂人。

“你们最好别让他迟到。”我咕哝道，知道他们听得见。

接着贾斯帕的脸探进我的窗户，他蜂蜜色的头发在透过云朵的朦胧的月光中闪着银色的光芒。

“别担心，贝拉，我们会让他回家之后还有许多时间的。”

我的心情突然变得非常平静，心中的疑虑似乎变得全然不重要了。贾斯帕有自己独特的方式，与爱丽丝一样有天赋。爱丽丝具有一种怪异而准确的预测力，贾斯帕的方法是操控情绪，而不是未来，根本不可能抗拒他想要让你体会到的感觉。

我笨拙地坐了起来，仍然裹在我的毯子里：“贾斯帕，吸血鬼们在单身派对上做什么？你们不是要带他去什么舞会吧，是不是？”

“什么都别告诉她！”埃美特在下边吼道。又响起一声重击声，爱德华轻轻地笑了起来。

“放松，”贾斯帕告诉我——我放松下来，“我们卡伦家的人有我们自己的方式。只是几头美洲狮，几只灰熊，就像平常晚上出去狩猎一样。”

我不知道，我是否能够对吸血鬼的“素食主义”日常饮食做到漫不经心。

“谢谢你，贾斯帕。”

他眨了眨眼睛，然后从窗台上跳了下去，从我的视线中消失了。

外面一片寂静，查理的鼾声隐隐约约地穿过墙壁连续不断地传过来。

我重新躺回到枕头上，现在有些困倦了。我盯着自己小小的房间里的墙壁，从沉重的眼皮底下看，墙壁在月光中显得很苍白。

这是我在自己的房间里度过的最后一夜，我作为伊莎贝拉·斯旺的最后一夜。明天晚上，我就会变成贝拉·卡伦。尽管整个婚姻的考验俨然是我心中的一根刺，然而，我不得不承认，我喜欢这个新名字。

我让自己的思绪漫无目的地飘荡了一会儿，期望睡眠能征服我，但是，过了几分钟，我发现自己更加清醒，焦虑悄悄地潜入我的胃，把它扭曲成不舒服的形状。爱德华不在上面，床似乎太柔软、太温暖了。贾斯帕在很遥远的地方，所有平静、放松的感觉也随他而去了。

明天会是非常漫长的一天。

我清楚地知道，我大多数的恐惧都是愚蠢的——我只要渡过自己这一关就行了。被人关注是人生中不可避免的一部分，我无法永远融入这幕场景之中，然而，我的确有几个特别担心的问题，它们是完全有道理的。

首先是婚纱的拖裙，显然，爱丽丝的艺术感在这一点上完全压倒了实用性。穿着高跟鞋应付卡伦家的楼梯，还有长长的拖裙听起来是不可能的，我本应该练习一下的。

接着是宾客名单。

坦尼娅一家，德纳利的家族在仪式之前的某个时间就要抵达了。

让坦尼娅一家和我们来自奎鲁特保留地的客人雅各布的父亲和克里尔沃特一家同在一个屋檐下，会是一件非常棘手的事情。德纳利家族并不喜欢狼人，实际上，坦尼娅的妹妹艾瑞娜根本就不会来参加婚礼。她仍然对杀死她的朋友劳伦特（就在他要杀死我的那一刻）耿耿于怀。由于这种仇恨，德纳利家族在爱德华一家最需要帮助的时刻抛弃了他们。当一群新生吸血鬼进攻我们的时候，正是与奎鲁特狼人达成了不可能的联盟才挽救了我们的生命。

爱德华答应过我，让德纳利家族接近奎鲁特人不会有危险。坦尼娅和她所有的家人——除了艾瑞娜——都对那次背叛感到极为内疚。与狼人达成休战协议，是补偿那次欠的一部分债的小小代价，那是她们准备付出的代价。

那是个大问题，但是也有个小问题：我脆弱的自尊。

我从未见过坦尼娅，但是我确信，见到她对我的自尊而言不会是种愉快的经历。以前，或许在我出生之前，她就向爱德华抛出橄榄枝——并不是我责备她，或其他想要得到爱德华的人。不过，从最不利的方面看，她会非常美丽，而从最乐观的方面看，她仍然会非常华贵。尽管爱德华明确地——或许是不可思议地——说更喜欢我，但我根本不能与她相提并论。

我一直有些抱怨，直到爱德华让我感到内疚，他知道我的弱点。

“对她们而言，我们最接近于家人，贝拉，”他提醒我，“她们仍然感觉自己像孤儿一样，你知道，甚至在经过那一切之后仍然如此。”

所以，我让步了，没让他看见我紧蹙眉头。

坦尼娅现在有了一个很大的家庭，几乎和卡伦家族一样大。她们有五个人：卡门和以利亚撒加入坦尼娅、凯特和艾瑞娜的家族，就像爱丽丝和贾斯帕来到卡伦家族一样，把她们所有人紧密联系在一起的是，她们想要过上比正常的吸血鬼更加有同情心的生活。

虽然她们有那么多同伴，坦尼娅和她的姐妹们在一方面仍然是孤独的。她们仍然很悲伤，因为很久以前她们也有母亲。

我能想象这在她们心上留下的缺口，哪怕过了一千年；我试着想象卡伦家族没有他们的缔造者、他们的中心、他们的指导者——他们的父亲卡莱尔的情形。我想象不出。

有许多夜晚我都是在卡伦家度过的，这样我就能够尽可能地了解一些事情，使自己尽可能为我选择的未来做好准备。有一晚，卡莱尔向我解释过坦尼娅的历史。他讲了许多告诫性的故事，向我表明当我加入到永生不灭的世界之后，我需要注意的一些规则，坦尼娅妈妈的故事是其中之一。实际上，只有一条规则——一项分解成成千上万个不同方面的法律：**保守秘密**。

保守秘密意味着许多事情——像卡伦家族一样生活，而不引起人们的注意，在人们开始怀疑他们长生不老之前搬走。或者不接触人类——除了在用餐时间之外——像詹姆斯和维多利亚那样过着流浪的生活；贾斯帕的朋友彼得和夏洛特仍然过着这样的生活。这也意味着控制你所创造的任何一个新吸血鬼，就像贾斯帕与玛丽亚一起生活时所做的那样。否则，就会像维多利亚未能控制住她创造的新生儿那样。

这也意味着一开始就别创造一些东西，因为有些创造物是无法控制的。

“我不知道坦尼娅妈妈的名字，”卡莱尔承认道，他金色的眼睛几乎闪烁着和他金色的头发一样暗淡的光芒，想到坦尼娅的痛楚使他感到忧伤，“如果她们能避免的话，从来都不会说起她的名字，从不愿意想起她。

“创造坦尼娅、凯特和艾瑞娜的那个女人——我相信，她也很爱她们——比我早出生许多年，她生活在我们的世界充满瘟疫的时期，那是永生不灭的孩子们引起的一场瘟疫。

“他们在想什么，那些古时候的人，我尚不理解。他们把几乎还只是婴儿的人类变成吸血鬼。”

当我想象着他所描述的情景时，我不得不咽下喉咙里涌出来的胆汁。

“他们非常美丽，”卡莱尔看见我的反应，赶紧解释道，“如此讨人喜欢、如此迷人，你根本想象不到。你所能做的就是，靠近他们，喜爱他们。这是自然而然的事情。

“然而，他们不受教化。他们永远地停留在被咬之前所能达到的任何水平。讨人喜欢的两岁小孩，脸上还带着酒窝，而且口齿不清，突然发一次脾气就能摧毁半个村子。如果他们饿了，他们就会捕食，没有任何警告能阻止他们。人类看见过他们，各种各样的流言四处流传，恐惧像干燥的灌木丛里的火焰一样蔓延开来……

“坦尼娅的妈妈创造过一个这样的小孩。和其他古老的吸血鬼一样，我猜不透她为什么这么做。”他深深地、平稳地吸了一口气，“当然，沃尔图里家族插手了。”

一听到这个名字，我就感到畏惧，和平时一样；不过，意大利吸血鬼军团——在他们自己看来是王室——当然会成为这个故事的中心。没有惩罚就不可能有法律，没有人执法就不可能有惩罚。古老的吸血鬼，阿罗、凯厄斯和马库斯统治着沃尔图里军队。他们我只见过一次，哪怕就在那次简短的会面中，在我看来，阿罗拥有一种强大的解读思想的禀赋——只要触碰一次，他就会知道任何人心中在想什么——是真正的领袖。

“沃尔图里家族在本土的沃特拉城和全世界范围内研究了永生不灭的小孩。凯厄斯确定，这些小家伙不能保守我们的秘密，所以他们必须被毁灭。

“我告诉过你，他们非常惹人喜爱。噢，吸血鬼家族战死到最后一个人——这些家族被完全毁灭了——也要保护他们。这场喋血屠杀不像发生在这片大陆上的南部战争那样广泛，但是有着其自身的毁灭性。建立了很长时间的家族、古老的传统、朋友……许多都失去了。最后，这种事被彻底禁绝。永生不灭的小孩成为不能提及的事情，成为一种禁忌。

“当我和沃尔图里家族一起生活的时候，我遇见过两个永生不灭的小孩，所以我亲眼见过他们身上的吸引力。在他们引起的灾难结束后的许多年里，阿罗一直在研究这些小家伙。你知道他有探究到底的特质，他希望，他们能够被驯服，但是最后，一致决定：不允许永生不灭的小孩存在。”

当故事重新回到德纳利姐妹的母亲时，我都已经忘记她了。

“究竟在坦尼娅妈妈身上发生了什么事情，我们并不清楚，”卡莱尔说道，“直到沃尔图里家族来抓她们之前，坦尼娅、凯特和艾瑞娜都被蒙在鼓里，那时候她们的母亲和她违法创造的小孩已经成为他们的囚犯。正是由于坦尼娅和她的姐妹们对此根本一无所知，才救了她们的命。阿罗触摸了她们，知道她们完全是无辜的，所以，她们没有和自己的母亲一起受罚。

“她们以前都没见过那个男孩，想都没想过他的存在，直到那天她们看见他在她们母亲的怀抱中被烧死。我只能猜测，她们的母亲向她们隐瞒这个秘密，是为了使她们免遭这样的结局，但是为什么她当初要创造他呢？他是谁，他对她有什么样的意义，会使她逾越这道无法跨越的界限呢？坦尼娅和其他人从来都没有弄清这些问题的答案。但是她们毫不怀疑她们的母亲犯下的罪行，我不认为她们真心地原谅了她。

“即使阿罗完全确定坦尼娅、凯特和艾瑞娜是无辜的，凯厄斯仍然想要烧死她们，因为她们也与其有关。她们很幸运，那天阿罗正好很仁慈。坦尼娅和她的姐妹们被宽恕了，但是这件事却留给她们无法愈合的伤口，她们非常敬畏这项法律……”

我不确定，究竟从什么时候起，这样的记忆逐渐变成了一个梦。有一刻，我仿佛在记忆中看着卡莱尔的脸，听他讲故事。过了一会儿之后，我就看见一片灰色的空地，嗅到空气中浓烈的焚烧味，我并不是唯一在那里的人。

空地中央是一群人，所有的人都隐藏在灰色的披风里，他们本应该吓坏我的——他们只可能是沃尔图里家族的人，而我违背了上次遇见他们时他们下达的命令，我依然还是人类，但是我知道，正如有时候我在梦中所知的那样，他们看不见我。

散落在我周围的是一堆堆散发着浓烟的石头。我嗅出了空气中的甜味，没有走得太近检查这些东西。我不想看他们处决的吸血鬼的脸，部分原因在于，我害怕可能会认出我认识的人。

沃尔图里卫士把某个东西或某个人包围起来，我听见他们的声音不耐烦地提高了。我慢慢地向披风靠近，在梦的驱使下想弄清楚，他们如此强烈地在研究什么东西或什么人。我小心翼翼地潜伏进两个小声交谈的披风之间，终于看见了他们讨论的对象，坐在他们上面的一个小山丘上。

他很美丽，讨人喜欢，正如卡莱尔所描述的那样。这个小男孩还是个蹒跚学步的婴儿，或许才两岁。他有一张天使般的脸庞，脸颊圆圆的，双唇很饱满，一头淡棕色的鬈发。他在颤抖，紧闭双眼，仿佛他太害怕，而不能眼睁睁地看着死神一秒秒向他靠近一样。

突然一阵强烈的需要攫住我，使我想要挽救这个可爱的受到惊吓的孩子，这种需要如此强烈，尽管沃尔图里具有毁灭性的威胁，他们对我而言已经不再重要了。我推开他们，不在乎他们是否意识到我的存在。我一下子挣脱他们所有人，冲向那个男孩。

当我看清楚他坐的那堆东西时，我却踉跄着停了下来。那不是泥巴或石头，而是一堆人类的尸体，没有血，也没有生命。不看这些脸已经来不及了，他们全都是我认识的人——安吉拉、本、杰西卡和迈克……就在这个可爱的男孩身下的是我父母的尸体。

这个孩子睁开他那明亮血红的双眼。

大喜的日子

我自己的眼睛倏地一下睁开了。

我躺在温暖的床上颤抖不已，大口地吸了一会儿气，挣扎着摆脱梦境。当我等待心跳慢下来的时候，窗外的天空已经逐渐变成灰色，然后变成淡粉色。

当我完全恢复过来，面对杂乱而熟悉的房间时，我感到有些懊恼。在我婚礼的前一晚，怎么会做这样的梦啊？那就是我在深夜里挥之不去、令人不安的故事带给我的东西。

我迫不及待地想要摆脱梦魇，赶紧穿上衣服，冲到楼下的厨房里，速度快得完全没必要。首先，我打扫了一下已经很整齐的房间，接着当查理起床后，我给他做了煎饼。我自己太激动，根本没有吃早餐的兴趣——他吃饭的时候，我在椅子上坐立不安。

“您在三点钟要去接韦伯先生。”我提醒他。

“贝儿，除了去接牧师，今天我没什么事情可做。”查理为了婚礼请了一整天假，他完全无所事事。他时不时地偷偷瞥一眼楼梯下面的壁橱，他的钓具放在那里。

“那可不是你唯一要做的事情，你还得换好衣服，打扮得像样一些。”

他愁眉不展地又去吃碗里的麦片，低声地咕哝出“晚礼服”的字眼。

前门响起一声清脆的敲门声。

“您认为自己很辛苦，”我站起来的时候扮了个鬼脸，说道，“爱丽丝可是要工作一整天的哦。”

查理若有所思地点点头，承认自己经历的痛苦要轻得多。我从他身边经过的时候，弯下腰在他头顶上亲了一下——他唰的一下脸红了，清了清嗓子——我接着继续走到门边给我最好的女朋友和未来的小姑子开门。

爱丽丝黑色的短发不像平时那样笔直——头发梳成了光滑而有光泽的发卷，垂在她精致的脸庞两侧，而她的脸上带着一副公事公办的表情。她把我从屋子里拖出去，只匆匆地回过头喊了一声："嘿，查理。"

当我坐进她的保时捷时，爱丽丝把我打量了一番。

"噢，天哪，看看你的眼睛！"她啧啧地责备道，"你做什么了？一整夜没睡觉？"

"差不多。"

她勃然大怒道："我只有那么一点时间来把你打扮得令人惊叹，贝拉——你本来可以照看好我的原材料的！"

"没有人期待我美得令人惊叹。我想，更大的问题是，我可能在典礼上睡着，不能在恰当的时候说'我愿意'，那么爱德华就只有落荒而逃了。"

她大笑起来："快到那一刻的时候，我会把我的花束抛给你的。"

"多谢啦。"

"至少你明天在飞机上有时间睡觉。"

我挑起一边的眉毛。"明天。"我沉思自语道。如果我们招待好客人后，晚上就出发，我们明天仍然会在飞机上度过……好吧，我们不是去爱达荷州的博伊西，爱德华没透露一点儿信息。我对这种神秘感并不觉得过于紧张，但是不知道明天晚上我会睡在哪里，这让人觉得很奇怪。或者，希望不要睡觉……

爱丽丝意识到她说漏了嘴，皱了皱眉头。

"你们的东西全部打包准备好了。"她说这些话想分散我的注意力。

这招很管用，我说："爱丽丝，我希望你让我整理自己的东西！"

"那就会透露太多信息的。"

"而且就会让你少一次购物的机会。"

"再过短暂的十小时，你就会正式成为我的姐妹……是时候克服反感购买新衣服了。”

我眩晕无力地怒视着挡风玻璃，直到我们差不多来到房子跟前。

“他回来了吗？”我问道。

“别担心，音乐响起之前他会出现在那里的。不过，你不应该看见他，无论他何时回来。我们要遵循传统。”

我嗤之以鼻：“传统！”

“好吧，除了新娘和新郎。”

“你知道他已经偷看过了。”

“哦，不——那就是为什么我是唯一见你穿过那件礼服的人的原因。我一直都非常小心，他在周围的时候不要去想它。”

“好吧，”我们转进车道的时候，我说道，“我说你得重复利用毕业派对上的装饰了。”三英里的车道再次被装点了数以千计的霓虹灯。这一次，她在上面增加了由白色的缎带做成的蝴蝶结。

“不要浪费，也不需要。享受这一切吧，因为在时间到来之前，你都不该看见里面的装饰。”她把车停在房子北面大而深的车库里。埃美特的大吉普车还没回来。

“从何时起新娘不可以看装饰了呢？”我抗议道。

“自从她让我全权负责时起，我希望你在走下楼梯的时候产生十足的影响。”

在她把我领进厨房之前，她用手蒙住了我的眼睛。扑面而来的香味突然涌向我。

“**那**是什么味道？”她领着我来到房子里面的时候我问。

“是不是太浓了？”爱丽丝的声音突然变得很忧虑，“你是第一个来到这里的人类。我希望我布置得很得体。”

“闻起来妙极了！”我宽慰她道——几乎是令人沉醉的，但一点都不觉得让人承受不了，各种各样的芬芳气味均匀谐调，微妙而完美无瑕，“橙花……丁香……还有其他的——我说得对吗？”

“非常好，贝拉，你只是没说出小苍兰和玫瑰花。”

我们来到她那过于宽敞的浴室之前，她一直没拿开她的手。我盯着长长的梳妆台，上面摆满了美容院里常见的各种物品，我开始感到这将是我的不眠之夜。

“真的有必要这样吗？不管怎样打扮，我站在他身边还是会很普通。”

她推着我坐在一张粉红色的矮凳上：“当我和你一起搞完这一切后，没有人敢说你很普通。”

“那只是因为他们害怕你吸干他们的血。”我低声咕哝道，我重新靠在椅背上，闭上眼睛，希望我能小睡着搞完这一切。她给我做面膜、去死皮、打理我身上的每个部位时，我的确有些半梦半醒，模模糊糊了。

直到午餐时间之后，罗莎莉才穿着一件散发着微光的银色礼服悄无声息地走进浴室，她的头发在头顶上盘成发髻。她美丽到让我有种想哭的冲动。罗莎莉在这里，打扮又有什么意义呢？

“他们回来了。”罗莎莉说道，我孩子气般的绝望顿时烟消云散了，爱德华回家了。

“别让他来这里！”

“他今天不会惹恼你的，”罗莎莉安慰爱丽丝，“他太在乎自己的生命了，埃美特让他们在外面疯完了才回来。你想要我帮忙吗？我可以给她弄头发。”

我的嘴巴突然张开了，我心乱如麻，想不起来如何闭上嘴巴。

在这个世界上，我从来都不是罗莎莉最喜欢的人。那时候，使我们之间隔阂更大的是，她个人对我现在所做的选择感到很不快。虽然她拥有别人不可能拥有的美貌、她挚爱的家人，她的精神伴侣埃美特，为了做人类，她宁愿拿这些交换。而现在我在这里，麻木不仁地扔掉她生命中一直想要拥有的东西，仿佛那是垃圾一样。在我看来，这并不会使她感到温暖。

“当然，”爱丽丝轻松地说道，“你可以开始编辫子，我想要把它们盘在一起。刘海儿在这里，在下面。”她的手开始穿过我的发丝，轻轻地挑起一些，把它们卷曲起来，详细地演示她想要的造型。她弄好后，罗莎莉的手代替了她的，像羽毛般轻柔地给我做发型，爱丽丝又开始打理我的脸。

罗莎莉刚刚听到爱丽丝对我头发的赞扬，就被派去取我的礼服，接着又去找贾斯帕，并去把我妈妈和她的丈夫菲尔从酒店里接来。楼下，我只能隐隐约约地听见门开开关关的声音。说话的声音开始传上来，传到我们这里。

爱丽丝让我站起来，这样她就能小心翼翼地把礼服从我的头发和妆容上套下来。她在我背后把一长串珍珠纽扣扣上，这样缎带像小波浪一样颤抖着垂到地面，我的膝盖不停地抖动。

“深呼吸，贝拉，”爱丽丝说道，“努力放慢心跳，你流的汗会毁掉化好的妆的。”

我尽最大努力冲她挤出一个讽刺的表情：“我清楚无误地了解这一点。”

“我现在得换衣服了，你自己能坚持两分钟吗？”

“呃……或许吧？”

她转了转眼珠，飞快地冲出门。

我集中注意力呼吸，计算着我肺部的每一次运动，目不转睛地盯着浴室里的镜子折射在我闪亮的裙子上的图案。我害怕看着镜子——害怕镜子里穿着婚纱的自己，那会使我几近崩溃，经受一次彻底的恐慌。

爱丽丝在我还没呼吸二百次之前就回来了，她身上的礼服从她修长的身体上垂下来，像银色的瀑布一样。

“爱丽丝——哇！”

“没什么，今天没有人会看我。你在房间里的时候，没人会看我的。”

“哈哈！”

“现在，你能控制住自己了吗？或者我去把贾斯帕叫来？”

“他们回来了吗？我妈妈来这里了吗？”

“她刚刚走进门，在上楼。”

蕾妮两天前飞了过来，我尽可能每分钟都和她待在一起——换言之，就是尽可能地把她从埃斯梅身边以及婚礼布置的工作中拽开。在我看来，与一个被锁在迪斯尼乐园过夜的小孩一起玩相比，她更乐于做这些事情。在某方面，我和查理一样有种被欺骗的感觉，所有的恐惧都浪费在她的反应上……

“噢，贝拉！”她此刻尖叫起来，还没穿过房间的门就滔滔不绝起来，“噢，亲爱的，你多么漂亮啊！噢，我要哭了！爱丽丝，你真了不起！你和埃斯梅应该做婚礼策划的生意。你在哪里找到这身礼服的？太漂亮了！那么优雅，那么高贵。贝拉，你看起来就像是从奥斯丁的电影里走出来的一样。”我妈妈的声音听起来有些遥远，房间里的一切都有些模糊不清，“围绕贝拉的戒指设计主题多么有创意啊，多么浪漫啊！让人联想到是在一八〇〇年的爱德华的家族。”

爱丽丝和我交换了一个短暂而又意味深长的眼神。我妈妈对礼服风格的判断差了一百多年。婚礼的主题实际上不是围绕戒指，而是围绕爱德华本人展开的。

门口传来一阵响亮而粗哑的清嗓子的声音。

“蕾妮，埃斯梅说，现在差不多是你该下去的时候了。”查理说道。

“噢，查理，难道你看起来不是很时髦吗？”蕾妮说话时几乎是震惊的语气，那或许能解释查理回答时顽固执拗的态度。

“爱丽丝为我定做的。”

“时间真的已经到了吗？”蕾妮自言自语地说，听起来差不多和我的感觉一样紧张，“这一切发生得那么快，我觉得头晕。”

这件事让我们俩都感到眩晕。

“在我下去之前，拥抱我一下，”蕾妮坚持说道，“现在小心一点儿，别碰坏任何东西。”

我妈妈轻轻地掐了一下我的腰，旋即转身走到门口，突然又转身面对着我。

“噢，天哪，我差一点儿忘记了！查理，盒子在哪里？”

我爸爸在口袋里找了一会儿，接着拿出一个白色的小盒子，他递给蕾妮。蕾妮揭开盖子，递给我。

“令人忧伤的东西。”她说道。

“也很古老，它们是你奶奶的，”查理哽咽着补充道，“我们让珠宝商用蓝宝石换下了原来的水晶。”

盒子里面是两枚沉甸甸的银质发梳，深蓝色的蓝宝石在梳齿上面围成精致的花冠。

我的喉咙有些沙哑："妈妈，爸爸……你们不必这样做。"

"爱丽丝什么也不让我们做，"蕾妮说，"每次我们想要做些什么，她总是把我们训斥一顿。"

一阵极为有趣的咯咯声突然从我的嘴唇里爆发出来。

爱丽丝走向前，飞快地把两枚梳子插进厚厚的发辫的边缘下。"那是一种古老的、忧郁的东西，"爱丽丝打趣道，她退后几步欣赏我的模样，"而你的礼服是新的……所以这里……"

她手指轻轻地弹给我什么东西，我自然而然地伸出手去，薄如蝉翼的白色吊袜带落在我的手心里。

"那是我的，我会要回它的。"爱丽丝告诉我。

我唰的一下脸红了。

"嘿，"爱丽丝满意地说道，"有一点儿颜色了——那是你所需要的一切，现在你真是完美极了。"她露出一个略带自我庆祝的微笑，接着转向我父母，"蕾妮，你得下楼了。"

"是，女士。"蕾妮抛给我一个飞吻，急匆匆地走出房门。

"查理，请你拿着花好吗？"

查理走出房门时，爱丽丝一把从我手中夺过吊袜带，接着塞进我的礼服底下。她冰冷的手抓住我的脚踝时，我大口喘着气，摇摇欲坠。她把吊袜带拉到适当的位置。

查理捧着两束鲜活的白色花束还没走回来，她就站了起来。一阵玫瑰、柑橘花和小苍兰的芬芳把我包围在柔和的香雾中。

罗莎莉——这个家庭中仅次于爱德华的最好的音乐家——开始在楼下弹奏钢琴曲。帕黑尔贝尔[①]的卡农[②]，我开始有些喘不过气来。

"放松，贝儿，"查理说道，他紧张地转向爱丽丝，"她看起来气

---

① 帕黑尔贝尔（Pachelbel），全名 Johann Pachelbel（约翰·帕黑尔贝尔，1653—1706），德国作曲家和管风琴演奏家。

② 卡农（Canon），是一种曲式的名称，是复调音乐的一种。这种曲式的特征是间隔数音节不停重复同一段乐曲。

色不好，你认为她能行吗？”

他的声音听起来很遥远，我都感觉不到我的腿了。

“她最好做到。”

爱丽丝就站在我的面前，踮起脚仔细地凝视着我的眼睛，用有力的手紧紧抓住我的手腕。

“集中精神，贝拉，爱德华就在楼下等你。”

我深呼吸，让自己恢复镇定。

音乐缓缓地变成一支新曲，查理用肘部轻轻地推我："贝儿，我们该开始了。"

“贝拉？”爱丽丝叫道，她还是凝视着我的眼睛。

“是的，”我尖声答道，“爱德华，好吧。”我让她拖着我走出房间，查理挽着我的胳膊。

大厅里的音乐声音变得更响亮了。音乐在花的海洋中徜徉，飘浮到楼梯上。我把注意力集中到爱德华在楼下等我的念头上，使我的脚往前移。

音乐很熟悉，瓦格纳[①]传统的婚礼进行曲，被潮水般的装饰包围着。

“轮到我了，”爱丽丝急忙插嘴道，“数到五，然后跟着我。”她开始步履款款，姿态优雅地走下楼梯。我本应该意识到，让爱丽丝当我唯一的伴娘是错误的，我跟在她身后只会看上去更加不协调。

突然，一阵响亮的号角声穿透高昂的乐曲声，我听出这是发给我的信号。

“别让我摔倒了，爸爸。”我轻声说道，查理拉着我的手挽着他的胳膊，紧紧地握住它。

---

① 瓦格纳，全名 Wilhelm Richard Wagner（威廉·理查德·瓦格纳，1813—1883），德国作曲家，创造了他称为音乐剧的歌剧形式，集音乐、戏剧、诗歌、表演于一体。代表作品：歌剧《漂泊的荷兰人》（*The Flying Dutchman*, 1841）、四部曲《尼伯龙根的指环》（*Der Ring des Nibelungen*, 1847—1874）、音乐剧《特里斯丹与绮瑟》（*Tristan and Isolde*, 1859）和《齐格菲的牧歌》（*The Siegfried Idyll*, 1870）。

一次一步，我们开始踩着进行曲的节拍下楼时，我告诉自己。直到我的双脚安全地踩在平地上，我才抬起眼睛，尽管当我进入他们的视线时，我能听见观众里传来的嗡嗡声和沙沙声。听见这些声音血就涌到我的脸颊上，当然，我现在堪称是面带桃花的羞涩新娘了。

我的脚一越过凶险的楼梯，我就开始寻找他。顷刻间，我注意到房子里所有没有生机的东西上都挂满了花冠，绽放着白色的花朵，细若游丝的白色长缎带垂落下来。不过，我的视线穿过树荫般的华盖，在一排排铺盖着缎带的椅子上寻找——当我意识到许多张脸都注视着我时，我的脸羞得更红了——直到我终于找到他，他站在被更多花朵、更多花冠覆盖的拱形门前面。

我几乎没意识到卡莱尔站在他旁边，安吉拉的父亲站在他们俩身后。我没有看见我妈妈，她现在肯定坐在前排，和我的新家人，还有其他的宾客——他们得等一会儿。

实际上我的眼里只有爱德华的脸，它充满我的视线，占据了我的意识。他黄油般的金色双眸炯炯有神，完美的脸庞几乎和他深沉的感情一样严肃。接着，他和我敬畏的眼神对视，露出一个摄人心魄、欢欣鼓舞的微笑。

突然，查理紧紧握住我的手，正是这一握的力量阻止我没有向过道飞奔而去。

进行曲太慢了，我挣扎着踩着节拍，幸好过道很短。然后，终于，我终于来到那里，爱德华伸出他的手。查理握着我的手，以一种犹如世界般那样古老的象征性动作，将我的手放在爱德华的手中。我触摸到他奇异的凉爽的皮肤，顿时有种回到家的感觉。

我们的誓言就是那些被说了无数次的简单而传统的话语，尽管从来没有哪一对像我们这样。我们请韦伯先生做了一点点改动，他热心地将“直到死神将我们分开”改成了更贴切的“只要我们一直活着”。

当牧师说着话时，我的世界，处于颠倒混乱之中已经那么久了，在那一刻，似乎完完整整地回归到合适的位置，终于尘埃落定。那一刻，我明白我一直对此那么恐惧是多么愚蠢——仿佛那是不想要的生日礼物一样，或者是令人尴尬的表演，如正式舞会。我深情地凝视着爱德华炯炯有神、露出胜利光芒的眼睛，知道我也是胜利者。因为只要我能和他在一起，其他的一切都不重要了。

我没意识到我在流泪，直到要说有约束力的那句话的时刻到来。

“我愿意。”我在几乎听不清楚的低语中挤出这句话，眨了眨眼睛，这样我就能看清他的脸。

当轮到他的时候，他的话清晰洪亮，流露出胜利的喜悦。

“我愿意。”他起誓。

韦伯先生宣布我们成为夫妇，接着爱德华用手小心翼翼地捧着我的脸，仿佛它像我们头顶上摇曳的白色花瓣那样娇弱一样。透过模糊我视线的眼泪，我努力读懂他犹如梦幻般的脸，这个令人惊叹的人是**我的**了。他金色的眼眸看起来似乎也充满泪水，如果这样的事情不是不可能的话。他向我低下头，我踮起脚，甩开胳膊——还有花束和其他的一切——搂住他的脖子。

他温柔地亲吻我，带着敬爱的心情。我忘记了人群，忘记了地点，忘记了时间，也忘记了原因……只记得他爱我，他要我，我是他的。

他先吻我的，但不得不结束。我紧紧抓住他，没有注意到观众中传来咯咯的笑声和清嗓子的声音。最后，他用双手捧住我的脸，推开自己——太快了——而没看我。从表面上看，他脸上绽放的笑容是愉悦的，几乎是得意的，但是，在我当面出丑带给他片刻的愉悦背后，是一种与我的心情交相辉映的深深的喜悦。

人群中爆发出一阵掌声，他带着我面向自己的朋友和家人，我没法把自己的视线从他身上转移到宾客那里去。

我母亲是第一个用胳膊抱住我的人，当我终于不情愿地把视线从爱德华身上移开时，第一个映入我眼帘的就是她泪流满面的脸庞。接着，我被交给人群，他们一个个与我拥抱，我只是模模糊糊地意识到谁拥抱过我，我的注意力还是集中在爱德华的手紧紧地握住我。我准确辨认出我的人类朋友和我新家人的区别，前者是轻柔而温暖的拥抱，后者的怀抱温柔而凉爽。

有一个炙热的拥抱与其他人的都不一样——塞思·克里尔沃特从一群吸血鬼中穿过来，顶替我失去的狼人朋友。

姿　态

婚礼顺利地进入招待晚宴——证明了爱丽丝完美无瑕的计划。在河畔还只是黄昏，仪式持续的时间正好，太阳西沉，躲在树林后面。树缝间的阳光闪烁着微光，爱德华领着我径直走到玻璃后门，玻璃反射出的光使白色的花朵愈发鲜艳夺目。那里还有上万朵花，形成一个芳香四溢的宽敞的帐篷，舞池就搭在两棵古老的雪松下的草地上。

八月傍晚的草地环绕在我们周围，一切放缓了脚步，轻松而惬意。小小的人群在闪烁的霓虹灯柔和的光芒下，分散开来，迎接我们的是刚刚才拥抱过我们的朋友。现在是聊天、大笑的时刻。

“恭喜你们俩。”塞思·克里尔沃特对我们说，他在花冠的边缘处低下头。他的母亲，苏在他身边神色紧张，她警觉地注视着宾客。她的脸消瘦而凶狠，严肃的短发强化了这种表情。她的头发和她女儿里尔的一样短——我不知道，她是不是为了摆出团结一致的姿态才把头发剪成这样的。比利·布莱克在塞思的另一侧，不像苏那样紧张。

当我看着雅各布的父亲时，我总觉得自己看见的并不是一个人，而是两个人。一个是坐在轮椅上、脸上布满皱纹的老人，大家都能看见他微笑时露出洁白的牙齿。另一个是古老、强大且具有魔力的酋长，一脉相承的后代，身上具有一种与生俱来的威严。尽管魔力已经在没有催化剂的情况下从他这一代人身上跳过了，比利仍然是权力和传说的一部分。他身上流淌的这样的精神也传承给他的儿子——魔力的继承者——而他却拒绝接受这种魔力，这使山姆·乌利成为传说和魔力的现任首领。

沉醉在晚会的氛围和周围的人群中，比利显得格外惬意——他黑色的眼睛闪烁着光芒，仿佛他刚听到好消息一样，他的镇定自若令我难忘。在比利眼里，这场婚礼肯定是一件非常糟糕的事情，是可能发生在他最好朋友的女儿身上的最糟糕的事情。

我知道克制自己的感情对他来说并不容易，考虑到这件事是对卡伦家族和奎鲁特人之间的古老协议的考验——协议规定卡伦家族不得创造另一个吸血鬼。狼人知道违约行为就要发生了，但是卡伦家族不知道他们会如何反应。在结盟以前，本来会立即发生一场进攻的，一场战争，但是既然他们现在彼此更加了解了，会不会出现谅解呢？

仿佛是对这种想法的响应，塞思的身体倾向爱德华，伸出胳膊，爱德华用空着的那只胳膊拥抱了他一下。

我看见苏略微一阵颤抖。

“兄弟，看见事情进展得很顺利，真好，”塞思说道，“我为你感到高兴。”

“谢谢你，塞思，这对我很重要。”爱德华离开塞思，看着苏和比利，“也谢谢你们。谢谢你们让塞思来，谢谢你们今天支持贝拉。”

“不客气。”比利语气深沉而沙哑地说道，我很惊讶于他乐观的语调，或许更强大的休战协议就在眼前。

后面的人正在排成一队，塞思向我们挥手告别，推着比利朝食物走去，苏把手分别放在他们两个身上。

安吉拉和本也过来与我们打招呼，接着是安吉拉的父母，然后是迈克和杰西卡——让我感到惊讶的是，他们俩手挽着手。我没听说过他们两个又和好如初了，那样真好。

在我人类朋友后面的是德纳利的吸血鬼家族，我的新姐妹。我意识到自己屏住呼吸了，走在最前面的吸血鬼，根据她那金黄色的鬈发散发出的草莓色，我猜她是坦尼娅——她伸手拥抱爱德华。她身后的另外三个吸血鬼睁大金色的眼睛好奇地盯着我。其中有个女人的头发是淡淡的金色，像玉米色的丝绸一样。另一个女人和她身边的男人都是黑头发，他们如粉笔灰一样苍白的脸色上，略带一丝橄榄色。

他们四个都那么美丽，这使我的胃很受伤。

坦尼娅仍然抱着爱德华。

“啊，爱德华，”她说道，“我一直很想念你。”

爱德华轻轻地笑了笑，灵巧地从她的拥抱中抽身，把手轻轻地放在她的肩膀上，后退一步，仿佛是要好好打量她一番："太久了，坦尼娅，你看起来不错。"

"你也一样。"

"让我介绍一下我的太太。"自从这正式成为事实以来，爱德华第一次使用这个词，他现在如是说的时候，显得十分满意。德纳利家族的人都对此付诸一笑。"坦尼娅，这是我的贝拉。"

坦尼娅那么可爱，就和我在最可怕的梦魇中预见到的一样。她看了我一眼，眼神与其说是顺从，还不如说是好奇，接着她向我伸出手。

"欢迎你加入我们的家族，贝拉，"她微笑道，有些后悔，"我们把自己当成卡莱尔大家庭的一员，我们对最近，呃，最近发生的事情**感到**抱歉，那时我们并没有那么做。我们本该早些见到你的，你能原谅我们吗？"

"当然，"我屏息道，"遇见你真好。"

"现在卡伦家族都是成双成对了。或许，接下来就是我们了，呃，凯特？"她对着金发女孩露齿一笑。

"你做梦吧，"凯特转了转金色的眼眸说道，她从坦尼娅手中接过我的手，轻轻地捏了捏，"欢迎你，贝拉。"

黑头发的女人把手放在凯特的头顶上："我是卡门，这是以利亚撒，我们都很高兴终于见到你了。"

"我……我也是。"我结结巴巴地说。

坦尼娅瞟了一眼等在她身后的人——查理的副手马克和他的妻子，他们看着德纳利家族的时候都瞪大了双眼。

"我们等会儿再聊。我们有**无限长的**时间互相了解呢！"坦尼娅和她的家人往前走的时候大笑道。

所有标准的传统都得到保留。我们拿着刀切那个巍然壮观的蛋糕时，闪光灯模糊了我的视线——我想，对于我们相对较亲密的朋友和家人而言，蛋糕太大了。我们轮流把蛋糕抹在彼此的脸上，我难以置信地注视着爱德华勇敢地吞下了他那份。我不是很熟练地抛开花束，正好落在惊讶的安吉拉手中。埃美特和贾斯帕看到我的脸唰地变红，哄笑起来，而爱德华则为我撩开借来的吊袜带——它几乎移动到我的脚踝上了——他用的是牙齿，非常小心。他迅速地朝我眨了眨眼睛，盯着迈克·牛顿的脸。

音乐响起时，爱德华把我揽入怀中，遵照传统与我翩然起舞。我心甘情愿地走向前，尽管我害怕跳舞——特别是在别人面前跳——他搂着我就让我感到很开心。他一个人在跳，我只是毫不费力地跟着他旋转，灯光犹如华盖散发着光辉，照相机的闪光灯不停地闪烁。

"喜欢派对吗，卡伦太太？"他在我的耳边低语道。

我大笑道："需要一点儿时间才习惯。"

"我们还有一些时间。"他提醒我，语气中包含着无比的喜悦，我们跳舞的时候他弯腰吻我，照相机疯狂地咔嚓咔嚓直响。

音乐换了，查理拍了拍爱德华的肩膀。

和查理共舞，不像之前那么容易。他跳得不比我好，所以我们俩在非常小的范围内安全地从一侧移动到另一侧。爱德华和埃斯梅在我们身边旋转，仿佛弗雷德·阿斯泰尔①和金格·罗杰斯②一样。

"我在家会想念你的，贝拉，我已经感到孤单了。"

我声音沙哑，尽力开玩笑似的说道："我只是感到担心留下你自己做饭——实际上这就是玩忽职守罪，你可以逮捕我。"

他露齿一笑："我猜，吃那些食物我会活下来的。要是可以的话，无论什么时候都要记得打电话给我。"

"我保证。"

好像我和每个人都跳过舞了。看见我所有的老朋友真好，但是与

---

① 弗雷德·阿斯泰尔（Fred Astaire），美国电影演员、舞蹈家。他和罗杰斯的舞蹈一时风靡美国，形成了美国上世纪30年代歌舞喜剧片的风格，对美国歌舞片的发展很有影响。

② 金格·罗杰斯（Ginger Rogers），美国电影演员、舞台剧演员、舞蹈家、歌手，以和弗雷德·阿斯泰尔的合作最为著名。她于1940年因电影《女人万岁》（*Kitty Foyle*）获得奥斯卡最佳女主角奖。1999年被美国电影学会选为百年来最伟大的女演员之一，位列第十四位。

其他一切相比，我真的只想和爱德华在一起。在一支新曲子刚开始半分钟的时候他终于插进来，我感到很高兴。

“还是不太喜欢迈克，嗯？”爱德华把我从他身边拉过来的时候，我评论道。

“我不得不听见他的想法时，就不喜欢。不管怎么说，他很幸运，我没把他踢出去。”

“是的，对啊。”

“你有机会看过你自己吗？”

“呃，没有，我才没有，为什么？”

“那么，我想，你没意识到今晚你到底有多么漂亮，美得令人心痛。迈克对一个已婚女人怀有不太合适的想法，我并不感到惊讶。我**感到**失望的是，爱丽丝没有迫使你看一看镜子。”

“你总是对我过分偏袒，你知道。”

他叹了口气，接着停了下来，让我转过身面对房子。玻璃墙反射着舞会场景，就像一面长镜子一样，爱德华指着对面镜子里的一对。

“偏袒，是吗？”

我只是瞟了一眼镜子中的爱德华——镜子中的他是那张完美脸庞的完美复制品——他身边站着一个黑头发的漂亮女子。她的皮肤像奶油，粉扑扑的，大大的眼睛充满兴奋，眼睛周围是浓密的睫毛。散发着微光的白色婚纱上狭窄的裙身沿着裙摆呈精美的喇叭形展开，几乎就像一朵倒立的马蹄莲，剪裁得如此精巧，显得她的身材看起来优雅而高贵——至少，站着一动不动的时候是这样。

在我还没来得及从惊愕中回过神来，转身让镜子中的这个美女背对着我之前，爱德华突然皱了皱鼻子，自动地转身面对另一个方向，仿佛有人在叫他一样。

“哦！”他说。他的眉毛皱了一会儿，接着迅速地舒展开来。

“怎么啦？”我问道。

“意外的结婚礼物。”

“啊？”

他没有回答，只是又开始跳舞，带着我向之前我们前进的反方向旋转，离灯光越来越远，接着进入环绕着耀眼的舞池的漆黑深夜中。

直到我们来到一棵雪松漆黑的另一侧时，他才停下来。接着，爱德华笔直地凝视着最黑暗的影子。

“谢谢你，”爱德华对着黑暗说道，“真的非常……你太好了。”

“我一直就很好，”一个沙哑而熟悉的声音从黑暗中回答道，“我能接着跳吗？”

我飞快地用手捂住喉咙，倘若不是爱德华扶着我，我肯定会摔倒的。

“雅各布！”我一能呼吸就艰难地喊出来，“雅各布！”

“嘿，贝儿。”

我跌跌撞撞地朝着他的声音传来的方向走去。爱德华紧紧地抓着我的胳膊，直到另一双强有力的手在黑暗中抓住我。雅各布把我拉到他身边时，他皮肤上的热量透过薄薄的纱裙传过来。我把脸伏在他的胸口时，他只是抱了抱我。他弯腰亲了一下我的脸颊，然后是头顶。

“如果罗莎莉不能正式开始跳舞的话，她不会原谅我的。”爱德华低声说道，我知道他要留给我们空间，送给我他自己的礼物——与雅各布在一起的片刻。

“哦，雅各布，”我现在开始哭泣了，我没法口齿清楚地说出话来，“谢谢你。”

“别又哭又闹了，贝拉，你会毁了婚纱的，只是我而已。”

“只是？哦，杰克！现在一切都很完美了。”

他哼了一声，说：“是啊——派对可以开始了，伴郎终于来了。”

“现在我爱的**所有人**都到齐了。”

我感觉到他的嘴唇摩擦着我的头发：“对不起，我迟到了，亲爱的。”

“你能来我已经很开心了！”

“这也是我的想法。”

我朝宾客们瞟了一眼，但是我无法透过跳舞的人群找到最后一次我看见雅各布的父亲的地方，我不知道他是否留下来了。“比利知道你来这里吗？”我一开口问，就知道他肯定已经知道了——这是解释他先前露出兴奋表情的唯一理由。

“我确定山姆告诉他了，我会去看他，等……等派对结束。”

“你回家他会很高兴的。”

雅各布后退了一点，挺直身体。他的一只手停留在我的腰背上，另一只手紧紧地抓住我。他把我们的手放在胸前，我能感觉到他的心在我的手掌下跳动，我猜他并不是碰巧把我的手放在那里的。

“我不知道我是否只能和你跳一曲，”他说道，然后开始让我缓慢地绕着圈，我们的舞步与身后的节奏并不合拍，“我最好尽可能地利用这次机会。”

我们随着我手心下他心跳的节奏移动。

“我很高兴自己来了，”过了一会儿，雅各布平静地说道，“我本来想我不会来的，但是……再一次看到你真好，并不像我想象的那样悲伤。”

“我不想让你感到悲伤。”

“我知道这一点，我今晚来不是为了让你感到内疚的。”

“不——你的到来使我感到非常幸福，这是你能给我的最好的礼物。”

他大笑道：“很好，因为我没时间停下来买一份真正的礼物。”

我调整了一下视线，现在我能看见他的脸了，比我预期的要高一些了。他还在长个子，这可能吗？他现在快要长到七英尺，而不是六英尺了。经过那么久之后，再次看见他熟悉的面容，真的是种安慰——他深邃的眼睛隐藏在凌乱的黑眉毛的阴影里，高高的颧骨，丰满的嘴唇在洁白的牙齿上舒展开来，形成一个挖苦的笑容，与他说话的语气很协调。他的眼神很紧张，小心翼翼的。我看得出，他今晚**非常**小心翼翼。他在尽最大的努力让我开心，极力掩饰他这样做付出了多大的代价。

我从未做过什么好事，足以让我配拥有像雅各布这样的朋友。

“你何时决定回来的？”

“有意识的，还是无意识的？”在他回答自己的问题之前，他深深地吸了一口气，“我真的不知道。我猜，我朝回来的这个方向漫无目的地徘徊了一些时候，或许是我已经朝这里赶了。不过，直到今天早上我才开始奔跑，我不知道自己是否赶得上。”他大笑道，“你不了解这种感觉有多么奇怪——又靠两条腿走路。还有衣服！而且更怪异的是，这让人觉得奇怪。我没料到会这样，我对与人类有关的所有事都很生疏了。”

我们从容地旋转着。

“不过，错过见到像这样的你，简直会是种耻辱，这完全值得一路奔波。贝拉，你看起来难以置信，那么美丽。”

“爱丽丝今天在我身上花了许多功夫，夜晚也很帮我的忙。”

“你知道，对我而言没那么黑。”

“好吧。”狼人的感官很容易就会忘记他能做的所有事情，他看起来那么像人类，特别是现在。

“你剪了头发。”我注意到。

“是的，更方便，你知道。我本以为，我最好利用双手的。”

“看起来不错。”我撒谎道。

他哼道：“对，我自己剪的，用生锈的厨房用大剪刀。”他开怀大笑了一会儿，接着他的笑容渐渐消失了，他的表情变得严肃起来，“你幸福吗，贝拉？”

“幸福。”

“好，”我感到他耸了耸肩膀，“我猜，那才是重要的事情。”

“你好吗，雅各布？真的？”

“我很好，贝拉，真的。你不必再担心我了，你可以停止打扰塞思了。”

“我打扰他并不仅仅因为你，我**喜欢**塞思。”

“他是个好孩子。与有些人相比，是更好的伙伴。我告诉你，若能清除我头脑中的那些声音，当狼人几乎是件完美无憾的事情。”

听到他这么说，我大笑道：“是的，我也无法让我自己闭嘴。”

“你的情况是，那意味着发疯。当然，我早知道你发疯了。”他揶揄道。

“多谢。”

“疯狂可能比与一群人共享你极力掩饰的想法容易，因为没有人会把疯狂的人们的声音当回事。”

“哈？”

“山姆在外面，也有其他人。只是以防万一，你知道。”

“以防什么？”

“以防我无法自制，诸如此类的事情，以防我决定搞砸派对。”这个想法或许对他很有吸引力，想到这儿一抹微笑从他脸上一闪而过，“但是，我到这里来可不是要毁掉你的婚礼的，贝拉。我到这里是……”他的声音逐渐消失了。

“是为了让婚礼完美无憾。”

“那可是个高不可攀的要求。”

“好在你个子足够高。”

听见我的冷笑话，他呻吟了一声，接着叹气道：“我到这里来只是为了做你的朋友，你最好的朋友，最后一次。”

“山姆应该更信任你。”

“嗯，或许我过于敏感了。或许他们不管怎样都会来，盯着塞思。这里有**许多**吸血鬼，塞思没有像他应该的那样严肃对待此事。”

“塞思知道他没有危险，他比山姆更了解卡伦家的人。”

“当然，当然。”雅各布说道，在演变成吵架之前他求和了。

让他充当外交官的角色，感觉很奇怪。

“对那些声音我感到很抱歉，”我说道，“希望我能使情况好转。”在如此多的方面，我想。

“并没有那么糟，我只是有点儿哀怨罢了。”

“你……开心吗？”

“差不多，但是对我而言足矣，今天你是明星。”他轻声笑道，“我打赌，你还是很喜欢这样的，万人瞩目的焦点。”

“是啊，还不够瞩目。”

他大笑起来，接着从我的头上望过去。他嘟起嘴巴，审视招待晚宴上闪烁着的光芒。我和他一起看过去，跳舞的人们优雅地转着圈，花瓣像羽毛一样从花冠上飘落下来，从这片黑黢黢、安静的地方看过去，那一切显得很遥远，几乎就像在观看白色的雪花在水晶球里旋转一样。

“我得承认他们很棒，”他说道，“他们知道如何办派对。”

“爱丽丝有种无法抑制与生俱来的力量。”

他叹气道：“一曲终了，你认为我还能再跳一支吗？或者我的要求太过分了？”

我用手紧紧握住他的手：“你想和我跳多少支都行。”

他大笑道：“那就有趣了。我想，不过，我还是坚持跳两支，我不想引起流言飞语。”

我们又转了个圈。

“你会觉得，到现在我已经习惯跟你道别了吗？”他轻声说道。

我努力咽下喉咙中的哽咽，但是我没法吞下去。

雅各布看着我，皱起眉头。他用手指抹过我的脸颊，接住我落下的眼泪。

“你不该是那个哭泣的人，贝拉。”

“每个人在婚礼上都会哭。”我声音沙哑地说。

“这是你想要的，是吗？”

“是的。”

“那么微笑。”

我试着挤出一个笑容，他看着我一脸的苦相，大笑起来。

“我会努力记住像这样的你的，假装……”

“假装什么？我死了？”

他咬紧牙齿，跟自己挣扎——他来这里是为了送给我一份礼物，而不是为了评判，我猜得到他想说什么。

“不是，”他终于回答道，“但是我会这样把你留在心中，粉红色的脸颊、心跳，笨手笨脚的，一切的一切。”

我故意用尽全力重重地踩在他的脚上。

他笑道：“这才是我的姑娘。”

他开始说起别的，接着突然闭上嘴巴，再次挣扎起来，咬紧牙齿使自己想说的话别说出口。

我与雅各布的关系以前是那么轻松，犹如呼吸一般，但是自从爱德华重新回到我的生活，我们的关系一直就很紧张。因为——在雅各布眼中——选择爱德华，我就是在选择一种比死亡更糟糕的命运，或者说，是与死亡相同的命运。

“怎么啦，杰克？告诉我啊，你什么都可以跟我说。”

“我……我……我没什么想跟你说的。”

“哦，求你了，说出来吧。”

“是真的。不……是……是个问题，是我希望**你**告诉**我**的事情。”

“问我啊。”

他又挣扎了一会儿，接着呼气道：“我不该问。没关系，我只是好奇得有些病态。”

因为我很了解他，所以我明白。

“不是今晚，雅各布。”我轻声说道。

雅各布甚至比爱德华更加执著于我的人性，他珍视我的每一次心跳，知道它们是屈指可数的。

“哦，”他说道，试图忍住他心中那种如释重负的感觉，“哦。”

一支新曲子又开始了，但是这一次他没有注意到。

“什么时候？”他轻声问。

“我并不确定，或许，一个星期或两个星期。”

他的声音改变了，蒙上一层防御性的挖苦腔调：“为什么要推迟呢？”

“我只是不想在痛苦煎熬中度蜜月。”

“你宁愿怎样度蜜月？下棋？哈哈。”

“很有趣。”

“开玩笑的，贝儿。不过，老实说，我不明白，你和你的吸血鬼无法度真正的蜜月，那么为什么还要经历这样的一切呢？直说吧，这并不是你们第一次推迟此事。不过，那倒是件**好**事儿。”他突然急切地说道，“别害臊。”

“我没有推迟任何事情，”我厉声说道，“而且，**是的**，我**能**度真正的蜜月！我能做我想做的一切！别管闲事！”

他突然停止了旋转。有一会儿，我不知道他是否终于注意到音乐改变了，在他对我说再见之前，我搜肠刮肚地想要找出弥补我们小吵小闹的办法，我们不该以这样的调子分别。

接着，他双目圆睁，流露出迷惑不解、奇怪的恐惧。

“什么？”他惊叫道，“你说什么？”

“关于什么？杰克，怎么啦？”

“你什么意思？度真正的蜜月？当你还是**人类**的时候？你在开玩笑吗？那可是令人作呕的笑话，贝拉！”

我愤怒地盯着他：“我说过别管闲事，杰克，这跟你毫不相关。我不该……我们不该谈论这件事，这是隐私……”

他巨大的手紧紧地抓住我的肩膀，用力地抓住，手指交错在一起。

“哇，杰克！放开我！”

他摇晃着我。

“贝拉！你疯了吗？你不能那么愚蠢！告诉我你是在开玩笑！”

他又摇晃我，他的手抓得像止血带一样紧，在颤抖，我的骨头都在震动。

“杰克——停下来！”

黑夜突然变得非常拥挤起来。

“把你的手从她身上移开！”爱德华的声音像冰一样寒冷，像剃刀一样犀利。

在雅各布背后，黑夜中传来一声低沉的咆哮，接着又传来一声，与前面的交织在一起。

“杰克，哥们儿，回去吧，”我听见塞思催促道，“你不能自持了。”

雅各布仿佛定在原处，他瞪大惊恐万分的双眼紧紧盯着我。

“你会弄伤她的，”塞思低声说道，“放开她。”

“现在！”爱德华怒吼道。

雅各布的双手垂落到身体的两侧，突然涌上来的血液在我久违的血管中流淌而过，让人感到疼痛不已。在我意识到其他事情之前，冰冷的手取代了炙热的手，空气突然从我身边呼啸而过。

我眨了眨眼睛，退到离我原来所在的地方大约五六英尺开外的地方。爱德华站在我前面，很警觉。两匹巨狼挡在他和雅各布之间，但是他们在我看来并不是想侵犯，更像是要制止一场斗殴。

塞思——身材瘦长，十五岁的塞思用长长的胳膊抱住雅各布颤抖的身体，正要把他拖走。如果雅各布在如此靠近塞思的时候变形……

“来吧，杰克，我们走吧。”

“我要杀了你，”雅各布咬牙切齿地挤出来这几个字，他的声音由于愤怒轻得像耳语一般。他盯着爱德华的双眼里，熊熊的怒火在燃烧，“我要亲手杀了你！我现在就要杀了你！”他抽搐着。

那头黑色的、最大的狼尖声咆哮起来。

“塞思，走开。”爱德华说道。

塞思又用力拖着雅各布，狂怒的雅各布情绪有些失控，塞思把他再拖开几英尺：“别这样，杰克，走开，来吧。”

山姆——较大的、黑色的狼——这时走到塞思那里。他把巨大的头顶在雅各布的胸口，把他推走。

他们三个——塞思在拖，雅各布在颤抖，山姆在推——迅速地消失在夜色中。

另一匹狼在他们身后凝视着。在昏暗的光线下，我不确定他的毛是什么颜色——或许是巧克力棕色吧？那么，是奎尔吗？

“我很抱歉。”我对狼说道。

“现在没事儿了，贝拉。”爱德华低语道。

狼看着爱德华，他的眼神并不友善，爱德华冷冰冰地向他点点头。狼喷了一口气，接着转身跟上其他人，在他们消失的地方消失不见了。

“好了，”爱德华自言自语道，接着他看着我，“我们回去吧。”

“但是杰克……”

“山姆控制住他了，他走了。”

“爱德华，我真抱歉，我很愚蠢……”

“你没做错什么……”

“我真是大嘴巴！为什么我会……我不该让他那样想我的，我在想什么啊？”

“别担心，”他抚摸着我的脸，“我们要在别人注意到我们不在之前回到派对。”

我摇摇头，努力重新调整自己。在别人注意以前？有人**错过**刚才那一幕了吗？

我这样想的时候，意识到刚才的对峙对我而言是如此具有灾难性，实际上在这里的阴影中却很安静，很短暂。

“等我一会儿。”我请求道。

我的内心一片混乱，既恐慌又痛楚，但是那并不重要——现在只有外在重要了。我知道，摆出一副好姿态是我需要掌握的事情。

“我的礼服如何？”

“你看起来很好，一丝不乱。”

我深吸了两口气：“好吧，我们走吧。”

他用胳膊揽住我，领着我回到光亮之中。当我们经过闪烁的灯光时，他轻轻地把我推向舞池。我们融入其他人，仿佛我们的舞蹈从未中断过一样。

我环顾了一下周围的宾客，没有人看起来很震惊或很恐惧。只有那些最苍白的脸庞流露出紧张的迹象，他们掩饰得很好。贾斯帕和埃美特站在舞池的边缘，靠得很近，我猜想对抗的时候他们就在附近。

“你……”

“我很好，”我保证，“我不敢相信我那么做了，我是怎么啦？”

“你没做错什么。”

在这里看见雅各布我那么高兴，我知道他为此做出的牺牲。接着我又毁了它，把他的礼物变成灾难，我应该被关禁闭。

但是我的愚蠢不会摧毁今晚其他的东西。我会收起这些，把它装进抽屉，锁起来待会儿再来处理。我会有充足的时间为此来鞭笞我自己，我现在能做的一切都无济于事。

“结束了，”我说，“我们今晚别再想此事了。”

我期望爱德华会很快认同的，但是他很沉默。

“爱德华？”

他闭上眼睛，用他的额头顶着我的。“雅各布是对的，”他轻声说道，“我在想什么？”

“他不对。”我努力在一群注视着我的朋友面前保持脸色平静，“雅各布太过偏激，不明白。”

他低声咕哝了些什么，听起来像：“**应该**让他杀死我，哪怕就只是想……”

“别这样，”我气愤地说道，我把他的脸捧在我的手心，直到他睁开眼睛，“你和我，那才是唯一重要的事情，那才是你现在要想的事情，你听见我说的话了吗？”

“是的。”他叹气道。

“忘记雅各布来过。”我能做到，我会做到，“为了我，答应我，你不会再想这件事了。”

他回答之前凝视了一会儿我的眼睛：“我答应你。”

“谢谢你。爱德华，我不害怕。”

“我害怕。”他轻声说。

“别怕，”我深呼吸，然后笑道，“顺便说一下，我爱你。”

他勉强地对我笑了笑：“那就是为什么我们在这里的原因啊。”

“你别霸占着新娘，”埃美特说道，从爱德华的肩膀后面伸出手来，“让我和我的小妹妹一起跳一曲吧，这可能是我让她脸红的最后一次机会。”他大声笑起来，和他平常一样一点儿也不做作，无论在何种严肃的气氛下他都是这样。

结果表明，我实际上还没和许多人跳过舞，这让我有机会真正地让自己镇定下来下定决心。当爱德华又来邀我跳舞时，我发现雅各布的抽屉已经紧紧地关上了。当他用胳膊揽着我的时候，我能发掘出先前的喜悦，我确信我生活中的一切今晚都回归到适合它们的位置了。我笑了笑，把头靠在他的胸口，他的胳膊一紧。

“我会习惯这样的。”我说道。

“别告诉我，你已经克服了跳舞的问题？”

“跳舞不是那么糟糕——和你一起。不过，我想的不仅仅是这些，”我使自己更加紧紧地贴着他，“永远都不放开你。”

“永不。”他保证道，接着弯腰吻我。

这是一种严肃的吻——热切，缓慢，但却越来越强烈……

听见爱丽丝的叫声时，我已经忘记自己身处何方了，她喊道："贝拉！时间到了！"

我的新妹妹这样打断我，一丝不快在我心中一闪而过。

爱德华没理会她，他的嘴唇牢牢地吻住我，比之前更急切。我的心乱蹦起来，手掌紧紧地搂住他大理石一样的脖子。

"你们想错过飞机吗？"爱丽丝责问道，现在已经来到我身旁了，"我确定，你们露宿在机场外面，等待另一个航班，这样才算得上度过一个美好的蜜月。"

爱德华轻轻地转动一下脸，咕哝道："走开，爱丽丝。"接着又把嘴唇压在我的嘴唇上面。

"贝拉，你想穿这身衣服上飞机吗？"她追问道，

我真的没注意，那时，我根本不在意。

爱丽丝静静地咆哮道："我要告诉她你要带她去哪里了，爱德华。再不听话，我真的会这么做。"

他僵在那里，接着他仰起脸，愤怒地盯着他最喜欢的妹妹："你看起来那么小，却这么惹人厌。"

"我挑选出完美的出行服，可不是为了被浪费的，"她厉声反击道，"跟我来，贝拉。"

我推开她的手，踮起脚再吻了他一次。她不耐烦地一把拉住我的胳膊，把我从他身边拖走。看着我们的宾客乐呵呵地笑了几声，我放弃了挣扎，让她把我领进空空如也的房子。

她看起来很烦躁。

"对不起，爱丽丝。"我道歉道。

"我不怪你，贝拉，"她叹气道，"你看起来是情不自禁。"

看着她那副殉道者的表情，我咯咯地笑了起来，她生气地皱起眉头。

"谢谢你，爱丽丝，任何人都会认为这是自己度过的最美丽的婚礼，"我真诚地告诉她，"一切恰到好处，你是全世界最好、最聪明、最能干的姐妹。"

这话正中她的下怀，她眉开眼笑道："我很高兴你喜欢。"

蕾妮和埃斯梅在楼上等我们，她们三个迅速地帮我脱掉礼服，穿上爱丽丝给我准备的深蓝色外出套装。我很感激，不知谁把我的发卡取下来，让头发散落在背上，因为发辫卷成波浪形，使我之后免遭发卡戳到头部的痛苦。在这段时间，我妈妈一直泪流满面。

"我一知道我们去哪儿时，就会给你打电话的。"我和她拥抱道别时，向她保证。我知道，蜜月的秘密可能让她感到疯狂——我妈妈讨厌秘密，除非她参与其中了。

"她一安全地离开，我就会告诉你的。"爱丽丝比我做得好，看见我受伤的表情，得意地笑了起来。真是不公平，我是最后一个知道的人。

"你很快，很快就要来看望我和菲尔，现在轮到你到南部去了——再看一看太阳。"蕾妮说道。

"今天没有下雨。"我提醒她，回避她的请求。

"这是奇迹。"

"一切准备就绪，"爱丽丝说道，"你的行李箱在车里——贾斯帕搬过去的。"她拖着我往楼梯走，蕾妮跟在我身后，仍然半拥抱着我。

"我爱你，妈妈，"我们下楼的时候我轻声说道，"我真高兴你有菲尔陪伴，好好照顾彼此。"

"我也爱你，贝拉，亲爱的。"

"再见，妈妈。我爱你。"我又说了一遍，喉咙有些沙哑。

爱德华在楼梯下面等我，我握住他伸过来的手，却向后靠，扫视等待着为我们送行的一小群人。

"爸爸？"我问道，眼睛还在搜索。

"在这里。"爱德华轻声说道，他牵着我穿过宾客，他们为我们让路。我们找到查理，他笨拙地倚靠在墙壁上，仿佛在躲避，藏在大家后面，他眼睛周围红色的一圈说明了为什么。

"哦，爸爸！"

我搂着他的腰，眼泪又流下来——我今晚哭了好多次，他拍拍我的背。

“好了，好了，你不想错过班机吧。”

和查理讨论爱是很艰难的事情——我们太像了，总是回到细枝末节上，以逃避流露出令人难堪的感情，但是没有时间羞怯了。

“我永远爱你，爸爸，”我告诉他，“别忘记这一点。”

“你也是，贝儿，永远都是，永远都会。”

我吻了他的脸颊，与此同时他也吻了我的。

“给我打电话。”他说道。

“很快。”我保证，知道这是我能承诺的**一切**，只是一个电话。我的父亲和母亲不能再和我相见了，我会太不一样，我太……太危险。

“那么，走吧，”他声音嘶哑地说道，“不想让你们迟到。”

宾客们为我们让出一条路，爱德华把我牵在他的身边，逃了出去。

“你准备好了吗？”他问。

“准备好了。”我说道，我知道这是真的。

当爱德华在台阶上吻我的时候，大家都鼓起掌来。当人造米粒如暴风雨一般撒落下来的时候，他匆匆地带着我来到车上。米粒大多数都四处散落了，但是有人，或许是埃美特向我们抛撒，精确得不同寻常，撒落在爱德华背上的米粒，有许多都反弹到我身上。

更多花结成长串沿着车身装扮着汽车，薄如羽翼的长丝带系在一打鞋子上——看起来是崭新的名牌鞋子——悬挂在保险杠的后面。

我钻进车里的时候，爱德华为我遮挡投掷过来的米粒，他也上了车。我们加速离开，我在车里向大家挥手告别，对着门廊说“我爱你”，那里我的家人也在向我挥手。

我铭记在心中的最后一个印象是我父母的。菲尔温柔地拥抱着蕾妮，她一只手紧紧地搂着他的腰，另一只手伸出去拉出查理。那么多种不同的爱，在这一刻和谐地交织在一起了，这对我而言是一幅充满希望的美景。

爱德华捏了捏我的手。

“我爱你。”他说道。

我把头倚靠在他的胳膊上。“那就是我们为什么在这里的原因。”我重复他的话。

他吻了吻我的头发。

当我们转弯来到黑色的高速公路，爱德华真正地踩下油门时，我听见一阵噪声淹没了引擎发出的隆隆声，从我们身后的森林传来。如果我能听见，他当然也能听见，但是随着声音慢慢地消失在远方，他一句话也没有说，我也没说一句话。

凄厉刺耳、撕心裂肺的咆哮声渐渐模糊，接着完全消失了。

埃斯梅岛

“休斯敦？”当我们抵达西雅图的航站楼入口时，我挑起眉毛问道。

“只是一路上的中转站而已。”爱德华露齿一笑宽慰我。

他叫醒我的时候，感觉我差不多已经睡着了。他牵着我的手穿过航站楼的时候，我有些头昏眼花，努力想记起每眨完一次眼睛后，该如何睁开。过了好几分钟，我才领会到发生了什么事，我们来到国际航班的柜台办理登机手续，赶乘另一个航班。

“里约热内卢？”我问道，心中泛起些许恐惧。

“另一站。”他告诉我。

飞往南美的航程漫长却很舒适，因为头等舱的座位很宽敞，爱德华的胳膊搂着我，我睡着了。当飞机绕着机场盘旋的时候，我苏醒过来，格外警觉，落日的余晖斜洒进舷窗。

我们没有像我预料的那样，在机场停留下来，接着赶另一个航班。相反，我们在漆黑、拥挤、充满生气的里约热内卢大街上打了一辆出租车。爱德华用葡萄牙语告诉司机我们要去的地方，由于听不懂一言半语，我猜测我们会在赶下一站之前找个宾馆住下来。一想到这一点，我心里一紧，那种感觉与怯场非常接近。出租车继续穿梭在熙熙攘攘的人群中，一直开到人烟逐渐稀少的地方，我们似乎就要到达城市的最西边，向大海奔驰而去。

我们在码头上停下来。

爱德华领着我沿着一长排白色游艇一直往前走，它们停泊在暮色中黑黢黢的水中。他停在一艘比其他船只稍小、打磨得更光洁的游艇前面，很显然这艘游艇是为速度而非空间所设计。不过，它仍然很豪华，比其他的游艇更优雅。虽然背着沉重的背包，他仍然轻松地跳上船。他把行囊放在上船的地方，接着小心翼翼地扶着我爬上船。

我默默地注视着他做开船的准备工作，惊讶地发现他的动作看起来多么娴熟，多么惬意，他以前从未提及过对驾船有兴趣。我转念一想，他只不过对什么都很在行罢了。

我们朝正东方向径直驶往宽阔的海洋，我在脑海中重温了基本的地理知识。在我能记起来的内容中，知道来到非洲……不太可能是巴西东部。

但是爱德华飞速地向前开，里约热内卢的灯光渐行渐远，最终消失在我们身后。他脸上洋溢着一种熟悉的、兴奋不已的笑容，那是一种因为任何形式的速度感所产生的笑容。船在海浪中猛烈向前冲，我的身上溅满海水。

我一直压抑了那么久的好奇心终于战胜了我。

“我们还要继续前进吗？”我问道。

忘记我是人类，并不像他一贯的作风，但是我想知道他是否打算让我们在这艘小艇上过一段时间。

“大约还要半小时。”他的眼睛看着我的双手，紧紧盯在座位上，接着他露齿一笑。

哦，好极了，我心想，毕竟他是吸血鬼，或许我们要去亚特兰蒂斯岛[①]。

二十分钟后，他在引擎的咆哮声中大声呼喊我的名字。

“贝拉，看那里！”他指着正前方。

① 亚特兰蒂斯岛（Atlantis），传说中大西洋中的一座美丽富饶的神秘岛屿，最先由柏拉图（Plato）提及，臆断位于直布罗陀海峡（the Strait of Gibraltar）以西，据说最后陆沉海底。在梵蒂冈（Vatican）保存的古代墨西哥著作抄本（即《梵蒂冈城国古抄本》）和存留至今的墨西哥合众国（The United States of Mexico）的印第安文明的作品中，也有过类似的叙述。现代科学发现，在大洪灾之前，地球上或许真的存在过一片大陆，这片大陆上已有高度的文明，在一次全球性的灾难中，这片大陆沉没在大西洋中。而近一个世纪以来，考古学家在大西洋底找到的史前文明的遗迹，似乎在印证着这个假说。在民间的说法中，人们把这片陆地叫作“大西洲”，把孕育着史前文明的那个国度叫作“大西国”。

我起初只看见一片漆黑，白色的月光扫过水面，但是，我沿着他指向的方位搜索，终于发现一个低洼的黑影隔断了海浪上粼粼的月光。我眯起眼睛望向黑影，它的轮廓变得更加清晰可辨了。它的形状逐渐变矮变宽，形成一个不规则的三角形，一条边比另一条边拖得更长，直到与海浪融为一体。我们靠得更近了，我能看出整个轮廓像羽毛一般，在轻柔的微风中摇曳。

接着我的眼睛重新聚焦，把所有部分组合在一起：一座小岛从海水中漂浮起来，呈现在我们面前，棕榈树的叶子向我们挥手致意，一片沙滩在月光中显得苍白。

“我们在哪里？”我惊诧地低声问道，他改变了航线，绕向小岛的北端。

虽然引擎轰鸣，他还是听见了我的问题，然后露出一个灿烂的微笑，在月色中微微发光。

“这是埃斯梅岛。”

船突然减速，不偏不倚地停泊在一片由木板建成的码头上，木板在月色中变得洁白。引擎熄火了，接下来的沉默意味深长。四周一片寂静，除了海浪拍打船身发出的哗哗声和微风中棕榈树叶摩挲的沙沙声。空气温暖、湿润，充满芬芳——就像冲完热水澡之后的水蒸气一样。

“**埃斯梅**岛？”我压低声音，不过当它打破夜的寂静时仍然显得过于响亮。

“卡莱尔的礼物——埃斯梅主动借给我们的。”

一份礼物。谁会馈赠岛屿？我皱了皱眉，我没意识到爱德华的极度慷慨是一种学来的行为。

他把行李搁在码头上，接着转过身，向我伸出手来，脸上露出完美的微笑。他没有牵我的手，而是径直把我拥入怀中。

“难道你不该等到了门口才这样吗？”我问道，他轻松地跳下船的时候，我屏住呼吸。

他一只手抓住汽艇上两个大行李箱的把手，用另一只胳膊搂住我，把我抱上岸，走上一条两侧都是黑色植被的灰色沙滩过道。

有一小会儿，丛林一样的植被一片漆黑，接着我看见前方透出温暖的灯光。就在我意识到灯光是从一座房子透出的那一刻——我发现两个明亮、完美的正方形原来是构成正门的宽敞窗户——怯场的感觉再次向我袭来，这一次比上一次更加强烈，比我以为我们要赶往宾馆的那一刻感觉更糟糕。

我的心在肋下扑通扑通跳动的声音依稀可辨，我的呼吸似乎卡在喉咙那里。我感到爱德华的眼睛注视着我的脸，但是我不愿直视他的眼神。我直勾勾地盯着前方，眼前一片茫然，什么也看不见。

他没有问我在想什么，这不像他的风格。我猜那意味着他只是很紧张，和我突然变得紧张起来一样。

他把行李箱放在幽深的门廊下，打开门——它们没有上锁。

爱德华低头看着我，在跨越门槛之前一直等着我与他对视。

他把我抱进房子，我们俩都没说话，他进门的时候轻轻地打开灯。我对房子的模糊印象是，这座房子对这么小的岛屿而言显得非常大，有种奇怪的熟悉感。我已经习惯了卡伦家族对灰色调的偏爱，这种感觉像家一样。不过，我没法注意细节，我双耳后面狂乱跳动着的脉搏使一切变得有些模糊不清。

接着爱德华停了下来，打开最后一盏灯。

房间很大、很白，远处的墙差不多都是由玻璃构成的——这是我的吸血鬼们的标准装饰格调。屋外，月亮在白色的沙滩上空散发着光芒，在离房子只有几码远的地方海浪波光粼粼的，但是我几乎没注意到这些。我所有的注意力基本上都集中在房间中央那张绝对称得上巨大的白色大床上，蚊帐像翻腾的云朵一样垂落下来。

爱德华把我放下来。

“我去……去取行李。”

房间太温暖了，比屋外的热带夜晚要闷热一些。我的颈项上冒出了一滴汗珠。我慢慢地走向前，直到我可以伸出手，触摸到泡沫般的蚊帐。出于某种原因，我觉得需要确认一下一切都是真实的。

我没有听见爱德华回来的声音，突然，他那如冬天般寒冷的手指爱抚着我的颈项，擦干那滴汗珠。

“这里有些热，”他满含歉意地说道，“我以为……那样是最好的。”

“考虑周到。”我低声轻语道，他轻轻地笑了笑。那是紧张的声音，对爱德华来说非常罕见。

“我努力考虑了能使这……更舒适的一切事情。”他承认道。

我大声地吸了一口气，仍然不敢面对他。在此之前，是否有过这样的蜜月呢？

我知道这个问题的答案，不，没有。

“我在想，”爱德华慢条斯理地说道，“如果……首先……或许你愿意深夜和我一起游泳？”他深深地吸了一口气，再次开口说话的时候他的声音更加自在一些了，“水会非常温暖，这是你会喜欢的那种沙滩。”

“听起来不错。”我的声音有些沙哑。

“我肯定你需要一两分钟的人类时光……赶了很远的路。”

我木讷地点点头，我几乎没觉得自己是人类，或许独处几分钟会有好处。

他的嘴唇在我的喉咙边摩挲，就在我的耳朵下面。他轻声笑了一下，凉爽的呼吸在我过于滚烫的皮肤上缓缓地流淌：“别**太**久，卡伦太太。”

听见我的新名字，我吓了一跳。

他的嘴唇顺着我的脖子，吻到我的肩头：“我会在水里等你的。”

他从我面前走过，来到那扇敞开着的直接通往沙滩的法式落地玻璃门。一路上，他抖落掉身上的衬衫，衬衫轻轻地飘落在地上，接着他悄悄地走过大门，走进月光之中，咸咸的湿热难耐的空气在他身后涌入房间。

我的皮肤燃烧起来了吗？我得低头检查一番。没有，没有什么在燃烧。至少，看得见的东西没有。

我提醒自己呼吸，接着我跌跌撞撞地走向那个巨大的行李箱，爱德华在一个化妆矮凳上把它打开了。那一定是我的，因为我熟悉的化妆包就在最上面，那里还有许多粉红色的东西，但是我没认出来里面有什么可以称之为衣服的东西。我笨拙地摆弄着整整齐齐折起来的一堆衣服，想要寻找某种熟悉而舒适的衣物，或许是一套旧运动衫，引起我注意的却是我手中一大堆的蕾丝和小而暴露的绸缎。女式贴身内衣，非常贴身的贴身内衣，上面还有法语吊牌。

我不知道如何或者何时，但是终有一天，爱丽丝会为此付出代价的。

我放弃寻找，走进浴室，从长长的窗户偷偷地向外望去，它和落地玻璃门一样通向同一片沙滩。我看不见他，我猜他在那边的海水中，不想上来呼吸空气。在苍穹之下有一弯月亮，几乎是满月，在月光的照耀下沙子发出皎洁的光。一个轻微的举动引起了我的注意——沙滩边缘的一棵棕榈树的枝丫上挂着的是他脱下的衣物，在徐徐微风中飘舞。

一阵燥热再次从我的皮肤上扫过。

我又深呼吸了几次，接着朝长长的梳妆台上的镜子走过去。我看起来就是那副在飞机上睡了一整天的模样。我找到自己的梳子，用力地梳着我后颈项上乱成一团的头发，直到它们都变得服服帖帖的，梳齿上满是头发。我一丝不苟地刷了牙，还刷了两遍。接着我洗了脸，用水拍打我的后颈项，那里有种热得发烧的感觉。水溅在上面的感觉真好，我又洗了洗胳膊，最后，我索性放弃这么做，径直冲了个澡。我知道在游泳之前淋浴很滑稽，但是我需要平静下来，洗个热水澡是唯一的办法。

再次刮一刮我的腿毛似乎也是个非常好的主意。

一切完毕之后，我从梳妆台上扯下一条白色的大浴巾，在腋下把自己裹了起来。

接着我又遇到我之前没考虑到的左右为难的处境。我要穿什么呢？很显然不是泳衣。不过，重新穿上衣服似乎也很愚蠢，我甚至不愿意想一想爱丽丝为我收拾的那些东西。

我的呼吸再次急促起来，双手在颤抖——这些可不是淋浴的镇定效果能做到的。我开始感觉有些眩晕，很显然一阵牵动全身的恐慌就要来临。我裹在大浴巾里，在凉爽的地板砖上坐了下来，把头放在两膝之间，祈祷着在我完全振作之前他不会来找我。我想象得出，如果他看见我这样崩溃的话，会有何感想，这样的事情很容易就会使他确信我们正在犯错。

我并不是因为想到我们是在犯错而吓坏的，完全不是这样。我吓坏了，是因为我不知道如何做这件事情，而且我很害怕走出这个房间面对未知，特别是穿上法式贴身内衣。我知道，我还没做好**这方面**的准备。

这种感觉完全就像不得不走出去，面对坐满上千人的剧院，却不知道自己的台词是什么一样。

人们怎样做这种事儿——忍住所有的恐惧，毫无保留地将他们所有的不完美与恐惧托付给别人——他们托付给别人的并不亚于爱德华给予我的绝对承诺。倘若在外面的那个人不是爱德华，倘若我身体里的每个细胞都不知道他和我爱他一样爱我——没有条件，不可改变，老实说，还很不理智——我永远都无法从地板上站起来。

但是，在外面的那个人就**是**爱德华，所以我轻声说出“别像个胆小鬼”这样的话，挣扎着站起来。我拉紧腋下的浴巾，坚定地从浴室向前进。经过装满蕾丝的行李箱，看也没看一眼就经过了那张大床，然后从那扇敞开的玻璃门走出去，来到那片像粉末一样的细沙滩。

所有的一切都是黑白色的，月光过滤掉了它们的颜色。我缓缓地穿过温暖的粉末，在他留下衣服的那棵弯曲的树旁停了下来。我用手撑在粗糙的树皮上，停下来确定呼吸是否均匀，或者足够均匀。

我朝浅浅的水波望去，它们在黑暗中一片漆黑，我想找到他的身影。

他并不难找，他站立着，背对着我，仰望着椭圆形的月亮，午夜的水齐腰那么深。苍白的月光使他的皮肤洁白无瑕，像沙粒一样，像月亮本身一样，使他的头发黝黑得像海洋一样。他一动不动，双手掌心朝下放在水面上，微波在他周围荡漾开来，仿佛他是一块石头。我凝望着他的后背、肩膀、胳膊、颈项处光滑的曲线，他完美无瑕的体形……

滚烫的感觉不再是在我的皮肤上闪耀的火焰——此刻它变得缓慢而深沉，它慢慢地烧尽我所有的笨拙和羞赧的不确定。我毫不犹豫地褪掉浴巾，把它和他的衣服一起留在树上，走进那片白光里，它也使我像雪白的沙粒一样苍白。

我朝水边走去时听不见自己的脚步声，不过我猜他听得见，爱德华没有转身。我任凭轻柔的海浪声断断续续在我的脚下逐渐增强，发现他对温度的判断是正确的——非常温暖，就像洗澡水一样。我走了进去，小心翼翼地走过看不见的海底，但是我的顾虑完全没必要，绵延的沙粒非常光滑，轻轻地向爱德华倾斜下去。我吃力地蹚过失重的水流，直到来到他身边，接着我轻轻地把自己的手放在他那平放在水面上的凉爽的手上。

“很美。”我说道，也抬头仰望着月亮。

“很适宜。”他不动声色地回答道，他缓缓地转过身直视我，小小的波浪随着他的动作荡漾开去，并在触碰到我的皮肤时分开了。在像冰一样剔透的脸庞的映衬下，他的眼睛看起来是银色的。他翻过手掌，这样我们的手指就能在水面下交错起来。水足够温暖，他凉爽的皮肤没有使我起鸡皮疙瘩。

“不过我不会用**很美**这个词语，”他继续说道，“当你站在这里，相比之下，不会。”

我略微笑了笑，接着举起那只空闲的手——现在它没有颤抖——把它放在他的胸口上。白色对白色，只有这一次，我们很般配。我温暖的抚摸使他有一点点颤抖，他的呼吸现在变得急促起来。

“我答应过我们会**尝试**的，”他低语道，突然变得很紧张，“如果……如果我做错了什么事，如果我弄痛你了，你必须立即告诉我。”

我严肃地点点头，眼睛一直凝视着他。我在水波中又向他靠近一步，把头斜倚在他的胸膛上。

“别害怕，”我低声说道，“我们注定在一起。”

我话中的事实突然使我不知所措，这一刻如此完美，如此恰到好处，根本无法怀疑这一点。

他将我揽入怀中，紧紧地抱住我，一边是夏天，一边是冬天，感觉就像我的每条神经末梢都是一根火线。

“永远。”他认同道，接着温柔地把我们俩拖到深水之中。

太阳炙热地晒在我赤裸的后背上，灼热的感觉把我唤醒。上午晚些时候，或许是下午，我并不确定。不过，除了时间以外，一切都很清楚。我知道自己到底身处何方——那间里面有一张白色大床的明亮的屋子，灿烂的阳光穿透敞开的门洒落进来，云朵般的蚊帐使阳光柔和下来。

我没有睁开眼睛，我太幸福了，不能改变任何事情，不管事情有多么小。唯一的声音是屋外的海浪声、我们的呼吸、我的心跳……

我很舒服，即使是在烘烤般炙热的太阳下，他凉爽的皮肤是对抗热量的良药。躺在他如冬天般冰冷的胸脯上，他的胳膊环抱着我，感觉非常舒适、自然。我懒洋洋地惊叹于昨夜我如此恐慌的事情，现在我所有的恐惧似乎都很愚蠢。

他的手指轻轻地顺着我脊椎的轮廓往下滑，我明白他知道我醒了。我一直闭着眼睛，胳膊紧紧地圈住他的脖子，使自己紧贴着他。

他没有说话，手指在我的背上来回移动，轻轻触摸我的皮肤，倒像是在我皮肤上画图。

我本来可以永远幸福地躺在这里，不打扰这一刻的，但是我的身体还有其他的想法。听见自己的胃在不耐烦地抗议，我大笑起来。经历了昨晚那一切之后，感到饥饿似乎有些太平淡无奇了，好像从高处被带回地面一样。

“什么那么有趣？”他咕哝道，仍然轻抚着我的背。他的声音，严肃而沙哑，带来昨夜缱绻缠绵的记忆，我感到自己的脸和脖子倏地涨红了。

好像是为了回答他的问题，我的胃咕隆咕隆地叫了起来，接着我又大笑道：“终究还是无法长时间压抑作为一个人类的基本需求。”

我等待着，但是他没有和我一起大声笑。透过悬在我头顶上的许多层幸福，我慢慢地下沉，意识到在我热情洋溢的幸福宇宙之外有种不同的气氛。

我睁开眼睛，首先映入眼帘的是他喉咙那里的苍白，几乎是银色的皮肤，他下巴的拱形在我的脸庞上面，紧绷着。我用胳膊撑起自己，以便看清他的脸。

他正目不转睛地盯着我们上方多孔的华盖，我端详他严肃的表情时，他没看我。他的表情使我感到震惊——我全身一阵颤抖。

“爱德华？”我问道，喉咙突然被一小块东西卡住，“怎么啦？出了什么事儿？”

“你一定要问吗？”他的声音很生硬，带着怀疑的语气。

我的第一个本能，也是经历了一生的不安全的事情之后的产物，是好奇我做错了什么事儿。我理了理发生的一切，却无法在记忆中找到这种酸溜溜的语气。事情比我预期得要容易一些，我们就像相对应的碎片一样融合在一起，彼此适合。这使我暗自感到满意——我们在身体上是和谐相容的，在其他方面也是一样，冰与火共存了，并没有毁掉彼此，还有更多的证据表明我属于他。

我想不出哪些事使他这样——如此严肃，如此冷漠，我错过了什么？

他的手指抚平了我因为担忧而皱起的眉头。

“你在想什么？”他轻声问道。

“你很难过，我不了解，是不是我……”我没法说完。

他眯缝着眼睛：“贝拉，你伤得有多厉害？告诉我真相——别不当回事。”

“伤？”我重复道。我的声音比平时的要大一些，因为这个词使我很意外。

他挑起一边眉毛，双唇紧闭成一条缝。

我迅速地估摸了一下，机械地伸展身体，伸缩了一下自己的肌肉。它们很僵硬，还很疼，这是事实，但是主要却是一种奇怪的感觉，我的骨骼像散了架似的，我全身差不多就像水母一样，但这种感觉并没有让人不愉快。

接着我有些生气，因为他悲观的臆测使这个几乎完美的早晨蒙上一层阴影。

“为什么你会武断地得出这样的结论？我从未有过比现在更好的感觉。”

他闭上眼睛：“别这样。”

“别**哪样**？”

“别装出因为我同意这么做就不是恶魔的模样。”

“爱德华！”我轻声喊道，现在真的很难过了，他正在把我那愉快的记忆拖向黑暗，使它染上污渍，“别再那么说了。”

他没有睁开眼睛，仿佛他不想看我一样。

“看看你自己，贝拉，然后再告诉我，我不是恶魔。”

我感觉很受伤，也很震惊，不假思索地遵循他的指示，接着惊呆了。

在我身上发生了什么事？我搞不懂贴在我皮肤上的毛茸茸的雪白色的东西是什么。我摇摇头，雪白色的东西像瀑布似的从我的头发上飘下来。

我用手指捏住一片柔软的白色，是一片绒毛。

“为什么我被羽毛覆盖了？”我迷惑地问。

他不耐烦地吸气道：“我咬破了一个枕头，或许是两个，我也不想这样。”

“你……咬破了一个枕头？**为什么**？”

“瞧，贝拉！”他几乎在咆哮，他拉起我的手——非常小心翼翼——然后伸展我的胳膊，“瞧瞧**那里**。”

这一次，我明白了他的意思。

在飘洒的羽毛下面，大块的淤青开始在我白皙的胳膊上蔓延开来。我的眼睛跟随着它们形成的轨迹，上至肩膀，下到肋骨。我抽出手，轻轻抚弄我左前臂上一处变了色的地方，看着它在我抚摸的时候褪色后又重新出现，有一点儿刺痛。

他的动作如此之轻，几乎没有碰到我，爱德华把手放在我胳膊的淤青上，一次一处，用长长的手指一一触摸这些痕迹。

“噢。”我喊道。

我努力记起这个——想起疼痛——但是我想不起来。我想不起哪一刻他把我抱得太紧了，他握住我的手太用力了。我只记得希望他把我抱得更紧些，他这么做的时候我感到很开心……

“我……非常抱歉，贝拉，”我盯着淤青时，他喃喃低语道，“我很清楚后果。我本不应该……”他从喉咙深处发出一声低沉的表示厌恶的声音，“我的歉意比我能告诉你的还要深。”

他用手臂蒙住自己的脸，变得纹丝不动。

许久，我都感到非常震惊，努力分担他的悲伤——既然我明白了这一点。这与我的感受如此大相径庭，我觉得难以理解。

震惊逐渐消失，什么都没留下。一片虚空，我的头脑一片空白，我想不起该说什么。我怎样才能对他做出合适的解释呢？我怎样才能使他和我一样开心——或者说使他像我刚才那样开心呢？

我碰了碰他的胳膊，他没有反应。我用手指圈住他的手腕，用劲把他的胳膊从脸上掰开，但是我无法拉动这尊给我带来所有快乐的雕像。

“爱德华。”

他没有动弹。

“爱德华？”

没有反应，那么，这会成为独白。

“**我**并不感到难过，爱德华，我……我甚至没法告诉你。我**非常**高兴，这还不足以表达我高兴的程度。别生气，不要，我真的很……”

“别说**好**这个字，”他冷漠的语气像冰一样，“如果你重视我的理智，就别说你很好。”

“但是我**的确**很好。”我低声说道。

“贝拉，”他几乎是在呻吟，“不要。”

“不，**你**别这样，爱德华。”

他挪开胳膊，金色的双眼警觉地注视着我。

“别毁掉这一切，”我告诉他，“我——很——开心。”

“我已经毁掉这一切了。”他轻声道。

“别说了。”我打断他。

我听见他咬牙切齿的声音。

“啊！”我呻吟道，“为什么你还不能读懂我的心呢？心灵不相通真**不方便**。”

他的眼睛睁大了一些，尽管他的心情仍然不好，但注意力有些分散了。

“那倒是新的借口。你喜欢我读不懂你的心思。”

“今天例外。”

他盯着我：“为什么？”

我挫败地向上挥动手，感到肩膀有点疼，但我没理会。我的手掌啪的一声狠狠地撞在他的胸膛上，然后落了下来：“因为这种负疚感本来会完全没必要的，如果你看得出为什么我此刻的感觉很好！或者说是五分钟之前，我**本来**非常高兴的，完完全全地幸福至极。现在——好吧，实际上我有点儿恼火。”

“你**应该**生我的气。”

“好吧，我生你的气，这样会使你好受些吗？”

他叹气道：“不会，我想现在没什么能让我感到好受些。”

“**那，**”我打断他道，“那就是我为什么生气的原因。**你在糟蹋我的好心情，**爱德华。”

他转了转眼珠，摇摇头。

我深吸了一口气，现在对疼痛的感觉更强烈了，但是也没那么糟糕，有点儿像举了一天的重一样。蕾妮曾经几度痴迷于健身，我和她一起做过。两只手各握十磅，挺举六十五次，第二天我都不能走路了，现在的这种疼痛感还赶不上那次的一半呢。

我抑制住自己的烦躁，努力用安抚的语气说：“我们先前知道这样做会有些困难。我想在此之前我就已经猜测到这一点了。那么——好吧，这比我料想的简单多了，这真的没什么。”我用手指轻轻地摩挲胳膊，“我想，对于第一次而言，不知道该期待什么，我们已经做得很了不起了，只要多加练习……”

他的表情突然变得如此凝重，我的话只说了一半就打住了。

“猜测到了？你**预料**到这一点了，贝拉？你预料到我会让你受伤？你想过情况会更糟？你认为实验是成功的，因为你可以轻而易举地摆脱它吗？没有造成骨折——就等于胜利？”

我等着，让他把话全部说完。接着当他的呼吸恢复正常时，我又多等了一会儿。他的眼神平静下来时，我语气缓和，一字一句地回答道：“我不知道该期待什么——但是我根本没有想到会那么……那么美妙，那么完美。”我的声音倏地变成了耳语，我的视线从他的脸飘落到我的手上，“我的意思是，我不知道你的感觉怎么样，但对我而言，就是像那样的感觉。”

一根凉爽的手指把我的下巴向上一抬。

“那就是你担心的事情？”他从牙缝中挤出来，“我自己不享受其中？”

我的眼睛一直朝下看着：“我知道这不一样，你不是人类。我只是想解释那一点，对人类而言，嗯，我无法想象还有比那更好的生活。”

他一言不发，过了许久，我终于不得不抬头看他了。他的脸色现在缓和一些了，露出若有所思的表情。

“似乎我还有更多需要为之道歉的地方了，”他皱着眉头说道，“我做梦都没想到，你会这么揣测我昨天晚上对你所做的事情，不是……哦，我有生以来所度过的最美好的夜晚，但是我不想这么想这件事情，当你……”

我的嘴角在两侧稍稍上扬，形成一条曲线。“真的吗？有生以来最美好的吗？”我小声地问道。

他双手捧起我的脸，仍然在反省自己：“我和你达成协议后，我问过卡莱尔，希望他能帮助我。当然，他警告我这对你会非常危险。”一丝阴郁的神情浮现在他的脸上，“不过，他对我有信心——我不配得到的信心。”

我正准备反驳，他却在我发表评论之前用两根指头按住我的嘴唇：“我也问过他我该期望些什么，我不知道这对我会是什么样的……我是个吸血鬼，会有什么样的感觉。”他勉强地笑了笑，“卡莱尔告诉我，这是一种非常强大的事情，和其他一切都不一样。他告诉我，身体上的爱是我不应该轻率地对待的事情。我们的性情鲜有改变，但是强烈的情感会永远改变我们，但是他说，我不需要担心那一点——你已经使我完全改变了。”这一次，他的微笑更加真诚了。

“我也跟我的兄弟们说起过。他们告诉我，这会令人非常愉快，仅次于喝人血，”他皱了皱眉，“但是我曾尝过你的血，不可能有比**那**更有威力的血……实际上，我认为他们说得没错，只是这对我们而言不同罢了，有种更强烈的感觉。”

“**是**更强烈，是一切。”

“这并没有改变这一事实——这件事是错误的，即使有可能你的确那么觉得。”

“**那**是什么意思？你觉得我是装出来的？为什么？”

“为了减轻我的负疚感，我无法对那些证据熟视无睹，贝拉。或者是因为，当我犯错的时候，你有一贯让我脱离困境的历史。”

我抓住他的下巴，身体向前倾，我们的脸只有咫尺之隔：“你听我说，爱德华·卡伦。我没有为了你的缘故假装什么，好吗？我甚至不知道还有理由让你感觉好受一些，直到你开始非常难过。在我的一生中，我从来未像现在这么开心过——这种开心，不同于当你确定你要杀死我的欲望赶不上你对我的爱那么强烈，也不同于当我醒来发现你在等我的第一个早晨……不同于当我在芭蕾工作室听见你的声音，”回忆起与追捕我的吸血鬼在一起时我最后的呼唤，他畏惧了，但我没有停顿，“也不同于当你说‘我愿意’，由此我意识到我会永远拥有你时的快乐。那些是我最美好的回忆，而这一次比那一切都更美好，所以，你得面对这一点。”

他摸了摸我紧蹙在一起的眉毛形成的纹路：“现在我让你不开心了，我不想那么做。”

“那么**你**就别不开心，那才是此刻唯一错误的事情。”

他眯起眼睛，接着深深地吸了一口气，然后点点头：“你是对的，过去的已经过去了，我做什么也改变不了了。没必要因为我的缘故而让你的情绪变糟糕，这毫无意义，现在我要做一切我能做的事情来使你开心。”

我怀疑地端详着他的脸，他还给我一个宁静的微笑。

“无论什么让我开心都可以？”

我问的同时肚子又唱起了空城计。

“你饿了。”他飞快地说道。他敏捷地跳下床，扬起一阵羽毛，这提醒了我。

“那么，你究竟为何要毁掉埃斯梅的枕头？”我问道，坐了起来，从我的头发上抖落更多羽毛。

他已经穿上了一条宽松的卡其布裤子，站在门边，弄乱头发，抖落几片羽毛。

“我不知道昨天晚上我是否**决定**过做任何事，”他咕哝道，“只不过我们很幸运，是枕头而不是你。”他深深地吸了口气，接着摆摆头，仿佛要抖落忧虑的想法。一个看起来非常真诚的微笑在他的脸庞上绽放开来，但是我猜他费了很大的劲儿才装出来这样的表情。

我小心翼翼地从高高的床沿上滑下来，又伸展了一下四肢，现在我对疼痛和淤青的感觉更强了，我听见他大口喘气的声音。他转过身背对着我，双手紧握成拳，指关节是白色的。

“我看起来那么可怕吗？”我问道，努力保持轻松的语调。他屏住呼吸，但是没有转过身，很可能是不想让我看见他的表情，我走进浴室检查自己的情况。

我在门后的那扇落地穿衣镜面前目不转睛地看着自己。

我的状况更糟糕了，我一边的颧骨上有一个若隐若现的阴影，我的嘴唇有些肿，不过除此之外，我的脸还安然无恙，我身上其他的地方全都青一块紫一块了。我盯着最难隐藏的淤青——我的胳膊和肩膀，其实没那么糟糕，皮外伤很容易就会复原的。我的皮肤很容易就起印子，以前淤青出现时，我往往搞不清楚它们是怎么来的。当然，这次只是深一些而已。难堪的是明天我看起来会更糟糕。

我看着自己的头发，接着痛苦地哼了起来。

“贝拉？”我一发出这样的声音他就出现在我身后。

“我**绝不可能**把这些东西从头发上弄下去的！”我指着自己看起来乱得像鸡窝一样的脑袋，然后开始把羽毛一根根择下来。

“你**要**当心自己的头发。”他低声说道，但是他走过来站在我身后，速度更快地帮我拉下头发上的羽毛。

“看见我这种模样，你怎么能忍住不放声大笑呢？我看起来滑稽至极。”

他没有回答，只是不停地择。不过我知道答案——现在他这种心情，没什么让他觉得更有趣。

“这没用，”过了一会儿我叹气道，“头发全干了，我看我不得不尝试一下用水把它们冲掉了。”我转过身，用胳膊抱住他凉爽的腰，“你想帮我一把吗？”

“我最好帮你找一些吃的。”他语气平静地说道，然后轻轻地推开我的胳膊。他消失在我眼前时，我叹了口气，他的动作太快了。

看起来我的蜜月宣告结束了，这个想法让我感到一阵哽咽。

头上的羽毛差不多全择下来之后，我穿了一条不熟悉的白色棉质长裙，它能把我身上最糟糕的淤青都掩饰起来，我啪嗒啪嗒地赤脚向鸡蛋、培根和切达干酪[①]香味传来的地方走去。

爱德华站在不锈钢炉子前面，把一个煎蛋卷轻松地抛到灶台上的淡蓝色盘子上，食物的味道彻底征服了我。我感觉自己饥肠辘辘，仿佛能把盘子吃下去，还有煎锅。

“给。”他说道。他转过身来，脸上带着微笑，然后把盘子放在一张小花砖砌成的桌子上。

桌子前面有两把金属椅，我在一把椅子上坐了下来，开始狼吞虎咽地吃滚烫的鸡蛋。它们烫到了我的喉咙，但我毫不在意。

他在我面前坐了下来。“我为你做饭的时候不多。”他说。

我吞了下去，接着提醒他：“我那时在睡觉。顺便说一下，味道真不错。对不吃东西的某个人来说，实在令人印象深刻。”

“食谱网。”他说道，我最喜欢的嘴角歪向一边的调皮微笑从他脸上闪过。

我很开心见到他的笑容，很开心他似乎更像平常的自己。

“鸡蛋从哪里来的？”

“我让清洁工为厨房储存了粮食，第一次，在这个地方。我还得请他们处理羽毛……”他的声音越来越小，眼神凝视着我头顶上的空

---

① 切达干酪（Cheddar cheese），世界上购买与消费最多的一种奶酪。最初产于英国，但是现在已经在世界上很多国家生产了。

间。我没有回答，尽力避免说一些会让他再难过的事情。

我全吃光了，尽管他做的足够两个人吃。

“谢谢你。”我告诉他，我探过桌子吻了吻他。他自然而然地回吻了我，接着突然变得僵硬起来，身体退了回去。

我咬紧牙齿，我想问的问题脱口而出时，听起来像是责备一样：“我们在这里的时候，你不打算再碰我一下了，是不是？”

他犹豫了，接着假装笑了笑，抬起一只手摸了摸我的脸颊。他的手指温柔地在我的皮肤上摩挲，我情不自禁地把脸埋在他的掌心里。

“你知道我不是存心的。”

他叹了口气，放下手，说：“我知道，你是对的。”他停顿下来，下巴稍稍上扬，接着他语气笃定地又开口说道，“在你改变之前我不会和你再次尝试了，我再也不会伤害你了。”

心烦意乱

我的娱乐项目成为埃斯梅岛上的第一要务。我们打斯诺克（好吧，我打斯诺克，而他可以炫耀自己全然不需要氧气的本事），我们在布满小岩石山峰边缘的小森林里探险，我们拜访了岛南边树冠上的鹦鹉。我们在西边的小海湾的岩石上看夕阳，我们在温暖的浅水区里与嬉戏的海豚一起游泳，或者至少我这么做了。爱德华在水里的时候，海豚消失不见了，仿佛鲨鱼来了一样。

我知道这是怎么回事儿，他试图使我忙个不停，以此来转移我的注意力，这样我就不会继续跟他吵着讨论房事。房子里的大屏幕等离子电视下有数以万计的 DVD 碟片，无论何时当我们看着碟片，我想要说服他，叫他放松的时候，他都会用那些有魔力的词语，譬如“珊瑚礁”“水底洞穴”和“海龟”等等，把我诱惑出房子。我们整天都在走啊，走啊，走啊，这样一来，夕阳西沉的时候，我总会发现自己精疲力竭，就快饿死了。

每天晚上我吃完饭后就会在我的盘子上昏昏欲睡。有一次我实际上是在饭桌上就倒头睡着了，他不得不把我抱上床。部分原因是爱德华总是为我一个人做太多吃的，但是我游了一整天泳，爬了一整天山之后，饿得那么厉害，差不多能吃完所有的东西。接着，我吃得饱饱的，而且完全累坏了，几乎没法睁开眼睛。毫无疑问，这都是他计划的一部分。

精疲力竭对我说服他的努力毫无益处，我并没有放弃。我试过跟他讲道理，向他恳求，还向他发牢骚，所有一切都无济于事。通常，我还没正式论述我的理由时就不省人事了。接着我的梦变得如此真实——大多数都是噩梦，我猜，岛上明亮的色彩使梦境更加栩栩如生了——不管我睡了多久，我醒来的时候总是感到很累。

我们来到这座岛上大约一周之后，我决定尝试妥协，过去这一招对我们有效。

现在我在蓝色的房间睡觉，清洁工直到第二天才打扫完，所以，白色房间的地面上还是盖着一层雪花般的毯子。蓝色的房间要小一些，床的大小比例更合理。墙壁是深色的，上面镶嵌着柚木装饰板，装饰的都是奢华的蓝色丝绸。

我已经习惯了晚上穿爱丽丝为我准备的一些贴身内衣睡觉——这些跟她为我准备的比基尼相比，不是那么暴露。我不知道她是否预见到我为什么会穿这样的衣服，接着感到一阵害怕，为这种想法而难为情。

我有些迟疑地拿出象牙白蕾丝内衣，担心暴露太多会适得其反，但我已经准备好尝试一切方法。爱德华似乎什么都没注意到，仿佛我身上穿的与我在家里穿的那些皱巴巴的旧运动衫是一样的。

淤青现在已经好多了，有些地方变黄了，有些地方则完全消失了，所以，今晚我在镶有装饰板的浴室里做准备工作的时候，我抽出一件更加暴露的衣服。那是一件黑色的蕾丝内衣，即使不穿在身上，也让人难为情。在我走回卧室之前，我小心翼翼地不去照镜子。我不想自己先被吓到了。

注视着他倏地瞪大双眼，不一会儿又控制住自己的表情时，我感到很满足。

“你觉得怎么样？”我问道，踮起脚旋转起来，这样他就能从各个角度欣赏一下。

他清了清嗓子：“你看起来很美，你一直都很美。”

“谢谢。”我有些酸溜溜地说道。

我太困了，无法抵抗迅速地爬上软绵绵的床的欲望。他用胳膊抱着我，把我拉近他的胸口，但这是例行公事——天气太炎热了，没有他凉爽的身体在身边，根本睡不着。

“我要跟你做个交易。”我困倦地说道。

“我不会跟你做任何交易。”他回答道。

“你甚至都没听听我拿什么作为交换。”

“那无关紧要。”

我叹气道：“该死。我真的想……噢，好吧。”

他转了转眼珠子。

我闭上眼睛，让诱饵停留在那里，接着打了个哈欠。

只过了一会儿——没有久到使我沉睡过去。

“好吧，你想要什么？”

我咬紧牙齿，过了一会儿，挤出一个笑容。如果存在一件他无法抗拒的事情的话，那就是给我什么东西的机会。

“好吧，我在想……我知道达特茅斯的事实际上只不过是为了掩人耳目罢了，不过，老实说，一个学期的大学生活或许不会杀死我。”我说道，这话他很久以前说过，那时候他试图说服我推迟变成吸血鬼的计划，“我打赌，查理要是听说了达特茅斯的事情的话，会兴奋不已。当然，如果我跟不上那些奇才的话，可能会有点儿难堪。不过，十八岁、十九岁实际上并没有多么大的区别，又不是到了第二年我就会长出一双牛脚。”

他沉默了许久。接着，他声音低沉地说道：“你愿意等，你愿意继续当人类。”

我一言不发，让他慢慢体会我提出的条件。

“为什么你这样**对**我？”他从牙缝中挤出来，突然变得生气起来，“没有所有的这些，难道不是已经够困难的了吗？”他一把抓起我大腿上弄皱的蕾丝。有那么一会儿，我以为他会从缝合线处把它撕开的。接着他松开手，“没关系，我不会跟你做任何交易。”

“我想上大学。”

“不，你不想。没什么事情值得拿你的生命冒险，那等于伤害你。”

“但是我的确想上。好吧，大学并不全然是我想要的——我想当人类的时间更长一点儿。”

他闭上眼睛，从鼻孔里呼气道：“你在使我疯狂，贝拉。难道我们不是为此吵过无数次了吗？你总是迫不及待地想要变成吸血鬼。”

“是的，但是……噢，我现在有当人类的理由，以前我没有这样的理由。”

“什么理由？”

“猜。”我说道，我从枕头上抬起身子去吻他。

他回吻着我，但并不是以那种我认为我会赢的方式。似乎他只不过是更小心翼翼，以免伤害我的感情，他令人恼火地克制着自己。过了一会儿，他轻柔地从我身边移开，把我抱在他的胸膛上。

“你**太**像人类，贝拉，受到荷尔蒙的支配。”他轻声说道。

“那就是全部，爱德华，我**喜欢**人类的这种感觉，我现在还不想放弃它。我不想备受嗜血成性的新生儿的煎熬，在这之后许多年，我才有机会重温这样的感觉。”

我打了个哈欠，他则笑了。

“你累了，睡吧，亲爱的。”他开始哼我们第一次遇见时为我创作的摇篮曲。

“我不知道为什么我这么困，”我讽刺地嘀咕道，“那不可能是你阴谋的一部分，或者诸如此类的。”

他只是又轻声笑了笑，继续哼唱。

“由于我现在已经那么困了，你认为我会睡得更好。”

歌曲中断了。“你睡得就像死人一样，贝拉。自从我们来到这里，你睡觉的时候一句梦话都没有说过。要不是鼾声的话，我会担心你是不是昏迷过去了。”他说。

我没理会他拿打鼾来讽刺我，我才不会打鼾呢：“我没有翻来覆去？真奇怪。通常我做噩梦的时候会在床上翻来覆去的，还会大叫。”

“你一直在做噩梦？”

“那些梦像真的一样，让我很疲惫，”我打了个哈欠，“我不敢相信我整晚竟然没有叽叽咕咕地说出来。”

“是关于什么的？”

“不同的东西——但是，都是一样的，你知道，只是颜色不同罢了。”

“颜色？”

“那么明亮，那么真实。通常，当我做梦的时候，我知道我在做梦。而做这些梦的时候，我不知道我睡着了，这使它们更可怕。”

他再次开口说话的时候听起来有些不安：“什么让你感到害怕？”

我有些震撼：“大多数……”我犹豫了。

“大多数？”他追问道。

我不知道为什么，不过我不想告诉他反复出现在我梦魇中的小孩，这种特别的恐惧中含有某种私人化的东西。所以，我没有为他完整地描述，只是给他讲了其中一件，当然足以使我或其他人感到害怕。

“沃尔图里。”我轻声说道。

他把我抱得更紧了：“他们不会再来打扰我们了，你很快就会变成不死之身的，他们没有理由这么做。”

我让他安慰我，他误会了，让我感到有一点内疚。那些噩梦确切地说，并不是那样的，并不是我为自己感到害怕——我为那个男孩感到害怕。

他与第一次出现在我梦境中的男孩不一样——那个吸血鬼男孩眼睛血红，坐在一堆尸体上，他们是我所爱的人。过去一周我梦见过四次的这个男孩绝对是人类，他的脸颊红扑扑的，大大的眼睛是温暖的绿色，但当沃尔图里将我们包围时，他和另一个小孩一样恐惧绝望地颤抖起来。

在这个既旧又新的梦里，我只知道**得**保护这个素不相识的孩子，没有别的选择。与此同时，我知道我会失败。

他看见我脸上的悲伤：“我能帮什么忙吗？”

我摇摇头：“它们只是梦，爱德华。”

“你想让我唱歌给你听吗？如果唱歌会驱走所有的噩梦，我会唱一整夜的。”

“并不全是噩梦，有些还是很美好的。那么……多姿多彩。在水下，有鱼和珊瑚。感觉就像实际在发生的一样——我不知道我是不是在做梦。或许这座岛才是问题之所在吧。这里真的很**明亮**。”

“你想回家吗？”

“不，不，还不想。我们不能待得更久一些吗？”

“你想待多久，我们就能待多久，贝拉。”他向我保证。

“新学期什么时候开始？我之前没注意。”

他叹了口气。他或许又开始哼唱了，但是在我确定之前就已经酣然入睡了。

后来，当我在黑暗中惊醒时，感到很震惊。梦是那么真实……如此形象，感受让人如此真切……我此刻大口地喘着气，在黑黢黢的房间里晕头转向。就在几秒钟以前，我似乎还在光芒四射的明媚阳光下。

“贝拉？”爱德华轻声问道，他的胳膊紧紧地抱住我，轻轻地摇晃我，“你还好吗，亲爱的？”

“哦。”我又大惊。只是一个梦，不是真的。令我完全惊讶的是，眼泪毫无预兆地从我的眼眶里涌出来，顺着我的脸庞流淌而下。

“贝拉！”他说道——现在他的声音更大一些，也更警觉一些了，“怎么啦？”他用冰冷的手指慌乱地拭去我滚烫的脸颊上的泪水，但是我的泪水继续往外流。

“只是一个梦。”我无法抑制住沙哑的声音中的啜泣。莫名的泪水让人感到恼火，我无法控制住紧紧攫住我的缓缓而来的悲痛，我极其渴望这个梦是真的。

“没关系的，亲爱的，你没事儿，我在这里。”他来回地摇晃着我，速度有些过快，让人不觉得是在安慰，“你又做噩梦吗？那不是真的，那不是真的。”

“不是噩梦，”我摇摇头，用手背擦了擦我的眼睛，“是一个**美**梦。”我的声音又有些哽咽了。

“那么为什么你在哭呢？”他迷惑不解地问道。

“因为我醒了。”我哀号道，胳膊一把钩住他的脖子，抱住他，在他的颈项处啜泣起来。

他听到我的逻辑大笑了一下，但是声音由于充满关切而有些紧张。

“一切都很好，贝拉，深呼吸几次。”

“那么真实，”我哭喊道，“我**希望**那是真的。”

“告诉我是什么，”他催促道，“或许那样会有所帮助。”

“我们在沙滩上……”我的声音逐渐消失了，我坐正身子，用充满泪水的眼睛看着他那在黑暗中若隐若现的天使般的脸，他的脸上充满焦急的神情。毫无理由的悲痛开始渐渐消退时，我哀伤地端详着他。

“那么？”他终于提示道。

我眨了眨眼睛，让泪水流淌出来：“噢，爱德华……”

“告诉我，贝拉。”他恳求道，听到我声音中流露出的痛苦，他满眼充满了焦急不安。

但我不能。相反，我用胳膊抱紧他的脖子，用嘴巴紧紧锁住他的嘴巴，疯狂地亲吻他。那根本不是欲望——是需要，这种需要来势汹汹，已经达到痛苦的程度。他立刻回应着我，但很快就冷漠地停了下来。

他在惊讶中尽可能温柔地挣脱我，抓住我的肩膀，把我推开。

“不要，贝拉。”他坚持道，他看着我仿佛担心我失去理智一样。

我的胳膊挫败地垂落下来，奇怪的泪水又一次涌出来，我的喉咙里响起一声新的啜泣声。他是对的——我肯定是疯了。

他凝视着我，眼中充满迷惑和痛苦。

“我很抱……抱歉。”我咕哝道。

不过就在那时他把我向他拉近，把我紧紧地抱在他大理石般的胸口。

“我不能，贝拉，我不能。”他的呻吟是痛苦的。

“求你了，”我说道，我的哀求声在他的皮肤上变得更轻了，“求你了，爱德华？”

我分不清他被打动了，是因为我颤抖的哭泣声，还是他对应付我的突袭毫无准备，抑或是因为他的需要在那一刻和我的一样难以忍受，但是不管是什么原因，他把我的嘴唇拉向他，在呻吟中投降了。

接着我们在我的梦停止的地方开始了。

我早上醒来的时候躺在床上一动不动，努力使我的呼吸保持均匀，我害怕睁开自己的眼睛。

我躺在爱德华的胸口，但是他一动不动，双臂也没有抱着我，那不是个好预兆。我害怕承认自己醒来了，还要面对他的愤怒——不管今天这种愤怒指向谁。

小心翼翼地，我透过睫毛偷偷地看了看。他仰视着阴暗的天花板，双臂枕在脑后。我用胳膊肘撑起自己，这样我就能更清楚地看见他的脸。他的脸很光滑，没有表情。

“我会遇到多大的麻烦？”我怯怯地小声问道。

“很大。”他说道，不过他转过头，冲我得意地笑了笑。

我如释重负地舒了一口气。“我**很**抱歉，”我说道，“我本不想……好吧，我不知道昨天晚上到底是怎么回事儿。”我摇了摇头，不去想凭空而来的眼泪，还有极度的悲痛。

“你从未告诉过我你梦见了什么。”

“我猜我没有——不过我差不多向你**展示**了是什么。”我紧张兮兮地大笑道。

“哦，”他说，睁大眼睛，接着眨了眨眼睛，“很有趣。”

“那是个非常美好的梦。”我低声说道。他没有发表评论，过了一会儿，我问道：“你原谅我了吗？”

“我在考虑。”

我坐起来，打算检查一下自己——至少似乎没有羽毛。但是当我挪动的时候，感到一阵奇怪的眩晕，我摇晃着躺回到枕头上。

“哇……脑充血。”

就在那时，他的胳膊揽住我：“你睡了很久，十二个小时了。”

“十二个小时？”多么奇怪啊！

我说话的时候草草地看了看自己，努力不要表现得太明显。我看起来很好，胳膊上的淤青还是一周以前留下的，变黄了。我试着舒展了一下胳膊，感觉也很好。好吧，实际上比很好还要好。

“检查完了吗？”

我羞怯地点点头：“所有的枕头似乎都幸免于难。”

“不幸的是，我不能对你的，呃，睡衣说同样的话。”他朝床脚点了点头，几片黑色蕾丝散落在丝质被单上。

“那太糟糕了，”我说道，“我喜欢那一件。”

“我也喜欢。”

“还有其他的伤亡吗？”我胆怯地问。

“我得给埃斯梅买一张新床架。”他坦言道，回头看了一眼。我顺着他的目光望过去，惊讶地看见大片的木头很明显从床头板的左边突出来了。

“嗯，”我皱了皱眉，“你会觉得我当时听见了吧。”

“当你的注意力在别处时，你好像超乎寻常地缺乏观察力。”

“我有些投入。”我承认道，脸变得绯红。

他摸了摸我滚烫的脸颊，叹气道：“我真的会想念那样的。”

我凝视着他的脸，寻找我害怕看见的任何愤怒或懊悔的迹象。他平静地回望着我，表情平静，却难以读懂。

“你感觉如何？”他大笑道。

“什么？”我追问道。

“你看起来很内疚——像犯了罪一样。”

“我**感到**内疚。”我低声咕哝道。

“你引诱了你那心甘情愿的丈夫，可那不是死罪。”

他似乎是在捉弄我。

我的脸颊变得更烫了：“**引诱**这个词儿暗含着一定程度的预谋之意。”

“或许这个词儿用得不对。”他承认。

“你不生气？”

他有点后悔地笑道：“我不生气。”

“为什么不？”

“嗯……”他停顿了一下，“我没有伤害你，这是一方面。这一次控制住自己，不要传导出过多的情绪，似乎要容易一些。”他的眼睛飞快地又扫回到弄坏的床架上，“或许是因为我更了解会发生什么吧。”

一个充满希望的微笑开始在我的脸上绽放开来：“我告诉过你，这只是熟能生巧的事情。”

他转了转眼珠。

我的胃开始咆哮起来，他大笑道：“人类的早餐时间到了？”

"请吧。"我说着从床上跳了下来。我的动作很快，不得不像喝醉酒一样踉跄着恢复平衡。在我脚底不稳，撞到梳妆台之前，他一把接住了我。

"你还好吗？"

"如果在我的下一次生命中，平衡感仍然没有好一点儿的话，我就要求退款。"

今天早上我做饭，煎了几个鸡蛋——我太饿了，没精力做更精致的早餐。只过了几分钟，我就急不可耐地把鸡蛋轻轻地推进盘子里。

"从什么时候开始你吃单面荷包蛋了？"他问道。

"从现在起。"

"你知道上个星期你吃掉多少个鸡蛋吗？"他把垃圾桶从水槽下面拖出来——里面装满了蓝色的空纸箱。

"真奇怪，"我吞下一口滚烫的鸡蛋后说道，"这个地方打乱了我的胃口。"还有我的梦，和已经可疑的平衡感，"但我喜欢这里。不过，我们可能很快就得离开，是不是，及时赶到达特茅斯？哇，我猜我们还需要找地方住、买东西等等。"

他在我旁边坐下。"现在你可以卸下想上大学的伪装了——你已经得到你想要的了。我们并没有达成什么交易，所以没有束缚你的绳索。"他说。

我不屑地说道："这不是伪装，爱德华。我才不会像有些人一样把我的自由时间用来耍阴谋呢。**今天我们要做些什么才能让贝拉累得精疲力竭呢？**"我学着他的声调说道，不过模仿得很蹩脚。

他大笑起来，没有感到一丝害臊。

"我真的希望当人类的时间会长一些。"我的身体朝他倾斜过去，手划过他赤裸的胸脯，"对我来说还不够。"

他怀疑地看了我一眼。"**这个**？"他问道，我的手游移到他的胃部时他一把抓住我的手。"性一直以来都是关键吗？"他转动眼珠子说道，"为什么我就没想到那一点呢？"他揶揄地低声说道，"我本来可以少辩驳许多的。"

我大笑道："是的，很可能。"

“你**那么**像人类。”他又说道。

“我知道。”

他的唇边流露出一丝笑意：“我们要上达特茅斯吗？真的吗？”

“我可能一个学期就挂掉。”

“我会辅导你的，”现在他脸上的笑容更灿烂了，“你会爱上大学的。”

“你觉得我们这么迟了还能找到公寓吗？”

他做了个鬼脸，看起来很内疚：“嗯，我们在那里似乎已经有一套房子了。你知道，只是以防万一。”

“你买了一套房子？”

“房地产是很好的投资。”

我挑起一边的眉毛，接着放松下来：“这么说来，我们准备好了。”

“我得看一看是否能把你‘之前’的那部车保留得更久一些……”

“是的，要是我没受到防导弹坦克保护的话，上天都会不允许的。”

他露齿一笑。

“我们赶得上，如果你想的话，我们还有几周时间。然后，在我们去新罕布什尔州之前，我们要去看查理，我们还能与蕾妮一起过圣诞节……”

他的话在我脑海中描绘出一幅在不久的将来就会出现的幸福图景，那里相关的所有人都不会受到伤害。我几乎忘记了尘封在抽屉中的“雅各布”，它突然发出咯咯的响声让人倍感不安，我修正了刚才的想法——差不多**所有人**。

这样没有让我的心情更好，由于我发现当人类**的确**会有许多好处，放弃我的计划是那么的诱人。十八岁或者十九岁，十九岁或者二十岁……这真的很重要吗？我在一年中不会发生多少改变，而且与爱德华一起当人类……这种选择随着日子一天天流逝变得越来越棘手。

“再过几个星期，”我同意了，接着，似乎时间永远都不充足一样，我补充道，“那么，我在想——你了解我以前说过的多加练习的事情？”

他大笑道："你能等一会儿再谈这件事吗？我听见船的声音了，清洁工肯定到了。"

他希望我等会儿再谈，是不是那意味着他不打算在多加练习上给我制造更多麻烦呢？我笑了起来。

"容我向古斯塔沃解释一下白色房间里为什么会乱成一团，然后我们就出去。在南边的丛林里有个地方……"

"我不想出去，今天我不想在岛上到处走，我想待在这里看电影。"

听见我不高兴的声音，他噘起嘴巴，努力忍住不笑出声来："好吧，你想怎样都行。我去开门的时候，你要不要挑一部出来？"

"我没听见敲门声。"

他的头歪向一边，仔细地听。过了半秒钟，门上传来一声微弱而胆怯的响声。他莞尔一笑，朝门厅走去。

我懒洋洋地走到大电视机下面的架子边上，开始浏览片名。很难确定该从哪里着手。这里的 DVD 碟片比出租店还要多。

爱德华从门厅走回来的时候，我听见他深沉的天鹅绒般的声音，他流畅地交谈着，我猜他的葡萄牙语堪称完美，另一个刺耳的人类的声音用同样的语言在回答。

爱德华把他们领进房间里，边走边指向厨房。两个巴西人在他旁边显得身材矮小，皮肤黝黑。其中一个是身材浑圆的男人，另一个是身材消瘦的女人，两个人的脸上都布满了皱纹。爱德华脸上带着骄傲的笑容指着我，我听见我的名字与一串不熟悉的单词混杂在一起。当我想到白色房间里羽毛铺了一地时，感到有些羞涩，他们过一会儿就会看见。

矮个男子看着我礼貌地笑了笑。但是那个咖啡色皮肤的娇小女人没有笑。她瞪大眼睛盯着我，流露出各种神情，有震惊，有担忧，更多的却是**恐惧**。我还没来得及反应，爱德华就示意他们跟着他朝"鸡窝"走去，接着他们就不见了。

爱德华出现的时候，只有他一个人。他迅速地走到我身边，用双臂把我抱在怀里。

"她怎么回事儿？"我急促地低声问道，想到她惊慌失措的表情。

他耸耸肩，泰然自若地说道："考尔有一部分迪古拿印第安[1]血统。她从小长大的地方更加迷信——或者你可以称之为更有意识——与那些活在现代世界的人相比。她怀疑我的身份，或者猜得八九不离十了。"他的语气仍然没有一丝担忧，"在这里他们有自己的传说，他们认为Libishomen是专门以吸食美丽女人的血为生的恶魔。"他挑逗地瞅了我一眼。

仅仅是美丽的女人？哦，那倒是种恭维。

"她看起来很害怕。"我说道。

"是的——但是她更担心你。"

"我？"

"她担心为什么我带你来这儿，而且只有我们俩。"他阴沉地轻声笑起来，然后看着满满一墙壁的影碟，"哦，好吧，为什么你不挑一部电影，我们一块儿看呢？那是可以接受的人类事情。"

"是的，我确信一部电影会让她相信你是人类的。"我大笑起来，双臂紧紧地钩住他的脖子，踮起脚站了起来。他弯下腰，这样我就能吻到他，接着他的胳膊紧紧地抱住我，把我从地板上抱了起来，这样他就不必弯腰了。

"电影，看电影。"他的唇移到我的喉咙那里时，我轻声咕哝道，我的手指抓住他的金发。

接着我听见一声惊呼，他立即把我放了下来。考尔呆立在门厅中，一动不动，她黑色的头发上沾满了羽毛，胳膊上的羽毛更多，一脸恐惧的表情。她盯着我，两只眼睛鼓了出来，我脸一红，看着地面。接着她让自己镇定下来，喃喃地用我不熟悉的语言说了些什么，

① 迪古拿印第安（Ticuna Indian），Ticuna一词也可拼写成Tukuna或Tikuna，指的是居住在与秘鲁（Peru）和哥伦比亚（Colombia）边界接壤的亚马孙雨林（Amazon rain forest）的巴西印第安人。迪古拿印第安部落是亚马孙河附近最先被早期的西班牙殖民者征服的主要部落之一。人口主要居住在巴西，也有一部分居住在哥伦比亚。尽管经过近四百余年的殖民统治，迪古拿印第安部落仍然在本族语言、传统信仰、宗教仪式和文化艺术形式方面保留着自身的文化特点和身份。

很显然是在道歉。爱德华笑了笑，用友好的声音答复她。她黑色的眼睛看向别处，继续往大厅走去。

“她在想我认为她在想什么，是不是？”我低声问道。

听见我绕嘴的句子，他大笑道：“是的。”

“拿着，”我伸出手，随便抽出一张影碟，“放这部吧，我们可以假装看电影。”

这是一部老音乐剧，里面的人物个个满脸微笑，前襟上还有蓬松的装饰。

“非常像度蜜月。”爱德华赞许道。

演员们在屏幕上一边舞蹈，一边兴高采烈地唱着开幕曲，我慵懒地躺在沙发上，依偎在爱德华的臂弯里。

“我们现在会搬回白色房间吗？”我懒洋洋地问道。

“我不知道……我已经把另一个房间的床头板损坏得无法修理了——如果我们把破坏限定在房子里的一个地方，埃斯梅或许有一天还会邀请我们回来的。”

我开怀一笑：“那么还会有更多的破坏啰？”

他看着我的表情大笑道：“我想如果预先策划，而不是等着你再次强暴我的话，那样或许更安全。”

“那只是时间问题。”我漫不经心地认同道，但我的脉搏在血管里加速跳动起来。

“你的心脏是不是有问题？”

“没有，我健壮如牛，”我停顿道，“你想现在检查一下破坏区域吗？”

“或许等到只剩下我们两个人的时候，会更礼貌一些。你或许注意不到我毁坏家具，但是那或许会吓坏他们。”

实际上，我已经忘记了另一个房间里还有其他人。“对啊。讨厌。”我说。

古斯塔沃和考尔轻轻地在房子里走来走去，而我则不耐烦地等着他们赶快打扫完，努力把注意力集中在屏幕上“从此以后幸福快乐”的镜头上。我开始有些昏昏欲睡了——不过，在爱德华看来，我已经睡了大半天了——就在那时一个沙哑的声音吓了我一跳。爱德华坐了起来，仍然把我抱在怀里，他用流利的葡萄牙语回答着古斯塔沃。古斯塔沃点点头，然后静悄悄地朝前门走去。

“他们打扫完了。”爱德华告诉我。

“那是不是意味着现在只有我们两个了？”

“先吃午餐怎么样？”他建议道。

我咬了咬嘴唇，因为眼前的两难局面而犹豫不决。我已经非常饿了。

他露出一个笑容，拉着我的手，领着我来到厨房。他太了解我的表情了，即使读不懂我的心思，也无所谓。

“这有些无法控制了。”我终于觉得吃饱了的时候抱怨道。

“今天下午你想和海豚一起游泳吗——燃烧一些卡路里？”他问道。

“或许晚些时候，我想到另一个燃烧卡路里的办法。”

“是什么？”

“嗯，还有许多许多床头板呢……”

但我还没说完，他已经用胳膊一把抱起我，一边以非人类所能及的速度把我抱进蓝色的房间，一边用双唇封住了我的嘴巴。

出其不意

一条黑色的线穿过罩子般的薄雾向我靠近。我能看见他们像红宝石一样的眼睛闪烁着欲望的光芒——杀戮的欲望。他们的唇角向后拉，露出锋利而且湿漉漉的獠牙——有些在咆哮，有些则在微笑。

我听见身后的小孩在呜咽，但我无法转身看着他。尽管我拼命地想确信他很安全，但我此刻无法承受走神所带来的后果。

他们像鬼魅一样离我越来越近，黑色的长袍随着他们的移动在空中轻轻飘舞。我看见他们的手蜷成了骨色的爪子。他们开始分散，准备从各个角度向我们进攻。我们被包围了，我们就要死了。

就在那时，突然一阵光线一闪而过，整个画面全然不同了，然而，什么都没改变——沃尔图里家族仍然静悄悄地朝我们走过来，摆出杀死我们的姿势，真正改变的却是我眼中的画面看起来的景象。突然，我非常渴望这一切，我**希望**他们进攻。我身体向前下蹲的时候，惊慌失措变成了嗜血成性，我的脸上露出一个笑容，咆哮声从我暴露在外的牙齿中穿出来。

我惊讶地坐直，从梦中惊醒。

房间里一片漆黑，而且天也很热，黏糊糊的。汗水浸湿我的头发，使它们贴在太阳穴两侧，然后沿着我的喉咙往下淌。

我抓住温暖的床单，发现上面没有人。

"爱德华？"

就在那时，我的手指遇到某种光滑、平整而且很硬的东西。是一张纸，还对折着，我拿起便笺，摸索着穿过房间去找开关。

便笺的外面写着"致卡伦夫人"。

我希望你不会醒来，发现我不在，但是倘若你醒来的话，我很快就会回来。我只是到大陆上去狩猎了。回去睡觉，你再次醒过来的时候我就回来了。我爱你。

我叹了口气。现在我们到这里大约有两个星期了，所以我本应该料想到他不得不离开的，但是我根本没想过时间。在这里我们似乎活在时间之外，只是在一种完美的状态中不知不觉地向前走。

我用手擦掉额头上的汗，突然觉得完全清醒了，尽管梳妆台上的闹钟显示现在才过一点。我知道，现在我觉得又热又黏糊糊的，不可能再睡着了。更别提倘若我关上灯，闭上眼睛的话，我肯定会在脑海中看见那些小心翼翼潜行的黑色人影。

我从床上爬起来，在黑黢黢的房子里漫无目的地游荡，轻轻地拨开电灯开关。爱德华不在，房子显得那么大，那么空荡荡的，感觉很不一样。

我最后来到厨房，确定或许可口的食物才是我所需要的。

我在冰箱里摸来摸去，直到找到炸鸡需要的所有原料。平底锅里传来的炸鸡肉的砰砰声和嗞嗞声让人感到舒适宜人，有种居家的感觉。这些声音打破了沉寂，使我觉得不那么紧张了。

闻起来那么香，鸡肉一出平底锅，我就吃了起来，吃的时候还烫到了我的喉咙。不过，吃到第五口，或者第六口的时候，鸡肉就冷却下来，这样我就能细细品尝了。我放慢咀嚼的速度。味道有什么不妥吗？我检查了鸡肉，全是白的，不过我怀疑是不是没完全熟透。我又试着尝了一口，嚼了两遍。啊——肯定是坏了，我跳起来把它吐进水槽里。突然，鸡肉混着油烟的味道令人作呕。我端起盘子，把它全部倒进垃圾桶里，接着打开窗子驱走气味。一阵凉爽的清风从外面扑面而来，吹到皮肤上，感觉好极了。

我突然感到精疲力竭，但是我不想回到热烘烘的房间里。所以我在电视间里又打开了几扇窗，躺在窗户下面的长沙发上。我打开前一天我们看过的那部电影，喜气洋洋的片首曲刚开始我就睡着了。

当我再次睁开眼睛时，已经日上三竿了，但是并不是阳光唤醒了我。凉爽的胳膊圈着我，把我揽入他的怀里。与此同时，我的肚子突然一阵疼痛，感觉就像被人朝肚子上揍了一拳一样。

“对不起，”爱德华用寒冬一般凉爽的手擦拭着我湿漉漉的额头时喃喃道，“还以为我想的万无一失呢。我没想到我不在你会有多么热，我再离开之前会请人装上空调的。”

我无法注意他在说什么。“对不起！”我大口喘着气喊道，从他的怀抱中挣脱出来。

他自然而然地放开我：“贝拉？”

我用手捂着嘴巴飞跑进浴室。我感到非常糟糕，甚至头一次来不及顾忌他就在我身边，就趴在马桶上大口大口地吐了起来。

“贝拉，怎么啦？”

我还不能回答。他万分焦急地抱着我，把头发从我脸上拨开，等着我能再次呼吸。

“该死的变坏的鸡肉。”我痛苦地呻吟道。

“你还好吗？”他的声音很紧张。

“很好，”我气喘吁吁地说道，“只是食物中毒。你没必要看到这些，走开。”

“不可能，贝拉。”

“走开。”我再次呻吟道，挣扎着站起来，这样我就能把口漱干净。他温柔地搀扶着我，根本对我虚弱地推开他的动作视若无睹。

我漱完口后，他把我抱到床上，小心翼翼地让我坐下，用胳膊撑着我。

“食物中毒？”

“是的，”我沙哑地说道，“昨天晚上我做了一些鸡肉。味道糟糕透顶，所以我倒了，但是我先吃了几口。”

他把冰冷的手放在我的额头上，我感觉舒服极了。“现在你感觉如何？”他问。

我想了想他说的话。恶心的感觉来得快，也去得快，我感觉就和前一天早上一样。“非常正常，实际上，有些饿。”我说。

他让我等一个小时，喝下一大杯水，然后帮我煎了几个鸡蛋。我感觉十分正常，只是因为半夜起来觉得有些累。他打开电视，调到有线电视新闻网——我们现在如此与世隔绝，第三次世界大战可能都发生了，我们还不知道呢——我昏昏欲睡地躺在他的膝盖上。

新闻让我有些厌倦，我转身去吻他。就像今天早上一样，我一动肚子就开始尖锐地疼痛起来。我踉踉跄跄地从他身边跑开，用手紧紧地捂着嘴巴。我知道，这一次我没办法赶到浴室了，所以我朝厨房的水槽跑去。

他再次帮我拨开头发。

"或许我们应该回到里约热内卢，看一看医生。"当我再吐完之后漱口时，他忧心忡忡地建议道。

我摇摇头，靠着墙朝门厅走去，看医生意味着打针。"我刷完牙后就会没事儿的。"

当我感觉好一些时，我在行李箱里到处寻找爱丽丝为我准备的急救箱，里面装满了人类需要的东西，比如绷带和止痛药。我现在的目标是——碱式水杨酸铋[①]。或许我能让我的胃安定下来，让爱德华平静下来。

但是还没等我找到胃药，我就注意到爱丽丝为我准备的另一件东西。我拿起一个蓝色的小盒子，把它放在手心愣了许久，忘记了周围的一切。

接着我开始在脑海中计算，一次，两次，再一次。

敲门声吓了我一跳，小盒子落到行李箱里。

"你还好吗？"爱德华在门外问道，"你又不舒服了吗？"

"很好，没有。"我说道，但是我的声音听起来像是在哽咽。

"贝拉，我能进来吗？"现在他的语气显得很担心。

"好……好吧！"

他走进来，打量着我的姿势，我盘着腿坐在地面上行李箱的旁边，我的表情很空洞，双眼凝视着某个地方，他在我旁边坐下来，立

---

① 碱式水杨酸铋（Pepto-Bismol），一种胃药，最大限度地疏解患者胃部的不适，特别针对胃灼热、消化不良、肠胃不适、恶心和腹泻等症状。

刻用手摸了摸我的额头。

“怎么啦？”

“从婚礼到现在过了多少天了？”我轻声问道。

“十七天，”他自然而然地答道，“贝拉，怎么这么问？”

我又开始计算了，我竖起一根手指，示意他等一等，自言自语地计算着。我刚才计算的日子有问题，我们在这里的时间比我想象的要久一些，我又算了一遍。

“贝拉！”他急促地轻声喊道，“我现在一头雾水。”

我试着吞咽，但不管用。所以，我把手伸进行李箱，在里面笨手笨脚地摸来摸去，直到再次找到那个装满卫生棉塞的蓝色小盒子，我一言不发地把它拿起来。

他迷惑不解地盯着我：“什么？你想把这次生病当成是月经前不适的症状？”

“不，”我总算挤出几个字来，“不，爱德华，我想要告诉你，我的例假已经晚了五天了。”

他的面部表情没有改变，就好像我没说过话一样。

“我认为我不是食物中毒。”我补充道。

他没反应，就像一尊雕像一样。

“那些梦，”我干巴巴地自言自语道，“那么嗜睡，哭泣，那些食物。哦，哦，**哦**。”

爱德华凝视的眼眸晶莹剔透，仿佛他再也看不见我一样。

条件反射地，几乎是心不甘情不愿地，我的手落在了我的肚子上。

“哦！”我又尖叫起来。

我歪歪扭扭地站起来，从爱德华一动不动的手中溜了出来。我没有换下那条小小的丝质短裤和小背心，我一直穿着它们睡觉。我抽出一片蓝色的卫生棉塞，盯着我的肚子。

“不可能。”我轻声说道。

我对怀孕、小孩或者那个世界的任何方面都毫无经验，但是我不是白痴。我看过足够多的电影和电视节目，了解怀孕不是这样的，我只不过晚了五天而已。如果我怀孕了，我的身体不会马上感应到的？

我早上不会不舒服，我不会改变我的饮食或者睡眠习惯。

基本上，我的小腹上不会微微凸起，现在却有很明显的一块。

我来回地转动着我的身躯，从每个角度检查，仿佛它一出现在合适的光线下就会消失一样。我用手指抚摸着稍稍凸起的腹部，惊讶地发现它摸起来像石头一样硬。

“不可能。”我又说道，因为，突出或者不突出，来例假还是不来例假（肯定不会来，尽管我一生从未晚到过一天），我根本不可能**怀孕**。唯一和我有过关系的人是个吸血鬼，搞什么名堂嘛。

那个仍然僵硬地坐在地板上的吸血鬼没有流露出一丝再次活动起来的迹象。

这么说来，必定有其他的说法，我有毛病。一种奇怪的南美洲疾病伴随着怀孕的迹象，只会加快……

接着我想起什么事儿——有一天早上我在网上做过的调查，现在想来仿佛是上辈子的事情了。我坐在查理家我的房间中的那张旧书桌前，苍白的光线穿透昏暗的窗户，我凝视着那台扑哧作响的老电脑，在一个名叫“吸血鬼A到Z”的网站上贪婪地阅读有关内容。那是在雅各布为了让我开心，给我讲了奎鲁特部落的传说不到二十四小时之后，他那时候根本不相信这些传说，根据这些传说他告诉我爱德华是吸血鬼。我焦急地浏览着网站上的第一批词条，那些都和世界上的吸血鬼神话有关。菲律宾的**丹拿**、希伯来的**艾斯提瑞**、罗马尼亚的**维拉可拉斯**、意大利的**有益的斯特岗尼亚**[①]（这个传说实际上是以我的新公公早期与沃尔图里家族一起探险的故事为依据的，只不过那时我对此并不了解罢了）……随着故事变得越来越不合情理，我的注意力越来越不集中。我只模模糊糊地记得后面几个词条的一些内容。它们大多数似乎都是编造出来的解释一些事情的借口，比如婴儿死亡率和不忠。**不，亲爱的，我没有外遇！你看见的那个从房子里溜出去的性感**

---

① 有益的斯特岗尼亚(Stregoni benefic)，该吸血鬼的名字在意大利语中就是“有益的吸血鬼”的意思，据说他会保护意大利人免受其他邪恶吸血鬼的迫害，外貌与凡人无异，因此有时斯特岗尼亚会将自己装扮成普通人类，等其他吸血鬼以为逮到猎物的时候将他们杀害。

女人是个邪恶的狐狸精。我很幸运我活着逃脱了！（当然了，由于我对坦尼娅和她姐妹的了解，我怀疑那些借口中有一些就是事实。）也有一个女性版本。**你怎么能指责我对你不忠呢——只是因为你外出航海两年才回家，而我怀孕了？都怪阴库巴斯恶魔[1]。他用神秘的吸血鬼魔力给我催眠了……**

阴库巴斯恶魔的能力之一是让他那不幸的猎物怀上他的孩子。

我摇了摇头，有些眩晕，但是……

我想到埃斯梅，特别是罗莎莉。吸血鬼不可能生孩子，如果可能的话，罗莎莉现在早就找到办法了，阴库巴斯恶魔的神话只不过是传说罢了。

除非……嗯，**有**所不同。罗莎莉当然不能怀孕，因为她永远停留在她从人类转变成非人类的那个阶段了，完全不会**改变**，而人类妇女的身体需要发生改变，以便生育。每个月周而复始的改变是一方面，接着需要发生更大的改变以适应不断成长的胎儿。罗莎莉的身体无法改变。

但是我的可以。我的身体的确改变了。我摸了摸肚子上凸出的硬块，昨天都还没有呢。

而人类男性——嗯，他们从青春期到死亡差不多不会改变。我零零星星记得一些琐事，从知道在哪里搜集信息的人那里收集来的：查理·卓别林最小的儿子诞生时他已经七十多岁了，男性没有适孕年龄或生育周期之类的事情。

当然，怎么有人会知道男吸血鬼能够生育孩子，而他们的伴侣却不能呢？究竟什么样的吸血鬼会有这种必需的控制力拿人类妇女做实验，来检验这样的理论，或者是这样的爱好呢？

我只能想到一个。

我的思绪一部分在整理事实、记忆和观察，另一部分——控制

① 阴库巴斯恶魔（Incubus），西欧中世纪神话中撒旦的儿子之一，他长着黑色翅膀、黑色羊角、一条蛇尾，会在女子熟睡的时候，潜入她的梦中，让她怀孕。

活动最小的肌肉的那一部分——已经惊吓过度，失去正常运转的能力了。我无法张开嘴巴说话，尽管我想问爱德华，**请**他向我解释发生了什么事。我需要回到他席地而坐的地方，抚摸他，但是我的身体不愿听从指挥。我只能满眼惊恐地盯着镜子，我的手战战兢兢地按住身躯上凸出来的地方。

接着，就像在昨天晚上我做的那个栩栩如生的梦中一样，眼前的景象突然改变了。我在镜子里见到的一切看起来完全不一样了，尽管实际上并没有**不**一样。

让这一切发生改变的，是我的手被一阵轻微的震动弹了一下——从我身体里面。

与此同时，爱德华的电话响了，尖锐而急促，我们两个都没有动，电话响了一遍又一遍，我试图对此置之不理，手指按住我的肚子，等待着。在镜子中，我的表情不再是迷惑不解的了——现在是惊叹。我几乎没注意到从什么时候开始莫名其妙地默默流起泪来，泪珠儿顺着我的脸颊流淌下来。

电话一直在响，我希望爱德华接电话——我正在享受此刻呢，很可能是我一生中最重要的时刻。

丁零零！丁零零！丁零零！

最后，恼怒打破了一切。我在爱德华身边跪下来——我发现自己的动作更加小心翼翼了，对每个感受到的动作要小心一千倍——我摸了摸他的口袋，找到了电话。我有些期望他能恢复过来，自己接电话，但是他呆若木鸡，一动不动。

我认出了电话号码，也轻而易举地猜出为什么她打来电话。

“嗨，爱丽丝。”我说道。我的声音没比先前好多少，我清了清嗓子。

“贝拉？贝拉，你还好吗？”

“还好，嗯，卡莱尔在吗？”

“他在，出了什么问题？”

“我不是……百分之百地……确信……”

“爱德华还好吗？”她警觉地问道。她在电话那一端喊着卡莱尔的名字，我还没来得及回答她的第一个问题，她就接着追问道，“为什么他不接电话？”

“我不确定。”

“贝拉，发生了什么事儿？我刚才看见……”

“你看见什么了？”

一阵沉默。“卡莱尔来了。”她最后说道。

感觉就像冰水注入我的血管一样。如果爱丽丝预见到我怀里抱着一个脸庞像天使一般的绿眼睛小孩的话，她就会回答我的问题的，不是吗？

在我等待着他们交换电话让卡莱尔开口说话的片刻，我想象着爱丽丝预见的一幕在我的眼睑下舞动。一个娇小、美丽的婴儿，甚至比我梦中的男孩还要美丽一些——我怀里抱着一个小小的爱德华。一股暖流涌遍我的血管，驱走了寒冷。

“贝拉，我是卡莱尔，发生了什么事儿？”

“我……”我不知道该如何作答。他会笑话我的结论，告诉我我疯了吗？我是不是只不过又做了一个色彩斑斓的梦？“我有一点担心爱德华……吸血鬼能承受这样的打击吗？”

“他受伤了吗？”卡莱尔的声音突然变得紧张起来。

“没有，没有，”我让他放心，“只是……受到惊吓罢了。”

“我不明白，贝拉。”

“我想……嗯，我想……或许……我或许……”我深吸了一口气，“怀孕了。”

仿佛是为了支持我的结论，我的腹部又传来了一阵微微的震动，我的手飞快地滑落到肚子上。

停顿了很久，卡莱尔的医学专业知识起作用了。

“你上一次的月经是什么时候开始的？”

“婚礼前十六天。”我足够仔细地心算了一遍，然后才确定地回答。

“你感觉如何？”

“感觉很奇怪，”我告诉他，声音有些沙哑，一股眼泪又从我的脸颊上流淌下来，“这听起来很疯狂——瞧，我知道现在谈这些为时过早。或许我是疯了，但是我一直在做怪异的梦，一直吃东西，还会哭，会呕吐，而且……而且……我发誓刚刚有东西在我身体里面动。”

爱德华猛地抬头。

我如释重负地叹了口气。

爱德华伸出手接过电话，他的脸苍白而且坚强。

“嗯，我想爱德华想跟您说话。”

“让他接电话吧。”卡莱尔紧张地说道。

我把电话放在爱德华伸过来的手掌里，并不完全确定他此刻能说话。

他把电话贴在耳朵边。“这可能吗？”他轻声问道。

他听了很久，眼睛空洞茫然，什么也看不见。

“那贝拉呢？”他问道，他一边说话一边用胳膊抱住我，把我往他身边拉近。

他好像听了很久，接着说道：“好，好，我会的。”

他把电话从耳朵旁边拿开，按了一下“结束”键，旋即又拨了个新号码。

“卡莱尔说了什么？”我不耐烦地问。

爱德华闷闷不乐地答道：“他认为你怀孕了。”

这些话使我浑身涌起一阵暖流，直入脊椎，小小的震动在我体内颤抖。

“你现在给谁打电话？”他把电话放在耳朵旁边时，我问道。

“机场，我们要回家。”

爱德华讲了一个多小时的电话，停也没停一下。我猜他正在安排我们回家的航班，但是我不能确定，因为他没说英语。听起来他在争辩，他的话经常是从牙缝中挤出来的。

他一边争论，一边收拾行李。他像一阵生气的旋风一样在房间里飞快地旋转，所到之处整整齐齐的，而不是一片狼藉。他把我的一套衣服扔在床上，看也没看一眼，所以，我猜是我换衣服的时间了。我换衣服的时候，他继续争论着，手臂突然会不耐烦地挥来挥去。

我无法再忍受他身上散发出来的剧烈的能量，静静地离开了房间。他狂躁的专注使我的胃感到难受——并不像早上的不适，只是不舒服。我会在某个地方等待他的情绪过去，我无法与这个冰冷的精力集中的爱德华交谈，老实说他让我有些害怕。

我再次来到厨房，柜子里有一包脆椒盐卷饼。我心不在焉地咀嚼着，凝望着窗外的沙滩、岩石、树和海洋，所有的一切在阳光下熠熠生辉。

有人推了我一下。

“我知道，”我说，“我也不想走。”

我望了一会儿窗外，但是推我的那个家伙没反应。

“我不明白，”我轻声说道，“这儿哪里**不好**了？”

令人惊讶，绝对是令人惊讶，甚至是令人震惊，但是**有问题**吗？

没有。

那么为什么爱德华那么**狂怒**呢？他实际上才是那个衷心希望由于怀孕而赶紧举办婚礼的人。

我试着推测。

或许爱德华希望我们立刻回家，这没什么好奇怪的。他希望卡莱尔为我检查，确定我的猜测是对的——尽管我心中对这一点没有丝毫的疑问。或许他们想要弄清楚为什么我已经怀孕到**这个**程度了，凸起的小腹，肚子里还有动静，这不正常。

一旦我想到这一点，我确定我是对的。他一定非常担心这个小孩，我都还没有从惊吓中恢复过来呢。我的头脑没他转得快——他还沉浸在对之前想象出来的画面的惊叹之中呢：那个眼睛和爱德华一模一样的小婴儿——绿色的眸子，当他是人类的时候就是那样的——躺在我的怀抱里，那么白皙，那么漂亮。我希望他有一张与爱德华完全一样的脸庞，不要受到我的影响。

这种憧憬变得那么突然，完全是必然的，想起来真有趣。从那第一次小小的接触，整个世界都改变了。以前在我的世界里，只有一件事情是我没有的话就活不下去的，现在却有两件了。这没有分别——我的爱不会因此而分割成两半，并不是像那样的。这更像我的心成长了，在那一刻膨胀到能容纳两个那么大了。所有额外的空间现在都已经被填满了，这种增长几乎令人眩晕。

我以前从未真正理解罗莎莉的痛苦和憎恨，我从未把自己想象成母亲，从未想过这样的事情。答应爱德华我不在意为了他放弃小孩，那时候是轻而易举的事情，因为我真的没想过。孩子，在理论上而言从来都没有吸引过我。他们似乎是一群吵闹的生物，常常会使人多愁善感，我从未跟他们有过多少接触。当我想象着蕾妮为我添个兄弟时，我想到的总是大哥哥，那种会照顾我的人，而不是要我照顾的人。

这个孩子，爱德华的孩子情况完全不同。

我想要他就像我需要空气呼吸一样，不是选择，而是一种必需。

或许我的想象力真的是太差了，或许那就是为什么在我已经结婚之后我才能想象我会喜欢婚姻生活的原因吧——我无法想象我会要个孩子，直到有一个孩子即将诞生之时。

我把手放在肚子上，等待下一次胎动，眼泪又从我的脸颊上流淌下来。

“贝拉？”

我转过头，他的语气令我警觉起来。他的声音太冰冷，太小心。他的脸色和他的语气一模一样，空洞而冷酷无情。

就在那时他看见我在哭泣。

“贝拉！”他闪电般地冲过房间，用手捧住我的脸，“你又痛了吗？”

“没有，没……”

他把我揽入怀里：“别害怕，我们十六个小时后就到家了。你会没事儿的，我们到家的时候卡莱尔就会准备好。我们会处理这一切的，你会没事儿的，你会没事儿的。”

“处理好这一切？你是什么意思？”

他弯下腰，看着我的眼睛：“我们要在那个东西伤害到你之前，把它拿出来。别害怕，我**不会**让它伤害你的。”

“那个**东西**？”我惊呼道。

他猛地别过头，看着前门："该死！我忘记今天古斯塔沃要来。我去让他离开，马上就回来。"他飞奔出房间。

我抓住料理台撑住自己，我的膝盖在发抖。

爱德华刚刚把推我的那个小家伙叫作"东西"，他说卡莱尔会把它拿出来的。

"不。"我轻声叫道。

我之前想错了，他一点儿都不在乎孩子，他想要**伤害**他。我脑海中美丽的图景陡然发生了转换，变成了某种漆黑的画面。我那漂亮的孩子在哭泣，我虚弱的双臂不足以保护他……

我能做什么？我有能力跟他们讲道理吗？要是我不能呢？这解释了爱丽丝在电话那头的沉默吗？那就是她看见的吗？爱德华和卡莱尔在他存活之前就杀死了那个苍白无瑕的孩子吗？

"不。"我又轻声叫道，我的声音更坚强一些了。那不可能，我绝不允许这样的事情发生。

我听见爱德华又在说葡萄牙语了，再次吵起来。他的声音越来越近，我听见他气急败坏地哼了一声。接着我听见另一个声音，低沉而怯懦，那是个女人的声音。

他在她前面走进厨房，径直向我走来。他擦干我脸上的泪痕，声音从他那薄而冷酷的双唇间穿了过来，他在我耳边轻声说道："她坚持把她带来的食物留下——她为我们做了饭。"如果他没那么紧张，那么暴躁的话，我知道他会转转眼珠的，"这是个借口——她想确定我还没有杀死你。"他话音落下的时候语气变得像冰一样冷。

考尔手里端着一盘菜，上面盖了个盖子，紧张地转过屋角。我希望我会说葡萄牙语，或者我的西班牙语比基础阶段要好一些，那样我就能感谢这个女人，她敢于触怒一个吸血鬼，只是为了查看我是不是很好。

她的眼睛在我们俩之间扫来扫去，我看见她在打量我的脸色，还有我眼里的泪水。她咕哝着一些我听不懂的话，把菜放在灶台上。

爱德华厉声打断她，我以前从来没见过他这么不礼貌。她转身准备离开，长裙旋转起来把食物的味道拂到我的脸上，味道很浓——是洋葱和鱼，我作呕起来，转身跑向水槽。我感到爱德华的双手摸着我的额头，听见他在我嗡嗡作响的耳边轻声呢喃着一些安慰的话。他的手离开了一会儿，我听见冰箱的门砰的一声关上了。谢天谢地，气味随着这一声响消失了，爱德华的手再次抚摸着我黏糊糊的脸，让它冷却下来，很快就结束了。

我用自来水漱口，他则抚摸着我的脸庞。

我的子宫里略微有些移动，它在试探。

没事儿的，我们很好。我对着微微凸起的腹部想道。

爱德华让我转过身，把我拉进他的怀抱。我把头靠在他的肩膀上，我本能地合起双手放在肚子上。

我听到一个轻微的惊呼声，抬起头来。

那个女人还在那里，她犹豫地站在门口，手臂略微伸了出来，仿佛她在寻找什么办法来帮忙一样。她镇静地瞪大双眼，直勾勾地盯着我的手，张大了嘴巴。

接着，爱德华也惊呼一声，他突然转身面对这个女人，把我稍微往他身后推了推。他的胳膊横过我的身体，就像他要阻止我一样。

突然，考尔冲着他大叫起来——声音很大，也很暴躁，她说的那些我听不懂的话像刀子一样飞过房间。她在空中挥舞着小小的拳头，朝前走了两步，冲着他挥动。尽管她很凶，但很容易就能看出她眼里的恐惧。

爱德华也朝她走过去，我抓住他的胳膊，为这个女人担心，但是当他打断她那激烈的长篇大论时，他的声音令我惊讶不已，特别是联想到她并没有冲着他尖叫，相比之下他对她多么尖刻。现在他的声音变得低沉下来，那是恳求的声音。不仅仅如此，而且声音也不一样了，更加粗哑，抑扬顿挫的声调消失了，我认为他已经不是在说葡萄牙语了。

过了一会儿，那个女人惊讶地盯着他，接着她眯起眼睛，用同样的外语大声喊出一个很长的问题。

我看着他的脸色变得悲伤严肃起来，他点了点头。她很快后退一步，双手交叉地放在胸口。

爱德华向她伸出手，用手指向我，接着把手放在我的脸颊上。她又生气地回答，朝他挥动着双手，指责他，接着又用手指着他。她说完之后，他用同样低沉、急促的声音再次恳求起来。

她的表情改变了——他说话的时候，她脸上怀疑的神情表露无遗，她的目光反复地扫到我疑惑不解的脸上。他停止说话，而她则在斟酌什么。她在我们俩之间看来看去，接着，仿佛是无意识地，她朝前走了一步。

她用手示意了一下，模仿出一个形状，好像从她的肚子里鼓出来的一个球一样。我吓了一跳——她们部落关于捕猎的吸血鬼的传说也包含**这个**吗？她可能了解我体内生长的是什么吗？

这一次她有意朝前走了几步，问了几个简短的问题，他则紧张地一一作答了。接着他变成了提问的人——非常迅速地询问。她犹豫了，然后慢慢地摇摇头。他再次开口说话时，他的声音如此痛苦，我惊愕地抬头看着他，他的脸因为痛苦而显得很憔悴。

她回答的时候慢慢地朝前走，直到她近得足以将她的小手放在我的手上、我的肚子上，她用葡萄牙语说了一个词。

“Morte[1]。”她平静地叹息道。接着她转过身，肩膀垂落下来，仿佛这次谈话使她苍老了许多，然后离开了房间。

我知道足够多的西班牙语，知道这个词的意思。

爱德华又呆立在那里，盯着她的背影，痛苦不堪的表情定格在他的脸上。过了一会儿，我听见船的引擎突突地响了起来，接着逐渐消失在远方。

爱德华一动不动，直到我开始朝浴室走去，接着他的手抓住我的肩膀。

“你去哪里？”他的声音是痛苦的耳语。

“去再刷一次牙。”

“别担心她说过的话，不过是些传说而已，只是为了娱乐而编造的古老的谎言罢了。”

---

① Morte，西班牙语，意为死。

“我什么也没听懂。”我告诉他，尽管这并不完全正确。仿佛我能什么都不想一样，因为这是传说。我生活的方方面面都被传说包围了，而且它们都是真的。

“我收好了你的牙刷，我去给你拿。”

他走到我前面，朝卧室走去。

“我们很快就要离开了吗？”我在他身后喊道。

“你一刷完我们就走。”

他在卧室外面静静地踱来踱去，等着我刷完牙，好把牙刷重新打包。我刷完牙后把牙刷递给他。

“我去把包放在船上。”

“爱德华——”

他转过身：“怎么啦？”

我犹豫了，想要想出什么办法有几秒独处的时间：“你能……为我打包一些吃的吗？你知道，免得我又饿了。”

“当然，”他说道，眼神突然变得温柔起来，“什么都别担心。我们过几个小时就会到卡莱尔家了，真的，这一切很快就会结束的。”

我点点头，害怕一出声就会出卖自己。

他转身离开了房间，两只手各拎着一个大行李箱。

我转过身，一把抄起他落在料理台上的手机。他忘记东西是很不可能的事情——忘记古斯塔沃要来，把手机落在这里。他那么紧张，都不是他自己了。

我轻轻地弹开手机，翻动着预先设定好的号码。我很高兴他把声音关掉了，担心他会碰巧看见我打电话。现在他已经到船上了吗？或者已经回来了？如果我小声说话，他在厨房会听见吗？

我找到了我想要拨打的那个电话号码，在我的生命中，我还从来都没打过这个电话。我按了一下“拨出”键，十指交叉起来。

“你好！”一个像金色风铃般的声音应声道。

“罗莎莉？”我轻声说道，“我是贝拉。求你，你得帮帮我。”

第二部

雅各布

不过说老实话，

现在世界上理智可真难得跟爱情碰头。[①]

——威廉姆·莎士比亚，《仲夏夜之梦》，第三幕，第一场

① 原文为：And yet, to say the truth, reason and love keep little company together nowadays. 这里参照朱生豪先生之译文。《仲夏夜之梦》（*A Midsummer Night's Dream*）是威廉姆·莎士比亚（William Shakespeare）青春时代最后一部，也是最为成熟的喜剧作品，同时也是莎翁最著名的喜剧之一。整部戏剧情调轻松，总的来说就是一个“乱点鸳鸯谱”的故事。剧中穿插了小闹剧当作笑料，即众工匠为婚礼所排的“风马牛不相及”的喜剧以及排戏经过。这部戏剧没有什么深远的社会意义与内涵。它所包含的只是纯净的快乐，仿佛是一部戏剧的狂欢，中间也掠过一丝爱情所固有的烦恼，但亦是加以欢乐化、喜剧化的。

序　幕

生活糟糕透顶，然后你就死了。

是的，我就是那么走运。

何去何从

“哎呀，保罗，该死的，难道你就没有属于自己的家吗？”

保罗横躺在**我的**长沙发上，位置全被他占据了，看着**我**那台老掉牙的电视机播放的愚蠢的棒球比赛，他只是冲着我张大嘴巴笑了笑，接着——真的是慢极了——他从膝盖上的袋子里拿出一片多力多滋[①]，把它一口塞进嘴巴里。

“你最好把那些带回去。”

嘎吱。“不，”他边嚼边说，“你姐姐说过让我自己找我想吃的任何东西。”

我装出像是要揍他一顿的样子：“雷切尔现在在家吗？”

这没用。他听见我向他走过来，把袋子推到他背后。他一屁股坐在放着袋子的垫子上，袋子被压扁时发出噼啪的声音，玉米片被压成了碎片。保罗的手攥成了拳头，像拳击手一样挡在他的脸前面。

“拿去，小伙子，我不需要雷切尔来为我撑腰。”

我嗤之以鼻：“对极了，好像你不会一有机会就跑到她面前哭一样。”

他大笑起来，放松地坐回到沙发上，放下了手：“我不打算在女孩子面前打小报告。如果你很走运地碰到了，那只会是我们两个人之间的事情。反过来一样，对吗？”

他倒是很好心地邀请我，我让身体无精打采地坐下来，好像我放

---

① 多力多滋（Dorito），是一种墨西哥玉米片的品牌，由美国菲多利食品公司（Frito-Lay）——百事国际集团的分公司于1966年开始生产。多力多滋在世界上的许多国家都有销售，且风味各异。玉米片由碾碎的玉米、玉米油及调味料烹制而成。

弃了一样："对。"

他的眼睛又转到电视机上。

我突然向前冲去。

我的拳头一碰到他，他的鼻子就自动地嘎吱一响，让我感到非常满意。他企图抓住我，但是在他没来得及抓住我之前，我就轻快地跳开了，被糟蹋的多力多滋袋子已经落在我的左手里了。

"你打断我的鼻子了，白痴。"

"只是我们两个人之间，对吗，保罗？"

我走过去把玉米片收拾起来。我转过身时，保罗正在调整鼻子的位置，免得它变成畸形的了。血已经止住了，起先血顺着他的嘴唇往下流，从下巴上滴落下来，似乎没有源头。他嘴里骂骂咧咧，捏着鼻子上的软骨时脸部不由自主地抽搐了。

"你真是让人痛苦，雅各布。我发誓，我宁愿和里尔一起玩。"

"哎哟，我打赌里尔听见你想要和她一起度过一些优质时间[①]，她会很开心的。这正好会温暖她，让她的心里泛起涟漪。"

"你还是忘了我说过那样的话吧。"

"当然。我确定不会说漏嘴的。"

"啊，"他哼道，接着又稳稳当当地坐回到沙发上，擦掉T恤衣领上残留的血迹，"你速度真快，小伙子，我承认这一点。"他的注意力又回到模糊不清的比赛画面上。

我在那里站了一会儿，接着大踏步地朝我的房间走去，嘴里叽叽咕咕地说着一些外星人绑架的事情。

回顾过去的时光，无论何时你想要和保罗干一架的话，那都是很简单的事情。那时，要使他失去自制力不会费多少力，你不必揍他——小小的侮辱就够了。现在，当然啦，当我真的想要好好地吼叫、厮打一番，来一场把树折断的比赛时，他却变得软绵绵的了。

---

① 优质时间（Quality time）：指全身心投入与所爱的人，比如家人、伴侣或朋友一起度过的时间，这种时间也称为"黄金时间"，在某种程度上非常重要，也很特别，很富有成效或有利可图。这段时间是留下来一心一意地陪伴身边的人或处理手头的事情的，也可能指从事某种自己喜爱的活动的时间。

狼人团体中的另一个成员又经历烙印了，难道还不够糟糕吗——因为，说真的，现在十个里面已经有四个了！什么时候这样的事情才会停下来？愚蠢的神话应该是很**罕见**的，搞什么鬼嘛！这种强制性的一见钟情简直令人感到恶心至极！

一定得是我姐姐吗？一定得是**保罗**吗？

当雷切尔夏季学期末从华盛顿州回家的时候——那个书呆子提早毕业了——我最担心的事情就是向她保守秘密。我不习惯在自己家里遮遮掩掩的，这让我真的很同情像安布里和柯林那样的孩子们，他们的父母还不知道他们是狼人，安布里的妈妈以为他正经历着叛逆期呢。他总是因为不断地溜出去而被禁足，不过，当然了，他所能做的事情真的不多。他妈妈每天晚上都会查房，每天晚上里面都是空无一人。她会冲着他大叫，他则会默不作声地听着，接着第二天又会经历同样的事情。我们试着说服山姆让安布里休息一下，让他妈妈也了解情况，但是安布里说他不在意，秘密实在太重要了。

所以我已经做好了保守这个秘密的一切准备。就在那时，雷切尔回家两天后，保罗在沙滩上碰巧遇见她。巴达兵，巴达布[①]——真爱！当你找到自己的另一半时，就没必要保守秘密了，见鬼去吧，狼人们的烙印！

雷切尔什么都知道了，某一天我想保罗会成为我的姐夫。我知道比利对此也不会感到很兴奋，但是他比我应对得好一些。当然，这些天，他的确比平时更加频繁地逃到克里尔沃特家。我不明白那里有什么好，没有保罗，但是里尔也不是省油的灯。

我好奇的是——子弹穿透我的太阳穴实际上会杀死我呢，还是会留下一堆烂摊子让我来收拾？

我把自己摔在床上。我很累——自从上次巡逻后到现在还没睡过觉—— 但是我知道我会睡不着。我的头脑太疯狂了，千头万绪在我的头脑里撞来撞去，就像一群失去方向的蜜蜂一样，很吵，它们不时地

---

① 巴达兵，巴达布，英文原文为 bada bing，bada boom，系美剧里著名的台词，可作为一种对未来一定会发生的事表示惊叹的词。

蜇我一下。肯定是大黄蜂，而不是蜜蜂。蜜蜂蜇过一次人之后就死掉了，而同样的想法一次又一次地蜇到我。

这种等待快把我逼疯了。已经差不多四个星期了。不管怎样，我期待到现在为止会传来些消息，许多个晚上我都坐在那里想象着会是什么样的消息。

查理一直在电话那头啜泣——贝拉和她丈夫在事故中失踪了。飞机失事？那可是很难捏造的。除非吸血鬼们不在乎杀死一群旁观者，使事情看起来像真的一样，但为什么他们要这么做呢？或许是一架小飞机，他们可能有一两架多余的小飞机。

或者那个杀人凶手自己一个人回家了，他企图把她变成他们一伙时失手了？或者甚至还没到那一步。或许他在开车去找血液的时候，把她撕碎了，像碾碎一包薯片一样？因为她的生命没有他自己的享乐重要……

事情如果是这样的话就太悲惨了——贝拉在一场可怕的事故中失踪了，一出哑剧的受害者不知所终，吃饭的时候噎死了，一场车祸，就像我妈妈一样，如此常见，每时每刻都在发生。

他把她带回家了吗？为了查理把她埋在这里吗？当然还有盖棺仪式，我妈妈的棺材是用钉子钉住的……

我只能希望他会回到这里，在我伸手可及的范围内。

或许根本就没有编造故事，或许查理会给我爸爸打电话，如果他从卡伦医生那里听到什么消息的话，卡伦医生有一天没有来上班。房子被遗弃了，卡伦家没有一个人接电话。这种神秘的事情要是被一些二流的新闻节目挖出来的话，就会被怀疑背后有鬼……

或许那座白色的大房子会被烧成灰烬，大家都会被困在里面。当然，如果是那样的话，也会有尸体。八个和他们身材差不多的人面目全非，无法辨认——牙科记录也毫无帮助。

所有这些对我而言权当是一场儿戏，就是这样。如果他们不想被人家发现的话，就很难找到他们。当然，我会永远找下去。如果你有永远的话，你会把干草堆里的每根稻草都找遍的，一根一根地找，看一看是不是落在草垛里的那根针。

目前，我不会介意翻开草垛，至少那是可以**做**的事情。我讨厌知道我会错失良机，让吸血鬼有时间逃跑，如果那是他们的计划。

我们今天晚上就能去，有一个杀一个。

我喜欢那个计划，因为我对爱德华足够了解，知道如果我杀死他的家族中的任何一个的话，也就获得了跟他对决的机会，他会来复仇的。我会让他报仇——我不会让我的兄弟们合伙打败他，只是我和他，希望强者获胜。

但是山姆不会听这些，**我们不会毁约，让他们毁约**。我们只是没有证据证明卡伦家的人做错了事，还没有。你得加上“还没有”这一条，因为我们知道这是不可避免的。贝拉回来的时候要么变成了他们当中的一员，要么就不会回来。不管怎样，都损失了一条人命，那就意味着游戏开始了。

在另一个房间里，保罗像驴子一样在叫。他可能在看喜剧，要不就是广告很好玩，不管怎样都让我生气。

我又想打断他的鼻子。

不过，保罗不是我想要打架的人，真的不是。

我努力倾听其他的声音，树林里的风。那不一样，人耳是听不出来的。在这样的身躯里，风里面有成千上万个声音我听不见。

但是我耳朵已经足够敏锐了，能听见从树林里呼啸而过的风声，最后一个弯道那里传来的汽车声，你到那里的时候最后能看见沙滩——那幅远景尽收眼底，有沙滩，有岩石，还有绵延到地平线那端的蓝色的大海。拉普西的警察们喜欢在那里休闲娱乐，游客们从来都没注意到公路另一边限速标志上的速度限制已经降低了。

我能听见沙滩上纪念品商店外面的嘈杂声，我能听见门打开又关上时铃铛发出的叮当声，我能听见安布里的妈妈在收银台打印收据时的声音。

我能听见潮水横扫过沙滩上的岩石时发出的咆哮声。我能听见冰冷的水飞快地向孩子们冲过去，使他们来不及躲开时，他们发出的尖叫声。我能听见妈妈们抱怨衣服湿透了的声音，我能听见一个熟悉的声音……

我正用心地聆听着，保罗突然像驴子一样的大笑声吓得我差点儿从床上跳下来。

“从我家里滚出去！”我满腹牢骚地低吼道。知道他不会注意我说的话，我听从了自己的建议。我猛地一把推开窗户，从备用通道爬出去，免得再见到保罗，这个想法会有太强的诱惑力。我知道，我会再揍他一顿，雷切尔本来就够生气的了。她会看见保罗衬衫上的血迹，不用等证据立刻就会责备我。当然了，她是对的，不过那对我不起作用。

我踱步走向海边，拳头插在口袋里，我穿过第一海滩附近的泥地时没有人看我第二眼。那是夏天的一大好处——如果你只穿了短裤的话，也没人会在意。

跟随着我听见的熟悉的声音，我轻轻松松地就找到了奎尔。他在新月形海滩的最南端，避开了大部分的旅游人群。

他一直不停地在提醒：“别沾到水，克莱尔，加油。不，不要。哦！**好极了**，小家伙。你当真要艾米莉冲着我大叫吗？如果你不听话，我再也不带你来海滩了——噢，是吗？不——啊。你认为这很好玩，是不是？哈！现在谁在笑了，嗯？”

我来到他们身边时，奎尔双手握住她的脚踝把她抱起来，这个蹒跚学步的小家伙正在咯咯地笑。她一只手拿着小桶，牛仔裤全湿透了，而她的T恤衫的前襟上湿了一大片。

“五块钱赌这个小姑娘。”我说道。

“嘿，杰克。”

克莱尔兴奋得高声喊起来，把小桶扔在奎尔的膝盖上：“下，下。”

他小心翼翼地让她站起来，而她则朝我跑过来，克莱尔双臂抱住我的腿：“杰克叔……叔。”

“玩得开心吗，克莱尔？”

她咯咯地笑道：“奎……奎尔全……全……**全**湿透了。”

“我看得出来。你妈妈呢？”

“走了，走了，走了，”克莱尔大声叫道，“克……克莱尔和，和奎……奎尔玩了一整……整天。克……克莱尔不……不……要回家。”

她放开我，朝奎尔跑去。奎尔则一把抱起她，把她抛到自己的肩膀上。

“听起来好像有人正好撞倒两个可怕的家伙。”

“实际上是三个，”奎尔纠正道，“你错过了派对，公主主题。她让我戴上王冠，接着艾米莉建议他们在我身上试验她的化妆游戏。”

“哇，没赶上这一幕，**真是**抱歉。”

“别担心，艾米莉有照片。实际上，我看起来非常性感呢。”

“你真是变态。”

奎尔耸耸肩，不以为然地说道：“克莱尔玩得很开心，那才是最重要的。”

我转了转眼珠子，和受到烙印的人们相处绝非易事，不管他们处于哪个阶段——像山姆一样就要结婚了，还是像奎尔这样被过分虐待的保姆——他们身上总是会因为安逸和笃定而容光焕发，这简直让人作呕。

克莱尔在他的肩膀上尖叫，指着地面说道：“捡，捡，石头，奎……奎尔！我要，我要！”

“哪一个，小朋友？红色的？”

“不要红……红色！”

奎尔跪在地上——克莱尔尖叫着，像拉马的缰绳一样拉着他的头发。

“蓝色的这个？”

“不是，不是，不是……”小姑娘大声嚷嚷道，因为玩这个新游戏而兴奋不已。

奇怪的是，奎尔和她一样玩得很开心。他脸上的表情与许多来旅游的爸爸妈妈们脸上挂着的表情不一样——那种“什么时候是午睡时间啦”的表情。不管他们的小淘气会想出多么愚蠢的游戏，真正的父母都会生龙活虎地奉陪到底，你是见不到这种事情的。我以前亲眼见过奎尔玩了整整一个小时的躲猫猫，但他一点儿都没觉得厌烦。

我甚至不能拿他开玩笑——我很妒忌他。

尽管我的确认为糟糕透顶的是，在克莱尔长大到他现在这个年龄之前，还有整整十四年需要他修身养性——狼人不会变老，这对奎尔而言，至少是件好事儿，但是就连这么长的等待似乎也没让他感到不安。

“奎尔，你想没想过约会？”我问道。

“嗯？”

“不，不，你……你！”克莱尔啼哭起来。

“你知道，我指的是真正的女孩子。我的意思，就在现在，好吗？就在你不必当保姆的晚上。”

奎尔目不转睛地盯着我，他的嘴巴张得大大的。

“捡……捡石头！捡……捡石头！”他没给她别的选择时，克莱尔尖声叫道，她用自己的小拳头拍打着他的头。

“对不起，抱抱熊克莱尔，这块紫色的怎么样？”

“不，”她咯咯地笑道，“不要紫……紫色。”

“给我点提示，我求你了，孩子。”

克莱尔仔细想了想。“绿……绿色。”她终于说道。

奎尔盯着石头，端详着它们。他拾起四块颜色深浅不一的绿石头，然后递给她。

“我捡到你想要的了吗？”

“是的！”

“哪一个？”

“所……所……所有的！”

她捧起手掌，他则把小石头放到里面。她大笑起来，紧接着就用石头敲打他的脑袋。他假装害怕地后退了，接着站了起来，开始往停车场的方向走去。可能是担心她穿着湿漉漉的衣服会着凉吧，他比任何过度焦虑、过度溺爱的妈妈还要紧张。

“对不起，兄弟，可能我刚才太强人所难了，我是说关于女孩子的事儿。”

“不，那样很酷，”奎尔说道，“只是让我有些措手不及罢了，我从来没想过这样的事情。”

“我打赌她明白，你知道，当她长大后，她不会因为你在她还垫着尿布时有过其他的经历而生你的气的。”

“是的，我知道，我确定她会了解这一点。”

他再没说别的。

“但你不会那么做，是不是？”我猜测道。

“我没法预见，”他轻声说道，“我无法想象。我只是不……不会跟任何人交往。我再也注意不到其他的女孩了，你知道，我看不见她们的脸。”

“戴上王冠，化好妆，说不定克莱尔会担心另外一种竞争呢。”

奎尔大笑起来，冲我发出亲嘴的声音：“这个星期五你有空吗，雅各布？”

“如果你希望的话，”我说道，接着做了个鬼脸，“是的，我想我有空。”

他犹豫了一会儿，接着说道：“你就没想过约会吗？”

我叹了口气，是我自己挑起这个话题的。

“你知道，杰克，或许你应该想一想如何活得精彩一点儿。”

他说这些话的时候不像是在开玩笑，他带着同情的语气，这感觉更糟糕。

“我也看不见她们，奎尔，我看不见她们的脸。”

奎尔也叹了口气。

在很远的地方，森林中突然传来一声嗥叫，声音夹杂在海浪声中，轻得只有我们两个人听得见。

“该死，那是山姆，”奎尔说道，他挥起双手摸了摸克莱尔，仿佛要确定她在那儿似的，“我不知道她妈妈在哪里。”

“我会找到她在哪里的。如果我们需要你，我会让你知道的。”我边说边奔跑起来，这些含糊不清的话跑了出来，“嘿，为什么你不把她带到克里尔沃特家去？如果需要的话，苏和比利会看着她的。不管怎样，他们可能知道发生了什么事儿。”

“好的——离开这儿，杰克！”

我匆忙地奔跑起来，不是沿着杂草丛生的篱笆边上的泥巴路，而是抄小路，走通往森林最近的路。我越过第一排浮木，然后飞速冲进野蔷薇丛中，仍然继续飞奔向前。我感到蔷薇刺儿扎进我的皮肤时传来些许的刺痛，但我没理会，我在跑进森林之前刺伤就会愈合。

我从商店后面穿过，飞奔着横穿高速公路，有人冲我按喇叭。我一来到树林中安全的地方，就跑得更快了，步子迈得更大了。如果我在空地上的话，人们会目瞪口呆的，正常人不会像这样奔跑。有时候我想参加赛跑可能会很有意思——你知道，就像奥运会预选之类的比赛一样。当我从那些明星运动员身边呼啸而过时，看看他们脸上的表情感觉会很酷。只是我非常确定的是，他们会进行测试以确保参赛人员没有服用类固醇激素，这倒有可能发现我的血液里面真的有些吓人的东西。

我一来到真正的森林里，周围没有公路或房屋之后，我滑行着停下来，脱掉短裤。我敏捷熟练地把它们卷起来，打成结系在脚踝上。我还在拉紧两端的时候，就开始变形了。火热的感觉颤抖着一直涌到我的脊椎下面，使我的手臂和腿不停地震颤。只用了一秒钟，热量像洪水般流遍我的身体，我感到无声的微光使我变成了别的东西。我沉重的脚爪拍打在野草丛生的地面上，长长的背部上下起伏着舒展开来。

当我像这样集中精力的时候，变形是很容易的。我的脾气不再是个难题，除了在它碍事儿的时候。

过了半秒钟，我想起在婚礼上我自己所出的那个说不出口的洋相，那一刻让人感觉糟糕透顶。我那时气得发疯了，我根本没法让自己的身体正常地活动。我陷入困境，不停地颤抖，怒火中烧，却无法变形杀死那个近在咫尺的恶魔。那时候真是莫名其妙，渴望杀死他，害怕伤害她，我的朋友们还挡在中间阻拦。接着，当我终于能够变成我想要的模样时，那是头儿的命令，阿尔法的命令。那天晚上如果只有安布里和奎尔在场，而山姆不在的话……那么，我有没有能力杀死那个凶手呢？

山姆制定出那样的法律时，我恨之入骨。我讨厌别无选择的感觉，那种你不得不服从的感觉。

就在那时我意识到还有听众，在我的脑海中我并不是只身一人。

总是这么沉浸在自己的思绪里。里尔想道。

是啊，别在那儿伪装，里尔。我在心中回答她。

把自己的想法装在罐子里，伙计们。山姆命令我们。

我们都沉默不语了，我感到里尔听见“伙计们”这个词儿时脸部有些扭曲。她过分敏感，和平时一样。

山姆装作没注意到。**奎尔和杰莱德在哪里？**

奎尔看着克莱尔。他会把她送到克里尔沃特家去的。

好极了。苏会照顾她的。

杰莱德到琪姆家去了，安布里想道，**很可能他没听见你的呼喊。**

狼群中传来一阵低沉的轰隆声，我和他们一起呜咽起来。杰莱德终于现身时，毫无疑问他心里仍然想着琪姆，没有人想重新看一遍他们刚才正准备干什么。

山姆蹲坐下来，另一阵咆哮冲入空中。这既是信号，又是命令。

狼群在我刚才所在的位置东边几英里处集合，我大踏步地穿过茂密的树林朝他们跑去，里尔、安布里和保罗也都在往那里赶。里尔快到了——不一会儿我就听见不远的树林里传来她的脚步声。我们平行奔跑着继续赶路，选择不要一起跑。

好了，我们不打算等他一整天，他稍后会赶上我们的。

怎么啦，老大？保罗想知道。

我们需要谈一谈，有事儿发生了。

我感到山姆的思绪飘到我身上——不仅仅是山姆的，还有塞思、柯林以及布莱迪的。柯林和布莱迪——两个刚加入的小孩——今天和山姆一起巡逻，所以无论山姆知道些什么，他们都知道。我不知道为什么塞思已经过来了，而且还熟悉内情，还没轮到他呢。

塞思，告诉他们你听到什么消息了。

我加快速度，想尽快赶到那里。我听见里尔也跑得更快了，她讨厌被人家超过，跑得最快是她拥有的唯一优势。

有本事你也一样，傻子。她嘘声道，接着她真的全速前进了。我的指甲扎进肥沃的土壤里，然后向前冲去。

山姆似乎没心情忍受我们一贯的废话。**杰克、里尔，停下来。**

我们两个都没停下来。

山姆咆哮起来，但是又不理会我们了。**塞思？**

查理到处在找比利，直到在我家找到他。

是的，我和他说过话。保罗补充道。

塞思想到查理的名字时，我感到全身一阵摇晃。就是这样，等待结束了。我跑得更快了，强迫自己呼吸，尽管我的肺突然之间变得有些僵硬了。

会是哪种版本的故事呢？

不错，他整个人都疯了。我猜爱德华和贝拉上个星期回家了，然后……

我的胸腔放松下来。

她还活着。或者说，至少她没有完全死掉。

我没意识到这对我来说会有多么大的不同。我这段时间以来一直以为她死了，直到现在我才明白这一点，我明白我永远都不会相信他会活着把她带回来。这不应该有什么关系，因为我知道接下来会怎样。

是的，兄弟，有坏消息。查理和她说过话了，听起来她的情况很糟糕。她告诉他，她生病了。卡莱尔接着告诉查理贝拉得了南美的某种罕见的病，说她要被隔离。查理快要疯了，因为连他也不许去见她。他说他不在意自己会不会得病，但是卡莱尔不肯让步。谢绝探病，还告诉查理她病得很严重，但是他会尽一切努力的。查理这么多天来一直坐立不安，不过直到现在他才找比利，他说听起来今天她的情况恶化了。

塞思想完后，我们陷入了深深的沉默。

那么她会死于这种疾病，就查理所知的。他们会让他看尸体吗？那具苍白的一动不动无法呼吸的身体。他们不会让他触摸冰冷的皮肤——他可能会注意到那会有多么坚硬。他们得等到她能够克制自己，能够不去杀害查理和其他来吊唁的人，那会要多长时间呢？

他们会掩埋她吗？她会自己从坟墓里爬出来，还是那些吸血鬼会来找她呢？

其他人默默地听着我的猜测，我比他们任何人在这方面想得都要多一些。

里尔和我差不多在同一时间到达空地。不过，她确定她的鼻子先到。她在她弟弟旁边蹲坐下来，而我则小跑过去，站在山姆的右侧。保罗转了个圈儿，为我腾出地方。

又打败你了。里尔想道，但是我几乎没听见她的话。

我不知道为什么我是唯一一个站立着的。我的毛在肩膀上竖起来，全身的毛都竖了起来。

好了，我们还等什么？我问道。

没有人说话，但是我听见他们思想中的犹豫。

哦，来吧！协约已经被打破了！

我们没有证据——或许她是生病了……

哦，拜托！

好吧，有充分细节却无法证实的证据非常有力，然而……雅各布，山姆的思想来得很慢，而且很犹豫，**你确定这就是你要的吗？这真的是正确的决定吗？我们都知道她想要什么。**

协约里面可没提到过任何关于受害者个人偏向的问题，山姆！

她真的是受害者吗？你愿意给她贴上那样的标签吗？

是！

杰克，塞思想道，**他们不是我们的敌人。**

闭嘴，小子！别因为你对那个吸血鬼有某种英雄崇拜的情结，就认为可以改变法律。他们就是我们的敌人，他们在我们的领地上，我们要铲除他们，我才不在乎你是不是曾经和爱德华·卡伦一起并肩作战，合作愉快呢。

那么，如果贝拉和他们一起战斗的话，你打算怎么办，雅各布？啊？塞思追问道。

她已经不是贝拉了。

你会成为那个击败她的人吗？

我无法让自己不退缩。

不，你不会。那么，怎么办？你打算让我们当中的一个这么做吗？然后又永远对那个人耿耿于怀，不管那个人是谁？

我不会……

你当然不会了，你还没准备好这场战斗，雅各布。

本能攫住了我，我身体向前蹲下，对着围成的圆圈对面身材瘦长的沙砾色狼咆哮起来。

雅各布！山姆警告道，**塞思，闭 会儿嘴。**

塞思点了点他的大脑袋。

该死，我错过什么了？奎尔想道，他正全力以赴地往集合地赶过来，**听说查理找……**

我们准备走了，我告诉他，**为什么你不转到琪姆家附近，用牙齿把杰莱德拖出来呢？我们需要所有人。**

直接来这里，奎尔，山姆命令道，**我们还没做任何决定。**

我怒吼起来。

雅各布，我得想一想怎样做才是对狼群最有利的，我得选择一条能够把你们大家保护得更好的道路。自从我们的祖先缔结那个协约以来，时代已经改变了。我……好吧，老实说，我并不相信卡伦家族对我们构成威胁，而且我们知道他们不会在这里待多久了。当然，一旦他们摊牌，他们就会消失，我们的生活就会恢复正常。

正常？

如果我们挑战他们，雅各布，他们就会很好地保护自己。

你害怕了吗？

你就那么想失去一个兄弟吗？他停顿道。**或者姐妹？**他想了想之后又加了一句。

我不怕死。

我知道，雅各布，那也是我质疑你对此事的判断的一个原因。

我凝视着他漆黑的眼睛。**你打不打算遵守我们祖先的协约？**

我尊重我的团队，我做对他们最好的事情。

懦夫。

他绷紧嘴巴，露出牙齿。

够了，雅各布，你越权了。山姆心中的声音改变了，流露出那种我们不会不服从的奇怪的双重音调，那是阿尔法的声音，他对视围成一圈的每个人的眼神。

在没有挑衅的情况下，狼群不许攻击卡伦家族，协约的精神仍在。他们不是我们的人民的威胁，也不是福克斯人民的威胁。贝拉·斯旺是在知情的情况下做出的选择，我们不会为了她的选择惩罚我们以前的盟友。

听听。塞思热情地想道。

我想我告诉过你闭嘴的，塞思。

噢，对不起，山姆。

雅各布，你想要何去何从？

我离开了圆圈，往西走去，这样我就可以背对着他，我打算跟我父亲道别。很显然，我在此停留这么久根本没有意义。

哎，杰克——不要再那么做了！

闭嘴，塞思。几个声音一起想道。

我们不希望你离开，山姆告诉我。他的思想比之前要柔和一些了。

那强迫我留下来啊，山姆。夺去我的意志，使我变成奴隶。

你知道我不会那么做。

那就没什么可多说的了。

我从他们身边跑开，非常努力地不要去想接下来要干什么。相反，我把注意力集中在变成狼的那漫长的几个月的记忆上，让人性从我的身体内流淌出去，直到我变得更像动物，而不是人。活在当下，饿了的时候吃东西，困了的时候睡觉，渴了的时候喝水，然后是奔跑——只是为了奔跑而奔跑。简单的欲求，简单地回应那些欲求。痛苦以容易把握的形式出现，饥饿的痛苦，爪子底下冷得像冰一样的痛苦，当大家争抢吃的东西的时候，爪子受伤时尖锐的痛苦。每种痛苦都有简单的答案，可以采取非常明确的行动来结束那种痛苦。

与当人类截然不同。

然而，当我离自己家里只要小跑就能到达的距离时，我立即就变回了人形，我需要能够秘密地思考。

我解开短裤，拉上来穿好，已经开始朝房子跑去了。

我做到了。我隐藏了自己的想法，现在山姆已经来不及阻止我了。他现在听不见我的思想了。

山姆公布了非常明确的法令，狼群不会进攻卡伦家族，好吧。

他没提到不能单枪匹马地行动。

不，狼群今天不会进攻任何人。

但是我会。

挑衅行为

我并没有真的打算跟我父亲道别。

终究，他很快会打电话给山姆，游戏就结束了。他们会阻拦我，把我拉回来。或许还会企图使我生气，甚至会伤害我——不管怎样，迫使我变形，这样山姆就能制定新的法律。

但是比利在等我，他知道我现在正出现某种状况。他在院子里，坐在轮椅上，眼睛正好盯着我从森林里穿过来的方向。我看见他在判断我的方位——径直经过房子准备去我自己造的车库。

“能占用你一会儿时间吗，杰克？”

我倏地停下来，看着他然后望着车库。

“过来，孩子，至少帮忙让我进去。”

我咬紧牙齿，但确定如果我不向他撒几分钟的谎的话，他跟山姆一起惹麻烦的可能性会更高。

“你从什么时候起需要帮助了，老先生？”

他大笑起来，发出低沉的轰隆声：“我的胳膊累坏了，我把自己从苏家里一路推回来。”

“那是下坡路，你一路上都是滑行的。”

我把他推到我为他造的小斜坡上，然后推进起居室。

“真是要命，想想我每小时大约要走三十英里，了不起。”

“你会毁掉那把轮椅的，你知道，然后你就得用胳膊肘把自己拖回来了。”

“不可能，背我回来是你的责任。”

“你不会去许多地方。”

比利把手放在轮子上，把自己推到冰箱那里：“还剩下什么吃的没？”

“你难倒我了。不过，保罗一整天都在，所以很可能没有了。”

比利叹气道：“如果我们想避免饿死的话，就不得不开始藏起食品杂货了。”

“要雷切尔去他家里待着。”

比利开玩笑的口吻消失了，他的眼神变得柔和起来：“她在家里只待几个星期。这是她第一次在家里待很长时间。这很难——你妈妈去世时，姑娘们比你年纪都大，她们在这个家里会遇到的麻烦更多。”

“我知道。”

自从丽贝卡结婚以来，她没在家里住过一次，尽管她的确有很好的借口，夏威夷的机票很昂贵。华盛顿州足够近，雷切尔没有相同的理由。她在夏季学期也会选修许多课程，假期的时候在校园咖啡厅两班倒。要不是保罗的话，她可能在家待不了几天就已经走了。或许那就是为什么比利不把保罗赶出家门的原因吧。

“好了，我打算去做点事儿……”我开始朝后门走。

“等等，杰克。难道你不打算告诉我发生了什么事吗？我要不要给山姆打个电话问问他最新消息？”

我站住了，还是背对着他，掩饰我的表情。

“没发生什么事。山姆让他们轮流休息，我猜我们现在都是一群吸血鬼的热爱者了。”

“杰克……”

“我不想讨论此事。”

“你要走了吗，孩子？”

我在决定该怎么措辞的时候，屋子里沉默了许久。

“雷切尔可以要回她的房间，我知道她讨厌那张床垫。”

“她宁愿睡在地板上也不愿意失去你，我也一样。”

我哼了一声。

“雅各布，求你了。如果你需要……休息，好吧，就休息吧，但是不要再那么久了才回家来。”

“或许吧，或许我会在婚礼上演出。在山姆的婚礼上客串，接着在雷切尔的婚礼上也客串一下。不过，杰莱德和琪姆可能会是第一对，或许我应该准备一套西装之类的。”

“杰克，看着我。”

我缓慢地转过身：“怎么啦？”

他凝视着我的眼睛，看了很长时间：“你去哪儿？”

“我心里倒没有什么具体的计划。”

他把头偏向一侧，眯起眼睛说：“你没有？”

我们盯着彼此，希望对方屈服，时间嘀嗒嘀嗒地流逝。

“雅各布，”他语气勉强地说道，“雅各布，别，这不值得。”

“我不知道你在说什么。”

“别理贝拉和卡伦一家，山姆是对的。”

我盯了他一会儿，接着两大步穿过房间。我一把拿起电话，把电话线从电话机盒的插孔里拔出来，把灰色的电话线绕成一圈放在手掌里。

“再见，爸爸。”

“杰克，等等——”他在我身后喊道，但是我已经走出门，奔跑起来。

摩托车的速度还没我跑得快，但是骑摩托车不会那么引人注意。我不知道比利转动轮椅到商店，然后打电话给某个能捎口信给山姆的人需要多久。我打赌，山姆还没从狼形变回来，问题是说不定保罗很快就会回到我们家。他一会儿就能变形，让山姆知道我在干什么……

我不打算担心这一点。我会尽可能快地赶去，如果他们拦住我，迫不得已的话我只好应付了。

我发动摩托车的引擎，接着沿泥泞的车道往南疾驰而去，经过房子的时候我没有回头看一眼。

高速公路上的旅游车辆川流不息，我在汽车中间穿梭，结果许多车都冲我按喇叭，还有几个人伸出手指头警告我。我以七十迈的车速漫不经心地驶上101快车道，我得沿着直线骑一会儿，以避免被一辆小面包车给碾碎。并不是因为这样会害死我，而是会让我减速。多处骨折——至少是严重的骨折——要经过**许多天**才能完全愈合，这一点我再清楚不过。

快车道的车少了一些，我把摩托车加速到八十迈。我没有碰刹车，直到接近狭窄的车道，我猜到那时我已经畅行无阻了。山姆不会跑那么远来阻止我的，已经太晚了。

直到那一刻——当我确定我成功了的时候——我才开始思考现在我到底要干什么。我减速到二十迈，小心翼翼地在树木之间绕来绕去，比我需要的更谨慎。

我知道他们会听见我到来的声音，不管我骑不骑摩托车，他们都不会惊讶的，我没有办法掩饰我的意图。我一离他们足够近，爱德华就会知道我的计划。或许他已经知道了，但是我想这个计划还是行得通的，因为我这边掌握着他的自尊，他**想**和我单打独斗。

那么我只要走进去，亲眼看见山姆要的宝贝证据，接着挑战爱德华，让他跟我决斗。

我哼了一声，那个寄生虫可能会踢走此事的戏剧化效果。

我结果他之后，就会在他们放倒我之前，尽我所能地铲除他们当中剩下的几个。哈——我不知道山姆是否会认为我的死是种**挑衅行为**，或许他会说我是咎由自取。他才不想得罪那些吸血鬼呢，他们可是他“永远的好朋友”。

车道豁然开朗，通向草坪，扑面而来的气味像烂番茄一样刺激着我的鼻子。啊！臭气熏天的吸血鬼，我的胃开始翻江倒海。这样一来，恶臭会难以忍受——里面没有掺杂着人的气味，就跟上一次我来这里的情形一样——不过，气味不像用狼鼻子闻的时候那么糟糕。

我不确定该期待什么，但是在那座大大的白色墓穴中没有生命的迹象，他们当然知道我来了。

我熄火，聆听着寂静的一切。现在我能听见白色的双扇门那头传来的紧张而生气的嗡嗡声，有人在家。我听见我的名字，微笑起来，高兴地想到我让他们感到有些紧张。

我吸了一大口气——在里面空气会更糟糕——纵身一跃跳到门廊的台阶上。

我的拳头还没碰到门，门就开了，医生站在门里，他的神情很沉重。

“你好，雅各布，”他说道，语气比我预料的要平静一些，“你怎么样？”

我从嘴巴里深深地吸了一口气，从门内涌出来的恶臭令人无法抵抗。

我很失望是卡莱尔开的门，我宁愿爱德华露出獠牙走出门外。卡莱尔那么……像人，或者诸如此类的。或许是因为春天我受伤的时候他到我家出诊的缘故吧，但是看着他的脸，知道如果可以的话我会计划杀死他，这让我感到不舒服。

“我听说贝拉是活着回来的。”我说道。

“呃，雅各布，现在真的不是时候，”医生似乎也有些不自在，但不是我预料的那种，“我们可不可以等会儿再探视？”

我目不转睛地盯着他，愣在那里，他是不是说把死亡之战推迟到更方便的时候？

接着我听见贝拉的声音，沙哑而刺耳，我无法思考其他的任何事情。

“为什么不？”她问某个人，“我们也要向雅各布保密吗？这有什么意义？”

她的声音不像我所预料的那样。我试图想起春天的时候，我们战斗过的那些年轻吸血鬼的声音，但是我所能记起的只有咆哮。或许那些新生吸血鬼的声音，不像年长的吸血鬼那么洪亮刺耳吧，或许所有的吸血鬼的声音都很沙哑。

“请进来吧，雅各布。”贝拉沙哑地喊道，声音比刚才要大一些。

卡莱尔的眼睛眯了起来。

我不知道贝拉是不是口渴了，我也眯起眼睛。

“借光。”我从他面前绕开的时候对医生说道。这很艰难——对他们当中的一个置之不理，这全然违背了我的本能。不过，也不是不可能。如果存在安全的吸血鬼的话，就是因为这位出奇温和的领袖。

战斗开始时我会避开卡莱尔的。他们的人手多得足以杀死我，不需要把他包括进来。

我横跨一步，走进房子，背对着墙壁。我的眼睛扫视了一下房间——这里我不熟悉。上次我来这里的时候，为了派对他们装点了房子。现在一切都很明亮、苍白，包括围着一个白沙发站着的六个吸血鬼。

他们都在，全部都在，但是那并不是让我呆立在原处、跌破眼镜的事情。

是爱德华，是他脸上的表情。

我看见过他生气的模样，看见过他高傲的模样，还有一次我看见他痛苦的神情，但是这一次——这一次远不止悲痛，他的眼神几乎疯狂了。他没有抬头愤怒地盯着我，他低头凝视着身旁的长沙发，脸上的表情就像是有人使他着了火一样，他的双手像僵硬的爪子一样放在面前。

我甚至无法享受他的痛苦。我只能想到唯有一件事情能让他变成那样，我的眼睛追随着他看着的方向。

我看见她的那一刻，也闻到了她的气味。

她那温暖、洁净的人类的气味。

贝拉半掩藏在沙发的靠背后面，她像胎儿一样慵懒地蜷缩着，双臂抱着膝盖。有好一会儿，我眼里只看见她还是我所爱的那个贝拉，其他的我什么也看不见，她的皮肤仍然柔软、苍白，像桃子一样，她的眼睛还是同样的巧克力般的棕色。我的心突然泛起一阵奇怪的破碎的颤抖，我不知道这是不是只是一场不真实的梦，我就要从梦中醒来。

接着我真的看见她了。

她的眼窝处有深深的黑眼圈，突兀地露出来，因为她的脸如此憔悴。她是不是更瘦了？她的皮肤似乎很紧——好像她的颧骨就要露出来一样。满头的黑发差不多全都梳到脑后，随便打成了一个结，只有几缕毫无生气地贴在她的额头和脖子上，和皮肤上渗出来的汗水纠结在一起。她的手指和手腕看起来非常虚弱，有某种东西让人觉得害怕。

她是病了，病得很重。

这不是谎言，查理跟比利描述的事情不是编造的。我盯着她的时候，看到她双眼鼓了出来，她的皮肤变成了浅绿色。

那个金发吸血鬼——引人注目的那个罗莎莉——弯腰挡在她面前，挡住了我的视线，保持着一种奇怪的保护性的姿势。

这有问题。我知道贝拉对几乎一切事物的感觉——她的想法太明显，有时候就像它们印在她的额头上一样。所以，她没必要告诉我某种情况的一切细节，我就能明白。我知道贝拉不喜欢罗莎莉，我看见过她谈到罗莎莉时嘴唇的动作。并不仅仅是她不喜欢她，她怕罗莎莉，或者她曾经害怕她。

现在贝拉抬头看着她的时候不再有恐惧了，她的表情……似乎是在道歉。接着罗莎莉从地上抓起一个盆子，把它放在贝拉的下巴下方，贝拉大声地往盆子里面呕吐着。

爱德华跪在贝拉的身旁——他的眼神饱受折磨——罗莎莉伸出手，警告他退后。

所有这一切都毫无道理。

贝拉能抬起头时，虚弱地冲我笑了笑，有点儿尴尬。“很抱歉。”她轻声对我说。

爱德华呻吟起来，声音非常轻，他的头突然垂落到贝拉的膝盖上。她把一只手放在他的脸颊上，仿佛在安慰**他**一样。

我没意识到我的腿使我向前走，直到罗莎莉嘘声警告我，她突然出现在我和长沙发之间。她就像电视屏幕上的人一样。我不在乎她挡在那里，她似乎不真实。

“罗斯，别，”贝拉轻声说道，“没事儿。”

金发女郎从我身边让开，尽管我看得出来她讨厌这么做。她生气地对我皱着眉头，蹲在贝拉的头旁边，紧张得随时准备一跃而起，她比我曾经想象过的更容易忽视。

“贝拉，怎么啦？”我轻声问道。我想也没想，也跪了下来，倾身向前探过沙发靠背，越过她的……丈夫。他似乎没有注意到我，我几乎也没看他一眼。我把手伸向她的另一只手，双手握住它，她的皮肤像冰一样冷。“你还好吗？”我问。

这是个愚蠢的问题，她没有回答。

“你今天过来看我，我真高兴，雅各布。”她说道。

尽管我知道爱德华无法听见她的想法，他似乎听出我没听到的意思。他又对着盖着她的毯子呻吟起来，她轻轻地抚摸着他的脸颊。

“这是怎么回事儿，贝拉？”我追问道，用我的双手紧紧地握住她那冰冷虚弱的手指。

她没有回答，向屋子四周扫视了一遍，仿佛她在寻找什么一样，她的表情既像请求又像警告。六双忧心忡忡的黄色眼睛回望着她。最后，她转向罗莎莉。

“扶我起来好吗，罗斯？”她问道。

罗莎莉的嘴唇向后拉扯，露出牙齿，她恶狠狠地仰视着我，好像她要撕裂我的喉咙一样，我确定情况就是如此。

“求你了，罗斯。”

金发女郎露出一脸苦相，但是又向她靠过去，俯身靠近爱德华，他纹丝不动。她小心翼翼地把胳膊放在贝拉的肩膀后面。

“不要，”我轻声说道，“别起来……”她看起来如此虚弱。

“我在回答你的问题。”她打断我，听起来有些像她平时跟我说话的语气。

罗莎莉把贝拉从沙发上扶起来。爱德华待在原处，头向前垂下去，直到整张脸埋在垫子里。毯子落在贝拉脚下的地面上。

贝拉的身体肿胀起来，她的身躯像球一样奇怪而病态地鼓起来。这使她身上那件褪色的圆领长袖运动衫绷得很紧，衣服的肩膀和胳膊对她而言都太大了。她身体的其他部位似乎更消瘦，仿佛大大的突出部分是吸收了她全部的营养长出来的一样。我过了好一会儿才意识到变形的部分是什么——我不明白，直到她温柔地把手合抱在她那肿胀的肚子上，一只手放在上面，一只手放在下面。就像她在捧着它一样。

就在那时我明白了，但是我还是不能相信，我在一个月前才见过她，她不可能怀孕，不可能已经怀孕**到这个程度**。

除非她的确怀孕了。

我不想看这些，不想想这些。我不想想象他进入她身体的那一幕，我不想知道我如此憎恨的东西已经深深地植根于我挚爱的身体里了。我的胃一阵作呕，我不得不吞下去。

但是这比那样还糟糕，糟糕那么多。她变形的身体，骨头从她脸上的皮肤上突出来。我只能猜测她看起来是这样——怀孕到这个程度，病得如此严重——因为不管她身体里面的是什么，都在夺走她的生命以滋养他自己……

因为这是个魔鬼，就像他的父亲一样。

我一直都知道他会害死她的。

听见我脑海里的话，他的头猛地抬起来。那时我们都跪在地上，接着他站了起来，高高地耸立在我面前。他的眼睛非常黑，眼窝处的黑眼圈呈深紫色。

"出来，雅各布。"他咆哮道。

我也站了起来，现在我俯视着他，这就是我在这里的原因。

"我们就这么干吧。"我同意道。

那个大个子埃美特冲上前来到爱德华的身旁，另一个露出饥饿表情的贾斯帕紧跟在他身后，我真的不在乎，或许我的狼群会在他们结果我之前来收拾这个烂摊子，或许不会，这无关紧要。

我飞快地扫了一眼站在后面的两个人——埃斯梅、爱丽丝，娇小而容易分散人注意力的女人。好吧，我确信其他人会在我对他们采取任何行动之前杀死我。我不想杀女孩……哪怕是吸血鬼女孩。

不过我可能会对那个金发女孩破例一次。

"不要。"贝拉惊呼道，她跌跌撞撞地往前走，身体失去了平衡，想要抓住爱德华的胳膊。罗莎莉搀着她一起走，就像有根链子把她们锁在一起一样。

"我只是需要和他谈一谈，贝拉。"爱德华低声说道，只是在对她说话。他伸手抚摸她的脸，轻轻地爱抚着。这使房间变成红色的，使我看见了火——就在他对她做过那一切之后，他居然还被允许这样碰她。"别让自己太紧张，"他继续说道，他是在恳求，"求你休息吧。我们俩过一会儿就会回来。"

她盯着他的脸，端详着他。接着她点点头，朝沙发上倒了下去，罗莎莉搀扶着她躺回到垫子上。贝拉盯着我，想要注视着我的眼睛。

“乖一点儿，”她坚持道，“然后回来。”

我没有回答，我今天不做任何保证。我不再看她，然后跟着爱德华从前门走出去。

一个混乱的支离破碎的声音在我脑海里响起，把他和他的一群人分离开来并不是那么难，是不是？

他一直在走，没有留意一下我是否会冷不防从他后面一跃而起。我猜他没必要留意，他会知道我何时决定进攻，那意味着我得非常迅速地做出那个决定。

“我还没准备好让你杀死我，雅各布·布莱克，”他轻声说道，迅速地走着，离房子越来越远，“你得有一些耐心。”

好像我在乎他的计划一样，我低声吼道：“耐心可不是我的专长。”

他一直在走，或许已经沿着远离房子的车道走了几百码，而我则紧随其后。我全身燥热，手指在颤抖。到了边缘，已经准备好了，等待着。

他毫无预兆地停下来，转身面对我，他的表情又让我一动不动了。

有那么一会儿，我就像个孩子——一个只在同一个小镇里生活了一辈子的孩子，只是一个小孩。因为我知道我还有更长的人生要活，还要经历更多的痛苦，才能了解爱德华眼里灼热的痛楚。

他举起一只手，仿佛要拭去额头上的汗，但是他的手指使劲地刮擦着他的脸，仿佛就要撕下他那花岗岩般的皮肤一样。他的黑眼睛在眼眶里燃烧，模糊不清，看见的不是眼前的东西。他张开嘴巴，好像要尖叫一样，但是却没有喊出任何声音。

这是一张男人在生死攸关的一刻心如火焚时才会有的脸。

有一会儿，我无法言语。这太真实了，这张脸——我在房子里看见过这样的阴影，在她和他的眼里都见到过，但是这使一切都那么不可更改。这是给她的棺材上钉上最后一颗钉子，一切都结束了。

“这会害死她，对吗？她快死了。”我知道当我这么说的时候我的脸就是他的脸打了折扣的翻版，更加脆弱，而且不一样，因为我仍然很震惊。我的思想还没绕到这里——一切发生得太快了，他有时间明白这一点。这不一样，因为我已经失去过她那么多次了，那么多回了，在我心里。这不一样，因为她从来都没有真正属于过我，也谈不上失去。

这不一样，因为这不是我的错。

“都是我的错。”爱德华轻声说，他的膝盖垮掉了。他在我面前突然倒下，非常脆弱，是你能想象到的最容易拿下的目标。

但是我感觉像雪一样冰冷——身体当中没有了火。

“是的，”他对着地面呻吟着，就像他在对地面忏悔一样，“是的，这会害死她。”

他崩溃的无助使我感到烦躁。我想要打架，而不是处决。现在他那得意扬扬的优越感去哪里了？

“那么为什么卡莱尔不采取措施呢？”我吼道，“他是医生，对吗？把他从她身体里拿出来。”

就在那时他抬起头，声嘶力竭地回答我，就像给一个上幼儿园的小朋友解释第十遍一样：“她不让我们这么做。”

过了好一会儿我才理解这些话的意思。天哪，她的行为一如既往。当然，她会为恶魔生孩子，**贝拉**就是这样。

“你很了解她，”他轻声说，“你那么快就明白了……我没明白，没有及时明白。她回家的路上不愿跟我讲话，真的不愿。我以为她是害怕——那是自然的。我以为她在生我的气，让她经历这样的事情，让她的生命受到威胁，再一次。我没想到她到底在想什么，她下定决心要干什么。直到我的家人在机场接我们，她径直跑到罗莎莉的怀里。罗莎莉！接着我听见罗莎莉的想法。直到听见那些我才明白过来，然而，你了解，后来……”他像在叹息，又像在呻吟。

“别再说后来她不让你那么做。”我讽刺的语气非常刻薄，“你就没注意到她的顽强不过和一百一十磅重的人类女孩一样吗？你们吸血鬼到底有多愚蠢啊？使她屈服，用药使她昏迷。”

“我这么想过，”他轻声说道，“卡莱尔本来可以……”

什么，他们太高尚了，不愿意这么做吗？

“不，不是高尚，她的保镖使事情变得复杂了。”

噢……他的话之前没多大意义，但是现在都一一应验了，这就是那个金发女孩要做的事情。不过，参与其中对她有什么意义呢？那个美女王后就那么渴望贝拉死掉吗？

“或许吧，”他说道，“罗莎莉并不这样看待此事。”

“那么首先除掉那个金发美女，你们的族群不是过后还可以恢复原样吗？把她除掉，然后照看好贝拉。”

“埃美特和埃斯梅都支持她。埃美特决不会让我们……而卡莱尔也不会帮助我反对埃斯梅……”他的声音逐渐变小，然后完全消失了。

“你本应该把贝拉让给我的。”

“是的。”

不过，现在这样说有些太迟了，或许**在**他使她怀上那个吞噬生命的恶魔**之前**就该想到这一切。

他从自己的炼狱中抬起头来看着我，我看得出他同意我的观点。

“我们不知道，”他说道，那些话像呼吸一样轻，“我从来没有奢望过。以前没有发生过像贝拉和我这样的事情，我们怎么知道人类能够怀上我们族类的孩子？”

“在这个过程中，难道人就该在什么时候被撕成碎片吗？”

“是的，”他紧张地轻声认同道，“他们都存在，那些施虐狂、梦淫妖、女淫妖，他们存在，但是引诱只不过是一顿大餐的序幕，没有人会**幸免**。”他摇着头，就像这个想法令他厌恶一样，就像他和他们不同一样。

“我没意识到他们对你们这类东西还有特别的称呼。”我恶狠狠地说。

他抬头看着我，脸看起来有一千年那么老。

“就连你，雅各布·布莱克，对我的恨也抵不过我对自己的恨。”

错了。我想道，我愤怒得说不出话。

“现在杀死我救不了她。”他平静地说道。

“那么怎样才救得了她？”

“雅各布，你得为我做一件事。”

“我才不会，寄生虫！”

他一直盯着我，眼神既疲倦又疯狂："为她呢？"

我紧紧地咬着牙齿："我做了我能做的一切让她远离你，每一件事情，太迟了。"

"你了解她，雅各布。你和她之间有种我根本无法理解的联系。你是她的一部分，她也是你的一部分。她不会听我的，因为她认为我低估了她。她认为她足够强壮，能够面对这一切……"他哽咽了，接着忍住说道，"她可能会听你的。"

"为什么她会？"

他摇摇晃晃地站起来，眼睛里的火焰比以前燃烧得更明亮，眼睛瞪得更大了。我不知道他是不是真的疯了，吸血鬼也会精神错乱吗？

"或许吧，"他回答了我心里的疑问，"我不知道。感觉就是这样。"他摇摇头，"我不得不在她面前掩饰这一切，因为紧张会让她的病情更严重，她不能承受任何这样的压力。我不得不保持镇静，我不能使情况更糟糕，但是现在都不重要了，她必须听你的！"

"我无法告诉她你没告诉她的事情。你要我做什么？告诉她，她很蠢？她可能已经知道这一点了。告诉她，她可能快死了？我打赌她也知道这一点。"

"你能给她她想要的。"

他在胡说八道，他这么疯狂是部分原因吗？

"只要能让她活着，我什么都不在乎，"他说，他的注意力现在突然变得集中起来，"如果孩子是她想要的，她可以生，她可以生半打孩子，不管她要什么都可以。"他停顿了一拍，"她可以有小狗，如果需要付出这样的代价的话。"

他和我疑神对视了片刻，接着他的表情在轻轻一碰就会失控的伪装之下变得狂乱了。他的话驱散了我的愁容，当我明白他说的这些话的含义时，我吃惊得嘴都合不拢了。

"但不是这样的！"我还没缓过神儿来，他就厉声说道，"这个**东西**正在吞噬她的生命，而我却在一旁束手无策！我不想像这样，眼睁睁地看着她病入膏肓，慢慢地，看着它**伤害**她。"他急促地吸了一口气，好像有人在他肚子上揍了一拳一样，"你**得**让她理智一些，雅各布，她不会再听我的。罗莎莉总是在她身边，助长她的疯狂——鼓励她，保护她，不，保护**那东西**，贝拉的生命对她而言毫无意义。”

从我喉咙里传来的响声听起来好像我在哽咽一样。

他在说什么？贝拉应该这样，什么？生孩子？和我？什么？怎样？他要放弃她吗？或者他认为她不介意被分享？

“不管是哪一样，只要能让她活着。”

“那是你说过的最疯狂的话。”我含糊不清地说道。

“她爱你。”

“还不够。”

“她为了孩子准备送死了，或许她会接受不那么极端的事情。”

“难道你一点儿都不了解她吗？”

“我知道，我知道，这需要做许多令她信服的工作，那就是我需要你的原因。你知道她在想什么。让她明白其中的道理。”

我无法思考他建议的事情，这太过分了，根本不可能，这是错误的，令人难受。周末的时候把贝拉借过来，星期一早上把她还回去，就像租影碟一样？这么乱作一团。

这么诱人。

我不想考虑，不想想象，不过这样的景象还是出现了。我曾经那么多次憧憬着得到贝拉，那个时候**我们俩**仍然有可能在一起，接着过了那么久之后，很显然，那些胡思乱想只留下不断恶化的疼痛，因为不存在任何可能，完全没有。那个时候我无法自持，现在我无法阻止自己。贝拉在**我的**怀抱里，贝拉叹息着**我的**名字……

更糟糕的是，这是我以前从未想过的新景象，是那种无论如何都不应该为我而存在的图景。我知道，这幅图景要不是他现在硬塞进我的脑袋里，要过许多年我都不会因此而痛苦的，但是它浮现在我的脑海里，像杂草一样缠绕住我的大脑——那么有害，那么消灭不了。贝拉，健康而容光焕发，和现在如此不一样，但是有些还是一样的：她的身体，不是变形扭曲的，变回到更加自然的样子，因为**我的**孩子而变得圆鼓鼓的。

我企图逃离我脑海中这种有毒的杂草：“让**贝拉**明白其中的道理？

你住在哪个宇宙？”

“至少试一试。”

我迅速地摇摇头。他等待着，无视我否定的回答，因为他能听见我心中的矛盾。

“你从哪里想出这种变态的垃圾想法的？你走的时候编造出来的吗？”

“自从我意识到她打算做什么之后，我什么都没想，除了想救她的办法。她宁愿死也要做这件事情，但是我不知道如何联系你。我知道如果我打电话的话，你不会接。如果今天你没来的话，我本来很快就会去找你的，但是很难离开她，哪怕只有几分钟。她的状况……改变得太快。那个东西……在长大，非常快，现在我无法离开她了。”

“那**是**什么？”

“我们都不知道，但是比她要强大，已经这样了。”

就在这时，我突然能够看清楚了——在我的脑海中看见那个膨胀的魔鬼，从她身体里面钻出来。

“帮助我阻止这一切，”他轻声说道，“帮助我阻止这一切的发生。”

“**怎样做**？像你说的那样？”我这么说的时候他甚至都没退缩一下，但是我退缩了，“你已经变态了，她绝不会听这些。”

“试一试吧，现在没什么可失去的了，这怎么会有伤害呢？”

这会伤害我，没有经历这一切的时候，难道我遭到贝拉的拒绝还不够多吗？

“为了让她少忍受一些痛苦，代价是如此高昂吗？”

“但是这没用。”

“或许有用，但或许这会令她迷惑，或许她的决心会动摇，片刻的迟疑就是我所需要的。”

“接着事成之后你就拆台？‘贝拉，只是开玩笑的’？”

“如果她想要孩子，那么她就会得到，我不会不认账的。”

我无法相信我甚至会考虑这些。贝拉会揍我的——倒不是我在意这一点，而是这可能会让她的手再骨折。我不应该让他跟我谈话的，搅乱我的心情，我应该现在就杀死他。

"不是现在，"他低语道，"还没到时候。对错与否，这都会毁灭她，你知道这一点，没有必要仓促行事。如果她不听你的，你还有机会。贝拉的心脏一停止跳动，我会乞求你杀死我的。"

"你不会乞求很久的。"

疲惫不堪的微笑在他的嘴角若隐若现："我非常相信这一点。"

"那么我们就这么说定了。"

他点点头，伸出像石头一样坚硬的手。

我咽下恶心的感觉，伸出手去握住他的手。我的手指紧紧地抓住那块石头，摇了摇。

"我们就这么说定了。"他同意道。

白　痴

我感觉就像——就像我什么都不知道一样，就像这一切都不真实一样，就像我在看劣质情景剧的某种哥特式[①]版本一样。与成人电影中准备邀请拉拉队长去参加舞会的呆子相反，我成了现成的备胎狼人，准备邀请吸血鬼的老婆同居，然后生儿育女，好极了。

不，我才不愿这么做。这很变态，还是错误的，我打算忘记他所说的一切。

但是我会跟她谈一谈，我会努力让她听我的。

而她不会听，就和平时一样。

爱德华领着我朝房子的方向往回走，没有回答，也没有评论我的思绪。我惊讶地发现他刚才选择停下来的地方，是不是离房子足够远，这样其他人就听不见他的窃窃私语？这就是他走那么远的目的吗？

或许吧。我们走进大门时，卡伦家族的人的眼睛都充满怀疑和迷惑不解的神情。没有人露出讨厌或愤怒的表情，那么他们肯定没有听见爱德华拜托我做的事情。

我在敞开的门口犹豫了一会儿，不确定现在该怎么办。在这里感觉要好一些，从外面吹进来一些至少还可以呼吸的空气。

---

① 哥特式（Goth），18 世纪末以来的一些文学作品，因为具有共同的基调与文体而被归类于“哥特小说”。这些作品戮力于处理残酷的激情与超自然的恐怖主题，而小说的背景通常建构于荒凉的古堡或者幽深的修道院，主角（通常是稚嫩的少男少女）身陷于无法摆脱的魔性爱欲，和施虐者展开一段以死亡为终结的际遇……这一时期许多哥特式小说家不断涌现，哥特文学不仅是对人类自身黑暗面的展示，也是对当时社会正统思维模式的一种挑战，是一种恐怖、神秘色彩的混合体。哥特小说中比较典型的角色是吸血鬼，例如布拉姆·斯托克的《德拉库拉》。

爱德华走进挤在一起的人群中间，他们个个挺得笔直。贝拉焦急地看着他，接着她的眼睛倏地扫了我一眼，然后她又注视着他了。

她的脸微带灰色，变得惨白，我能明白他说紧张会让她感觉更糟糕是什么意思了。

“我们打算让雅各布和贝拉私下里谈一谈。”爱德华说道。他的声音没有抑扬顿挫的声调，就像机器人一样。

“除非在我的灰烬上。”罗莎莉生气地冲爱德华说道。她仍然站在贝拉的头旁边，一只冰冷的手霸道地放在贝拉菜色的脸颊上。

爱德华没看她。“贝拉，”他用同样空洞的口吻说道，“雅各布想和你说话，你担心和他单独谈一会儿吗？”

贝拉看着我，露出一脸迷惑，接着她看着罗莎莉。

“罗斯，没事儿的。杰克不会伤害我们的，和爱德华一起出去吧。”

“可能有鬼。”金发女郎提醒道。

“我不明白怎么会有鬼。”贝拉说道。

“卡莱尔和我一直会在你的视线范围内，罗莎莉，”爱德华说道，毫无感情的声音很沙哑，流露出他的愤怒，“我们才是她害怕的人。”

“不，”贝拉轻声说道，她的眼里闪烁着泪花，睫毛也湿了，“不，爱德华，我没有……”

他摇摇头，笑了笑，看着他的微笑简直令人痛苦。“我不是那个意思，贝拉。我没事儿，别担心我。”

真是令人恼火，他是对的——她因为伤害了他的感情而为难自己呢。这个姑娘是古典时期的殉道士，她完全出生在一个错误的世纪里，当她为了伟大的事业让自己成为狮子的盘中餐时，她本应该回到过去的时代的。

“所有人，”爱德华说道，他的手僵硬地指向大门，“请。”

他为了贝拉保持的镇定摇摇欲坠，我看得出他与屋外那个心如火焚的人有多么接近，其他人也看出来了，默默地，他们都走出门外，我则挪开为他们让路。他们走得很快，我的心跳了两次。房间里的人都走了，只剩下罗莎莉，她犹豫不决地站在屋子中央，爱德华仍然等在门边。

“罗斯，”贝拉平静地说道，“我希望你离开。”

金发美女愤怒地看着爱德华，然后做了个手势让他先走，他消失在门外。她则警告地对我怒目而视，这样看了很久，然后她也消失了。

一旦只剩下我们两个人，我就跨过房间，坐在靠近贝拉的地板上。我把她冰冷的双手放在我的手心里，小心地摩挲着它们。

“谢谢，杰克，这种感觉很好。”

“我不打算撒谎，贝儿，你真可怕。”

“我知道，”她叹气道，“我看起来很吓人。”

“像从沼泽地里钻出来的东西一样可怕。”我同意道。

她大笑着说：“你在这里那么好，微笑感觉很好，我不知道我还能忍受多少伪装。”

我转了转眼珠。

“好吧，好吧，”她同意道，“我是自讨苦吃。”

“是啊，你是。你在想什么，贝儿？认真一点！”

“是他让你对我大叫的吗？”

“有一点，不过我想不明白他为什么认为你会听我的，你以前从来没听过。”

她叹了口气。

“我告诉过你……”我开始说道。

“你知道‘我告诉过你’有个兄弟吗，雅各布？”她打断我问道，“他的名字叫‘该死的闭嘴’。”

“好名字。”

她冲我莞尔一笑，皮肤在骨头上绷紧了：“多亏了《辛普森一家》①的重播，我记住了。”

---

① 《辛普森一家》（*The Simpsons*），本片是在美国连播18年电视动画的银幕版，原电视剧集《辛普森一家》（又译《辛普森家庭》）讲述的是美国人辛普森一家的生活，这一家庭面临着一个个普通家庭都会遇到的生活难题。此剧集用辛辣的讽刺展现了人类的生存状态，不过主要讽刺美国中部的生活模式，以至更广泛的美国文化。

“我错过了。”

“很有趣。”

我们有一会儿没说话，她的手开始变得有些温暖了。

“他真的要你跟我谈一谈？”

我点点头：“让我给你灌输一点儿理智，有一场战斗在没开始之前就输掉了。”

“那么为什么你答应了呢？”

我没回答，我不确定我是否知道原因。

我的确知道这一点——我每与她共度一秒，就会使我之后不得不承受的痛苦加重一分。就像供应有限的瘾君子一样，找我清算的那一天到了。现在我受到的影响越大，我的供应耗尽之后要忍受的痛苦就越厉害。

“会有办法的，你知道，”她安静了一会儿之后说道，“我相信那一点。”

那使我又看见了愤怒。“痴呆是你的症状之一吗？”我打断她。

她大笑，尽管我的愤怒是如此真实，我的双手在她的周围颤抖起来。

“或许吧，”她说道，“我并不是说事情**很容易**就能解决，杰克，但是，我曾经历过所有的一切之后活了下来，我怎能至此还不相信魔法呢？”

“**魔法**？”

“在你身上特别适用。”她说道。她在微笑，她从我的手中抽出一只手，把它放在我的脸颊上。手比先前更温暖了，但是放在我的皮肤上则显得很冰凉，就像大多数事物一样。

“和其他人相比更是如此，你拥有某种魔法，等待着使一切适合你。”她接着说。

“你在胡言乱语什么啊？”

她仍然笑着说：“爱德华曾经告诉过我关于你们烙印这件事。他说这就像《**仲夏夜之梦**》，像魔法。你会找到你真正在寻找的人的，雅各布，或许到那个时候这一切就会有意义了。”

要不是她看起来如此虚弱，我肯定会尖叫的。

事实也是如此，我**的确**对着她低声咆哮起来。

“如果你认为烙印的事情会使现在的这种**疯狂**有意义的话……”我搜索着合适的词儿，“你真的认为，只是因为我可能有一天会烙印上某个陌生人，事情就会变得令人满意了？”我用手指指着她肿胀的身体，“告诉我那么这是为什么，贝拉！我爱你的意义何在？你爱他的意义何在？当你死了，”我咆哮着说出这些话，“那一切又怎能再令人满意呢？所有的痛苦意义何在呢？我的，你的，还有他的！你也会害死他，并不是我在乎这一点。”她不寒而栗，但是我继续说道，“那么你畸形的爱情故事，最终又有什么意义呢？如果有任何意义，请你展示给我看，贝拉，因为我看不到。”

她叹气道：“我还不知道，杰克，但是不只是……觉得……这一切都是向某个好的方向发展，现在这种情况还不明朗，很难弄清楚，我猜你可以称之为**信仰**。”

“你在为了**毫无意义的事情**送死，贝拉！毫无意义！”

她的手从我的脸上垂落到她鼓起来的肚子上，轻轻地抚摸着。她不必说出那些话，我就能知道她在想什么，她会为了**他**而死去。

“我不会死的，”她轻声说道，我看得出她是在重复她以前说过的话，“我会让我的心脏一直跳动，我足够强壮能够承受那一切。”

“简直是一派胡言，贝拉。你一直努力跟上那种超自然的东西，太久了。没有哪个正常人能做到，你**不**够强壮。”我捧着她的脸，我甚至都没有提醒自己要温柔一些，与她有关的一切是那么**容易破碎**。

“我能做到，我能做到。”她嘟囔道，听起来和儿童读物中讲过的《小火车做到了》[①]十分相似。

---

① 《小火车做到了》（*The Little Engine That Could*），20世纪童书经典，讲的是快乐小火车出故障了，大家都很沮丧。大大小小的火车头，一一从他的身边经过，直到最后，看起来最小、最不可能的蓝色小火车头决定试一试。“我想我行，我想我行。”蓝色小火车头拉着装满玩具的车厢爬上高山，最终将玩具送到小朋友的手中。该书自1930年在美国问世以来，深深影响了好几代小读者。

“在我看来可不是那样，那么你有什么计划？我希望你有个计划。”

她点点头，没有看我的眼睛：“你知道埃斯梅曾经从悬崖上跳下去吗？我的意思是，当她还是人的时候。”

“结果呢？”

“结果她和死亡如此接近，结果他们甚至都没想到要送她去急症室——他们直接把她送到了太平间。尽管卡莱尔发现她的时候，她的心脏仍然在跳动……”

那就是她之前所说的意思，要让她的心脏保持跳动。

“你不是打算幸存下来的时候还是人类吧。”我沮丧地表态道。

“不，我不愚蠢，”接着她看着我的眼神，“不过我猜，你可能对此事有自己的看法。”

“紧急情况下变成吸血鬼。”我含糊地说道。

“这对埃斯梅有效。埃美特，罗莎莉，甚至爱德华都是这样过来的。他们所有人都并不那么健康。卡莱尔只是改变了他们，因为要么那样，要么死亡。他不结束别人的生命，他挽救生命。”

一阵对那位善良的吸血鬼医生的内疚之情在我心里油然而生，就像以前一样。我把那种想法推开，开始乞求了。

“听我说，贝儿，不要那么做。”就像以前一样，当查理的电话打过来了，我看得出这对我真的会有多么不同。我意识到我需要她活着，以某种形式，以任何形式。我深深地吸了一口气。“别等到一切太迟了，贝拉，不要那样。活下去，好吗？只是活下去，不要这么对我。不要这么对他。”我的声音变得更生硬、更响亮了，“你知道你死了的话他打算怎么办，你以前见过的，你希望他再去找那些意大利的杀手吗？”她害怕得往沙发里面退缩。

我有意略去了一部分，这一次或许连这个必要都没有了。

我挣扎着让自己的声音温柔一些，然后问道：“还记得我被那些新生吸血鬼弄得面目全非的那一次吗？你告诉过我什么？”

我等待着，但她不愿意回答，她紧紧地咬住嘴唇。

“你告诉我要听话，听卡莱尔的，”我提醒她，“我是怎么做的？我听了吸血鬼的话。为了你。”

"你听了，因为那样做是正确的。"

"好吧——随便挑个理由。"

她深深地吸了一口气："现在这样做不正确。"她的目光接触到自己那圆鼓鼓的大肚子，她轻声地说道，"我不会杀死他。"

我的手又颤抖了："哦，我还没听说这个好消息呢，一个健壮的小男婴，也许还该带些气球来呢。

她的脸变得粉红，很漂亮的颜色——却像用刀在割我的胃，还是一把有锯齿的刀，又钝又糙。

我会输掉这一切，再一次。

"我不知道是不是男孩，"她承认道，有点儿局促不安，"超声波不起作用。胎儿周围的膜太硬了——像他们的皮肤一样，所以他有点儿神秘，但是我一直在我的脑海中看见一个男孩。"

"那里不会有什么漂亮男孩，贝拉。"

"我们等着瞧。"她说道，几乎有些沾沾自喜。

"你看不到。"我吼道。

"你真的很悲观，雅各布，我肯定会安然无恙的。"

我无法回答，我看着地面，深深地、慢慢地呼吸，想要克制住我的愤怒。

"杰克，"她说道，她拍拍我的头发，抚摸着我的脸，"会没事儿的。嘘，不会有事儿的。"

我没有抬头看："不，不会没事儿的。"

她从我脸上擦掉湿润的东西："嘘。"

"交易是什么，贝拉？"我盯着苍白的地毯，我的一双赤脚很脏，上面留下了一些污迹，好吧，我说，"我以为所有一切都是因为你想要你的吸血鬼超过其他一切。而现在你却要放弃他？那没有任何意义。从什么时候起，你变得如此急切地想要当妈妈了？如果你那么想要当妈妈，你为什么要嫁给吸血鬼？"

我已经很危险地接近他希望我提出的条件了，我看得见这些话正在把我引领到那个方向，但是我无法改变。

她叹气道："并不是那样的。我真的不在意有没有孩子，我甚至想都没想过，不是有没有孩子的问题，而是……好吧……**这个**孩子。”

“他是个刽子手，贝拉，看看你自己。”

“他不是，是我。我只是很脆弱，而且是人类，但是我能坚持到底，杰克，我能……”

“哎，**得啦**！闭嘴，贝拉。你能对你的吸血鬼这样信口雌黄，但是你骗不了我，你知道你做不到。”

她愤怒地看着我：“我不知道能不能做到，当然，我很担心。”

“**担心他**。”我从牙缝中挤出来。

就在那时她大口喘气，抱住自己的肚子，我的怒火像燃尽的火柴一样顿时熄灭了。

“我没事儿，”她气喘吁吁地说道，“没什么。”

但是我听不见。她的手把长袖T恤衫拉扯到一边，我目不转睛地盯着，恐惧地看见暴露出来的皮肤，她的肚子看起来就像上面布满了紫黑色的像墨迹一样的大斑点。

她看见我目瞪口呆的样子，把衣服拉回到原处。

“他很强壮，就是这样。”她带着维护的语气说道。

墨迹一样的斑点是擦伤。

我几乎要窒息，明白了他所说的话，有关眼睁睁地看着它伤害她的话。突然，我自己感到一阵眩晕。

“贝拉。”我说道。

她听出我语气中的变化。她仰起头看着我，呼吸仍然很沉重，她流露出迷惑不解的眼神。

“贝拉，别这么做。”

“杰克……”

“听我说。别生气，好吗？只是听一听，要是……”

“要是什么？”

“要是这不是一锤子的买卖？要是这并不是宁为玉碎，不为瓦全的事情呢？要是你像乖女孩那样听一听卡莱尔的话，让自己活下去？”

“我不会……”

“我还没说完呢，那么你要一直活着，你就可以重新来过。这样解决不了问题，那么再试一试。”

她皱起眉头，举起一只手，摸着我的紧蹙在一起眉毛。她试图弄明白我说的话的时候，手指片刻抚平了我的额头：“我不明白……你什么意思，再试一试？你不会是想爱德华会让我……这会有什么区别呢？我确定任何孩子……”

“是的，”我打断她，“任何**他的**孩子都会是一样的。”

她疲倦的脸只是变得更加困惑了：“什么？”

但是我不能再说话了，没有意义，我永远也无法让她自我挽救，我永远也做不到这一点。

接着她眨了眨眼睛，我看得出她明白了。

“哦，啊。**拜托**，雅各布。你认为我应该杀死自己的孩子，用同类的替代品代替他？人工授精？”她现在很生气，“为什么我要怀陌生人的孩子？我想这根本没什么不同，你认为任何人的孩子都可以吗？”

“我不是那个意思，”我含糊地说道，“不是陌生人的。”

她把身体向前倾：“那么你在说什么？”

“没什么，我没别的意思，无非是说说而已。”

“刚才究竟是怎么回事儿？”

“别提了，贝拉。”

她皱起眉头，露出怀疑的神情：“**他**让你这么说的？”

我迟疑了一会儿，惊讶地发现她的思维跳跃得那么快。“不是。”我回答。

“是他，是不是？”

“不是，真的，他从来都没说过什么人工之类的话。”

她的脸色柔和了一些，然后疲倦地躺回到枕头上，看起来精疲力竭。她开口说话的时候翻了个身，根本不是在对我说话：“他愿意为我做一切。我那么伤害他……但是他在想什么？我会拿这个交换……”她的手摸着肚子，“某个陌生人的……”她咕哝着最后一部分，接着声音渐渐消失了，她顿时热泪盈眶了。

“你不一定要伤害他的。”我轻声说道。为他乞求，让我觉得就像毒药灼烧我的嘴巴一样，但是我知道这可能是我使她活下去最好的赌注，不过仍然充满诸多变数。“你可以再次使他开心起来，贝拉，我真的认为他已经发疯了。老实说，我也是。”

她似乎没在听我说，她咬着嘴唇，一只手在伤痕累累的肚子上来回抚摸着。安静了很久，我不知道卡伦家族的人是不是在非常远的地方，他们是不是在听我毫无成功希望地在尝试跟她讲道理呢？

“不是陌生人？”她自言自语道。我一阵畏惧。“爱德华到底跟你说了什么？”她小声地问道。

“没什么，他只是想你可能会听我的话。”

“不是那样，是关于再试一试的。”

她的眼睛一动不动地盯着我，我看得出我已经泄露太多了。

“没什么。”

她的嘴巴突然张大了一点儿：“哇。”

沉默了几次心跳的时间，我又低头盯着自己的脚，不能正视她的眼睛。

“他真的会做**任何事**，是不是？”她轻声说道。

“我告诉你他疯掉了，确实如此，贝儿。”

“我很惊讶你没立刻告发他，使他有麻烦。”

当我抬头看她时，她正带着笑意看着我。

“考虑一下。”我勉强挤出笑容，但是我感觉得到笑容在我脸上很别扭。

她知道了我提出的是什么，而她不打算认真考虑。我早知道她不会的，但是这仍然让我感到刺痛不已。

“也没有多少你不愿意为我做的事情，是不是？”她轻声问道，“我真的不知道为什么你愿意这么做，我不值得你们俩这样对我。”

“不过，这不会有所改变，是不是？”

“这一次不行，”她叹息道，“我希望我能恰如其分地向你解释清楚，这样你就会了解。我无法伤害他，”她指着自己的肚子，“那种程度不亚于让我拿起枪打死你，我爱他。”

“为什么你总是爱上错误的东西呢，贝拉？”

“我不这么想。”

我清了清嗓子里，这样我才能使自己的声音听起来是我想要的那样：“相信我。”

我站了起来。

“你要去哪里？”

“我在这里起不到什么作用。”

她伸出消瘦的手，恳求道：“别走。”

我感觉到上瘾的感觉正在吮吸着我的毅力，想方设法使我靠近她。

“我不属于这里，我得回去。”

“今天你为什么来呢？”她问道，手仍然毫无生气地向我伸来。

“只是过来看一看你是不是真的还活着，我不相信你像查理所说的那样生病了。”

从她的脸色我无法判断她是否相信了我所说的话。

“你还会回来吗？在……之前？”

“我不打算在周围转悠，眼睁睁地看着你死，贝拉。”

她一阵畏惧：“你是对的，你是对的，你**应该**走。”

我朝大门走去。

“再见，”她在我身后轻声说道，“爱你，杰克。”

我几乎就要回头了，几乎就要转身跪在地上再次乞求她，但是我知道我不得不放弃贝拉，完全放弃对她的不舍，在她杀死我之前，就像她会杀死他一样。

“当然，当然。”我一边向外走，一边含糊不清地说道。

我没看见任何一个吸血鬼。我没看一眼我的摩托车，独自一个人站在草地的中央。现在对我来说摩托车还不够快，我爸爸会吓坏的——山姆也会。狼群会如何理解他们没听见我变形的事实？他们会不会认为卡伦家族在我有机会袭击他们之前就把我结果了呢？我脱光衣服，不在乎可能有人会看见，开始奔跑。在模糊不清中，倏地完成了变身为狼的跨越。

他们都在等待，当然他们在等。

雅各布，杰克。八个声音如释重负地一齐叫道。

马上回家。阿尔法的声音命令道，山姆很愤怒。

我感到保罗渐渐消失了，我知道比利和雷切尔都在等他告诉他们我怎么样了。保罗太焦急了，等不到告诉他们好消息，我没有变成吸血鬼的盘中餐，也听不到事情的来龙去脉了。

我没必要告诉狼群我在回来的路上了——当我全速向家的方向奔跑时，他们看得见森林在我身后变得模糊起来。我没必要告诉他们我也已经接近半疯狂的状态了，我的心病显而易见。

他们看见了恐怖的情景——贝拉凸起来的肚子；她粗哑的声音，**他很强壮，就是这样**；爱德华脸上流露出心急火燎的神情，**眼睁睁地看着她生病，逐渐衰弱……看着他伤害她**；罗莎莉伏在贝拉了无生气的身体上，**贝拉的生命对她毫无意义**——这一次，任何人都无话可说了。

他们的震惊只是在我心中汇成嘈杂一片，我无言以对。

！！！！

他们还没恢复过来我就差不多到家了，接着他们都开始奔跑起来和我会合。

天差不多全黑下来了——乌云完全遮蔽了太阳。我冒险冲过高速公路，在被人发现之前就疾驰而过了。

我们在离拉普西大约十英里的地方会合，就在伐木工人留下的一片空地那里。那个地方很偏僻，楔进山脉的两个山鼻子之间，这里没有人会看见我们。保罗在我找到他们时也到了，所以狼群全部到齐了。

我脑子里的信息简直一片混乱，所有人都一齐大叫了起来。

山姆颈上的毛像钉子一样竖了起来，他在圆圈首位上踱来踱去时发出一串串不连贯的咆哮声。保罗和杰莱德像影子一样跟在他身后，他们的耳朵在头的两侧竖了起来。整个圆圈都很烦躁，他们全都站着，时而爆发出低沉的咆哮。

起初他们的愤怒模糊不清，我以为是因为我的缘故。我的状态糟糕透顶，根本无暇他顾。由于我逃避命令，他们可以随便处置我。

就在那时，混乱的思绪开始集中起来。

这怎么可能呢？这意味着什么？会是什么呢？

不安全，不合理，很危险。

不符合自然，恶魔，可恶的东西。

我们不能允许这样的事情发生。

现在狼群同步踱来踱去，同步思考，除了我自己和另一个。我在任何一个兄弟旁边蹲坐下来都会头昏眼花，无法用眼睛或思想看清楚谁坐在我旁边，而狼群则把我包围了。

协约不包括这一条。

这使大家全都有危险。

我努力理解步步紧逼的声音，努力弄清楚绕来绕去的思绪所指的方向，但是却没弄明白。他们的想法围绕着我头脑中的图景——最糟糕的景象。贝拉身上的擦伤，爱德华心急如焚的脸。

他们也害怕。

但是他们不会采取任何行动。

保护贝拉·斯旺。

我们不能让那影响我们。

我们家人的安全，这里所有人的安全，比一个人的安全更加重要。

如果他们不愿意杀死它，我们就不得不动手了。

保护部落。

保护我们的家人。

我们得赶在一切来不及之前杀死它。

我心中的另一个记忆，这一次是爱德华的：**这个东西在长大，速度很快。**

我拼命想要集中精神，分辨出每个人的声音。

不能浪费时间了。杰莱德想道。

这将意味着一场战斗，安布里警告道，**一场惨烈的战斗。**

我们准备好了。保罗坚持道。

我们这边需要出奇制胜。山姆想道。

如果我们在他们分散的时候进攻他们，就能分别对付他们，这会增加我们获胜的概率。杰莱德想道，现在已经开始做战略部署了。

我摇摇头，缓慢地站起来。我在那里感到重心不稳——好像围成一圈的狼使我眩晕一样。我旁边的狼也站了起来。他的肩膀推着我的肩膀，支撑着我站起来。

等一等。我想道。

转着圈的狼暂停了一拍，接着他们又踱起步来。

没时间了。山姆说道。

但是——你在想什么？你今天下午还不愿意因为破坏协约而进攻他们。现在协约仍然完好无缺之时，你却打算伏击？

这不是我们的协约所能预见到的事情，山姆说道，这对这一地区的每个人都有危险。我们不知道卡伦家族会生出什么样的怪物来，但是我们知道它很强壮，而且长得很快，而且它太年轻，根本不会遵守协约，还记得我们打败过的新生儿吗？狂野、凶暴、毫无理性或节制。想象一下那个东西像那样，却受到卡伦家族的保护。

我们不知道。我试图打断他。

我们不知道，他同意道，而且在这种情况下，我们不能拿这种未知事物来碰运气。我们允许卡伦家族存在的唯一前提是，我们完全确定，他们可以被信任，不会带来危害。这个……东西不能被信任。

他们对这个东西的讨厌程度不亚于我们。

山姆借助我心中的记忆想到罗莎莉的脸，她做出保护姿势的蹲伏，让所有人都看到这一幕。

有些已经准备为之战斗了，不管那是什么东西。

只不过是个婴儿，搞什么嘛。

不会太久。里尔轻声说道。

杰克，兄弟，这是个大问题，奎尔说道，我们不能置之不理。

你们正在夸大其词，我辩驳道，现在唯一身处险境的人是贝拉。

这一次又是她自己的选择，山姆说道，但是这一次她的选择影响到我们大家。

我不这么认为。

我们不能冒险，我们不会让吸血鬼在我们的土地上展开猎杀。

那么让他们离开。还在支持我的狼说道，是塞思，这是当然的。

然后把这种威胁加在别人身上？当吸血鬼从我们的土地上经过时，不管他们打算到哪里狩猎，我们都要摧毁他们，我们要保护我们所能保护的所有人。

这太疯狂了，我说道，今天下午你们还担心会使狼群陷入危险境地呢。

今天下午我不知道我们的家人有危险。

我简直不敢相信！若不杀死贝拉的话，你们打算如何杀死那个东西？

没有言语，但是一切尽在不言中。

我咆哮起来，她也是人！难道我们的保护在她身上不适用吗？

不管怎样她就要死了，里尔说道，我们只不过是缩短了这个过程罢了。

的确如此，我从塞思身边跳开了，露出牙齿朝他姐姐冲去。我就要咬住她的左小腿了，就在这时我感到山姆的牙齿从侧面向我袭来，把我拖了回去。

我痛苦而愤怒地咆哮起来，开始攻击他。

住手！他用阿尔法的双重语调命令道。

我的腿好像在我身下弯曲变形了一样，我猛地停下来，只能完全依靠我的意志力挺立着。

他的眼神从我身上移开。里尔，你不许再那么残忍地对他，他向她命令道，贝拉的牺牲是沉重的代价，我们都会铭记这一点的。夺去人的生命违背了我们所代表的一切，为那一条款破例是很悲惨的事情，我们今晚会为我们将要做的一切致哀。

今晚？塞思震惊地重复道，山姆……我想我们应该就这个问题再谈一谈，至少要咨询长老们的意见，你让我们去……不是认真的吧？

我们现在无法放任你对卡伦家族的容忍态度了，没有时间争辩了。你得按照命令去办，塞思。

塞思的前肢膝盖弯曲了，他的头在阿尔法命令的重压下低了下去。

山姆在我们之间狭小的空间里转圈儿。

我们需要所有的狼人，雅各布，你是我们最强大的战士，今晚你要和我们一起作战。我了解这对你而言很困难，所以你要集中对付他们的战士——埃美特·卡伦和贾斯帕·卡伦。你不需要卷入……其他的事情，奎尔和安布里会和你一起战斗的。

我的膝盖颤抖了。当阿尔法的声音鞭笞着我的意志时，我挣扎着使自己站直。

保罗、杰莱德和我会对付爱德华和罗莎莉。我想，从雅各布带给我们的信息看，他们会是保护贝拉的人。卡莱尔和爱丽丝也会在他们身边，埃斯梅也可能。布莱迪、柯林、塞思和里尔对付他们。不管谁最靠近——我们都听见他在心里默念着贝拉的名字时舌头打滑了——**那个东西要被除掉，摧毁那个东西是我们要最优先处理的事情。**

狼群紧张兮兮地低吼着领命，紧张的气氛使所有人的毛都竖了起来。踱步的速度更快了，爪子拍打在有盐分的地面上时，声音更加刺耳了，趾甲也扎进了泥土里。

只有塞思和我一动不动，注视着这场风暴的中心，他们个个露出獠牙，竖起耳朵。塞思的鼻子几乎贴着地面了，屈服于山姆的命令，我感受到他对即将到来的背信弃义感到痛苦不堪。对他而言这是背叛——在那一天的盟友关系中，塞思和爱德华·卡伦并肩作战，真正成为吸血鬼的朋友。

然而，他心中没有反抗。不管这会怎样伤害他，他都会服从的，他没有别的选择。

而我有什么选择呢？阿尔法下令，狼群就得遵守。

山姆以前从来没有像这样施加过他的权威。我知道，他其实讨厌看见塞思在他面前像个奴隶似的跪在主人的脚下。要不是他认为自己别无选择的话，他是不会强迫塞思这样的。我们的思想彼此联系在一起，他是不可能对我们撒谎的。他真的认为摧毁贝拉和她肚子里的那个魔鬼是我们的职责所在，他真的认为我们没有时间可以浪费了。他相信这样的事情，足以让我们赴汤蹈火，为之献身。

我看见他会亲自面对爱德华。爱德华读懂我们的思想的能力使他成为山姆心中最大的威胁，山姆不会让其他任何人承受那样的危险。

他认为贾斯帕是第二大劲敌，那就是为什么他把他交给我来对付的原因。他知道在狼群中，我是最有可能在这场战斗中胜出的那个，他把最容易对付的目标交给了更年幼的狼人和里尔。没有预见未来的能力引导她，爱丽丝不会造成任何危险。从我们结盟的经历我们了解埃斯梅不是战士。卡莱尔会是更大的挑战，但是他对暴力的憎恨会妨碍他。

我注视着山姆进行部署，努力从各个角度让狼群的每个成员都有最佳的幸存机会，这使我比塞思更难受。

一切都已经彻底改变了。今天下午，我一直咬牙切齿地想要攻击他们，但是塞思是对的——这不是一场我已经准备好了的战斗，我心中的仇恨蒙蔽了我自己。我没让自己仔细地观察此事，因为我肯定知道如果我这么做了，我会看见什么。

卡莱尔·卡伦，看着他的时候，我的心中并没有仇恨的阴影，我无法否认杀死他无异于谋杀。他很善良，和我们保护的任何人类一样善良，或许还要更善良。我猜其他人也一样善良，但是我对他们的这种感觉没这么强烈，我也不了解他们。卡莱尔会讨厌反击，即使是为了救自己的命，那就是为什么我们将会杀死他的原因——因为他不希望我们，他的敌人死。

这是错误的。

并不仅仅因为杀死贝拉就像杀死我自己，像自杀一样。

振作起来，雅各布，山姆命令道，**部落高于一切。**

我今天错了，山姆。

你那个时候的理由是错的，但是现在我们有责任要履行。

我使自己站稳。**不。**

山姆咆哮起来，停止在我面前踱步。他凝视着我的眼睛，牙齿之间传来低沉的怒吼。

是的，阿尔法命令道，他的双重语调冒着权威的炙热气泡，**今晚不可以有任何疏漏。你，雅各布，要和我们一起与卡伦家族作战。**

你，与奎尔和安布里一起对付贾斯帕和埃美特。你有责任保护部落，那就是你存在的原因，你必须履行这一职责。

当命令彻底击溃我的时候，我的肩膀耸了起来，我的腿猛地跪下，肚子贴着地面趴在他面前。

狼群中没有人能违抗阿尔法。

清　单

山姆开始让其他人各就各位，而我仍然趴在地上。安布里和奎尔也在我的身旁，等待着我恢复过来归位。

我能感受到让自己站起来带领他们的迫切感和需要。一种无法抗拒的冲动越来越强烈，我徒然抵抗着，退缩着趴在原地。

安布里静悄悄地在我耳边哼哼唧唧。他不愿意想出一些话，担心会再次让山姆注意到我。我感觉到他无言地恳求我站起来，把这件事做完，从而结束这一切。

狼群中有恐惧，不是那么担心个人的得失，而是担心集体的安危，我们无法想象今晚我们所有人都能活着回来。我们会失去哪些兄弟？哪些思想会永远离我们而去呢？清晨我们会安慰哪些悲痛的家人？

我的大脑开始和他们一起运转，一起思考，一起应对这些恐惧。我抵着地面无意识地站了起来，抖掉我身上的外套。

安布里和奎尔欣慰地大声喘息起来，奎尔立刻用鼻子碰了碰我的身体。

他们的脑海中充满着我们的挑战，我们的任务。我们一起想起我们观摩卡伦家族为与新生吸血鬼作战而进行的训练，埃美特·卡伦是最强大的，但是贾斯帕会是更大的难题。他进攻时就像闪电一样快——力量、速度和死亡交织在一起。他有多少个世纪的经验？足以让所有卡伦家族的人都向他寻求指导。

如果你需要侧翼防卫的话，我会就位的。奎尔主动提出来，他心里比其他大多数人都要兴奋一些。那些夜晚当奎尔注视着贾斯帕讲解时，他一直迫不及待地想通过跟吸血鬼较量测试一下自己的技能。对他而言，这会是一场比赛。哪怕知道自己命悬一线，他还是那样看待此事。保罗也和他一样，从来没打过仗的孩子柯林和布拉迪也一样。塞思可能也会一样——如果敌人不是他的朋友的话。

杰克？奎尔轻轻推了我一下，**你打算怎么进攻？**

我只是摇了摇头。我无法集中精神——不得不遵守命令的强迫感就像牵线木偶的线穿在我的肌肉里一样，一只脚向前，接着是另一只脚。

塞思慢悠悠地跟在柯林和布拉迪后面——里尔站在那个位置。和其他人一起讨论战略部署时，她没理睬塞思，我看得出她宁愿不让他参战。她对自己的弟弟有一种母性的关怀，她希望山姆命令他回家。塞思没注意到里尔的顾虑，他也跟着牵线木偶的线做出了相应的调整。

或许，如果你停止抗拒……安布里轻声说道。

只注意我们的任务，那几个难对付的。我们就能挫败他们的气焰，我们就能打败他们！奎尔使自己兴奋起来——就像一场大赛之前鼓舞士气的演讲一样。

我看得出这会多么容易——只考虑我自己的任务而不考虑其他任何事情。想象进攻贾斯帕和埃美特并不难，我们以前差一点儿就这么做了。我把他们当成敌人已经有很长一段时间了，现在我又能这么想了。

我只是不得不忘却他们所保护的与我会保护的是同一样东西，我不得不忘记为什么我可能希望他们赢……

杰克，安布里提醒我，**把注意力集中在战斗上。**

我的脚迟缓地挪动了一下，拉扯着往后拉的线。

抵抗毫无意义。安布里又轻声说道。

他是正确的。我最终还是会做山姆命令我做的事情，如果他强迫我的话。而他会强迫我，这是显然的。

阿尔法的权威是有理有据的。倘若没有领袖的话，哪怕像我们这样强大的狼群也不会成什么气候。我们不得不一起行动，一起思考，从而取得预期效果，而那要求身体听命于思想。

要是现在山姆是错的呢？那任何人也无力回天，没有人能怀疑他的决定。

除了——

有一个——那是我永远永远都不想有的念头，但是现在，我的四肢全部被线拉了起来，我如释重负地辨认出了那个例外——不仅仅是如释重负，还有强烈的喜悦。

没有人能违抗阿尔法的决定——除了**我**。

我并没有赢得任何东西，但是我身上有一些与生俱来的东西，一些我从未要求过的东西。

我从未想过要领导狼群，我现在也不想这么做。我不想把所有人的命运都扛在我的肩膀上，山姆在这方面永远都会比我更胜一筹。

但是今晚他错了。

而我生来并不是要向他卑躬屈膝的。

我一欣然接受我与生俱来的权力时，身上的束缚就逐渐消失了。

我感觉得到它在我体内聚集，既是一种自由，又是一种奇怪的空洞的权力。空洞是因为阿尔法的权力来源于他的狼群，而我没有狼群。有那么一瞬间，落寞的感觉使我不知所措。

我现在没有狼群。

但是当我向山姆站立的地方走去时，大胆沉着，冷静坚定，他与保罗、杰莱德正在部署进攻方案。他听见我走过来的声音时转过身，眯起黑色的眼睛。

不。我再次告诉他。

他立刻就听明白了，听出我在心里做出选择时发出阿尔法的权威的声音。

他往后跳了半步，惊讶地叫道，**雅各布，你做了什么？**

我不会听你的，山姆，不会为了如此错误的事情听你的。

他目瞪口呆地盯着我，**你宁愿……你宁愿选择你的敌人而不是你的家人？**

他们不是，我摇摇头，澄清道，**他们不是我们的敌人，他们从来都不是。直到我认真考虑要摧毁他们的时候，想清楚的时候，我才明**

白那一点。

不是他们，他冲我吼道，**是贝拉。她从来都不是适合你的那个人，她从未选择过你，但是你却继续为了她毁掉自己的生活！**

这些话很难听，但却是事实。我大口喘着气，慢慢领会其中的含义。

或许你是对的，但是你却要在她身上毁掉我们的团队，山姆。不管今晚他们有多少人幸免于难，他们的手总会沾上人命的。

我们不得不保护我们的家人！

我知道你已经做出决定，山姆，但是你不能为我决定，再也不能。

雅各布——你不能背叛部落。

我听见他命令中阿尔法的声音在回荡，但是这一次却毫无分量，这不再适用于我。他握紧爪子，试图迫使我对他的话做出回应。

我盯着他愤怒的双眼，**伊弗列姆·布莱克的儿子生来就不会听命于利瓦伊·乌利。**

那么，你心意已决了，雅各布·布莱克？他颈部的毛竖了起来，嘴唇咧开露出牙齿。保罗和杰莱德在他的两侧咆哮起来，气得毛也竖起来了。**即使你能打败我，狼群永远都不会跟随你的！**

我猛地跳回去，惊讶得叫出声来。

打败你？我不打算跟你打架，山姆。

那么你有什么计划？我不会退位，不然你就会牺牲部落去保护吸血鬼婴儿。

我没让你退位。

如果你下令他们听你的……

我永远都不会剥夺任何人的意志。

我话里的弦外之音令他恐惧，他的尾巴不停地摇来摇去。接着他向前迈了一步，这样我们就能彼此近距离对峙了，他暴露出来的牙齿离我只有几英寸之遥，直到这一刻我才注意到我已经长得比他高一些了。

不可能有两个阿尔法，狼群选择了我。今晚你要使我们分裂吗？

你会对付自己的兄弟吗？或者你会结束这种疯狂的行为，再次加入我们？每个词语都有层层命令的意味，但是却无法影响我。阿尔法的血液在我的血管里流淌，没有被冲淡一丝一毫。

我能理解为什么一个狼群从来都没有一个以上的男性阿尔法，我的身体回应着这种挑战。我感觉得到为我的权力防御的本能在我心中升腾起来，狼人自我的原始中枢神经为争夺领导权的战役绷紧了。

我把精力全部集中在控制这种反应上，我不会沦落到与山姆进行毫无意义的毁灭性的战斗之中去。他还是我的兄弟，即使我现在在抗拒他。

这个狼群只有一个阿尔法，我并不是争夺这一点，我只是选择我自己的道路。

你现在属于吸血鬼聚会吗，雅各布？

我恐惧地退缩了。

我不知道，山姆，但是我的确知道这……

他感觉到我语气中阿尔法的分量时后退了。这对他的影响要大于他对我的影响，因为我生来就是领导他的。

我会站在你和卡伦家族之间，我不会袖手旁观狼群屠杀无辜的——这个词很难适用于吸血鬼，但却是事实——**人们。狼群的使命要高于这一切，带领他们走上正确的道路，山姆。**

我转身背对着他，一阵异口同声的咆哮在我身边响起，划破天际。

爪子紧紧地扎进泥土里，我飞奔着离开了我引起的这场喧嚣，我没有多少时间。至少，里尔是唯一有希望超越我的人，我率先跑掉了。

咆哮的声音渐渐地离我越来越远了，当声音继续撕破寂静的夜空时我感到一丝安慰，他们还没有来追赶我。

我得赶在狼群反应过来阻止我之前警告卡伦家族。如果卡伦家族有所准备的话，就有机会让山姆在一切都太迟之前重新考虑这件事。我飞奔着冲向我仍然憎恨的白色房子，把我的家抛在身后。家不再属于我了，我已经不理会它了。

今天的开始就和平常一样。夜里雨下个不停，我赶在日出之前结束巡逻回家，和比利、雷切尔一起吃早饭，看糟糕的电视节目，与保罗为一点儿芝麻大小的事儿吵架……这一切怎会改变得如此彻底，变得如此不符合实际呢？一切怎会变得乱成一团，而我现在人在这里，独自一个人，成为不情愿的阿尔法，迅速离开了我的兄弟，选择了吸血鬼而不是他们？

我一直害怕的声音打断了我茫然的思绪——是大爪子拍打在地面上产生的轻微震动，它跟在我身后。我向前一跃而起，飞快地穿过黑黢黢的森林。我只需要离他们足够近，这样爱德华就能听见我心中的警告，里尔一个人无法阻止我。

就在那时，我明白了我身后那匹狼的想法。不是愤怒，是热情。不是追赶……是追随。

我停止大步奔跑，踉踉跄跄地向前冲了两步，然后才恢复平衡。

等一等，我的腿没有你的长。

塞思！你以为自己在干什么？回家去！

他没回答，但是当他一直紧跟在我身后时，我能感觉到他的兴奋。我可以看透他，就像他看透我一样。夜景对我而言很惨淡——充满了绝望。对他而言，则充满了希望。

我没意识到我在减速，不过他倏地出现在我的侧面，在我身旁适当的位置奔跑。

我可不是开玩笑，塞思！这里没有你的位置，从这里离开。

那头瘦长的棕褐色狼哼了一声。**我已经选择支持你了，雅各布，我认为你是正确的。我不打算做山姆的后盾，当……**

哦，才不是，你就是要做山姆的后盾！你赶紧滚回拉普西，去做山姆要你做的事。

不。

走，塞思！

那是命令吗，雅各布？

他的问题突然打断了我。我滑行了一段停了下来，脚指甲在泥巴上留下一排凹痕。

我没有命令任何人做任何事，我只是告诉你你已经知道的事情。

他扑通一声蹲坐在我旁边。**我会告诉你我知道的事情——我只知道现在静寂得可怕，难道你没注意到吗？**

我眨了眨眼睛。意识到他的言外之意，我的尾巴紧张地摆来摆去，发出窸窣的声音。这在某种意义上不是寂静。空气中仍然传来咆哮声，在西边很远的地方。

他们并没有变回人形。塞思说道。

我知道这一点，狼群现在是红色警戒了。他们会利用心灵感应清楚地了解各方面的情况，但是我听不见他们在想什么。我只能听见塞思，没有其他人。

在我看来，似乎分裂的狼群没有心灵感应，呵呵。我猜我们的祖先以前没有理由知道事情会是这样的，因为他们以前没有理由分裂，根本没有足够多的狼来分成两个团体。哇，真的很安静。有点诡谲，但是感觉也还不错，难道你不这么认为吗？我打赌，对伊弗列姆、奎尔和利瓦伊来说，像这样会容易一些。只有三个人，或者只有两个人的话，就不会那么乱哄哄的了。

闭嘴，塞思。

遵命，长官。

别这样！没有两个狼群。只有一个狼群，然后是我，就是这样。所以，现在你可以回家了。

如果没有两个狼群，那么为什么我们能听见彼此的心声，而听不见其他人的呢？我想当你不再理会山姆的时候，那可是一个意义非常重大的动作啊。一种改变，当我跟着你走掉的时候，我想，那也意义重大。

你说得有点儿道理，我承认道，**但是能改变的事情还是能变回去的。**

他站了起来，开始朝东小跑。**现在不是就此事吵架的时候，我们现在应该赶在山姆前面，赶紧行动……**

他这么说是对的，没时间来争论此事了。我又开始奔跑起来，并没有像之前那样拼命。塞思紧跟在我后面，在我右侧占据了传统上的第二把交椅的位置。

我可以在别的位置跑，他想道，鼻子低垂了一点儿，**我跟随你并不是因为我想要升职。**

你想在哪里跑就在哪里跑，对我而言毫无区别。

没有追赶的声音，但是我们俩的速度同时加快了一些。我现在很担心，如果我不能利用狼群的思想，情况就会更棘手。我就不会比卡伦家族更早得到进攻的警告了。

我们要巡逻。塞思建议道。

如果狼群向我们挑衅的话，我们该怎么做？我眯起眼睛，**攻击我们的兄弟、你的姐姐？**

不——我们会拉响警报，然后撤退。

答得好，但是接着怎么办？我不认为……

我知道，他同意道，现在不那么确信了，**我认为我们也不会跟他们打仗。不过，他们想到要袭击我们时，不会比我们想到袭击他们时感到更高兴，那样可能足以让他们就此罢休。此外，他们现在只有八个人了。**

别这么……过了好一会儿我才确定该用什么词儿才合适，**乐观。这让我心烦意乱。**

没问题。你希望我悲观失望，阴阴郁郁的，还是闭嘴？

给我闭嘴。

能做到。

真的吗？似乎不是这样。

他终于安静下来。

接着我们穿过公路，在与卡伦家接壤的森林里穿梭。**爱德华现在还不能听见我们吗？**

或许我们应该想一想像这样的事情："我们是为了和平而来的。"

试试看。

爱德华？他试探性地喊了这个名字，**爱德华，你在吗？算了，现在我觉得有点儿傻。**

你听起来也很傻。

相信他能听见我们吗？

现在我们离那里不到一英里了。**我想是的，嘿，爱德华。如果你能听见我——就严阵以待吧，吸血鬼，你有麻烦了。**

我们有麻烦了。塞思更正道。

紧接着我们穿过树林，来到大草坪上。房子一片漆黑，但是并不是空的。爱德华站在门廊上，夹在埃美特和贾斯帕中间，他们在苍白的光线下像雪一样白。

“雅各布？塞思？发生了什么事儿？”

我减慢速度，然后后退了几步。这个鼻子嗅到的味道非常浓烈，老实说我感觉火辣辣的。塞思轻轻地嘀咕起来，犹豫不决，接着他退到我身后。

为了回答爱德华的问题，我在自己的脑海中一一掠过与山姆对峙的情景，然后又回想了一遍。塞思和我一起想，填补了其他的空白，从另一个角度看待这一幕。我们得出“厌恶”的结论时都停了下来，因为爱德华愤怒地发出嘶嘶声，跳下门廊。

“他们想要杀死贝拉？”他怒吼道。

埃美特和贾斯帕没有听到谈话的前半部分，以为他没有变调的问句是陈述句。他们倏地来到他身边，露出獠牙朝我们靠近。

嘿，别这样。塞思一边想一边后退。

“埃姆，贾斯——不是**他们**！是其他人。狼群来了。”

埃美特和贾斯帕摇摇晃晃地站稳脚跟。埃美特转身看着爱德华，而贾斯帕的眼睛则直勾勾地盯着我们。

“他们有什么问题？”埃美特追问道。

“和我的问题一样，”爱德华嘘声道，“但是他们有自己解决这个问题的计划。去把其他人叫来，去叫卡莱尔！他和埃斯梅现在得回到这里来。”

我担忧地哀嚎了一声，他们被分散了。

“他们离这里不远。”爱德华用和先前同样空洞的声音说道。

我打算过去看一看，塞思说道，**在西边查看一下。**

“你会有危险吗，塞思？”爱德华问道。

塞思和我交换了一下眼神。

我们不这么认为，我们一起想道，接着我补充道，**不过或许我该去，只是以防万一……**

他们挑战我的可能性更小，塞思指出，**我在他们看来不过是个小毛孩。**

你在我眼里不过是个小毛孩，小伙子。

我过去了，你需要和卡伦家一起商量。

他转过身，冲向一片漆黑之中。我不打算命令塞思回来，所以就任他去了。

爱德华和我面对着彼此站在漆黑的草坪上，我听见埃美特在电话里轻声地说话。贾斯帕注视着塞思消失在树林里的地方。爱丽丝出现在门廊上，然后忧心忡忡地盯着我看了许久，她轻轻地跳到贾斯帕的身旁。我猜罗莎莉在屋子里面和贝拉在一起，仍然保护着她，使她免受危险，不过她对危险的理解是错误的。

“这不是我第一次欠你人情，雅各布，”爱德华轻声说道，“如果有其他办法，我永远都不可能求你这么做。”

我想了想今天早些时候他求我做的事。当涉及贝拉时，没有他不会超越的界限。**不，你会的。**

他想了想，接着点点头：“我猜在这一点上你是正确的。”

我深深地叹了口气，**好吧，这又不是第一次。**

“对。”他低声说道。

对不起，今天我没起什么作用，告诉过你她不会听我的。

“我知道，我从未真的认为她会，但是……”

你不得不试一试，我明白。她好些了吗？

他的声音和眼神突然变得空洞了。“更糟了。”他气若游丝地说道。

我不想让那个词涌进我的脑海，爱丽丝开口说话时我很感激。

“雅各布，你介意变形吗？”爱丽丝问道，“我想知道发生了什么事儿。”

我摇摇头，与此同时爱德华回答道：“他需要和塞思保持联系。”

“好吧，那么你能不能好心告诉我发生了什么事儿？”

他用急促而毫无感情的语句解释道："狼群认为贝拉变成了麻烦。他们预见到潜在的威胁，来……来自她肚子里所怀上的东西，他们感到清除危险是他们的职责。雅各布和塞思从狼群中脱离出来预先通知我们，其他人打算今晚进攻。"

爱丽丝发出嗞嗞的声音，从我旁边挪开了。埃美特和贾斯帕交换了一下眼神，接着他们的眼睛扫视了一遍树林。

那里没有人，塞思报告道，**森林西面静悄悄的。**

他们可能绕道了。

我会再兜一圈。

"卡莱尔和埃斯梅在回来的路上，"埃美特说道，"二十分钟，最多。"

"我们需要进行防御。"贾斯帕说道。

爱德华点点头："我们进去吧。"

我和塞思一起到四周巡逻。如果我跑得太远，你听不见我的话，听我的嗥叫声吧。

"我会的。"

他们准备回屋时，眼睛在各处都扫视了一遍。他们还未走进屋里，我就转身朝西边奔去。

我还是没发现什么。塞思告诉我。

我会在另一个半圈巡逻。跑快一点儿——我们可不想让他们有机会从我们身边溜走。

塞思猛地加快速度向前冲去。

我们默默无语地奔跑着，时间一分钟一分钟地过去了。我倾听着他周围的声音，再次确定他的判断。

嘿——有东西跑得非常快呢！沉默了十五分钟后，他提醒我。

往我这边来了！

别动……我想不是狼群！听起来不一样。

塞思……

不过他闻到了徐徐清风中传来的气味，我在他的心中读到了。

吸血鬼，打赌是卡莱尔。

塞思，后退，可能是别人。

不，是他们，我闻出味道了。等一等，我打算变形向他们解释。

塞思，我认为不……

但是他不见了。

我焦急不安地在西边界限上走来走去。在这样一个可怕的夜晚，要是我没能照顾好塞思，难道还有比这更匪夷所思的事情吗？倘若在我的照看下他有什么闪失呢？里尔会把我撕成碎片的。

还好这个小毛孩很快就回来了。不到两分钟，我就在头脑中感觉到他了。

是的，是卡莱尔和埃斯梅。兄弟，他们看到我多么惊讶啊！很可能现在他们已经进屋了。卡莱尔说谢谢你。

他是好人。

是的，那就是为什么我们在这件事上是正确的原因之一。

希望如此。

为什么你那么沮丧，杰克？我打赌山姆今晚不会让狼群进攻。他不会展开自杀式的行动。

我叹了口气。不管怎样，这都不重要。

哦，这跟山姆的关系并不是那么大，对不对？

我巡逻结束后转了个弯，在塞思最后一次转弯的地方我闻到了他的气味，我们没留下任何死角。

不管怎样，你认为贝拉会死。塞思轻声说道。

是的，她会。

可怜的爱德华，他肯定要疯了。

是这样。

爱德华的名字使我其他的记忆浮现出来，塞思惊愕地读明白了。

接着他咆哮起来。**哦，老天！不可能！你不会吧？那简直是以卵击石，雅各布！你也知道这一点！我简直不敢相信你说你要杀死他。那是什么意思？你得跟他说“不”。**

闭嘴，闭嘴，你这个白痴！他们会想狼群来进攻了！

我旋即转身，开始朝房子的方向跑去。**别想这些了，塞思，现在**

巡逻整个林子。

塞思怒火中烧，我没理会他。

错误的警报，错误的警报，我跑得越来越近的时候想道，**对不起，塞思年纪尚幼，他总忘事儿。没有人进攻，错误的警报。**

我抵达草地的时候，能看见爱德华从黑黢黢的窗户里盯着外面。我跑进来，只是想确保他已经获悉这个消息。

那里没什么——你收到了吗？

他点了点头。

如果沟通不是单向的话，就会容易许多了。然后，我又有点儿高兴我读不懂**他的**心思。

他扭头朝房子里面看，我看见一阵颤抖传遍他的全身。他挥手让我离开，再也没有往我的方向看一眼，接着从我的视线中走开了。

发生了什么事儿？

好像我能得到答案一样。

我一动不动地站在草坪上，聆听周围的一切。有了这双耳朵，我几乎能听见塞思的脚轻轻地落在森林里数里开外的地面上的声音，听见黑黢黢的屋子里面的每个声音并非难事。

"是错误的警报，"爱德华用那种死气沉沉的声音解释道，只是重复了我告诉他的话，"塞思因为其他的事情很难过，他忘记我们在听信号了，他年纪尚幼。"

"让蹒跚学步的小孩守卫前方真是好啊。"一个更深沉的声音咕哝道，是埃美特，我想。

"他们今天晚上帮了我们大忙，埃美特，"卡莱尔说道，"他个人做出了沉重的牺牲。"

"是的，我知道。我只是很嫉妒，但愿我在那儿。"

"塞思认为山姆今晚不会进攻，"爱德华机械地说道，"在我们预先得到消息，少了两名成员的情况下，他不会。"

"雅各布怎么想？"卡莱尔问道。

"他不是那么乐观。"

没有人说话。有轻轻的滴水声，我没法对上号。我听见他们轻轻的呼吸声——我能把贝拉的呼吸和其余人的区别开来。她的声音更沙哑，更吃力，以一种奇怪的节奏断断续续。我听得见她的心跳，似乎……太快了。我用自己的心跳数了数她的，不过我不确定那是否可以当作度量标准，我似乎也不正常。

“别碰她！你会吵醒她的。”罗莎莉轻声说道。

有人叹了口气。

“罗莎莉。”卡莱尔低声说道。

“先别说我，卡莱尔。我们早先让你做了你想做的事情，但是那就是我们允许你做的全部。”

现在，罗莎莉和贝拉她们两个似乎是一个鼻孔出气了，好像她们形成了自己的小团体一样。

我静静地在房子前面踱来踱去，每一步都使我离他们更近一些。黑黢黢的窗户就像电视机在播放某个毫无生气的候诊室一样——根本不可能让我的视线离开他们很久。

又过了几分钟，又走了几步，我走动时毛已经擦到门廊了。

我能抬头看透窗户——看见墙壁顶部和天花板，以及悬挂在下面没有点亮的枝形吊灯。我的个头足够高，只要把脖子伸长一点点就可以了……或许一只爪子放在门廊边上……

我偷偷地望进那个宽敞的大前厅，期望看见与今天下午非常相似的一幕，但是改变了那么多，起初我很迷惑。过了一会儿，我想我找错房间了。

玻璃墙全部不见了——现在看起来像金属了。所有的家具都被拖开了，贝拉笨拙地蜷缩在空地中央一张狭窄的床上。那不是一张普通的床——是那种医院里用的有栏杆的床，还有一点也像医院的是，监护仪用带子固定在她身上，管子插进她的皮肤里。监护仪上的灯一闪一闪的，但是没有声音。滴水的声音是从插进她胳膊里的静脉注射管流出来的一种浓稠而混浊的白色液体发出来的。

她在不安的睡梦中有些哽咽，爱德华和罗莎莉都靠过来俯身看着她。她的身体抽搐起来，她抽泣起来，罗莎莉用手摸了摸贝拉的额头。爱德华的身体僵在那里——他背对着我，不过他的表情肯定有什么异样，因为埃美特眨眼之间就跳到了他们中间，他的手伸向爱德华。

“今晚不要，爱德华，我们还有其他事情要操心。”

爱德华转身离开他们，他又变成了那个心如火焚的人，就像热锅上的蚂蚁一样。他的眼睛有一会儿遇到我的眼神，接着我又四只脚落地了。

我重新跑进黑黢黢的森林里，跑过去与塞思会合，从我身后的那一幕中逃离开去。

更糟糕了，是的，她的情况更糟糕了。

领　　会

我就要睡着了。

一个小时前，太阳从乌云中升了起来——现在森林从黑色变成了灰色。塞思蜷缩着，大约一点钟的时候睡着了，我在拂晓的时候叫醒他换班。即使在跑了一整夜之后，我也很难让自己的大脑不要胡思乱想，这种努力持续了很久，好让自己睡着，不过塞思有节奏的奔跑很有用。**咚，咚咚，咚**——他在卡伦家的土地周围绕着大圈子巡逻时，爪子重重地拍在潮湿的地面上周而复始地发出单调的声音，我们已经在地面上留下一串痕迹了。塞思的思绪是空洞的，随着他从树林中飞奔而过，他的思绪变成了模模糊糊的绿色和灰色。他的心很平静，用他所看见的填补我的思绪，而不是让我自己看见的景象唱主角，这很有帮助。

就在那时，塞思刺耳的嗥叫打破了清晨的宁静。

我猛地从地上跳起来，后腿还没离开地面，前腿就倏地冲向前。我朝塞思一动不动的地方飞奔过去，与他一起聆听着朝我们奔跑而来的爪子落地的脚步声。

早上好，男孩子们。

惊愕的呻吟从塞思的齿缝中传了出来。接着在我们深入地解读这些新思想的时候，两个人都嗥叫起来。

哦，老天！走开，里尔！塞思不满地嘟囔道。

我来到塞思身边时停了下来，他扭过头，准备再次嗥叫了——这一次是要抱怨。

别吵，塞思。

好吧，啊！啊！啊！他呻吟着拍打着地面，在泥巴上抓出几条深深的凹痕。

里尔小跑着进入我们的视线，她娇小的灰色身体在林子下面的灌木丛中迂回穿行。

别嚎了，塞思，你真是个小孩。

我冲着她咆哮起来，两只耳朵竖了起来，她本能地后退了一步。

你觉得自己在干什么，里尔？

她沉重地叹了口气，**非常明显，不是吗？我要加入你那讨厌的变了节的小狼群，吸血鬼的狗卫士。**她发出一阵低沉而又讽刺的大笑声。

不，你不是。在我撕掉你的一条大腿肌腱之前赶紧转过身，回家去。

好像你能抓住我似的。她笑了笑，蜷曲起身体准备一跃而起，**想比赛吗，哦，无所畏惧的头儿？**

我深吸了一口气，让空气充满我的肺直到两侧都鼓了起来，然后等到我确定自己不会尖叫起来之时，我猛地呼出一口气。

塞思，去让卡伦家的人知道只不过是你愚蠢的姐姐，我用尽可能尖刻犀利的话想道，**这里我来处理。**

遵命！塞思想到要离开高兴还来不及呢，他往大房子奔去，消失不见了。

里尔哀嚎了一声，她跟在他身后，肩膀上的毛全都竖了起来。**你竟然让他一个人跑到吸血鬼那里去？**

我非常确信他宁愿他们把他干掉，也不愿与你一起多待一分钟。

闭嘴，雅各布。哎哟，对不起，我的意思是，闭嘴，至高无上的阿尔法！

你究竟为什么来这里？

你认为我弟弟甘愿被吸血鬼玩弄于股掌之上，而我却坐视不管吗？

塞思不想，也不需要你的保护。实际上，没人希望你在这儿。

哦，哎呀，那会留下一个大疤的。哈，她大声叫道，**告诉我到底谁需要我，我就会离开这里。**

那么这根本与塞思无关啰，是不是？

当然有关，我只是指出不被人需要对我来说并不是第一次。实际上并不是什么鼓舞人心的因素，如果你知道我的意思的话。

我咬紧牙关，努力理清思路。

山姆派你来的吗？

如果我来这里是为山姆跑腿的，你就不能听见我在想什么，我的忠心已经不再属于他了。

我仔细地聆听着和这些话混杂在一起的思想。如果这只是分散我们的注意力，或者是计谋的话，我不得不保持足够的警惕以便看穿它，但是什么也没有。她的宣言的确是实话，一种不情愿，几乎是令人绝望的事实。

你现在忠于我了吗？我语气极为讽刺地问道，**啊哈，对极了。**

我的选择很有限，我只是根据我拥有的选择来办事。相信我，我并不喜欢这样做，这种感觉并不亚于你现在的感受。

那不是真的，她心中有一种强烈的兴奋。她对此并不满意，但是她也感到一种奇怪的兴奋。我搜索着她的心思，想要弄明白。

她的毛竖起来，讨厌被侵犯。我通常会想方设法不理会里尔——我以前从未想过要弄清楚她在想什么。

我们被塞思打断了，想到他怎么给爱德华解释。里尔焦急地哀嚎起来，爱德华的脸出现在昨天晚上他站立的窗口那里，他对这个消息没有任何反应。那是一张空洞的脸，面如死灰。

哇，他看起来很糟糕。塞思自言自语道。吸血鬼对这个想法也没有任何反应，他消失在房子里。塞思转身朝我们飞奔回来，里尔放松了一点点。

怎么啦？里尔问道，**我跟不上你们的思路。**

毫无意义，你别待在这儿。

实际上，阿尔法先生，我要待在这里。因为既然我显然不得不属于某人——不要认为我不是自愿脱离的，你自己知道那样做是多么不起作用——我选择你这边。

里尔，你不喜欢我，我不喜欢你。

谢谢，明知故问睁眼瞎[1]**。那对我无关紧要，我和塞思在一起。**

你不喜欢吸血鬼，难道你不认为那有点儿利益冲突吗？

你也不喜欢吸血鬼。

但是我忠于这次结盟，你则不会。

我会离他们远远的，我可以在这边巡逻，和塞思一样。

而我应该将此事委任于你？

她伸长脖子，踮起脚趾，想要和我一样高，这样她就能盯着我的眼睛。**我不会背叛我的狼群。**

我想扭头大叫一声，像塞思以前那样。**这不是你的狼群！这根本就不是狼群。这只是我，我自己离开了！你们克里尔沃特家的人都怎么啦？为什么你就不能让我一个人待着呢？**

塞思正好来到我们身后，他嗥叫一声。我冒犯了他，很严重。

我一直在帮忙，是不是，杰克？

你自己没造成太大的危害，孩子，但是如果你和里尔是打包交易——如果让她离开这里的唯一办法是让你回家……那么，你会怪我让你离开吗？

啊，里尔，你搞砸了一切！

是的，我知道。她告诉他，这种想法承载了太多绝望的分量。

我感受到这几个词语中的痛苦，超乎我曾猜测过的程度。我不想那么觉得，我不想为她感到难过。当然，狼群对她很尖刻，但是她是自找的，因为怨恨玷污了她心中的每个念头，使我们听见她脑海中的想法变成了噩梦。

塞思也感到很内疚，**杰克……你不是真的打算让我离开吧，是不**

---

① 明知故问睁眼瞎（Captain Obvious），指说出已经不言自明的事实的虚构超级英雄，常常出现在流行文化中。后来，这个词语演变成一种讽刺的表达，用来表示某人说出了显而易见，或者令人痛苦的不言自明的话语，暗示说话人反应迟钝，认为被说出的事实完全明显。这个短语经常出现在网络出版物和发行刊物上，早在1998年就出现了。“明知故问睁眼瞎”的人物也出现在报纸、书籍、电影、电视、广播和戏剧中。该词经常以“Thank you, Captain Obvious”的形式出现，用于回答非常明显的陈述。

是？里尔也不是那么坏，真的。我的意思是，她在这里的话，我们就能把巡逻的边界向前推进，而且这会让山姆的人手下降到七个。他不可能发动一场如此寡不敌众的进攻，或许还是件好事情……

你知道我不想领导一个狼群，塞思。

那么就别领导我们。里尔提议道。

我嗤之以鼻，**听起来对我完美至极，现在跑回家吧。**

杰克，塞思想道，**我属于这里，我的确喜欢吸血鬼。卡伦一家人，不管怎么样，他们对我而言是人类，我打算保护他们，因为那就是我们应该做的事情。**

或许你属于这里，孩子，但是你姐姐不属于。无论你到哪里，她都打算跟随你……

我话没说完就打住了，因为我这么说的时候明白了什么，里尔一直努力不去那么想的事情。

里尔不会去任何地方。

还以为这是因为塞思呢。我悻悻地想道。

她一阵畏缩，**我在这里当然是为了塞思。**

而且这样就能离山姆远远的。

她咬紧牙关，**我不必向你解释自己的理由，我只是不得不做我奉命要做的事情。我属于你的狼群，雅各布，言尽于此。**

我低声咆哮着踱步离开她。

垃圾，我永远都没法摆脱她。就算她多么讨厌我，多么憎恨卡伦家族，多么高兴现在就能杀死所有的吸血鬼，而现在却要反过来保护他们，这让她多么怒火中烧——所有这一切跟摆脱山姆的感受相比，根本算不了**什么**。

里尔不喜欢我，所以我希望她消失就是很自然的了。

她爱山姆，现在依然如此。让**他**希望她消失比待在他身边更让她痛苦，既然现在她有了选择，她会欣然接受任何其他的选择，哪怕那意味着搬到卡伦家成为他们的小宠物狗。

我不知道我是否会做得那么过火，她想道，她试图使这些话听起来很生硬，很挑衅，但是她的伪装漏洞百出，**我确定在杀死我自己之**

前我会好好试几下身手。

瞧，里尔……

不，你瞧，雅各布。别再跟我吵了，因为这不会有什么好处。我不会挡你的道儿，好吗？我会做你要我做的任何事。除了回到山姆的狼群，做那个他没法摆脱的可怜兮兮的前女友，如果你想要我离开，她蹲坐起来，直勾勾地盯着我，你就不得不迫使我那么做。

我怒吼了好久。我开始有些同情起山姆来，尽管他那样对我，那样对塞思。难怪他总是让狼群集合，你还有什么其他法子让人把事情办妥呢？

塞思，如果我杀死你姐姐，你会生我的气吗？

他佯装思考了一会儿，哦……是的，很可能。

我叹了口气。

好吧，那么，做我要你做的任何事的女士，为什么不告诉我们你知道的事情，让你自己有点儿用处呢？昨天晚上我们离开后发生了什么事？

许多咆哮声，但是你们可能听见了。声音那么吵闹，我们过了很久才弄清楚我们无法再听见你们两个了。山姆……她不知道该怎么说，但是我们能在脑海中看见，塞思和我都感到一阵退缩，在那之后，非常清楚的是，我们要迅速地重新思考一些事情。山姆打算今天早上和长老们讨论一些首先要做的事情。我们应该会合，然后安排狩猎计划。不过，我很清楚他不会立即贸然行动。现在无异于自杀，因为你和塞思擅离职守，而吸血鬼们得到了预先警告。我不确定他们会怎么做，不过，如果我是吸血鬼的话，我就不会自己在森林里游荡，现在是随意捕杀吸血鬼的时候了。

你决定翘掉今天早晨的会议？我问道。

我们昨天晚上分头巡逻的时候，我要求回家，告诉我母亲发生了什么事……

什么？你告诉妈妈了？塞思怒吼道。

塞思，等一等再谈姐弟之间的事情。继续，里尔。

所以我一变回人形，就花了一点儿时间想清楚这些事情。哦，实际上，我想了一整夜。我打赌其他人认为我睡着了，但是两个分裂的狼群，两种分离的思想，这整件事情使我有许多可以筛选的余地了。最后，我意识到了在塞思的安全以及由此带来的诸多其他益处与变成叛徒、用鼻子吸进吸血鬼的臭味——谁也不知道要多久——之间孰轻孰重。你知道我决定干什么，我给妈妈留了一张便条。山姆弄明白……的时候，我期望我们会听见风声。

里尔一只耳朵偏向西边。

是的，我期望我们会。我同意道。

那么这就是全部，我们现在怎么办？她问道。

她和塞思满心期待地看着我。

这正是那种我不想强迫自己做的事情。

我猜我们现在要保持警惕，这就是我们所能做的全部。你或许应该小睡一会儿，里尔。

你睡的时间和我差不多。

还以为你会奉命行事呢！

对，那会变老的。她哼哼唧唧地抱怨道，然后打了个呵欠，好吧，无论是什么，我不在乎。

我去边界巡逻，杰克，我一点儿都不累。我没强迫他们回家，塞思感到那么高兴，他兴奋得活蹦乱跳起来。

当然，当然，我去卡伦家看一看。

塞思沿着潮湿的地面上的一条新的小道出发了，里尔若有所思地看着他的背影。

在我睡着之前，或许一两轮……嘿，塞思，想看一看我能领先你多少圈吗？

不！

里尔呵呵地轻声笑了笑，跟着他纵身跃进树林。

我无济于事地咆哮起来，那么安宁和静谧。

里尔在争取——为她自己争取。在环形路上她尽量放慢速度跑，但是，我们不可能不对她沾沾自喜的心情毫无察觉。我想了想“两人正好”的那种说法，这个说法实际上并不适合，因为一个人对我而言就足够了。要是我们**不得不**有三个人的话，很难想到一个我不愿意拿她交换的人。

保罗？她建议道。

或许吧。我应允道。

她自顾自地大笑起来，太神经过敏，太亢奋了，所以我没有触怒到她。我不知道躲避山姆的同情的那种兴奋会持续多久。

那会是我的目标——不像保罗那么惹人烦。

是的，朝这个目标努力吧。

我离草坪只有几码远的时候，变成了另一种外形。一直以来，我都没打算在这里度过太久的人类时光，但是我也没打算让里尔待在我的脑子里。我拉上破旧的短裤，开始穿过草地。

我还没来到台阶上，门就开了，我很惊讶地看见是卡莱尔而不是爱德华走出门外迎接我。他看起来精疲力竭，充满了挫败感。顷刻间，我的心跳停止了。我摇晃着停下来，不能说话。

“你还好吗，雅各布？”卡莱尔问道。

“贝拉？”我哽咽着说出来。

“她……和昨天晚上的状况差不多一样。我吓到你了吗？对不起。爱德华说你是以人形过来的，我出来欢迎你，因为他不想离开她，她醒了。”

爱德华不想失去任何与她在一起的时间，因为剩下的时间不多了。卡莱尔没有大声说出这些话，但是他心里一定这样想。

离我之前睡着的时候已经有一会儿了——在我上一次巡逻之前，我现在真的能感受到。我向前迈了一步，坐在门廊的台阶上，无力地靠在栏杆上。

走动的声音轻得只有吸血鬼才能做到，卡莱尔在同样的台阶上坐下来，靠在另一个栏杆上。

“昨晚我没机会对你说谢谢，雅各布。你不知道我多么感激你的……同情心。我知道你的目的是保护贝拉，但是我也因为全家其他人的安危亏欠你。爱德华告诉我你不得不做……”

“别提这些。”我轻声说道。

"好吧。"

我们默不作声地坐着，我能听见房子里其他人的声音。埃美特、爱丽丝和贾斯帕在楼上交谈的声音很轻，语气很严肃。埃斯梅在另一个房间里哼着曲子，发出不悦耳的声调。罗莎莉和爱德华的呼吸声在附近——我无法分辨哪个声音是谁的，但是我能听出贝拉吃力的喘息声跟他们的不一样。我也能听见她的心跳，似乎……不稳定。

就像命运要迫使我做一切我发誓在二十四小时内不会做的事情一样。现在我在这里，就在附近，等待着她死去。

我不想再听了，讲话比倾听要好一点儿。

"她是你的家人吗？"我问卡莱尔。这之前引起过我的注意，当他说我也帮助了他家里其他人的时候。

"是的，贝拉已经是我的女儿了，一个挚爱的女儿。"

"但是你打算让她死。"

他一言不发地过了很久，我忍不住抬起头。他的脸非常非常疲惫，我知道他的感受。

"我能想象你为此会怎样想我，"他终于说道，"但是我无法忽视她的意愿。为她，迫使她做出那样的选择是不对的。"

我很想生他的气，但是卡莱尔使我很难做到。就像他用我的话反唇相讥一样，一派胡言。这些话以前听起来是正确的，但是现在它们不可能正确。在贝拉奄奄一息的时候不应该这样，然而……我想起与山姆决裂有怎样的感觉——没有选择，却只能卷入谋杀我深爱的那个人。不过，这不一样，山姆是错的，而贝拉爱上了她不该爱的东西。

"你认为她有没有成功的机会？我的意思是，变成吸血鬼之类的。她告诉过我有关……有关埃斯梅的事情。"

"我会说在这个节骨眼上机会一半一半，"他平静地回答道，"我曾见到过吸血鬼的毒液创造了奇迹，但是也有连毒液也无法战胜的情况。她的心脏负担过重，如果它衰竭的话……我就无能为力了。"

贝拉的心跳时而有节奏地振动，时而开始减弱，强调了他言语中的意思，让人痛苦不堪。

或许星球开始倒转了。或许那会解释为什么一切都与昨天的情形完全相反——我怎能期盼那一切就是世界上最糟糕的事情呢?

"那个东西在对她干什么？"我轻声问道，"昨天晚上她的状况恶化了那么多。我看见……管子之类的，透过窗户看见的。"

"胎儿与她的身体不相容。一方面太强大了，不过她可能还能撑一会儿。更大的问题是它不让她吸收她所需要的物质，她的身体拒绝任何形式的营养。我在尝试给她注射，但是她根本吸收不了，有关她状况的一切都在加速。我看着她——不仅仅是她，还有胎儿——每时每刻都在因为饥饿走向死亡。我无法制止，我无法减慢这种速度，我想不出来它要什么。"他精疲力竭的声音在说完后突然停了下来。

和昨天的感觉一样，当我看到她肚子上的黑色斑点时，我很愤怒，还有些疯狂。

我握紧拳头控制住自己的颤抖，我憎恨那个在伤害她的东西。那个怪物从里到外折磨她还不够。不，它还在饿死她。很可能只是在寻找那种能让它的牙齿咬进去的东西——一个它能吸干的喉咙。既然它还没有大到足以杀死其他人，它就满足于吞噬贝拉的生命。

我能告诉他们它到底要什么：死亡，血液，血液和死亡。

我的皮肤滚烫得有些刺痛，我缓慢地吸气呼气，集中精神使自己平静下来。

"我希望我能更好地了解它到底是什么，"卡莱尔低声说道，"胎儿受到很好的保护，我一直没法获取超声波图像。我怀疑有没有办法用针穿透那层羊膜囊[①]，但是罗莎莉无论如何都不同意让我试一试。"

"针？"我含糊地问道，"那会有什么好处呢？"

"我对胎儿的了解越多，我就能更好地估计它会造成什么样的后果。哪怕我只能获得一点点羊膜液，哪怕我只知道染色体数量……"

"我迷惑了，医生，你能把复杂的问题简化一下吗？"

他轻声笑了笑，就连他的笑声听起来都是精疲力竭的："好吧。你

① 羊膜囊（Amniotic sac），羊膜动物的胎儿在里面生长发育的一种液囊。有些人认为它等同于羊膜（胞衣）。在光线下，羊膜囊能发光，而且非常平滑，但是又很坚硬，无法刺穿。

学过多少生物学？你学过有关染色体对数的知识吗？”

“我想学过，我们有二十三对，对吗？”

“人类是。”

我眨了眨眼睛：“你们有多少对？”

“二十五对。”

我对着我的拳头皱了皱眉头：“那意味着什么？”

“我想这意味着我们的族类几乎是完全不同的。比狮子和家猫之间的联系更少，但是这个新生命——噢，他表明我们在基因上比我认为的更加相容。”他悲伤地叹气道，“我事先不知道该提醒他们。”

我也叹了口气，憎恨爱德华的无知倒是易事一桩，我仍然因此恨他，只是我很难对卡莱尔怀有同样的感觉。或许因为在卡莱尔的面前，我并没有被嫉妒完全给蒙蔽了。

“了解染色体的对数可能有帮助——胎儿是更接近我们还是她，知道该期待什么。”接着他耸了耸肩，“或许这会毫无帮助。我猜我只是希望我能有什么可以研究，任何我能做的事。”

“好奇我的染色体是怎样的。”我胡言乱语地咕哝道。我又想到那些奥运会类固醇测试，他们会做 DNA 扫描吗？

卡莱尔有些不经意地咳嗽了一声：“你有二十四对，雅各布。”

我慢慢地转身看着他，挑起一边眉毛。

他看起来有些尴尬：“我……很好奇，我去年六月给你治病的时候擅自做了。”

我想了一会儿：“我猜那应该让我很生气，但是我真的不在乎。”

“对不起，我应该先问你的。”

“没关系，医生，你不是要伤害我。”

“不急的，我向你保证我不想伤害你。只是……我发现你们的族类很令人着迷，我猜吸血鬼本性的元素经过几个世纪对我而言已经司空见惯了。你们的家族与人类的区别要有趣得多，几乎是奇迹。”

“哔哔嘀，啵哔嘀，啵喔。”我咕哝道。说到这些奇妙的废话时，他就像贝拉一样。

卡莱尔又疲倦地笑了笑。

接着我听见屋里爱德华的声音，我们俩都停下来听怎么回事儿。

“我很快就回来，贝拉，我想跟卡莱尔说会儿话。罗莎莉，你介意陪我一起去吗？”爱德华的声音听起来有些不同。他空洞的声音里有一点儿生气了。有什么东西在闪光，并不确定是希望，不过或许是希望的**愿望**。

“怎么啦，爱德华？”贝拉声音沙哑地问道。

“你什么也不必担心，亲爱的，就一会儿。罗斯，请吧！”

“埃斯梅？”罗莎莉叫道，“你能帮我照看一下贝拉吗？”

我听见埃斯梅从楼梯上轻快地走下来的声音像风一样轻。

“当然。”她说道。

卡莱尔挪动了一下，满心期待地扭头看着门口。爱德华首先穿过大门，罗莎莉紧随其后。他的脸像他的声音，不再是死气沉沉的。他似乎极为专注，罗莎莉看起来满脸狐疑。

爱德华在她身后关上门。

“卡莱尔。”爱德华轻声说道。

“怎么啦，爱德华？”

“或许我们想偏了。我刚才听了你和雅各布的谈话，当你们说到胎儿……想要什么时，雅各布有个不错的主意。”

我？我想过什么，除了我对这个东西显而易见的憎恨之外？至少在这一点上不是只有我一个。我看得出来爱德华使用像胎儿这样温和的词语很困难。

“我们实际上还没从那个角度考虑问题，”爱德华继续说道，“我们一直试图找到贝拉需要的东西，而她的身体对此的接受程度差不多和我们的身体会有的反应一样。或许我们应该首先解决……胎儿的需要，或许如果我们能让它满足，我们就能够更有效地帮助她。”

“我跟不上你的思路，爱德华。”卡莱尔说道。

“想一想，卡莱尔。如果那个生物更像吸血鬼而不是人，难道你猜不到它最渴望什么……它不要什么吗？雅各布猜到了。”

我猜到了？我回忆了一下我们的谈话，想要记起我自己有过哪些想法。就在卡莱尔心领神会的时候我想起来了。

"哦，"卡莱尔说道，语气很惊讶，"你认为它……很饥渴？"

罗莎莉发出轻轻的嗞嗞声，她不再怀疑了。她令人讨厌的完美脸庞闪出喜悦的光芒，兴奋地睁大眼睛。"当然，"她低声说道，"卡莱尔，我们为贝拉储备了那种O型阴性血，那是个好主意。"她补充道，没有看我一眼。

"哦。"卡莱尔用手托住下巴，陷入了沉思，"我不知道……那么，怎样才是最好的服用办法呢？"

罗莎莉摇摇头："我们没时间去寻找捷径了，我认为我们应该以传统的办法开始。"

"等一等，"我轻声说道，"等一会儿，你是在……你是在说让贝拉饮**血**吗？"

"是你的点子，狗。"罗莎莉说道，她恶狠狠地看着我，甚至没有正视我一眼。

我没理会她，看着卡莱尔。那种在爱德华脸上出现的希望影子，现在同样出现在医生的眼睛里。我噘起嘴巴，思忖道："那简直……"我也无法找到合适的词。

"骇人听闻？"爱德华建议道，"令人作呕？"

"非常。"

"不过要是那能帮助她呢？"他轻声问道。

我生气地摇头："你们打算怎么做，把一根管子插到她的喉咙里？"

"我打算问问她怎么想，我只是想先跟卡莱尔商量一下。"

罗莎莉点点头："如果你告诉她，这可能会帮助孩子，她会愿意做任何事的，即使我们的确不得不用一根管子让他们进食。"

就在那时我意识到——当她说到**孩子**那个词儿的时候，我听见她的语气怎么变得那么情意绵绵的——金发美女会跟能帮助那个吞噬生命的小恶魔的任何事情站在统一战线上。那就是所发生的事情，那种把她们两个绑在一起的什么因素吗？罗莎莉也想要孩子吗？

我从眼角看见爱德华点了一下头，他心不在焉，眼睛没有朝我看过来，但是我知道他在回答我的问题。

哈，我从未想到那个冰一样寒冷的芭比娃娃会有母性的一面。如此护着贝拉——罗莎莉可能会亲自把管子插进贝拉的喉咙。

爱德华的嘴巴抿成了一条僵硬的线，我知道我又猜对了。

“好吧，我们没时间坐在这里讨论此事了，”罗莎莉不耐烦地说道，“你觉得如何，卡莱尔？我们能试一试吗？”

卡莱尔深深地吸了一口气，接着站了起来：“我们要问问贝拉。”

金发女郎自鸣得意地笑了笑——当然啦，如果要由贝拉来决定，她就会获胜。

我把自己从台阶上拖起来，他们消失在屋子里的时候我跟在他们身后。我不确定为什么，或许只是出于变态的好奇。就像恐怖电影，到处都是恶魔和血。

或许我只是无法抗拒逐渐衰退的致命吸引对我发起的另一轮袭击。

贝拉平躺在医院专用床上，她的肚子在被单下像一座山。她面色蜡黄——没有颜色，有点儿透明。你会想她已经死了，除了她胸口微弱的起伏、浅浅的呼吸声之外，而她的眼睛，带着怀疑的目光精疲力竭地跟随着我们四个人。

其他人倏地掠过房间，眨眼之间就都已经站在她身旁了。看着让人毛骨悚然，我慢慢悠悠地跟进来。

“怎么啦？”贝拉追问道，细若游丝的声音很刺耳。她蜡黄的手猛地举起来——好像她试图要保护自己像气球一样的肚子。

“雅各布想到一个可能会对你有所帮助的办法。”卡莱尔说道。我希望他别提我，我没提任何建议。这归功于他那嗜血的丈夫，这属于他，“这不会……很舒服，但是……”

“但是这会对孩子有好处，”罗莎莉急切地打断道，“我们想到更好的办法让它进食，或许。”

贝拉的眼睑一下睁开了，接着她咳嗽着虚弱地笑了笑。“不舒服？”她轻声问道，“上天啊，那会是多么大的改变啊。”她看着插进她胳膊的管子，又咳嗽起来。

金发女郎和她一起笑了起来。

这个女孩好像只剩下几个小时了，她不得不承受痛苦，但是她还在开玩笑。贝拉就是这样，总是努力缓和紧张的气氛，让其他人都好受一些。

爱德华从罗莎莉身边绕过去，脸上没有流露出一丝幽默的表情，我对此感到很高兴。他正在承受的痛苦比我多，这让人有一点点欣慰，他握住她的另一只手，贝拉那一只仍然护着她凸起的肚子。

“贝拉，亲爱的，我们打算请你做一件可怕的事情，”他说道，用了他向我建议的形容词，“令人作呕。”

好吧，至少他对她直言不讳了。

她浅浅地、快速地吸了一口气：“有多么糟？”

卡莱尔答道：“我们认为胎儿的胃口可能更接近我们的，而不是你们的，我们认为它饥渴了。”

她眨了眨眼睛：“噢，**噢**。”

“你的状况……你们两个的状况……正在迅速恶化。我们没有时间可浪费了，去想一些更加受欢迎的办法。验证这个理论最快的途径就是……”

“我得喝它，”她轻声说道，她微微地点了点头，几乎没有足够的精力让头上下稍微动一下，“我可以那么做。为以后做练习，是不是？”她看着爱德华，没有血色的嘴唇露出一个虚弱的微笑，他没有用微笑回应她。

罗莎莉开始不耐烦地踢脚尖，声音真的令人厌烦。我不知道如果我马上把她从窗户扔出去，她会怎么做。

“那么，谁去为我抓一只灰熊？”贝拉轻声问道。

卡莱尔和爱德华迅速地交换了一下眼神，罗莎莉停止踢脚尖。

“怎么啦？”贝拉问道。

“如果我们走捷径，就会是更有效的测试，贝拉。”卡莱尔说道。

“**如果**胎儿渴望血液，”爱德华解释道，“它不是想喝动物血。”

“这对你不会有什么分别，贝拉，别这么想。”罗莎莉鼓励道。

贝拉瞪大眼睛。“谁？”她低声问道，她的眼神飘到我身上。

“我在这儿不是当献血者的，贝儿，”我咕哝道，“此外，那个东西想要的是人血，我认为我的不适用……”

“我们手头有血，”罗莎莉告诉她，在我说完之前她打断我，就像我不存在一样，“为你……只是以防万一。什么都别担心，会没事儿的。我对此有种好预感，贝拉，我想孩子会好很多的。”

贝拉的手摸着她的肚子。

“好吧，”她嗓门粗哑地说道，几乎听不清楚她在说什么，“我快饿死了，所以我猜他也一样。”她又在试图开玩笑，“我们就这么做吧，我的第一次吸血鬼行动。”

小　丑

卡莱尔和罗莎莉刹那间就走开了，他们朝楼上疾步而去。我听得见他们在争论是否应该为她热一热。啊，我不知道他们在这里藏了满屋子什么样可怕的东西。满冰箱的血，对！还有什么？刑房？棺材屋？

爱德华留了下来，握着贝拉的手，他又面如死灰了。他似乎没有力气再维持他之前所拥有的一丝希望的影子了，他们注视着彼此的眼睛，但是并不是让人起鸡皮疙瘩的那种。就好像他们是在交谈一样，有点儿让我想起山姆和艾米莉。

不，这不是那种过分的情意绵绵，但却让人更不忍心看下去。

我知道里尔的那种感觉是什么了，不得不一直这样看着，不得不在山姆的头脑中听见。当然我们都为她感到难过，我们不是坏人——无论如何，都不是那种意义上的坏人，但是我猜我们都责备她处理此事的方式。宣泄在每个人身上，试图使我们大家全都和她一样难受。

我再也不会责备她了。任何人都会情不自禁地扩散这种悲伤。谁又能忍住**不**试着推一点儿到别人身上，来减轻自己身上的这种负担呢？

如果这意味着我不得不有自己的狼群的话，我又怎能责备她剥夺了我的自由呢？我也会这么做。如果有办法逃避这样的痛苦，我也会这么做。

不一会儿，罗莎莉就疾跑下楼了，像突如其来的一阵风飞进屋子，搅起一阵令人难受的气味。她在厨房里停了下来，我听见壁橱门发出的噼啪声。

“别那么**明显**，罗莎莉。”爱德华低声说道，他转了转眼珠。

贝拉看起来很好奇，但是爱德华只是对她摇了摇头。

罗莎莉又轻轻地飘回房间，再次消失了。

“这是你的主意吗？”贝拉轻声问道，她的声音很粗，用力地想让音量更大一些，以便我能听见。她好像忘记我能听得一清二楚了，这令我有点儿喜欢，有那么多次她似乎忘记我并不完全是人类。我走近一些，这样她就不必那么吃力。

“别为这件事儿责备我，你的吸血鬼专挑那些不好听的说。”

她笑了笑：“我没想到会再见到你。”

“是的，我也没想到。”我说道。

就这样站在这里感觉很怪，但是吸血鬼们把所有的家具都推开，摆上医疗器械了。我猜这没妨碍他们——当你变成石头时，坐或站已经没什么区别了。也不会妨碍我多少，除了我很疲倦。

“爱德华告诉我你不得不做的事情了，我很抱歉。”

“没关系。我违抗山姆的命令，可能只是时间问题。”我撒谎道。

“还有塞思。”她轻声说道。

“他实际上很开心能帮忙。”

“我讨厌给你带来麻烦。”

我大笑一声，更像是狗叫，而不是大笑。

她发出一声虚弱的叹息：“我猜，那没什么新鲜的啦，是不是？”

“对，的确不新鲜。”

“你不必待在这里，看这些。”她说道，几乎是挤出这些话的。

我能离开，或许还是个好主意，但是如果我离开了，带着她此刻的模样，我就会错过她生命中最后的十五分钟。

“我实际上没什么地方可去，”我告诉她，努力使自己不动声色，“自从里尔搅和进来后，狼人的事情就没那么有吸引力了。”

“里尔？”她惊呼道。

“你没告诉她？”我问爱德华。

他只是耸耸肩，视线没有从她脸上移开。我看得出这对他而言不是什么振奋人心的消息，跟现在正在恶化的更重要的事情相比，这不是什么值得分享的事情。

贝拉并没有那么轻松地接受，看起来对她是个坏消息。

“为什么？”她轻声问。

我不想讲得像小说那么长：“看住塞思。”

“但是里尔讨厌我们。”她轻声说道。

我们。好极了，不过我看得出她很害怕。

“里尔不会打扰任何人，”除了我，“她在我的狼群里，”我说到这个词儿时扮了个苦相，“所以，她听我的指挥。”呸。

贝拉看起来并没有信服。

“你害怕**里尔**，但是你与那个神经病金发美女关系最好？”

二楼传来一阵轻轻的嘘声。酷，她听见我说的了。

贝拉冲我皱了皱眉：“别这样，罗斯……理解。”

“是的，”我哼道，“她了解你会死，而她不在乎，只要她能得到那个变异的小崽子。”

“别像个傻瓜，雅各布。”她轻声说。

她看起来太虚弱，没法生我的气。相反，我努力笑道：“说的好像真的一样。”

贝拉有一会儿试图不对我笑，但是最后她忍不住了，她苍白的嘴唇扬到了嘴角。

接着卡莱尔和那个我们正在讨论的神经病来了。卡莱尔手中端着一个白色的塑料杯——有盖子和弯曲的吸管的那种。哦——**别那么明显**，现在我明白了。爱德华不想让贝拉不必要地去想她不得不做的事情。你根本看不见杯子里的是什么。但是我闻得到。

卡莱尔犹豫了，握着杯子的手伸出去一半。贝拉看了它一眼，看起来又有些害怕了。

“我们可以试另外的办法。”卡莱尔冷静地说。

“不，”贝拉轻声说道，“不，我先试试这个，我们没有时间……”

起初我以为她终于明白了一点儿，担心她自己了，但是，接着她的手又虚弱地轻轻拍她的肚子了。

贝拉伸出手，从他手里接过杯子。她的手有些颤抖，我听得见里面液体流动的声音。她试着用一只胳膊肘撑起自己，但是她几乎抬不起头。一阵热浪涌遍我的全身，我看见不到一天的时间她变得有多么虚弱了。

罗莎莉把胳膊放到贝拉的肩膀下面，也撑着她的头，就像你会对新生的婴儿做的那样，金发美女对婴儿的事情了如指掌。

“谢谢。”贝拉轻声说道。她扫视了我们大家一遍。意识仍然足够清醒，感到很不好意思，如果她不是如此耗尽力气，我打赌她会脸红的。

“别在意他们。”罗莎莉低声说道。

这使我感到难堪，贝拉提供机会的时候我本该离开的。我不属于这里，不属于这件事的一部分。我想到巧妙地躲开，接着我就意识到这么做对贝拉而言只会更糟糕，使她更难克服。她会认为我感到太恶心了，而不愿意留下，这一点基本上是对的。

然而，我不打算对这个点子负责，却也不想使它失败。

贝拉把杯子端到她面前，闻了闻吸管的一端。她一阵退缩，然后做了个鬼脸。

“贝拉，甜心，我们可以找到更容易的方法。”爱德华说道，伸出手要杯子。

“捏住你的鼻子。”罗莎莉建议道。她愤怒地盯着爱德华的手，好像她要折断它一样，我希望她会。我打赌爱德华不会就**那样**接受的，我很高兴看到金发美女少一只胳膊。

“不，不是那样。只是……”贝拉深深吸了一口气，“闻起来不错。”她轻声地承认道。

我感觉要呕吐，又艰难地咽下去，挣扎着使我脸上不露出厌恶的表情。

“那是好事情，”罗莎莉急切地告诉贝拉，“那意味着我们走上正轨了，试一试。”看着金发美女的新表情，我很惊讶她怎么没高兴得跳起来。

贝拉把吸管推到双唇之间，紧紧闭上眼睛，鼻子皱了起来。我又能听见血在杯子里流动的声音了，她的手颤抖了。她吸了一会儿，接着轻轻地呻吟了一声，双眼仍然紧闭着。

爱德华和我同时向前迈了一步，他摸了摸她的脸，我则紧握双拳藏在身后。

“贝拉，亲爱的……”

“我没事。”她轻声说道。她睁开眼睛，抬头看着他。她露出抱歉抑或恳求、害怕的表情：“味道也不错。”

胃酸在我肚子里翻江倒海，威胁着要涌出来，我咬紧牙关。

“那很好，”金发美女重复道，仍然很兴高采烈，“好兆头。”

爱德华只是把手放在她的脸颊上，手指顺着她脆弱的骨骼的形状弯曲起来。

贝拉叹了口气，又把嘴唇放在吸管上了。她这一次是真的在吸了，动作不像以前那样虚弱了，好像某种本能攫住她一样。

“你的肚子感觉如何？你感觉恶心吗？”卡莱尔问道。

贝拉摇摇头。“不，我没感觉不舒服，”她轻声说道，“凡事都有第一次，嗯？”

罗莎莉笑容满面地说道：“好极了。”

“我想现在这么说为时尚早，罗斯。”卡莱尔低声说道。

贝拉又吸了一口血，接着她飞快地看了一眼爱德华。“这是我的全部吗？”她轻声问道，“或者我们要等我变成吸血鬼后再计算？”

“没人在计算，贝拉。无论如何，没有人会因此而死，”他毫无生气地挤出个笑容，“你的记录仍然很干净。”

他们让我迷惑不解。

“我稍后会解释。”爱德华说道，这些话轻若呼吸。

“什么？”贝拉小声问道。

“只是在自言自语。”他不动声色地撒谎道。

如果他这么做会成功，如果贝拉会活下来，当她的感官和他的一样敏锐时，爱德华就不能那么容易侥幸摆脱，他不得不努力做些诚实的事情。

爱德华的嘴唇抽搐了一下，勉强挤出一个笑容。

贝拉又喝了几盎司，眼神掠过我们盯着窗外。很可能假装我们不在场，或许只是我吧，这群人中没有哪个会对她正在做的事情感到很恶心。正好相反——他们很可能正挣扎着不把杯子从她手中夺过去。

爱德华转了转眼睛。

天啊，谁能忍受他？他听不见贝拉的心思简直太糟糕了。接着他也会让她感到烦恼不已的，而她则会厌倦他。

爱德华又轻声笑了笑，贝拉的目光立即飘到他身上。看见他脸上的幽默感，她露出一丝笑容，我猜她有一段时间没笑过了。

“什么事情那么有趣？”她轻声问道。

“雅各布。”他答道。

她又面带倦容笑着看过来找我。“杰克精神崩溃了。”她同意道。

好极了，现在我是宫廷小丑了。“吧嗒砰。”我低声咕哝道，算是勉强配合一下这个笑话。

她又笑了，接着又从杯子里痛饮了一口。当吸管吸着空气，发出吵闹的吮吸声时，我一阵畏惧。

“我做到了。”她说道，听起来很高兴。她的声音清晰一些了——沙哑，不过是今天第一次不再轻声说话了：“如果我一直这么做的话，卡莱尔，你会把针从我身上拔下来吗？”

“尽可能快，”他保证，“老实说，它们在那里并没有起到多少作用。”

罗莎莉拍了拍贝拉的额头，她们交换了一个充满希望的眼神。

任何人都看得明白——那个盛满人血的杯子效果立竿见影。她的肤色在恢复——她蜡黄的脸颊上开始出现些微的粉红色。她似乎已经不再那么需要罗莎莉的支撑了。她的呼吸也更顺畅了，我愿发誓她的心跳也更加强烈，更加平稳了。

一切都在加速。

爱德华眼里希望的影子变成了现实。

“你还想要吗？”罗莎莉催促道。

贝拉的肩膀无力地垂落下去。

爱德华飞快地看了罗莎莉一眼，然后对贝拉说：“你不必马上就喝。”

“是的，我知道，但……我**想要**。”她闷闷不乐地承认道。

罗莎莉用细长尖利的手指穿过贝拉的直发：“你不必为此感到尴

尬，贝拉。你的身体有需要。我们都了解那一点。”她的语气起初很令人欣慰，接着她又严厉地补充道，“任何不理解的人不应该在这里。”

指的是我，很显然，但是我不打算让金发美女惹恼我。我很高兴贝拉感觉好一些了。那么就算她说话难听又如何？好像我也没说过什么吧。

卡莱尔接过贝拉手里的杯子：“我马上就回来。”

他消失的时候，贝拉凝视着我。

“杰克，你看起来很难受。”她声音嘶哑地说道。

“看看谁在说话。”

“真的，上次你睡觉是什么时候？”

我想了一会儿：“啊，实际上我自己也不确定。”

“哟，杰克。现在我又在搞砸你的健康，别傻了。”

我咬紧牙关，她可以为了魔鬼杀死自己，而我就不许几个晚上不睡觉看着她这么做？

“请你休息一会儿，”她继续说道，“楼上有几张床——任何一张都欢迎你。”

罗莎莉的脸色表明他们当中有一个不欢迎我。这使我好奇无眠佳人[1]要床做什么，她对自己的道具有那么强的占有欲吗？

“谢谢，贝儿，但我宁愿睡在地上。远离恶臭，你知道。”

她扮了个鬼脸：“好吧。”

就在那时卡莱尔回来了，贝拉伸手接过血，有些心不在焉，仿佛她在想别的事情一样。她脸上带着同样注意力不集中的表情，开始吸下去。

她看起来真的好一些了。她让自己的身体向前倾，非常小心管子，很快变成了坐姿。罗莎莉俯身靠在她旁边，如果她倒下的话，罗莎莉的双手随时准备好接住她，但是贝拉不需要她。在吞下去的间隙

① 无眠佳人（*Sleepless Beauty*），这部作品是由作家弗朗西斯·敏特斯（Frances Minters）和插图画家G. 布莱恩·卡拉斯（G. Brian Karas）两人合作，将睡美人的故事置于现代的纽约曼哈顿背景之下而创作的儿童故事。

她深深地吸气，贝拉很快就喝完了第二杯。

“现在你感觉怎么样？”卡莱尔问道。

“没有不舒服。有些饿……只是我不确定我是饥饿，还是**饥渴**，你知道吗？”

“卡莱尔，你看看她，”罗莎莉低声咕哝道，她如此沾沾自喜，嘴唇上早该有金丝雀的羽毛[①]了，“这很显然是她身体需要的，她应该多喝一些。”

“她还是人，罗莎莉，她也需要食物。让我们给她一点儿时间，看一看这是如何影响她的，然后或许我们还需要试一试吃的。有什么是你特别想吃的，贝拉？”

“鸡蛋。”她立即说道，接着和爱德华交换了一个眼神和微笑。他的笑很刺耳，但是他脸上比以前有了更多生气。

然后我眨了眨眼睛，几乎忘了如何再次睁开眼睛。

“雅各布，”爱德华低语道，“你真的应该睡一觉。正如贝拉所言，这里的住处当然都欢迎你，尽管你在外面可能会更舒服。别担心什么——我向你保证，倘若有需要，我就会去找你。”

“当然，当然。”我含糊不清地说道。既然贝拉看起来还有几个小时，我就能躲开了。在树下的某个地方蜷缩起来……在离这里足够远的地方，这样我就闻不到这种味道。如果出了什么事儿，吸血鬼会叫醒我的，他欠我的。

“我的确欠你的。”爱德华承认道。

我点点头，接着握住贝拉的手，她的手像冰一样冷。

“感觉好一些了。”我说道。

“谢谢你，雅各布。”她翻过手掌捏了捏我的手，我感到她婚戒的细圈在她皮包骨头的指头下很松。

“给她拿条毯子，或类似的东西。”我转身朝门外走的时候低声

---

① 金丝雀的羽毛（Canary feathers），这来源于英语中的一个俗语：look like the cat that ate the canary。这个俗语是用来形容一个人显得非常满足，就像一只猫终于实现了它长期以来的愿望，把鸟笼打开，把里面那只可怜的金丝雀吃了一样地感到满足。这里雅各布是在讽刺罗莎莉。

说道。

我还没走到门口，两声咆哮刺破了清晨的空气。语气中的急迫感是错不了的，这一次绝对不是误会。

“该死。”我低吼道，飞奔着跑出门外。我的身体越过门廊，让怒火在半空中将我的衣服撕裂。**糟糕，**那些是我唯一的衣服了，现在也不重要了。我的爪子落在地上，向西冲去。

怎么回事儿？我在头脑中大声叫道。

来了，塞思回答道，**至少有三个。**

他们是分开行动的吗？

我正以光速往塞思那里跑去，里尔保证道，她以不可思议的速度往前奔跑的时候，我能感觉到气从她的肺里呼出来，森林唰唰地往她身后飞快移动，**到目前为止，没有其他的攻击点。**

塞思，不要挑衅他们，等我。

他们减速了。呀，不能听见他们，感觉那么差。我想……

什么？

我想他们停下来了。

在等狼群的其他人？

嘘，感觉到了吗？

我领会他的印象，空气中依稀闪现着毫无声息的微光。

有人变形了？

感觉像是这样。塞思同意道。

里尔飞奔进塞思在等她的那片小小的空地。她的爪子像耙子一样插进泥巴里，像跑车失控时一样。

我一定支持你，小弟。

他们来了，塞思紧张地说道，**很慢，在走。**

快到了。我告诉他们。我尽力像里尔一样飞奔起来。与塞思和里尔被分开在不同的地方，而他们与可能的生命危险更接近，这种感觉很恐怖。错了，我应该与他们在一起，挡在他们和来者之间，不管来的是什么。

瞧瞧谁变得那么像家长了。里尔挖苦地想道。

脑子想着战斗，里尔。

四个，塞思确定道，小伙子的耳力很好，**三匹狼，一个人。**

就在那时我来到那片小空地，立即朝那个地方跑去。塞思放心地舒了一口气，接着直起身子，已经站在我右翼的位置上。里尔在我左翼集合，没那么热情。

那么现在我的级别比塞思低啰。她自顾自地抱怨道。

先来后到，塞思沾沾自喜地想道，**此外，你以前从来没当过阿尔法的第三侧翼，仍然是升级啦。**

在我的小弟之下可不是什么升级。

嘘！我抱怨道，**我不在乎你站在哪里。闭嘴，准备好。**

几秒钟后他们映入眼帘，是走过来的，正如塞思先前所想的。杰莱德走在前面，是人形，双手举了起来。保罗、奎尔和柯林四条腿跟在他身后，他们的姿态没有挑衅的意味，他们跟在犹豫的杰莱德身后，耳朵竖了起来，非常警觉但却很镇静。

但是……山姆派柯林而不是安布里来，这很奇怪。如果我要派外交团进入敌方区域，我是不会那么做的。我不会派个孩子来，我会派有经验的战士。

是分散我们的注意力吗？里尔想道。

山姆、安布里和布拉迪正在单独采取行动吗？那似乎不太可能。

要我去查看一下吗？我能在两分钟内跑个来回。

我应该提醒卡伦家吗？塞思问自己。

要是他们的目的是要分散我们呢？我问道，**卡伦家的人知道事情不妙，他们已经准备好了。**

山姆不会那么蠢……里尔轻声说道，她的心中充满恐惧。她在想山姆只带了两个人去进攻卡伦家。

不，他不会。我安慰她，尽管我也对她头脑中想象出来的画面感到有些不安。

杰莱德和那三匹狼始终盯着我们，等待着。听不见奎尔、保罗和柯林他们在交谈什么，这很诡谲，他们的表情很茫然——很难看懂。

杰莱德清了清嗓子，接着他向我点头道："停战白旗，杰克，我们来这里是谈判的。”

你认为是真的吗？塞思问道。

有道理，但……

是的，里尔同意道，**但是……**

我们没放松。

杰莱德皱着眉头说：“如果我也能听见你们，谈判会更容易一些。”

我盯着他让他屈服了。直到我对此情形的感觉好一些，有必要时我才会变形。为什么是柯林？那是让我最担心的事情。

“好吧，那么我就直说了，”杰莱德说道，“杰克，我们想让你回来。”

奎尔在他身后发出一声呻吟，赞成这个建议。

“你分裂了我们的家族，不该这样。”

我并不是不同意这句话，但是这几乎不是问题所在，此刻我和山姆之间有几个看法存在悬而未决的分歧。

“我们了解你……对卡伦家族有强烈的同情。我们知道那是个问题，但是这种反应过激了。”

塞思咆哮道，**反应过激？不提醒我们的盟友而进攻他们就不过激吗？**

塞思，你没听说过扑克脸吗？冷静下来。

对不起。

杰莱德的眼睛在塞思和我之间来回扫视：“山姆愿意慢慢来，雅各布。他已经冷静下来，与其他长老们谈过了，他们确定此刻立即行动对谁都没好处。”

言外之意为：他们已经失去了突袭的时机。里尔想道。

我们共同的思想多么不一样，这很奇怪。狼群已经是山姆的狼群，对我们而言已经是“他们”了。是别人的事，与我们无关了。里尔那么想格外奇怪——使她成为“我们”当中坚定的一员。

“比利和苏同意你的观点，雅各布，我们可以等贝拉……与那个问题分开之后，杀死她不是我们任何人感到很开心的事情。”

尽管我刚刚为此责备过塞思，我却不能控制自己，轻轻地低吼了一声。那么他们对谋杀**感到**不那么**自在**，啊？

杰莱德又举起手："慢点，杰克，你知道我的意思。问题是，我们会等待，重新评估局势。稍后确定那个……东西是不是问题。"

哈，里尔想道，**多么沉重的负担啊**！

你不相信？

我知道他们在想什么，杰克。山姆在想什么。不管怎样他们都在拿贝拉的死赌博，然后他们认为你会如此疯狂……

那会导致我亲自进攻。我的耳朵贴着脑袋竖了起来。里尔所猜测的听起来非常准确，而且也非常可能。当……如果那个东西害死了贝拉，立即忘记我对卡莱尔家的感觉就会很容易了。他们可能看起来像敌人——在我看来不过又成了一群嗜血的蚂蟥。

我会提醒你的。塞思轻声说道。

我知道你会的，小毛孩，问题是我是否会听你的。

"杰克？"杰莱德问道。

我发出一声叹息。

里尔，去巡逻——只要确定一下。我打算还是和他谈一谈，我想要确定我变形后不会有其他事情发生。

放过我吧，雅各布，你可以在我面前变形。尽管我竭尽全力了，我以前曾见过你变形——对我而言不是那么难堪，所以不要担心。

我不是在试图保护你眼睛的清白，我正试图保护我们的后方，离开这里。

里尔哼了一声，接着纵身一跃冲进森林。我听见她的爪子插进土壤里，让她自己加速前进。

裸体是狼群生活中不便却又不可避免的一部分，里尔加入之前我们倒没什么，之后就变得难堪了。说到她的脾气，里尔只有普通的克制力——每次她发脾气时，通常需要经过一段时间才能让她停止从衣服中爆发出来。我们都瞥见过，而且并不是她没什么可看的，只是当她之后明白你在这么想的时候，就变得没什么可看的了。

杰莱德和其他人都盯着她面带警惕的表情从灌木丛中消失。

"她去哪里了？"杰莱德问道。

我没理会他，闭上眼睛，又让自己恢复人形。感觉就像空气在我周围颤抖一样，以小波浪的形式从我身体里颤抖着喷出来。我后腿站立，身体直了起来，正好抓住这一瞬间，这样当我闪闪发光变回人形时，就能完全直立起来。

“哦，”杰莱德说道，“嘿，杰克。”

“嘿，杰莱德。”

“谢谢你跟我说话。”

“是的。”

“我们想让你回来，伙计。”

奎尔又呻吟了一声。

“我不知道是否那么容易，杰莱德。”

“回家，”他说道，身体向前倾，恳求道，“我们能解决此事的。你不属于这里，让塞思和里尔也回家吧。”

我大笑道：“对，好像我没从一点钟就开始乞求他们那么做一样。”

塞思在我身后哼了一声。

杰莱德估计了一下他的反应，眼睛又变得警觉起来：“那么，现在怎么办呢？”

我思考了一会儿他的话，他则等着我的反应。

“我不知道，但是我不确定事情是不是能恢复正常，杰莱德。我不知道这会如何发展——感觉不像是当心血来潮时，我能自如地打开或关闭阿尔法这件事，感觉有点儿像永恒一样。”

“你仍然属于我们。”

我挑起眉毛：“两个阿尔法不属于同一个地方，杰莱德，记得昨天晚上多么相持不下吗？那种本能太具竞争性了。”

“那么你打算余生都与这些寄生虫为友了吗？”他逼问道，“这里没有你的家。你已经没有衣服了，”他指出，“你要一直当狼吗？你知道里尔不喜欢那样吃东西。”

“里尔饿了的时候可以做任何她想做的事儿。她自己选择到这里来的，我没指挥任何人该怎么做。”

杰莱德叹气道：“山姆为他对你做的事情感到很抱歉。”

我点点头："我不再生气了。"

"但是？"

"但是我不会回去，现在不。我们也打算等待，看事情如何发展。我们打算为卡伦家保持警戒，只要看起来有这样的需要。因为，不管你们怎么想，这仅仅是关于贝拉的。我们要保护那些应该被保护的人，而这一条也适用于卡伦家。"不管怎样，至少他们当中有好几个应该保护。

塞思轻轻地嗥叫着表示同意。

杰莱德皱着眉头说道："那么，我想我没什么可跟你说的了。"

"不是现在，我们会看见事情如何发展的。"

杰莱德转而面对塞思，现在注意力从我身上转移到他身上："苏要我转告你——不，是**乞求**你——回家。孤单单一个人，她的心都碎了，塞思。我不知道你和里尔怎么能这样对她，当你们的父亲尸骨未寒的时候，竟然这样抛弃她……"

塞思痛苦地呻吟起来。

"放松，杰莱德。"我提醒道。

"我只是让他知道事情是怎样的。"

我嗤之以鼻："对啊。"苏比我认识的任何人都坚强，比我爸爸，比我都还要坚强。坚强到足以利用她孩子的同情心，如果她必须付出这样的代价让他们回家的话，但是那样让塞思回家不公平。"现在苏知道此事有多少小时了？她大多数时候都是与比利和老奎尔，还有山姆在一起吧？是的，我确定她真的寂寞得都快死了。当然，塞思，如果你想回去，你有自由，这一点你知道的。"我说。

塞思嗤之以鼻。

就在那时，一秒钟之后，他的耳朵朝北边倾斜，里尔肯定就在附近。天哪，她真快。两次心跳，里尔就在几码远的灌木丛中突然停了下来。她小跑过来，站在塞思前面的位置上。她仰起鼻子，很显然没有朝我的方向看。

我很感激她那样做。

"里尔？"杰莱德问道。

她正视他的眼神，嘴角稍稍往后扬起，露出牙齿。

杰莱德对她的敌意似乎并不感到意外："里尔，你**知道**你不想在这里。"

她对他怒吼起来，我警告地看了她一眼，但她没看到。塞思嗥叫了一声，用肩膀推了推她。

"对不起，"杰莱德说道，"我想我不应该主观臆断的，但是你跟吸血鬼没有任何联系。"

里尔明显故意地看了一眼她弟弟，接着看了我一眼。

"那么你想要看着塞思，我明白那一点。"杰莱德说道。他的目光触到我的脸，接着回到她脸上，或许对第二眼感到很惊讶——就和我一样。"不过杰克不会让他有任何事儿的，而且他并不害怕在这里。"杰莱德摆出一副苦瓜脸，"不管怎样，求你了，里尔。我们想让你回去，山姆希望你回去。"

里尔的尾巴摇了摇。

"山姆要我求你，他实际上是让我跪着求你，如果我不得不这么做的话。他想要你回家，里里，你属于那里。"

我看见杰莱德用山姆以前对她的昵称时她一阵退缩。接着，当他补充最后那句话的时候，她颈背上的毛都竖了起来，从齿缝中发出一长串低吼。我不必进入她的脑海就能听明白她斥骂他的话，他也不必，你几乎能听到她确切使用的词语。

我一直等到她说完。"我准备在这里冒一次险，说里尔属于她想属于的地方。"

里尔咆哮起来，但是当她瞪着杰莱德时，我猜那是表示同意。

"瞧，杰莱德，我们仍然是一家人，好吗？我们会让争执成为过去的，但是，在此之前，你可能应该坚守你们的领土，这样的话才不会有误会。没有人希望家族斗殴，对吗？山姆也不希望那样，是不是？"

"当然，不，"杰莱德打断道，"我们会坚守我们的领地，但**你的**领地在哪里，雅各布？这里是吸血鬼领地吗？"

"不是，杰莱德。此刻无家可归，但不必担心——这不会永远持续下去的。”我得吸一口气，“剩下的时间……不多了。好吗？然后卡伦家族可能就会离开，而塞思和里尔会回家。”

里尔和塞思一起呻吟起来，他们的鼻子同时转向我的方向。

“那么你呢，杰克？”

“回到森林，我想，我真的不能留在拉普西，两个阿尔法意味着过多的紧张关系。此外，不管怎样我本来就打算那么干，在这场混乱之前。”

“要是我们需要谈话呢？”杰莱德问道。

“咆哮——但注意界限，好吗？我们会来找你的，而且山姆不需要派那么多人来，我们不是要找人打架。”

杰莱德生气地皱起眉，不过他点点头，他不喜欢我给山姆开条件：“再见，杰克，或许不会再见。”他毫无兴趣地挥挥手。

“等等，杰莱德，安布里好吗？”

惊讶的表情在他脸上掠过：“安布里？当然，他很好，为什么这么问？”

“只是很好奇为什么山姆派柯林来。”

我注视着他的反应，仍然怀疑背后有隐情。我看见内情在他的眼里闪过，但是看起来不是我所期待的那一种。

“那真的不再与你有关了，杰克。”

“我想是没关系，只是好奇。”

我的眼角抽搐了一下，但是我没承认，因为我不想出卖奎尔，他正对这个话题有反应。

“我会让山姆知道你的……指示。再见，雅各布。”

我叹气道：“好的，再见，杰莱德。嘿，告诉我爸爸我很好，好吗？而且我很抱歉，我爱他。”

“我会转告给他的。”

“谢谢。”

“别这样，哥们儿。”杰莱德说道。他转身离开我们，向前冲去，等我们看不见他后再变形，因为里尔在场。保罗和柯林紧跟其后，但是奎尔犹豫了。他轻轻地尖叫，我朝他走近一步。

"是的，我也想念你，兄弟。"

奎尔朝我慢跑过来，他愁眉苦脸地垂下头来，我拍了拍他的肩膀："会没事儿的。"

他痛苦地呻吟起来。

"告诉安布里我想念你们俩做我左膀右臂的日子。"

他点点头，然后鼻子压在我的额头上，里尔哼了一声。奎尔抬起头，但是不是看着她，他扭头看着背后其他人消失的地方。

"是的，回家。"我告诉他。

奎尔又尖叫了一声，接着奔跑着追赶其他人去了，我打赌杰莱德不会很有耐心地等待的。他一消失，我就聚集起我身体中央的暖流，让它涌遍我的全身。在炙热的瞬间，我又变成四条腿了。

还以为你会亲他呢。里尔哧哧地笑道。

我没理她。

那样好吗？我问他们。这使我很担心，替他们那样说，当我无法确切地听明白他们在想什么时。我不想臆想任何事情，我不想像杰莱德那样。**我说了什么你们不希望我说的话吗？还是有什么话我本应该说却没说？**

你做得棒极了，杰克！里尔鼓励道。

你本可以揍杰莱德的，里尔想道，**我不会介意的。**

我猜我们知道为什么安布里不许来了。塞思想道。

我不理解，**不许？**

杰克，你没看见奎尔吗？他非常伤心，对吗？十之八九安布里甚至更难过，而安布里没有克莱尔。奎尔不可能就这样选择，然后离开拉普西，安布里却有可能。所以，山姆不打算给他任何机会潜逃，他不想让我们的狼群比现在更大。

真的吗？你这么认为？安布里会在意撕碎几个卡伦家的人，我对此表示怀疑。

但是他是你最好的朋友，杰克，他和奎尔宁愿支持你也不愿跟你兵戎相见。

嗯，那么，我很高兴山姆让他待在家里，这个狼群已经足够大

了。好吧，那么……所以，我们现在和好了。塞思，你能密切注意一会儿周围的动静吗？里尔和我都需要打一会儿盹儿。这感觉很诚实，但是谁知道呢？或许这是在分散我们的注意力。

我并不总是如此多疑，不过我记得山姆恪尽职守的感觉。那种对摧毁他看见的危险的执着专注，他会不会利用此时他能对我们撒谎的事实呢？

没问题！塞思无论做什么，都再热切不过了。你想让我去跟卡伦家解释吗？他们很可能仍然很紧张呢。

我明白，不管怎样，我也想把事情弄清楚。

他们从我筋疲力尽的大脑中看见了呼呼作响的画面。

塞思惊讶地呜咽起来，哟。

里尔来回地摆着头，仿佛她正试图把影像摇出脑海之外。这简直就是我一生中曾听说过的最吓人、最野蛮的事情。呸，要是我的胃里有什么的话，它一定会涌上来的。

他是吸血鬼，我猜，塞思停了一下，让里尔平息下来，我的意思是，这有道理。而且，如果这有助于贝拉的话，是好事儿，对吗？

里尔和我都愤怒地盯着他。

怎么啦？

他还是个婴儿的时候，妈妈就经常把他摔在地上。里尔告诉我。

很显然，是头着地。

他以前也常常啃栏杆小床。

涂过含铅油漆？

好像是。她想道。

塞思哼了一声，真有趣，为什么你们两个不闭嘴睡觉呢？

内疚

当我回到房子的时候，没有人在外面等我来报到，仍然处于警备状态？

一切都好极了。我疲惫地想。

我的眼睛很快就捕捉到现在很熟悉的一幕发生了小小的变化，门廊最下面的台阶上有一堆浅颜色的纤维织物。我大踏步过去检查，屏住呼吸，因为织物上的吸血鬼味道难闻至极，你想都想不到，我用鼻子轻轻推了推这堆衣服。

有人把衣服摆在外面了，哈。我在门外急速飞奔而去时，爱德华准是碰巧撞见我情绪烦躁的片刻了。哇，那真是……很好，而且很奇怪。

我小心翼翼地用牙齿咬住衣服——啊——把它们衔回树林里。只是以防这是那个变态的金发神经病开的什么玩笑，这里说不定会是一堆女孩子的东西。打赌我站在那里一丝不挂，手里拿着一条背心裙，她会很高兴看见我人类脸庞上的那副表情的。

在树的遮蔽下，我丢下这堆发臭的衣服，变回人形。我抖了抖衣服，啪啪地拍在树上，想把气味从里面拍打出一些来。它们肯定是男人的衣服——棕黄色裤子，领尖钉有纽扣的白衬衫。裤子和衬衫都不够长，但是它们看起来还很合我的身。肯定是埃美特的，我把衣服袖口卷起来，但是对裤子我就没什么办法了。哦哇。

我不得不承认，我有属于自己的一些衣服感觉好多了，哪怕它们是不太合身而且有臭味的衣服。需要的时候不能径直飞奔回家，另外拿一套旧运动裤，真是太糟了。又无家可归了——没有任何可以回去的地方。也没有财产，现在不那么令我烦心了，但是可能很快又会变得很烦人。

我筋疲力尽地慢慢迈上卡伦家门廊上的台阶，穿着新的二手精致服装，但当我来到门口时我又不知道该怎么办了。我该敲门吗？他们知道我到了，这样未免太傻了。我不知道为什么没有人意识到这一点——告诉我要么**进来**，要么**消失**。豁出去了，我耸了耸肩，不请自来了。

还有更多的变化，房子差不多变成原来的样子了，在过去的二十分钟里。那个平板大电视是开着的，音量很低，在播放一些似乎没人在看的女性电影[①]。卡莱尔和埃斯梅站在后窗边，那几扇窗户又面向小河了。爱丽丝、贾斯帕和埃美特不在视线之内，但我听见他们在楼上模糊不清、嗡嗡交谈的声音。贝拉和昨天一样躺在沙发上，只有一根管子仍然连在她身上，静脉注射管悬挂在沙发的背后。她裹在两床厚厚的被子里，像墨西哥玉米圆馅饼[②]，这样看来我之前的建议他们至少听进去了。罗莎莉盘坐在地上，靠在她的头附近。爱德华坐在沙发的另一头，贝拉裹得严严实实的双脚放在他的膝盖上。我进来的时候他抬起头冲我笑了笑——只是嘴角抽动了一下——仿佛有什么事儿让他很高兴一样。

贝拉没有听见我进来，她只是在爱德华抬头的时候向上瞟了一眼，然后她也笑了。由于真的恢复了精力，她的整张脸都容光焕发了。我记不起上一次她见到我时看起来如此兴奋是什么时候了。

她**怎么**啦？搞什么嘛，她已经**结婚**了！而且还是幸福地结婚

---

① 女性电影（Chick flick），亦为 chick's flick，是美国俚语，专指为吸引女性目标观众而量身定制的电影。该词最初出现在 20 世纪 80 年代，在 10 年中诸如《海滩》(*Beaches*，也译作《情比姐妹深》) 等电影上映。尽管许多类型的电影都以女性为目标观众，但女性电影特指那些浪漫感情文艺片，通常以爱情为基调，但也不一定是浪漫题材，也不一定有男性角色。

② 玉米圆馅饼（Burrito），是墨西哥的一种麦饼卷，里面塞满肉、乳酪和豆泥等。墨西哥菜烹饪法起源于远古时代，融入了当地人民和西班牙入侵者的菜肴风格，其辛辣风味让人联想到远古阿兹特克（Aztec）和玛雅（Maya）文明时期的硝烟。墨西哥菜的基本原料包括墨西哥辣椒以及西班牙风味甜酱、番茄、酱油等。

了——超越了理智的界限，她爱着她的吸血鬼，这是毫无疑问的，而且已经怀孕，就快分娩了。

那么为什么她看见我还要如此兴奋呢？好像我从大门走出去的时候，使她觉得一整天都糟透了一样。

要是她不在乎……或者不仅如此——真的不需要我在她身边，离这里远远的就会容易那么多。

爱德华似乎同意我的想法，我们最近的思维方式如此相同，简直太疯狂了。现在他正在皱眉头，她对着我露出灿烂的笑容时，他则端详着她的脸。

"他们只是想谈一谈，"我咕哝道，我的声音筋疲力尽地拖长了音调，"目前没有进攻。"

"是的，"爱德华回答道，"我几乎听见了大部分。"

这使我有些惊讶了，我们离这里整整有三英里远呢。"怎么会？"我说。

"我现在能更清晰地听见你了——这是熟悉程度和注意力的问题。而且，当你是人形的时候，你的思想更容易捕捉一些。所以，我听见了那边发生的大部分事情。"

"哦，"这令我有些不高兴，但是没有更好的理由，我摆脱了这种情绪，"好极了，我讨厌重复自己说过的话。"

"我要告诉你去睡一会儿觉，"贝拉说道，"不过我猜测，你在大约六秒钟内就会在地板上睡着，所以可能毫无意义。"

她的声音听起来好了那么多，她看起来强壮了那么多，这简直令人惊叹。我闻到鲜血的味道，看见她手里又握着那个杯子。需要多少血才能维持她的生命？在某种程度上，他们会不会开始在附近地区狩猎呢？

我朝门口走去，一边走一边为她倒计时："一次密西西比……两次密西西比……"

"哪里有洪水，杂种狗？"

"你知道如何淹死金发美女吗，罗莎莉？"我问道，没有停下来，也没有转身看她一眼，"把镜子粘在游泳池的底部。"

我拉着门关上的时候听见爱德华轻轻地笑了，他的情绪似乎与贝拉的健康状况完全联系在一起。

“那样的话我已经听过一次了。”罗莎莉在我身后喊道。

我费力地走下台阶，唯一的目标就是拖着自己走到离这里足够远的森林里，在那里空气又会变得纯净。我打算把衣服丢在离房子比较方便的地方，以备将来之用，而不是把它们系在我的腿上，这样我就不必闻它们的气味了。我笨拙地用手解开新衬衫上的纽扣，我不经意地想到纽扣永远都不可能在狼人中流行。

我步履艰难地穿过草坪的时候听见说话的声音。

“你去哪里？”贝拉问道。

“有些事儿，我忘记跟他讲了。”

“让雅各布睡觉吧，可以等的。”

是的，**求你了**，让雅各布睡觉吧。

“只要一会儿。”

我慢慢地转过身——爱德华已经出了门——他向我走过来的时候脸上带着抱歉的表情。

“天哪，**现在**又是什么事儿？”

“我很抱歉。”他说道，接着他吞吞吐吐起来，好像他不知道该如何说清楚他在思考的事情一样。

你在想什么，读得懂别人心思的人？

“你早些时候跟山姆的代表们说话的时候，”他低声说道，“我为卡莱尔、埃斯梅和其他人详细讲过了，他们很担心……”

“瞧，我们不会放松警惕。你不需要像我们那样相信山姆，不管怎样我们都会密切关注的。”

“不，不，雅各布，不是关于这方面的。我们信任你的判断，然而，这件事使你们的狼群遭遇那么多困难，埃斯梅感到很不安，她要我私下跟你谈一谈。”

这让我感到很惊讶：“困难？”

“**无家可归**的那部分，她非常难过你那么……完全失去了一切。”

我哼了一声，吸血鬼管家婆，很古怪。“我们很坚强，告诉她别担心。”

“她仍然想做她能做的事情，我有印象，里尔不大喜欢以狼形吃东西？”

“然后呢？”我追问道。

“好吧，我们这里确实有些正常的人类食品，雅各布。装门面，而且，当然啦，是为了贝拉。我们欢迎里尔来吃她想吃的任何东西，欢迎你们所有人。”

“我会转告他们的。”

“里尔讨厌我们。”

“所以呢？”

“所以请你转告她的时候，以那种会让她考虑的方式，如果你不介意的话。”

“我会尽我所能的。”

“然后还有衣服的问题。”

我低头瞟了一眼我身上穿的衣服：“哦，是的，谢谢。”提到它们的味道有多么难闻可能不是很礼貌。

他微笑了一下：“好吧，我们很容易就能对你们这方面的需要帮上忙，爱丽丝很少允许我们同样的衣服穿两次。为了表示合作的态度，我们有一堆堆崭新的衣服，我估计里尔和埃斯梅的身材差不多……”

“不确定她会对吸血鬼丢掉不要的东西做何感想，她不像我那么务实。”

“我相信你能以可能最好的方式介绍我们的提议，以及其他你们可能需要的任何实物，或交通工具，或者其他东西。还有淋浴，既然你们更愿意睡在外面。求你……别认为你自己没有享受到家的好处。”

他最后一句话是轻轻地说的，这一次没有努力保持平静，而是夹杂着某种真实的情感。

我目不转睛地看了他一会儿，困倦地眨眨眼睛：“你那样，呃，真是太好了。告诉埃斯梅我们感激，呃，她的关心，但是边界有几个地方都有小河穿过的，所以我们一直都很干净，谢谢。”

“无论如何，请你转告我们愿意帮忙。”

“当然，当然。”

“谢谢你。”

我转身离开他，当我听见房子里传来低沉而痛苦的喊声时，我只是停在那里感到心灰意冷。我还没回头看，他已经不见了。

现在又怎么啦？

我跟在他身后，像僵尸一样拖着脚往前走，也使用了同样数量的脑细胞。我好像别无选择，出了事，我要过去看一看怎么回事。不会有我能做的事情，而我会感觉更糟糕。

似乎不可避免。

我又自己走进屋，贝拉在喘气，身体蜷缩，露出隆起的腹部。罗莎莉扶着她，而爱德华、卡莱尔和埃斯梅全都站在她身边。一个一闪而过的影子映入我的眼帘，爱丽丝站在楼梯顶上，双手压住太阳穴俯视着房间。很奇怪，好像她不知何故被禁止走进来似的。

“给我一点儿时间，卡莱尔。”贝拉气喘吁吁地说道。

“贝拉，”医生忧心忡忡地说道，“我听见什么东西断裂的声音，我需要看一看。”

“非常确信，”贝拉气喘吁吁，“是一根肋骨，哇，是的，就在这里。”她指着自己左侧，小心翼翼地不碰到。

那个东西现在在折断她的**骨头**。

“需要照 X 光，可能有碎片，我们不希望它刺破任何地方。”

贝拉深深地吸了一口气：“好吧。”

罗莎莉小心翼翼地扶起贝拉。爱德华看起来像要争辩一样，但是罗莎莉龇牙咧嘴地看着他，怒吼道：“我已经扶着她了。”

那么贝拉现在更健壮了，而那个东西也一样。你无法饿死一个而不饿死另一个，同理治愈也是如此，没有赢的可能。

金发美女抱着贝拉迅速地上楼梯，卡莱尔和爱德华紧紧地跟在她后面，没有人注意到我呆若木鸡地站在门口。

这么说来，他们有血库，**还**有 X 光仪器？我猜是医生从单位里带回家的。

我太疲倦了，无法跟上他们，太疲倦了也无法动弹。我靠在墙壁上，接着滑倒在地上。门仍然是敞开的，我的鼻子对着门，对吹进来的清新的风感激不尽。我的头靠在门框上，聆听着周遭的动静。

我听见楼上X光仪器的声音，或许我只是猜测是那种声音罢了。接着轻微的脚步声走下楼梯，我没有抬头看是哪个吸血鬼。

"你要枕头吗？"爱丽丝问我。

"不。"我含糊不清地答道，这种强人所难的好客究竟是怎么回事儿？这让我鸡皮疙瘩掉一地。

"那样看起来不舒服。"她评论道。

"不会。"

"那么，为什么你不动一下呢？"

"累了，为什么你不跟其他人一起上楼呢？"我反击道。

"头痛。"她答道。

我转过头看着她。

爱丽丝非常娇小，大概只有我胳膊那么长。现在她看起来更小了，她的背有些弓起来了，小小的脸颊很消瘦。

"吸血鬼会头痛？"

"不是正常的那种。"

我哼了一声，正常的吸血鬼。

"那么你怎么再也不跟贝拉在一起了呢？"我问道，使问题变成了责备。以前我从来没这么想过，因为我满脑子都是其他的事情，但是爱丽丝没陪在贝拉身边很奇怪，并不是从我在这里的时候开始的。也许如果爱丽丝陪在她身边的话，罗莎莉**就不会**了。"还以为你们俩喜欢像这样呢。"我把两个手指交叉在一起。

"和我说过的一样，"她在离我几英寸的瓷砖上蜷缩起来，用皮包骨头的胳膊抱住皮包骨头的膝盖，"头痛。"

"贝拉让你感到头痛？"

"是的。"

我皱了皱眉头，非常确信我太厌倦谜语了。我任由自己扭过头对着清新的空气，闭上了眼睛。

"不是贝拉，实际上，"她更正道，"是……胎儿。"

啊，有其他人和我感觉一样，非常容易辨别出来。她不情愿地说出这个词，和爱德华一样。

“我看不见它，”她告诉我，尽管她很可能是在自言自语，因为她完全知道，我已经神志不清了，“我看不见有关它的任何一切，就像你一样。”

我退缩了，然而牙齿紧紧地咬在一起，我不喜欢自己被拿去跟那个生物相比较。

“贝拉挡在中间，她完全包围了它，所以她……变得模糊不清。就像电视的接收信号很差一样——就像努力使自己的眼睛注意屏幕上那些闹哄哄的模糊不清的人一样。看着她使我的头痛得要死，不管怎样，我只能提前预见几分钟的事情了，那个……胎儿对她的未来影响太大了。当她最初决定……当她知道她想要它时，她就在我的预见中变得模糊起来了，吓死我了。”

她安静了一会儿，接着她补充道：“我不得不承认，有你在身边是种安慰。就像让我的眼睛闭起来了一样，使头痛变得麻木了。”

“很高兴能为您效劳，女士。”我咕哝道。

“我惊讶的是这与你有什么共同之处……为什么你也是那样。”

突如其来的热量涌遍我的骨头，我握紧拳头克制住颤抖。

“我和那个吞噬生命的东西没有共同之处。”我恶狠狠地说道。

“好吧，还是有些**东西**的。”

我没回答。热量已经燃尽了。我累得要死，没法一直愤怒了。

“你不介意我坐在你旁边吧，是不是？”她问道。

“我猜不会，不过还是很臭。”

“谢谢，”她说道，“这是对付头痛最好的办法，我猜，因为我不能吃阿司匹林。”

“你可以声音小一点儿吗？我在这儿睡觉呢。”

她没有回答，立即陷入了沉默。我不一会儿就睡着了。

我梦见自己真的很口渴。我面前有一大杯水——冷冰冰的，你看得见在里面往下沉的冷凝剂。我抓起杯子，喝了一大口，却非常快地弄清楚那根本不是水——那是百分百的漂白剂。我一口呛了出来，吐得到处都是，还有一些是从我的鼻孔里喷出来的。这让人感到灼烧，我的鼻子像着火了一样……

鼻子上的疼痛使我醒过来，足以记起我在哪里睡着了。味道非常刺鼻，感觉鼻子都不是自己的了。啊，而且很吵，有人的笑声太吵了。是很熟悉的笑声，但不是和那个气味相匹配的声音，不属于。

我呻吟着睁开眼睛。天空一片暗灰，是白天，但是没有线索推断几点钟了。或许太阳快下山了，天很黑。

"时间差不多了，"金发美女从不远的地方含糊地说道，"假冒的链锯有点儿累了。"

我翻了个身，猛地扭动身子坐了起来。在此过程中，我弄清楚了气味是从哪里来的，有人在我的脸下面塞了个大羽毛枕头。或许是**想尽力**友善一些吧，我猜，当然，罗莎莉可不会有这样的好心肠。

我的脸一离开散发着恶臭的羽毛，就闻到了其他的气味。像培根和肉桂的味道，与吸血鬼的气味混杂在一起。

我眨了眨眼睛，看清楚房间里的东西。

里面没有改变多少，除了现在贝拉正坐在沙发中间，静脉注射管不见了。金发美女坐在她脚边，她的头躺在贝拉的膝盖上。看着她们如此随意地碰她，仍然让我感到不寒而栗，考虑到所有的一切，那样简直愚蠢至极。爱德华握着她的手坐在另一侧，爱丽丝也坐在地上，像罗莎莉一样。她的脸上现在没有苦恼的表情了，而且很容易就明白为什么——她找到另一种止痛药。

"嘿，杰克醒过来了。"塞思欢呼道。

他坐在贝拉的另一侧，手臂漫不经心地搭在她的肩膀上，膝盖上放着一盘堆得满满的食物。

究竟是怎么回事儿？

"他来找你，"我站起来的时候爱德华说道，"埃斯梅说服他留下来吃早餐。"

塞思领会到我的表情，他急忙解释道："是的，杰克，我只是过来看一看你是不是很好，因为你都没变形。里尔很担心，我**告诉**她你可能还是人形的时候就睡着了，不过你知道她就是那样啦。不管怎样，他们有这些吃的，该死，”他转向爱德华，“哥们儿，你会**做饭**。”

“谢谢。”爱德华小声说道。

我慢慢地吸了口气，努力松开牙齿，我无法让自己的眼睛从塞思的胳膊上移开。

“贝拉很冷。”爱德华平静地说道。

对，不管怎样，不关我的事儿，她不属于我。

塞思听见爱德华的评论，看着我的脸，突然他需要两只手来吃东西了。他拉回放在贝拉肩上的手臂，埋头吃起来。我走过去，站在离沙发几英寸远的地方，仍然努力恢复我的举止。

“里尔在巡逻？”我问塞思，我的声音仍然充满着浓厚的睡意。

“是的，”他一边咀嚼一边说道，塞思身上也穿着新衣服，那些衣服穿在他身上比穿在我身上更合适，“她在巡逻，别担心，如果有事的话，她会咆哮的。我们午夜的时候换的班，我跑了十二个小时。”他为此感到很骄傲，这表现在他的语气中。

“午夜？等一等，现在几点了？”

“快破晓了。”他扫了一眼窗外，确认一下。

啊，该死，我睡了整整一天一夜——失职了。“废物，对不起，塞思。真的，你本应该把我踢醒的。”

“不，兄弟，你需要好好睡一觉。你从什么时候起就没休息了？为山姆最后一次巡逻的前一夜吧？差不多四十个小时，还是五十？你不是机器，杰克。此外，你什么都没错过。”

什么都没有？我飞快地扫了一眼贝拉，她的脸色恢复到我还记得的颜色。苍白，但是还有些红润的底色，她的嘴唇又变成粉红色了。就连她的头发也变得好看一些了——更有光泽了。她看见我在打量她，冲我露齿一笑。

“肋骨怎样了？”我问道。

“包扎得又好又紧，我甚至都没感觉。”

我转了转眼睛，听见爱德华的牙齿紧紧地咬在一起，我猜她那种视而不见的态度使他心烦意乱，其程度和让我困扰不安一样。

“早餐吃什么？”我有些挖苦地问道，“阴性O型血，还是阳性AB型？”

她冲我吐了吐舌头，完全恢复精神了。“煎蛋卷。”她说道，但是她的眼睛迅速地朝下看了看，我看见一杯血放在她的腿和爱德华的腿之间。

“去吃一点儿早餐吧，杰克，”塞思说道，“厨房里还有一堆呢，你肚子会空空如也的。”

我审视着他腿上的食物，看起来是半个奶酪鸡蛋卷和一个四分之一飞盘大小的肉桂卷。我的肚子咕噜噜地叫起来，但是我没理会。

“里尔早餐吃什么？”我带着批评的语气问塞思。

“嘿，我什么都没吃之前就给她送过吃的了，”他为自己辩护道，“她说她宁愿吃路上开车撞死的动物，不过我打赌她会屈服的。这些肉桂卷……”他似乎不知道该用什么词儿了。

“那么我跟她一起去捕猎。”

我转身离开的时候塞思叹了口气。

“等一等，雅各布！”

是卡莱尔在喊我，所以当我再次转过身来时，我的脸色很可能没那么无礼了，其他任何人想要拦住我的话，我的脸色可就没那么好看了。

“怎么？”

卡莱尔向我走过来，而埃斯梅则轻轻地飘到另一个房间。他在离我几英寸的地方停下来，只是比两个正在交谈的人类的正常空间要远一点点。我很感激他给我自己的空间。

“说到捕猎，”他语气严肃地说道，“那对我的家人来说会有点儿问题，所以我想听听你的建议。山姆会不会在你创造的边界以外猎杀我们？我们不想冒险伤害你家人中的任何一个，或者失去任何一个我们的家人。如果你站在我的立场，你会怎么做？”

我身体往后倾，当他像那样把问题抛给我的时候，我有些惊讶。我怎么会知道穿着吸血鬼昂贵的鞋子会怎么样呢？不过，再想想，我的确了解山姆。

“会冒险，”我说道，想要忽略落在我身上的其他人注视的目光，只是对他说道，“山姆平静了一些，但是我很确信在他心中，协约已经无效了。只要他考虑到部落，或者其他人类有真正的危险的话，他就不会先问一下你们，如果你知道我的意思的话。不过，考虑到所有的一切，他优先考虑的会是拉普西。他们实际上并没有足够的人手像样地看护人们，同时消灭大到足以造成很大破坏的狩猎团体，我打赌他会主要在家附近。”

卡莱尔若有所思地点点头。

“那么我猜我得说，一起出去，只是以防万一，而且或许你应该白天出去，虽然按照吸血鬼的传统做法，我们期望是晚上。你们速度很快——翻山，到足够远的地方去狩猎，这样他就没可能从家里那么远的地方派人过去了。”

“然后把贝拉留在这里，没人保护？”

我哼道：“我们是什么人，无名小卒吗？”

卡莱尔大声笑了起来，然后他的脸又变得严肃起来：“雅各布，你不能跟你的兄弟们打架。”

我眯起眼睛：“我不是说那不难，倘若他们真的要来杀死她的话，我能够阻止他们。”

卡莱尔摇摇头，忧虑地说道：“不，我不是说你会……做不到，但是那样会非常不妥当的，我的良心承受不起。”

“不会让你承受的，医生。我会自己承受，而且我能承受。”

“不，雅各布，我们会确保我们的行动不会让那样的事情成为必然。”他若有所思地皱着眉头，“我们会一次三个人去，”过了一会儿他决定，“很可能我们最多只能这样了。”

“我不知道，医生，平均分配不是最好的策略。”

“我们有一些额外的能力可以使我们实力相等，如果爱德华是三个当中的一个，他就能使我们在几英里内都是安全的。”

我们两个人都扫了一眼爱德华，他的表情让卡莱尔迅速地改变主意了。

“我确定还有其他的办法，”卡莱尔说道，很显然，任何身体的需要都不足以强到让爱德华此刻离开贝拉，“爱丽丝，我想你能看见哪几条路会是错误的？”

“消失了的那些，”爱丽丝说道，点点头，“轻而易举。”

爱德华听见卡莱尔的第一个方案时完全紧张起来，现在放松了。贝拉不开心地看着爱丽丝，她紧张不安的时候两眼之间就会起褶皱。

“好吧，那么，”我说道，“就这么定了，我就上路了。塞思，我期望傍晚的时候你能回来，所以，在这里找个地方小睡一下，好吗？”

“当然，杰克。我一好就会变回来的，除非……”他看着贝拉，犹豫道，“你需要我吗？”

“她有毯子。”我打断他。

“我很好，塞思，谢谢。”贝拉赶紧说道。

就在那时埃斯梅轻轻地走回房间，双手端着一个盖着盖子的大盘子。她犹豫不决地停在卡莱尔的胳膊肘后面，她那双深金色的大眼睛看着我的脸。她把盘子递给我，羞怯地靠近一步。

“雅各布，”她轻声说道，她的声音不像其他人那样刺耳，“我知道这……对你而言不是很可口，让你在这里吃东西，这里的气味那么不适宜，不过你走的时候带一些食物的话我会感觉好过一些的。我知道你不能回家，而且是因为我们。请……使我的内疚减轻一些，带一些去吃吧。”她把食物递给我，她的脸那么温柔，那么诚恳。我不知道她是怎么做到的，因为她看起来不会超过二十五岁，而她的皮肤也像骨头那么白，但是她表情上有某种东西突然让我想起我妈妈。

天哪。

“呃，当然，当然，”我咕哝道，“我猜，也许里尔还饿着。”

我伸出一只手接过食物，伸直胳膊端得远远的。我要把它倒在树底下，或者类似的做法，我不希望让她感到很难过。

接着我想起爱德华。

你敢对她说一个字？！让她认为我吃了它。

我没看他是不是同意了，他**最好**同意，吸血鬼欠我的。

“谢谢你，雅各布。”埃斯梅微笑着对我说道。天哪，石头一样的脸怎么会有**酒窝**呢？

“呃，谢谢你。”我说道，我的脸滚烫，比平时更烫。

这就是与吸血鬼一起玩的问题——你会习惯他们。他们开始搅乱你看待世界的方式，开始觉得他们像朋友。

“你之后会回来吗，杰克？”我正准备跑出去的时候，贝拉问道。

“呃，我不知道。”

她紧紧地抿住嘴唇，好像她正努力不要笑一样：“求你了！我可能会冷的。”

我从鼻孔里深深地吸了一口气，接着意识到，那可不是个好主意，不过太迟了。我畏惧地说道：“也许。”

“雅各布？”埃斯梅问道，她继续说话的时候我朝大门退去，她跟在我身后走了几步，“我在门廊上留下一篮子衣服。是给里尔的，刚刚洗过，我尽可能不碰它们。”她皱着眉头说道，“你介意把它们带给她吗？”

“好。”我小声说道，接着在任何人使我内疚得变成其他东西之前，低着头冲出门外。

滴答滴答

嘿，杰克，还以为你说过黄昏的时候你需要我呢，你怎么在里尔睡着之前没让她叫醒我？

因为我不需要你，我还好。

他已经加快往北半圈赶去了，**有什么事儿吗？**

没。除了没事儿，还是没事儿。

你巡逻过了？

他来到我已经跑过的一个地方的边缘，径直朝新的路径赶去。

是的，我跑了好几圈了。你知道，只是查看一下，如果卡伦家族打算出去狩猎的话……

不错。

塞思绕着跑回主要的边界。

与他一起巡逻比跟里尔一起让人感觉更舒服一些。尽管她在努力，非常努力，她的思想里还是有些尖刻的地方。她不想来这里，她不想感受到我脑海中对吸血鬼软化的态度。她不想面对塞思与他们之间温馨的友谊，那种友情越来越强烈了。

不过有趣的是，我以为她最大的问题只不过是**我**呢。我们在山姆的狼群时，彼此总是让对方感到不安，但是现在没有针对我的敌意了，只有卡伦家族和贝拉。我不知道为什么，或许只是因为我没强迫她离开，她对我心存感激吧，或许是因为我现在更能理解她的敌意了。不管是哪个原因，和里尔一起奔跑没有我原本以为的那么糟糕。

当然，她并没有放松**那么**多，埃斯梅带给她的食物和衣服全都顺着河水漂走了。甚至在我吃了我那份——不是因为离吸血鬼刺鼻的气味很远，食物闻起来几乎是无法抗拒的，而是为里尔树立起自我牺牲式的容忍的榜样——她拒绝了。大约中午的时候，她吞下去的一只小麋鹿没有完全满足她的胃口。不过，倒是使她的情绪更糟糕了，里尔讨厌吃生食。

或许我们应该往东进发？塞思建议道，**向纵深前进，看看他们是不是在那里等着。**

我也在考虑那么做，我同意道，**但得等我们全都醒了之后再去。我不想放松警备。不过，我们应该赶在卡伦家族之前行动，很快。**

对。

那让我思考起来。

如果卡伦家族能够安全地走出紧挨着边界的地方，他们真的应该继续走。或许，他们应该在我们过来警告他们之时就出发，他们必须有能力应付其他人的追踪。他们在北边有朋友，对吗？带着贝拉，远走高飞！这方法看上去明显能解决掉他们的问题。

我或许应该建议他们这么做，但我又担心他们真的会听我的，因为我不想让贝拉消失——她离开后，我将永远不会知道她是否成功了。

不，那样太愚蠢了！我要让他们走！他们留下来没有任何意义，而且贝拉离开对我来说也许会更好些——心里的痛苦不会减轻，只是对我的健康更有益些。

贝拉每次见到我时是那么高兴，但她的生命却只能靠自己的纤弱双手来维系。现在说起来比较容易了，如果她不在这里……

哦，我已经问过爱德华这件事儿了。塞思想道。

什么事儿？

我问他为什么还不出发，北上到坦尼娅的家里，诸如此类的。走得远远的，那样山姆就不会追踪他们了。

我不得不提醒自己，我刚刚下决心给卡伦家族的建议正是那样，那样是最好的。所以我不应该因为塞思帮我解决了麻烦而生他的气，一点儿都不生气。

那么他怎么说？他们在等开天窗吗？

不，他们不会离开。

那听起来不像是好消息。

为什么不？那简直太蠢了。

并不是那样，塞思说道，他现在是辩护的语气，需要花一些时间才能建好卡莱尔在这里有的医疗条件。他得有照顾贝拉所需要的一切东西，还得有资格证书以便弄到更多东西，那就是为什么他们想要狩猎的原因之一。卡莱尔认为他们不久之后还需要给贝拉提供更多的血，她已经喝光了他们为她储备的所有的阴性O型血。他不喜欢用光所有的储备，他打算买更多的。你知道你能买血吗？如果你是医生的话。

我还没有做好进行逻辑推理的准备。还是有些愚蠢，他们可以多带一些，对吗？而且他们是不死之身，有的是办法。

爱德华不想冒险让她搬家。

她的状况比之前要好一些了。

说真的，塞思同意道，他在脑海中对比了我记忆里贝拉连接输液管的情景，与他离开房子时他见到她的模样，她向他微笑着挥手，不过你知道，她不太能走动。那个东西踢着要出来。

我把喉咙里的胃酸吞咽下去。是的，我知道。

把她的另一根肋骨弄断了。他闷闷不乐地告诉我。

我脚下一晃，重新恢复节奏之前踉跄了一步。

卡莱尔又给她包扎了。只是另一个裂痕，他说。接着罗莎莉说了一些就连正常的人类婴儿也会撞断肋骨之类的话，爱德华看起来像要拧掉她的头的样子。

他没那么做，太糟糕了。

塞思现在处于完全播报状态——知道我对此十分感兴趣，不过我从未要求过听这些。贝拉今天断断续续地在发烧。只是低烧，一会儿流汗，一会儿发抖。卡莱尔不确定这是怎么造成的，她可能只是病了，她的免疫系统现在不可能处于最佳状态。

是的，我确定这只是巧合。

不过，她心情不错。她和查理聊天了，还有说有笑的……

查理！什么?！你是什么意思，她跟查理讲话了?！

现在塞思的步伐磕磕绊绊起来，我的狂怒惊吓到他了。我猜他每天都打电话跟她讲话。有时候，她妈妈也打电话。贝拉现在听起来好多了，所以她在使他放心，她在慢慢地康复……

在慢慢地康复？他们到底在想什么？！让查理燃起希望，然后她死的时候把他打击得更加厉害？我还以为他们让他做好了最坏的准备呢！努力让他做好准备！为什么她要像这样让他重新燃起希望呢？

她可能不会死。塞思平静地想道。

我深深地呼吸，努力使自己平静下来。塞思，即使她能克服这一切，她也不会是人类了。她知道这一点，他们其他人也知道。如果她不死，她就不得不假装当一具令人信服的尸体，小伙子。不那样的话，就得消失。我还以为他们努力让这一切对查理而言好接受一些呢。为什么……

我想是贝拉的主意，没人说什么，但是爱德华的脸色跟你现在所想的差不多。

又和那个吸血鬼处于同样的波长了。

我们沉默不语地奔跑了几分钟，我开始朝一条新的路线奔跑，往南深入。

别跑得太远。

为什么？

贝拉要我请你顺道过去一下。

我的牙齿紧紧地锁在一起。

爱丽丝也希望你去，她说她厌倦了在阁楼上玩，像钟楼里的吸血蝙蝠一样。塞思大笑着哼了哼鼻子，我之前和爱德华轮流使贝拉的体温保持稳定，从冷到热，如果需要的话。我猜，如果你不想这么做，我可以回去……

不，我明白了。我打断他。

好吧。塞思没有再发表意见，他非常努力地把精力集中在空旷的森林里。

我一直沿着朝南的路向前跑，搜索着一些新信息。当我刚一见到住宅的影子时我就转身了，离镇上虽然还远，但是我不想再造成有关狼的流言飞语了。现在我们表现良好，已经有很长一段时间没被人发现了。

回来的路上我径直走捷径，朝房子赶去。据我所知，这么做是很愚蠢的，但我无法制止我自己，我肯定有些自虐倾向。

你没什么问题，杰克，这本来就不是正常情况。

闭嘴，求你了，塞思。

闭上了。

这一次我没有在门口犹豫，我径直走进去，仿佛我拥有这个地方一样。我猜那会让罗莎莉很恼火，但这根本是白费心机。在哪里都没看见罗莎莉和贝拉，我狂乱地四处张望，以发现我在某个地方错过了些什么，我的心脏挤紧肋骨，感觉既古怪又不舒服。

“她很好，”爱德华轻声说道，“或者说，还是一样，我得说。”

爱德华坐在沙发上双手捂住自己的脸，他没有抬起头开口说话。埃斯梅坐在他旁边，她的胳膊紧紧地搂住他的肩膀。

“你好，雅各布，”她说道，“我非常高兴你回来。”

“我也是。”爱丽丝长长地叹了一口气说道。她活蹦乱跳地跑下楼，扮了个鬼脸，好像我约会迟到了一样。

“呃，嘿。”我说道，努力礼貌一些，感觉很奇怪。

“贝拉在哪里？”

“盥洗室，”爱丽丝告诉我，“她吃的大多数都是流质饮食，你知道。此外，我听说怀孕也会让人那样。”

“啊。”

我不自在地定在那里，脚后跟来回摇晃。

“哦，好极了。”罗莎莉的声音抱怨道。我突然扭过头，看见她从楼梯后面半遮蔽的大厅走过来。她轻轻地把贝拉抱在怀里，脸上摆出一副不屑一顾的表情，那是针对我的：“我就知道我闻到什么肮脏东西的气味了。”

就像之前一样，贝拉的脸就像小孩子到了圣诞节早上一样兴高采烈的，就像我为她买了最好的礼物一样。

这简直太不公平了。

“雅各布，”她轻声说道，“你来了。”

“嘿，贝儿。”

埃斯梅和爱德华都站了起来，我注意到罗莎莉多么小心翼翼地把她放在沙发上。尽管如此，我注意到贝拉的脸色如何变得惨白，屏住呼吸，仿佛无论有多么痛，她都决心不吱声一样。

爱德华用手摸了摸她的额头，接着摸了摸她的脖子。他努力使自己的动作看起来只是为了把她的头发放在脖子后面，不过在我看来就像是医生在检查一样。

"你冷吗？"他低声问道。

"我很好。"

"贝拉，你知道卡莱尔跟你说过什么，"罗莎莉说道，"别低估任何事。这对我们照顾你们俩中的任何一个都毫无帮助。"

"好的，我有一点儿冷。爱德华，你能递给我那条毯子吗？"

我转了转眼睛："难道那不是我来这里的目的吗？"

"你才走进来，"贝拉说道，"你跑了一整天，我敢打赌。让你的脚休息一下吧。不一会儿我可能就又暖和起来了。"

我没理她，走过去坐在沙发旁边的地面上，而她仍然在对我说该怎么做。不过，就在那时，我不确定……她看起来多么易碎，我很害怕移动她，就连用胳膊抱住她也感到担心，所以我只是小心翼翼地靠在她身边，把胳膊顺着她的身体放在那里，握住她的手。接着我用另一只手摸摸她的脸，很难分辨她的体温是否比平时更低了。

"谢谢你，杰克。"她说道，我感到她颤抖了一下。

"是的。"我说道。

爱德华在贝拉脚边沙发的扶手上坐下来，他的眼睛一直注视着她的脸。

尽管房间里的每个人都有超级听觉，但有太多需要期待的了，没有人注意到我的肚子饿得咕咕直叫。

"罗莎莉，为什么你不去厨房给雅各布拿点吃的来？"爱丽丝说道。现在看不见她了，她静静地坐在沙发后面。

罗莎莉难以置信地盯着爱丽丝的声音传来的地方。

"谢谢你，不管怎样，爱丽丝，不过我可不想吃金发美女往里面吐过口水的东西，我打赌我的系统对毒液的反应不会很好。"

"罗莎莉永远都不会表现出缺乏好客之情，让埃斯梅感到难堪的。"

"当然不会。"金发美女用像糖一样甜的语气说道，我马上就开始不信任了。她站起来，像轻风一样走出房间。

爱德华叹了口气。

“你会告诉我她会下毒，对吗？”我问道。

“是的。”爱德华保证道。

由于某种原因我相信他。

厨房里响起乒乒乓乓的声音，而且离奇的是，金属被虐待的时候会发出抗议的声音。爱德华又叹了口气，不过也笑了笑。接着我还没来得及多想，罗莎莉就回来了。她面带得意的笑容，把一个银碗放在我旁边的地面上。

“享受吧，狗杂种。”

这以前很可能是一个搅拌碗，但是她把碗向后弯曲拉平，直到它的形状变得差不多像狗盆一样。我不得不被她迅速的手艺折服，还有她对细节的关注，她在里面刻上一个词 Fido[①]。出色的书法。

由于食物看起来非常棒——牛排，不仅如此，还有一个大大的烤

① Fido，2006 年由导演安德鲁·柯里（Andrew Currie）执导的电影《僵尸人》（*Fido*）中的人物。故事发生在上世纪 50 年代的一个田园风貌的小城镇，这里每天都沐浴在阳光之下，居住在小镇上的所有人都是熟人，最重要的是，这里还没有废除“奴隶制度”，只是他们的奴隶有点特别，是浑身散发着腐臭味道的僵尸。僵尸公司发明了“驯化”项圈，使僵尸变得不再恐怖、不再吃人，并成为永远不知道疲惫的园丁、送奶工、用人，甚至宠物。僵尸公司一直在努力宣传的这款“驯化”项圈不但让他们控制了僵尸，还控制了整个世界。但这一切都是真的吗？小主人翁小蒂米·罗宾森是一个有那么点愤世嫉俗的孩子，认为这个世界本身就是个颠倒黑白的是非之地，作为一名“独行侠”，蒂米只好大部分时间都把自己关在房间里，甚至就连他的父母，都快忘了自己还有这么个儿子了。当妈妈海伦打算买一只僵尸回来打理家务时，蒂米感到惊讶极了，而对于这个能和自己玩接发球游戏、本不应该存在于这个世界上的生物，蒂米实在是没办法抑制住自己的好奇心，却也只是远远地观望而已……转折出现在一个偶然的契机，僵尸从一堆小流氓手中救下了正挨欺负的蒂米，友情就在僵尸和人类之间诞生了，于是蒂米送给僵尸一个名字，叫“菲兜”。然而不幸的是，“菲兜”的项圈出了故障，住在罗宾森家周围的邻居一个跟着一个遭殃，等待“菲兜”的似乎只有一个命运了……在僵尸公司众所周知的僵尸控制专家巴特姆斯先生也搬到罗宾森家所在的街道上时，事态进一步复杂化，这个原本开始于一个小男孩和他的“宠物”之间的友情，最终演变成了对我们身处的世界最辛辣的讽刺。百事公司（Pepsi）在收购七喜之后将 Fido 作为七喜的商标，称为“七喜小子”（Fido Dido，简称 Fido）。

土豆和全部的配菜——我告诉她:“谢谢你，金发美女。”

她哼了一声。

“嘿，你知道把有脑子的金发美女称作什么吗？”我问道，接着继续用同样的语气说道，“金毛寻回犬 。”

“我也听说过。”她说道，不再微笑。

“我会一直努力的。”我保证道，接着埋头吃东西了。

她做了个厌恶的鬼脸，转了转眼睛。接着她坐在一把摇椅上，开始切换电视频道，速度快得不可能使她真的找到什么可以看的东西。

食物不错，就算空气中有吸血鬼散发的恶臭。我真的开始习惯了，哈。并不是我一直以来希望做的事情，实际上……

我吃完的时候——我考虑到要舔一舔碗，只是为了让罗莎莉有话可以抱怨——我感到贝拉冰冷的手指轻轻地摩挲着我的头发，她轻轻地在我的后颈项上拍打。

“该剪发了，嗯？”

“有点儿蓬乱了，”她说道，“或许……”

“让我猜一猜，这里的某个人以前曾经在巴黎的沙龙里剪头发？”

她轻声笑道:“很可能。”

“不，谢了，”在她真的提议之前我赶紧说道，“再过几个星期也没关系的。”

这使我好奇这样好的状态她还能保持多久。我试着想出礼貌的方式问道:“那么……呃……是几……呃……号？你知道，这个小魔鬼的预产期。”

她掴了一下我的后脑勺，轻得像飘过的羽毛一样，但是没有回答。

“我是认真的，”我告诉她，“我想知道我还有多少时间能留在这里。”**你还有多长的时间待在这里。**我在心中补充道，然后我转过头看着她。她的眼睛若有所思，压力造成的皱纹又出现在她的眉毛之间了。

“我不知道，”她低声说道，“并不确切。显然，我们这里不是按照九个月的模式的，不能进行超声波检查，所以卡莱尔在根据我的肚子的大小进行推测。正常人这里应该有四十厘米，”她的手指正好指向凸起的腹部中央，“当胎儿完全发育成熟的时候。每周一厘米。今天早上有三十厘米了，每天都在长大两厘米，有时候更多……”

两周对一天，日子就这样飞逝而过了。她的生命正在加速前行。如果她要数到四十的话，那给她多少天呢？四天？过了好一会儿我才弄清楚如何接受这个事实。

“你还好吗？”她问道。

我点点头，并不十分确定我该如何发出声音。

爱德华倾听着我的想法时，脸从我们俩身上别开了，但是我可以在玻璃墙上看到他的样子，他又成了那个心如火焚的人。

如何设置个时间期限使人更难以想到离开她，或者让她离开是非常可笑的。我很高兴塞思提出来了，所以我知道他们会留在这里。不知道他们是否要离开，夺走那四天中的一两天或者三天将会是无法忍受的，那是我的四天啊。

也很滑稽的是，即使知道事情几乎已经结束了，她跟我的紧密联系却变得更难以割舍了。几乎像与她不断长大的肚子有关一样——仿佛她的肚子不断变大，正在使她获得吸引力。

有一会儿，我试图从远处看着她，使我自己与那种拉力分离开来。我知道我比任何时候都更需要她，这不是我的想象。为什么会那样？因为她快死了？还是知道即使她不死，最佳状况也不过是变成我将无法知道或理解的其他东西？

她的手指划过我的脸颊，她碰过的皮肤都变湿了。

“会没事儿的。”她的声音有点儿像低声吟唱。这些话毫无意义，但并没有关系。她说话的方式和人们唱给孩子们听的无意义的童谣一样，比如：说个再见，宝贝。

“对啊。”我低语道。

她靠着我的胳膊蜷缩起来，把头放在我的肩膀上：“我没想过你会来。塞思说你会，爱德华也这么说，但是我不相信他们。”

“为什么不呢？”我声音低沉而沙哑地问。

“你不高兴在这里，不过你还是来了。”

“你希望我在这里。”

“我知道。但是你不必来的，因为我想你来这里不公平。我本来就理解的。”

安静了一会儿，爱德华转过脸。罗莎莉继续从一个频道调到另一个频道的时候，他看着电视机。她已经调到600频道了，我不知道要多久才能调回到开始的那个频道。

“谢谢你过来。”贝拉轻声说道。

“我能问你件事儿吗？”我问道。

“当然啦。”

爱德华看起来根本没注意我们，但是他知道我要问什么，所以他没开我的玩笑。

“你为什么希望我在这里？塞思能够让你取暖，而且他在这里可能感觉更舒适一些，开心的小朋克。但是当我走进门时，你笑得就像我是这个世界上你最喜爱的人一样。”

“你是其中之一。”

“那很糟糕，你知道。”

“是的，”她叹气道，“对不起。”

“不过，为什么？你没回答我的问题。”

爱德华又看着别处了，好像他凝视着窗外一样，玻璃墙映出他的脸上露出一片茫然的表情。

“你在这里的时候，感觉……很完整，雅各布，就像我所有的家人都在一样。我的意思是，我猜就是那样——在此之前我从未有过大家庭，感觉很好。”她笑了半秒钟，“不过，除非你在这里，否则就不完整。”

“我从来都不会是你家人中的一员，贝拉。”

我本来可以的，我本来在那里会很好的，然而，这不过是在没有机会存在之前，就已经破灭了的遥远的未来罢了。

“你一直以来都是我的家人中的一员。”她反驳道。

我的牙齿摩擦在一起，发出咯吱咯吱的声音：“这个回答根本是废话。”

"什么样的回答才是好的呢？"

"'雅各布，我要把你从痛苦中踢出来'怎么样？"

我感到她畏惧了。

"你更喜欢那样？"她轻声说道。

"至少那样更容易些，我能努力去了解，我能应付。"

然后我回过头俯视着她的脸，离我的那么近。她的眼睛闭上了，她在皱眉头。"我们偏离轨道了，杰克，失去平衡了。你应该是我生命中的一部分——我能感觉到这一点，而且你也能感觉到。"她停顿了一会儿，没有睁开眼睛，仿佛在等待我来否定似的，我什么都没说的时候，她继续道："但不是像这样，我们做错事了。不，我做错了。我做错事了，我们偏离了轨道……"

她的声音越来越小，眉头放松下来变成嘴角小小的褶皱。我等待着她再往我的纸杯里多倒一些柠檬汁，就在那时一阵轻柔的鼾声从她喉咙里传了出来。

"她筋疲力尽了，"爱德华轻声说道，"这是漫长的一天，艰难的一天。我想她本来会早一些睡着的，但是她一直在等你。"

我没看他。

"塞思说它弄断了她的另一根肋骨。"

"是的，这使她难以呼吸。"

"好极了。"

"她再变热的时候让我知道。"

"好的。"

她没有碰到我的胳膊的那只手臂上仍然在起鸡皮疙瘩。我刚抬起头想要找毯子，爱德华就把挂在沙发扶手上的那条毯子拉出向外抛开，盖在她身上。

有时候，读懂他人心思能节约时间。比如，或许我不必大费周折地指责查理怎么样了，那个烂摊子。爱德华直接就能听见我有多么恼火……

"是的，"他承认道，"那不是个好主意。"

"然而为什么呢？"为什么贝拉告诉她父亲她在**慢慢康复**？这只

会让他感到更悲伤。

“她无法忍受他的焦虑。”

“所以，这样更好……”

“不，并不会更好，但是，现在我不打算强迫她做任何让她不高兴的事情。不管发生什么事，这让她感觉好受一些，之后的事情我会处理的。”

那听起来不对，贝拉只不过会把查理的痛苦推迟到以后的某一天，让其他人来面对，即使是死亡，那不是她。如果我真的了解贝拉，她会有其他的计划。

“她非常确信她会活下来。”爱德华说道。

“但不是人类。”我抗议道。

“是的，不是人类，但是她希望再见到查理，不管怎样。”

噢，真是越来越妙了。

“看，查理，”我终于看着他，我的眼睛都快凸出来了，“在这之后。当她白得闪闪发光，双眼血红的时候见查理。我不是吸血鬼，所以，我可能说得不对，但是对她的第一餐来说，**查理**似乎是个奇怪的选择呀。”

爱德华叹气道：“她知道至少一年内她是不能接近他的，她认为她能够搪塞过去，告诉查理她不得不到世界的另一端的一家特殊医院接受治疗，通过电话保持联络……”

“那简直是疯了。”

“是的。”

“查理又不笨，即使她不杀他，他也会注意到不同之处的。”

“她有点儿寄希望于此。”

我继续盯着他，等待他解释。

“当然，她不会变老，所以那样也会有时间限制，即使查理能接受她为这种改变想出的任何借口。”他淡淡地笑道，“你还记得自己试图告诉她你能变形的事情吗？你是怎么让她猜的？”

我空着的一只手握成了拳头：“她告诉你这件事了？”

“是的，她解释了她的……想法。你瞧，她不被允许告诉查理真相——这对他会非常危险，但是他是个聪明而务实的人。她认为他会想出自己的解释的，她猜测他会猜错的。”爱德华哼道，“毕竟，我们很少坚持吸血鬼的教条。他会对我们做一些错误的猜测，就像她刚开始一样，我们会赞同的。她认为她能见他……时不时的。”

“疯了。”我重复道。

“是的。”他又承认道。

他让她这样为所欲为是懦弱的，只是为了让她现在开心，结果不会很好的。

这让我想到，他可能不会期待她活着尝试她那疯狂的计划。安抚她，这样她就会开心得更久一些。

譬如再过四天。

“不管结果如何，我都会处理的，”他轻声说道，接着他又埋下脸，看着一边，这样我就看不到他的表情了，“我现在不会使她感到痛苦了。”

“四天？”我问道。

他没抬头：“大概吧。”

“然后怎么样？”

“你确切的意思是什么？”

我想了想贝拉说过的话。关于那个东西被某种强大的东西，像吸血鬼的皮肤一样的东西，裹得严严实实的。那么，那怎么办呢？它怎样出来呢？

“我们能够做的一点点研究表明，这种生物使用自己的牙齿逃出子宫。”他轻声说道。

我不得不停下来吞回胆汁。

“研究？”我无力地问道。

“那就是为什么你在这里没看见贾斯帕和埃美特的原因，那就是卡莱尔现在在做的事情。努力破解古老的传说和神话，尽我们所能地做我们在这里能做的一切，寻找一些能帮助我们预测这个生物的行为的资料。”

传说？如果有神话的话，那么……

“那么，这个东西会不会不是这个物种中的第一个呢？”爱德华预见到我的问题，“或许吧。都非常粗略。神话很容易就成为恐惧和想象的产物。不过……”他犹豫了，“你们的神话是真的，难道不是吗？或许这些也是。它们的确像是本土化了，联系……”

“你怎么发现……”

“我们在南美遇到过一个妇女，她是在自己族人的传统中长大的。她听说过关于这种生物的警告被流传下来的传说。”

“警告些什么？”我轻声问道。

“这个生物必须立即杀死，在它能获得许多力量之前。”

正如山姆所想到的，他是对的吗？

“当然啦，他们的传说中关于我们的说法也一样。我们必须被摧毁，我们是没有灵魂的凶手。”

二对二。

爱德华艰难地轻声笑了笑。

“他们的故事关于……母亲说了些什么？”

他的脸上浮现出痛苦的表情，仿佛被撕裂了似的，而看见他的痛苦我也退缩了，我知道他不会给我答案，我怀疑他是否还能说话。

是罗莎莉回答的，她自从贝拉睡着以来就一直一动不动，一言不发，我几乎忘记了她的存在。

她在喉咙里发出轻蔑的响声。“当然没有幸存者，”她说道，**没有幸存者**。够直言不讳，也够漠不关心的，“在疾病蔓延的沼泽生孩子，有法术的人把树懒的唾液抹在你脸上，以驱逐凶神恶鬼，从来都不是最安全的方法，就连正常的生育在相当长的时间里都会出现问题。他们当中没有人拥有这个婴儿拥有的——知道婴儿需要什么，并且努力满足其需要的护理人员，对吸血鬼的特性完全了解的医生。尽可能安全地生孩子的适当计划，能够修复任何有问题的东西的毒液。胎儿会没事儿的，而其他的母亲很可能会幸存下来，倘若她们有这些条件的话——倘若最初这些条件就存在的话，那我可不相信。”她不屑一顾地嗤笑道。

婴儿，婴儿，好像只有那才是最重要的。贝拉的生命对她而言是次要的细节，很容易就放手。

爱德华的脸变得雪白，他的手弯曲成爪子。罗莎莉完全忘乎所以，毫无同情心，她蜷缩在椅子里，这样她就能背对着他。他身体向前倾，调整成蹲伏的姿势。

让我来，我建议道。

他停了下来，挑起一边眉毛。

静静地，我拾起地上的狗碗，接着飞快地用腕力一弹，狠狠地把它砸在金发美女的后脑勺上，砸得如此用力——砰的一声响起，震耳欲聋——狗碗被砸平了，然后弹跳着穿过房间，把楼梯脚下中柱上的圆顶撞断下来。

贝拉抽搐了一下，但是没有醒过来。

"愚蠢的金发美女。"我咕哝道。

罗莎莉慢慢地转过头，眼睛里燃烧着熊熊怒火。

"你……把……食……物……弄……到……我……的……头……发……上……了。"

的确如此。

我搞砸了。我拉开和贝拉之间的距离，这样就不会摇晃她了，然后用力地大笑起来，笑得眼泪从我的脸上流淌下来。我听见爱丽丝银铃般的大笑声从沙发背后加入进来了。

我不知道为什么罗莎莉没有一跃而起，我有点儿期待这样。接着我意识到我的笑声吵醒了贝拉，尽管真正的噪声出现时她都是睡着的。

"什么事这么好笑？"她含糊地问道。

"我把食物弄到她头发上了。"我告诉她，又开始哈哈大笑起来。

"我不会忘记这件事的，狗！"罗莎莉厉声喝道。

"抹去金发美女的记忆可不是那么难，"我反驳道，"只要拍拍马屁就行了。"

"想想新鲜的玩笑吧。"她打断我。

"别这样，杰克，让罗斯也……"贝拉话说了一半就停顿下来，倒吸了一口气，发出刺耳的声音。与此同时，爱德华斜过身子，越过我头顶一把拉开毯子。她似乎在痉挛，在沙发上弓起了背。

“他只是在，”她气喘吁吁地说道，“伸胳膊。”

她的嘴唇惨白，紧紧地咬住牙齿，好像她正忍住不要尖叫出来一样。

爱德华把双手分别放在她的脸颊两侧。

“卡莱尔？”他紧张、低沉地喊道。

“马上来。”医生说道，我没有听见他进来。

“好了，”贝拉说道，仍然艰难急促地喘着气，“我想结束了。可怜的孩子没有足够的空间，就是这样，他长得这么大了。”

这真的很难接受，她用那种疼爱的口吻来形容那个正在撕裂她的东西。特别是在罗莎莉冷酷的描述之后，这使我希望我也能向贝拉扔什么东西。

她没明白我的情绪。“你知道，他让我想起你，杰克。”她说道——用喜爱的口吻——仍然在大口喘气。

“别拿我跟那个东西比。”我从牙缝里恶狠狠地说道。

“我只是说你长得飞快，”她说道，看来好像我伤害了她的感情一样，好极了，“你长得那么快，我能看见你每分钟都在长高。他也像那样，长得那么快。”

我咬住舌头，阻止自己别说我想说的话——我咬得那么紧，以至于我嘴巴里尝到了血腥味。当然了，在我能吞下去之前它就会愈合了。那是贝拉所需要的，像我一样健壮，一样能愈合……

她稍微轻松地吸了一口气，接着放松地躺回到沙发上，她的身体变得毫无力气。

“嗯。”卡莱尔咕哝道，我抬起头看见他的眼睛正看着我。

“怎么啦？”我逼问道。

爱德华思考着卡莱尔心中所想的一切，头偏到一侧。

“我想知道胎儿的基因构成，杰克，想知道他的染色体。”

“他的怎么样？”

“好吧，考虑到你们有很多相似之处……”

“很多相似之处？”我吼道，不理解为何是复数。

"加速生长，以及实际上爱丽丝无法看见你们两个。"

我感觉到自己的脸一片茫然，我已经忘记了另一个。

"好吧，我不知道那是否意味着我们有了答案。如果这些相似之处是基因层面的话。"

"二十四对。"爱德华轻声地说道。

"你不知道那一点。"

"不，但是观察很有趣。"卡莱尔用安慰的语气说道。

"是啊，只是很**引人入胜**。"

贝拉轻微的鼾声又响了起来，适时地强调了我的讽刺。

接着他们就切入正题了，很快就开始进行基因讨论，我唯一能明白的单词只有"那"与"和"，还有我自己的名字，当然啦，爱丽丝也加入进来，时不时地用小鸟般的啁啾声发表评论。

即使他们在讨论我，我也没试图弄明白他们得出的结论。我心里在想别的事情，我正努力核查的几项事实。

事实一，贝拉说过那个生物被某种像吸血鬼的皮肤一样坚硬的东西保护着，那种东西就连超声波也无法穿透，太坚硬连针也无法插进去。事实二，罗莎莉说他们有安全地生孩子的计划。事实三，爱德华说神话中像这样的恶魔会自己咬开子宫从母亲体内出来。

我战栗了。

而那有种令人难受的道理，因为，事实四，并没有太多东西能够穿透像吸血鬼的皮肤一样坚硬的东西。这个还没成形的东西的牙齿——根据神话——已经足够强大了，我的牙齿也足够强大。

而吸血鬼的牙齿也足够强大。

很难回避这些显而易见的事情，但是我确实希望我能够，因为我清楚罗莎莉打算如何把那个东西"安全"地拿出来。

警　报

在太阳还没升起之前，我很早就离开了，斜靠着沙发侧面睡觉让我感到有点儿不舒服。贝拉的脸潮红的时候，爱德华把我叫醒了，他坐在我的位置上让她的体温降下去。我伸展了一下身体，确定我得到足够的休息来做一些事情。

“谢谢你，”爱德华轻轻地说道，他看见我的计划，“如果道路很安全的话，他们今天就去。”

“我会让你知道的。”

恢复到动物自我的感觉真好，坐着一动不动那么久，我的身体都僵硬了。我舒展一下筋骨，让四肢活动开来。

早上好，雅各布。里尔跟我打了个招呼。

早，你起来了，塞思出去多久了？

还没出发，塞思疲倦地想道，**差不多到时候了，你需要我做什么？**

你认为你还能撑一个小时吗？

理所当然的事情啦，没问题。塞思立刻站了起来，晃了晃身子。

我们一起纵深巡逻，我告诉里尔，**塞思，你巡逻边界。**

遵命。塞思轻松地慢跑起来。

又要去替吸血鬼跑腿了。里尔抱怨道。

你对此有疑问吗？

当然没有，我就是爱娇惯那些亲爱的吸血鬼。

好极了，让我们瞧瞧我们能跑多快。

好啊，我一定乐意奉陪！

里尔沿着边界的最西面奔跑。她没有跑近卡伦家的房子，而是坚持沿着她绕道过来与我会合的圆圈奔跑。我则径直向东奔去，知道哪怕我先行一步，只要我稍微放松一分半秒，她很快就会超过我。

鼻子贴着地面，里尔。这不是比赛，这是侦察任务。

我两者都能做，而且还能打败你。

我相信她能做到，**我知道。**

她大笑起来。

我们沿着蜿蜒的小路穿过东面的山脉，这是一条熟悉的道路。吸血鬼们一年前离开时，我们沿着这些山脉巡逻过，使它成为我们巡逻路径的一部分，以更好地保护我们的人民。接着我们在卡伦家族回来的时候，收缩了界限。按照协约，这是他们的领地。

但是那个事实现在对山姆而言可能毫无意义了，协约失效了。今天的问题是：他会愿意将自己的力量分散到什么程度。他会不会期望走散的卡伦家的人在他的领地上偷猎？杰莱德说了真话，还是利用了我们之间的沉默呢？

我们向大山纵深挺进，越来越深入了，却没有找到任何狼群的踪迹。吸血鬼的踪迹到处都是，但是现在这些气味都很熟悉了，我一整天都在闻他们的味道。

我发现一条特别的道路上的味道非常浓，而且似乎是最近才有的——除了爱德华他们，所有人都在这里来来往往。当爱德华带着怀孕的奄奄一息的妻子回家时，为什么集合的原因肯定也被遗忘了。我咬紧牙关，不管那是什么，跟我都没关系。

里尔没有让自己超过我，尽管她现在能够这么做，我现在对每个新气味的关注超过了这场速度竞赛。她一直在我的右侧，与我一起奔跑而不是要跟我比赛。

我们已经跑得很远了。她评论道。

是的，如果山姆今天要猎杀走散的人，我们现在就应该已经跨越了他的路线了。

躲在拉普西的战壕里此时对他而言更有意义，里尔想道，**他知道我们让吸血鬼额外多了三双眼睛，十二条腿，他不会有突袭他们的能力的。**

实际上，这只是预防措施。

不愿意让我们珍贵的寄生虫冒不必要的险。

是的。我同意道，没理会她的讽刺。

你改变了那么多，雅各布，转了一百八十度的弯。

你跟我曾经知道和喜爱的里尔也不完全一样了。

对，我现在没保罗那么惹人厌了吗？

令人惊讶……是的。

啊，甜蜜的成功啊。

恭喜。

然后我们又默不作声地跑起来，或许是该转弯的时间了，但是我们两个都不想。像这样跑感觉很好，我们盯着同一个小圈子太久了。伸展我们的肌肉，沿着曲曲折折的地面奔跑，感觉真好。我们现在不是那么着急，所以我想我们或许应该在回来的路上捕猎，里尔非常饿了。

美滋滋的，美滋滋的。她愠怒地想道。

都在你的脑子里了，我告诉她，那是狼进食的方式。那很自然，味道也很好，如果你不从人类的视角来考虑……

别来鼓动人心的谈话这一套，雅各布，我们会捕猎，我不一定非要喜欢这样。

当然，当然。我轻松地同意道，如果她想为难自己可不关我的事。

她有好几分钟都没有补充一句，我开始考虑转身往回跑了。

谢谢你。里尔突然用一种截然不同的口吻告诉我。

为什么？

让我成为我自己，让我留下来。你比我有权期待的更加友善，雅各布。

呃，没问题。实际上，我是认真的。我不介意你在这里，像我原本以为的那样。

她哼了一声，但是那是戏谑的声音。多么热情洋溢的称赞啊！

你可别当真。

好吧——如果你也别当真的话，她停顿了一会儿，我想你是个很棒的阿尔法。和山姆的方式不一样，但是你有自己的风格。你值得追

随，雅各布。

我的心中惊讶得一片茫然，过了好一会儿我才缓过神来回答。

呃，谢谢。不过，我并不完全确定我自己是否有能力阻止你说的这番话进入我的脑袋里，这从何说起呢？

她并没有立刻回答，我跟随着她无言的思绪的方向。她在考虑未来——在考虑前天早上我跟杰莱德说过的话。关于那个时候很快就会到来，接着我就会回到森林。关于我如何保证卡伦家族走了之后她和塞思就会回到狼群中去。

我想和你在一起。她告诉我。

震惊涌遍我的腿，锁住了我的关节。她唰地从我身边飞奔而过，接着猛地停下来。慢慢地，她走回我站在原地一动不动的那个地方。

我发誓，我不会惹人烦的。我不会跟在你周围，你可以去你想去的任何地方，而我会去我想去的地方。你只需要忍受我，当我们都是狼的时候。她在我面前走来走去，紧张兮兮地摇摆着灰色的长尾巴，发出飒飒的声音，**而且我一旦能够面对放弃，就会这么计划的……或许那样的事不会那么常见。**

我不知道该说些什么。

我现在更开心，当你的狼群的一分子，比我许多年来都要开心一些。

我也想留下，塞思静静地想道，我没意识到他一直都那么关注我们，而他在边界巡逻，**我喜欢这个狼群。**

嘿，得了！塞思，这是狼群的时候不会太久了。我努力理顺我的思绪，这样就会让他们信服，**现在我们有目的，但是当……在那结束之后，我直接打算当一匹狼。塞思，你需要目标。你是个好孩子，你是永远都会为某种目的而战斗的那种人，而且，现在你不可能离开拉普西。你们要从高中毕业，做一些事情。你们还要照顾苏。我的问题不会搅乱你们的未来。**

但是……

雅各布是对的。里尔强调道。

你同意我的观点？

当然，但是所有这一切在我身上都不适用。不管怎样，我已经出去了，我会在远离拉普西的某个地方找份工作，或许还会在社区大学选修一些课程。通过练习瑜伽和沉思来解决我的脾气问题……为了我的精神健康状况，我会继续留在这个狼群里。雅各布，你能明白这其中的道理，对吗？我不会烦你的，你也不会烦我，皆大欢喜。

我转过身，开始缓慢地大踏步奔向西边。

这有一点儿难以应付，里尔。让我想一想，好吗？

当然，不着急。

我们花了更长的时间才跑回来，我没有考虑速度。我只是努力集中注意力，免得一头撞在树上。塞思在我的脑后有点儿抱怨，但是我可以忽略他。他知道我是对的，他不会抛弃他的母亲。他会回到拉普西，像他应该做的那样保护部落。

但是我看不到里尔会这么做，那简直令人恐惧。

由我们两个人组成的狼群？不管身体距离有多远，我无法想象……那种情况下的**亲密**关系。我不知道她是否真的仔细考虑过了，也不知道她是否只是迫切地想要自由。

我翻来覆去地想的时候，里尔什么也没说，好像她想证明只有我们两个相处会有多么容易似的。

太阳冉冉升起，我们俩跑进黑尾巴鹿群中，阳光照亮了我们身后的云朵。里尔在心里叹息，但是她没有犹豫。她干净利落地纵身跃起——动作甚至可以称得上优雅。她在其他受到惊吓的动物完全领会到危险之前，拿下最大的那头雄鹿。

我也当仁不让，猛冲过去扳倒第二大的那头雌鹿，迅速地用嘴巴咬断它的脖子，这样它就不会感受到不必要的痛苦。我感受得到里尔的憎恶正与她的饥饿做斗争，我让我体内的狼出现在我的脑海中，使这一切对她而言易于接受一些。我当狼的时间足够久，所以我知道怎样当一头完全意义上的动物，按照动物的眼光去看、去思考。我让务实的本能占据我的脑海，也让她感受到这一点。她犹豫了一会儿，不过接着她试探性地敞开心扉，努力按照我的方式看问题。这种感觉很奇怪——我们的思想比以前更紧密地联系在一起了，因为我们俩**正努**

力一起思考。

虽然很奇怪，但却帮了她。她的牙齿咬进猎物的皮毛，穿透它的皮肤，撕下一块厚厚的热气腾腾的鲜肉。她让自己狼的自我做出本能的反应，而不是像她人类的思想想要的那样畏惧退缩。这是某种麻木的感觉，某种没有思想的感觉，这使她宁静地享受美味。

这么做对我而言很容易，而且我很高兴我没忘记这一点，这很快就会再次成为我的生活。

里尔会成为那种生活的一部分吗？一个星期前，我还会抵抗这个比恐怖还要糟糕的念头。我不能承受它，但是现在我更了解她了，而且，在从永远的痛苦中解脱出来之后，她不再是同样的狼，不再是同样的女孩儿。

我们一起进食，直到我们俩都吃饱了。

谢谢。她之后告诉我，一边在湿漉漉的草上清洁自己的嘴巴和爪子。我没觉得烦，天开始下起毛毛雨，回来的路上我们不得不游过河，我身上变得足够干净了。**这并不是那么坏，按照你的方式思考。**

不客气。

我们抵达边界的时候，塞思正在慢吞吞地走。我要他去睡一会儿，里尔和我会继续巡逻。过了几秒钟，塞思的思想就悄然隐退进睡眠之中去了。

你要赶回到吸血鬼那里去吗？里尔问道。

也许吧。

在那里对你而言很困难，不过离得远远的也很难，我知道那是怎样的一种感觉。

你知道，里尔，你或许要想一想未来，想一想你真的想要什么。我的头脑不会是地球上最快乐的地方，而且你还得跟我一起忍受痛苦。

她思考着如何回答我，**哇，这听起来会很糟糕哦。不过，老实说，承受你的痛苦比面对我的会更容易一些。**

真够公平。

我知道这对你而言会很糟糕，雅各布。我了解那一点——或许比你认为的还要了解。我不喜欢她，但是……她是你的山姆。她是你想

要的一切，是你无法得到的一切。

我无法回答。

我知道这对你而言会更糟糕。至少山姆很开心，至少他还活着，很健康。我那么爱他，所以我希望那样，我希望他得到对他而言最好的东西，她感叹道，我只是无法在旁边眼睁睁地注视着那一切。

我们需要讨论这件事吗？

我想我们需要，因为我希望你明白我不会使你感到更糟糕的。见鬼，说不定我还会帮上忙呢。我不是天生就是毫无同情心的泼妇，我以前还是有些善良的，你知道。

我的记忆没法回到那么久远的地方。

我们俩都大声笑了笑。

对此我感到很抱歉，雅各布，你很痛苦，我为此感到很难过。我很抱歉情况并没有好转，而是越来越糟了。

谢谢，里尔。

她想了想在恶化的情况——我脑海中的黑色图像，而我则努力使她离开，却没怎么成功。她能够离得稍远一些较为透彻地看待这些事情，我不得不承认这有所帮助。我能想象或许我也将会那么看待此事，不过要再过几年。

她看到每天因为与吸血鬼相处的烦恼中有趣的一面。她喜欢我戏弄罗莎莉，在心里咯咯地笑，甚至还想出几个我可能会用到的有关金发美女的玩笑。不过接着她的思想变得严肃起来，以一种让我迷惑不解的方式停留在罗莎莉的脸上。

你知道什么最疯狂吗？她问道。

好吧，现在几乎一切都很疯狂了，但你是什么意思呢？

那个你那么讨厌的金发吸血鬼，我完全能理解她的想法。

有那么一会儿，我还以为她是在开没什么意思的玩笑呢。接着，当我意识到她是认真的时候，在我全身蔓延的狂怒难以控制，我们分头进行巡逻是一件好事儿。如果她在离我仅有一口就能咬到的距离……

等一等！让我解释！

不想听，我想离开这里。

等等！等等！我努力让自己平静到足以变形回去的时候，她恳求道，**别这样，杰克！**

里尔，这根本不是让我信服的、今后我希望与你相处的最佳方式。

是……的！多么过激的反应啊，你甚至都不知道我在说什么。

那么你在说什么？

接着她突然又变回从前那个因为痛苦而变得铁石心肠的里尔了。**我在说遗传的死胡同，雅各布。**

她话里邪恶的意图使我心乱如麻，我没期望自己的愤怒会被压下去。

我不理解。

你会了解的，只要你不像他们其他人那样。如果我的“女性问题”，她想到这些词儿的时候带有一种生硬却讽刺的口吻，**并没有让你们像任何愚蠢的男人一样跑去躲起来，你会注意到这到底是什么意思的。**

哦。

是的，的确我们当中没有人愿意和她一起想那样的事儿。谁会呢？当然我想到里尔在加入狼群的头一个月时的惊慌失措——而且我还记得她像其他人那样对此望而却步。因为她不能**怀孕**——除非某种真正吓死人的、纯洁无瑕的什么事发生，她就不能。自从山姆之后，她再也没和其他人交往过。接着，几个星期慢吞吞地过去了，安然无事变成了更加安然无事了，她意识到她的身体再也没有恢复到原有的正常规律。那种恐怖——她现在是什么呢？因为她变成了狼人，她的身体发生了变化吗？还是因为她的身体**有问题**才变成了狼人？是有史以来唯一的女狼人，那是不是因为她不像理应如此的那样是女性呢？

我们当中没有人愿意面对这种失败，显然，这不像我们能够**心有同感的事情**。

你知道山姆认为为什么我们会被烙印。她想道，现在变得平静些了。

当然，继承这种传统。

对，创造一群新的小狼人。物种生存，基因优先，你被最有可能让你传下狼的基因的那个人吸引。

我等待着她告诉我她想说明什么。

如果我适合那样的话，山姆就会被我吸引。

她的痛苦足以让大步奔跑的我踉踉跄跄起来。

但是我没有，我有病。我没有能力传下那个基因，显然，尽管我有明星般的血统。所以我变成了怪物——狼人女孩——对其他一切都没好处。我是遗传上的死胡同，我们都知道。

我们不知道，我跟她争辩道，那只是山姆的理论。烙印发生了，但是我们不知道原因，比利认为是其他的原因。

我知道，我知道，他认为烙印后会生下更强的狼人。因为你和山姆都是那么庞大的怪兽——比我们的祖先要大。但不管哪样，我仍然不是候选者，我……我已经绝经了。我只有二十岁，而我却绝经了。

啊。我那么不想有这样的谈话，你不了解这一点，里尔。很可能完全是因为时间停滞的关系。当你放弃当狼人，就会再次变老，我确定事情会……呃……恢复到原来的样子的。

我可能这么想——除了没有人让我烙印，尽管我有显赫的出身。你知道，她若有所思地补充道，如果你不在，塞思很可能最有权当阿尔法——至少根据他的血统是这样。当然，没有人会考虑我……

你真的想要烙印，或者被烙印，还是随便哪一样？我逼问道，像正常人那样约会恋爱，有什么问题吗，里尔？烙印只不过是使你的选择被夺走的另一种方式。

山姆、杰莱德、保罗、奎尔……他们似乎都不在意。

他们当中没人有自己的思想。

你不想烙印？

见鬼，不！

那只是因为你已经爱上她了。那会消失的，你知道，如果你烙印的话，你就不会再因为她而受伤害了。

你想忘记你对山姆的感觉吗？

她斟酌了片刻，我想是的。

我叹了口气，她的状况比我要好一些。

但是回到最初那一点，雅各布。我了解为什么你的金发吸血鬼那么冰冷——我是说比喻的意思。她全神贯注，她的眼睛盯着胜利品，对吗？因为你总是最想得到你永远、永远都无法得到的东西。

你的反应会跟罗莎莉一样吗？你愿意谋杀某个人——因为那是她正在做的事情，以确保没有人会干涉贝拉的死亡——为了得到婴儿你会这么做吗？从何时起你变成这样了？

我只是想得到我无法得到的选择，雅各布。或许，如果我没问题的话，我永远都不会那么想。

你会为此杀人吗？我逼问道，让她无法逃避我的问题。

那不是她在做的事情。我认为情况更像是她在替谁活着，而且……如果贝拉请她帮忙……她停顿下来思考，尽管我对她不敢恭维，我很可能会做和吸血鬼一样的事情。

我的齿缝中传出一声响亮的咆哮。

因为，如果反过来说，我也希望贝拉为我这么做，而且罗莎莉也会那么做。我们俩都会按照她的方式做事。

啊！你和他们一样坏！

知道自己无法拥有什么东西是很可笑的事，这让人绝望。

而……那是我的极限。就此打住，谈话到此为止。

好吧。

她同意停下来还不够，我想要比这种更激烈的结束。

我离放下衣服的地方只有大约一英里，所以我变成人步行。我不想考虑我们的谈话，并不是因为没什么可想的，而是因为我无法承受。我不愿意那么看问题，但是当里尔直接把那样的想法和情感塞进我的脑袋时，更难阻止我那么想。

是的，这一切结束后我就不会跟她一起奔跑了。她会在拉普西变得很悲伤。一个小小的阿尔法在我永远离开前不会杀死任何人。

我来到大房子时真的很早，贝拉很可能还在睡觉。我想把头探进去，看一看里面怎么样，告诉他们可以去狩猎，接着还是人的时候找一片足够柔软的草地睡觉，里尔睡着之前我是不会变形回去的。

但是，房子里面有许多轻轻的嗡嗡声，所以贝拉或许并没有睡觉。接着我再次听见楼上传来的机械声——X光？好极了。看起来像是倒数计时的第四天是以砰的一声响开始的。

我还没走进来，爱丽丝就为我打开了门。

她点点头："嘿，狼。"

"嘿，小不点，楼上怎么啦？"那个大房间空荡荡的，所有的嗡嗡声都是从二楼传来的。

她耸了耸尖尖的小肩膀。"或许又断了。"她试图漫不经心地说出这个词儿，但是我能看见她眼睛最深处的火焰。爱德华和我并不是唯一为此心如火焚的人，爱丽丝也爱贝拉。

"又一根肋骨？"我声音沙哑地问。

"不，这一次是骨盆。"

真有趣，这样的事情怎么一直冲击着我，就像每件新事物都在意料之外一样。什么时候我才会停止惊讶？每个新灾难事后看起来似乎都是显而易见的。

爱丽丝盯着我的手，看着它们在颤抖。

接着我们听见楼上罗莎莉的声音。

"瞧，我告诉过你我没听见裂开的声音。你需要检查一下耳朵，爱德华。"

没有回答。

爱丽丝扮了个鬼脸："爱德华打算最后把罗莎莉撕成小碎片，我想。我很惊讶她不明白那一点，或许她认为埃美特能够阻止他。"

"我会对付埃美特，"我提议道，"你可以帮助爱德华撕裂她。"

爱丽丝心不在焉地笑了笑。

接着一群人来到楼下。这一次爱德华抱着贝拉。她的双手抓着一杯血，她的脸很苍白。我看得出那一点，尽管他使自己的身体不要有一丝一毫的颤抖，以免碰到她，但她还是很痛苦。

"杰克。"她轻轻地喊道，并痛苦地露出一个笑容。

我目不转睛地看着她，什么也没说。

爱德华小心翼翼地把她放在沙发上，坐在她头那边的地面上。我好奇了一会儿，为什么他们不让她留在楼上，接着立刻确定这准是贝拉的主意。她想表现出一切都很正常，避开医院的设备，而他则迁就她，这是自然而然的。

卡莱尔慢慢地走下来，他是最后一个，脸上因为担忧而纠结起来，只有这一次让他看起来老到足以当医生了。

"卡莱尔，"我说道，"我们基本上跑到西雅图了。没有狼群的迹象，你们去很安全。"

"谢谢你，雅各布。这是很好的时机，我们还需要那么多。"他黑色的眼睛瞟到贝拉紧紧握住的杯子上。

"老实说，我认为你们三个以上一起会很安全，我很肯定山姆的注意力集中在拉普西。"

卡莱尔点头表示同意，让我惊讶的是他多么愿意听从我的建议："如果你这么认为的话，爱丽丝、埃斯梅、贾斯帕和我会去，然后爱丽丝可以带着埃美特和罗莎……"

"不行，"罗莎莉厉声说道，"埃美特现在可以跟你们一起去。"

"你应该狩猎。"卡莱尔语气温柔地说道。

他的声音没有让她的语气缓和下来。"他狩猎的时候我就去。"她吼道，把头伸向爱德华，接着头发唰地甩回来。

卡莱尔叹了一口气。

贾斯帕和埃美特瞬间就来到楼下，爱丽丝就在同一时间通过玻璃后门加入他们，埃斯梅轻轻地飘到爱丽丝的身旁。

卡莱尔把手放到我胳膊上，冰冷的触摸感觉并不好，但是我没有抽走胳膊。我一动不动，一半是惊讶，一半是因为我不想伤害他的感情。

"谢谢你。"他又说道，接着他和其他四个人一起大步流星地走出门外。我的目光追随着他们，看着他们飞一般地越过草坪，在我来不及吸下一口气之前就消失不见了，他们的需求肯定比我想象的还要更迫切。

有一会儿，一点儿声音都没有。我能感受到有人恶狠狠地盯着我，我知道这个人会是谁。我一直打算迈开步子，绕道向前，但是摧毁罗莎莉的早晨的机会似乎太大了，太难以避开了。

所以，我悠闲地走到罗莎莉坐着的那张扶手椅旁边的那张椅子那里，伸开四肢懒洋洋地坐下来，这样我的头就能斜对着贝拉，我的左脚靠近罗莎莉的脸。

“哟，有人赶紧把这只狗赶出去吧。”她皱着鼻子满腹牢骚地低声说道。

“你以前听说过这个吗？金发美女的脑细胞是怎么死的？”

她什么也没说。

“啊？”我问道，“你知不知道那个妙语？”

她直勾勾地盯着电视机，没理睬我。

“她听见了吗？”我问爱德华。

他紧张的脸上没有表现出丝毫的兴趣，他的眼睛没从贝拉身上移开，但是他说道：“没有。”

“好极了，那么你喜欢这个，吸血鬼……金发美女的脑细胞是自个儿死掉的。”

罗莎莉还是没有看我：“我杀的人比你杀过的要多几百倍，你这个讨厌的野兽，别忘了这一点。”

“有一天，美女王后，你会厌倦这么威胁我的，我已经对此期待不已了。”

“够了，雅各布。”贝拉说道。

我低下头，她绷着脸盯着我，看起来昨天的好心情消失好久了。

好吧，我不想烦她。“你希望我离开吗？”我提议道。

我还没能希望——或者害怕——她终于厌倦了我，她眨了眨眼睛，皱着的眉头消失了。她似乎完全震惊了，我居然会得出那样的结论：“不！当然不。”

我舒了一口气，也听见爱德华非常轻地叹了一口气，我知道他也希望她能够忘了我。他从来没有要她做任何可能会使她不高兴的事情，简直太糟糕了。

“你看起来很累。”贝拉评论道。

“我很懒。”我承认道。

“我想打死你。”罗莎莉嘟囔道，声音轻得贝拉根本听不见。

我只是更加懒洋洋地躺在椅子里，这样很舒服。我的赤脚悬挂在那里，离罗莎莉更近了，她身体僵硬起来。过了几分钟，贝拉要罗莎莉帮她续杯，我感到罗莎莉就像一阵风似的轻轻地上楼给她取更多的血。这里真的很安静，我猜，我不妨小睡一会儿。

接着爱德华说道：“你说什么了吗？”话语中带着迷惑的口吻，真奇怪，因为没有人说话，因为爱德华的听觉与我的一样好，他本应该知道这一点的。

他目不转睛地看着贝拉，她则回望着他，他们两个人看起来都很迷惑。

“我？”过了一会儿她说道，“我什么也没说。”

他跪直身体向她倾斜过去，他的表情突然变得紧张起来，这一次截然不同，他黝黑的眼睛盯着她的脸。

“你此刻在想什么？”

她茫然地盯着他：“什么也没想，怎么啦？”

“只是……埃斯梅岛，羽毛。”

对我而言，听起来简直是胡言乱语，接着她脸红了，我猜我还是不知道的为好。

“说了一些别的。”他轻声说道。

“比如什么？爱德华，怎么啦？”

他的脸色又改变了，他做了一件令我瞠目结舌的事情。我听见背后一阵惊呼，我知道罗莎莉回来了，只是她和我一样瞠目结舌。

爱德华非常轻柔地把两只手放在她那圆滚滚的肚子上。

“这个小……”他哽咽地说道，“它……这个孩子喜欢你的嗓音。”

接着是短暂的鸦雀无声。我无法移动任何一块肌肉，就连眨眼睛都不行，接着……

“天哪，你能听见他的声音！”贝拉大声喊道。接下来的瞬间，她畏缩了。

爱德华的手移到她肚子上最凸出的部位，然后轻轻地摩挲着它肯定踢过她的地方。

“嘘，”他咕哝道，“你吓到它……他了。”

她的眼睛瞪得很大，充满了惊叹，她拍拍肚子的侧面：“对不起，孩子。”

爱德华非常专注地聆听着，他的头斜靠着圆滚滚的肚子。

“他现在在想什么？”她迫不及待地追问道。

“它……他或者她，是……”他停顿了一下，仰望着她的眼睛。他的眼睛里流露出类似的敬畏，只不过更加小心翼翼，更加勉强。“他很开心。”爱德华用难以置信的声音说道。

她吸了一口气，对她眼里狂热的光芒视而不见是不可能的，那种宠爱，那种热情。大大的泪珠从她的眼睛里漫溢出来，静静地从她脸上流下，流过她带着笑意的嘴唇。

他凝视着她的时候，不是那种害怕的表情，也不是生气，也不是怒火中烧，也不是任何一种自从他回来后就有的那种表情，他与她一样感到惊叹。

“当然你很开心，漂亮的孩子，当然你很开心。”她轻柔地说道，手轻轻地摩挲着肚子，任由泪水在她的脸颊上流淌而过，“你怎么可能不开心呢，那么安全，那么温暖，那么多人爱？我如此爱你，小EJ，你当然很开心。”

“你叫他什么？”爱德华好奇地问道。

她又脸红了：“我好像给他起名字了，我认为你不想……好吧，你知道。”

“EJ？”

“你父亲的名字也是爱德华。”

“是的，是叫爱德华。什么……”他停顿下来，接着说道，“哦。”

“什么？”

“他也喜欢我的声音。”

“他当然喜欢，”她现在几乎是得意的语气了，“你有宇宙里最美丽的声音，谁会不喜欢呢？”

"你还有后备计划吗？"接着罗莎莉问道，她斜靠在沙发背上，脸上带着与贝拉同样的得意而惊叹的表情，"要是他是她呢？"

贝拉用手背擦干眼角的泪水："我随便想了好几个，想到蕾妮和埃斯梅。我在想……蕾……妮……斯……梅。"

"蕾妮斯梅？"

"蕾……妮……斯……梅，太奇怪了？"

"不，我喜欢。"罗莎莉让她放心。她们的头靠在一起，一个是金色，一个是黄褐色。"很美，而且有点渊源，所以，那很合适。"

"我还是认为他是个爱德华。"

爱德华开始仰着头，聆听的时候脸上一片茫然。

"怎么啦？"贝拉问道，她的脸容光焕发，"他现在在想什么？"

起初他没有回答，接着——令我们所有人又震惊了，三个人发出三种迥然不同、不相连的喘气声——他轻轻地把耳朵靠在她的肚子上。

"他爱你，"爱德华轻声说道，听起来有些意识朦胧，"他绝对**敬爱**你。"

就在那一刻，我知道我形单影只，完全独自一人了。

当我意识到我有多么信赖那个令人憎恶的吸血鬼时，我想踢自己一脚。多么愚蠢，仿佛你能信任蚂蟥一样！当然他最终会背叛我。

我信任他会站在我这边，我信任他比我更加痛苦，而且更重要的是，我信任他比我更加憎恨那个在害死贝拉、令人恶心的东西。

我信任他那一点。

然而，现在他们全都站在统一战线上了，他们两个弯着腰，两眼发光地看着那个正在萌芽的生命、那个看不见的怪兽，就像一个幸福之家一样。

而我则独自一人带着自己的仇恨和痛苦，那么糟糕，就像被折磨一样，就像被慢慢地拖过一张刀片床一样。那么痛，我宁愿微笑着受死，以求从中解脱出去。

热量融化了我僵硬的肌肉，我站了起来。

三颗头猛地抬起来，当爱德华再次未经许可地钻进我的头脑中时，我注视着我的痛苦在他脸上荡漾开来。

“啊。”他说不出话来。

我不知道我在做什么，我站在那里颤抖，准备好冲向我能想到的第一个逃跑线路。

像蛇的攻击那样快，爱德华冲向一个小茶几，从里面拿出什么东西。他把它扔给我，我条件反射地接住了那个物体。

“去吧，雅各布，从这里离开。”他并不是用严厉的语气说的，他说这些话的时候，仿佛它们是生命保护者一样，他帮助我找到我迫切想要的逃跑线路。

我手里的物体是一串车钥匙。

茫　然

我向卡伦家的车库跑去时心里想到某个计划，该计划的第二点就是在回来的路上完全毁掉这个吸血鬼的车。

所以，当我使劲按下遥控器的按钮时茫然不知所措了：迎接我的嘟嘟声和射向我的灯光不是从他那辆沃尔沃发出来的。是另一辆车——在一长排各有千秋、几乎令人垂涎三尺的汽车里，它仍然很出挑。

他真的是**想**给我一辆阿斯顿·马丁战神系列[①]的车钥匙呢，还是那不过是碰巧而已？

我没停下来思考这个问题，也没思考这是否会改变我的计划中的第二点。我只是让自己跳进丝一般的皮座椅，启动发动机，同时我嘎吱嘎吱地抬起膝盖放在方向盘下面。马达轰隆隆地响起来，可能在别的时候我会痛苦地呻吟，但是此刻我所能做的一切就是注意力足够集中，让它转动起来。

我找到了座位分离按钮，脚猛地踩下离合器的踏板时后背往后退，汽车飞快前进时感觉就像在空中移动一样。

只用了几秒钟，汽车就疾驰到蜿蜒曲折的小车道上，车对我的反应就像我的思绪而不是双手在掌握方向盘一样。我穿过绿色的隧道来

① 阿斯顿·马丁战神系列（Aston Martin Vanquish），是由伊恩·卡勒姆（Ian Callum）设计，阿斯顿·马丁生产的五人座车型。从2001年引进到2007年停产，这款车都是阿斯顿·马丁的旗舰车型。在007系列电影之《择日再死》（*Die Another Day*）的官方汽车公布后，这款车更加受人瞩目了。阿斯顿·马丁原是英国豪华轿车、跑车生产厂，该公司生产的赛车在国际赛车坛上名气很大，曾多次获得国际汽车大赛的冠军。

到高速公路上，我瞥见里尔灰色的脸不安地在灌木丛中一闪而过。

有半秒钟我想知道她在想什么，接着我意识到我不在乎。

我向南转弯，因为今天我对渡口、交通或让我的脚从离合器踏板上抬起来的任何事情都没有耐心。

从某种病态的角度看，今天是我的幸运日，如果说“幸运”是指在车辆攒动的高速公路上车速高达两百码而没看见什么警察，而且是在时速不得超过三十英里的小镇上。多么扫兴啊，来点追赶行动或许会很不错，更别提车牌信息会让那个吸血鬼紧张不安的。当然啦，他会花点儿钱脱罪的，只不过他可能会有**一点儿**不方便。

我遇到的唯一的监视信号就是在森林里若隐若现飞驰的黑棕色皮毛，在福克斯南面与我并排奔驰了好几英里。奎尔，看起来像他，他肯定也看见我了，因为过了一会儿他没拉响警报就消失了。再一次，在我想起我根本不在乎之前，我几乎想知道他过得如何。

我在长长的 U 形高速公路上飞奔，往我能找到的最大的城市开去，这是我的计划中的第一点。

似乎要永远一样，很可能是因为我仍然坐在刀片上，但实际上不到两小时我就朝北开去，来到塔科马和西雅图犬牙交错的地区。然后我减速了，因为我实际上并不想害死任何无辜的旁观者。

这是个愚蠢的计划，它是不会成功的。但是，当我搜肠刮肚地想找到任何可以摆脱痛苦的办法时，里尔今天所说的话突然闪现出来。

那会消失的，你知道，如果你烙印的话，你就不会再因为她而受伤害了。

好像使你的选择从你手上被剥夺也许不是世界上最糟糕的事情，也许感觉像**这样**才是世界上最糟糕的事情。

不过我已经见过从拉普西到马卡保留地和福克斯的所有女孩，我需要更广阔的捕猎范围。

那么你怎样在人群中随便找个精神伴侣呢？好吧，首先，我需要人群。这样我就可以坐在车里漫无目的地闲兜，以便寻找可能的位置。我经过几个商场，那里可能不是寻找到与我年龄相仿的女孩们的好地方，但是我无法让我自己停止下来，我**想**烙印一个整天在商场里闲逛的女孩吗?

我一直往北开，那里越来越拥挤。最后，我找到一个大公园，里面随处可见小孩子、家庭、滑板、自行车、风筝、野餐等等。直到此刻我才注意到，今天天气很好，阳光明媚，万里无云，人们出来庆祝蓝天了。

我把车横着停在两个不利的车位上——只是乞求被开罚单——然后走进人群之中。

我四处走了走，感觉好像过了几个小时，久到太阳已经改变了方位。我盯着从我附近经过的每个女孩子的脸，迫使我自己真的去看，注意到谁漂亮，谁有一双蓝眼睛，谁戴着牙套看起来还不错，谁化的妆太浓了。我努力找到每一张脸上有趣的地方，这样我就能确切地知道我真的努力过。事情好像是这样：这个的鼻子真的很挺；那个应该把头发从眼睛上撩开；这个能够做唇膏广告，倘若她脸上其他部位与她的嘴唇一样完美的话……

有时候她们会反过来盯着我。有时候她们看起来吓坏了——好像她们在想，**这个对我怒目而视的傻大个是谁啊**？有时候我想她们有点儿感兴趣，但也许那只不过是因为我的自尊心在抓狂了。

不管怎样，什么也没发生。即使当我与那个女孩的眼神遭遇，她是公园里，或许还是这个城市里最性感的女孩，她直视着我，脸上做思忖状，**看起来**像是感兴趣的样子，我还是没什么感觉。只有那种相同却绝望的冲动——找到解脱痛苦的出口。

时间继续流逝，我开始注意到所有不对劲的事情，贝拉的事情，这个的头发和她的颜色一样，那个的眼睛形状有点儿像，这个的脸颊和她的样子完全相同，那个的双眼之间有着相同的褶皱——这使我好奇她在担心什么……

就在那时我放弃了。因为傻到认为我选择了完全适当的地点、适当的时间，我会直接走进我的灵魂伴侣的生活里，只因为我如此绝望地想要那样，这简直不可想象。

不管怎样，在这里找到她是不会有什么意义的。如果山姆是正确的，找到我的基因配对最好的地方会是在拉普西。显然，那里没有人符合要求。如果比利是正确的，那么谁知道呢？什么因素会创造更强大的狼？

我溜达着回到停车处，接着垂头丧气地靠在车盖上，手里把玩着车钥匙。

里尔认为她自己是什么样，我或许也是那样吧。某种不应该被流传到下一代的死胡同，或者，只是因为我的生命本身就是一场残酷的大玩笑，其中的妙语使人无路可逃。

“嘿，你还好吗？就是你，在偷来的那辆车上的那个。”

过了好一会儿我才意识到这个声音是冲着我来的，接着又过了一会儿我才决定抬起头。

一个看起来很熟悉的女孩正盯着我，她的表情有些焦虑。我知道为什么我认出了她的脸，我已经对这个女孩分类登记过了。淡淡的红金色头发，白皙的皮肤，脸颊和鼻梁上有几粒金色的雀斑，眼睛是肉桂色的。

“如果你因为偷了车感到很懊悔的话，”她说道，脸上带着微笑，这样脸颊上就出现了一个酒窝，“你总能去自首的。”

“是借来的，不是偷的！”我厉声道，我的声音听起来很可怕，就像我在哭泣似的，令人难为情。

“当然，**那**在法庭上可以提出来。”

我吼道：“你需要什么吗？”

“并不需要，我只是在开这部车的玩笑而已，你知道。只是……你看起来真的因为什么事情很难过。噢，嘿，我叫丽兹。”她伸出手。

我看着它，直到它垂了下去。

“无论如何……”她笨拙地说道，“我只是在想我是否可以帮上忙，好像刚才你在寻找什么人。”她指着公园，耸了耸肩。

“是的。”

她等待着。

我叹气道：“我不需要任何帮助，她不在这里。”

“噢，对不起。”

“我也很抱歉。”我低语道。

我又看了看这个女孩。丽兹，她很漂亮，好心地试图帮助一个似乎是疯子，而且脾气暴躁的陌生人。为什么她不可能是那个人呢？该死的，为什么一切非得那么复杂呢？好女孩，漂亮，还有点儿有趣，为什么不呢？

“这部车很漂亮，”她说道，“他们不再生产这种车型真是太遗憾了。我的意思是，凡帝奇[①]的车身款式也很华美，但战神系列有种说不出的感觉……”

懂车的好女孩。哇，我更仔细地盯着她的脸，希望我知道如何使之起作用。**来吧，杰克，已经烙印了。**

“开起来感觉怎么样？”她问道。

“感觉就像你根本不会相信一样。”我告诉她。

她笑了笑，露出一个酒窝，显然很高兴从我身上找出一点点文明的回答，我也勉强地对她挤出个笑容。

刀片在我身体上刮上刮下，引起尖锐刺骨的疼痛，而她的微笑毫无用处，根本缓解不了我的痛苦。不管我多么希望它能够，我的生活不会像那样恢复原状了。

我没有抵达那片里尔正在向那里前进的更健康的地方，我不会有能力像正常人那样坠入爱河。在我的心因为别人而流血的时候，不会。或许——如果从现在起再过十年，贝拉的心脏停止跳动很久之后，我让自己经历这一令人伤心不已的全过程，并从中振作着走出来之后——或许到那时，我能邀请丽兹开着跑车兜风，讨论一下汽车品牌和车型，逐渐了解她，看看我是否会像喜欢人类一样喜欢她，但是现在这样的事情不会发生。

魔力不会拯救我。我只能像男子汉一样忍受这种折磨，接受苦难。

丽兹在等待，或许希望我能邀请她一起兜风，或许不是。

“我最好把这部车还给借给我的那个家伙。”我含糊不清地说道。

她又笑道：“很高兴你打起精神来了。”

---

① 凡帝奇（Vantage），阿斯顿·马丁V系列跑车，发动机强劲有力，外观灵活精美，是最令人心驰神往的跑车车型。

“是的，你让我信服了。”

她看着我坐进车里，还是有点儿关心，我可能看起来像要开车冲进悬崖的人。这样的事情我本来会做的，如果那种举动对狼人起作用的话。她挥了挥手，目光仍然跟随着汽车。

起初，在返回的路上我开车的时候头脑更加理智。我并不着急，我不想回到我正在赶去的地方，回到那幢房子，回到那片森林，回到我逃离的痛苦之中去，回到绝对一个人独自面对的境地之中去。

好吧，那样太夸张了。我不会是**完全**一个人，但是这很糟糕，里尔和塞思不得不跟我一起痛苦。我很高兴塞思不会忍受很久，孩子宁静的心情不应该被这样毁掉。里尔也不应该受到这样的折磨，但是至少她能理解个中滋味，对里尔来说痛苦不是什么新鲜事儿了。

想到里尔希望从我这里得到的东西时，我长长地舒了一口气，因为我知道现在她就要得到它了。我仍然很生她的气，但我不会对我能让她好受一些的事实熟视无睹，而且既然我更了解她了，如果我们交换位置的话，我认为她可能也会为我这么做。

有里尔做伴——做朋友，会很有意思，至少也很奇怪。我们会经常惹烦对方，那是一定的。她不会是让我沉迷的那个人，但是我认为那是好事情，我可能会需要有人时不时地打败我。不过认真想想，她真的是唯一有可能了解我此刻所经历的一切的朋友。

我想起今天早上捕猎的事情，就在那一刻我们的思想有多么接近。这不是坏事情，不一样，有一点儿吓人，有一点儿尴尬，但是也有种奇怪的舒适感。

我不必完全独自面对。

而且我知道里尔足够坚强，能够与我一起面对即将到来的几个月。几个月，几年，想到这一点使我感到疲倦。感觉就像我眺望着那片大海，在我还没来得及休息之前，就不得不从一个海岸游到另一个海岸。

那么长的时间要来临，在还未开始之前只剩下那么少的时间。在我纵身跃进大海之前，还有三天半的时间，而我却在这里，浪费我仅有的一点点时间。

我又开始开得飞快了。

我驱车往福克斯疾驰而去的时候，看见山姆和杰莱德一边一个像哨兵一样站在路的两侧。他们都很好地隐藏在茂密的树枝后面，但是我料到他们会出现，我知道该寻找什么。从他们身边呼啸而过时，我点了点头，没去想他们会怎么想我此行的目的。

当我行驶到卡伦家的车道时，也向里尔和塞思点了点头。天开始暗下来，这边的云朵要厚一些，不过我看见他们的眼睛在车前灯散射出来的光芒里闪闪发光。我稍后会跟他们解释，还有充足的时间可以做这件事情。

出其不意的是，我发现爱德华在车库等我。有好多天，我都没看见他离开过贝拉了。从他的脸色判断，她身上没发生不好的事情。实际上，他看起来比以前更加平静了。我想起这种平静来自何方时，心里一紧。

因为我的沉思——我忘记毁掉**这部**汽车——这真是太糟糕了。哦，好吧。不管怎样，我很可能没法忍受破坏这辆车。或许他猜到了那么多，那就是为什么他一开始就把车子借给我的原因。

“有几件事情，雅各布。”我一熄火他就说道。

我深深地吸了一口气，等了一会儿。接着慢慢地，我下车把钥匙扔给他。

“谢谢你借给我，”我愠怒地说道，显然，这是需要偿还的，“你现在想要什么？”

“第一……我知道你多么反对使用你对自己的狼群的权威，但……”

我眨了眨眼睛，震惊于他居然会拿这件事情开头：“什么？”

“如果你不能或者不去控制里尔的话，那么我……”

“里尔？”我打断他，咬牙切齿地说道，“发生了什么事？”

爱德华脸色铁青：“她过来质问你为什么那么突然地离开了。我试图解释，我猜这可能说不清楚。”

“她做了什么？”

“她变回人形，然后……”

“真的吗？”我又打断他，这一次是震惊。我无法弄明白这一点，里尔在敌人的谎言中放松了戒备？

“她想要……和贝拉**说话**。”

“和**贝拉**？”

爱德华接着变得很恼火起来：“我不会再让贝拉像那样难过了。我不在乎里尔认为她自己有多么充分的理由！我没有伤害她——当然我不会——但是如果那样的事情再发生的话，我会把她扔出门外，我会冲过河向她扑去。”

“等等，她**说**了什么？”所有这一切毫无头绪。

爱德华深深地吸了一口气，让自己平静下来：“里尔非常严厉，这完全没有必要。我不打算假装理解贝拉为什么不能对你放手，但是我的确知道她这么做不是有心要伤害你。她因为让你留下来，由此给你、给我造成的伤害也极度痛苦。里尔所说的话并不是谁要她说的，贝拉一直在哭……”

“等等，里尔因为**我**对贝拉大吼大叫了？”

他猛地点点头：“你受到极为狂热的支持了。”

哇。“我没要她那么做。”

“我知道。”

我转了转眼珠子，他当然知道了，他什么都知道。

不过里尔就是那样，谁又会相信这件事儿呢？里尔以人类的样子走进吸血鬼的房子，只是为了投诉我受到怎样的待遇。

“我无法保证控制里尔，”我告诉他，“我不会那么做，但是我会跟她谈一谈，好吗？而且我认为那样的事情不会再发生。里尔不是那种会退让的人，所以今天她可能是想一吐为快。”

“我也那么认为。”

“不管怎样，我也会跟贝拉谈一谈。她不必感到很难过，我该难过才对。”

“我已经跟她说过了。”

“你当然说过了，她还好吗？”

“她现在在睡觉，罗斯和她在一起。”

那么现在那个变态变成“罗斯”了，他完全越界到阴暗的一面去了。

他没理会我的这种想法，继续更完整地回答我的问题：“她……在某些方面好一点儿了，除了里尔激愤慷慨的长篇演说以及由此引起的内疚感之外。”

好一点儿了，因为爱德华听见了恶魔的声音，现在一切都变得情意绵绵的了，妙极了。

“还不止这样，”他低声说道，“既然我能弄清楚孩子的想法，显然他或她的思维器官已经发育得相当引人注目了。在某种程度上，他能理解我们。”

我张大嘴巴：“你**当真**？”

“是的，他现在似乎对什么使她受伤害有了一种模糊的感觉。他正努力避免那么做，尽可能地。他……爱她，已经。”

我盯着爱德华，感觉有点儿像我的眼珠子可能要从眼眶中掉出来一样。在这种难以置信的背后，我立即明白过来这是个关键因素。这是改变了爱德华的事情——那个小怪物使他相信了这种**爱**。他无法憎恨爱贝拉的东西。这很可能也是他无法恨我的原因，尽管情况大不相同，我没有要害死她。

爱德华继续说道，表现得好像完全没听见我的想法似的：“那种进展，我相信，超过了我们的判断，当卡莱尔回来时……”

“他们还没有回来吗？”我突然插话道。我想到山姆和杰莱德，他们注视着路上的表情，他们会不会对所发生的事情感到好奇呢？

“爱丽丝和贾斯帕回来了。卡莱尔送回了他所能获得的所有的血液，但没有他希望得到的多——贝拉的胃口已经变大了，她再过一天就要用完这次的供应量了。卡莱尔留下来试一试别的途径，我认为现在不必要，但是他想做到万无一失。”

“为什么不必要？如果她需要更多的话？”

我敢说他解释的时候一直在看、在听我的反应。“我试图说服卡莱尔一回来就让孩子生下来。”

“什么？”

“孩子似乎试图避免剧烈的动作，但是很难，他变得太大了。等待是疯狂的举动，当他显然发育得超过了卡莱尔的预想的时候，贝拉太脆弱，无法再耽搁了。”

我的腿一直发软。首先，那么信赖爱德华对那个东西的憎恨。现在，我意识到我想到那四天是确定无疑的事情，我寄希望于它们。

蓄势待发的无边无尽的痛苦海洋在我面前铺展开来。

我试图稳住呼吸。

爱德华等待着。我恢复过来的时候，目不转睛地盯着他，意识到还有别的变化。

“你认为她会成功吗？”我轻声问。

“是的，那是我想跟你说的另外一件事情。”

我什么也说不出来。过了一会儿，他继续说。

“是的，”他又说道，“正如我们一直在做的那样，等待着孩子准备好，那简直是疯狂的冒险，任何时候都可能太迟。倘若我们主动应对，如果我们迅速地行动，我看不出有任何出问题的理由，了解孩子的想法难以置信地有所帮助。谢天谢地的是，贝拉和罗斯都同意我的看法。既然我已经使她们相信如果我们提前行动，孩子就是安全的，就不存在任何阻挠了。”

“卡莱尔什么时候回来？”我问道，仍然是在耳语，我还没恢复呼吸。

“明天中午之前。”

我的膝盖一弯，我不得不抓住汽车让自己站直。爱德华伸出手，仿佛是要支持我一样，不过接着他想得更清楚一些了，然后放下了手。

“对不起，”他轻声说道，“我对这件事给你造成的伤害，真的感到很抱歉，雅各布。尽管你恨我，但我必须承认我并没有这么想你。我当你是……兄弟，在很多方面都是这样，并肩作战的战友，至少是这样。我很遗憾你经历的痛苦比你所意识到的还要多，但是贝拉会活下来，”当他这么说的时候，语气非常激烈，甚至是猛烈，“而且我知道这才是真正对你重要的事情。”

他可能是正确的，很难说清楚，我感到天旋地转。

“因此，我讨厌现在做这样的事情，当你已经有太多需要承受的时候，但是，显然，没多少时间了。我不得不向你……乞求，如果我必须的话。”

“我没剩下什么东西了。”我气得说不出话来。

他又抬起手，仿佛要把它放在我的肩膀上，接着又像之前一样垂了下去，他叹了口气。

“我知道你付出了多少，”他静静地说道，“但是这是你**的确**拥有的东西，而且只有你。我向真正的阿尔法雅各布提出这样的请求，我在向伊弗列姆的继承人提出这样的请求。”

我有点儿不知所措，无法反应了。

“我希望你允许我们偏离与伊弗列姆缔结的协约的内容，我希望你授予我们一次例外，我希望你允许挽救她的生命。你知道不管怎样我都会这么做，但是我不希望对你背信弃义，如果有任何可以避免的办法的话。我们从未故意违背我们的承诺，我们现在也不会轻易那么做。我需要你的理解，雅各布，因为你确切地知道为什么我们这么做。我希望这一切结束之后，我们两个家族之间的盟友关系能够继续存在下去。”

我试着不为所动。**山姆，**我想道，**你需要的是山姆。**

“不，山姆的权威并不确定。它属于你。你从来没从他身上夺过去，但除了**你**之外，没有人具有合法的权力同意我所要求的事情。”

这不是我的决定。

“是你的，雅各布，你了解这一点。你对此事的承诺会宣判我们死刑，或者特赦我们，只有你有权给予我这一点。”

我不能思考，我不知道。

“我们没有太多时间。”他回头朝屋子扫了一眼。

不，没有时间了。我所剩无几的几天已经变成了几个小时。

我不知道，让我想一想。给我一点儿时间，好吗？

“好的。”

我开始朝房子走去，他则跟在我后面。一个吸血鬼就在我旁边，和我一起穿过黑暗，是多么容易啊，这简直是疯了。这让人感到不安全，甚至不舒服，真的。感觉就像跟任何人肩并肩地走路一样，好吧，任何闻起来很臭的人。

大草坪边缘的灌木丛中有动静，接着传来一声低沉的呻吟声。塞思从灌木丛中挤了出来，大步朝我们跑过来。

“嘿，小毛孩。”我低声说道。

他点了点头，我则拍了拍他的肩膀。

“一切都很好，”我撒谎道，“我稍后再告诉你，很抱歉像那样匆忙地离开你们。”

他冲我露齿一笑。

“嘿，告诉你姐姐现在后退，好吗？够了。”

塞思点了一下头。

这一次我推了推他的肩膀：“回去干活，我过一会儿就来换你。”

塞思靠在我身上，推了推我，接着他飞奔进树林里。

“他的思想是我听见过的最纯洁、最真诚、最友善的之一，”塞思消失在视线中的时候，爱德华低声说道，“你很幸运能分享他的思想。”

“我知道。”我不屑地哼道。

我们开始朝房子走去，听见有人用吸管吸东西的时候，我们两个不约而同地突然抬起头。接着爱德华着急起来，他向门廊冲去，跳上台阶，然后消失了。

“贝拉，亲爱的，我以为你在睡觉，”我听见他说道，“对不起，我不该离开的。”

“别担心，我只是那么口渴——这让我醒了过来。卡莱尔带回更多的，真是好事情，这个孩子从我身体里面出来之后会需要的。”

“是啊，有道理。”

“我不知道他是否还需要其他的东西。”她打趣道。

“我猜我们会弄清楚的。”

我走进门。

爱丽丝说道：“终于来啦。”贝拉的眼睛扫到我身上。那种令人发怒却无法抵挡的微笑在她脸上荡漾开来，一会儿之后就定在那里，她丧气地低下头。她噘起嘴唇，好像正努力忍住别哭一样。

我想立刻朝里尔的嘴巴上揍一拳。

“嘿，贝儿，”我赶紧说道，“你怎么样？”

“我很好。”她说道。

“今天是个好日子，哈？许多新东西。”

“你不必那么做的，雅各布。”

“不知道你在说什么。”我说道，打算在她脑袋旁边的沙发扶手上坐下来，爱德华已经坐在那边的地面上了。

她用责备的眼神看了我一眼。“我非常抱……”她开始说道。

我用大拇指和食指捏住她的嘴唇。

“杰克。”她含糊地说道，想要把我的手拉开。她的努力那么虚弱，很难相信她真的在试图那么做。

我摇摇头：“当你不再愚蠢的时候再说。”

“好吧，我不会说了。”她听起来像是在咕哝一样。

我把手拿开。

“对不起！”她赶紧说完，接着露齿一笑。

我转了转眼珠子，接着也对她莞尔一笑。

我凝视着她的眼睛，看见我在公园里寻找的一切。

明天，她就会变成别人，但是如果顺利的话会活着，那也算数，对吗？她会用同样的眼睛看着我，有几分如此。几乎用同样的嘴唇微笑，她仍然会比其他无法完全进入我心中的人更了解我。

里尔可能会是有意思的同伴，甚至有可能是真正的朋友——那种会站出来为我说话的人，但是她不会成为像贝拉那样最好的朋友。除了我对贝拉的那种不可能的爱，还有其他的纽带，刻骨铭心的那种。

明天，她就会成为我的敌人，或者她会是我的盟友，而且，显然，那种区别在于我。

我叹了口气。

好吧！我想道，放弃了我不得不给予的最后一件东西，这使我感到很空虚，**就这样吧，挽救她。作为伊弗列姆的继承人，你获得我的允许，我的承诺，这不会违背协约。其他人会责备我，你是对的——他们无法否认同意这件事情是我的权力。**

“谢谢你。”爱德华低语道，他的声音很轻，贝拉根本听不见。但是这些话如此热诚，我从眼角看见其他吸血鬼转过来盯着我们了。

“那么，”贝拉问道，装出很漫不经心的样子，“你今天过得如何？”

“好极了，出去兜了一圈，在公园里玩。”

“听起来不错。”

“当然，当然。”

突然，她做了个鬼脸。“罗斯？”她问道。

我听见金发美女轻声笑了：“还去？”

“我想我在过去的一个小时里喝掉了两加仑。”贝拉解释道。

罗莎莉走过来准备把贝拉从沙发上抱起来送她到盥洗室的时候，爱德华和我都让开了。

“我能走吗？”贝拉问道，“我的腿都僵了。”

“你确定吗？”爱德华问道。

“罗斯会抓住我的，如果我绊倒的话。这样的事情是非常容易发生的，因为我看不见我的脚。”

罗莎莉小心翼翼地让贝拉站起来，把手放在贝拉的肩膀上。贝拉把胳膊伸在她身体前方，有一点儿退缩。

“这种感觉真好，”她感叹道，“啊，不过我太庞大了。”

她真的很庞大，她的肚子本身就像崎岖不平的高地。

“再过一天。”她说道，拍了拍肚子。

一阵痛苦在我心中油然而生，刺痛我的全身，这让我不能自已，但我努力别让它在我的脸上流露出来。我还能再藏一天，对吗？

“那么，好吧。啊——噢，不！”

贝拉留在沙发上的杯子倒在一边，黑红的血液洒满了灰白的毯子。

自然而然地三双手同时抓住了她，贝拉弯下腰伸手去拿它。

她身体的中央部位传来最奇怪、听不清楚的撕裂声。

“噢。”她喘吸着。

接着她变得软绵绵的，朝地面倒了下去，就在那时罗莎莉在她倒下之前接住了她。爱德华也在那里，伸出手，沙发上的一团糟已经被遗忘了。

“贝拉？”他叫道，接着他的眼睛失去了焦点，脸上流露出一片惊慌失措的表情。

过了半秒钟，贝拉尖叫起来。

这不仅仅是尖叫，而是让人血液凝固的痛苦的尖叫。令人恐怖的声音被汩汩声打断了，接着她的眼睛眨动了一下，身体抽搐弓在罗莎莉的怀里，喷出一大口血。

无言以对

贝拉的身体流淌着红色的液体开始痉挛，她在罗莎莉的怀抱里抽搐，好像正在接受电刑一样。她的脸一直是一片空白——毫无知觉，是她身体中央传来的连续而猛烈的撞击使她在动。她抽搐的时候伴随着刺耳的噼啪声和断裂声，节奏很合拍。

罗莎莉和爱德华立在那里一动不动地过了片刻，接着他们分开了。罗莎莉把贝拉的身体横放在臂弯里，大声的叫喊那么快，很难分辨单个的词语，她和爱德华迅速朝通往二楼的楼梯奔去。

我拔腿飞奔，跟在他们身后。

“吗啡！”爱德华对罗莎莉叫道。

“爱丽丝，打电话给卡莱尔！”罗莎莉尖声叫道。

我跟着他们走进去的那个房间，看起来像布置在图书馆中央的急诊室。灯光非常明亮，非常白。贝拉在灯光的下面。在聚光灯下她的皮肤像鬼魅一般可怕。她的身体沉重地甩来甩去，像沙滩上的鱼儿一样。罗莎莉把贝拉固定在台子上，又拉又扯地撕裂她身上的衣服，而爱德华则把一个注射器插进她的胳膊里。

现在我不能看了，我很害怕我的脑海中会残留这些记忆。

“**发生**了什么事，爱德华？”

“他窒息了。”

“必须切断胎盘。”

就在这个时候，贝拉清醒过来。听到这些话，她尖叫起来，刺痛了我的耳鼓。

“把他弄**出来**！”她尖叫道，“他不能**呼吸**！**现在**就**做**！”

她的尖叫声震破眼睛的血管时，我看见点点红色喷了出来。

“吗啡……”爱德华吼道。

“不！现在……”另一股血使她叫不出来要说的话。他把她的头托起来，拼命地努力弄干净她的嘴巴，这样她就能再次呼吸。

爱丽丝飞奔进房间，把一个蓝色的小耳塞夹在罗莎莉的头发下。接着爱丽丝退了出去，她金色的眼睛瞪得很大，充满怒火，而罗莎莉则发狂地对着电话发出嘘嘘声。

在明亮的灯光下，贝拉的皮肤似乎更像是紫青色的，而不是白色的。深红色从她那颤抖着的圆滚滚的大肚子周围的皮肤里渗透出来，罗莎莉的手里拿着一把手术刀。

“让吗啡扩散！”爱德华对她吼道。

“没有时间了，”罗莎莉厉声喊道，“他要死了！”

她的手放在贝拉的肚子上，鲜红色从她割破的皮肤那里喷涌出来。就像被倒放着的水桶，水龙头被拧到底了。贝拉抽搐着，但是没有尖叫，她仍然不能呼吸。

接着罗莎莉目光涣散。我看见她脸上的表情发生了改变，看见她的嘴唇往后咧，露出牙齿，黑色的眼睛因为饥渴闪闪发光。

“不，罗斯！”爱德华咆哮道，但是他的手臂被困住了，他用手托着贝拉，让她直起身，这样她才能呼吸。

我自己冲向罗莎莉，没等变形就跳过了桌子。当我撞到她石头般的身体时，把她撞到了门口，我感到她手中的手术刀深深地刺入了我的左胳膊。我的右手掌猛地打在她的脸上，扣住她的下巴，卡住她的气管。

我紧紧抓住罗莎莉的脸，趁机抛开她的身体，狠狠地踢她的肚子，就像踢混凝土一样。她飞撞到门框上，把门框的一边撞变形了，她耳朵里的小话筒啪的一声变成了碎片。接着，爱丽丝出现了，抓住她的脖子把她拉到大厅里。

而我不得不将这归功于金发美女——她没有进行丝毫的反抗，她**希望**我们赢。她让我那样伤害她，来救贝拉。好吧，救那个东西。

我把刀片从胳膊里扯出来。

“爱丽丝，把她从这里拉出去！”爱德华大声喊道，“把她带到贾斯帕那里去，**让**她**待在**那里！雅各布，我需要你帮忙！”

我没有看着爱丽丝完成她的工作，转身走到手术台，贝拉在那里变成了青紫色，她的眼睛瞪得大大的，一动不动。

“CPR[①]？”爱德华对我吼道，又快又紧迫。

“是的！”

我飞快地琢磨他的脸色，寻找他会像罗莎莉一样反应的任何迹象。除了一心一意的凶猛外，什么都没有。

“让她呼吸！我得把他弄**出来**，然后……”

她身体里面又传来粉碎的噼啪声，是目前为止最大的，这一声那么大，我们俩都呆若木鸡地站在那里，等待着她回应式的尖叫。什么都没有，她的腿之前因为痛苦蜷缩在一起，现在变得松松垮垮的了，四肢伸开，显得很不自然。

“她的脊椎。”他恐惧地哽咽出来。

“把它从她身体里弄出来！”我吼道，把手术刀扔给他，“她现在不会有什么感觉了。”

接着我在她的头上俯下身子。她的嘴巴看起来是干净的，所以我把我的嘴巴压在她的上面，朝里面吹了满满一肚子气。我感到她抽搐的身体舒展开来，所以没有什么堵住她的喉咙了。

她的嘴巴有血腥味。

我能听见她的心脏怦怦跳动的声音，很不规则。**坚持住，**我激动地对着她想道，又朝她的身体里吹进一股气，**你保证过的，要让你的心脏跳动的。**

我听见手术刀划破她的肚子时发出的轻柔而湿润的声音，更多的血滴落在地面上。

另一个声音使我全身一颤，那个声音出其不意，令人恐怖，就像金属被切成碎片一样。那个声音使我想起许多个月以前在那片空地上

---

① CPR，即心肺复苏法（cardiopulmonary resuscitation），常用于急救，包括人工呼吸和胸部按压。心肺复苏法的目的是要使含氧的血液流向患者脑部及其他重要器官，直至患者可以接受适当的治疗来恢复正常的心跳。

的战斗，新生吸血鬼被撕裂的声音。我斜睨着瞟见爱德华的脸贴着圆鼓鼓的肚子，吸血鬼的牙齿——用这种办法撕破吸血鬼的皮肤准不会有错的。

当我往贝拉的身体里吹进更多的空气时，我感到一阵颤抖。

她对着我咳嗽了一声，眨了眨眼睛，茫然地转动眼球。

“贝拉，你现在跟**我**在一起！”我冲着她叫道，“你听见了吗？坚持！你别离开我，让你的心脏保持跳动！”

她的眼睛转动一下，在寻找我，或者是他，但是什么也看不见。

我仍然盯着它们，使我的目光紧紧地锁在那里。

就在那时，她的身体突然在我的手下变得一动不动了，尽管她的呼吸时断时续，她的心脏继续在跳动。我意识到一动不动意味着结束了，内在的跳动结束了，它肯定被拿出来了。

就是这样。

爱德华轻声地说道：“蕾妮斯梅。”

那么，贝拉一直都猜错了，不是她想象的那个男孩。那可没什么好吃惊的，她有什么没错的呢？

我的视线没有从她红红的眼睛上移开，但是我感到她的手虚弱地抬了起来。

“让我……”她沙哑的声音断断续续，“把她给我。”

我猜我早应该知道，他总是会做她想要做的任何事的，不管她的请求可能会有多么愚蠢，但是我做梦也没想到他现在会听她的。所以，我没有想过要制止他。

温暖的东西触碰到我的胳膊，正是这一刻本应该引起我的注意的，对我而言没什么会觉得很温暖。

但是我无法把视线从贝拉身上移开。她眨了眨眼睛，然后凝视着，终于看见了什么。她呻吟着，奇怪而虚弱地低吟起来。

“蕾妮斯……梅，这么……美。”

就在那时她大口喘着气，痛苦地大口喘气。

我还没来得及看，就已经太迟了，爱德华从她虚弱的胳膊里抢过那个温暖的、血淋淋的东西。我的眼睛瞟到她的皮肤上，上面布满了血——从贝拉嘴巴里流出来的血，这个东西身上到处都是血，新鲜的血液从贝拉胸口上面两排小小的月牙形齿痕上流淌出来。

“不要，蕾妮斯梅。”爱德华低声说道，就像他在给这个恶魔上礼仪课一样。

我没看他或它，我只注视着贝拉，她的眼睛又眨动了一下。

随着最后一声了无生气的**嘎咯声**，她的心脏跳动开始减弱，然后变得安静下来。

她的心脏大概有半拍心跳的时间没有跳动，接着我的手放在她的胸脯上做挤压。我在脑海中计算，努力保持平稳的节奏。一，二，三，四。

停顿了片刻，我又朝她身体里吹进满满一肚子气。

我什么也看不见了，我的眼睛变得湿润，视线变得模糊起来，但是我对房间里的声音超级敏锐。她的心脏在我紧追不舍的双手下，发出不情愿地**“汩汩，汩汩”**的声音，我自己的心脏怦怦跳动的声音，还有另一个——跳得太快、太轻的振动声，我无法搞清楚是谁的。

我强迫向贝拉的喉咙里吹进更多的空气。

“你还在等什么？”我上气不接下气地哽咽着叫出来，又开始挤压给她的心脏供气。一,二,三,四。

“抱着孩子。”爱德华急切地说道。

“把它扔出窗外。”一,二,三,四。

“把她给我。”传来一个轻柔的声音。

爱德华和我同时咆哮起来。

“我已经控制住自己了，”罗莎莉保证道，“把孩子给我，爱德华。我会照顾她，直到贝拉……”

我又为贝拉吹气的同时和爱德华交换了位置，振动的**怦怦怦**的声音渐行渐远消失了。

“把你的手拿开，雅各布。”

我的视线从贝拉惨白的眼睛上移开，抬起头看着他，仍然挤压着她的心脏。爱德华的手中拿着一个注射器——银光闪闪的，好像是用不锈钢做成的。

"那是干什么的？"

他用石头般的手推开我的手，他推我的时候嘎吱一声弄伤了我的小手指。与此同时，他把针直接插进她的心脏。

"我的毒液。"他把活塞往下压的时候回答道。

我听见她的心脏在颤动，仿佛他用球拍吓了她一下似的。

"保持运动。"他命令道。他的声音冷若冰霜，冷漠无情，凶猛而未经思考，像个机器似的。

我没理睬手指愈合时的疼痛感，又开始挤压她的心脏。现在变得更难了，仿佛她的血液凝结在那里一样，更浓，更慢。当我把现在黏滞的血液挤进她的动脉时，我注意到他正在干什么。

好像他在吻她一样，他的嘴唇在她的喉咙和手腕上摩挲，然后扎进她胳膊的内侧。不过，我能听见她的皮肤不断地被撕裂，他的牙齿一次次咬进去，在尽可能多的地方把毒液挤进她的身体系统里。我看见他惨白的舌头一直舔舐着还在流血的裂口，但在这一幕尚未使我觉得难受或生气之时，我就明白过来他正在干什么。他舌头上的毒液清洗过伤口之后皮肤就愈合了。使毒液和血流封进她体内。

我又往她的嘴巴里吹进了更多的空气，但还是没有反应，只有她的胸腔条件反射时毫无生气地抬了起来。我一直不停地挤压她的心脏，在心里数数，而他则疯狂地彻底改变她，努力使她起死回生，聚集国王所有的马匹和臣子[①]……

还是没有反应，除了我，除了他。

在一具尸体上用尽全力。

因为那就是我们俩都深爱的女孩留下的一切，只留下这具破裂变形、流尽最后一滴血的尸体，我们无法使贝拉再次恢复过来了。

① All the king's horses, all the king's men, 这句话通常与《鹅妈妈童谣》(*Humpty Dumpty*)有关。大多数英语国家的孩子都很熟悉这首童谣：Humpty Dumpty sat on a wall. Humpty Dumpty had a great fall. All the king's horses and all the king's men/Couldn't put Humpty together again. 这首童谣实际上是在说 Humpty Dumpty 是一个鸡蛋，鸡蛋摔破后，聚集"国王所有的马匹和臣子"也不能恢复原样。

我知道一切都太迟了，我知道她死了。我确定地知道，因为吸引力消失了，我感觉不到任何在她身旁的理由。**她**已经不在这里了，所以这具尸体对我不再有吸引力，那种要在她身边的毫无意义的需要消失殆尽了。

或者，**被移开**了也许才是更恰当的词，我似乎感觉到反方向的拉力，从楼下传来的，在门外。我有一种从这里离开，永远永远也不要再回来的渴望。

“那么，走吧。”他打断道，他又把我的手推开，这一次代替了我。三根手指断掉了，感觉如此。

我麻木地拉直它们，毫不在意揪心的刺痛。

他推动她那业已死亡的心脏的速度比我还要快。

“她没有死，”他咆哮道，“她会没事的。”

我不确定他是不是还在跟我讲话。

我转过身，留下他和他死去的妻子，慢慢地朝门边走去。走得很慢很慢，我无法使我的脚移动得更快。

那么，结局就是这样，痛苦的海洋。穿越滚烫的水来到彼岸如此遥远，我无法想象，看得见的更少。

我再次感到空虚了，因为我失去了人生目标。那么长时间以来，挽救贝拉一直是我战斗的目标，而她不会被拯救。她心甘情愿地牺牲自己，被那个魔鬼的小崽子撕开，所以，战斗输了，已经全部结束了。

我拖着沉重的步子朝楼下走去时，被身后传来的声音吓了一跳，那是死去的心脏被迫跳动的声音。

我希望用什么办法把漂白剂倒进我的脑袋里，让它灼烧我的大脑，把贝拉弥留之际的最后几分钟的景象从中烧掉。如果我能除掉它，我愿意承受大脑受损的结果——当新生的小魔鬼撕开她的身体，从她体内出来的时候，撕心裂肺的尖叫、汩汩的流血声、无法忍受的嘎吱声和噼啪声……

我想拔腿就跑，一次越过十级台阶，朝门外飞奔而去，但是我的双脚像铁一样沉重，我的身体比以往任何时候都要精疲力竭，我像跛脚的老人一样拖着步子走下楼。

我在最下面的一级台阶上坐下来休息，积聚力量走出门外。

罗莎莉坐在白色沙发上干净的那一头，她背对着我，正对着怀抱里用一条毯子包裹着的东西轻声地说话。她肯定听见我停了下来，但是她没理睬我，一直沉浸在偷来的母亲身份那一刻之中，或许她现在会开心了。罗莎莉得到了她想要的，贝拉永远不会回来找她要回那个东西了，我不知道这是不是那个毒蛇心肠的金发美女一直以来所希望的。

她手里抱着个黑黑的东西，从她手里抱着的那个小杀人犯嘴巴里传来贪婪的吮吸声。

空气中有血的味道，人的血。罗莎莉在喂它，当然，它会想要血的。你还会拿其他什么东西来喂会残忍地使自己的母亲肢体残缺不全的那种恶魔呢？它还喝过贝拉的血，或许它就是在这么做。

我听着那个小刽子手进食的声音，我的力量恢复了。

力量、憎恨和热量——火冒三丈的热量涤荡我的头脑，熊熊燃烧，却什么也没有烧掉。我脑海中的景象是燃料，使之变成无边的炼狱，但是却拒绝熄灭。我感到颤抖从头顶传到脚指头，我没尝试克制。

罗莎莉的全部精力都在那个生物上，根本没有注意到我。由于她的注意力被分散了，她不会快到足以阻止我。

山姆一直是对的，那个东西就是畸变——它的存在违背了自然规律。那个黑色的没有灵魂的恶魔，没有权利存在的东西。

必须被毁掉的东西。

感觉好像那种牵引力根本不是要把我带领到门外。现在我能感觉到，那种牵引力鼓励我，把我使劲往前拉，推动我结束这一切，彻底涤净如此让人憎恨的世界。

那个生物死的时候，罗莎莉会努力杀死我，而我会反击。我不确定在其他人赶来帮忙之前，我是否有时间结果她。或许有，或许没有，不管怎样我都不是那么在乎。

我不在乎狼人，两个狼群中的任何一个是否会为我报仇，或者认为卡伦家的审判是公平的。我只在乎我的审判。**我的**复仇，那个害死贝拉的东西不会再多活一分钟。

如果贝拉能活下来的话，她也会为此恨我的，她也会想亲手杀死我的。

但是我不在乎，她不在乎她对我所做的一切——让她自己像动物一样被屠杀，为什么我要考虑她的感受？

还有爱德华，他现在肯定很忙——他发狂地否认眼前的这一切，已经疯掉了，此刻正在使一具尸体复活——根本听不见我的计划。

所以，我不会有机会对他遵守自己的诺言，除非——这不是我孤注一掷的赌注——我能三对一地战胜罗莎莉、贾斯帕和爱丽丝，但即使我的确赢了，我也不认为我有机会杀死爱德华。

因为我对那没有足够的同情心，为什么我要让他逃脱他所做的一切？让他一无所有地活着，什么都没有地活着——难道不是更公平，更令人心满意足吗？

这种想象几乎使我微笑起来，如我这般充满了仇恨。没有贝拉，没有害死人的胎儿。而且也失去了他许多家庭成员，我会竭尽所能打败更多的。当然啦，他也许能够让他们恢复原状，因为我不会在附近烧掉他们。不像贝拉，她再也不可能变得完整无缺了。

我不知道这个生物是否会恢复原状，我怀疑这一点。它也是贝拉的一部分——所以，它一定也继承了她脆弱的一面，我从它那有节奏的微弱心跳中听得出来。

它的心在跳动，而她的则没有。

我做出这些决定时，只过了一会儿。

颤抖变得越来越急促，越来越快。我身体弯曲，准备向那个金发吸血鬼冲去，用牙齿撕碎她怀抱里的那个凶残的东西。

罗莎莉又对这东西满足地哼哼起来，她把空的金属瓶状的东西放在一边，把这个小东西举高，脸贴在它的脸颊上。

完美至极，新的位置对我而言是完美的攻击点。我倾身向前，当向凶手拉过去的牵引力不断增强时，我感到热量开始改变——比我之前感觉到的还要强烈，如此强烈，它使我想起阿尔法的命令，仿佛如果我不服从的话，它就会碾碎我似的。

这一次，我**想要**服从。

那个凶手的视线越过罗莎莉凝视着我，它的眼神比任何新生生物应有的眼神都要集中。

温暖的棕色眼睛，牛奶巧克力的颜色——跟以前贝拉眼睛的颜色一模一样。

我的颤抖猛地停了下来：一股暖流涌遍我的全身，这股热量比先前更强烈，但是这是一种全新的热量，不是熊熊燃烧的那种。

而是热情洋溢的那种。

当我凝视着这个半吸血鬼、半人类婴儿陶瓷般的小脸颊时，我内在的一切全部都毁于一旦了。所有支撑着我生命的那些线簌簌几下就被撕开了，好像系着一束气球的绳索一样。所有使我成为我自己的那一切——我对楼上死去的女孩的爱，对我父亲的爱，对我新狼群的忠诚，对我其他兄弟的爱，对我敌人的恨，我的家，我的名字，我的自我，就在那一刻与我分离开来——**咔，咔，咔**——全部飘浮到空中去了。

我并没有飘忽不定，一种新的线把我绑在原地。

不是一根线，而是上百万根线。不是线团，是钢索。上百万根钢索一起把我绑在一个东西上——宇宙的正中央。

现在我能明白那是什么了——宇宙是如何围绕着这个中心点旋转的。我以前从未看见过宇宙的这种平衡，但是现在它一目了然。

地球的引力不再把我束缚在原来的地方。

是金发吸血鬼臂弯中的小女孩使我此刻留在了这里。

蕾妮斯梅。

从楼上传来一个新的声音，在这无边无际的一刻里，唯一能够触动我的声音。

发疯似的怦怦声，飞快的心跳……

正在变化的心。

第三部

贝　　拉

个人喜好只能是在所有的敌人全部都被消灭后，
你才能拥有的奢侈品。
直到那时，你所爱的所有人都只是人质，
逐渐消耗你的勇气，破坏你的判断力。

——奥森·斯科特·卡德[①]《帝国》

① 奥森·斯科特·卡德（Orson Scott Card），当今美国科幻界最热门的人物之一。在美国科幻史上，从来没有人在两年内连续两次将“雨果奖”（Hugo Award）和“星云奖”（Nebula Award）两大科幻奖尽收囊中，直到卡德横空出世。这两项大奖堪称科幻界的最高殊荣。1986年，他的《安德的游戏》（*Ender's Game*）囊括雨果奖、星云奖，1987年，其续集《死者代言人》（*Speaker for the Dead*）再次包揽了这两个世界科幻文学的最高奖项。《帝国》（*Empire*）是卡德2006年的力作。

序　幕

不再只是梦魇，黑色的线条穿过被他们的脚步搅乱的冰冷的雾霭，朝我们逐渐逼近。

我们会死，我惊慌失措地想道。我极其渴望我所保卫的心爱的那个，但是哪怕想一想都是我无法承受的走神。

他们像鬼魅一般越来越近，黑色的长袍随其动作轻微地摆动。我看见他们的手弯曲起来，变成白骨色的爪子。他们分散了，从四面八方斜着向我们发动进攻。我们寡不敌众，一切都结束了。

就在那时，仿佛晴天霹雳一般，整个场景全部变样了。然而，什么都没有改变——沃尔图里家族仍然昂首阔步地向我们走来，摆好猎杀的姿势。真正发生改变的，只不过是这一幕在我眼中是什么模样。突然，我渴望着这一切，我希望他们进攻。当我向前蹲伏时，恐慌变成了杀戮的欲望，我的脸上露出一抹笑容，一阵咆哮从我裸露在外的齿缝中传出来。

心如火焚

疼痛令人感到迷惑不解。

的确如此——我感到迷惑不解。我无法理解，无法弄清楚正在发生的一切。

我的身体努力排斥痛苦，而我一次又一次地被吞噬进一片漆黑之中，有整整几秒钟，也许是整整几分钟的痛苦，这使我跟上现实变得困难多了。

我试图把它们区分开来。

非现实是黑色的，而且它并没有那么疼痛。

现实是红色的，感觉就像我被锯子分成了两半，被公交车给撞了，被拳击手给揍了，被公牛给践踏了，湮没在一片酸楚之中，所有的一切都在同一时刻发生。

现实的感觉是：当我因为疼痛可能根本无法移动时，我的身体扭曲变形，猛地移动了一下。

现实告诉我：有什么事情比所有这一切痛苦的折磨要重要得多，而现实却无法让我记起那是什么。

现实来得那么快。

有一刻，所有的一切都是本应该如此的样子。被我所爱的人包围着，个个面带微笑。不知为何，不可能是这个样子，仿佛我马上就要得到一直以来我所争取的一切了。

接着，一件微不足道、无关紧要的事情出了问题。

我注视着杯子歪倒，黑色的血液洒落下来，弄脏了洁白的一切，因为这个小事故我条件反射地斜倒下去。我也看见其他的手臂以更快的速度伸过来，但是我的身体继续往前探、继续伸展……

在我体内，有一种东西把我往相反的方向拉扯。

撕裂声，破碎声，疼痛难忍。

紧接着是漆黑一片，然后被一阵痛苦的波浪冲刷走了。我无法呼吸——我以前溺水过一次，而这一次不同，我的喉咙很烫。

我的身体破裂了，噼啪作响，被一片片撕裂……

更多的漆黑。

这一次，当痛苦再次来袭时，许多声音在呐喊。

"必须切断胎盘！"

某个比刀子还要尖锐的东西割破了我的身体——尽管还有其他的折磨，这些话还是有意义的。**切断胎盘**——我知道那意味着什么，那意味着我的孩子正在我体内奄奄一息。

"把他拿出来！"我对爱德华尖叫道，为什么还不做？"他不能呼吸！现在就做！"

"吗啡……"

我们的孩子就要死了，而他却想等一等，给我止痛剂！！

"不！现在……"我说不出话来，无法把话说完。

黑色的点点遮蔽了房间里的光线，一阵新的痛苦的冰点冷冰冰地刺进我的肚子。感觉不对头——我机械地挣扎着保护我的子宫、我的孩子、我的小爱德华·雅各布，但是我很虚弱。我的肺疼痛难忍，氧气燃烧掉了。

痛苦又慢慢地消失了，尽管现在我紧紧抓住这种感觉。我的孩子，我的孩子，快死了……

过了多久？几秒钟，还是几分钟？痛苦消失了。麻木，我感觉不到。我也看不见，但是我能听见。我的肺里又有空气了，苦涩的泡泡来回地刮着我的喉咙。

"贝拉，你现在跟**我**在一起！你听见了吗？坚持住！你别离开我，让你的心脏保持跳动！"

雅各布？雅各布还在这里，还在努力救我。

当然，我想告诉他。当然我会使我的心脏保持跳动，难道我不是答应过他们两个吗？

我试图感受我的心脏，想要找到它，但是我深深地迷失在自己的身体内。我无法感受到我应该感受到的一切，感觉什么都不在正确的地方。我眨了眨眼睛，找到我的眼睛，我能看见光线。尽管不是我正在寻找的东西，但是还是比什么都没有要好一些。

我的眼睛挣扎着调整适应的时候，爱德华轻声低语道："蕾妮斯梅。"

蕾妮斯梅？

不是我想象中的那个苍白完美的儿子？我感到一阵震惊，紧接着是一阵暖流。

蕾妮斯梅。

我希望我的嘴唇动一动，希望气泡变成我喉咙里的呢喃，我用力伸出麻木的手。

"让我……把她给我。"

光线旋转起来，搅乱了爱德华的水晶般的手。闪烁的光亮与红色，与覆盖着他的皮肤的血混杂在一起，他手上的血更多。有个小小的正在挣扎的东西也在滴血。他用这个温暖的躯体碰了碰我虚弱的胳膊，几乎就像我抱着她一样。她湿润的皮肤滚烫——和雅各布的一样烫。

我调整焦点想要看清楚，突然之间一切都变得绝对清晰明了了。

蕾妮斯梅没有哭，但是她急促而惊讶地喘着气。她的眼睛睁开了，表情如此惊诧，差不多很滑稽。那个完美的小圆脑袋被一层厚厚的像垫子似的、血淋淋的卷曲物体包裹着。她的瞳孔是熟悉又令人震惊的巧克力色。在血的下面，她的皮肤看起来很苍白，是奶油般的象牙白，除了她红扑扑的脸颊之外。

她的小脸蛋绝对完美至极，这使我感到惊叹不已。她甚至比她父亲更加美丽，简直难以置信，不可思议。

"蕾妮斯梅，"我轻声念道，"这么……美。"

那张不可思议的脸孔突然笑了——那是从容不迫的开怀大笑，贝壳般的粉红色嘴唇下面是两排完美齐整，像雪一样的奶白色牙齿。

她低下头，靠在我的胸脯上，搜寻温暖。她的皮肤温暖，如丝般光滑，但是给人的感觉不像我的那样。

接着又是疼痛——只是一个温暖的齿痕，我大口喘着气。

接着她就不见了，我那有着天使般脸孔的孩子不知去哪里了。我看不见她，也感觉不到她。

不！我想要大声喊，**把她还给我**！

但是虚弱得无以复加，我的胳膊有一会儿像橡胶水管一样空洞无力，接着它们什么也感觉不到了。我感觉不到它们，我感觉不到**我自己**。

黑暗比之前更加稳定地冲向我的眼睛，就像一层蒙眼睛的厚布一样，既坚固又迅速。遮蔽的不仅仅是我的眼睛，还有我**自己**，那种重量足以压倒一切，推开它令人精疲力竭，我知道屈服会容易得多。让黑暗把我往下，再往下推，推到一个没有痛苦、没有疲倦、没有担忧、没有恐惧的地方。

如果这仅仅只是为我自己的话，我不可能会挣扎很久。我只是个人，还没有人类的力量大。许久以来，我一直努力跟随超自然的步伐，太久了，就像雅各布所说的。

但是这不仅仅和我有关。

如果我现在做了简单的事情，让黑暗的空洞感将我抹杀掉，我就会伤害他们。

爱德华，爱德华，我的生命和他的生命被拧成一缕线。切断一根，你就会切断另一根。如果他走了，我也将无法忍受独自活下去。如果我走了，他也无法独自活下去，而且没有爱德华的世界似乎完全毫无意义。爱德华**必须**存在。

雅各布——他一而再，再而三地跟我说再见，但是在我需要他的时候，总是会回到我身边。雅各布，我伤害了他那么多次，这简直是犯罪。我会再次伤害他吗，最严重的那种？他为了我不顾一切地留下来，现在他所要求的不过是让我为他留下来。

但是这里那么黑，他们俩的脸我一个也看不见。一切似乎都不真实，这使我不放弃变得很困难。

我一直在推开黑暗，但几乎是条件反射。我并没有努力扒开它，我只是在抵抗，不让它完全将我吞没。我不是阿特拉斯[①]，黑暗像整个星球一样沉重；我无法承受它，我所能做的只能是不要被彻底摧毁。

这差不多是我生命的模式——我从来都没有强大到足以应付我控制范围之外的事情，抗击敌人，或者是超过它们，避免痛苦。一直显示出人的本性，也很懦弱，一直以来我能够做的唯一的事情就是坚持住，忍受，活下去。

到了现在这个节骨眼上，已经足够了；到了今天，应该足够了。直到援助到来，我会忍受这一切的。

我知道爱德华会做他能做的一切，他不会放弃，我也不会。

我一寸寸地迫使那片淹没一切的黑暗不向我靠近。

不过，只有那种决心还不够。时间无情地继续向前推移，黑暗夺去了我八分之一、十六分之一的阵地，我需要更多的东西从中获得力量。

我甚至无法把爱德华的脸拉进我的视线。雅各布、爱丽丝、罗莎莉、查理、蕾妮、卡莱尔、埃斯梅，他们的脸我都看不见……什么也看不见。这让我感到恐惧万分，我不知道是不是太迟了。

我感到自己不知不觉地在下沉，没有什么东西让我抓住。

不！我得从中活下来，爱德华依靠我。雅各布，查理爱丽丝罗莎莉卡莱尔蕾妮埃斯梅……

蕾妮斯梅。

接着，突然我有一点点**知觉**了，尽管我仍然什么也看不见。仿佛有种幻肢感[②]，我想象着又能感觉到自己的胳膊了。在它们之中，有一种小而硬，非常非常温暖的东西。

我的孩子，推动我的那个小家伙。

我已经做到了。尽管很困难，我**在此之前**已经足够强大到让蕾妮斯梅活了下来，紧紧地抓住她，直到她强壮到没有我也能生活。

---

① 阿特拉斯（Atlas），是希腊神话里的擎天神，是提坦（Titans）巨神的一族。他因参与反叛宙斯（Zeus）而被罚以双肩支撑苍天。

② 幻肢感（Phantom arms），指某些失去四肢的人所产生的一种幻觉，他们感觉失去的四肢仍旧依附在躯干上，并与身体的其他部分一起移动。

我幻肢感里的那个灼热的地方感觉如此真实，我把它抓得更紧一些，我的心脏应该正好在那里。紧紧地握住对我女儿的温暖记忆，我知道只要有需要，我就能够打败黑暗。

我心脏旁边的温暖越来越真实，越来越温暖，越来越滚烫。热量是如此真实，很难相信这是我的想象。

更烫了。

现在感觉不舒服，太烫了，太、太、太烫了。

像一把抓错电卷发器的一头一样——我的自动反应就是扔掉我胳膊里炙热的东西，但是我的胳膊里什么也没有。我的胳膊没有蜷曲在我的胸口，我的胳膊毫无生气地躺在我身体两侧的什么地方，热量来自我的体内。

灼烧的感觉在增强，在上升，达到高峰，继续上升，直到超过了我曾经感受过的一切。

我感到火焰背后的脉搏此刻在我的胸腔内狂热地跳动，就在我认为我将安然离去，并且趁着我还有一息尚存拥抱黑暗的时候，我突然意识到我又找到自己的心跳了。我想要抬起我的胳膊，抓开我的胸膛，把热量从里面撕裂出来——不管用什么办法，只要能够除掉这种折磨，但是我感受不到我的胳膊，无法移动消失了的手指。

詹姆斯用他的脚碾断过我的腿，那根本不值一提。那简直太温柔了，仿佛躺在羽毛床上休息。我现在能够忍受那种感觉了，一百次都可以。被碾断一百次，我都会接受，而且还会满心感激的。

那个婴儿踢断了我的肋骨，从我体内出来的时候一片片地将我撕碎。那根本不算什么，那就像漂浮在一池冷水之上一样。我会忍受一千次，心存感激地接受它。

火焰越烧越旺，我想尖叫，乞求现在有人来杀死我，在我在这种痛苦中多活一秒钟之前，但是我无法移动我的嘴唇。那份重量还在那里，压着我。

我意识到把我往下拉的不是黑暗，是我的身体，那么沉重。使我埋葬在一片汪洋火海之中，火焰此刻从我的心脏开始不停地向外啃噬，将不可想象的痛苦传遍我的肩膀和胃部，向上蔓延烫伤我的喉咙，吞噬我的脸庞。

为什么我动弹不得？为什么我叫不出来？不应该是这样的。

我的意识清醒得让人无法忍受——被来势汹汹的痛苦磨砺得更加敏锐——我一能够想到这些问题，就差不多明白了答案。

吗啡。

感觉就像我们曾经上百万次地讨论过死亡——爱德华、卡莱尔和我。爱德华和卡莱尔一直希望足够的止痛剂会有助于抵抗毒液带来的疼痛。卡莱尔在埃美特身上试过，但毒液在药效产生之前就燃烧起来，密封了他的血管，没有时间使药品扩散。

我一直使自己的脸保持平静，点头，感谢我鲜有的幸运之星，爱德华不能读懂我的心思。

因为我的身体机能里以前曾有过吗啡和毒液共同存在的经历，我知道真相。我知道当毒液封锁我的血管时，药品的麻木效果完全不起作用，但过去我根本不可能会提及那个事实，没什么会使他更不愿意改变我的了。

我没猜到吗啡会有这种效果——会使我动弹不得，堵住我的嘴巴，当我的身体在燃烧的时候却一直使我处于麻痹状态。

我知道所有的一切，我知道卡莱尔在燃烧的时候，尽可能地保持安静以免被发现。我知道，据罗莎莉所说，尖叫没有好处，而且我曾经希望或许我能够像卡莱尔一样。希望我会相信罗莎莉的话，把嘴巴闭上。因为我知道从我的嘴巴中逃离出来的每一次尖叫，都会使爱德华备受折磨。

现在我的愿望正在实现，简直就像个可怕的玩笑。

如果我不能尖叫，**我又怎能告诉他们杀死我呢？**

我所希望的就是死，从未来到这个世界上。我全部的存在也无法超过这种疼痛，不值得多承受一次心跳的时间。

让我死，让我死，让我死。

而且，在一个永无止境的空间里，那就是存在的全部。只有凶猛的折磨，我无声地尖叫，恳求死神来临。除此之外什么都没有，甚至连时间也没有。所以，那使一切变成了无限，没有开始，没有结束，这一刻的痛苦无边无际。

唯一的改变就是突然我的疼痛不可能地翻倍了。我身体的下半部分在吗啡之前就已经死掉了，突然也着火了。一些破裂的联系被愈合了——被烫伤一切的火舌连接在一起了。

永无止尽的烈火继续熊熊燃烧。

可能是几秒钟，也可能是几天，几个星期，几年，但是最终，时间又有了意义。

三件事情同时发生，彼此之间相互交错，我不知道哪一个在先：时间重新开始，吗啡的作用逐渐消失，而我变得更强壮了。

我感受得到对身体的控制逐渐恢复了，那些逐渐增强的感觉是我对时间流逝的最初印象。当我能够抽动脚指头，把手指弯曲成拳头的时候，我就知道了。我知道这一点，但是我没就此做出反应。

尽管火焰并没有减少一丝一毫——实际上，我开始培养出一种经历这种痛苦的新能力，特别是一种新的敏锐感，欣赏每一次吞噬我的血管的火舌发出的嗞嗞声——我发现我能思考此事了。

我能想起**为什么**我不该尖叫了，我能记起，为什么我有义务承受这无法承受的折磨了。我能想起，可能有什么值得受这种折磨的东西，尽管此刻我感觉到这是不可能的。

在重量离开我的身体的那一刻，我正好及时地坚持住。对于任何注视着我的人，不会有改变，但是对我而言，当我挣扎着使尖叫和辗转反侧锁在我体内，在那里它们不会伤害到任何人，感觉我经历了从被绑在火刑柱上燃烧，到**紧紧抓住**那根柱子，使我停留在大火之中的全过程。

当我被活活地烧焦的时候，我有足够的力量躺在那里一动不动。

我的听觉变得越来越清晰，我能数清楚每一次我的心脏疯狂地跳动的怦怦声，以此来计时。

我能数清楚，从我的齿缝中大口喘出来的浅浅的呼吸。

我能数清楚，在靠近我身旁的某个地方传来的低沉而平稳的呼吸声。这些呼吸非常缓慢，所以我的注意力能集中在这上面。它们意味着大多数时间流逝了，比钟摆还要多，那些呼吸使我穿过灼烧的每分每秒，走向结束。

我继续变得越来越强壮，我的思想越来越清楚。新的嘈杂声出现时，我能听见。

有轻轻的脚步声，门打开时搅动空气发出的轻柔的飒飒声。脚步声越来越近，我感到胳膊内侧的压力。我无法感受到手指的冰冷感觉，火焰烧尽了对冰冷的每一个记忆。

“还是没有改变？”

“没有。”

我滚烫的皮肤上感觉到一阵极轻微的压力，还有呼吸。

“没留下吗啡的味道。”

“我知道。”

“贝拉？你能听见我说话吗？”

我知道，毫无疑问，如果解开牙齿上的锁，我就会泄露出来——我就会尖叫，发出刺耳的声音，因为极度的痛苦翻来覆去，不断打滚。如果我睁开眼睛，哪怕弯一下手指头——任何改变都会结束我的自控力。

“贝拉？贝拉，亲爱的？你能睁开眼睛吗？你能捏捏我的手吗？”

我手指感到压力。不回答这个声音更加困难，但是我仍然保持麻痹。我知道他声音里的痛苦，跟他**可能**经受的痛苦根本就不能相比，此刻他只**害怕**我在受苦。

“或许……卡莱尔，或许我太迟了。”他的声音被掩盖了，在说“迟”这个字的时候变得哽咽起来。

我的决心动摇了片刻。

“听一听她的心脏，爱德华，它比埃美特那时的心跳还要强。我从没听见过如此有生命力的声音，她会完全恢复的。”

是的，我保持安静是正确的。卡莱尔会安慰他。他不需要和我一起受罪。

“而她……她的脊椎？”

“她的伤不像埃斯梅的那么厉害，毒液会治愈她，就和治愈埃斯梅一样。”

“但是她那么一动不动的，我**肯定**做错了什么。”

“或者做对了什么，爱德华。儿子，你已经做了我能做的一切，比那还要多。我不确定，我是否有那种毅力，那种挽救她的信念。别再苛责自己了，贝拉会没事的。”

一个沙哑的声音低声说道：“她一定很痛苦。”

“我们不知道这一点，她体内有那么多的吗啡，我们不知道那对她会起什么样的作用。”

我的胳膊肘那里传来模糊的按压，另一个声音低声道：“贝拉，我爱你。贝拉，对不起。”

我多么希望回答他，但是我不会使他更加痛苦，在我还有力量使自己一动不动的时候。

在所有这一切发生的时候，使人备受煎熬的火焰一直在烧灼我，不过我的头脑中现在有那么多空间了，思考他们的谈话的空间、回忆所发生的事情的空间、展望未来的空间，还剩下在里面受磨难的无边无际的空间。

也还有担忧的空间。

我的孩子呢？为什么她不在这里？为什么他们没有讨论她？

“不，我留在这里，”爱德华低声说道，回答了一个没有说出口的想法，“他们会弄清楚的。”

“很有趣的情况，”卡莱尔答道，“而且我还以为我已经预见到了一切呢。”

“我稍后再来处理，我们稍后再来处理。”有东西轻轻地压在我滚烫的手掌上。

“我确定，在我们五个人当中，我们能阻止事情演变成屠杀。”

爱德华叹气道：“我不知道该选择哪一边，我想要鞭打他们两个。好吧，稍后再说。”

“我不知道贝拉会做何感想——她会选择哪一边。”卡莱尔打趣道。

一个低沉、克制的声音轻笑道：“我确定她会令我惊讶的，她总是让我感到惊讶。”

卡莱尔的脚步声又渐渐地消失了，我很沮丧他们没有进一步的解释，他们如此神秘地讨论只是为了惹怒我吗？

我继续数着爱德华的呼吸声，以此来计时。

又过了一万零九百四十三次呼吸的时间，不同的脚步声一起飒飒地走进屋子。更轻一些，更加……有节奏感。

很奇怪，我现在能够分辨出脚步声之间的细微差别，而在今天之前我根本无法做到这一点。

“还要多久？”爱德华问道。

“不会太久了，”爱丽丝告诉他，“瞧，她变得多么清醒了！我看得出她好了那么多。”她叹气道。

“还是感觉有些难以接受吗？”

“是的，多谢你提起来，”她抱怨道，“你也会感到羞耻的，如果你意识到被自己的本性上了手铐的话。我非常了解吸血鬼，因为我也是其中一员，我也很了解人类，因为我曾经也是，但是我根本不了解那些混血儿，因为他们是我从未经历过的。呸！”

“注意，爱丽丝。”

“对，贝拉现在差不多非常容易就能明白了。”

然后是很长的一段沉默，接着爱德华叹气了。这是新的声音，更加开心一些。

“她真的会没事的。”他小声说道。

“当然她会没事的。”

“你两天前还没有那么乐观。”

“两天前我**看**不见，但是现在她已经从所有的盲点中解脱出来，就易如反掌了。”

“你能为我集中一下精力吗？看着钟，帮我预测一下。”

安静的呼吸声。

“谢谢你，爱丽丝。”他的声音更加开朗了。

还要多久？难道他们甚至不能为我大声讲出来吗？那是不是要求太多了？我还要燃烧多少秒？一万？二十？还是一天——八万六千四百秒？比那还要多？

“她会眼花缭乱的。”

爱德华轻轻地低吼道："她一直就那样。"

爱丽丝哼道："你知道我的意思是什么，**看看**她。"

爱德华没有回答，但是爱丽丝的话给了我希望，或许我不像我感觉到的那样像木炭块。仿佛到此刻为止，我**肯定**只不过是一堆木炭块了，我身体里的每个细胞都被烧成了灰烬。

我听见爱丽丝像风一般地走出房间，我听见她身上的衣服摩擦时发出的窸窣声，我听见吊顶上悬挂的灯发出轻轻的嗡嗡声。我听见轻轻掠过屋外依稀可辨的风声，我能听见**一切声响**。

就在楼下，有人在看棒球赛，水手队[1]赢了两局。

"**轮**到我了。"我听见罗莎莉突然打断某人，接着传来对此做出反应的低吼声。

"嘿，别这样。"埃美特警告道。

有人发出嘘嘘声。

我还想听更多，但是除了球赛什么都没有。棒球不够有趣，无法使我的注意力从疼痛中转移开去，所以我又听着爱德华的呼吸声，数着流逝的一分一秒。

两万一千九百一十七，又过了半秒钟，疼痛改变了。

事情美好的一面是，疼痛从我的手指尖和脚趾开始逐渐消失了。**慢慢地**消失，至少现在有了新变化。这本该如此，痛苦正在消退……

接着是坏消息，喉咙中的火焰跟以前的不一样。我不仅着火了，而且我现在也极其口渴。口渴极了，如此饥渴。熊熊燃烧的火，熊熊燃烧的饥渴……

还有别的坏消息：我心脏里的火焰变得更热了。

那怎么可能呢？

我的心跳已经太快了，现在跟了上来，火焰使它的节奏变成一种

① 水手队（Mariners），即西雅图水手队（Seattle Mariners），是美国职业棒球队，总部在华盛顿州的西雅图。水手队于 1977 年被授予自治权，是美国职业棒球大联盟（Major League Baseball）的美国联盟西部赛区的成员。自从 1999 年 7 月以来，沙费可棒球场（Safeco Field）就成为水手队的主棒球场。从 1977 年组队到 1999 年 6 月，该俱乐部的主场球场是国王巨蛋棒球场（Kingdome）。

崭新的疯狂节拍。

“卡莱尔。”爱德华叫道，他的声音很低沉，但很清晰。我知道卡莱尔听得见，如果他在房子里面或附近的话。

火焰从我的手掌引退，使它们幸福地不再感到痛苦，而且很凉爽，但是火焰撤退到心脏，而那里正像太阳一样炙热，跳动的速度更加猛烈了。

卡莱尔走进房间，爱丽丝在他的身旁。他们的脚步声如此不一样，我甚至能分别出卡莱尔在右侧，在爱丽丝前面一步。

“听。”爱德华告诉他们。

房间里最响亮的声音就是我疯狂的心跳声，怦怦地跳动着，和着火焰的节拍。

“啊，”卡莱尔说道，“差不多结束了。”

听见他的话让我感到解脱，但我心脏里使人备受折磨的痛苦随即使之蒙上了阴影。

我的手腕自由了，接着是脚腕。火焰在这里完全消失了。

“就快了，”爱丽丝迫不及待地同意道，“我去叫其他人，我该不该让罗莎莉……”

“是的，别让孩子靠近。”

什么？不。**不**！他是什么意思，别让我的孩子靠近？他在想什么？

我的手指头抽搐了一下——烦躁不安突破了我完美的掩饰。房间里变得鸦雀无声，除了我的心脏像气锤一样怦怦的跳动声，他们的反应都是不约而同地停止了一会儿呼吸。

一只手掐了一下我任性的手指：“贝拉？贝拉，亲爱的？”

我不尖叫就能回答他吗？我想了一会儿，接着火焰仍然穿透我的胸膛，从我的胳膊肘燃烧到膝盖，最好还是不要冒险。

“我去把他们叫上来。”爱丽丝说道，她的语气很紧张，我听见她疾步跑开的时候飒飒的风声。

就在那时，**哦**！

我的心脏急速跳动，就像直升机的螺旋桨在转动，这个声音几乎就是单个持续的节拍，感觉就像它会碾过我的肋骨一样。火焰在我的胸腔中央升腾起来，吸噬了我身体其他部位中最后残留的火焰，为最滚烫的火焰添加燃料。疼痛足以让我感到惊叹，冲破我铁打不动紧紧握着的火刑柱。我的后背弓了起来，我弯着腰仿佛火焰抓住我的心脏把我往上拽一般。

当我的躯体软绵绵地躺回到手术台上的时候，我让身体的其他部位打乱队形。

这变成了我体内的一场战斗——我急速跳动的心脏与袭击我的火焰在赛跑，双方都要输掉了。火焰是注定要失败的，已经消耗了一切可以消耗的东西，我的心脏向最后一次心跳飞奔。

火焰收缩了，随着无法忍受的最后一刻的奔腾涌动，聚集在剩下的唯一的人类器官之中。回应奔腾涌动的是砰的一声，深沉而空荡荡的。我的心脏颠簸了两次，接着又发出砰的一声。

没有声音，没有呼吸，甚至也没有我。

有一刻，没有疼痛是我所能理解的全部。

接着我睁开眼睛，惊叹地凝视着我身体上方的一切。

新　生

眼前的一切无比清晰。

清透，明晰。

头顶上的灯光还是那么耀眼。除了光，我还能清楚地看到灯丝散射的一束束光柱，白光里的七彩光带分明可辨。在七彩光谱的最边缘，还有我叫不上名字的第八种颜色。

吊灯上面是黑木天花板，我能辨认出木头里细密的纹理。灯光下，无数粒尘埃在空气中飞舞，我甚至能看出尘粒的哪一面受光哪一面背光，界限特别清楚分明。尘粒就像旋转的小星球，在天际间自由舞蹈。

我入迷地看着美丽的尘埃，惊讶地吸了口气；空气顺着我的喉咙嗖嗖而下，脸前的尘埃飞快地旋转，感觉有些不对头。我想了想，这才意识到，这个动作对我来说已经完全失去意义。我再也不需要空气，我的肺再也不需要空气，它们对吸入的空气已经毫无反应。

我不需要空气，但我喜爱它。在空气中，我能品尝到房间里的味道——品尝可爱的尘埃，房间里静止的空气混合了门外吹进来的微凉的空气。品尝丝绸的香气，品尝某个东西隐约散发出来的温暖而惬意的香气。这像是个湿润的东西，但不是……尽管这个气味里带有一股刺鼻的氯和铵的味道，但它还是令我的喉咙火烧火燎，让我回想起毒汁灼烧的感觉。最最重要的是，我还能品尝到一种类似蜜汁、丁香花和阳光味道的香气，它离我最近，气味最浓郁。

我听到其他人发出的声响，又习惯性地吸了口气。他们的气息同这种蜜汁、丁香花和阳光般的香气混合，产生了新的味道。肉桂、风信子、梨、海水、发酵面包、松木、香草、皮革、苹果、苔藓、熏衣草、巧克力……我的脑海里闪现出各种各样的东西，我想用它们的味道定义这些沁人心脾的气息，但没有一个能够精准匹配。这气味那么甜美令人愉悦。

楼下的电视声变小了，我听见一楼有人移动身子——罗莎莉？

我还听到微弱的鼓点打着节奏，一个愤怒的声音和着节奏大声叫喊。说唱歌曲？我有些迷惑，就在这时，这声音渐渐消失，似乎是一辆开着车窗、放着音乐的小轿车飞驰而过。

等意识到完全有这个可能性的时候，我大吃一惊，难道我能听到远处公路上的声音？

有人轻轻地捏了捏我的手，这时我才发现我的手被人握着。我的身子一下子不能动弹，就像当初遭受剧痛时的反应一样，而这一回是因为惊奇。我从未感受过这样的接触，对方的皮肤极度光滑，只是体温有些失常，但不是冰冷。

最初的一阵惊奇过后，我的身体对这陌生的接触有了反应，而这种反应让我更为震惊。

一股咝咝作响的气流穿过我的喉咙，从紧咬的牙缝中喷射而出，发出低沉而凶恶的声响，听上去就像一大群飞动的蜜蜂。在这个声响消失之前，我绷紧全身的肌肉，拼命想要摆脱那只陌生的手。我飞快地侧转身子，速度之快可以令头脑眩晕、令视线模糊——但是我丝毫没有这种感觉。我的眼睛在跟随身体移动的一瞬间里，看到了每一粒细小的尘埃，看到了木墙板上每一道裂纹，看到了每一束精微的光线。

我背靠着墙壁蜷缩起身子，摆出自我防御的架势——这一切只用了不到一秒钟的时间——这时我才发现让我备受惊吓的人是谁，显然，我的反应过头了。

哦，当然了，我不可能感觉出爱德华冰冷的身体，因为我们俩现在拥有相同的体温。

我保持着姿势，慢慢适应眼前的景象。

爱德华倾身越过手术台，这曾是我的火葬之地。他朝我伸出手，脸上写满了焦虑。

爱德华的脸庞占据了我的大部分视野，但是，我用眼睛的余光不断扫视周围的一切事物，以防万一。体内自我保护的本能被彻底激发出来，我不由自主地搜寻着任何潜在的危险。

我的吸血鬼家人们远远地站在门边的墙壁旁，埃美特和贾斯帕站在最前面，他们小心谨慎地等待着，就好像这房间里确实有危险存在。我用力吸了吸鼻子，寻找威胁，但是什么异味也没有闻到。那个隐隐约约的香味——夹杂着刺鼻的化学药品味道——又一次挑逗着我的喉咙，令它疼痛而灼热。

爱丽丝从贾斯帕的身后探出脑袋，她冲着我咧嘴一笑，她的牙齿在灯光的照射下闪闪发亮，我又看到一道八色彩虹。

爱丽丝的笑脸打消了我的疑虑，我缓过神来，渐渐弄清楚发生了什么事情。正如我猜想到的，贾斯帕和埃美特站在最前排是为了保护其他人。而我之前没有意识到的是，这个房间里的危险其实是我。

这些都是次要的，我的感官和思绪仍旧集中在爱德华的脸庞上。

而在这一秒钟之前，我从没有这样仔细地看过这张脸。

我曾多少次凝视爱德华，惊叹他的俊美？我曾用生命中的多少小时、多少天、多少星期来想念这张我认为完美无瑕的脸庞？我曾以为，我熟悉他的脸庞，甚至胜过我自己的脸庞。我曾以为，在我的整个世界里，我只对一个事物有实实在在的把握：爱德华至善至美的脸庞。

现在看来，以前的我跟瞎子没什么区别。

吸血鬼的眼睛摆脱了人类肉眼的模糊阴影和有限视野。我第一次这样仔细地看到这张脸，不禁大吃一惊。我在脑海里拼命搜索各种词汇，却找不到一个合适的词语，我需要更好的词语来形容他的脸庞。

这时，自我保护的本能确定地告诉我，这个房间里没有危险，最大的危险是我自己。我的身体不由自主地伸展开来，我在台子上足足待了一秒钟。

我一下子被自己身体的移动方式吸引住了。我的脑子里刚有站立起来的念头，身体就已经直挺挺地立着了。思考和行动之间没有空闲时间，改变在瞬间发生，就好像省略掉了中间过程。

我仍然一动不动地盯着爱德华的脸。

爱德华缓缓地绕过台子——他的每一步大概用了半秒钟的时间，优雅曲折的步子就像光滑的石面上蜿蜒流淌的河水——他依旧朝我伸着手。

我新生的双眼入神地望着他行进的优美姿态。

“贝拉？”他问道，语调低沉而平静。他的声音里透露出几分担忧，给我的名字覆上了一层紧张色彩。

我没有回答他，完全沉溺在他天鹅绒般轻柔的声音里。这是世间最悦耳的交响乐，只由一个乐器演奏，这个乐器比人类创造制作的任何乐器都要深奥神秘……

“贝拉，亲爱的？抱歉，我知道你现在还很难适应，但是，你没事了，一切都很好。”

一切？我的思维飞速旋转，转回到我度过的最后一小时人类时光。那段记忆已经变得昏暗不清，我的眼前就好像隔着一层又厚又黑的面纱——那时的我简直处在半盲状态。一切都是如此模糊。

他说一切都很好，也包括蕾妮斯梅吗？她在哪里？和罗莎莉在一起？我尽力回想她的脸蛋——我知道她非常美丽——但是，模糊的人类回忆实在叫人心烦意乱。她的脸蛋隐藏在黑暗之中，只有一点微光……

雅各布呢？他好吗？我这个历尽千辛万苦的好朋友现在是不是对我恨之入骨？他回到山姆的族群里了吗？塞思和里尔呢？

卡伦一家安全吗？我转变成吸血鬼这件事有没有点燃他们同狼群之间的战火？爱德华对我的承诺能兑现吗？或者，他只是想安抚我而已？

还有查理，我能对他说些什么？在我忍受焚身之苦的时候，他一定打来过电话。他们对他说了些什么呢？他会认为我发生了什么状况呢？

在我寻思着应该先提哪个问题的时候，爱德华试探地伸过手来，手指轻轻地抚摸我的脸颊。他的皮肤如丝绸般光滑、如羽毛般柔软，他的体温和我皮肤的温度刚好合适。

他似乎不是在抚摸我的脸颊，而是透过皮肤轻抚着脸上的骨头。

我感觉浑身酥麻，就像被电流击中——这股电流穿过我的骨头，直入我的脊柱，震颤我的肚子。

等等，我默想道，这种颤抖渐渐发展成兴奋和渴望。我应该失去了这种感觉，不是吗？放弃这种感觉是变为吸血鬼的条件之一，不是吗？

我是个新生吸血鬼，喉咙里干燥、灼烧的疼痛证明了这一点，我知道新生吸血鬼必须承担的代价。迟些时候，我也许会恢复人类的某些情感和渴望，但是，在最初的这段时间里，我不会有任何的感觉，只有吸血的饥渴。这就是条件，这就是代价，我在变成吸血鬼之前就已经知晓并接受了。

爱德华的手微微弯曲，完全和我的脸形吻合，感觉上就像裹着绸缎的硬钢。一股强烈的欲望漫布我干涸的血管，从头到脚贯穿我的身体。

他挑起一边的眉毛，等着我开口说话。

我抱住了他。

似乎又省略掉了中间过程。刚才我还直挺挺地站立着，像一尊纹丝不动的雕像，几乎在同一时刻，我已经抱住了他。

温暖——至少我感觉到的是温暖。我闻到甜蜜、芳香的气味，这是人类迟钝的感官永远无法察觉的气味。这就是百分之百的爱德华，我的脸紧紧地贴着他平滑的胸膛。

他不舒服地挪了挪身子，试着躲开我的拥抱。我抬头盯着他的脸，他的拒绝让我疑惑而害怕。

“嗯……小心点，贝拉，哎哟。”

我立刻收回双手，将它们交叉放到背后，我明白了。

我的力气太大了。

“糟糕。”我说道。

他冲我笑了笑。如果我的心脏还能跳动的话，他的这张笑脸一定会令我心跳停止。

“别紧张，亲爱的，”他说道，我惊恐地张大嘴巴，他伸手轻抚我的嘴唇，“你暂时会比我强壮那么一点点。”

我皱起眉头，虽然这一点我也早就知道，但我仍觉得，在变成吸血鬼后的一段超现实经历中，这似乎是最最超现实的一件事。我比爱德华还要强壮，我竟然让爱德华叫了一声哎哟。

他又轻抚我的脸颊，欲望再次侵蚀我静止不动的身体，我几乎要将刚才发生的“惨剧”抛于脑后。

我从没有体验过如此强烈的感官刺激。即使我的脑袋里空间富足，足以同时容下许多事情，敏锐的感觉还是让我无法专心于任何一件事，我无法抵抗每一个新鲜的感觉。我记得爱德华曾经说过——和我现在听到的清晰、悦耳的声音相比，记忆里他的声音是那么虚弱、模糊——他这类人，**我们**这类人，很容易分心，我现在终于明白其中的原因了。

我竭尽全力集中精力，我有话要说，最重要的一句话。

我的一举一动格外小心翼翼，小心到连中间过程都明显可见。我从身后抽出右臂，伸手抚摸他的脸庞。我故意不去欣赏我珍珠色的右手，不去感觉他丝绸般柔滑的皮肤，不去理会我指尖躁动不安的电流，它们都不可能分散我的注意力。

我凝视着他的双眼，第一次听到我自己的声音。

“我爱你。”我说道，听上去像是在唱歌，我的声音如铃声清脆、响亮。

他冲我笑了笑，笑脸令我神魂颠倒，这是作为正常人时不曾有的感觉，我现在可以真真切切地看到他的笑容。

“我也爱你。”他对我说道。

他捧起我的脸，慢慢朝我倾过来，他缓慢的动作提醒我不要冲动。他亲吻了我，刚开始的时候非常轻柔，突然间变得猛烈，充满激情。我竭尽全力温柔地回吻他，但是，在来势汹汹的感官刺激下，很难保持头脑清醒，很难集中精力思考一件事情。

这种感觉就好像他从未吻过我——就好像这是我们俩的初吻。实际上，他以前的确没有像这样吻过我。

我觉得自己罪孽深重。显然，我违背了新生吸血鬼的条约，条约是不会允许我现在有这样的举动的。

尽管我已经不再需要氧气，但我的呼吸速度加快，同我当初被大火灼烧时的呼吸一样急促，这是一种完全不同的火。

有人清了清嗓子，是埃美特。我立刻认出了这个低沉的声音，其中带着些许戏谑和厌烦。

我忘记了我们周围还有其他人。这时我才发现，我同爱德华的亲密动作已经不宜众人观赏了。

我尴尬地快步退开，动作在转瞬间发生。

爱德华咯咯地笑了，他也随着我移动，紧紧地搂着我的腰。他的脸神采奕奕，在他钻石般闪亮的皮肤下面似乎有一团白火在燃烧。

我深吸一口气，让自己镇定下来。

这个吻是多么的特别啊！我一边看着他的脸，一边将模糊的人类记忆同此刻清晰、强烈的感觉比较。他看上去……有点自鸣得意。

“原来你对我有所保留啊。”我指责他，声音如歌唱，我微微地眯起眼睛。

他大声笑了笑，如释重负的他光彩照人。一切都结束了，恐惧、疼痛、怀疑、等待，所有这一切都成为往事。“那个时候，我必须对你有所保留，”他提醒我，“现在，轮到你对我有所保留了，不然的话，你恐怕会让我粉身碎骨。”他又开心地笑了起来。

我皱起眉头，琢磨着他的话，其他人也跟着爱德华笑了起来。

卡莱尔绕过埃美特，迅速地朝我走来。他的眼神里丝毫没有提防我的意思，但贾斯帕紧跟在他身后。我以前也从未看过卡莱尔的脸，至少不是真正意义上的看。我有一种莫名的想要眨眼的冲动，就好像我正盯着太阳。

“你感觉怎么样，贝拉？”卡莱尔问道。

我思维飞转，快速地想了想。

“手足无措，这么**多**……”我听着自己银铃般的声音渐渐变小。

“是的，的确会让人感到困惑烦扰。”

我猛地点了点头：“但是我觉得自己本来就是这个样子，大概吧，我从没想过会有这种感觉。”

爱德华更紧地搂着我的腰。“我告诉过你。”他轻声说道。

“你的自控能力非常强，”卡莱尔若有所思地说道，“比我想象中的还要强，甚至连精神上的准备都没有花多长时间。”

我想起刚才不可遏止的欲望、不断分散的注意力，低语道：“我可没什么把握。”

他严肃地点了点头，眼珠像宝石一样闪亮，他兴趣盎然地说道：“看来，我们这次使用吗啡是明智之举。告诉我，你还记得转变为吸血鬼的过程吗？”

我迟疑了一会儿，爱德华的呼吸轻拂我的脸颊，令欲望的电流穿透我的皮肤，遍及全身。

“之前的一切都……非常模糊。我记得，孩子没法呼吸……”

我看了看爱德华，记忆中的这一幕让我胆战心惊。

“蕾妮斯梅十分健康。”他向我保证道，他的眼睛里闪过一道我从未见过的光芒。他在说出她的名字的时候，抑制住内心的激动之情，带着一丝尊重和敬畏，就像虔诚的信徒谈起他们的神。“你还记得在那之后发生了什么吗？”

我全神贯注、面无表情，我从不善于说谎。“记得不太清楚。当时一片黑暗，然后……我睁开眼，我可以看清**所有**东西。”

“令人惊叹。”卡莱尔说道，他的目光炯炯有神。

我的心里充满强烈的自责，我等着一股热流涌上脑袋，等着通红的面颊将我的谎言出卖。这时，我意识到，我再也不会脸红了，也许这样能对爱德华瞒住真相。

但是，我得找机会暗示卡莱尔。以后再说吧，说不定他以后还会创造另一个吸血鬼。不过，这个可能性不太大。想到这里，我对自己撒谎的行为也不那么内疚了。

“我希望你好好想一想，告诉我所有你记得的事情。”卡莱尔兴奋地催促道，我忍不住露出为难的表情。我不想继续编织谎言，我很可能会露出马脚，我也不想再去回顾那灼烧的痛苦。那部分的记忆不同于人类回忆，它历历在目、清晰可见，所有的细节我都记得一清二楚。

“哦，非常抱歉，贝拉，”卡莱尔立刻道歉，“吸血的饥渴一定让你难受至极，我们可以以后再讨论这件事。”

在他提到饥渴一词之前，我其实很好地控制着这种渴望。我的脑袋里空间充足，我开辟出一部分专门来监督喉咙里的灼热感，就像人脑管理呼吸和眨眼，完全是再自然不过的条件反射。

卡莱尔的猜想让这股灼热感变得格外明显。突然间，我的全部注意力都集中到这干痛上，我越是想它，它越疼得厉害。我抬手捂住喉咙，仿佛要隔着皮肤将喉咙里的那团火焰灭。脖子上的皮肤摸上去有些奇怪，尽管像石头一样坚硬，但非常光滑，竟然叫人觉得柔软舒服。

爱德华放下手臂，握住我的手，温柔地拉了拉："我们一起去捕食，贝拉。”

我瞪大了眼睛，饥渴带来的疼痛感消退了，取而代之的是无比的震惊。

我？捕食？和爱德华一起？可是……**怎么**捕食呢？我不知道应该做些什么。

他看出了我脸上的惊慌，冲我笑了笑，鼓励道："捕食相当简单，亲爱的，完全发自本能。别担心，我会教你怎么做。”我还是一动不动地站在那里，他狡黠地咧嘴一笑，翘起眉毛，“在我印象当中，你以前一直希望看我捕食。”

我心领神会地笑出声来（我出神地听着自己银铃般的笑声），他的话让我回想起一段模糊的对话。我的脑海里迅速闪过和爱德华共度的最初时光——那才是我生命真正的开端——我不断地回忆那些日子，只有这样我才不会将它们遗忘。我没想到回忆往事会如此困难，就像在尽力看清一摊浑水里的东西。罗莎莉的经验告诉我，如果我能充分温习人类往事，我就不会随着时间的流逝而将它们淡忘。我不愿忘记和爱德华共度的每一分、每一秒，即使是现在，我们都成了长生不死的吸血鬼，我也非常珍惜和他在一起的分分秒秒。我要把那些人类往事永永远远地贮藏在密实可靠的吸血鬼脑袋里。

“走吧？”爱德华问道，他抬手握住我贴在脖子上的那只手，他的手指轻轻地滑过我的喉咙，“我不想让你这么难受。”他添了一句，他的声音低沉、轻柔，这是我以前无法听到的声音。

“我没事，”我习惯性地说道，“先等等。”

我还没有机会提出我的那些问题。还有好多的事情要处理，比起这些事情来，我的这点疼痛太微不足道了。

卡莱尔问道：“怎么了？”

“我想见她，蕾妮斯梅。”

说出她的名字竟然这么困难。我的女儿，我和她的关系更难想象，发生的一切似乎已经离我远去。我试着回忆三天前我的感受，不由自主地松开爱德华的手，摸了摸自己的肚子。

平坦坦，空荡荡。我揪起肚子上的浅色丝绸——一定是爱丽丝给我穿上了衣服，又感到一阵惶恐。

我知道我的肚子里已经空无一物，我隐隐约约地记得从我肚子里移走孩子的血淋淋的场景。身体上的改变证实了我的回忆，但是，我一时间还无法理解这个改变。我只记得自己曾深深爱着身体里的那个小家伙，身体外的她似乎和我想象的样子差不多。一切都像是渐渐消失的梦境——半恐怖的梦境。

我迷茫地思索着，瞅见爱德华和卡莱尔警惕地对视了一眼。

“什么事？”

“贝拉，”爱德华安抚地说道，“这可不是个好主意。她是个半人半吸血鬼的孩子，亲爱的。她拥有心跳，她的血管里流淌着鲜血。除非你能完全控制住自己的饥渴感……你也不想让她身处险境，对吗？”

我皱了皱眉头，我当然不想。

我真的失去控制了吗？我感到疑惑，这一点没错。我容易分心，这千真万确，但是危险？对她？我的女儿？

我不能百分之百地确定自己不对她构成任何威胁。我只能耐心地等待，而这实在太难了。在我见到她之前，她并不真实存在，只是一个渐渐消失的梦境……一个陌生人……

“她在哪儿？”我竖起耳朵，听到楼下一层传来的心跳声，听到不止一个人的呼吸声——非常轻微，就好像他们也在静心聆听。我还听到一种不规则的跳动声，我不知道这是什么声音……

心跳声是那么潮润、那么诱人，我忍不住垂涎欲滴。

所以，在见到她之前，在见到我陌生的孩子之前，我一定要学会捕食，彻底满足我的饥渴感。

“罗莎莉和她在一起吗？”

“是的。”爱德华清楚地回答道，我看得出来，他想到了一件令人沮丧的事情。我以为他和罗斯已经消除隔阂了。难道他们之间又开始了新一轮的战争？我还没来得及开口问他，爱德华就握住我搁在肚子上的手，又轻轻地拉了拉。

“等等，”我再次拒绝了他，尽力集中精神，“雅各布呢？还有查理？告诉我我所错过的一切事情。我这样……失去知觉有多长时间了？”

爱德华似乎没有注意到，我在说出“失去知觉”时稍微迟疑了一下。他又同卡莱尔警惕地对视了一眼。

“出了什么差错？”我轻声地问道。

“没有任何差错，”卡莱尔对我说道，以一种奇怪的语气强调了最后一个词，“实际上，一切都正常如初——你只昏迷了两天，转变的过程非常迅速。爱德华做出了巨大贡献，他提出了富有创意的想法——将毒汁直接注入你的心脏。”他停了下来，冲他的儿子自豪地笑了笑，接着，他叹了口气，“雅各布还在这里，查理仍相信你生病了，他以为你现在在亚特兰大的疾病控制中心接受检查治疗。我们给了他一个空号，他肯定打过很多次，觉得心灰意冷了，他找埃斯梅聊过。”

“我应该给他打个电话……”我自言自语地说道，但是，一听到我自己的说话声，我就发现了新的难题。他不会认出这个声音，即使打了电话，也不能让他安心。就在这时，另一件惊人之事闯入我的脑海。“等等……雅各布**还在这里**？”

他们俩又对视一眼。

“贝拉，”爱德华立刻说道，“我们还有许多需要讨论的问题，但是，我们应该先照顾好你，你的疼痛……”

听到他提出这两个字，我才记起喉咙里的灼热，条件反射地咽了口唾沫："但是，雅各布……"

"我们有的是时间向你解释，亲爱的。"他温柔地提醒我。

当然，我可以再等上一段时间，等到灼热的饥渴感所带来的疼痛不再分散我的注意力，我也许能更专心地倾听他的回答。"好吧。"我说。

"等等，等等，等等。"爱丽丝在门口用颤抖的声音叫道。她迅速地穿过房间，动作如梦幻般优雅。这也是我第一次真真正正地看到她的脸，就像之前看到爱德华和卡莱尔的脸一样，我惊呆了，太迷人了。"你答应过我，我可以现场目睹她的第一次！万一你们俩捕食的时候，碰到了能反光的东西，怎么办？"她说。

"爱丽丝……"爱德华抗议道。

"用不了多长时间！"爱丽丝边说边冲出了房间。

爱德华叹了口气。

"她在说什么？"

爱德华还没来得及解释，爱丽丝就回来了，她从罗莎莉的房间搬来了一块硕大的金框镜子。镜子的长度几乎是她身高的两倍，宽度是她身形的无数倍。

贾斯帕一直纹丝不动，默不作声，自从他跟着卡莱尔向我走来后，我就没有注意到他。这时，他又移动了身子，在爱丽丝身旁打转，他的眼睛直勾勾地盯着我的脸，我是这房间唯一的危险。

我知道，他一定也在探察我的情绪。我第一次仔细地看着他的脸、审视他的脸，我不禁不寒而栗，他一定察觉到我的惊奇。

他的脸上有几道伤疤。他曾在南方的新生吸血鬼军团里待过一段时间，伤疤是那时候留下来的。人类的肉眼根本看不清这些伤疤，除非是有强烈的光线照着它们，它们微微突起的轮廓才清晰可见，也只有在这个时候，我才能发现它们的存在。

而现在，我可以清清楚楚地看见它们，我发现贾斯帕最显著的面部特征就是这些伤疤。他那伤痕累累的脖子和下巴吸引了我的视线——吸血鬼在经历了这么多致命的撕咬之后，还能存活下来，真是难以置信。

我本能地绷紧身子保护自己，任何一个看到贾斯帕的吸血鬼都会有我这样的反应。这些伤疤就好像发光的警告牌，上面赫然写着两个大字：**危险。有多少吸血鬼想要置贾斯帕于死地？数以百计？数以千计？恐怕他们都被贾斯帕置于死地了。**

贾斯帕看到了也感到了我的猜度和警戒，他冷淡地笑了笑。

"就因为没让你在婚礼前照照镜子，爱德华可没给我好脸色看，"爱丽丝说道，将我的注意力从她可怕的伴侣身上移开，"我不想再挨他的训斥了。"

"训斥？"爱德华怀疑地问道，挑起一边的眉毛。

"也许我说得有些夸张。"她心不在焉地低语道，将镜子转到我面前。

"也许这一切只是为了满足你自己的好奇心。"他反驳道。

爱丽丝冲他眨了眨眼。

我对他们俩的谈话并没太在意，因为我正专注地看着镜子里的那个人。

我的第一反应是不假思索地开心。镜子里的陌生女子拥有无可厚非的美丽，同爱丽丝和埃斯梅的美丽如出一辙。尽管她一动不动地站立着，却看得出她似流水般轻盈的体态。她完美无瑕的脸蛋像皎月一样亮白，浓密的黑发围着她的脸。她的四肢平滑而强壮，皮肤像珍珠一样闪着微光。

我的第二反应是恐惧。

她究竟**是**谁？一眼看上去，我在这柔和、完美的容貌中根本看不到自己的脸。

还有她的眼睛！尽管我已经做好心理准备，但她的眼睛还是吓得我浑身颤抖。

在我仔细观察，做出反应的这段时间里，她的脸始终保持着平静，就像一尊女神雕像，丝毫没有显露内心的混乱与骚动。就在这时，她的嘴唇动了动。

"眼睛？"我轻声说道，不愿意说**我的眼睛**，"会持续多久？"

"几个月后，它们的颜色就会变深，"爱德华的语气温柔，抚慰人心，“动物的血液比人血更容易冲淡眼睛的颜色。它们先变成琥珀色，然后变成金色。”

我的眼睛会像邪恶的红色火焰一样燃烧几个月？

“几个月？”我紧张地提高嗓门。镜子里的她将信将疑地扬起漂亮的眉毛，眉毛下鲜红的眼睛闪闪发亮——比我之前看到的任何一双眼睛都要闪亮。

贾斯帕朝前走了一步，我突然爆发的强烈的焦虑情绪令他提高了警惕。他太了解年轻的吸血鬼了，难道我的这种情绪意味着我将犯错？

没有人回答我的问题，我朝爱德华和爱丽丝看去，他们俩的眼神都显得有些游离——这是对贾斯帕的不安做出的反应。爱德华在倾听贾斯帕不安的缘由，爱丽丝在预测不久的将来发生的事情。

我又深深地吸了口气，尽管没有呼吸的必要。

“没事，我很好，”我向他们保证道，我很快地瞅了一眼镜中的陌生人，然后又看向他们，“只是……一时间需要接受的事情太多了。”

贾斯帕眉头紧锁，左眼上的两道伤疤显得格外扎眼。

“我不知道。”爱德华轻声说道。

镜子里的女人疑惑地皱起眉头：“谁问了什么问题吗？”

爱德华咧嘴一笑：“贾斯帕问你是如何办到的。”

“办到什么？”

“控制你的情绪，贝拉，”贾斯帕回答道，“我从没见过新生吸血鬼能办到这件事——中止某种情绪。你刚才情绪焦躁，但是，当你看到我们很担心后，你抑制了这种情绪，重又控制住自己，恢复镇静。我本打算帮你，看来没这个必要了。”

“我这样做有错吗？”我问道。我等待着他的判决，不由自主地绷紧了身子。

“没有。”他说道，但他的声音里透露着一丝不确定。

爱德华轻抚我的手臂，似乎在鼓励我放松僵硬的身子：“做得非常好，贝拉，但是我们不了解这是怎么回事，我们不知道你能坚持多久。”

我想了一会儿，我随时有可能爆发？变成一个怪物？

我觉察不出有什么异样的情况将会发生……也许异样的情况是不可能被预测到的。

“你觉得如何？”爱丽丝有点不耐烦地问道，她指了指镜子。

“我不确定。”我没有直接回答她的问题，不想承认我有多么的惶恐。

我盯着那个双眼吓人的漂亮女人，想从她身上找到自己的痕迹。她的嘴唇确实有些不对头——先不管她倾国倾城的美貌，她的两片嘴唇稍微有些比例失调，上嘴唇比下嘴唇厚实许多。找到了这点熟悉的缺陷，我感觉好多了，也许我的其他特点也隐藏在这张面孔之中。

我尝试着抬起一只手，镜子里的女人也做了相同的动作，然后又像我一样摸了摸自己的脸，她鲜红的眼睛警惕地看着我。

爱德华叹了口气。

我扭头看着他，扬起一边的眉毛。

“有些失望吗？”我问道，清脆的声音镇定平静。

他笑了笑。“是啊。”他承认道。

震惊迎面袭来，打破了挂在我脸上的沉着面具，伤痛随之降临。

爱丽丝怒吼了一声，贾斯帕又朝前倾着身子，等待我的爆发。

爱德华没有理会他们，他用双臂紧紧地裹住我再次变得僵直的身体，深情地亲吻了我的脸颊。“你和我的思维应该比从前更加接近，所以我一直希望我能听到你的想法，”他轻声说道，“可是，还是老样子，我一无所获地站在这里，拼命地琢磨你的脑袋里究竟在想些什么。”

我顿时觉得心情好多了。

“哦，原来如此，”我轻松地说道，我的思绪依旧属于我自己，这让我感到非常欣慰，“我猜，我的脑袋永远不会正常运转，至少我现在是个美女了。”

我不断地调整自己，一切都变得更加容易，我可以同他开玩笑，可以毫无顾虑地思考，还可以做我自己。

爱德华在耳边低吼道：“贝拉，你从来都不只是美女这么简单。”

接着，他转过头，叹了口气。“好吧，好吧。”他在对另一个人说话。

“怎么了？”我问道。

“你让贾斯帕越来越焦躁不安了。如果你出去捕食的话，他也许能轻松一会儿。”

我看了看贾斯帕焦虑的神情，点点头。如果我真的要爆发，我不希望发生在这个房间里，最好是在森林里，我的周围是树木而不是深爱的家人。

“好吧，我们去捕食。”我赞同道，紧张和期待令我兴奋不已，胃里一阵痉挛。我松开爱德华的双臂，握住他的手，转身离开了镜子里那个陌生而美丽的女人。

初次狩猎

“从窗户出去？”我问道，朝楼下两层望了望。

我倒不是害怕高度本身，而是我现在能够清晰地看到所有细节，这令眼前的景象看上去并不那么诱人，楼下有棱有角的岩石比我想象中还要锋利。

爱德华笑了笑：“这是最方便的出口了。如果你害怕，我可以带你一程。”

“我们拥有永生永世的无限时光，你却舍不得花时间从这里走到后门？”

他微微皱了皱眉：“蕾妮斯梅和雅各布在楼下……”

“哦。”

对啊，我现在是个怪物。我必须远离那些有可能激发我野蛮一面的气味，特别要远离那些我深爱的人，甚至还有我不认识的陌生人。

“蕾妮斯梅……和雅各布在一起……好吗？”我轻声说道。我现在才意识到，楼下传来的那个不规则的跳动声一定是雅各布的心跳。我又竖起耳朵听了听，这回只听到一个稳定的脉搏声。“他不怎么喜欢她。”

爱德华的双唇奇怪地紧绷着：“相信我，她非常安全，我对雅各布的想法了如指掌。”

“当然了。”我嘟囔道，又朝楼下的地面瞅了瞅。

“望而却步了？”他使激将法。

“有一点，我不知道怎么……”

我很清楚，家人们都站在我的身后，静静地看着。大部分人都在静静地看着，埃美特已经按捺不住笑了一声。如果我犯一个错误，他一定会笑得在地上打滚，然后，关于这世界上绝无仅有的笨拙吸血鬼的笑话将四处流传……

还有，这件衣服——一定是在我被大火烧得神志不清的时候，爱丽丝给我穿上的——我绝对不会选择这样一身行头跳窗或者捕食。紧身冰蓝色丝绸？她让我穿上这个能派上什么用场？难道迟些时候会有一个鸡尾酒会？

“看着我。”爱德华说道，然后，他十分轻松地跨过敞开的长窗，跳了下去。

我仔细地看着，观察他膝盖弯曲的角度，分析如何更好地减小冲击力。他落地的声音低沉，是那种闷闷的撞击声，像大门轻轻关紧，也像厚书轻轻落在桌上。

这动作**看上去**并不难。

我咬紧牙关，集中精神，模仿他跨进半空中的轻松步子。

哈！地面似乎正在缓慢地向我靠近，速度如此缓慢，足以让我不费吹灰之力把双脚——爱丽丝给我穿的什么鞋子？细高跟皮鞋？她一定是疯了——把不合时宜的鞋子摆放到正确的位置，这样，从高处降落到地面就跟在平地上往前迈了一步没什么两样。

我用脚掌承受住巨大的冲击力，不想把细细的鞋跟折断。我落地似乎同爱德华一样安静，我冲他咧嘴一笑。

“没错，很容易。”

他也朝我笑了笑：“贝拉？”

“什么事？”

“你刚才的动作特别优雅——即便是对吸血鬼而言。”

我想了想他的话，然后喜笑颜开。如果他只是随口这么一说，埃美特一定会狂笑不已。但是，没有人觉得他的话很好笑，所以，他说的一定是真心话。在我整个生命过程中……或者说，嗯，整个生存过程中，这是第一次有人用“优雅”一词形容我。

“谢谢你。”我对他说道。

我脱下银色的缎面高跟鞋，将两只鞋一起掷向敞开的窗户。也许我用力过猛，它们险些砸坏窗户的镶板，还好有人在意外发生之前抓住了两只鞋。

爱丽丝嘟囔道:“她对时尚的品位并没有随着她的平衡力同步增长。”

爱德华牵着我的手——我忍不住惊叹于他光滑平坦、温度舒服的皮肤——飞奔穿过后院,来到了河边,我毫不费力地跟在他的身边。

身体上的一切动作似乎都非常容易。

“我们要游过去吗?”我们在河边停下脚步时,我问道。

“毁掉你漂亮的礼服?不,我们跳过去。”

我噘起嘴,寻思着,这里的河面大概有五十码宽。

“男士优先。”我说道。

他摸了摸我的脸颊,很快地向后退了两大步,然后朝前快速飞跑,踏上一块牢牢地嵌入河岸的扁平石头,将自己像火箭一样发射出去。他在河面上跳成一个弧形,我仔细地观察着他闪电般迅速的动作。当他快要到达河对岸时,他在空中翻了个跟头,最后消失在茂密的树林中。

“炫耀。”我咕哝道。我听到了他的笑声,但没看见他。

我向后退了五步,以防万一,深深地吸了口气。

突然间,我又感到非常担心,并不是担心摔倒或者受伤——我更担心树林受伤。

一股力量正慢慢地形成,我现在就能感觉到它——原始而强大的力量注入我的四肢。一时间,我十分确信,如果我想在河底下挖条隧道,连抓带刨地开辟出一条道来穿过河床,我花不了多长时间就能大功告成。我周围的事物——树林、灌木丛、岩石、房子等——看上去都弱不禁风。

真希望对岸的森林里没有埃斯梅特别中意的树木。我朝前迈出第一步,却不得不停了下来,紧贴大腿的绸缎裂开了六英寸长的口子。爱丽丝!

嗯,爱丽丝对待衣服的一贯原则似乎是:随意性使用、一次性使用,她应该不会在意我弄破这件礼服。我弯下腰,小心翼翼地抓起右腿边的绸缎,完好无损的线缝正好在我的两手之间,我尽量使出最小的力气，将礼服一直撕裂到大腿根。接着，我又将另一边的绸缎也撕到相同的高度。

舒服多了。

我听到房子里传来的闷笑声，甚至还听到某人咬牙切齿的声音。笑声来自楼上，也来自楼下，我很容易就辨认出一楼那个与众不同、粗犷嘶哑的笑声。

这么说，雅各布也在看？我无法想象他现在在想些什么，他还待在这里做什么。我曾幻想在遥远的未来——如果他肯原谅我——我们能重修旧好。到那时，我会变得更稳重可靠，而且，时间已经治愈了我给他心里造成的创伤。

我没有转身朝他看去，以防我的情绪摇摆不定。让一种情感长时间地控制我的心绪并不是件好事，迟早会爆发出来。贾斯帕所担心的事情也是我的心头之患，我必须在处理其他事情之前完成捕食。于是，我竭尽全力忘掉周围的一切，这样我才能集中注意力。

“贝拉？”爱德华在树林中呼唤我，他的声音越来越近，“你还想再看一遍吗？”

我当然清清楚楚地记得每一个细节，而且我不想再给埃美特理由来变本加厉地嘲弄我的学习过程，这是身体上的动作，应该完全出自本能。我深深地吸了一口气，朝河面飞奔过去。

摆脱了裙子的束缚，我只需跳一大步就到了河边，花了不到一秒钟的时间，但已经耗时够久了——我的双眼和思维迅速运转，一步足矣。我用右脚踏上扁平的石头，然后向石头施加足够的压力，将我的身体推到空中，这一连串动作很简单。我更关注的是目的地而不是力量，于是在使出适当的力量这一问题上犯了个错误，但至少我没有错到让自己掉进河里，跳越五十码的宽度对我来说**太**轻松了……

整个过程奇异玄幻、激动人心，但也转瞬即逝。只用了一秒钟，我就到达了河对岸。

我原以为茂密的树林会给我带来麻烦，但没想到它们倒帮了我一个忙。我开始朝地面坠落，进入了树林中，我伸出一只手，牢牢地抓住一根结实的枝条，这一连串动作也很简单。我轻轻摆荡了一下，然后稳稳地落在一棵西加云杉[①]的宽大树枝上，距离地面还有十五英尺。

真是难以置信。

我开心地笑了起来，笑声响亮如铃。我听见爱德华正朝我飞奔而来，我这一跳是他的两倍远。他来到我站立的这棵云杉边，瞪大了双眼。我敏捷地从树枝上跳到他身边，悄无声息地用脚掌落地。

“我做得好吗？”我问道，激动地喘着粗气。

“非常好。”他赞许地笑道，不经意的语气同他眼神中的诧异毫不匹配。

“能再来一次吗？”

“集中精神，贝拉，我们是出来捕食的。”

“哦，对了，”我点了点头，“捕食。”

“跟着我……如果你跟得上的话。”他咧嘴一笑，脸上突然流露出嘲弄的表情，他即刻飞跑起来。

他的速度比我快。无法想象他的双腿怎么能如此迅速地移动，我实在学不会，但是，我现在比他强壮，我每跨一步相当于他三步的距离。我同他一起穿过密密麻麻的树丛，我一直跑在他的身边，而不是跟在他的身后。我一边跑，一边止不住地轻笑，惊叹于自己奔跑的速度，笑声没有减缓我的速度，也没有分散我的注意力。

我终于明白为什么爱德华在飞跑的时候不会撞到树——这个问题在我心头一直是个谜。吸血鬼拥有特别的感觉，能平衡身体的速度与视觉的清晰度。我在茂密的绿林中穿梭奔跑、上下蹿跃，我的速度之快本应该让周围的一切都变成模糊的绿影，但是，我却能清清楚楚地看到我所经过的每一棵不起眼的灌木，看到灌木上每一根细小的枝丫，看到枝丫上每一片微小的叶子。

风吹着我的头发和撕裂的裙子，将它们吹向我的身后。我知道自己不可能再有这些感觉，但我仍感觉到风暖暖地轻拂着皮肤，赤脚之下高低不平、杂草丛生的地面像天鹅绒一样温软，擦身而过的枝条如

---

① 西加云杉，英文名为 Sitka spruce，主要生长在美国加利福尼亚州北部到阿拉斯加的沿海线上，木质密度大，木纹笔直，具有很高的强度。

羽毛般柔顺。

树林里充满生机，比我想象中还要生气勃勃——我身旁的树丛里满是一些我不认识的小动物。我们经过的时候，它们都变得十分安静，因为害怕而呼吸加速，动物们对吸血鬼气息的反应要比人类聪明得多。当然了，我是个反例。当我还是常人的时候，吸血鬼的气息对我具有无限的吸引力。

我以为自己会上气不接下气，但是我始终能毫不费力地呼吸。我以为自己会肌肉酸疼，但是我的力量似乎在不断增强，我渐渐适应了这样的大步飞奔。我每一步跳跃的距离越来越长，过了不久，他开始竭尽全力跟上我。我听见他被我甩在身后，不禁兴奋地大笑起来。我的赤脚接触地面的频率越来越小，感觉我像在飞翔而不是奔跑。

“贝拉。”他不露声色地叫道，声音平静、舒缓。我听不到其他声音了，他已经停了下来。

我想叛变，扔下他一个人跑掉。

但是，我叹了口气，飞速旋转身子。我们之间相隔数百码，我轻快地跳到他身边，我满怀期待地看着他。他满脸笑容，挑起一边的眉毛。他是如此俊美，我舍不得把视线移开。

“你是打算留在本国呢，”他打趣地问道，“还是计划一路飞奔直到下午抵达加拿大？”

“这太好了。”我赞同道，其实我没太在意他说了些什么，我更专注于他说话时迷人的嘴唇。我灵敏而崭新的眼睛所看到的一切都是那么新鲜，想要完全集中精神简直太难了。“我们捕食什么？”

“麋鹿，我想，第一次还是让你尝试点容易的……”我听到容易一词，不禁眯起眼睛，他的说话声也渐渐消失。

但我不想与他争辩，我现在饥渴难忍。一想到喉咙里火烧火燎的疼痛，它便占据了我的整个脑海，愈演愈烈。我感到口干舌燥，这感觉就像是在六月份的下午四点钟置身于死谷[1]之中。

“在哪儿？”我问道，不耐烦地扫视着周围的树丛。我的所有注

① 死谷，英文名为Death Valley，位于美国西南部，是世界最干最热的地区之一。

意力都集中在饥渴感上，它似乎在侵蚀我脑中的其他想法，浸染那些更愉快的思绪：奔跑、爱德华的双唇、热吻……灼身的饥渴，我无法摆脱它。

“静静地等一分钟。”他说道，双手轻轻地搭在我的肩膀上，急迫的饥渴感在他的轻抚下似乎暂时消退。

“闭上眼。”他轻声说道，我合上眼睛，他抬起手抚摸我的颧骨。我感觉自己呼吸加快，等着那股不可能涌出的暖流让我满面通红。

“仔细听，”爱德华指引道，“听到了什么？”

一切，我可以这样回答他，他动听的说话声，他的呼吸声，他说话时嘴唇一张一合的声音，鸟儿在枝头啄理羽毛的轻响，枫叶沙沙作响，邻近树皮上长长一列蚂蚁窸窸窣窣。但我知道，他指引我听的是一个特殊的声音。我让听觉向外延伸，搜寻别的声音，这声音一定不同于我周围生命发出的细微声响。在我们附近有一个宽敞的地方——平坦草地上的风声听上去不太一样——有一条小溪，溪水下面是坚硬的岩石。我听到了，就在潺潺溪流旁边，舌头舔嘴唇的啪啪声、心脏跳动的怦怦声、血液流动的汩汩声……

我的喉咙似乎被什么东西堵住了。

“东北方向，小溪边？”我问道，我的双眼仍然紧闭。

“对。”他的语气中带着赞许，“现在……等着微风吹过……闻到了什么？”

他的气味——他那混合着蜜汁、丁香花和阳光味道的奇异香味，还有泥土中腐木和苔藓浓厚的气味、常青树的树脂味、躲在树根下的小型啮齿类动物散发出的温暖并带有坚果味道的香气。我又将嗅觉向外延伸，闻到了清水的味道，尽管我无比饥渴，这个味道竟然对我毫无吸引力。我越过溪水，找到了另一种气味，这气味一定与刚才听到的舔唇声和心跳声相关。这个温暖的气息浓郁而刺鼻，盖过了其他气味，但是，它就像溪水的气味一样没有引发我的任何兴趣，我吸了吸鼻子。

他笑出声来：“我了解——过一段时间才会习惯。”

“三只？”我猜道。

“五只，还有两只在它们身后的树林里。”

“我现在做什么？”

他边笑边说道：“你想做什么？”

我想了想，我闭着眼聆听刚才听到的声音，吸入一口刚才闻到的气息。一股强烈的饥渴感再次闯入我的意识中，那阵温暖、刺鼻的气味突然变得不那么令人反感了。至少在我干燥的嘴里，它会显得鲜热、湿润，我猛地睁开眼。

“不要多想，”他建议道，然后从我脸上挪走双手，向后退了一步，“跟着本能走。”

我顺着气味移动身子，我几乎没有意识到自己的动作，像飘移的幽灵一样走下斜坡，来到一片狭长的草地上，旁边有一条小溪流过。我在树林边缘的蕨蔓旁停下脚步，我的身体不由自主地微微前倾呈蹲伏姿势。我看见小溪边有一只肥硕的雄鹿，他头上的鹿角分成二十多个枝丫，像一顶王冠。另外四只身上带有暗色的斑点，它们慢悠悠地走进东边的树林。

我全神贯注，专注于雄鹿身上散发出来的气味，还有他毛茸茸的脖子上最炙热的一处地方，那是温暖的脉搏跳动最为强烈的地方。我们之间只有三十码的距离——跳跃两三下就能到达，我绷紧身子，准备第一跳。

正当我蓄势待发的时候，风力和风向发生了改变，从南边吹过来的风比之前刮得更猛。我没有多想，选择了一条与原计划的方向垂直的道路冲出树林。受惊的麋鹿躲进了树林里，我循着一个新出现的气息飞奔，这气息如此诱人，我不由自主地跟着它，完全出自本能。

这气味彻底控制了我，我追踪它，心中别无杂念，只有饥渴和能够遏制饥渴的气味。饥渴感越来越强烈，令我痛苦不堪，似乎将我的其他思绪全部挤出脑外，这种感觉让我回想起毒汁在血管里燃烧的灼痛。

如今只有另一种本能有可能穿透我的注意力，这种本能更强烈，比熄灭饥渴之火的本能更原始——这便是自我保护、远离危险的本能，自卫本能。

我突然警觉到，有人在跟踪我。无法抵挡的气味将我向前拉，转身自卫的冲动将我往后扯，两种本能激烈地交战。一股怒气在我胸中翻腾，我下意识地翘起双唇，露出锋利的牙齿。我放慢脚步，提防危险的本性同遏制饥渴的欲望不断抗争。

我听见跟踪者越来越近，自卫战胜了饥渴。我飞转身子，积蓄在胸中的怒气化为一声怒吼穿过喉咙喷涌而出。

野性的咆哮声如此出人意料，连我自己都震惊不已，立即止住怒吼。它令我心神不安，却也让我的头脑得到了片刻的清闲——饥渴感引发的欲望消退了，但疼痛仍在灼烧。

风向又变了，风夹着湿土的气息和飘落的雨点吹打着我的脸颊，也吹散了那股诱人的气息，将我从它炽热的束缚中解脱出来——只有人类才能散发出如此美味的气息。

爱德华犹豫不决地站在数英尺之外，他张开双臂，似乎是要拥抱我，或者是要拦住我。我一动不动地站在原地，满脸惊恐，他露出关切而谨慎的表情。

我意识到，我刚才差点儿攻击了他。我猛地一抖，直起防御时蹲伏的身子。我重新集中精神，屏住了呼吸，以防那股威力强大的气味从南边卷土重来。

他发现我恢复了理智，放下手臂，朝我走了一步。

“我必须离开这里。”我用憋住的一口气急促地说道。

他的脸上闪过一丝讶异：“你**可以**离开吗？”

我没有时间问他这话是什么意思。我知道，我拥有清醒思考的能力，但前提条件是我能让自己停止想念那个……

我又飞奔起来，以最快的速度朝正北方飞奔。现在，我的脑袋里只装着一件事，就是失去感官知觉后的不适感，这种感觉丧失也许是我的身体在缺氧情况下的唯一反应。我的目标是跑得越远越好，远到我完全不能闻到那股气味，远到即使我改变了主意，也没办法找到它……

我再一次感到有人跟踪我，但我不像上回那样冲动。我强抑住需要呼吸的本能——从空气中的味道就知道是爱德华跟在我身后。其实我没有必要挣扎那么久：尽管我比之前跑得更快，尽管我像彗星一样在林间最直的小道上飞驰，爱德华还是很快就追上了我。

这时，我意识到一个问题。我突然停下脚步，一动不动地呆立着。我确信这里很安全，但我还是屏住呼吸，以防万一。

爱德华从我身旁闪过，被我戛然而止的举动惊呆了。他飞速转过身，一瞬间就来到我身边。他把双手搭在我的肩膀上，注视着我的双眼，他的脸上仍挂着讶异的表情。

“你是怎么办到的？”他问道。

“你之前是故意让我赢你的，对吗？”我没有理睬他的提问，反问道，我刚才还以为自己有多棒呢！

张嘴说话的时候，我尝到了空气中的气味——没有任何异味，丝毫没有诱人的气味来折磨我的饥渴感，我小心翼翼地吸了口气。

他耸了耸肩，摇摇头，不愿让我岔开话题：“贝拉，你是怎么办到的？”

“你是说逃走吗？我屏住了呼吸。”

“但你怎么会停止捕食呢？”

“你跟在我身后……对于这件事，我非常抱歉。”

“为什么对我道歉？是我自己太粗心大意了，我以为这么深的林子里不会有人类，我事先应该核实一下。真是个愚蠢的错误！你不需要道歉。”

“但是我冲你吼了！”我的身体竟然能够展现出如此凶猛的一面，我仍为此震惊不已。

“你当然会吼，这是再自然不过的反应了，但我不能理解你怎么可以逃走。”

“我还能怎么做呢？”我问道，他的态度让我疑惑——他希望发生什么事情呢？“说不定那是个我认识的人！”

他惊讶地看了看我，突然仰头大笑，响亮的笑声在树林里回荡。

“为什么笑话我？”

他立刻止住笑，看得出来，他又变得小心谨慎。

控制住情绪，我默默地对自己说道。我必须留意我的脾气，就好像我是个年轻的狼人而不是吸血鬼。

“我并不是笑话你，贝拉。我笑是因为我倍感震惊，而我震惊是因为这一切太难以置信了。”

“为什么？”

“你不应该是这个样子，你不应该如此……如此理智，你不应该冷静镇定地站在这儿和我讨论问题。还有，最最重要的一点是，你不应该在闻到人血的气味后还能克制住捕食的欲望。连成熟的吸血鬼都很难做到这一点——我们总是非常小心地选择捕食地点，以防受到任何诱惑。贝拉，你的一举一动看上去仿佛是几十岁而不是几天大的吸血鬼。”

“哦。”但我明白这将是一个艰辛的过程，所以我之前才会那么警醒。我已经预感到重重困难。

他又捧起我的脸，眼里充满了好奇：“我愿意付出一切代价，只为看清楚此时此刻你心里的想法。”

如此强烈的情感。我已准备好迎接饥渴感的挑战，却忽略了这种渴望。我还以为，他再次抚摸我的时候，我会有不同于之前的感觉。嗯，实际上，确实不同于之前。

它变得更加强烈。

我伸出手，轻抚他脸上分明的轮廓，我的手指在他的双唇上徘徊。

“我以为，我在很长一段时间里都不会有这种感觉？”我的不确定让这句话变成了一个问题，“但是，不是那样的。”

他惊讶地眨了眨眼：“你怎么可能专注在这件事上？你不是饥渴难忍吗？”

是啊，我现在确实饥渴难忍，他又提醒了我！

我咽了口唾沫，叹了口气，闭上双眼，像刚才一样凝神静气。我让我的感官向四周延伸，但比之前更加小心翼翼，以防又碰到美味却禁忌的气息而引发惨剧。

爱德华放下双手，他在我身边屏住呼吸。我的听觉延伸到越来越远的地方，进入到孕育着无数生命的绿林之中。我在各种各样的气味和声音中搜寻，搜寻着我的饥渴感不太排斥的某种东西。从东面，隐隐约约传来了与众不同的气味和声音……

我猛地睁开眼睛，转过身，安静地朝东面飞奔而去，我仍然全神贯注于我越来越敏感的感官。地形突然转变成向上的陡峭斜坡，我摆出捕食时的蹲伏姿势，几乎是贴着地面前行。我感觉到，而不是听到，爱德华跟着我，静静地在树林中穿行，让我在前面带路。

随着地势逐渐变高，树木越来越少，树脂和松香的气味越来越浓烈，我追踪的那个气味越来越明显——这也是个温暖的气味，但比起麋鹿来更加刺鼻、更加诱人。几秒钟过后，我听到巨大的脚掌所发出的沉闷脚步声，比鹿蹄踩地的声音更加细微。声音是从高处传来的——在树枝上，而不是在地面上。我不由自主地也跳上树枝，栖在一株高大银杉的半中腰位置，占据了战略高点。

轻柔的脚掌声依旧悄然，而这次是从我的身下传来，浓郁的气味近在咫尺。我的眼睛搜寻着跟这个脚步声相匹配的身影，这时，我看见左下方有一只茶色的大猫在云杉宽厚的树丫上移动。它身形硕大，是我身体的四倍。它警惕地盯着树下的地面，巨猫也在捕食。我又闻到了另一种气息，是更小的动物身上散发出来的气味，那个小动物躲在树下的灌木丛里。同我猎物的气味相比，这股新出现的气息显得非常柔和。狮子的尾巴像痉挛一样骤然一抖，它准备出击了。

我轻轻跳起，跃入空中，落到狮子所在的树丫上。它察觉到大树的抖动，迅速地转过身，发出惊讶而挑衅的尖叫。它慢慢地朝我爬过来，明亮的眼睛充满愤怒。饥渴感几乎令我疯狂，我无视眼前暴露无遗的尖牙和锋利的兽爪，朝它猛扑过去，我们一起落在树林的地上。

这算不上是一场搏斗。

它的爪子就像轻抚而过的手指，没能在我的皮肤上留下任何痕迹。它的牙齿无法咬动我的肩膀和喉咙。它的硕大身形更不可能对我构成任何威胁。我的牙齿毫无偏差地刺进它的喉咙，它本能的反抗在我的强力之下显得微不足道，我轻松而精准地咬住那个热血集中的地方。

这就同咬黄油一样容易，我的牙齿如片片钢刀，它们直入血管，就好像它身上的皮毛、脂肪和肌腱并不存在。

鲜血的味道并不那么可口，但是它炽热、湿润，立刻安抚了我狂野难耐的饥渴感，我如饥似渴地吮吸着。巨猫的反抗变得越来越无力，它的吼声也被血流的汩汩声切断。鲜血的温暖遍及我的全身，甚至连我的手指尖和脚趾都感到温热。

狮子在我吸干它的血之前就死掉了，等它的尸体变得干涸，饥渴之火再次燃烧，我厌恶地从我身上推开它的尸体。消灭了这么一只庞然大物，我怎么还会感到饥渴呢？

我迅速地站直身子，这时我才意识到自己又脏又乱。我用手臂揩去脸上的污垢，又整了整衣服。锋利的兽爪没能在我的皮肤上发挥作用，倒是在薄薄的绸缎上留下了成功的印记。

“嗯。”爱德华说道。我抬眼看见他随意地靠在一棵树干上，若有所思地看着我。

“我想，我应该表现得更好些。”我满身泥土，头发蓬乱，裙子破烂不堪、血迹斑斑。爱德华每次捕食后回到家中可不是这副模样。

“你表现得相当好，”爱德华确定地告诉我，“只是……让我在一旁观战实在不是件易事，比想象还要难。”

我疑惑地抬起眉毛。

“让你同狮子相互厮杀，”他解释道，“实在有违我的意愿，我担心得连恐惧症都发作了。”

“笨蛋。”

“我知道，江山易改，本性难移嘛。不过，我喜欢这件改装后的礼服。”

换成以前，我肯定又面红耳赤了，我换了个话题：“我为什么仍感到饥渴？”

“因为你是新生吸血鬼。”

我叹了口气：“我想，这附近再也找不到美洲狮了。”

“但是，有许多鹿。”

我扮了个鬼脸：“它们不如狮子味美。”

“因为它们是食草动物，食肉动物更接近人的气味。”他解释道。

“远不及人类的味美。”我反对道，努力不去回想人类的气味。

"我们可以折回去找到刚才那个人，"他严肃地说道，但是他的眼神中却带有一丝逗弄的意味，"不管那个人是谁，只要他是个男人，他绝对不会介意死在你的手上。"他又将我破烂不堪的裙子打量了一番，"事实上，他一看到你，就会以为自己已经死了，而且进了天堂。"

我转了转眼珠，哼了一声："我们去捕食那些臭烘烘的食草动物吧。"

我们在回家的路上碰到了一大群长耳鹿。既然我已经熟练地掌握了捕食技巧，他决定陪同我一起出击。我捕获了一只硕大的雄鹿，就像之前对付狮子一样，我又把自己弄得满身狼藉。等我吸完第一只战利品，他已经消灭掉两只，他的头上没有一根翘起的乱发，白衬衣上没有一点血迹。我们追逐着受到惊吓而散开的兽群，这一回，我没有捕食，而是在一旁仔细地观察他，看他怎么能够如此优雅地捕食。

当我还是常人的时候，我总不希望爱德华抛下我独自去捕食，但说实话，他不带我去捕食，我反而感到一些慰藉。因为我确信那种场面一定充满血腥暴力，惊心动魄。看着他捕食会让我真实地感觉到他是个吸血鬼。

当然了，如今站在吸血鬼的角度看这个问题，答案完全不同。不过，即使我当初真的看到爱德华捕食，也不会像现在这样清楚地欣赏到其中的美丽。

观赏爱德华捕食是一场惊人的感官体验，他流畅迂回的一连串跳跃就像蜿蜒前行的蛇；他的双手牢固有力，手到擒来；他的双唇厚实完美，微微张开，露出闪亮的白牙齿，他真是光彩照人啊。强烈的自豪感和欲望突然向我袭来，他是**我的**。从现在开始，没有什么能让他与我分离；而我力量强大，没有什么能把我从他的身边割裂开。

他的速度非常快，他朝我转过身，好奇地盯着我心满意足的表情。

"不饿了吗？"他问道。

我耸了耸肩："你让我分神了，你的捕食本领比我强多了。"

"我可是经历了数百年的操练。"他笑了笑，他的眼睛变成了美丽的蜜黄色，特别吸引人。

"只有一百年而已。"我纠正道。

他大声笑起来："今天的捕食到此为止呢，还是继续下去？"

“到此为止吧。”我觉得很饱了，甚至觉得有点撑了。我不确定自己的身体还能容下多少液体，但是，喉咙里的灼热已经减弱了。我再次意识到，饥渴感已经成为我今后生活中不可避免的一部分。

但这非常值得。

我感觉到了自控能力，也许我的安全感出了差错，但是我今天没有杀害任何人，这确实让我感到十分高兴。我连完全陌生的人类都不会伤害，难道会去伤害狼人和我深爱的半吸血鬼孩子吗？

“我想见蕾妮斯梅。”我说道。既然我的饥渴感已经减弱（即便没有消除），早些时候的担忧重又绕上心头，我想在我陌生的女儿和三天前我深爱的那个小生命之间画上等号。她已经不在我的身体里面，这种感觉既奇特又不正常。突然间，我感到一阵空虚和不安。

他朝我伸出手，我握住它，他的皮肤比之前更加温暖。他的脸颊上隐约带有红晕，眼睛下的黑眼圈也消失不见了。

我忍不住又轻抚一遍他的脸颊，一遍又一遍。

我注视着他闪闪发亮的金色眼睛，几乎忘记了我在等待他的答复。

我踮起脚，张开双臂搂住了他，轻轻地搂住了他。这简直同远离人血的气味一样困难，但我的脑海中牢牢地印刻着小心谨慎的原则。

他一刻也没有迟疑，他的双臂紧紧地搂着我的腰，将我的身体拉近他的身体。他的双唇压在我的双唇之上，猛烈但却感觉非常柔软。我的双唇不再像从前那样一碰到他的唇就变了形，它们现在也有了自己固定的形状。

像以前一样，他的皮肤、他的双唇、他的双手触摸着我，就好像穿透了我光滑而坚硬的皮肤，直接触摸到我新生的骨头，触摸到我身体的最深处。我从没料到，我对他的爱会比从前更加强烈。

换成从前，我脆弱的心不能负担这么厚重的爱，我迟钝的脑不够承载这么丰富的爱。

也许，在我的新生命中，我对爱德华的爱正是被强化了的一部分，就像卡莱尔的同情心、埃斯梅的奉献精神。也许，我永远不会像爱德华、爱丽丝和贾斯帕那样拥有一些有趣或特别的技能。也许，世界历史中没有人能像我爱爱德华一样爱另一个人。

这一点我还能接受。

我记得这些动作——将我的手指伸入他的头发中，抚摸他——但是其他动作都是那么新鲜。他也和从前大不相同，爱德华如此毫无顾忌、如此强烈有力地亲吻我，这是一个完全不同于从前的经历。我回应着他的热吻，突然间，我们俩摔倒在地。

“糟糕，”我说道，他被我压在身下，笑了起来，“我不是故意要推倒你的，你还好吧？”

他轻抚我的脸颊：“比还好稍微好那么一点点。”这时，他的脸上露出困惑的表情，“想见蕾妮斯梅吗？”他不确定地问道，想要弄清楚我此刻最想要做什么。这个问题很难回答，因为我在同一时刻想做的事情实在太多了。

我看得出来，他并不反对我们迟些时候再回家，而且，他的皮肤接触着我的身体，我很难考虑其他事情。但是，我对蕾妮斯梅出生前和出生后的回忆变得越来越像一场梦境，越来越不可信。我对她的所有回忆都是人类记忆，摆脱不掉人造的虚幻。我从没有亲眼见过她，从没有亲手抚摸她，一切似乎都不真实。

随着时间流逝，那个小小陌生人的真实性在不知不觉中渐渐淡化。

“我想见蕾妮斯梅。”我肯定地回答道，心中有些悔恨。我拉着他，迅速地站起身来。

承　诺

我想着蕾妮斯梅，她成了我那奇异、崭新、宽敞却容易分神的脑海中的核心人物，我有太多的问题要问。

“给我讲讲她的事情。”我要求道，我们俩手牵着手，但几乎没有放慢前行的速度。

“她不同于这世界上的任何人。”他告诉我，他的声音里又出现了那种宗教信仰般虔诚的感情。

我突然萌生了强烈的嫉妒之感。他了解她，而我却对她一无所知，这太不公平了。

“她长得像你吗？还是长得像我？或者，长得像从前的我？”

“似乎都有点像。”

“她的身体里流淌着热血。”我回忆道。

“是的，她拥有心跳，但是比一般人类的心跳速度稍微快一点。她的体温也比一般人要稍微高一点，她需要睡眠。”

“真的？”

“对一个新生儿来说非常健康，我们是世界上唯一一对不需要睡觉的父母，而我们的孩子已经可以整晚安睡了。”他咯咯地笑道。

我喜欢听他说“我们的孩子”，这个定义让她显得更加真实。

“她继承了你眼睛的颜色——这么看来，你并没有失去你身体的那一部分特点，”他冲我笑了笑，“她的眼睛特别美丽。”

“她具有吸血鬼的什么特点？”我问道。

“她的皮肤似乎同我们的一样坚硬，不过没有人想要验证这一点。”

我朝他眨了眨眼，显得有点惊讶。

“当然没有人想要验证这一点，”他又向我保证道，“她的饮食……

嗯，她喜欢喝鲜血。卡莱尔尝试说服她喝一些婴儿配方奶，但她不太喜欢。我可不愿意责备她——那些东西太难闻了，即使是人类自己喝也会觉得恶心。”

我目瞪口呆地看着他，他刚才的话听起来像在说，卡莱尔和蕾妮斯梅交谈过：“说服她？”

“她非常聪明，聪明得让人震惊，而且，她的成长速度奇快。虽然她……还……没有说话，但她的交流方式相当有效。”

“还……没有……说话。”

他放慢前行的速度，让我完全理解话里的意思。

“她的交流方式相当有效？这是什么意思？”我问道。

“我想，还是你自己……亲眼看看比较容易理解，用语言很难描述。”

我仔细地想了想，我知道，在一切成为现实之前，我必须亲眼目睹很多事情。我不确定自己还能承受多少关于蕾妮斯梅的奇事怪事，于是，我转换了话题。

“雅各布为什么还待在这里？”我问道，“他怎么能忍受得了？他为什么要忍受这一切？”我清脆的声音显得有些颤抖，“他为什么还要遭受更多的痛苦？”

“雅各布没有受苦，”他的语气变得很奇怪，“尽管我很愿意让他吃点苦头。”爱德华咬牙切齿地补充道。

“爱德华！”我尖声叫道，猛地拉住他停下脚步（我感到一阵得意，我竟然有能耐拉住他），“你怎么可以这么说？雅各布放弃一切保护我们！我让他经历的……”想起那段充满羞愧和内疚的模糊往事，我不禁缩了缩身子。那个时候我是那么需要他，现在想起来觉得有些奇怪。他不在身边时的缺失感现在已经荡然无存，那一定是人性的弱点。

“你会明白我为什么这样说，”爱德华嘟囔道，“我对他承诺过，让他自己对你解释，但我认为，你会和我的反应一样。当然了，我总是猜不透你的想法，不是吗？”他噘起嘴，看着我。

“对我解释什么？”

爱德华摇了摇头："我承诺过了，虽然我不知道自己是不是真的还欠他什么……"他咬紧了牙齿。

"爱德华，我不明白你在说什么。"沮丧和愤怒占据了我的头脑。

他轻抚我的脸颊，温柔地笑了笑。我的脸恢复了平静，欲望在瞬间战胜了烦恼。"我知道，你只是表现得很轻松，其实控制住情绪非常难，我记得那种感觉。"他说。

"我不想被蒙在鼓里。"

"我明白，那么，我们赶紧回家，你就能亲眼目睹这些事情。"当他说到回家的时候，他的眼睛打量着我身上破烂不堪的礼服，他皱了皱眉头，"嗯。"他寻思了一会儿，然后脱下他的白色衬衣，给我穿上。

"有那么糟吗？"

他一脸诡笑。

我将双臂滑进他的衣袖里，迅速地扣上扣子，遮住了破烂不堪的紧身礼服。当然了，这就意味着他无衣蔽体，这个时候不能集中精神实属正常。

"我要和你比赛，"我说道，然后警告他，"这回不许谦让！"

他松开我的手，咧嘴一笑："各就各位……"

寻找回家的路非常简单，比以前沿着查理的街道回家更简单，我们之前留下的气味成了清晰而易认的路标。尽管我以全速向前飞奔，但仍可以寻到这些痕迹。

在我们到达河边之前，爱德华一直领先。我抓住机会，在他之前跳跃起来，想利用我充沛的力量战胜他。

"哈！"我听见我的双脚先落在了草地上，激动地叫了起来。

在倾听他的落地声时，我听到了一个出乎意料的声音。这声音响亮，离我们十分近，是怦怦跳动的心脏。

爱德华立刻站到我的身边，他的双手像钳子一样紧紧抓住我的手臂。

"别呼吸。"他急迫地提醒我。

我止住呼吸，一动不动地立在那儿，努力保持镇定。我的全身上下只有双眼在运动，它们本能地四处张望，寻找声音的源头。

雅各布站在树林和卡伦家草坪的交界线上，他双臂交叉抱在胸前，紧紧地咬着牙齿。从他身后的树林里传来两个更强的心跳声，还有硕大脚掌下蕨枝轻微的断裂声。

“小心点，雅各布，”爱德华说道，树林传出一声怒吼，回应了他声音里的担心，“也许这不是最好的方式……”

“你认为最好的方式是让她先接近孩子，对吗？”雅各布打断了他的话，“先看看贝拉如何对待我吧，这样更加安全，我康复的速度极快。”

这是一项测试？在我安全地接近蕾妮斯梅之前，先测试一下我会不会杀死雅各布？我感到一阵莫名的恶心，跟我的胃没有任何关系，只跟我的脑袋有关，这是爱德华的点子吗？

我焦虑地瞅了瞅他的脸。爱德华似乎犹豫了一会儿，接着，他的表情由担心转变成别的什么东西。他耸了耸肩，再次开口说话时，声音里潜藏着一丝敌意：“我想，她会咬你的脖子。”

树林里的咆哮声显得怒不可遏，我敢肯定，是里尔。

爱德华怎么了？我们经历了这么多事情，难道他不应该对我最好的朋友表达一点点善意吗？我曾以为——也许我的想法太愚蠢——爱德华现在也算是雅各布的朋友，我一定看错他们了。

可是，雅各布在做什么呢？他为什么要拿自己当实验品来保护蕾妮斯梅呢？

我实在被他弄糊涂了，即使我们之间的友谊能维持下去……

当我的视线同雅各布的碰到一起时，我想也许我们之间的友谊真的能维持下去。他看上去还是我最好的朋友，但是，发生改变的那个人不是他。在他眼里，我现在是什么样子呢？

这时，他露出那张熟悉的笑脸，那是老朋友之间默契的笑容，我确信，我们之间的友谊完好无损。就同从前一样，我们俩逗留在他自建的修车库里，两个好朋友一起消磨时光。一切都是那么惬意、正常。我又一次注意到，从前对他产生的那种奇怪的需求感现在已经荡然无存。他只是我的朋友，我们之间就应该是这个样子。

但是，这也不能解释他现在的所作所为啊。难道他真的非常非常无私，他想保护我——用他自己的生命——在无法控制的爆发发生时，不让我做出一件令我永生永世痛苦、后悔的事情？这样的举动远远超过了我的要求，我只希望他能容忍我变成吸血鬼，能继续和我做朋友。雅各布是我认识的大好人之一，可是，他送这样一份厚礼，我恐怕不能接受。

他笑得更开心了，身子微微抖了抖："我不得不说，贝儿，你像在上演一场畸形秀。"

我冲他咧嘴一笑，很快习惯了我们之间的交流方式，这才是我能够理解的雅各布。

爱德华怒吼道："注意点，狗杂种。"

身后吹来一阵风，我迅速地往肺里吸入不带异味的空气，这样我才能开口说话："不，他说得没错，眼睛确实很恐怖，对吗？"

"超级恐怖，但是，比我想象中的要好多了。"

"天哪，谢谢你惊人的夸奖！"

他转了转眼珠："你知道我是什么意思，你看上去还是你——差不多还是你。也许外貌上不太像……你仍是贝拉。我原本以为，你变成这副样子以后，我会感觉不到你的存在。"他又朝我笑了笑，脸上没有一丝痛苦和厌恨，然后，他咯咯笑出声来，说道，"不管怎样，我想我很快就会适应你的这双眼睛。"

"你会吗？"我疑惑地问道。我们还是好朋友，这好极了，但是，我们好像不太可能会经常待在一起。

他的脸上闪过最最奇怪的表情，笑容随即消失。这表情几乎是……愧疚？接着，他的视线转向了爱德华。

"谢谢，"他说道，"我原不相信你会瞒着她，不管你有没有对我承诺。一般情况下，她想要什么你都会给他。"

"也许我是希望她在一怒之下让你永远消失。"爱德华暗示道。

雅各布哼了一声。

"发生了什么事？你们俩有秘密瞒着我吗？"我怀疑地质问道。

"我迟些时候再向你解释，"雅各布说道，说话的口气就好像他并没打算这样做，接着，他转移了话题，"让我们先把这场好戏演完。"

他的诡笑变成了一种挑衅，他慢慢地朝前移动身子。

他的身后传来一阵怒号，里尔从他身后的树林中露出灰色的身子，紧跟在她后面的是个子更高、黄棕色的塞思。

“冷静些，伙计们，”雅各布说道，“别掺和这件事。”

我很高兴他们并没有听从他的指挥，他们跟在他的身后，速度比他更慢。

风停了，没办法将他的气味从我身边吹走。

他越走越近，我能感觉到我们之间的空气中弥漫着他身体的热度，我的喉咙条件反射地灼烧起来。

“来吧，贝儿，使出你最狠的招数。”

里尔嘶喊一声。

我不想呼吸。利用这样危险的优势进攻雅各布并不合适，尽管是他本人主动提供了这个优势。但是，我不得不承认他的逻辑非常正确。还有别的什么方式能让我确定自己不会伤害蕾妮斯梅吗？

“我都等成老头儿了，贝拉，”雅各布嘲弄道，“好吧，并不是真的变成老头儿，但是你明白我的意思。来吧，吸一口气。”

“抓紧我。”我对爱德华说道，身子缩到他胸前。

他的双手更紧地钳住我的胳膊。

我紧绷身上的每一块肌肉，希望我能让它们僵硬得不能动弹。我想：至少我能像在捕食时那样表现甚佳。如果情况恶化，我会屏住呼吸，飞奔撤离现场。我紧张地用鼻子轻吸一口气，准备好迎接各种反应。

感觉有点疼，但是我的喉咙一直都在灼烧，没什么特别感觉。比起美洲狮来，雅各布的气味并不那么接近人类。他的血液中带着动物的味道，立刻引起我的排斥。尽管他的心跳声响亮、温润，但随之而来的气味让我皱了皱鼻子。实际上，这气味令我更容易调节对心跳声和鲜血热度的反应。

我又吸了口气，放松了许多：“呃，我明白大伙为什么发牢骚了。雅各布，你真臭。”

爱德华突然大笑起来，他的双手从我的肩膀上滑下来，搂住了我的腰。塞思低沉的笑声与爱德华一唱一和，爱德华又朝前走了几步，而塞思往后退了几步。这时，我发现这场好戏还有另一个观众，埃美特低沉、独特的狂笑被玻璃墙隔住，听上去不太清楚。

“看看谁在说话。”雅各布说道，夸张地戳了戳鼻子。爱德华搂着我，他终于止住笑，在我耳边低语了一句“我爱你”。这一切雅各布都看在眼里，但他只是一脸诡笑，没有皱眉，没有其他任何表情。我感到了无限希望，我们俩将重归于好，我们之间的隔阂已经持续得太久太久。既然我在身体上如此嫌恶他，以至于他不再像从前那样爱我，也许我现在能真正地成为他的朋友，也许这正是我们需要维持的关系。

“好了，我过关了，对吗？”我说道，“你现在总可以告诉我那个绝大机密了吧？”

雅各布的表情变得非常紧张：“这不是你此刻应该担心的问题……”

我又听到了埃美特的笑声，笑声里充满期待。

我本可以催促他赶紧揭秘，但是，在我聆听埃美特的笑声时，我还听到了其他声音，七个人的呼吸声，有一个人的肺叶比其他人运动得更快些。只有一个心跳声，如小鸟振动翅膀的声音一样轻柔、迅速。

我的注意力完全分散了，我的女儿就在那层薄薄的玻璃墙后面。我看不到她——强烈的阳光反射过来，玻璃成为一面镜子。我只能看到我自己，同雅各布相比，我苍白而静止，我的样子十分奇怪。或者，同爱德华相比，我的样子完全正常。

“蕾妮斯梅。”我轻声地说道，紧张的情绪让我变成了一尊雕像。蕾妮斯梅闻上去应该不会像动物，我会将她置于危险之中吗？

“进去看看，”爱德华低语道，“我相信你能控制好。”

“你会帮我吗？”我低声说道，嘴唇一动不动。

“当然会。”

“还有埃美特和贾斯帕……以防万一？”

“我们会照看好你，贝拉。别担心，我们会做好准备，没有人愿意让蕾妮斯梅冒险。她已经彻底地将我们吸引在她的小手旁，我想，等你看到这一切，你一定会大吃一惊。无论发生什么，她都会非常安全。”

我渴望看到她，渴望弄懂他声音里的虔诚。热切的渴望融化了我冰冻的身体，我朝前走了一步。

就在这时，雅各布拦在我的身前，他满脸忧虑。

“你**确定**吗，吸血鬼？”他问爱德华，声音里几乎带着恳求。我从未听过他用这种语气同爱德华说话，“我不希望事情这样发展，也许她应该再等等……”

“你的测试已经完成了，雅各布。”

是雅各布的测试？

“但是……”雅各布又开口说道。

“没有但是，”爱德华说道，他突然变得怒气冲冲，“贝拉需要看**我们的**女儿，别挡道。”

雅各布疯了似的看了我一眼，然后转过身，在我们之前冲进了屋子。

爱德华怒吼一声。

我不能理解他们之间的冲突，也不能集中精神琢磨它。此刻我的思绪里只有回忆中那个模糊的孩子，我拼命想透过这层朦胧，清清楚楚地看见她的脸。

“我们进去吧？”爱德华说道，他的声音又恢复了温柔。

我紧张地点了点头。

他紧紧地握着我的手，带领我走进了屋子。

大家满脸微笑地等着我，他们站成一排，既为了欢迎也为了防范。只有罗莎莉一人站在他们身后数步远的地方，靠近大门。雅各布站了过去，挡在她的身前，他们之间的距离非常近，而这种距离上的亲近并不代表感觉上的舒适，他们俩似乎都缩着身子躲着对方。

一个小东西从罗莎莉的怀里倾着身子，从雅各布背后探出脑袋。瞬间，她吸引了我的全部注意力，占据了我的所有思绪。从我睁开眼那一刻起，还没有任何东西能这般彻底地占有我的思想。

“我只昏迷了两天吗？”我怀疑地喘着粗气。

罗莎莉怀里这个陌生的孩子如果没有几个月大，也一定有几个礼拜大了，她的身形也许是我模糊记忆中那个孩子的两倍。她在朝我伸手的时候，能轻松地撑起自己的身体。她拥有一头亮丽的铜色头发，发尾的鬈发搭在肩膀上。她巧克力色的眼睛打量着我，眼神中流露出对我的兴趣，一点也不像个孩子——这是成年人的眼神，警惕而机敏。她抬起一只手，朝我伸过来，然后又收了回去，贴在罗莎莉的脖子上。

要不是她的脸蛋惊人的漂亮、完美，我一定不相信她就是回忆里的那个孩子，我的孩子。

她的相貌里确实有爱德华的影子，她眼睛的颜色和脸颊同我的一模一样。她还继承了查理浓密的鬈发，可头发的颜色跟爱德华的相同。她一定是我们的孩子，虽然不可能，但确实是真的。

然而，亲眼看到这个出人意料的小家伙，并没有让她变得更真实，反而令她更具梦幻色彩。

罗莎莉拍了拍她脖子上的小手，轻声说道：“是的，就是她。”

蕾妮斯梅目不转睛地盯着我的眼睛。过了一会儿，她冲我笑了笑，就跟她刚出生时的笑容一个样，完美、洁白的小牙齿闪闪发亮。

我的内心大为震惊，我犹豫不决地朝她走了一步。

所有人都迅速地移动身子。

埃美特和贾斯帕肩并肩挡在我面前，他们的双手已经准备好阻拦我。爱德华从我身后拉住我，手指又像钳子一样抓住我的手臂，就连卡莱尔和埃斯梅也移到了埃美特和贾斯帕两侧。罗莎莉躲到大门边，她的双臂紧紧搂住蕾妮斯梅。雅各布挡在她们身前，摆出保护她们的姿势。

只有爱丽丝纹丝不动。

“哦，信任她一点，”她斥责他们，“她又没打算做什么坏事，你们也会想仔细看看这孩子吧。”

爱丽丝说得没错，我能控制住自己。我已经对任何可能发生的事情做好了防备——防备一种不可抗拒的气味，就像之前在树林里闻到的人类的气味，这里的诱惑完全比不上它。蕾妮斯梅的气味闻上去既是最沁人心脾的香气，也是最美味可口的食物，她身上的香味是二者最完美最均衡的结合，而吸血鬼的甜美香味足以抵挡人类的气味。

我能控制住，我坚信。

“我没事，”我保证道，拍了拍胳膊上爱德华的手，我迟疑了一下，然后补充道，“离我近点，以防万一。”

贾斯帕直勾勾地盯着我，屏息凝神。我知道他在判断我的情绪变化，我尽量让自己保持冷静。爱德华读到了贾斯帕的判断结果，他松开我的胳膊。虽然直接了解到我情绪的那个人是贾斯帕，但他看上去并没有爱德华那么肯定。

她听到了我的说话声。这个过分懂事的孩子在罗莎莉怀里挣扎，拼命朝我伸出手，她的表情竟然透露出一丝不耐烦。

“贾斯，嗯，让我们过去，贝拉能办到。”

“爱德华，风险……”贾斯帕说道。

“极小，听我说，贾斯帕……我们捕食的时候，她闻到了旅行者的气味，他们在错误的时间出现在错误的地方……”

我听见卡莱尔惊讶得倒吸一口气，埃斯梅的脸上突然充满忧虑和怜悯。贾斯帕瞪大双眼，但是，他微微地点了点头，就好像爱德华的话回答了他脑子里的某个问题。雅各布嘟起嘴，露出厌恶的表情。埃美特耸了耸肩，罗莎莉的反应似乎比埃美特更冷淡，她只顾着将拼命挣扎的孩子搂在怀里。

爱丽丝的表情告诉我她没有上当，她知道到底发生了什么事。她眯缝着眼睛，炯炯的目光盯着我借来的衬衣，她似乎更关心我的礼服究竟发生了什么意外。

“爱德华！”卡莱尔斥责道，“你怎么可以这么不负责任？”

“我知道，卡莱尔，我知道，我简直太愚蠢了。在她开始捕食之前，我应该确认一下我们身处安全地带。”

“爱德华。”我咕哝道，他们直视的眼神让我局促不安。他们似乎想在我的眼睛里看到鲜亮的红色。

“他训斥得非常有道理，贝拉，”爱德华一脸诡笑，“我大错特错。

即使你比我认识的所有吸血鬼都强壮，也改变不了我犯错的事实。”

爱丽丝不耐烦地转了转眼珠：“这个笑话很逗乐呀，爱德华。”

“我可不是在讲笑话，我只是想向贾斯帕解释贝拉为什么能办到。大家没等我把话说完就贸然下结论，这又不是我的错。”

“等等，”贾斯帕上气不接下气地说道，“她没有捕食人类？”

“一开始确有这个趋向，”爱德华说道，显然，他很享受吊人胃口的乐趣，我咬紧了牙齿，“她全身心地投入到捕食中。”

“发生了什么？”卡莱尔插话道。他的眼睛突然闪着亮光，惊奇的笑容爬上他的脸庞。他在询问我转变过程的细节时，脸上也是这种表情，新知识具有振奋人心的力量。

爱德华朝他倾过身子，绘声绘色地描述道：“她听到我跟在她身后，做出了自卫的反应。我的跟踪分散了她的注意力，她马上从捕食的情绪中挣脱出来。我从未见过像她这样反应迅速的吸血鬼，她立刻意识到自己在干什么，然后……**她屏住呼吸，飞奔撤离现场。**”

“哇，”埃美特低声惊叹道，“真的吗？”

“他讲得不太对，”我嘟哝道，比刚才更加局促不安，“我冲他吼那一部分他没讲。”

“你们俩有没有猛战几回合？”埃美特急切地问道。

“没有！当然没有。”

“没有，完全没有？你真的没有攻击他？”

“埃美特！”我抗议道。

“啊，真是浪费机会，”埃美特遗憾地说道，“你是这里唯一有可能打败他的吸血鬼，因为他不知道你在想什么，没办法钻空子。而且，你有充分的理由攻击他。”他叹了口气，“我极想看看他没了读心术会怎么办。”

我冷酷地盯着他：“我永远不会攻击他。”

贾斯帕紧锁的眉头引起我的注意，他似乎比刚才更加心神不宁。

爱德华握着拳头，朝贾斯帕的肩膀上轻轻打了一下：“你明白我的意思了吗？”

“这不太正常。”贾斯帕咕哝道。

“她有可能攻击你——她只有几个小时大！”埃斯梅斥责道，她的手捂着胸口，“哦，我们应该陪你们一起去捕食。”

既然爱德华的笑话时间已经结束，我也就不太在意其他人的反应了。我盯着门旁边那个美丽的孩子，她也一直注视着我。她朝我伸出肉嘟嘟的小手，似乎清楚地知道我是谁，我不由自主地朝她伸过手去。

“爱德华，”我说道，我斜着身子，绕过面前的贾斯帕，想要更仔细地看看她，“求你了。”

贾斯帕咬紧牙关，他一动不动地站在原地。

“贾斯，这是你前所未见的事情，”爱丽丝平静地说道，“相信我。”

他们短暂地对视了一会儿，贾斯帕点了点头。他挪开身子，让出道儿，但他伸出一只手搭在我的肩膀上，跟着我慢慢地向前走。

我每走一步之前都会再三斟酌一番，分析我的情绪、我喉咙里的灼痛、我身旁其他人的位置，还有我的感觉的强度、他们拦住我的成功率，以及这二者之间的抗衡关系，我们的前行相当缓慢。

罗莎莉怀里的孩子一直挣扎着朝我伸着手，她脸上的表情变得越来越烦躁，突然间，她号啕大哭起来，声音尖细，响亮如铃。大家的反应就好像和我一样是第一次听到她的声音。

他们迅速地围到她的身边，留下我一个人呆呆地立住不动。蕾妮斯梅的哭声像一支长矛刺穿我的身体，将我活活地钉在地板上。我的眼睛里有种奇怪的刺痛感，仿佛想要流泪。

似乎所有人都把手搁在她的身上，轻拍她、抚摸她，所有人，除我之外。

“怎么回事？她受伤了吗？发生了什么状况？”

雅各布的声音最大，他焦虑地提高嗓门，盖过了其他人的说话声。我震惊不已地看着他朝蕾妮斯梅伸出手，然后又惊恐万分地看着罗莎莉毫不犹豫地将她交给了他。

“没事，她很好。”罗莎莉向他保证道。

罗莎莉向雅各布保证？

蕾妮斯梅欣然地扑进雅各布的怀抱，她把小手紧紧地贴着他的脸颊，接着，她不停扭着身子，又拼命地朝我伸出手。

“看见了吧？”罗莎莉对他说道，“她只是需要贝拉。”

“她需要我？”我轻声说道。

蕾妮斯梅的眼睛——跟我的眼睛一模一样——不耐烦地盯着我。

爱德华飞快地回到我身边，他用双手轻轻地推着我的双臂，催促我向前行。

“她已经等了你三天啦。”他对我说道。

此时，我们和她只隔着数英尺的距离。空气突然升温，一股热气似乎从她的身上抖落下来，直触我的皮肤。

或者，也许是雅各布在颤抖。我越走越近，发现他的双手不停抖动。然而，尽管他焦急的心情显而易见，他脸上的神情却格外平静，我已经有很长时间没有见到如此平静的雅各布了。

“杰克，我没事。”我告诉他。看着他抖动的双手抱着蕾妮斯梅，我不禁感到心惊胆战，但我很好地控制住自己。

他冲我皱了皱眉，眼神紧张，想到我的双手将抱着蕾妮斯梅，他也不禁感到心惊胆战。

蕾妮斯梅急切地抽搭着，她伸展身子，时不时地握紧拳头。

就在这时，我心里的一块石头落了地。她的哭声、她熟悉的眼睛，她比我更迫不及待渴望重聚的心情——就在她握紧拳头的一刻，这一切编织成了一幅最自然的画卷。就在这一刻，她变得完全真实，而我当然认识她。我要跨出最后一步，向她张开双臂，这是再平常不过的事情了。我会轻轻地揽她入怀，用我的双手舒舒服服地搂住她。

雅各布朝我伸展开长长的手臂，我接过蕾妮斯梅，但他迟迟不肯松手。我们的皮肤触碰到一起，他的身子微微一抖。从前我觉得他的皮肤温暖，而如今我感觉它就像一团热火。蕾妮斯梅的体温跟他的差不多，也许只有一两度的差别。

蕾妮斯梅并不在意我冰凉的皮肤，或许她已经习惯了这种冰凉的感觉。

她抬起头，又朝我笑了笑，露出方方的小牙齿和两个小酒窝。接着，她早有准备似的朝我的脸颊伸出手。

她的手刚贴到我的脸，搭在我肩膀上、胳膊上的手臂都变得僵硬，它们等待着我的反应。而我几乎没有注意到它们的存在。

我喘着粗气，我的脑海中出现了一个奇幻、惊人的图像，令我惊恐万分。它感觉上像十分清晰的回忆画面——在我看到脑海里的图像的同时，我的眼睛还能看到周围的一切事物——但是，这回忆对我来说非常陌生。我透过图像盯着蕾妮斯梅充满期待的表情，试着去理解发生了什么事，并竭尽全力保持平静的情绪。

除了惊人和陌生以外，这图像还有些不对头——我在图像上找到了自己的脸，当我还是正常人时的脸，但这张脸正反颠倒、左右翻转，我倒吸一口凉气，我看到的是别人眼中的自己，而不是镜子中的自己。

在回忆的图像中，我脸上的表情痛苦不堪、精疲力竭，布满汗渍和血迹。尽管如此，我仍挤出一丝灿烂的笑容，棕色的眼睛在深陷的眼窝里闪闪发亮。图像越来越大，我的脸向我脑海中那双隐形的眼睛靠近，然后骤然消失。

蕾妮斯梅从我的脸上挪开手，她笑得更开心了，又露出深深的酒窝。

房间里一片寂静，只听得到心跳的声音。除了雅各布和蕾妮斯梅外，几乎所有人都屏住了呼吸。沉默蔓延开来，他们似乎在等着我开口说话。

“那……是……什么？”我断断续续地说道，仿佛有东西哽住我的喉咙。

“你看到了什么？”罗莎莉好奇地问道，她从雅各布身后探出身子，雅各布在这时显得特别碍手碍脚，好像不适合待在这里，“她向你展示的什么？”

“是她向我展示的吗？”我轻声问道。

“我告诉过你，很难用言语解释，”爱德华对着我的耳朵低语道，“但却是非常有效的交流方式。”

“是什么？”雅各布问我。

我迅速地眨了眨眼睛：“嗯，我想，是我。可是，我看上去恐怖极了。”

“这是她对你仅有的回忆。”爱德华解释道。显然，他的读心术已经帮助他看到了她向我展示的图像。这段往事不堪回首，爱德华的身子一阵颤抖，声音变得粗糙：“她想让你明白，她记得你，她知道你是谁。”

“可是，她是如何做到的？”

蕾妮斯梅并不在意我恐怖的双眼，她淡淡地笑着，撩着我的一束鬈发。

“我如何听到别人的想法？爱丽丝如何预见未来？”爱德华反问道，他耸了耸肩，“她拥有才能。”

“真是有趣的反转，”卡莱尔对爱德华说道，“就好像她在做与你完全相反的事情。”

“真有趣，”爱德华赞同道，“不知道……”

他们又在进行各种推测，但我不关心这些，我聚精会神地注视着世界上最美丽的脸蛋。她在我的怀抱中显得格外温暖，令我回想起过去的某些时刻。黑暗曾让我束手无策，曾让我一度觉得这世上再没有什么可以依靠，再没有强大的力量可以将我从夺命的黑暗中拯救出来。我曾想到蕾妮斯梅，我曾找到自己永远不会放弃的东西。

“我也记得你。”我对她轻柔地说道。

我低下脑袋，亲吻了她的额头，一切都显得那么自然。她闻上去棒极了，她皮肤的气味令我的喉咙灼痛，但我轻松地忘掉了这疼痛，不能让它剥夺我此刻的欢乐。蕾妮斯梅是真实的，而我认识她，我打从一开始就在为她而战斗。她就是我肚子里那个不安分的小家伙，她就是我身体里那个爱着我的孩子。她像爱德华，完美而可爱。她也像我——出乎意料地令她不只是美丽动人这么简单。

一直以来，我的想法都是对的，她值得我为她战斗。

“她没事。”爱丽丝轻声说道，也许是在对贾斯帕说话。我能感觉到他们在我的周围徘徊，有些不太信任我。

“我们今天尝试的内容是不是太多了？”雅各布问道，他因为紧张而稍稍抬高了音调，“好啦，贝拉做得非常好，但是，我们不能急于求成。”

我恼怒地盯着他，贾斯帕不安地冲到我身边。我们所有人都挤在一堆，因此，每一个微小的动作都显得十分显眼。

“你出了什么问题，雅各布？”我质问道。他伸手抓住我怀里的蕾妮斯梅，我轻轻地往后拉了拉，想把蕾妮斯梅从他手中拉出来，但他又朝我走近一步。他紧逼在我身前，蕾妮斯梅的小手搭在我们俩的胸前。

爱德华冲他嘶吼道：“我能理解你，但并不表示我不会把你扔出去，雅各布。贝拉做得特别好，不要毁掉属于她的快乐时刻。”

“我会助他一臂之力，把你扔出去，狗，”罗莎莉说道，她的声音杀气腾腾，“我要还给你一顿好打。”显而易见，他们俩之间的恶劣关系丝毫没有改变，即使有改变的话，也是越变越差。

我注视着雅各布焦虑而愤怒的表情，他目不转睛地望着蕾妮斯梅的脸蛋。如果在场的每个人都参与到搏斗中，他必须对抗至少六个不同的吸血鬼，而他似乎对这种不利的局势毫不在乎。

他经受这一切磨难，难道真的只是为了保护我，不让我伤害自己？在我转变成他憎恶的吸血鬼的过程中究竟发生了什么事，能够让他彻底接受我必须转变的理由？

我琢磨着这些问题，看着他注视我的女儿。他注视着她，就像……就像他是复明的盲人，第一次看到了太阳。

“不！”我大口喘着粗气。

贾斯帕咬紧了牙齿，爱德华的双臂像缠绕的蟒蛇围裹住我的胸膛。在同一时刻，雅各布从我怀里抱走了蕾妮斯梅，这次我没有试着拉住她，因为我感觉到它来了——他们一直等待的爆发来了。

“罗斯，”我咬牙切齿，非常缓慢而清楚地说道，“抱着蕾妮斯梅。”

罗莎莉朝她伸出手，雅各布立刻将我的女儿递给了她，他们俩都从我的身旁退开。

“爱德华，我不想伤害你，请你松开手。”

他犹豫不决。

“去站到蕾妮斯梅身前。”我提示他。

他想了一下，然后松开了手臂。

我朝前倾着身子，摆出捕食时蹲伏的姿势，缓缓地朝雅各布走了两步。

“你不该。”我冲他怒吼道。

他不断后退，举起双手，想同我讲讲道理：“你知道，这并不是我能控制的事情。”

“你这个愚蠢的狗！你怎么可以这样做？我的孩子！”

我步步紧逼，他退到了大门外，连跑带走退下楼梯：“这并不是我的主意，贝拉！”

“我才抱了她**一次**，而你却以为你这只蠢狼能占有她？她是**我的**。”

“我可以分享。”他后退穿过草坪，对我恳求道。

“付钱。”我身后传来埃美特的声音。我的一小部分思绪在猜想谁参加了这场赌局，谁赢了、谁输了，但我没有在这上面浪费精力，我怒火中烧。

“你怎么敢给**我的**孩子**烙印**？你疯了吗？”

“这是无意而为的事情！”他坚持道，已经退进了树林中。

他不再是形单影只，两只巨狼又出现了，他们飞奔到他的两侧。里尔冲我一声怒吼。

一阵骇人的咆哮穿过我的牙齿，回应了她的怒吼。这声音让我感到不安，但没能阻止我前行。

“贝拉，你能不能听我解释一下？求你了！”雅各布哀求道，“里尔，退回去。”他又说道。

里尔冲我翘起嘴，没有后退。

“我为什么要听你解释？”我嘶喊道。愤怒占据了我的头脑，让我脑中的其他思绪全都消失不见。

“因为是你告诉我这么做的，你还记得吗？你说过，我们永远存在于彼此的生命中，对吗？我们是一家人。你还说，我们俩就应该是家人关系。你瞧……我们现在是一家人了，这正是你想要的结果啊。”

我恶狠狠地盯着他。我确实隐约记得这些话，但是，我迅速运转的大脑所想到的东西远比他讲的这些废话要多。

"你想以**女婿**的身份成为我的家人！"我尖声喊道，如铃的声音抬高了八度，听上去还是像一首乐曲。

埃美特笑了起来。

"拦住她，爱德华，"埃斯梅轻声说道，"如果她伤害了他，她会很不开心的。"

但是，爱德华并没有上前拦住我。

"不！"雅各布喊道，"你怎么会这样想？她还是个孩子，只会大声哭喊的孩子！"

"这是**我的观点**！"我嚷道。

"你知道我并不是以这种方式看待她的！如果我真这样想，你以为爱德华会让我活到现在吗？我只希望她安全、快乐——难道这个要求很过分吗？同你想要的结果很不一样吗？"他对着我大声吼道。

我无话可说，冲他一阵尖声咆哮。

"她真是令人惊叹，对吗？"我听见爱德华的低语声。

"她到现在都还没咬他的脖子。"卡莱尔赞同道，声音显得无比震惊。

"好吧，这局你赢了。"埃美特不悦地说道。

"你必须远离她。"我对雅各布嘶喊道。

"我办不到！"

我咬牙切齿道："从**现在**开始，**尝试**。"

"这不可能，你还记得三天前的事情吗？当时你多么希望我留在你身边？彼此分离的感受有多么痛苦？你现在完全没有这种感觉了，对吗？"

我怒目而视，不确定他到底想暗示些什么。

"是她想让我留下来，"他对我说道，"打从一开始，我们就必须在一起，从那个时候就开始了。"

我回忆往事，然后我恍然大悟。解开疑团让我稍感慰藉，但是不知何故，这种慰藉令我愈发生气。他以为这样就能平息我的怒火？他以为这么一个小小的理由就能让我们相安无事？

"趁还有机会，你赶快逃吧。"我威胁道。

“别这样，贝儿！尼斯也喜欢我。”他据理力争。

我愣住了。我止住呼吸。我身后一片寂静，这是他们焦虑时的反应。

“你刚才叫她……什么？”

雅各布又朝后退了一步，装出怯懦的样子。“哦，”他咕哝道，“你给她起的那个名字有点拗口……”

“你用尼斯湖水怪①的名字给我女儿起绰号？”我尖声叫道。

就在这时，我对着他的喉咙直奔过去。

---

① 尼斯湖水怪，Loch Ness Monster，又名 Nessie。据传闻，它是生活在苏格兰北部尼斯湖中的蛇颈龙。

回　忆

“对不起，塞思，我应该更靠近些。”

爱德华**还在**道歉，我觉得让他赔罪既不公平也不合适。毕竟，那个情绪完全失控、犯下不可饶恕的过错的人并非**爱德华**。又不是**爱德华**想要咬断雅各布的脖子，雅各布甚至没意识到要变身来保护自己；在塞思冲上前护着雅各布时，又不是**爱德华**意外地打伤了塞思的肩膀和锁骨；又不是**爱德华**差一点杀死自己最好的朋友。

虽然这个最好的朋友与我反常的行为并非毫无瓜葛，但很显然，雅各布无论做什么都会引起我的爆发。

那么，应该道歉的人难道不是**我**吗？我又一次尝试道歉。

“塞思，我……”

“别担心，贝拉，我没事。”塞思话音刚落，爱德华就说：“贝拉，亲爱的，没人责怪你，你做得很好。”

他们没让我把道歉的话说完。

爱德华好不容易才掩饰住脸上的笑意，这让我感觉更糟。我觉得雅各布不该遭受我过激的进攻，但爱德华似乎为此感到心满意足。也许他正期望着自己也是个新生的吸血鬼，这样就能名正言顺地攻击雅各布，发泄对他的怨气。

我试着使体内的怒火完全平息，但一想到雅各布正和蕾妮斯梅待在外面，保护她不被我这个发狂的新生吸血鬼所伤害，我就很难平静下来。

卡莱尔又往塞思的手臂上绑了条绷带，塞思疼得缩起身子。

“对不起，对不起！”我知道自己根本没机会清楚地表达歉意，只能低声咕哝着。

“不用慌，贝拉。”塞思边说边用那只没受伤的手拍拍我的膝盖，爱德华在另一边轻抚我的手臂。

我陪塞思坐在沙发上，看着他接受卡莱尔的治疗，塞思对我一点怨恨也没有。“半小时后我就会康复，”他说道，又拍拍我的膝盖，似乎习惯了我冰冷而僵硬的身体，“任何人都会像你那样做的。杰克和尼斯……”他突然停住，很快换了个话题，“我是说，至少你没咬我，那样的话可就糟透了。”

我用双手捂住脸，想象着如果塞思说的可能性变成了事实，身子不由得颤抖起来。其实他说的状况很容易发生，而且狼人对吸血鬼毒汁的反应不同于人类，这是他们刚告诉我的，吸血鬼毒汁对于狼人来说就是毒药。

“我简直是个坏蛋。”

“当然不是，我应该……”爱德华开始安慰我。

“别说了。”我叹了口气。我不想让他为我的过错承担责任，就像他总是一个人担当起所有的事情那样。

“幸好尼斯……蕾妮斯梅没有毒汁，”塞思打破了片刻尴尬的沉默，“杰克被她咬了很多回都没事。”

我放下双手：“真的吗？”

“真的。只要他和罗斯给她喂食的速度不够快，她就会咬到他们，罗斯觉得特别好玩。”

我震惊地盯着他，心里却又感到内疚，因为他的话没让我觉得一丝欣喜。

其实，我早已知道蕾妮斯梅没有毒汁，我是她咬过的第一个人。我没有把这件事公开出来，是因为我要假装对最近发生的事情失去记忆。

“好了，塞思，”卡莱尔说道，他站起身走到一旁，“我想我能做的就这些了。别动，噢，我猜，几个小时就够了。”卡莱尔笑道，“真希望在医治人类时也能有如此立竿见影的满意效果。”他把手轻搁在塞思的黑发上，用命令的口吻说道，“就这样别动。”然后朝楼上走去。我听见他关上办公室的门，猜想着他们是否已将我在那里面留下的痕迹清除干净。

“我或许可以纹丝不动地坐上一会儿。”卡莱尔走后塞思答应道。他打了个大哈欠，把头靠在沙发背上，动作小心翼翼，担心扭到肩膀。他合上双眼，不一会儿就陷入沉睡，嘴巴张开来。

我紧锁眉头，看着他安宁的脸。塞思和雅各布一样，似乎拥有随时随地入睡的天赋。我发现自己暂时无法表达歉意，于是站了起来，起身时沙发丝毫没有动弹。身体上的一切动作是如此轻而易举，但是其他……

爱德华跟着我走到屋后的窗前，握住我的手。

里尔正沿河踱来踱去，不时停下脚步朝房屋这边看看。很容易分辨她是在找寻她的兄弟，还是在找寻我。她的眼神中时而流露出焦急，时而迸射出杀气。

我听见雅各布和罗莎莉在外面的台阶上轻声斗嘴，争抢着给蕾妮斯梅喂食。他们之间的敌对关系一如既往，现在唯一能使他俩意见一致的决定就是让我远离我的孩子，直到我百分之百从暴怒的脾气中恢复过来。爱德华曾反对他们的看法，但我没有异议。我也希望有百分之百的把握，但我仍担心，**我的**百分之百和**他们的**百分之百也许意味大不相同。

除了他俩的争吵声、塞思缓慢的呼吸声、里尔焦虑的喘息声，周围一片寂静。埃美特、爱丽丝和埃斯梅去捕食了，贾斯帕留下来照看我。他规矩地站在楼梯中柱后，尽量不引起我的反感。

我利用这段平静的时间回想所有事情，这些事是在卡莱尔用夹板固定塞思手臂时雅各布和塞思告诉我的。怒火中烧时的我错过了许多事情，此刻正是弥补的最好时候。

最重要的一件事就是结束了同山姆族群的世仇——因此吸血鬼们又能毫无顾忌地来往此地。两派之间的这次和平比以往任何一次都强大。我想：从另一个角度看，或者可以说比以往更具约束力。

之所以说更具约束力，是因为狼人族群中有一条最为严格的规定：任何狼人都不得杀害其他狼人的烙印爱人，整个族群都无法忍受这个痛苦。如果有狼人故意或者无意触犯了规定，他便犯下了不可饶恕的罪过，牵连其中的狼人将决一死战——除此之外别无选择。塞思告诉我，很久以前发生过这种事，但那只是场意外，没有狼人愿意用这种方式结束同类的生命。

雅各布对蕾妮斯梅有着特殊的情感，所以她不会受到狼人的侵扰。想到这里，我略感轻松。我试图将注意力集中在放松心情上，而不是满腔怒火，但却很难做到，我的情绪空间宽阔得足以同时容纳两种强烈的感觉。

山姆也不会为我的转变而恼怒，因为雅各布——作为公正的阿尔法狼人表达意见——容许我的所作所为。我不仅没对雅各布满怀感激，反而泄愤于他，每次意识到这一点，我就懊恼不已。

我有意调整思绪以便控制自己的情绪。我想到另一个有趣的现象——尽管不同的狼人族群间仍然无法沟通，雅各布和山姆发现，阿尔法狼人在变身为狼以后可以相互交流。这同以前不太一样，他们不能听到对方所有的想法。塞思说，变身后的交流更像是大声说话。山姆只能听到雅各布愿意分享的想法，反之亦然。他们还发现，远距离的对话也能实现，现在他们又在对话了。

直到雅各布不顾塞思和里尔反对，单独去向山姆解释关于蕾妮斯梅的一切时，他们才发现了这个现象。那天是雅各布自从见到蕾妮斯梅后第一次离开她身边。

山姆了解到事态已完全改变，他同雅各布一起来见卡莱尔。他们以人形进行交谈（爱德华拒绝离开我去为他们翻译），狼人和吸血鬼立下了新协约，而两派间的关系产生了不同于从前的友好感觉。

一大忧虑烟消云散。

但是，还有另一个烦恼，尽管不像狂暴的狼人那样具有杀伤性，对于我来说却更加急迫。

查理。

他今天一早同埃斯梅谈过，但这并没有阻止他打电话过来。几分钟前，卡莱尔医治塞思时，他两次打来电话，卡莱尔和爱德华没接。

该告诉他些什么呢？卡伦一家很好？告诉他我的死法是最舒服、最仁慈的？是否我可以一动不动地躺在棺材里，听任他和母亲为我哭泣？

这些都不是我想说的。可是，沃尔图里对于揭发秘密的痴狂一定会将查理或蕾妮置于危险中，这显然是我最不希望发生的事情。

我有自己的想法——等我准备好以后，让查理见我，让他自己任意猜想。理论上讲，我并没有触犯吸血鬼的规定。如果查理发现我从某种程度看还活着，而且很快乐，这对他来说岂不是更好？尽管我看上去有些奇怪、变样，或许还会令他感到恐惧。

特别是我的眼睛，现在看起来尤其可怕。要过多久以后，我的自我控制力和眼睛的颜色才能做好准备去面对查理呢？

“怎么了，贝拉？”贾斯帕发现我的情绪越来越紧张，轻声问道，“没有人对你生气，”河边传来一声低沉的咆哮对他表示抗议，他没理会，“也没有人感到惊讶。好吧，我想我们**确实**感到惊讶，惊讶于你能很快控制住自己。你做得很好，比我们期望的更好。”

他说话的时候，房间里显得格外安静，塞思的呼吸变成了轻微的鼾声。我感到心平气和，但没有忘记内心的担忧。

“其实我刚才在想查理。”

外面的争吵声戛然而止。

“啊。”贾斯帕低语道。

“我们真的必须离开，对吗？”我问道，“至少离开一段时间，假装我们在亚特兰大什么的。”

我能感觉到爱德华正盯着我的脸，但我看着贾斯帕，是他语调低沉地回答了我的问题。

“是的，这是保护你父亲的唯一方法。”

我陷入沉思：“我会十分想念他的，我会想念这里的每一个人。”

雅各布，我忍不住想道。尽管这份想念时而模糊时而清晰——我对此深感欣慰——雅各布仍是我的朋友。他了解并接受真实的我，即便我是个怪物。

我想起了雅各布在被我攻击前恳切的话：**你说过我们存在于彼此的生命中，对吗？我们是一家人，你说过你和我就应该如此。那么……现在我们是一家人了，这正是你想要的。**

但是，这不是我想要的方式，并不完全是。我回忆起以前的时光，那段隐约模糊的人类生活，那段回忆起来最艰难的部分——失去爱德华那些日子是那么黑暗，我试图将它掩藏在脑海里。我找不到完全合适的词语来描述，只记得我希望雅各布是我的兄长，这样我们就能没有任何疑虑和痛苦地爱着对方，像一家人，但我从未想过我们的关系中会扯进我的女儿。

我还记得有一回像平常一样同雅各布告别，我毫无顾忌地猜想着他会和谁厮守到老，谁能让他差不多被我毁掉的生活恢复正常。我还说过，无论和他在一起的女人是谁，她都配不上他。

我不由得哼了一声，爱德华疑惑地扬起一边的眉毛，我朝他摇了摇头。

除了想念我的朋友，还有一个更严重的问题。山姆、杰莱德和奎尔是否曾离开过他们的烙印爱人艾米莉、琪姆和克莱尔，整整一天不见面？他们**能够**做到吗？离开蕾妮斯梅，雅各布会有什么反应呢？分离会给他带来痛苦吗？

我体内残存的对雅各布的愤恨足以令我在此时感到高兴，不是因为雅各布的痛苦而幸灾乐祸，而是因为想到了蕾妮斯梅将离开他身边。蕾妮斯梅不久前才属于我，我怎么可能让她属于雅各布呢？

前门廊传来的声响打断了我的思绪，我听见他们站起身，接着走进门来。就在这时，卡莱尔走下楼，手里拿着奇怪的东西——皮尺和秤，贾斯帕迅速走到我身边。我像错过了什么号令似的蒙在鼓里，就连坐在外面的里尔也透过窗户看进来，她脸上的表情就好像在期待一件熟悉并且完全无趣的事情。

“必须有六个人在场。”爱德华说道。

“干吗？”我问道，眼睛盯着罗莎莉、雅各布和蕾妮斯梅。他们站在门口，罗莎莉抱着蕾妮斯梅。罗斯看上去小心翼翼，雅各布看上去忧虑不安，蕾妮斯梅看上去美丽动人，却显得有些厌烦。

“是测量尼斯……呃，蕾妮斯梅的时候了。”卡莱尔解释道。

“哦，你每天都量吗？”

“每天四次。”卡莱尔心不在焉地纠正道，他示意大家走到沙发边。我似乎看到蕾妮斯梅在叹气。

“四次？每天？**为什么？**”

“她成长的速度依旧很快。”爱德华向我低语道，声音轻柔而紧张。他紧紧握住我的手，另一只手臂牢牢搂着我的腰，就好像他需要支撑物一样。

我没法从蕾妮斯梅身上移开视线来查看爱德华的表情。

她看起来完美健康，皮肤像通透的雪花石膏，小脸蛋像红润的玫瑰花瓣，这样一个光彩夺目的小女孩不可能有问题。毫无疑问，她的生活中没有什么比她的母亲更危险的了，难道不是吗？

刚出生时的蕾妮斯梅和一个小时前的蕾妮斯梅之间的区别对任何人来说都是显而易见的。一个小时前的蕾妮斯梅和此时此刻的蕾妮斯梅之间的区别却更加细微，肉眼根本无法察觉到，但这区别确实存在。

她的身子稍微纤细了些，脸蛋不像之前那么圆，略显椭圆；她的鬈发长了十六分之一英寸，搭在肩膀上。蕾妮斯梅在罗莎莉怀里配合地展开四肢，卡莱尔用皮尺沿着她的身体测量长度，然后环绕她的脑袋测量。他从不记录数据，全凭精确的记忆。

我发现雅各布的双臂紧紧交叉在胸前，像爱德华紧搂着我一样紧张，他深陷的双眼上的浓眉毛拧成了一条直线。

在短短的几个星期里，蕾妮斯梅就从一个细胞成长为标准的婴儿。不出几天，她一定会长成一个蹒跚学步的孩子，如果她保持现在的速度长大……

我虽然变成了吸血鬼，但是大脑的运算能力一点没有问题。

“怎么办？”我惊恐地低声问道。

爱德华将我搂得更紧，他明白我想问的是什么。“我不知道。”他说。

“长得比以前慢了。”雅各布咕哝了一句。

“我们还需要测量几天，才能确定她的生长速度，雅各布，现在我还不能下定论。”

“昨天她长了两英寸，今天少了些。”

“如果我的测量够精确，今天长了三十二分之一英寸。”卡莱尔轻声说道。

“**一定**要精确，医生。”雅各布的话听上去像恐吓，罗莎莉表情变得僵硬。

“你知道我会竭尽全力的。”卡莱尔向他保证。

雅各布叹了口气：“我想这是我的唯一要求。”

我又感到恼怒，雅各布似乎抢走了我想说的话，却用完全错误的方式表达出来。

蕾妮斯梅好像也有些恼怒，她开始扭动身子，然后不顾一切地朝罗莎莉伸出手。罗莎莉微微朝前一倾，蕾妮斯梅摸到了她的脸。过了一会儿，罗斯叹了口气。

“她想要什么？”雅各布又一次抢在我之前问道。

“当然是贝拉。”罗莎莉告诉他，她的回答让我心头一热，她看了看我，“你感觉如何？”

“很担忧。”我承认道，爱德华握紧我的手。

“我们都很担忧，但是我问的不是这个意思。”

“我能控制好自己。”我承诺道。对人血的饥渴现在已经不成问题，更何况蕾妮斯梅的香味闻上去根本不像食物。

罗莎莉把蕾妮斯梅递给我，雅各布咬着嘴唇，但没有阻拦罗莎莉。贾斯帕和爱德华围上前来，也不加阻拦。我察觉到罗斯十分紧张，不知道此刻房间里的气氛让贾斯帕有何感受。或许他太过专注于我，而不能感受到其他人？

我向蕾妮斯梅张开双臂时，她也伸手迎向我，灿烂的笑容立刻令她的脸蛋光彩照人。我的双臂似乎是为她而造，她的身子躺在我怀里正合适，她立刻伸出热乎乎的小手贴在我的脸上。

虽然我已有所准备，但是脑海中呈现的一幕幕回忆的画面还是让我惊叹，这些画面是如此鲜亮、华美，而且十分清晰。

她回忆起我在草坪上追逐雅各布的一幕，还有塞思挡在我们中间，她清楚地看到、听到了发生的一切。回忆中的我看上去不像**我**，那个优雅的猎食者像离弦之箭似的追逐着猎物，那个人一定不是我。

看到雅各布毫无防备地站在那里，双手抖也不抖地举到身前，又让我觉得内疚不已。

爱德华窃笑起来，他同我一样看到了蕾妮斯梅回忆的场景。接着，我们听到了塞思骨头断裂的声音，不禁身子一缩。

蕾妮斯梅又露出灿烂的笑容，当回忆起后来发生的混乱时，她的目光始终没有离开雅各布。当她看着雅各布时，我感到回忆里添加了新的味道——不是保护，而是占有。我能明显地感觉到，塞思挡在我和雅各布中间时，她非常**高兴**。她不想让雅各布受到伤害，他是**她的**。

"哦，好极了，"我喃喃而语，"太完美了。"

"这只不过是因为他比我们其他人更美味。"爱德华向我保证道，声音显得僵硬。

"我告诉过你她喜欢我。"雅各布站在房间的另一头开着玩笑，眼睛看着蕾妮斯梅。他其实无心逗乐，紧锁的眉头始终没有放松。

蕾妮斯梅不耐烦地拍拍我的脸，要我集中注意力，又一个回忆的画面：罗莎莉用梳子轻柔地梳理着她的鬈发，感觉舒服极了。

接着是卡莱尔和他的皮尺。她知道自己必须伸展四肢，并保持姿势，这对她来说毫无趣味。

"看来她要向你展示你所错过的一切。"爱德华凑到我耳边说道。

当她把下一个画面展示给我时，我皱了皱鼻子。一股气味从一个奇怪的金属杯中扑鼻而来——这杯子坚不可摧——我的喉咙顿时觉得火烧火燎，感觉好疼。

蕾妮斯梅立刻被从我怀里夺走，我的手臂被贾斯帕反扣在身后。我没有反抗，只是望着爱德华慌张的脸。

"我做了什么？"

爱德华看了看我身后的贾斯帕，又看了看我。

"她回忆起对人血的饥渴，"爱德华低声说道，他的额头上浮现出一道道皱纹，"她记起了人血的味道。"

贾斯帕将我的手臂压得更紧。我注意到，他强有力的动作并没有让我感到任何不舒服，更没有像凡人那样感到疼痛，我只觉得有些心烦意乱。我确信自己可以从他的控制中挣脱出来，但我没有抵抗。

“是的，”我赞同道，“还有呢？”

爱德华皱着眉头看了看我，然后放松了表情。他笑了起来：“似乎什么也没有发生，这次是我反应过头了。贾斯，放开她。”

贾斯帕松开了双手，我立刻向蕾妮斯梅伸开双臂，爱德华毫不犹豫地将她递给了我。

“我没法理解，”贾斯帕说道，“我没法忍受这一切。”

我吃惊地看着贾斯帕大步踱出后门。里尔挪到一边给他让道，他迅速走到河边，一跃跳到了水面上。

蕾妮斯梅摸着我的脖子，像情景再现一样重复着刚才发生的一切，我可以感觉到她脑中有着和我一样的疑惑。

我已经习惯了她奇特的天赋，这似乎完全是自然而然、意料之中的事。既然我自己也成了神奇人物的一员，也许我再也不能做一个无神论者了。

贾斯帕究竟怎么了？

“他会回来的，”爱德华说道，不知道这话是对我还是对蕾妮斯梅说的，“他只是需要独处一会儿，重新调整一下对人生的看法。”他的嘴角露出恐怖的狞笑。

我又想起在我变成吸血鬼之前发生的一件事——爱德华告诉我，如果我成为吸血鬼后“度过了一段艰难的适应期”，贾斯帕也许会好受些，那时候大家在讨论我变成吸血鬼后的一年里会杀死多少人。

“他生我的气了？”我轻声问道。

爱德华睁大眼睛：“没有，他为什么要生你的气？”

“那他究竟怎么了？”

“他感到心烦是因为他自己，不是因为你，贝拉。他担心的是……自证预言，我想可以这么说。”

“这是怎么一回事？”卡莱尔在我之前问道。

“他想知道，是否新生吸血鬼的疯狂行为真如我们一贯认为的那样难以改变。或许，拥有了正确的关注点和态度，任何人都能像贝拉一样控制住自己。即使在现在——他无法克服新生吸血鬼的困难，也许只是因为他相信这些困难是自然而然、不可避免的。如果他能对自己期望高一点，也许就能努力实现这些期望。你让他对许多根深蒂固的假设产生了怀疑，贝拉。”

“但这不公平，”卡莱尔说道，“每个人都不同，每个人都有自己的挑战。也许贝拉的所作所为超越了正常范围，说不定这一点就是她的天赋。”

我惊呆了，蕾妮斯梅感觉到我的变化，伸手摸了摸我。她记得每分每秒发生的事情，只是不明白其中的原因。

“这是个有趣的理论，也很有道理。”爱德华说道。

一时间我彻底失望了。什么？没有神奇的预见力，没有强大的进攻力，比如，哦，眼睛可以放射闪电之类的？任何有帮助或者超炫的能力都没有？

如果我的“超能力”只是超强的自我控制力，我意识到这意味着什么。

首先，至少我拥有一项天赋，聊胜于无。

更重要的是，如果爱德华刚才的分析是正确的，那么我就可以跳过我最为担心的那部分。

如果我不是新生吸血鬼会怎样？至少我不像新生吸血鬼那样是个疯狂的杀人机器。如果从新生第一天开始，我就能很好地适应卡伦一家，如果我们不必到遥远的地方躲上一年直到我“长大”，如果我能像卡莱尔一样从不杀人，如果我能马上成为善良的吸血鬼，我就能见查理。

然而现实打破了我的希望，我叹了口气，我不能立刻见查理。我的眼睛、声音，还有近乎完美的脸庞，我能向他说些什么呢？我怎么向他开口呢？我暗自庆幸自己有理由推迟见面，尽管我千方百计想让查理留在我的生活中，我还是为我们的初次见面感到恐慌。我将看到他因为我的新面容、新皮肤而瞪大的双眼，我能体会到他受到惊吓，我想知道他脑海里会产生怎样阴晦的解释。

胆怯的我只能等上一年，到那时，我的眼睛不红了，我会变得坚不可摧，什么事都不会令我害怕。

“你是否曾见过类似于自我控制力的天赋？”爱德华问卡莱尔，

“你真的认为这是种天赋，而不是她准备充分的结果？”

卡莱尔耸耸肩：“这有点类似于希奥布翰能做到的事，尽管她从不称它为天赋。”

“希奥布翰？你在爱尔兰血族里的朋友？”罗莎莉问道，“我可不知道她有什么特异功能，我以为那个血族里有天赋的人是玛吉。”

“是的，希奥布翰和你想的一样，但是她能够制定目标，然后几乎是……凭意志让目标实现。她认为是计划周全的结果，但我总觉得不这么简单。比方说，她的意志能影响玛吉。里尔姆是个界限分明的人，但希奥布翰想从他那儿得到什么就能得到什么。”

爱德华、卡莱尔和罗莎莉坐到椅子上继续他们的讨论，雅各布关切地坐在塞思身旁，看上去有些无聊。他的眼皮垂下来，我确信他很快就会呼呼大睡。

我听着他们的谈话，心绪游离，蕾妮斯梅仍在向我展示她的一天。我抱着她站在窗边，双臂不由自主地轻摇她，我们相互凝视着。

我意识到其他人其实没必要坐下来，站立着非常舒适，就像躺在床上、伸展开四肢一样安逸。我可以像这样一动不动地站上一个礼拜，一周结束后我还会如同一周开始时那样轻松自如。

他们一定是出于习惯才坐下的，如果保持姿势站立数小时，肯定会引起凡人的注意。我看见罗莎莉用手指梳理她的头发，卡莱尔将双腿交叉。有了这些小动作才不会让人觉得太僵硬，太像吸血鬼。我应该注意观察他们的举止，开始练习。

我把身体的重心移向左腿，这动作感觉有点傻气。

也许他们只是想给我一点时间和孩子单独相处——安全地独处。

蕾妮斯梅告诉我一天里发生的每一件小事，从她的叙述中我察觉到，她希望我了解她生活的全部细节，而这也正是我的愿望。她因为我错过了某些事情而闷闷不乐——比如，一群麻雀跳跃着靠近雅各布和他怀里的蕾妮斯梅，他俩动也不动地待在一棵高大的铁杉树旁，鸟儿是不愿意靠近罗莎莉的，还有卡莱尔放进她杯中的白色的黏糊糊的东西——婴儿配方食品，闻上去就像酸腐的泥土。还有爱德华为她轻哼的歌曲，旋律是那么的优美，蕾妮斯梅忍不住向我播放了两遍。令我惊奇的是，我竟然出现在这段回忆的背景中，呆滞地站在一旁，看上去憔悴不堪。我从自己的记忆中回想起当时的情景，身子不禁颤抖，那场可怕的大火……

差不多一小时过去了——其他人仍在饶有兴致地讨论着，沙发上塞思和雅各布的鼾声此起彼伏——蕾妮斯梅的回忆渐渐慢下来，图像边缘微微模糊，在故事快要结束的时候，图像变得完全模糊不清。她的眼睛眨动着，然后合上了，我惊恐得想要打断爱德华的谈话——她是不是出了什么问题？蕾妮斯梅打了个哈欠，粉嫩的嘴唇嘟成了圆圆的O形，她的眼睛再没睁开。

她睡着了，小手从我的脸颊滑下去——她的眼睑是浅紫色的，就像日出前薄云的颜色。我小心地抬起她的手，满心好奇地把它又贴到我脸上。刚开始的时候，什么也没有，过了几分钟，缤纷的色彩像一群花蝴蝶从她的思绪中涌出来。

我像被催眠了一样欣赏着她的梦境，梦里没有连贯的情节，只有颜色、图形和脸庞。让我感到格外高兴的是，我的面容——不管是做凡人时不太漂亮的脸蛋，还是变成吸血鬼后美丽的容貌——经常出现在她的潜意识里，比爱德华和罗莎莉出现的次数更多。而雅各布出现的频率同我不相上下，我试图不让自己为此烦恼。

我第一次理解了为什么爱德华可以整宿整宿地看着熟睡的我，只是为了听到我的梦中呓语。我也可以永远这样看着蕾妮斯梅，看着她做梦。

“终于来了。”爱德华说道，语气中的转变让我回过神来。他扭头看向窗外。外面夜深人静，大地被一层深紫色笼罩着。我只能看到凡人肉眼看到的距离。黑暗中什么也没有，一切只是变换了颜色而已。

一看到爱丽丝出现在河对岸，怒气冲冲的里尔起身逃进了树丛。爱丽丝像表演荡秋千的艺人，手抓着脚趾蹲在树枝上来回摆动，然后身子平直地从树枝上弹起来，在水面上优雅地旋转。相较之下，埃斯梅跳跃的姿势比较传统，而埃美特则一头扎进河里，激起的水花甚至溅到了窗户上。令我吃惊的是，贾斯帕也跟在他们的身后。和前面几位比起来，他的跳跃毫不夸张，但很敏捷。

爱丽丝咧嘴一笑，这诡异的笑容似曾相识。突然间，所有人都朝我笑起来——甜美的埃斯梅、激动的埃美特、有点高傲的罗莎莉、仁厚的卡莱尔、满怀期待的爱德华。

爱丽丝第一个跳进房间，她伸出一只手，其他人迫不及待地围了上来，气氛立刻变得紧张。她的手掌上是一把普通的黄铜钥匙，钥匙上扎着一个特大的粉红丝缎蝴蝶结。

她把钥匙递给我，我下意识地用右臂更紧地搂住蕾妮斯梅，这样我就能腾出左手。爱丽丝一松手，钥匙落在了我的手心。

“生日快乐！”她尖声叫道。

我转了转眼珠。“没人会在出生当天庆祝生日，”我提醒她，“庆祝一周岁得等到一年后，爱丽丝。”

她的笑容中显出几分得意：“我们又不是为你庆祝吸血鬼生日，贝拉，今天是九月十三日，十九岁生日快乐！”

惊　喜

“不，不可能！”我使劲地摇着头，瞥见我十七岁丈夫的脸上露出得意的笑容，“不，这不算。从三天前开始，我就不会长大了，永远都是十八岁。”

“随便你，”爱丽丝说道，耸耸肩驳回了我的抗议，“不管怎样我们都会庆祝，你就面对现实吧。”

我叹了口气，同爱丽丝争辩总是毫无意义的。

她从我的眼中看到了默许，笑得更加开心了。

“准备好打开这一份礼物了吗？”爱丽丝说话就像在唱歌。

“这**几份**礼物。”爱德华纠正道。他从口袋里掏出另一把钥匙——这把钥匙是银色的，比之前那把更长，上面系着不那么显眼的蓝色蝴蝶结。

我尽量掩饰自己的冷淡，我马上就猜到这是打开什么的钥匙——“吸血鬼专用车”。我不知道自己是否应该感到兴奋，变成吸血鬼似乎也没能激发我对跑车的兴趣。

“先看我的礼物。”爱丽丝说道，然后伸出舌头，预测他的回答。

“我的礼物更近。”

“但是你瞧瞧她现在的**衣着**，”爱丽丝的话几乎变成了抱怨，“已经让我难受一整天了，我的礼物显然有优先权。”

我皱起眉头，不明白一把钥匙如何能带给我新衣服，难道她给我准备了整整一箱子的衣服？

“依我看——我们划拳决定吧，”爱丽丝建议道，“石头、剪刀、布。”

贾斯帕笑出声来，爱德华叹了口气。

“为什么你不直接告诉我谁会赢呢？”爱德华挖苦道。

爱丽丝眉开眼笑："我赢了，太棒了。"

"好吧，我等到早上或许更好。"爱德华对我狡黠地一笑，然后朝雅各布和塞思点点头，他俩睡眼惺忪，我不确定他们是否还能清醒地支撑下去，"看我的礼物时，如果有睡醒的雅各布在场，我想会更加有趣，你觉得呢？至少现场会有人表现出适当的兴致，对吗？"

我回他一个笑脸，他太了解我了。

"耶！"爱丽丝欢快地说道，"贝拉，把尼斯……蕾妮斯梅交给罗莎莉。"

"她一般睡在哪里？"

爱丽丝耸耸肩："睡在罗斯怀里，或者雅各布怀里，或者埃斯梅怀里。你都看到了，她有生以来从没离开过他们的怀抱，她将成为现存的最为娇宠的半吸血鬼。"

爱德华笑了起来，罗莎莉熟练地将蕾妮斯梅抱入怀中。"她也是现存的最完美无瑕的半吸血鬼，"罗莎莉说道，"独一无二的美人。"

罗莎莉朝我咧嘴一笑，我欣然发现，她的笑容里流露着我们之间萌生不久的友好之情。当初我还不确定这份友情在蕾妮斯梅出生后能否维持下去，但也许是我们站在同一战线上的日子久了，我们必将成为永远的朋友。我最终的选择是她希望看到的，如果她是我，她也会做出同样的决定。罗莎莉对我曾面临的其他选择厌恶至极，而这个最终的选择令她忘却了所有的愤慨。

爱丽丝推了推我手里的钥匙，抓住我的手肘，领着我往后门走。"走吧，走吧。"爱丽丝尖叫道。

"礼物在门外吗？"

"可以这么说。"爱丽丝边说边把我往前推。

"好好享受你的礼物，"罗莎莉说道，"是我们大家合伙送的，特别是埃斯梅贡献最大。"

"你们不一起来看吗？"我发现其他人都没动静。

"我们给你个机会独自欣赏，"罗莎莉说道，"你可以……迟些时候再告诉我们你的感受。"

埃美特狂笑不已，他的笑不禁让我羞得面红耳赤，虽然我不知道这其中的原因。

我发现我的很多禀性——比如，实在讨厌别人给我惊喜，更加不喜欢什么礼物——一点也没有改变。我那些最本质最关键的个性原封不动地进入了新的身体，这让我觉得吃惊，同时感到解脱。

我从没奢望过能做原来的自己，我开心地笑起来。

爱丽丝拽着我的手肘，我一边情不自禁地笑着，一边跟着她走进深紫的夜色中，只有爱德华陪着我们。

“要的就是这种热情。”爱丽丝赞许地低语道。她放开我的手臂，轻柔地跳了两下，跃到了河对岸。

“来吧，贝拉。”她在对面叫道。

我和爱德华同时跳起来，这感觉和下午一样妙趣横生。也许比起下午来更有一番乐趣，因为夜晚赋予了万物新鲜而丰富的色彩。

爱丽丝带着我们朝正北方向走去。不想在这样茂密的丛林中跟丢的话，与其目不转睛地盯着她的背影，倒不如听着她窸窣的脚步声，闻着她刚在小径上留下的气味。

我不清楚到了什么地方，爱丽丝突然转过身来，飞快地走到我站立的位置。

“不要反抗。”她警告道，猛地扑向我。

“你要干吗？”我问道，她爬到我的后背上，用双手蒙住我的脸。我不停地扭着身子，有一股想把她狠甩下来的冲动，但我控制住了。

“确保你看不见。”

“让我来蒙住她的话就不会这么戏剧化了。”爱德华提议道。

“你会让她偷看的，拉着她的手，带她往前走。”

“爱丽丝，我……”

“别烦了，贝拉，一切听我指挥。”

爱德华的手指紧扣我的手指。“贝拉，再忍一会儿，过不了多久她就会去烦其他人了。”他拉着我往前走。我毫不费力地跟着他，一点也不担心撞到树，即便撞到了，唯一受伤的也应该是那棵树。

“你应该怀有感激之情才对，”爱丽丝责骂他，“这份礼物对你、对她同样重要。”

"的确如此，再次感谢你，爱丽丝。"

"是，是，好了。"爱丽丝突然激动得提高嗓门，"别动，让她稍微向右转。对，就这样。可以了，准备好了吗？"她尖声叫道。

"准备好了。"这个地方有些特别的气味，顿时令我兴致盎然、倍感好奇。深山老林里是不可能有这些气味的。金银花、烟、玫瑰，还有锯屑，还有金属品。神秘土壤的宝藏被挖掘出来，公布于众，我朝这片秘密之地探身过去。

蒙住我双眼的手松开了，爱丽丝从我的背上跳了下来。

我凝视着紫罗兰色的夜幕，就在前方，森林中的一小片空地上，立着一幢小巧的石头房屋，在星光熠熠之下呈现出淡紫色。

这房屋简直与周围的景象浑然一体，仿佛是从岩石中天然生成。金银花爬满了整堵墙，一直蔓延到厚实的木屋顶上，像给屋子装上了一面花格窗。漆黑、深陷的窗台下有一个巴掌大的小花园，园中盛放着晚夏的玫瑰花。扁平的石头砌成了一条小道，在夜色中似紫水晶般闪闪发光，小道引向古色古香的木拱门。

我惊呆了，紧紧捏了捏手中的钥匙。

"你觉得怎么样？"爱丽丝的声音变得柔和，轻言细语正适合这童话般的静谧气氛。

我张开嘴，却什么也没说。

"埃斯梅觉得我们也许希望有一个属于自己的地方，但她又不想我们住得太远，"爱德华低声说，"更何况她迫不及待地想要翻新这里，这个小地方已经破破烂烂地闲置至少一百年了。"

我仍然目不转睛地盯着前方，像鱼儿一样张着嘴巴。

"你喜欢这里吗？"爱丽丝突然沉下脸，"我是说，如果你不喜欢，我们可以重新整修。埃美特当初想把这地方扩建几千平方英尺，加盖一层，添些圆柱子，盖个塔楼，但是埃斯梅认为你更喜欢原汁原味的样子。"她说话的声音越来越大，语速越来越快，"如果她的想法不对，我们可以返工，花不了多少时间就能……"

"嘘！"我终于出声。

她闭上嘴等在一旁，过了一会儿，我恢复过来。

"你送给我一幢房子当作生日礼物？"我轻声说道。

"我们送的，"爱德华纠正道，"这不过是一间屋子，我想一幢**房子**意味着更宽阔的空间。"

"不许你诋毁我的房子。"我向他耳语道。

爱丽丝笑逐颜开："你喜欢它。"

我摇摇头。

"爱它？"

我点点头。

"我恨不得马上告诉埃斯梅！"

"她为什么不一起来呢？"

爱丽丝逐渐收起笑容，还原到之前严肃的表情，好像我的问题很难回答："哦，你知道……他们都了解你对礼物的态度。他们不想给你太大的压力，不想让你勉为其难地喜欢这地方。"

"我当然爱这地方，怎么可能不爱呢？"

"那他们就放心了。"她拍拍我的肩膀，"对了，你的衣橱可是塞得满满的。好好利用它，还有……我想没什么事了。"

"你不和我们一起进去吗？"

她漫不经心地向后退了几步。"爱德华对这里很熟悉，我迟些时候……再过来看你们。如果你不知道怎么搭配衣服，叫我一声就行。"她用怀疑的眼光看了看我，笑了起来，"贾斯想去觅食了，再见。"

她像离开枪膛的子弹一样倏地钻进了树林中，动作不失优雅。

"真奇怪，"她消失得无影无踪后，我说道，"我真有**那么**糟糕吗？他们没必要回避，这反倒让我觉得内疚，我甚至还没好好感谢她。我们应该回去，告诉埃斯梅……"

"贝拉，别傻了，没人觉得你不可理喻。"

"那为什么……"

"二人世界是他们赠送的另一份礼物，爱丽丝不想挑明罢了。"

"哦。"

爱德华的话似乎让眼前的房子消失了，我们仿佛置身于世界上任何一个地方。我看不到树林，看不到岩石，也看不到星星，我的眼里只有爱德华。

“让我带你去看看他们的成果。”他说道，拉起了我的手。一股电流像混合了肾上腺素的血液一样穿过我的身体，难道他一点也没有察觉到吗？

我又一次莫名地感到失去平衡，等待着身体不可能出现的反应。我的心脏应该像要撞向我们的蒸汽机车一样轰鸣，震耳欲聋，我的双颊应该是红扑扑的。

那么，我应该感到精疲力竭，今天是我一生中度过的最漫长的一天。

我笑出声来——只是因惊奇而浅浅一笑——我意识到，这漫长的一天永远不会结束。

“我能听听是什么笑话吗？”

“不太逗乐，”我告诉他，跟着他朝拱门走去，“我只是在想——今天是永生的第一天，也是最后一天。我似乎还很难适应这一切，即便现在多了这么一间小屋帮我适应。”我又笑了起来。

他陪我低声轻笑，伸手握住门把手，等我来尽主人之谊。我把钥匙插入门锁，旋转。

“贝拉，你适应得很好，我忘记了这一切对你来说是多么的不同寻常，但愿我能听到你的感受。”他突然俯下身子，一把将我抱了起来。他的动作如此迅速，我根本来不及反应——这动作确实感觉不同。

“嘿！”

“热烈欢迎你是我工作的一部分，”他提醒我，“我很好奇，告诉我，此刻你心里在想什么。”

他推了推门——门几乎没有声响地打开——然后穿过门走进了一间石头小房。

“什么都想，”我告诉他，“同时想所有的事情，就这样。顺利的事情，担心的事情，新鲜的事情，我的脑子里满是最高级的词语。此刻，我在想埃斯梅真是位艺术家，这里完美至极！”

这房间布置得就像是童话故事里一般，地面上零星地点缀着平滑的石头，看上去仿佛碎花布缝成的床单。屋顶很低，长长的横梁清楚可见，雅各布那样个头的人肯定会撞到脑袋。四周的墙壁材质不一，有些地方配以暖木，有些地方嵌以石块。墙角有一个蜂箱似的壁炉，炉火微微闪烁，壁炉里烧的是海边的浮木——浮木上的海盐令火光泛着蓝绿色。

房间里的家具不拘一格，虽然彼此间并不搭配，但凑在一起还是很协调的。一把椅子似乎带有中世纪的风格，壁炉边的长软矮椅更具现代风味，倚着窗户的书架塞满了书，让我想起了电影中意大利式的布景。每件家具与其他的家具组合起来，就像一个难解的立体拼图。墙上挂着的几幅图画看上去很眼熟——是原来的大房子里我最喜欢的几幅画。毫无疑问，这些都是价值连城的原作，它们和其他的家具一样，完全属于这间小屋。

任何到过这里的人都会相信这是个有魔力的地方。你也许会看到手握苹果的白雪公主婀娜多姿地走了进来，或者，一只独角兽驻足在此，一点点地啃着灌木。

爱德华总是认为他属于恐怖故事中的世界，当然，我知道他的想法大错特错。很显然他属于**这里**，属于童话故事。

此时此刻，我和他一同存在于故事里。

他一直抱着我，那张动人心魄的俊俏脸蛋近在咫尺，我正准备抓住机会亲昵一番，他说道："幸好埃斯梅增加了一个房间，谁也没料想到尼斯……蕾妮斯梅。"

我朝他皱了皱眉，心情变得不那么愉快。

"你怎么也这样叫她？"我抱怨道。

"对不起，亲爱的。要知道，我整天听见他们脑子里这么叫她，不自觉就被他们感染了。"

我叹了口气，我的孩子竟然和水怪同名。也许没有办法补救了，但我是绝不会让步的。

"相信你一定迫不及待地想看看衣橱了。或者，至少我会告诉爱丽丝你迫不及待地想看，这样会让她感觉好些。"

"衣橱里是不是很可怕？"

"是恐怖。"

他抱着我穿过狭长的石头拱廊，仿佛这房间成了我们俩的微型城堡。

“这是蕾妮斯梅的房间，”他说道，朝一个铺着浅色木地板的空房间点点头，“他们没时间精心布置这个房间，那群狂躁的狼人……”

我轻声笑了笑。就在一周前，一切都还如同梦魇般糟糕，而现在，狼人和吸血鬼和平相处，这迅速的转变令我惊叹。

雅各布这个讨厌鬼竟然以**这种**完满的方式了结了所有事情。

“这里是我们俩的房间，埃斯梅为我们带回了一些岛上的风格，她想这样会把我们联系得更紧。”

卧床宽大、纯白，如云的薄纱从顶棚一直垂到地板上。浅色的木地板与另一个房间呼应，这时我才发现木地板的颜色看上去就像真正的海滩。墙壁是阳光明媚时天空呈现的淡蓝色，最靠后的墙壁上有几扇大大的玻璃门，门外是一个隐蔽的小花园。园里种有藤蔓玫瑰，圆形的池塘由闪闪发亮的石头镶边，池水静如明镜，这是属于我们两个人的宁静的海洋。

“哦。”我惊叹道，什么话也没有说。

“我了解。”他低语道。

我们站了一会儿，回忆起往事。我还是凡人时的经历不堪回首，但我的脑海里还是装满了对那时的回忆。

他突然扬起嘴角，开心地笑了起来：“衣橱在双开门后面，我提醒你注意——衣橱比这个房间还要大。”

我一眼也没看那扇门。周围的世界又消失不见，我的眼里只有他——他的手臂紧搂着我的身体，他芳香的鼻息扑向我的脸颊，他的嘴唇就在我的嘴边——不管我是凡人也好，是新生吸血鬼也罢，现在没有什么能够扰乱我的思绪。

“我们可以告诉爱丽丝我直奔衣橱而去，”我轻声说道，手指缠绕他的发丝，将我的脸凑近他的脸，“我们可以告诉她，我花了好几个小时在衣橱里试衣服，我们可以**撒谎**。”

他立刻察觉到我的情绪，也许他早就身在其中，只是为了让我充分欣赏自己的生日礼物，才像绅士一样按捺住自己的情绪。他迅猛地将我的脸压向他，喉咙里发出低沉的声音。这声音令我身体里的电流越发狂烈，似乎催促着我去亲近他。

我听见衣服撕裂的声音，我庆幸至少**我的**衣服已经破裂，而他的也难保完整。我们完全忽略了那张漂亮、洁白的卧床，也许有些无礼，但来不及转移到距离我们那么远的床上。

这第二次蜜月和第一次不同。

岛上的时光是我作为凡人的那段生活的浓缩，是我人生中最美好的日子。我之所以对凡人时的往事念念不忘，就是想把同他在一起的分分秒秒铭记在心。因为，我们身体上的亲密永远都不可能和当时相同了。

我曾经猜想过，有了像今天这样的经历后，我们之间的亲密会变得更加快乐。

现在，我能够真正地欣赏他——我拥有了新生的敏锐的眼睛，能够看清他完美的面容上每一丝优美的线条，看清他修长、无瑕的身躯，从不同角度、不同方面欣赏他。我的舌头能够尝到他独有的香醇的味道，我敏感的手指能够触摸到他如大理石般光滑、如丝绸般柔软的肌肤。

而我的肌肤在他的爱抚下也显得异常敏感。

在沙滩色的地板上，我们的身体缠绵在一起，他仿佛变成了另一个人。放开了拘谨，丢掉了束缚，特别是——摆脱了恐惧。我们可以**一起**享受这份爱——两个人如今都热切地投身其中，两个人终于站在了同等的位置上。

每一次触摸、每一个拥吻都有了不同于以往的力量。在过去，他曾经努力地克制自己，那是为了不伤害我而必须做的。现在，我终于体会到我错过的一切是多么的美好。

我不断地提醒自己，我已经变得比他强大，但是，爆发的激情每时每刻都将我的心绪分扯到身体内的不同地方，我根本无法全神贯注于任何事；如果我伤害了他，他也不会埋怨。

我脑袋里非常非常细微的一部分考虑着眼下这场景引发的一个有趣的难题，我永远不会感觉疲倦，他也不会。我们不用停下来歇歇气，不用休息，不用进食，甚至用不着卫生间，我们没有凡人的任何需求。他拥有世界上最动人、最完美的身体，我完全拥有他，似乎找不到一个终点能让我觉得，**够了，今天就到此为止吧。**我总是想拥有更多，而这一天永远也不会结束。那么，在这种情况下，我们如何能够**停止**呢？

我没有答案，但这丝毫没让我觉得烦恼。

我察觉到天渐渐亮了。花园里的小海洋从黑色变成了灰色，一只云雀在附近的什么地方鸣唱——也许它在玫瑰丛中搭了个窝。

“你还怀念以前吗？”等到云雀的歌声停止了，我问他。

这不是我们第一次说话，但也算不上是继续以前的交谈。

“怀念什么？”他低语道。

“怀念一切——温暖的体温、柔软的肌肤、香醇的味道……我什么都没有失去。我只是想知道，你失去了一切，会不会觉得有点伤心。”

他笑了起来，声音低沉而温柔：“很难找到一个比现在的我更**不**伤心的人了。我敢打赌，根本找不到。不是所有的人能在同一天里得到他们想要的每一样东西，还有那些他们自己都未曾想要过的东西。”

“你是在回避这个问题吗？”

他用手贴着我的脸颊。“你**是**暖和的。”他告诉我。

从某种意义上讲，他的话没错。对我来说，他的手也是暖和的。同雅各布火热的肌肤不同，他的手让人感觉更舒服、更自然。

他的手指顺着我的脸颊慢慢滑到我的下巴，接着轻轻滑到我的喉咙，又顺着身体向下滑，最后停在了我的腰间，我感到一阵眩晕。

“你**是**柔软的。”

我明白他的意思，因为我的肌肤也能感受到他绸缎一样柔软的手指。

“至于味道，好吧，不能说我**怀念**它，你还记得我们捕食时那些旅行者的味道吗？”

“我努力将那一切遗忘。”

“想象一下和他们亲吻的味道。”

我的喉咙感到火烧火燎，就好像拉开了热气球上燃烧器的阀门。

“哦。”

“正是这种感觉，所以我的答案是否定的。我完全沉浸在快乐中，因为我**没有什么**可怀念，**没有人比我此刻拥有的更为丰富。**”

我刚想针对他的论述指出反例，但我的嘴唇突然被他占有。

黎明的阳光照在小池塘上，池水显出珍珠的光彩，我想到了另一个问题。

“这种状态会持续多久？我是说，卡莱尔和埃斯梅，埃姆和罗斯，爱丽丝和贾斯帕——他们并不是每天都寸步不离地待在自己房间里。他们总是穿戴整齐地出入公共场所，这种……**欲望**真的会停止吗？”我蜷成一团依偎在他怀里——这动作确实有效——让他明白我的意思。

“这个很难说，每个人都不同。嗯，迄今为止，你是最为与众不同的一个。一般来说，年轻的吸血鬼在一段时间里会被这种欲望所迷惑，因而无心于其他任何事情。这一点对你似乎不适用，但是一年以后，这些吸血鬼会发现他们还有其他需求。不管是饥渴，还是其他任何欲望都不会真正地彻底**消失**。他们要做的只不过是学习平衡这些欲望，学习优先考虑和管理……”

“多久？”

他笑起来，皱了皱鼻子：“罗莎莉和埃美特这一对最糟糕，整整用了十年时间，我才有可能站在距离他俩五英里的范围内。即使是卡莱尔和埃斯梅也觉得难以忍受，他们最终把这对快活夫妻赶了出去。埃斯梅也为他们建了一座房子，比这间要大。埃斯梅知道罗斯钟爱什么样子的，她也了解你喜欢什么样子的。”

“也就是说，十年以后？”我非常确定我和爱德华一定胜过罗莎莉和埃美特，但是说出个比十年少的数目，听上去有些过于自信，“所有人恢复正常了？就像他们现在一样？”

爱德华又笑了笑：“嗯，我不知道你说的正常是什么意思。你已经见识了我的家人像凡人一样生活，但是到了夜里，你就去睡觉了。”他朝我眨眨眼，“对于夜里不需要睡觉的人来说，剩余时间是非常充足的，这使得平衡……兴趣成了件易事。正因如此，我能成为家里最优秀的钢琴师，我能成为家里——除了卡莱尔以外——读书最多、科学知识最丰富、各种语言说得最流利的一位……埃美特让你觉得我之所以无所不知是因为我的读心术，但事实是，我拥有**大量**的自由时间。”

我们一起笑了起来，笑时的颤动使我们的身体以一种奇特的方式结合在一起，完满地结束了我们的谈话。

好　意

过了一会儿，爱德华让我想起了我最应优先考虑的事情。

他只说了一个词。

"蕾妮斯梅……"

我叹了口气，她应该快睡醒了，现在一定差不多七点钟了。她会找寻我吗？突然间，一种类似恐慌的感觉令我全身僵硬，她今天长成什么样子了？

爱德华察觉到我的紧张情绪："没事，亲爱的。穿上衣服，我们很快就回去。"

我的动作看上去像极了卡通片：我跳了起来，回头看看他——他的身体在散开的亮光下如同钻石般闪闪发光——我扭过头朝西面看去，那是蕾妮斯梅所在的方向，接着又回头看看他，然后又扭过头朝西看，我的脑袋在一秒钟内这样来来回回扭转了好几趟。爱德华笑了笑，但没笑出声，他是个克制力很强的人。

"亲爱的，你要学会平衡。你对吸血鬼的一切适应得那么快，我相信过不了多久，所有事情都能走上正轨。"

"而且，我们有一整晚的时间，对吗？"

他笑得更开心了："如果不是迫不得已，你以为我愿意现在就让你穿上衣服吗？"

但愿这个迫不得已的情况能让我觉得充实些，否则我真会度日如年。我必须学着平衡这不可抗拒、燃遍周身的欲望，只有这样我才能成为一个称职的——一个叫人难以想象的词语——母亲。尽管蕾妮斯梅是我生命中真实而重要的一分子，我仍无法想象自己已经成了一位**母亲**。我想：任何一个没有经过十月怀胎就产下孩子的女人，都会和我一样难以接受眼前的现实，更何况这孩子成长的速度实在惊人。

一想到蕾妮斯梅正在迅速长大，我一下子感到时间紧迫。我推开雕琢华丽的双门，根本没有意识到爱丽丝准备了整整一大橱衣服。我直接冲进了衣橱，打算穿上我能拿到的第一件衣服，我早该预料到这不是件容易的事情。

“哪些是我的衣服？”我嘶声叫道。正如爱德华所说，衣橱比我们的卧房宽敞，也许比其他房间加起来的总面积还要大，改天我一定要用脚步测量出一个确切的答案。一瞬间，我想象着爱丽丝说服埃斯梅忽略传统的布局，获准搭建这样一个畸形的房间，不知道爱丽丝是怎样赢得了胜利。

所有的衣服都包裹在干净、洁白的衣袋里，一排又一排地摆放着。

“据我所知，除了这个架子上的以外，其他的衣服……”他摸了摸门左边墙壁中间突出的一排横架子，“全是你的。”

“所有这些？”

他耸耸肩。

“爱丽丝。”我们异口同声地说道。他的语气中带有解释的意味，而我则是在感叹。

“好吧。”我嘟囔道，然后拉开了旁边一个衣袋的拉链。里面装着一件齐地长的丝绸礼服——浅粉红色，我看了禁不住低声抱怨。

想找件正常点的衣服穿上，起码得耗上一整天时间！

“我来帮你。”爱德华提议道。他小心翼翼地闻了闻周围的空气，循着某种气味走到了房间的最后面，那里有一个衣柜。他又闻了闻，接着打开了一个抽屉。他举起一条褪了色却依旧好看的蓝色牛仔裤，脸上露出了胜利的笑容。

我飞奔到他面前：“你是怎么找到的？”

“丁尼布[①]像其他东西一样，有自己独特的气味，接下来……弹力棉？”

---

① 丁尼布，英文为 Denim，一种布料，多用于制作牛仔服饰。

他跟随气味来到一个半高架子前，发掘出一件白色的长袖 T 恤，他把衣服扔给我。

“谢谢。”我激动地说道。我拼命地闻着这些布料，记住它们的气味，以便将来在这无所不有的衣橱里搜寻起来容易些。我记得丝绸和缎子的气味，我会避开它们。

他只用了一小会儿时间就找到了自己的衣服——我发誓穿卡其裤和浅棕色套头衫的爱德华美得无与伦比。他拉起我的手，我们急速穿过花园，轻轻跳起越过石头墙壁，风驰电掣般到达森林。我松开手，这样我们就能赛跑回去，这次他战胜了我。

蕾妮斯梅睡醒了，她坐在地板上，罗斯和埃美特在她身边打转。她摆弄着一堆变了形的银餐具，右手中握着一把不成样的汤匙。她透过玻璃一眼看到了我，于是扔掉手里的汤匙——地板上立刻被砸出一块印记——急切地指向我。她的观众们乐不可支，爱丽丝、贾斯帕、埃斯梅和卡莱尔坐在沙发上，他们出神地望着她，就好像欣赏一部最引人入胜的电影。

我在他们的笑声中走进门，一跃而起穿过了房间，将她从地板上抱起来。我们望着对方，开心地笑着。

蕾妮斯梅有些不太一样，但变化不那么大。她又长高了，个头快要从婴儿变成幼儿。她的头发长了四分之一英寸，鬈发像弹簧一样随着她的每一个动作跳跃。我在回来的路上天马行空地想象着她现在的模样，我猜想的比眼见的要糟多了。正因为之前的过度恐慌，她的这些小小的改变对我来说几乎是一种解脱。即使没有卡莱尔精密的测量，我也确定她比昨天成长的速度要慢。

蕾妮斯梅拍拍我的脸，我缩了缩身子，她又饿了。

“她醒来多久了？”我问道，爱德华消失在厨房门口。我相信他是去厨房为她准备早餐了，他一定像我一样清楚地看到了她的想法。如果除了爱德华以外，我们都没法明晓蕾妮斯梅的想法，不知道爱德华还会不会像现在这样观察到她发出的饥饿信号。对他来说，他所听到的想法有可能来自周围的任何一个人。

“刚醒来几分钟，”罗斯说道，“我们正准备给你打电话，她一直想见你——**要求**见你也许更合适。埃斯梅牺牲了她那套二级棒的银餐具，才让这个小怪物心满意足。”罗斯朝蕾妮斯梅笑了笑，脸上流露出满心的喜爱之情，话里的批评显得无足轻重，“我们不想……呃，打扰你。”

罗莎莉咬了咬嘴唇强忍住笑，朝别处看去。我能感觉到埃美特在我身后偷偷地笑着，整座房子的地面似乎都在随着他的身体而震动。

我昂起头。“我们很快就会把你的房间整理好，”我对蕾妮斯梅说，“你会喜欢那屋子的，它简直不可思议。”我看了看埃斯梅，“谢谢你，埃斯梅，非常感谢，太完美了。”

埃斯梅还没来得及答话，埃美特又笑了起来——这一次不是偷笑。

“看来那房子还没倒？”他好不容易从笑得咧开来的嘴里挤出话来，“我还以为你们两个已经把它变成一片废墟了呢。你们昨天晚上都做了些什么？讨论国债问题吗？”他放开嗓门大笑起来。

我怒不可遏，但回想起了昨天我放纵自己的脾气而造成的可怕后果。当然，埃美特不像塞思那么容易受伤……

一想到塞思，我有些好奇。“狼人们都到哪里去了？”我朝窗外瞟了一眼，也没见着里尔的踪影。

“雅各布一大早就出门了，”罗莎莉面露愁容地告诉我，“塞思跟着他一起出去的。”

“他为什么忧心忡忡？”爱德华走回房间时问道，手里拿着蕾妮斯梅的杯子。罗莎莉一定还想着其他什么事，不只是我从她的表情中看到的那么简单。

我屏住呼吸，赶紧把蕾妮斯梅递给罗莎莉。也许我具有超级自控能力，但我现在还没能力给她喂食，还不到时候。

“我不知道，也不想知道，”罗莎莉喃喃低语，但她还是仔细地回答了爱德华的问题，“他一直看着尼斯睡觉，嘴巴张得大大的，看上去就是个傻子。突然，他毫无理由地跳了起来——至少我看到了他奇怪的举动——然后冲了出去。我很高兴摆脱了他，他在这地方待的时间越久，我们就越难清除掉他们的怪气味。”

“罗斯。”埃斯梅轻声地责备道。

罗莎莉摸了摸头发："也没什么大不了的，反正我们在这里也待不了多久了。"

"我还是坚持我们应该直接去新罕布什尔州，在那里重新开始，"埃美特说道，显然是在延续之前谈论的话题，"贝拉已经在达特茅斯大学注册了，而且她看上去很快就能进学校读书。"他转过身看着我，满脸怪笑，"我相信你将成为全班学习成绩最棒的一个……很显然，除了刻苦读书以外，你在夜里没有其他什么兴趣爱好。"

罗莎莉咯咯地笑起来。

不要生气，不要生气。我反复地对自己说，我为自己能保持镇静感到骄傲。

出乎我意料的是，爱德华忍受不住了。

他的喉咙里发出浑厚的声响——这声响来得突然，充满挑衅，叫人不寒而栗——他的脸色因为暴怒变得阴沉，像暴风雨来临前压城的黑云。

我们还没来得及反应，爱丽丝站了起来。

"他在**做**什么？那条**狗**扰乱了我今天一整天的计划，他到底在做什么？我**什么**也看不见了！不！"她痛苦地朝我瞟了一眼，"看看你！你**需要**我指导你如何利用你的衣橱。"

一瞬间，我觉得不管雅各布现在在做什么，我都对他感激不尽。

这时，爱德华握紧了双拳，他咆哮着说："他找查理谈过了，他想查理会跟着他，来这里，就在今天。"

爱丽丝喊出了一个词，她那颤抖的女高音令这个词听上去奇怪极了。接着，她移动身子，飞快地穿过后门离开。

"他告诉了查理？"我倒吸一口凉气，"可是……难道他不明白吗？他怎么可以这样做？"查理不能知道我的事情！不能知道吸血鬼的事情！他会被列入黑名单，即使是卡伦一家也救不了他，"不！"

爱德华咬牙切齿地说："雅各布要进来了。"

东边一定在下雨。雅各布走进屋，像狗一样抖了抖身上湿漉漉的毛发，散开的水珠落在了白色的地毯和沙发上，形成一个个灰色的小圆点。他的牙齿在深色嘴唇的映衬下显得格外亮白，他的双眼炯炯有神，透露出他心中按捺不住的激动。他走路的姿势轻松愉快，好像因为刚刚毁掉了我父亲的生活而感到兴奋不已。

“嘿，大家好。”他跟我们打招呼，开心地笑着。

屋子里寂静如坟。

里尔和塞思跟在他的身后轻轻走进来，他俩都没有变身——暂时没有变身。他们察觉到房间里的紧张气氛，双手不停地颤抖。

“罗斯。”我边说边张开双臂。罗莎莉什么也没说，将蕾妮斯梅递给我。我把她紧紧地贴在我的胸口，那里再也听不到心跳的声音。蕾妮斯梅就像是我的护身符，保护着我，不让我鲁莽行事。我会一直这样抱着她，直到我确信杀死雅各布的决定完全是出于理性的判断，而不是因为愤怒。

她一动不动，静静地看着、听着发生的一切，她能明白多少呢？

“查理很快就会来这里，”雅各布轻松地对我说道，“我只是提个醒，想必爱丽丝已经告诉你们了。”

“你想的**太**多了！”我厉声喝道，“你都**做**了些什么？”

雅各布收起了笑脸，但他还是那么兴奋，根本没打算严肃地回答我的问题：“埃美特他们一大早就吵了我的瞌睡，不停地说什么你们要搬去别的地方。即使我同意你们搬走，查理那儿也成问题，不是吗？好了，现在问题解决了。”

“难道你没**意识**到你都做了些什么吗？是你把他置于危险之中！”

他哼了一声：“我没有把他置于危险之中，除了让他和你面对面这个危险以外，但你拥有超常的自控力，不是吗？不过说实话，自控力不如读心术有意思，差太多了。”

爱德华如离弦之箭穿过房间，直奔到雅各布面前。尽管他比雅各布矮半个脑袋，雅各布还是因为他势不可当的怒气挪开身子，就好像爱德华比他高出了许多。

“那只是个**推测**，浑蛋！”他怒骂道，“你认为我们应该把**查理**当作实验品吗？就算贝拉能够自控，你有没有考虑到这会给她的身体造成多大的痛苦？如果她没法控制，又会给她的情感上造成多大的创伤？我想，你现在根本就不在乎贝拉的感受！”他恶狠狠地吐出最后一个字。

蕾妮斯梅担忧地把手贴在我脸上，她脑海里重演着刚才的一幕，其间充满了焦虑的色彩。

爱德华的话终于改变了雅各布先前莫名其妙的兴奋情绪，他张大嘴巴，眉头紧锁："贝拉会感到痛苦？"

"就好像把灼热的烙铁插进她的喉咙！"

我身子一抖，想起了人血的味道。

"我不知道有这回事。"雅各布低语道。

"也许你事先应该问问清楚。"爱德华咬牙切齿地朝他咆哮道。

"你们可以阻拦我。"

"你**应该**被拦住……"

"不是因为我。"我打断了他们，我一动不动地站着，紧紧地抱住蕾妮斯梅，尽量保持镇定，"是因为查理，雅各布。你怎么能把他牵扯进危险中呢？他现在只能选择死亡或者过吸血鬼的生活，难道你没有意识到吗？"我的声音颤抖，欲哭无泪。

雅各布还在为爱德华的指责烦恼，但他似乎一点也不在意我说的话："放轻松，贝拉，我没有告诉他任何你不打算告诉他的事情。"

"但他要来这里！"

"是的，这正是我的意图。你的计划不是'让查理自己做出错误的假设'吗？我想，我成功地转移了他的注意力。"

我紧搂蕾妮斯梅的手指松开了些，我又牢牢地将十指紧扣在一起。"说重点，雅各布。我没耐心听你胡言乱语。"我说。

"贝拉，我没有告诉他关于你的任何事情，真没有。我向他讲述**我**自己，哦，也许用**展示**这个动词更合适。"

"他在查理面前变身了。"爱德华嘶声说道。

我低声说："你做了**什么**？"

"他很勇敢，和你一样勇敢。没有晕倒，没有呕吐，什么也没有。不得不承认，我被深深地感动了。不过，你真该瞧瞧我在他面前脱衣服时他脸上的表情，绝无仅有。”雅各布咯咯地笑起来。

“你简直是个变态！你会让他心脏病发作的！”

“查理没事，他很坚强。如果你给我一分钟把话说完，你就会了解我的一片好意。”

“给你半分钟时间，雅各布。”我的声音平淡而冷酷，“在我把蕾妮斯梅交给罗莎莉，然后结果你之前，你有三十秒钟把话说清楚，塞思这次拦不住我。”

“天哪，贝儿，你以前可不是这样戏剧化的，是因为变成了吸血鬼才这样吗？”

“还剩二十六秒。”

雅各布转了转眼珠，一屁股坐在最近的一把椅子上。他的同类们跟着移动到他的身体两侧，看上去一点也不像他那么轻松自如。里尔的眼睛死死地盯着我，微张着嘴巴露出牙齿。

“今天早上，我敲响了查理的家门，邀请他和我一起散步。他有些疑惑，但我告诉他是有关于你的事，还告诉他你已经回来了，他听后就跟着我走进树林。我对他说你的病好了，事情有些奇怪但没有大碍。他当时就打算来看你，但我告诉他我必须先向他展示一件东西，然后，我就变身了。”雅各布耸了耸肩。

我紧咬着牙齿，好像有把钳子拼命将它们夹在一起。“我要听你对他说的每一句话，你这个怪物。”我说。

“可是，你刚才说我只有三十秒钟——好吧，好吧。”我的表情一定让他相信我没有兴趣同他开玩笑，“让我想想……我变回人形，穿上衣服，等他回过神来以后，我好像说了这样的话：‘查理，你生活的世界和你想象的不一样。值得庆幸的一点是，什么都没有改变——只是你知道真相罢了，生活还会跟从前一样继续下去。你可以回到过去，装作你不相信这些事情。’

“他过了一会儿才恢复清醒，他想知道你究竟出了什么事，还有那个罕见的疾病是怎么回事。我告诉他，你曾病倒过，但现在康复了——只是，你在康复的过程中，有了些许的变化。他想知道我所说的‘变化’是什么意思，我解释说，你现在看上去更像埃斯梅，而不太像蕾妮。”

爱德华发出愤怒的嘶声，而我被雅各布的话吓得呆住了，事态正朝着危险的方向发展。

“过了几分钟，他问我，非常小声地问我，你是不是也变成了动物。我说：‘她倒是希望能变得像我这么潇洒！’”雅各布自顾自地笑起来。

罗莎莉反感地叫了一声。

“我开始向他更详细地讲述关于狼人的一切，但是我连半个字都没说出口——查理打断了我，他说他‘宁可不了解细节’。然后他问我，你同爱德华结婚的时候，是否知道自己将面临怎样的未来，我说：‘当然，从她刚到福克斯开始，这些年来她什么都一清二楚。’他不太喜欢这个事实。我任由他大声咆哮，直到他把不满全部发泄出来，他冷静下来后向我提了两个要求。他想见你，我说最好让我先回来解释一下。”

我深深地吸了一口气：“他的第二个要求是什么？”

雅各布笑了笑：“你听了肯定会很高兴。关于**所有**这些事情，我们告知他的内容越少越好，如果不是他非得知道的事情，我们没必要对他说，这就是他的重点要求。了解必须了解的事情，仅此而已。”

“我能处理好这个部分。”这是雅各布进屋以后我第一次感到些许慰藉。

“除此之外，他会假装一切正常如初。”雅各布的笑脸带着几分自鸣得意，他一定猜想，我的心潮也许开始涌动着微弱的感激之情了。

“关于蕾妮斯梅，你对他说了些什么？”我努力保持着冷冰冰的声音，尽量不流露出一丝感激。这个时候表示感谢还为时过早。眼下的情况并非皆大欢喜，即使半路杀出的雅各布能让查理的反应超越我的期望……

“哦，是啊。我告诉他，你和爱德华添了个小家伙要养活。”他瞟了一眼爱德华，“她是你们负责监护的孤儿——就像布鲁斯·韦恩和迪克·格雷森[1]的关系。”雅各布哼了一声，“我想你们不会介意我撒谎，这只是游戏的一部分，对吗？”爱德华没有任何反应，雅各布接着说，“查理对孩子的事一点也不感到吃惊，但他询问你们是否会收养她。他的原话是：‘像女儿一样收养她吗？我不就成了外公吗？’我肯定地回答了他，说了些‘恭喜你，外公’之类的话，他甚至微微露出了笑容。”

我的眼睛又感到一阵刺痛，这次不是因为恐惧或者痛苦。查理因为自己当上了外公而面露喜色？查理将见到蕾妮斯梅？

“可是她长得这么快。”我轻声说道。

“我告诉他，这孩子比我们任何人都要特别。”雅各布的声音变得温柔。他站起身，向我走来，里尔和塞思连忙跟上前，雅各布挥挥手止住了他们的脚步。蕾妮斯梅朝他伸出手，但是我将她更牢地搂在怀里。“我告诉他：‘相信我，你不会想知道这些。不过，如果你能忽略所有怪异的部分，你就会为之惊叹，她是这世界上最非同一般的人。’然后我又告诉他，如果他能做到这一点，你们可以暂时回避，给他一个机会了解她，但如果他做不到，你们就搬往别处。他说，只要没有人硬告诉他一些他不想知道的事情，他就能做到这一点。”他说。

雅各布似笑非笑地盯着我，等待我的反应。

“我不会感谢你的，”我告诉他，“是你让查理铤而走险。”

“这件事伤害到你，我**确实**感到抱歉，我事先并不了解情况。贝拉，我们之间的感情已经不像从前了，但是，你永远是我最好的朋友，我会永远爱你，并且是用正确的方式爱你。我终于学会了如何平衡，我们**各自**拥有一个令我们无法割舍的人。”

他的脸上露出了经典的雅各布式微笑：“我们还是朋友？”

我竭尽全力压制住怒火，勉强地朝他笑了笑，只是微微翘了翘

① 布鲁斯·韦恩和迪克·格雷森，英文名分别为 Bruce Wayne 和 Dick Grayson。布鲁斯·韦恩是美国著名漫画、卡通片及电影《蝙蝠侠》中的男主角，他为人正直、身手不凡，以打击犯罪、保护市民为己任。迪克·格雷森原是马戏团杂耍演员，不料双亲遭坏人杀害，从此被蝙蝠侠布鲁斯·韦恩收为养子，并在韦恩的教导下练就了一身技能，成为蝙蝠侠的得力助手。

嘴角。

他伸出一只手，提议握手言和。

我深吸一口气，把蕾妮斯梅移到一边的胳膊上。我递出左手握住他的手——我冰冷的皮肤并没有让他退缩。“要是今晚我没有杀死查理，我会考虑原谅你的所作所为。”

“**要是**今晚你没有杀死查理，你欠我一个大大的人情。”

我厌恶地转了转眼珠。

他朝蕾妮斯梅伸出另一只手，这次不是提议，而是请求：“我能抱抱她吗？”

“雅各布，我抱着她是因为我不想腾出手来杀了你，也许迟些时候再给你抱。”

雅各布叹了口气，但他没有强迫我，他这样的态度是明智的。

这时，爱丽丝飞驰而入，她的手上拿了好些东西，脸上的表情预示着即将来临的紧张局面。

“你，你，还有你，”她干脆地叫道，怒视着三个狼人，“如果你们非得留下来不可，去待在那边的角落里，保证待在那儿不要动。我需要毫无干扰地**预见**未来。贝拉，你最好把孩子给他抱着，你必须腾出手来。”

雅各布露出胜利的笑容。

想到我即将犯下的恶行，强烈的恐惧感几欲将我的胃撕裂开来。我将利用我的亲生父亲作为实验品来测试我那毫无定数的自制力，爱德华之前说的话又闯入了我的耳朵：

就算贝拉能够自控，你有没有考虑到这会给她的身体造成多大的痛苦？如果她没法控制，又会给她的情感上造成多大的创伤？

我无法想象实验失败造成的创伤，我的呼吸变成了大口大口的喘息。

“抱着她。”我轻声说道，把蕾妮斯梅递到雅各布的怀里。

他点点头，眉宇间现出几分担忧。他朝其他人做了个手势，他们一起走到房间里距离我们最远的角落。塞思和杰克立刻懒散地坐在了地板上，而里尔摇摇头，紧咬着嘴唇。

“我可以离开吗？”她抱怨道。她似乎不太喜欢保持人形，身上还穿着朝我尖叫那天穿着的T恤和纯棉短裤，看上去脏兮兮的，乱糟糟的短发一簇簇粘在一起，她的手仍在颤抖。

“当然。”雅各布说。

“别乱跑，小心在路上撞见查理。”爱丽丝加了一句。

里尔没看爱丽丝一眼，她闪出后门，跳进树丛变了身。

爱德华待在我身边，抚摸我的脸颊：“你能做到，我相信你能。我会帮助你的，我们大家都会帮助你。”

我凝视着爱德华的双眼，无法掩盖脸上流露出的恐慌。假如我没办法控制自己，他有足够强大的力量阻拦住我吗？

“如果我不相信你能做到，我们就不会待在这里了，我们可以在此刻销声匿迹，但是你能做到。而且，如果能让查理重返你的生活之中，你会更加快乐。”

我尝试着放慢呼吸。

爱丽丝伸出手，她的手掌心上放着一个白色的小盒子：“这个会让你的眼睛不太舒服——它们不会造成疼痛，但会让你的视线模糊，有点讨厌。它们和你眼睛原来的颜色不太一样，但总比鲜红色要好，对吗？”她说。

她把隐形眼镜的盒子抛向空中，我接住了。

“你什么时候……”

“在你去度蜜月之前，我为未来准备了好几套方案。”

我点点头，打开盒子。我从没戴过隐形眼镜，但应该不太困难。我取出棕色的四分之一个小球面，凹面朝里地按在了眼珠上。

我眨了眨眼，眼前的景象被一道屏幕挡住。当然，我能透过屏幕看到其他东西，但也能看到这道薄幕上的种种痕迹，我的视线不断被隐形眼镜上微小的抓痕和弯曲的部分所干扰。

“我明白你的意思了。”我一边低声说着，一边将另一片也戴上。这一次我试着没眨眼，我的眼球不自觉地想要把这道障碍物驱赶出去。

“我看上去怎么样？”

爱德华笑了笑：“美丽绝伦，当然……”

“是啊，是啊，她总是那么的美如天仙。”爱丽丝不耐烦地帮他把话说完，“泥巴色看上去比血红色好多了，这是我能给予的最高评价，你原来的棕色好看多了。记住，这副隐形眼镜不可能维持太久——过不了几个小时，你眼睛里的毒液就会将它们溶解。所以，如果查理待在这里的时间过长，你得找理由离开，换另一副隐形眼镜。这是个不错的主意，正常人是需要去趟洗手间的。”她摇摇头，“埃斯梅，给她讲讲如何表现得更像个正常人，我去把洗手间装满隐形眼镜。”

“我们还有多长时间？”

“查理五分钟后会到这里，长话短说。”

埃斯梅点了一下头，她走过来拉住我的手。“最重要的一点是，坐着的时候不要一动不动，移动的时候不要动作太快。”她告诉我。

“如果他坐下，你也跟着坐下，”埃美特插嘴道，“正常人可不喜欢老站在那儿。”

“每隔差不多三十秒钟，转移一下视线，”贾斯帕补充道，“正常人不会一直目不转睛地盯着一个地方。”

“跷着腿坐上大概五分钟，然后交换双腿的位置再坐上五分钟。”罗莎莉说道。

我对每一条建议都心领神会地点下头，昨天我注意到他们的这些动作，我想我可以效仿他们。

“每分钟至少眨眼三次。”埃美特说道。他皱了皱眉，冲到桌边拿起了电视遥控。他打开电视，换到一个正在播放大学足球比赛的频道，满意地点点头。

“还要动动手，往后捋捋头发，或者假装挠痒。”贾斯帕说道。

“我是让**埃斯梅**教她，”爱丽丝回到房间时抱怨道，“你们说这么多，她接受不了。”

“不，我想我全学会了，”我说道，“坐下来，四处看，眨眨眼，捋头发。”

“好样的。”埃斯梅称赞道，她给了我一个拥抱。

贾斯帕眉头紧锁：“你要尽量屏住呼吸，但是你必须轻微地耸耸肩膀，让你看上去是在呼吸。”

我吸了口气，又点点头。

爱德华也给了我一个拥抱。“你能做到。”他轻声地在我耳边重复着这句鼓励的话。

“还有两分钟，”爱丽丝说道，“也许你现在应该待在沙发上。毕竟，他以为你是大病初愈，这样也避免让他看到你飞速地移动。”

爱丽丝把我拉到沙发旁，我尽量让双腿显得迟钝，移动得更缓慢些。她翻了翻眼珠，看来我的动作不那么令人满意。

“雅各布，我需要蕾妮斯梅。”我说道。

雅各布皱着眉头，一动不动。

爱丽丝摇摇头：“贝拉，这样会影响我的预见力。”

“但是我**需要**她，她能让我平心静气。”我的声音充满了惊慌和恐惧。

“好吧，”爱丽丝叹息道，“你要紧紧地抱住她，我试着不受她影响。”她疲倦地叹了口气，就好像有人要求她在假日里加班。雅各布也叹了口气，把蕾妮斯梅递给我，然后在爱丽丝的怒视下迅速地回到房间的角落。

爱德华在我身旁坐下，他搂住蕾妮斯梅和我，朝前倾了倾身子，十分严肃地注视着蕾妮斯梅的双眼。

“蕾妮斯梅，有个特别的人要来看你和你妈妈。”他的声音显得庄重，似乎期望她懂得每一个字的含义，她懂吗？她用清澈黑亮的眼睛看着他，“但是他跟我们不一样，跟雅各布也不一样。我们得非常小心地同他相处，你不能像对我们一样向他讲述所有事情。”他说。

蕾妮斯梅摸了摸他的脸。

“很好，”他说道，“他会让你感到饥渴，但是你决不能咬他，他不会像雅各布那样愈合。”

“她能听懂你在说什么吗？”我低语道。

“她懂。你会很小心的，对吗，蕾妮斯梅？你会帮助我们，对吗？”

蕾妮斯梅又摸了摸他的脸。

“不，我才不在乎你咬不咬雅各布呢，随便你。”

雅各布咯咯地笑起来。

“也许你应该离开，雅各布。”爱德华冷淡地说，怒气冲冲地朝他看去。爱德华还没有原谅雅各布，因为他知道，不管发生什么，我都会受到伤害。如果喉咙感到的灼伤将是我今晚承受的最大痛苦，我倒心甘情愿去面对它。

“我答应过查理我会留在这里，”雅各布说道，“他需要精神支持。”

“精神支持？”爱德华轻蔑地说，“据查理所知，你是我们当中令人恶心的怪兽。”

“令人恶心？”杰克抗议道，过了一会儿，他自顾自地轻声笑起来。

我听见轮胎在公路上掉转方向的声音，有车转向了卡伦家门前安静、潮湿的车道，我的呼吸又变得急促。如果我还是个正常人，心头一定会感到重锤敲打般的疼痛。如今，我的身体失去了正常反应，这让我更加焦虑。

我将全部注意力集中在蕾妮斯梅规律的心跳声上来平定心情，这个办法迅速有效。

“做得好，贝拉。”贾斯帕轻声地赞许道。

爱德华搂着我的手臂愈加有力。

“你确定吗？”我问他。

“确定，**任何事情**你都能做到。”他笑了笑，亲吻了我。

我稍一疏忽，这轻轻一吻就让吸血鬼疯狂的本能又一次传遍了我的全身。爱德华的嘴唇仿佛给我的神经系统注入了一针上瘾的药水，我立刻渴望得到更多。我费尽力气才缓过神，想起了怀里的孩子。

贾斯帕察觉到我情绪上的变化：“呃，爱德华，你大概也不希望用这种方式转移她的注意力，她现在需要集中精神。”

爱德华松开手。“啊。”他说道。

我笑了笑。从一开始，从我们的第一个吻开始，最应该说出这个感叹词的人是我。

“晚些时候。”我说道，兴奋的期待几乎让我的胃痉挛。

“集中精神，贝拉。”贾斯帕催促道。

“好的。”我把激动的情绪搁置一旁。查理，他才是此刻关键的问题。如果能保证查理平安无事，我们可以整晚……

“贝拉。”

“抱歉，贾斯帕。”

埃美特笑了起来。

查理的越野车越来越近，开玩笑的时间结束了，所有人都静静地等候着。我跷起腿，眨了眨眼睛。

车在屋前停下来，过了好一会儿，外面什么动静也没有，不知道查理是不是和我一样感到不安。接着，车引擎被熄掉，车门砰地关上。外面的脚步声清晰可辨，三步穿过草坪，踏上八级木台阶，四步穿过门廊，然后又是一片寂静，查理在门外深深地吸了两口气。

咚，咚，咚。

我使劲地吸了口气，仿佛这是我最后一次呼吸。蕾妮斯梅依偎在我的怀里，她把脸藏在我的头发下面。

卡莱尔打开门，他脸上的表情好像转换电视频道一样从紧张忧虑变成了笑脸相迎。

“你好，查理。”他说道，看上去有点窘迫。毕竟，我们现在应该在亚特兰大的疾病控制中心，查理知道我们向他说了谎话。

“卡莱尔，”查理僵硬地叫了他一声，“贝拉在哪儿？”

“我在这儿，爸爸。”

天哪！我的声音太失常了，而且，我差不多用尽了刚刚储存的气源。我又快速地大吸一口气，幸好查理的气息还没有在房间里扩散开来。

查理仍然面无表情，证明我的声音确实同从前大不一样。他目不转睛地盯着我，渐渐瞪大眼睛。

我能从他脸上的反应读懂他的心情。

震惊，怀疑，痛苦，迷失，恐惧，愤怒，猜测，更深的痛苦。

我咬了咬嘴唇。感觉有点奇怪，锋利的新牙齿竟然刺痛了花岗岩般的新皮肤，而当初做凡人时，牙齿咬到柔软的嘴唇也没有这么疼痛。

“是你吗，贝拉？”他轻声问道。

“是的。”听到自己风铃般的声音，我不禁缩了缩身子，“嗨，爸爸。”

他深深地吸了一口气，好让自己镇定下来。

“嘿，查理，”雅各布在角落里向他打招呼，“你还好吗？”

查理看了雅各布一眼，之前的回忆令他不寒而栗，他又凝视着我。

查理缓缓地穿过房间，走到离我只有几步之遥的地方。他朝爱德华投去责备的目光，接着，再次把视线落在我身上，他温暖的体温随着他的每次心跳撞击着我。

“贝拉？”他又问道。

我尽量压低嗓门，不让刺耳的高音爆发出来：“真的是我。”

他牙关紧闭。

“对不起，爸爸。”我说道。

“你还好吧？”他询问道。

“真的非常好，”我保证道，“强壮如牛。”

我的氧气用完了。

“杰克告诉我这一切……不可避免，他说你快要死了。”他说这话时好像压根就不相信这些话。

我控制住自己，专注于蕾妮斯梅温暖的身体，靠向爱德华寻求支撑，然后深深地吸了一口气。

查理的气味好似一团火焰冲进了我的喉管，但是，我感觉到的不只是灼痛，还有极具穿透力的强烈欲望。查理闻上去比我想象的任何东西都美味，他同我曾经捕食的无名游人一样具有吸引力，但查理比他们更似佳肴。何况他现在近在咫尺，他令干燥的空气里弥漫着令人垂涎的温度和水分。

可是，我不是在捕食，而且，他是我的父亲。

爱德华体贴地捏了捏我的肩膀，雅各布从房间的另一头向我投来了道歉的目光。

我努力镇定下来，不去理会疼痛和饥渴，查理在等待我的回答。

“雅各布说的是实话。”

“我才不信！”查理怒吼道。

我希望查理能看透他眼前这个陌生的面容，看到其中的自责和懊悔。

躲在我头发下的蕾妮斯梅吸了吸鼻子，她也闻到了查理的气味，我紧紧地抓住她。

查理随着我焦虑的眼神望下去。"哦，"他说道，脸上的怒色顿时烟消云散，只留下了惊奇，"这就是她，雅各布提到的你们领养的孤儿。"

"我的侄女。"爱德华轻松地编了个谎话。他一定觉得蕾妮斯梅和他长相上的共同之处太明显了，干脆一开始就声明他们的亲戚关系。

"我以为你早就失去亲人了。"查理说道，言语间又带有了指责。

"我从小失去了父母，我的哥哥也被人收养，就像我一样。自那以后，我就再没有见过他。有一天，法院的人找到我，说他和妻子在一场交通事故中遇难，留下他俩唯一的孩子，没有其他亲人可以照顾她。"

看来爱德华很擅长编故事，他的声音平和，语气中透着恰到好处的清白无辜，我需要多多练习才能做到他这样。

蕾妮斯梅从我的头发下探出脑袋，又吸了吸鼻子。长睫毛下的大眼睛害羞地看了看查理，接着又躲了回去。

"她……她，嗯，她真漂亮。"

"是的。"爱德华赞同道。

"但也是个很大的负担啊，再说，你们俩刚结婚不久。"

"我们还能做什么呢？"爱德华用手指轻抚她的脸蛋，我看见他的手指在蕾妮斯梅的嘴唇上停留了片刻——一个提醒，"换作是你，你会拒绝她吗？"

"嗯，好吧。"他漫不经心地摇了摇头，"杰克说你们叫她尼斯？"

"不，我们不这么叫，"我说道，我的声音变得非常刺耳，"她的名字叫蕾妮斯梅。"

查理重新把注意力转移到我身上："你怎么看这件事？也许卡莱尔和埃斯梅可以……"

"她是我的，"我打断了他的话，"我**想要**她。"

查理皱了皱眉："你想让我这么年轻就成了外公？"

爱德华笑起来："卡莱尔也成爷爷了。"

查理难以置信地看了卡莱尔一眼。卡莱尔还站在大门边，看上去就像宙斯英俊的二哥海神波塞冬。

查理笑出声来："这样的话，我确实感觉好多了。"他的双眼又看向蕾妮斯梅，"她看上去真是太美了。"他温暖的鼻息轻轻地穿过我们之间的空隙飘了过来。

蕾妮斯梅的身子朝着这气息倾过去，她扒开我的头发，第一次和查理正脸对视，查理大吃一惊。

我明白他看到了什么，我的眼睛——他的眼睛——原封不动地重现在她完美无瑕的脸蛋上。

查理喘着粗气，他的双唇颤抖着，我看清了他嘴里默念的数字。他是在倒数日子，想把九个月的时间浓缩进一个月，想把一切理顺，但怎么也没法想通眼前的事实。

雅各布站了起来，走到查理身边，轻轻地拍了拍他的背。雅各布凑到查理耳边轻声低语一番。只有查理不知道我们都能听到雅各布说的话。

"只了解必须了解的事情，查理。没事的，我保证。"

查理咽了口唾沫，点点头。他朝爱德华走近一步，紧握双拳，眼睛里燃烧着怒火。

"我并不想知道所有事情，但是我厌倦了谎言！"

"对不起，"爱德华冷静地说，"但是，你必须了解的事情应该是我们对外编造的故事，而不是真相。如果你想成为这个秘密的一部分，就得接受我们对外编造的故事。这是为了保护贝拉、蕾妮斯梅和我们所有人，你愿意为了她们接受这个谎言吗？"

所有人都像雕像一般纹丝不动，我上下交换了双腿的位置。

查理怒吼了一声，然后瞪着我："也许你该早点提醒我，孩子。"

"早点提醒你的话，能让事情变得更容易吗？"

查理皱了皱眉头，跪在了我面前的地板上。我可以看见他脖子上的血液在流动，我可以感觉到那温暖的脉搏。

蕾妮斯梅的感受与我相同，她笑着朝他伸出粉嫩的手掌，我拦住了她。她用另一只手贴着我的脖子，我看到她脑海里的饥渴、好奇还有查理的脸。她微妙地向我传递着某种信息，让我觉得她完全听懂了爱德华的话。她确实感到了饥渴，但同时抑制住了这份欲望。

“哇！”查理惊叹道，他盯着她雪白的牙齿，“她多大了？”

“嗯……”

“三个月，”爱德华说道，然后慢慢地解释道，“确切地说，她的个头跟三个月大的孩子差不多。从某些方面看，她不到三个月；从另一些方面看，她不止三个月。”

蕾妮斯梅有意朝他挥挥手。

查理讶异地眨了眨眼睛。

雅各布用胳膊肘撞了撞他：“我告诉过你她很特别，不是吗？”

查理挪了挪身子躲开雅各布。

“哦，别这样，查理，”雅各布抱怨道，“我还是从前的我，你就假装今天下午的事情从没发生。”

雅各布的话又让查理想起了白天发生的一幕，他的嘴唇变得苍白，但他仍朝雅各布点了一下头。“杰克，你怎么会参与到这件事中？”他问道，“比利知道吗？你为什么会在这里？”他看着雅各布的脸，雅各布注视着蕾妮斯梅，显得神采奕奕。

“嗯，我可以告诉你所有事情——比利什么都知道——但是我得先讲讲狼……”

“哦！”查理捂住耳朵抗议道，“别提了。”

雅各布咧嘴一笑：“一切皆会顺利，查理，尝试着不去相信你看到的任何事情。”

我的父亲嘟囔了几句，谁也听不清他说了些什么。

“好样的！”埃美特突然用他的重低音喊道，“加油，鳄鱼队[①]！”

---

① 鳄鱼队，英文名为Gators，是佛罗里达大学橄榄球队的名字。这支球队从1906年起开始参加比赛，主场为本·希尔·格里芬体育场（Ben Hill Griffin Stadium），通常被戏称为鳄鱼的“沼泽地”（The Swamp）。佛罗里达大学橄榄球队获得1996年、2006年和2008年全美大学橄榄球联赛冠军。

雅各布和查理吓了一跳，其他人惊呆了。

查理回过神来，他看了看埃美特："佛罗里达赢了？"

"第一次触地得分，"埃美特回答道，他迅速地朝我看了一眼，像歌舞杂耍里的恶棍一样挑起眉毛，"是出击的时候了。"

我用嘶声回敬了他，在查理面前亲热？太过火了。

查理完全没有注意到埃美特的言外之意。他又深深地吸了一口气，用力的样子仿佛要把空气从头到脚贯穿整个身体，我很羡慕他能够如此畅快地吸气。他摇晃着站了起来，绕过雅各布，倒坐在一把空椅子上。"好吧，"他叹了口气，"让我们看看鳄鱼队能不能取得最后的胜利。"

闪　耀

“我不知道应不应该告诉蕾妮这么多事情。”查理犹豫不决地站在门口，他伸展了一下身子，肚子里发出咕噜咕噜的声音。

我点点头：“我明白，我不想吓到她，还是保护着她比较好，胆子小的人受不了这样的事情。”

他满怀悔恨地撇撇嘴：“我也应该保护你的，可我不知道如何做到，但我相信你不属于那类胆子小的人，是吗？”

我冲他笑了笑，又吸入一口灼热的空气。

查理漫不经心地拍了拍肚子：“我会想想办法的，我们还有机会一起商量商量，对吗？”

“对。”我向他保证。

这真是漫长的一天，从某种意义看，这又是短暂的一天。查理没有按时回去吃晚饭——苏·克里尔沃特为他和比利准备饭菜。那才是一个叫人难堪的夜晚，但至少他能吃到真正的食物。我很高兴，终于有人能让他摆脱因为自己厨艺不佳而造成的饥饿。

紧张的气氛令这一天的分分秒秒显得漫长，查理一刻也没有放松僵直的肩膀，但他也没有急着离开。他看了两场完整的比赛——幸亏他全神贯注于比赛，才没领会到埃美特寓意丰富的玩笑，那些玩笑越来越明显，变得跟橄榄球毫无干系——看了赛后评论，然后又看完了新闻。他坐在那里丝毫没有离开的打算，直到塞思提醒他注意时间。

“查理，你要让比利和我妈妈久等吗？快回去吧。贝拉和尼斯明天还会在这里，让我们去吃点东西，好吗？”

查理的眼神里明显地透露出对塞思的不信任，但他还是跟着塞思往外走。此刻他站在门口，那种怀疑还停留在他的眼光中。门外的云层变得稀薄，雨停了。在日落时分，太阳终于露出脸来为这一天谢幕。

“杰克说，你们要离开这里，离开我。”他低声对我说道。

“我也不想这样，但我们实在没有其他的办法，这就是我们到如今仍待在这里的原因。”

“他说你们可以在这里待上一段时间，但条件是我能坚强地接受这一切，而且保守秘密。”

“是的……但是我不能发誓我们永远都不离开，爸爸，事情太复杂……”

“我只想了解必须了解的事情。”他提醒我。

“好的。”

“如果你不得不离开，你会偶尔回来看看我吗？”

“我保证会的，爸爸。既然你只了解必须了解的事情，我想我们可以经常见面，我会如你希望的那样保持这份亲密。”

他咬了咬嘴唇，身子慢慢地朝我倾过来，小心翼翼地张开手臂。我把正在小睡的蕾妮斯梅移到左边手臂上，紧咬牙关，屏住呼吸，轻轻地将右手绕过他温暖、柔软的腰间。

“保持真正的亲密，贝儿，”他低语道，“真正的亲密。”

“我爱你，爸爸。”我憋住气轻声地说道。

他的身子抖了一下，松开双手，我放下绕着他的手臂。

“我也爱你，孩子，不管发生了什么改变，这一点永远不会变。”他用一只手指碰了碰蕾妮斯梅粉红的脸蛋，“她看上去真像你。”

我尽量显得自然，尽管这是此刻最难做到的事情。“我觉得更像爱德华，”我犹豫了一会儿，接着补充道，“她长着和你一样的鬈发。”

查理先是一惊，然后哼着鼻子说：“嗯，是很像。嗯，外公。”他不敢相信地摇摇头，“我能抱抱她吗？”

我惊讶地眨了眨眼睛，马上镇定下来。我仔细地考虑了一会儿，又看到蕾妮斯梅现在的样子——她睡得很熟——我决定豁出去碰碰运气，何况到目前为止，事情进展得很顺利……

“给。”我边说边把孩子递给他。他条件反射似的用双臂笨拙地搭了个摇篮，我把蕾妮斯梅塞了进去。他的皮肤不像蕾妮斯梅的那么热，但我能感觉到薄薄的表皮下流动着温暖的血液，我的喉咙不禁觉得痒痒的。他一碰到我苍白的肌肤，手臂上顿时生出鸡皮疙瘩。我不确定这是对我冰凉体温的反应，还是心理作用。

查理感受到蕾妮斯梅的重量，喃喃地说道："她真……结实。"

我皱了皱眉，她对我来说轻如鸿毛，也许我的度量标准不合规范。

"长得结实是件好事，"查理看到了我脸上的表情，然后他自言自语地说道，"被这些疯狂的事情包围着，她必须强壮一点才好。"他轻轻地抬起胳膊，微微地来回摇晃，"这是我见过的最漂亮的宝贝儿，胜过任何小孩，包括你，孩子。抱歉，但这是事实。"

"我知道。"

"漂亮宝贝儿。"他又说了一遍，这次听上去像温柔的情话。

我从他的脸上看到了一种魔力——它正在弥漫开来。查理和我们所有人一样，无法抵抗蕾妮斯梅的魔力。她只在他的怀里待了两秒钟，就完全征服了他。

"明天我还能来吗？"

"当然可以，爸爸。当然，我们也会在这里。"

"你们最好在，"他坚决地说，但他脸上的表情却是温柔的，他仍注视着蕾妮斯梅，"明天见，尼斯。"

"你怎么也这样叫她？"

"呃？"

"她的名字是**蕾妮斯梅**，是蕾妮和埃斯梅两个人名字的组合，没有别名。"我尝试着在不能深呼吸的情况下使自己平静下来，"你想听听她的中名吗？"

"当然。"

"卡理，是卡莱尔和查理的组合。"

查理咧嘴笑起来，眼角堆起了皱纹，脸上容光焕发，令我也感觉轻松了许多。"谢谢，贝儿。"他说。

"谢谢你，爸爸，太多的事情在太短的时间里发生了改变，我的脑袋到现在都还感到眩晕。如果没有你陪着我，我真不知道自己如何把握……现实。”我打算说如何**把握真实的自己**，但这可能超越了他需要了解的范围。

查理的肚子又咕噜咕噜地叫起来。

“回去吃饭吧，爸爸，我们会在这里。”此刻这种感觉似曾相识，那是我第一次沉浸在不安的幻境中的感觉——当太阳升起，一切都会消失。

查理点点头，勉强地把蕾妮斯梅还给我。他朝我身后的房间望去，将宽敞明亮的房间扫视了一番，眼神中立刻流露出几分不可思议。所有人都还在房间里，包括雅各布，我听见他正在厨房里对冰箱进行洗劫；爱丽丝懒洋洋地躺在楼梯的第一级，贾斯帕头靠在她的腿上；卡莱尔腿上搁着一本厚重的书，他正埋头研读；埃斯梅一边自娱自乐地哼着小曲，一边在记事本上画着素描；罗莎莉和埃美特待在楼梯下的空地上，他们打算用纸牌搭一座大房子，此时正在建造地基；爱德华坐在钢琴边，自顾自地弹着一首轻柔的曲子。没有任何迹象表明这一天即将结束，是吃饭的时候了，或者该为夜晚的来临做好准备。房间里的气氛有了微妙的改变。卡伦一家不像平常那样刻意遵循某种规则——假扮正常人的努力有点松懈，连查理都察觉出其中的不同。

他身子微微一颤，摇了摇头，叹气道：“明天见，贝拉。”他皱皱眉头又说道，“我并不是说你看上去不……健康，我会习惯的。”

“谢谢，爸爸。”

查理点点头，若有所思地朝他的车走去。我目送他开车离去，直到听见车胎摩擦公路的声音，我才意识到我成功了。我顺利地度过了这一天，没有伤害查理，全凭我自己的努力，我**一定**具备超能力！

这一切太完满了，简直叫人无法相信。我有了新的家人，同时还能拥有以前的家人，这是真的吗？我还以为只有昨天才是最完满的一天。

“哇。”我低声感叹道。我眨了眨眼，发现换上的第三副隐形眼镜已经溶解了。

钢琴声停止了，爱德华搂住我的腰，下巴搁在我的肩膀上。

“你说了我正想说的话。”

“爱德华，我做到了！”

“你做到了，真叫人难以置信。新生吸血鬼的所有困扰，你这么快就全部克服了。”他轻声地笑道。

“我根本就不相信她是个吸血鬼，更别说是新生吸血鬼了。”埃美特在楼梯下喊道，“她太**温顺**了。”

他在**我父亲**面前说的那些叫人脸红的话又在我耳边回响，还好我现在抱着蕾妮斯梅，没办法攻击他，我低声咆哮着。

“哎呀，真吓人。”埃美特大声笑道。

我怒不可遏，怀中的蕾妮斯梅被我惊醒。她眨眨眼睛，朝四周瞅了瞅，一脸疑惑。她吸了吸鼻子，伸手贴着我的脸。

“查理明天还会来的。”我向她保证。

“太好了。”埃美特说道，罗莎莉也跟着他笑了起来。

“你这样做很不明智，埃美特。”爱德华轻蔑地说道，伸手想从我怀里抱走蕾妮斯梅。我犹豫了一下，他朝我使了个眼色。我有些疑惑不解，把孩子递给了他。

“你什么意思？”埃美特质问道。

“和我们中最强壮的吸血鬼对抗，你不觉得很愚蠢吗？”

埃美特仰起脸，哼着鼻子说：“笑话！”

“贝拉，”爱德华对我耳语道，埃美特竖起耳朵听着，“几个月前，我请你在变成吸血鬼之后帮我个忙，还记得吗？”

我似乎有点印象，仔细地回想着模糊不清的对话。过了一会儿，我终于恍然大悟，松了口气：“哦！”

爱丽丝颤抖的笑声响彻房间。雅各布从角落里探出头来，嘴里塞满了吃的东西。

“什么？”埃美特怒吼道。

“真的可以吗？”我问爱德华。

“相信我。”他说道。

我深吸一口气：“埃美特，咱们俩比试一下怎么样？”

他立刻站了起来：“好极了，来吧。”

我咬了咬嘴唇，他的块头真大。

“除非你太害怕……”埃美特说道。

我挺起胸：“你，我，饭厅餐桌上，掰手腕，就现在。”

埃美特的嘴几乎咧到耳根。

“呃，贝拉，”爱丽丝迅速说道，“我认为埃斯梅很喜欢那张桌子，那可是个古董。”

“谢谢。”埃斯梅以口形向她示意。

“没问题，”埃美特满脸笑容地说道，“跟我来，贝拉。”

我跟着他穿过后门，朝车库走去，我听见其他人跟在我们后面。河边堆满了大大小小的石头，有一块巨大的花岗岩特别显眼，那肯定就是埃美特的目的地。尽管这块大石头有点圆，形状不太规则，但足以让我们用来比试。

埃美特把胳膊肘放在石块上，朝我挥了挥手。

看到埃美特手臂上厚实的肌肉，我又感到一阵紧张，但我仍表现得泰然自若。爱德华保证过，我在一段时间里会比任何人都强壮。他对此很有信心，我也**觉得**自己很强壮。**有那么强壮吗**？我满腹狐疑地看着埃美特的肱二头肌。我成为吸血鬼不满两天，按照爱德华的理论，我应该力大如牛，除非我不是正常的吸血鬼。也许我真不像一般的新生吸血鬼那么强壮，也许这就是为什么我很容易就能控制自己。

我也把胳膊肘搁在巨石上，努力不露出担忧的表情。

“好了，埃美特。如果我赢了，以后你不能对任何人说有关我私密生活的话，对罗斯也不能说。不许含沙射影，不许话里藏话——什么都不许。”

他眯缝着眼睛：“成交。如果我赢了，事情将会**愈**演**愈**烈。”

他听到我止住了呼吸，脸上露出坏笑，他的眼神表明他刚才的话绝非虚张声势。

“这么容易就放弃了，小妹妹？”埃美特嘲弄道，“**你**没那么狂野，不是吗？我敢说你们的爱屋里连个抓痕都没有。”他大笑起来，“爱德华有没有告诉你罗斯和我摧毁了多少屋子？”

我紧咬牙关，一把抓住他的大手：“一，二——”

“三。”他低声数道，开始猛推我的手。

什么也没有发生。

哦，我能感觉到他使出的力气。我崭新的头脑似乎非常善于各种各样的计算，因此我可以断定，如果没有遇到任何阻碍的话，他的手会不费吹灰之力打烂这块巨石。他的力气越来越大，我胡乱地估算着，一辆水泥运输车以每小时四十英里的速度冲下斜坡会不会有如此强大的力量？每小时五十英里呢？每小时六十英里呢？也许更多。

这力量不足以移动我，他的手以摧毁一切的气势推着我的手，但没有让我感到任何不舒服，反而让我觉得畅快。自从早上睁开眼，我就格外小心翼翼，竭尽全力克制自己，生怕损坏什么东西。现在，我的臂力充分发挥作用，对我来说是一种解脱，力量得到了释放而不是遭受拼命的压抑。

埃美特痛苦地呻吟着，他的额头上堆起了皱纹，整个身体拉紧成一条刚硬的直线，靠向我纹丝不动的手。我任由他汗流浃背——想象而已——自己却享受着疯狂的力量贯穿整个手臂的快感。

过了一会儿，我有点厌倦了这游戏。我推了推手，埃美特输掉了一英寸。

我开心地笑起来，埃美特咬紧牙关，从牙缝里挤出几声刺耳的吼叫。

“从今以后，闭上你的嘴。”我提醒他，然后把他的手狠狠地压向巨石。震耳欲聋的破裂声在树林里回响。巨石抖动了一下，一块碎石——大概占整个石头八分之一大小——从无形的裂痕处断落下来，正好落在埃美特脚边。我偷偷笑了笑，雅各布和爱德华也忍俊不禁。

埃美特一脚将落下的碎石踢到河对岸。飞过去的碎石先将一棵小枫树一切为二，然后砰地击中一棵大杉树的树根，高大的杉树摇晃了几下，最终倒向了另一棵树。

“明天再比试一次。”

“我的力量不会这么快就减弱的，”我告诉他，“也许你可以等到一个月以后再尝试。”

埃美特露出锋利的牙齿，咆哮道：“明天。”

“嘿，只要你乐意，大哥哥。”

埃美特转身准备离开时，挥拳击向花岗岩，巨石的一角像发生雪崩一样滑落下碎片和粉末。这动作棒极了，就是显得太孩子气。

我比我所认识的最强壮的吸血鬼还要强壮，这个不可否认的事实令我着迷。我张开五指，将手掌贴在巨石上，慢慢地把手指伸进石头里，将它碾碎。这感觉就像捏着一块硬硬的奶酪。我展开手掌时，石头变成了一把沙砾。

“太酷了。”我自言自语道。

我咧嘴一笑，突然来了个三百六十度旋转，然后像练习空手道动作一样，用手掌的侧面劈开巨石。石头发出尖声惊叫，接着痛苦呻吟——随着一阵灰尘弥漫，最终裂成两块。

我开心地大笑起来。

我随心所欲地对残留的巨石拳打脚踢，没在意我身后传来的阵阵笑声。我玩得开心极了，一个人偷偷地乐着。突然间，我听见银铃般清脆的笑声，这声音我以前从未听到过，我这才从无聊的玩耍中回过神来。

“她刚才笑了吗？”

所有人都目瞪口呆地盯着蕾妮斯梅，看看他们，我就能想象自己脸上的表情。

“是的。”爱德华说道。

“又有谁没笑呢？”雅各布咕哝道，转了转眼珠。

“看来，你刚会变身的时候，把握得很有分寸，一点傻事也没做，大狗。”爱德华取笑道，话语里没有任何敌意。

“那不一样，”雅各布说道，我惊奇地看着他开玩笑似的朝爱德华的肩膀上打了一拳，“贝拉现在是成年人了，已经结婚生子，为人妻母，难道不应该更有尊严吗？”

蕾妮斯梅皱着眉头摸了摸爱德华的脸。

“她要什么？”我问道。

“少一点尊严，”爱德华咧嘴笑道，“她和我一样，从你的自娱自乐中享受了许多乐趣。”

“我很好笑吗？”我问蕾妮斯梅。我飞快地回到她身边，向她张开双臂，她也向我伸出双手。我从爱德华怀里将她抱过来，把手里的一块碎石递给她。“你想试试吗？”我说。

她脸上露出灿烂的笑容，她用双手握着石头，使劲挤压。当她集中精力的时候，两眉之间形成了一道浅浅的凹痕。

她的手心里传来细微的摩擦声，些许的尘土散落下来。她皱了皱眉，把石头递还给我。

“我来处理它。”我说道，将石头碾成了细沙。

她一边拍掌一边大声笑着，甜美的笑声让所有人都跟着笑了起来。

阳光突然穿过云层照射下来，红宝石色和金色的光柱在我们十个人中间穿行游荡。落日的光芒令我的皮肤光彩熠熠，我被这光亮照得眼晕，一瞬间迷失在这份美好之中。

蕾妮斯梅抚摸着我光滑的钻石般闪亮的皮肤，然后把她的手臂搁在我的手臂旁。她的皮肤闪着微弱的光亮，精细且神秘。晴天里，只有我光亮的身体能抵挡住灿烂阳光对她的诱惑，让她乖乖地待在屋里。她摸了摸我的脸，想着我和她的不同，觉得有些失落。

“你是最美丽的。”我向她保证。

“恐怕我不能同意你的话。”爱德华说道。我转过身准备答复他，而他那张映照着阳光的脸让我看得哑口无言。

雅各布抬起手遮住脸，假装挡住强光的照射。“怪异的贝拉。”他评价道。

“她是多么令人惊叹啊。”爱德华轻声说道，几乎是在附和雅各布的话，好像雅各布刚才的评价是对我的褒奖。爱德华浑身闪着耀眼的亮光，同时又被周围的亮光刺着眼睛。

我有一种奇怪的感觉——我想，有这种感觉也不足为奇，因为最近发生的所有事情都叫人觉得奇怪——我拥有某种天赋。作为凡人，我没有任何出众的地方。我可以和蕾妮很好地相处，但也许很多人都能比我做得更好，菲尔似乎就能坚持下来。我是个好学生，但从来不是班里最拔尖的。显然，我不擅长体育运动，没有艺术天分，没有音乐细胞，没有值得炫耀的任何才能。我最拿手的只有阅读书籍，可是没人会为这个兴趣颁发奖杯。十八年平平淡淡的生活让我习惯于做个一般人。如今我才意识到，很早以前我就放弃了对出类拔萃的渴望。我只是尽我所能地做到最好，从来没有真正融入周围的世界。

而现在完全不一样了，我成了令人惊叹的人物——令他们惊叹，也令我自己惊叹。仿佛我生来具有吸血鬼的天赋。这个想法让我想要开怀大笑，也让我想要放声歌唱。我终于在这个世界上找到了属于我的地方，一个适合我的地方，一个令我绽放光芒的地方。

出行计划

自从变成吸血鬼以后，我更加认真地看待神话传说。

当我回首前三个月的吸血鬼生活时，我常常想象我的生命之线在命运女神[①]的织机上究竟是什么样子——谁能证明命运女神真的存在呢？我确信我的生命之线一定改变了颜色。也许刚开始的时候是美好的米色，用来配合其他的色彩，从不张扬，恰到好处地点缀在背景中，但现在它一定变成了鲜红色，或者是闪亮的金色。

家人和朋友的生命之线也有它们各自亮丽的色彩，它们在我的周围编织成锦，看上去鲜艳美丽。

我惊讶地发现这幅织锦中还包含着令我意想不到的生命之线。狼人们森林般浓郁的色彩是我未预料到的，当然有雅各布，还有塞思。我的老朋友奎尔和安布里加入雅各布的族群后，也成了织锦的一部分，就连山姆和艾米莉也真诚地融入其中。我们两家的紧张关系得到了缓和，主要是因为蕾妮斯梅，她是那么的惹人喜爱。

苏和里尔也交织在我们的生命中——他们的出现也是我未预料到的。

苏似乎将帮助查理顺利地适应虚幻世界作为己任。她经常陪同查理来卡伦家，尽管她待在卡伦家时并不像她儿子和杰克他们那样感觉自在。她很少说话，只是防护性地徘徊在查理周围。只要蕾妮斯梅一有出人意料的举动——这是经常发生的事情——查理总是最先向苏寻

① 命运女神，英文为 The Fates，是希腊神话中掌管万物命运的三位女神，包括克罗托（Clotho）、拉切西斯（Lachésis）、阿特洛波斯（Atropos）。克罗托掌管未来和纺织生命之线，拉切西斯负责维护生命之线，阿特洛波斯掌管死亡，负责切断生命之线。

求帮助。每当这时，苏都会意味深长地朝塞思看一眼，似乎在说，**好了，告诉我这是怎么回事。**

比起苏来，里尔显得更不自在，她是我们这个大家庭中唯一对家族联合表示不满的人，但是她和雅各布之间新建立的友情维系着她和我们的亲密。我曾向雅各布问过此事——犹豫许久后才问他。我不想窥探什么，但是他们之间的关系和从前大不相同，让我倍感好奇。他耸耸肩，告诉我这跟狼人族群有关，她现在是他的副指挥，他的"贝塔"，就像我很早以前称呼的那样。

"我想过了，既然我真的要做阿尔法狼人，"雅各布解释道，"最好制定明确的规矩。"

里尔肩负的新责任让她时常出现在雅各布身边，而他经常和蕾妮斯梅待在一块儿……

里尔不太愿意同我们相处，但蕾妮斯梅是个例外。如今，幸福成为我生活中的主要元素，也是生命织锦上最显著的图案。我连做梦也没想到，我同贾斯帕的关系会变得更加友好。

不过，刚开始的时候我确实感到恼火。

"唉！"有天晚上，我们把蕾妮斯梅放进锻铁制成的婴儿床，我向爱德华发起牢骚，"既然我到现在都没杀死查理或者苏，以后恐怕也不会发生这种事了，真希望贾斯帕不要整天在我周围看守着！"

"没有人怀疑你，贝拉，丝毫怀疑都没有，"他向我保证道，"你了解贾斯帕这个人——他从不抗拒愉快的情绪氛围。而你总是这么开心，亲爱的，他自然而然就被吸引在你周围。"

爱德华紧紧地抱着我，我在新生活中表现出的无法抑制的欣喜最能令他感到快乐。

绝大多数时间里，我确实心情愉悦。白天的时光太短暂，我和女儿玩耍的时间似乎总不够长。夜晚的时光也太短暂，我对爱德华的渴望似乎总得不到满足。

但是，快乐也有对立面。如果翻转我们的生命织锦，我想，背面的图案一定是由阴暗灰色的怀疑和恐惧编织而成。

蕾妮斯梅在她整整一周大的时候说出了第一个词——**妈妈**。这个词本该让我欣喜若狂，可我被她不可思议的成长速度惊呆了，僵硬的脸庞甚至没法对她挤出笑容。更叫人难以置信的是，她从第一个词马上延伸到她的第一句话："妈妈，爷爷在哪里？"她的声音清脆，像女高音，她之所以提高嗓门，是因为我正待在房间的另一头。她已经用正常的（从另一个角度说，应该是不正常的）交流方式问过罗莎莉，罗莎莉不知道答案，于是蕾妮斯梅就求助于我。

过了不到三周时间，她就学会了走路。当时，爱丽丝正在为房间里的几个花瓶插上花束，蕾妮斯梅全神贯注地盯着姑姑，看着她手捧着鲜花在地板上来来回回地舞动。蕾妮斯梅站了起来，身体没有一点晃动，然后动作优雅地横穿过地板。

雅各布突然鼓掌叫好，显然这个反应正是蕾妮斯梅想要的。雅各布对她的特殊情感使他自己的感受退居其次，他的第一反应总是给予蕾妮斯梅她想要的任何东西。可当我俩的眼神相遇时，我从他的眼睛里看到了和我眼中一样的惊恐。我也跟着拍起手，尽量不让她发现我的恐惧。爱德华在我身边轻轻地鼓掌，我们不需要用言语表达就能知道彼此心中的想法是相同的。

爱德华和卡莱尔开始全力调查研究，他们想寻求答案，寻求任何可以解释这一切的理由，但是，结果却不如意，即使找到了极少数类似的情况，它们的真实性也有待考证。

我们的每一天都在爱丽丝和罗莎莉准备的时装表演中拉开序幕。蕾妮斯梅穿的衣服没有重样，一方面因为她长得太快，新衣服一下子变得太小且不合身，另一方面因为爱丽丝和罗莎莉打算创建一本婴儿影集，这本影集里的照片看上去应该是在几年内拍的，而不是几个礼拜就完成了。她们拍摄了数以千计的照片，将蕾妮斯梅超速的童年时光的每个阶段都囊括其中。

蕾妮斯梅三个月的时候，个头已经有一两岁的孩子那么大。她的体形并不完全像是蹒跚学步的孩子。她更纤细、更优雅，身材匀称，像个成年人。铜色的鬈发一直垂到腰际，即便爱丽丝允许我剪掉她的头发，我也不忍心这样做。蕾妮斯梅说话时语法准确、发音清晰，但她懒得动嘴，她更喜欢向别人**展现**她需要的东西。她不仅会走路，还会跑步、跳舞，她甚至识字。

有天晚上，我为她念丁尼生[①]的作品，因为他诗歌中的韵律和节奏听上去静心宁神。（我必须不断地更新睡前阅读素材，蕾妮斯梅不像其他孩子那样喜欢反复地听同一个故事，而且她对图画书没什么兴趣。）她伸出手贴着我的脸，她脑海中浮现出我们俩当时的样子，只不过换成是她拿着书，我笑着把书递给她。

"'这里有曼妙的音乐，"她毫不迟疑地读了起来，"轻柔胜似坠入草丛的玫瑰花瓣，胜似落入暗石间水池的露珠，在瞬间……'"

我机械地从她手里夺过书。

"如果你要读书的话，怎么睡觉？"我问道，掩饰不住声音中的颤抖。

根据卡莱尔的计算，她身体的生长速度正在逐渐减慢，但她的智力仍在飞速地增长。即使减慢的速度固定不变，不出四年，她就能成长为一个成年人。

只用四年时间，而且十五年后，她就是位老妇人了。

仅有十五年的生命。

但她是如此**健康**，生气勃勃，聪明伶俐，光彩照人，开心快乐。她此时的安宁康乐让我感到片刻轻松，陪着她尽情地享受眼前的快乐，关于未来，留到明天再去想吧。

卡莱尔和爱德华从不同角度对我们未来的抉择进行讨论，他们低声商量，我装作听不见。他们从来不在雅各布面前谈论这个问题，因为只有一个办法可以阻止蕾妮斯梅的成长，而这个办法不太可能让雅各布接受。我也不能接受，**太危险了**！作为母亲的本能朝我尖声喊叫道。雅各布和蕾妮斯梅在许多方面都很相似，他们都是两种事物合二为一的混合体。狼人们都认为吸血鬼的毒汁是死亡之液，而非成就不老之身的琼浆玉液……

① 丁尼生，英文全名为 Alfred Tennyson，英国维多利亚时期著名诗人，其诗作想象丰富、题材广泛、韵律优美。蕾妮斯梅所念的是诗人的代表作《食莲人》（*Choric Song of the Lotos-Eaters*）。

卡莱尔和爱德华几乎搜遍了世界各个角落进行调查研究，我们根据他们所提供的资料，准备去追寻古老的传说。我们打算去巴西，从那里开始。图库纳人的传说中有过像蕾妮斯梅这样的小孩子……如果像她这样的小孩子确实存在过，说不定有关半吸血鬼孩童寿命的故事如今仍在流传……

唯一亟待解决的问题是我们什么时候出发。

是我延缓了出行时间。其中一个原因是，我想等到假日结束以后再离开福克斯，这是为查理着想。另一个更重要的原因是，我有另一个出行计划，必须在我们去巴西之前完成——这个计划有绝对的优先权，而且，这是一次单人出行。

我的计划引发了爱德华同我的争论，这是自从我变成吸血鬼以来我们仅有的一次争执。“单人”成为我们争论的焦点，但是，事实胜于雄辩，我的计划才是唯一合情合理、行之有效的。我必须去见沃尔图里家族，而且我必须只身前往。

尽管我已经摆脱了噩梦的困扰，摆脱了任何梦境，但我不可能忘记沃尔图里。沃尔图里也没有忘记时刻提醒我们他们的存在。

收到阿罗赠送的结婚礼物后我才知道，爱丽丝向沃尔图里的首领宣布了我和爱德华结婚的消息；早在我们待在埃斯梅的岛上时，爱丽丝就预见到沃尔图里的战士——杀气腾腾的简和亚历克也在其中。凯厄斯计划了一场大型的捕食，目的是探查我还是不是个凡人，如果是的话，就违背了他们的法令（因为我知道了吸血鬼的秘密世界，我要么必须加入这个世界，要么被堵上嘴巴……永远地堵上）。因此爱丽丝向他们宣布了婚讯，如果他们能够领会到这场婚礼背后的意义，也许会延迟他们的行动，但是，他们最终还是会来的，这一点毋庸置疑。

礼物本身并没有什么可怕，看上去超级豪华，是的，豪华得让人恐惧。阿罗用黑色的墨水在厚重、纯白的方纸上亲笔写下了祝词，这份礼物真正可怕之处就是祝词的结尾一句：

我非常期待亲自见见

礼物装在一个精心雕饰、年代久远的木盒里，镶嵌着黄金和珍珠贝，并饰有五彩缤纷的宝石。爱丽丝说这木盒本身就是个无价之宝，它的价值几乎胜过任何珠宝，包括装在盒子里的宝贝。

“十三世纪时，英格兰的约翰王[1]把镶有珠宝的王冠典当掉了，我一直想知道王冠的下落，”卡莱尔说道，“沃尔图里享有这些珠宝，一点也不让我觉得奇怪。”

项链的式样很简单——黄金编织而成的一条粗重的链子，像平滑的闪鳞蛇一样缠绕在脖子上。一颗宝石悬挂在链子上，是一枚高尔夫球大小的钻石。

阿罗直言不讳的祝词比宝石更吸引我的注意。沃尔图里想要探查我是否变成了吸血鬼，还有卡伦一家是否遵守了沃尔图里的法令，他们想要立刻探查到结果。绝不能让他们接近福克斯，能让我们安全地在这里生活的方法只有一个。

“你不能一个人去。”爱德华咬牙切齿地坚持道，他紧握双拳。

“他们不会伤害我的，”我竭尽所能地安慰他，努力让声音显得有把握，“他们没有理由伤害我。我现在是吸血鬼，任务已经完成。”

“不行，绝对不行。”

“爱德华，这是保护她的唯一方法。”

他没法反驳这一点，我的理由无懈可击。

尽管我认识阿罗的时间不长，但我发现他是个收藏家——他最价值连城的宝贝是他的**活**收藏。他觊觎美貌、才华、特长兼备的吸血鬼，更胜于宝库里任何一枚珠宝。不幸的是，他开始贪慕爱丽丝和爱德华的才干，我不能再给他妒忌卡莱尔家族的理由。蕾妮斯梅美丽出众、拥有天赋、独一无二——她正是令他垂涎的类型，绝不能让他看到她，即便是通过别人脑中的想法也不行。

---

① 约翰王（1167—1216），英格兰国王，外号“无地王约翰”（John Lackland），英国历史上最不得人心的国王之一。

而他无法听到我的想法，只有我一个人能做到这一点，顺理成章只能我一个人去见他。

爱丽丝预见到我的这次出行不会出现麻烦，但是，她预见的图像模糊不清，这令她担心不已。她说，有时候会有外界的判断出现，这些判断**可能**产生抵触力并且没有可靠的结论，这种情况下就会产生类似的朦胧图像，这份不确定让已经犹豫不决的爱德华更加反对我的计划。他想陪着我一直到伦敦，但我不愿意让蕾妮斯梅看不到父母二人。卡莱尔会代替爱德华陪我去，一想到卡莱尔将会待在离我不远的地方，爱德华和我都松了口气。

爱丽丝还在搜寻未来的图像，但是她看到的同她期待的毫无关联。股票市场的新行情；艾瑞娜有可能前来拜访，希望和解，但她目前还没有下定决心；六个礼拜以后有一场暴风雪；蕾妮打电话来（我正在练习“粗犷”的声音，练习的效果越来越好——蕾妮以为我还在生病，只不过病情已经好转）。

我们买了去意大利的机票，出发的日子正好是蕾妮斯梅满三个月后的第二天。我预计这是一次非常短暂的出行，所以没有告诉查理。雅各布知道这件事，他同意爱德华的想法，但是今天讨论的问题是去巴西，雅各布执意要和我们一起去。

雅各布、蕾妮斯梅和我在一起捕食，动物的鲜血不是蕾妮斯梅最喜欢的食物——这是我允许雅各布陪同我们一起捕食的原因。雅各布将捕食变成了一场竞赛，蕾妮斯梅因而乐此不疲。

她非常清楚事情的是非曲直，捕食人类这件事也不例外，募集的人血可以很好地满足她的胃口。她的身体系统似乎能兼容人类的食物，但她对所有固体食物的反应同我当初对花椰菜和菜豆的反应相同，像忍耐着殉难之苦一样，动物的鲜血至少比那好受。她天性爱好竞争，击败雅各布的挑战令她对捕食充满兴致。

“雅各布，”我想和他再说说道理，蕾妮斯梅在我们面前狭长的空地上手舞足蹈，寻找着她喜欢的气味，“你肩负着责任，塞思，里尔……”

他哼了哼鼻子：“我不是我们族群的保姆，在拉普西，他们都有各自的责任。”

“和你的责任相同吗？你是不是正式退学了？如果你想跟上蕾妮斯梅，你就必须更加用功地学习。”

“现在只是在休假，我会回学校的，等情况……有所缓解以后。”

听了他的话，我说不出任何反对意见，我们不由自主地朝蕾妮斯梅望去，她正仰头注视着头顶上飞舞的雪花。我们站在长长的箭头形草地上，雪花刚落到枯萎的草丛中就融化不见了。她穿着一件打褶的象牙色衣服，几乎跟雪花一样白净。尽管太阳深藏在云层后面，她红棕色的鬈发仍然微微发亮。

我们看着她微微蹲了下来，猛地向空中跳起十五英尺。她用两只小手围住一片雪花，然后轻轻地落到地面。

她朝我们转过身，露出令人惊讶的笑容——说真的，这笑容叫人不太习惯——她打开双手，手掌上是一片完美的八角形冰星，我们刚看一眼它就融化掉了。

“真美，”雅各布对她称赞道，“不过，我认为你是在故意拖延比赛时间，尼斯。”

她蹦到雅各布面前。他张开双手，她简直是在同一时刻跳入了他的怀中，他们的动作配合得天衣无缝。这是她有话要说时的表现，她还是不喜欢用嘴巴说出想法。

蕾妮斯梅摸了摸他的脸庞，我们听到一群麋鹿在树丛中穿梭，蕾妮斯梅可爱地皱起眉头。

“**当然啦**，你不饿，尼斯，”雅各布回应她，声音里略带讽刺，但更多的是对她的溺爱，“你只是害怕又被我抓到最大的那一只！”

她从雅各布怀里跳出来，轻松地站住脚，转了转眼珠——她做这个动作时像极了爱德华。接着，她飞快地朝树丛冲去。

“让我来。”我正准备探身跟上前，雅各布说道。他猛地扯掉身上的T恤，跟在她后面冲进了森林，我看见他的身子已经在颤抖。“如果你耍赖可不算。”他朝蕾妮斯梅喊道。

我看着他们身后摇晃的树叶，笑着摇了摇头。有时候，雅各布比蕾妮斯梅更像个小孩子。

我没有立即跟上去，给这些捕食者一点领先的机会。追上他们易如反掌，而且蕾妮斯梅喜欢用她捕到的庞然大物来吓唬我，我又笑了起来。

狭长的草地安静、空荡。头顶上飞舞的雪花越来越少，几乎没有了。爱丽丝预见过，数周以后雪才有可能积起来。

爱德华平常会和我一起捕食，但他今天同卡莱尔在一起，他们瞒着雅各布商量去里约热内卢的事情……我皱起眉头。待会儿回去后，我会站在雅各布一边。他**应该**跟我们一块儿去。他同我们每个人一样与这件事息息相关——他的整个生命都处在危机之中，我的也是如此。

当我的思绪沉浸在不久的将来时，我的双眼习惯性地扫视着对面的山腰，搜寻猎物，提防危险。我没有多想，这个动作完全是毫无意识的。

或许，我的扫视**是**有原因的。有一阵微小的动静，在我真正意识到它之前，触发了我敏锐的感官。

远处蓝灰的悬崖峭壁在深绿的森林映衬下格外突出，当我的视线迅速掠过崖壁时，一道银光——或者是金光——引起了我的注意。

我的目光定格在这点亮光上。这亮光不应该在那里出现，即使是老鹰，也不可能穿过雾霭到达那么远的地方，我目不转睛地盯着那里看。

她也盯着我看。

显然，她是个吸血鬼。她的皮肤如大理石般洁白，肤质比正常人光滑无数倍。即使在阴云密布下，她仍微微地闪着光。如果皮肤没有暴露她的身份，她静止的身体也会出卖她，只有吸血鬼和雕像能够这样纹丝不动。

她苍白色的头发看上去跟银子差不多，刚才正是她头发的银光抓住了我的视线。她的头发中分，像标尺一样直的头发垂在线条僵硬的下颚旁。

我不认识她，我百分之百确定我以前从未见过她，即使当我还是正常人的时候也没见过。在我模糊的记忆中没有一张脸跟这张一样，但是，我透过她阴郁的金色眼睛立刻明白她是谁。

艾瑞娜最终还是决定来了。

我们互相对视了一会儿，我不知道她是不是也一下子猜到了我是谁。我抬起手，准备向她招招手，但她稍微动了动嘴唇，整张脸突然充满敌意。

森林里传来蕾妮斯梅胜利的呼喊声，还有雅各布的嗥叫声在回荡。几秒钟后，他们的声音也传入了艾瑞娜的耳朵，她条件反射似的猛地转过头去。她的目光直射向右边，我知道她看到了什么。一只体形硕大的褐色狼人，也许正是杀害了她亲爱的劳伦特的凶手。她这样看着我们有多长时间了？我确信，她肯定看到了我们先前温情脉脉的场景。

她的脸痛苦地抽搐着。

我下意识地在身前摊开双手表示歉意，她又把脸转向我，扭曲的嘴唇裹住了牙齿，她张大嘴巴咆哮起来。

当我隐约听到她的咆哮声时，她已经转身消失在森林中了。

“糟了！”我惊呼一声。

我急忙冲进森林，跟在蕾妮斯梅和雅各布身后，不愿意让他们离开我的视野。我不知道艾瑞娜朝哪个方向去了，也不知道此刻她究竟有多生气。复仇是吸血鬼最普通的念头，也是最不容易抑制的念头。

我以最快的速度飞奔，一眨眼的工夫就赶上了他们。

“我的更大。”我穿过茂密的灌木丛来到他们站立的空地，听到蕾妮斯梅同雅各布争论道。

雅各布注意到我脸上的表情，立刻竖起了耳朵，他朝前躬起身子，露出牙齿——上面还残留着捕食猎物的血迹。他的双眼扫视着周围的树林，我听见他的喉咙里翻腾着咆哮声。

蕾妮斯梅像雅各布一样警惕。她扔掉手里的死鹿，跳进我的怀里，好奇地把双手贴在我的脸上。

“我反应过度了，”我马上安慰他们，“我想，没什么事，别动。”

我掏出手机，按下快速拨号键。铃声刚响了一下，爱德华就接起电话，雅各布和蕾妮斯梅紧张地听着我向爱德华讲述发生的事。

“快来，带上卡莱尔，”我用颤抖的声音快速地说道，不知道雅各布能不能听清楚，“我看见了艾瑞娜，她也看见了我，但她还看到了雅各布，她非常生气，接着就不见了踪迹，我觉得她逃走了。她还没露面——到目前还没有——但是她看上去真的很生气，所以她肯定会再来的。如果她不来了，你和卡莱尔得追上她，跟她谈谈，我感觉糟透了。”

雅各布的喉咙里隆隆作响。

“我们半分钟后赶到。”爱德华向我保证，我听见他飞跑时嗖嗖的风声。

我们迅速返回到那片狭长的草地，静静地等待。雅各布和我小心地提防着靠近我们的不太熟悉的声音。

真的有动静，但是，这声音十分熟悉。不一会儿，爱德华就站在了我身旁，几秒钟后卡莱尔也出现了。我惊讶地听见卡莱尔身后传来厚重脚爪行进时的沉闷声音，我想我不应该大惊小怪。蕾妮斯梅身处危险境地，雅各布当然会呼叫增援。

“她刚待在那头的悬崖边上。”我立刻告诉他们，指向艾瑞娜先前站立的地方。如果她真是逃走了，她肯定已经走得很远。她会停下来听卡莱尔说话吗？她刚才的表情告诉我她不会，“也许你们应该叫上埃美特和贾斯帕，让他们跟你们一起去。她看上去……真的很生气，她还向我咆哮。”我说。

“什么？”爱德华愤怒地说道。

卡莱尔握了握他的胳膊：“她当时很伤心，我会跟上她。”

“我和你一起去。”爱德华坚持道。

他们彼此对视——爱德华对艾瑞娜的怨愤不利于事情的发展，但他的读心术能帮上大忙，也许卡莱尔正在这两者间权衡。最后，卡莱尔点点头，他们没有叫上贾斯帕和埃美特，循着艾瑞娜的踪迹出发了。

雅各布不耐烦地喘着粗气，用鼻子顶了顶我的后背。他一定想带蕾妮斯梅回到更安全的屋里，以防万一。我同意他的想法，我们匆匆朝家里赶去，塞思和里尔跟在我们两侧。

蕾妮斯梅满意地躺在我怀里，一只手仍贴在我脸上。既然我们的捕食中途告终，只好让她进食募集的人血，她想到这里就有些沾沾自喜。

未来

卡莱尔和爱德华没能追上艾瑞娜，她消失得无影无踪。他们游到河对岸，看看能不能寻到她沿岸逃走的踪迹，但是，东岸数英里范围内都找不到她出现过的迹象。

都是我的错，正如爱丽丝预测的，艾瑞娜来这里是为了和卡伦一家和解，但是我同雅各布的友好关系激怒了她。我真希望我能在雅各布变身之前发现她，真希望我们那天去别的地方捕食。

我们束手无策，卡莱尔打电话给坦尼娅，告诉她这个令人失望的消息。坦尼娅和凯特从决定参加我的婚礼以后就没有见过艾瑞娜，而这次艾瑞娜已经到了家附近却没有回去，让她们感到心烦意乱；与姐妹分离的滋味不好受，不管这种分离多么短暂，我不知道这件事是否勾起了她们数百年前失去母亲时的痛苦回忆。

爱丽丝预见到关于艾瑞娜未来的几个瞬间，但不是很具体。据爱丽丝所知，她没有返回德纳利。爱丽丝预见的图像模糊不清，唯一清楚的就是艾瑞娜感到非常难过，她在白雪覆盖的荒野中游荡——向北还是向东——脸上露出伤心欲绝的表情。除了带着悲痛漫无目的地徘徊，她还没有决定将何去何从。

日子一天天过去，虽然我什么也没有忘记，但艾瑞娜和她的痛苦不再时刻萦绕在我心头，我需要考虑更重要的事情。几天后我将动身去意大利，等我回来了，我们所有人要一起去南美。

所有的细节都经过深思熟虑，我们从图库纳人开始，根据我们掌握的资料追寻他们的传说。雅各布被批准加入到我们的行列，他在整个计划中起到举足轻重的作用——相信这个世界上有吸血鬼存在的人群，大概不太愿意同**我们**讲述他们的故事。如果我们在图库纳人身上一无所获，那一带还有许多相关的部族可供我们探查。卡莱尔在亚马孙有些老朋友；如果我们能找到这些人，他们或许也能为我们提供信息，至少能建议我们到其他什么地方去寻找答案。三个亚马孙吸血鬼本身不太可能跟半吸血鬼的传说有任何关系，因为她们都是女性，我们无法预计这次探查将持续多久。

我还没告诉查理这个耗时更久的出行，我冥思苦想着对他说些什么。爱德华和卡莱尔继续讨论他们的计划，怎样才能合适地告诉他这件事呢？

我注视着蕾妮斯梅，内心痛苦挣扎着。她蜷缩身子躺在沙发上，在酣睡中舒缓地呼吸着，缠结的鬈发胡乱地搭在她的脸上。爱德华和我通常会带她回我们自己的小房子，把她放到床上，但是今晚我们和家人待在一起，爱德华和卡莱尔需要深入地讨论出行计划。

而埃美特和贾斯帕为更丰富的捕食花样激动不已，亚马孙提供了不同寻常的食谱，比如美洲虎和黑豹。埃美特幻想着和一条水蟒搏斗，埃斯梅和罗莎莉正在规划需要打包的东西。雅各布同山姆他们出去了，他要安排好自己离开这段时间里的事情。

爱丽丝在宽敞的房间里缓慢地——对她来说缓慢地——移动，无所事事地收拾着足够完美无瑕的屋子，她挪了挪埃斯梅悬挂整齐的花环，调整落地柜上花瓶的位置。我从她脸上变化的表情——清醒，茫然，又变回清醒——察觉到她正在预测未来。我猜想她正试着摆脱雅各布和蕾妮斯梅造成的图像中的盲点，看清楚会在南美发生的事情。这时，贾斯帕说道："算了，爱丽丝，她不是我们应该关心的事。"一阵宁静的气氛悄然潜入整个房间，爱丽丝一定又在为艾瑞娜担心。

她朝贾斯帕吐了吐舌头，然后拿起一个插有白玫瑰和红玫瑰的水晶花瓶，转身朝厨房走去。瓶中只有一朵白玫瑰显露出一点点枯萎的迹象，但爱丽丝要求绝对完美，这样能分散她的注意力，不去想今晚看不清楚的图像。

我把目光又移向了蕾妮斯梅，没看见花瓶如何从爱丽丝的手中滑落。只听见水晶花瓶嗖的一声穿过空气，我抬起眼正好看到花瓶落在厨房边的大理石地板上，散成了无数个菱形碎片。

水晶碎片朝周围弹起又滑开，发出刺耳的声响，我们一动不动地盯着爱丽丝的背影。

我的第一反应是，爱丽丝在跟我们开玩笑，因为爱丽丝没理由**意外**让花瓶落地。如果早知道她接不到花瓶，我自己都能飞速地穿过房间抓住它，时间绝对充足。而且，花瓶一开始怎么可能从她的指尖滑落呢？她的手指相当牢靠……

我从没见过吸血鬼意外地掉落任何东西，前所未有。

爱丽丝转身面对我们，她扭转的动作如此迅速，好像没有发生一样。

她目不转睛地盯着前方，视线一会儿定格在眼前，一会儿锁定在未来，她的双眼瞪得大大的，似乎要占满她那张瘦小的脸蛋。看着她的眼睛，就好像从坟墓里往外看，我被她充满恐惧、绝望和痛苦的凝视所埋葬。

我听见爱德华喘着粗气，声音断断续续，像被什么哽住了喉咙。

“**怎么了**？”贾斯帕大声叫道，嗖的一下跳到她身边，脚下的水晶片被压得粉碎。他抓住她的肩膀，使劲地摇着。她的身体在摇晃下似乎咯吱作响。**“怎么了，爱丽丝？”**他问。

埃美特出现在我眼前，他露出牙齿，目光直射向窗外，时刻准备进攻。

埃斯梅、卡莱尔和罗斯什么也没有说，他们和我一样呆住了。

贾斯帕又摇了摇爱丽丝：“那**是**什么？”

“他们来找我们了，”爱丽丝和爱德华一字不差地同时轻声说道，“他们所有人。”

沉默。

我第一次成了全家人中反应最迅速的一个——因为他们的话语让我回想起自己曾有过的幻象。那只是很久以前的一个梦境——朦胧、透明、模糊，仿佛我正穿过薄雾窥探……在我的脑海中，我看见一列黑压压的东西向我逼近。当我还是凡人时，我的梦魇中常常出现这些魔鬼。他们的脸被完全遮盖，我看不见他们宝石般的眼睛寒气逼人，也看不见他们锋利、湿漉漉的牙齿闪闪发光，但我清楚地知道亮光就隐藏在那片黑暗之中……

比视觉上的记忆更强烈的是**感觉**上的记忆——需要竭力保护我所珍爱的人，那是一种痛苦的感觉。

我想把蕾妮斯梅揽入怀中，把她藏在我的躯壳之下，让她隐身，但此时此刻，我身体僵硬，连转身看她一眼都显得困难。我觉得自己不是石头，而是冰块，这是我变成吸血鬼以后第一次感觉到寒冷。

我似乎没听见他们在证实我所害怕的事情，我不需要听，我已经知道了。

“沃尔图里。”爱丽丝低沉地说道。

“他们所有人。”爱德华同时说道。

“为什么？”爱丽丝轻声自语，“怎么回事？”

“什么时候？”爱德华低语道。

“为什么？”埃斯梅重复爱丽丝的话。

“什么时候？”贾斯帕重复道，声音像断裂的冰块。

爱丽丝没有眨眼，但看上去好像有一层幕布遮住了它们，她的双眼变得完全茫然，只有她的嘴巴跟她脸上恐惧的表情保持一致。

“不久以后，”她和爱德华一起说道，接着她一个人说道，“森林里会下雪，镇上也会下雪，大概一个多月以后。”

“为什么？”这一次轮到卡莱尔问这个问题。

埃斯梅回答道：“他们一定有理由，也许为了看……”

“这跟贝拉无关，”爱丽丝的声音显得空洞，“他们都来了——阿罗、凯厄斯、马库斯，所有的护卫队成员，甚至连妇人们也来了。”

“妇人们从来没有离开过城堡，”贾斯帕语气平淡地反驳她，“从来没有。南方叛乱的时候没有离开过，罗马尼亚人想要推翻他们统治的时候没有离开过，甚至在他们搜寻吸血鬼孩子的时候都没有离开过，从来没有。”

“但这次她们来了。”爱德华轻声说道。

“可是**为什么**呢？”卡莱尔又问了一遍，“我们什么也没做！就算我们犯了错，又是怎样的错误能让我们遭受**这样**的惩罚呢？”

“我们有这么多人，”爱德华低沉地回答道，“他们一定想确定……”他没说完。

“这不是关键问题的答案！为什么？”

我觉得我知道卡莱尔的问题的答案，但同时我又不知道。我确信蕾妮斯梅是诱因，我从一开始就有预感他们会为她而来。在我得知自己怀上她之前，我的潜意识就曾提醒过我。现在发生的一切应该在预料之中，仿佛我一直都明白，沃尔图里总有一天会来把我的幸福带走。

但这仍不是问题的答案。

“往回看，爱丽丝，”贾斯帕恳请道，“搜寻事情的起因，搜寻一下。”

爱丽丝慢慢地摇了摇头，她的肩膀塌了下来：“事出无因，贾斯。我刚才根本没有预测他们，也没有预测我们。我只是在预测艾瑞娜，她没有在我所期待的地方出现……”爱丽丝的声音越来越小，她的视线又变得缥缈。过了好长时间，她的眼睛一直茫然地盯着前方。

突然，她猛地抬起头，眼珠看上去如燧石般坚硬，我听到爱德华屏住呼吸。

“她决定去找他们，”爱丽丝说道，“艾瑞娜决定去找沃尔图里，然后他们将决定……他们似乎在等着她。他们似乎早就做了决定，只不过等着她……”

我们思索着爱丽丝话里的意思，屋子里又是一阵寂静。艾瑞娜向沃尔图里说了些什么，会导致爱丽丝看到那么令人震惊的图像？

“我们能阻止她吗？”贾斯帕问道。

“绝不可能，她差不多已经到那儿了。”

“她在做什么？”卡莱尔问道。我的注意力已经不在这场讨论中，脑海中汇集起一幅缜密的画面。

我看见艾瑞娜静静地站在悬崖上眺望。她看到了什么？吸血鬼和狼人成了最好的朋友。正是这幅景象引起了她强烈的反应，而我是景象中的焦点，她看到的还不止这些。

她还看到了一个孩子，一个天生丽质的孩子在飘雪中炫耀她的战果，这孩子绝非常人……

艾瑞娜……失去双亲的姐妹们……卡莱尔曾说过，沃尔图里的审判使坦尼娅、凯特和艾瑞娜失去了她们的母亲，这件事让姐妹三人成了法令的坚定捍卫者。

就在半分钟前，贾斯帕自己说过这样的话：**甚至在他们搜寻吸血鬼孩子的时候都没有离开过**……吸血鬼孩子——不可提及的祸害，骇人听闻的禁忌……

根据艾瑞娜以往的经历，她怎么可能对那天所见的一切赋予其他的解释呢？她离我们不够近，听不到蕾妮斯梅的心跳，感觉不到她身体散发的温度，她肯定还以为蕾妮斯梅脸颊上的玫瑰色是我们设计的骗局。

从艾瑞娜的角度看，既然卡伦一家敢同狼人联合，这也许意味着我们什么都敢做……

艾瑞娜在大雪纷飞的荒野里忧虑地绞着双手——不是在悼念劳伦特，她知道告发卡伦一家是她的职责，她知道如果这样做了，对卡伦一家意味着什么。显然，她的理智战胜了数百年的友谊。

沃尔图里对这种违法行为的处理驾轻就熟，他们已经做了决定。

我转过身，朝熟睡中的蕾妮斯梅弯下腰，把我的脸埋入她的鬈发，我的头发盖在了她的身上。

“想想她今天下午看到的一切，”我低声说道，打断了正想开口说话的埃美特，“对于一个因为吸血鬼孩子而失去了母亲的人来说，蕾妮斯梅意味着什么？”

所有人又陷入了沉默，他们渐渐跟上我的思路。

“吸血鬼孩子。”卡莱尔轻语道。

爱德华在我身旁跪下，用双臂搂住了我和孩子。

“但是她错了，”我继续说道，“蕾妮斯梅跟那些吸血鬼孩子不一样。他们长不大，可她每天都在迅速成长。他们失去控制，可她从不伤害查理和苏，甚至不让他们看到那些令人不安的事情。她**可以**控制自己，她已经比大多数成年人聪明，没理由……”

我喋喋不休地说着，等待有人安心地松一口气，等待他们意识到我的话是对的，等待屋子里冻结的紧张气氛有所缓和，但是，屋子里似乎变得越来越冷，我轻柔的声音最终化为沉默。

很长时间里，没有人说一句话。

爱德华在我的发丝边耳语道："他们来这里不是对罪行进行审判，亲爱的，"他轻轻地说，"阿罗已经透过艾瑞娜的思想看到了**证据**。他们来这里是为了消灭我们，而不是同我们讲道理。"

"但他们错了。"我固执地说道。

"他们不会等咱们来证明的。"

他说起话来还是那么安宁、温和、柔软，但是声音里的痛苦和忧伤无法掩饰。他的声音就像之前爱丽丝的眼睛，让人感觉置身坟墓之中。

"我们能做什么？"我问道。

怀里的蕾妮斯梅温暖、完美，正安详地做着美梦。我曾那么担心蕾妮斯梅成长的速度，担心她只有十几年的生命……现在看来，这份担心有些可笑。

只有一个多月的生命……

难道这就是极限？我比别人经历了更多的幸福。难道世界上的自然法则要求每个人享受的幸福和承受的痛苦平衡？难道我的快乐已经打破了平衡？难道我只能拥有四个月的幸福时光？

埃美特回答了我的问题。

"我们可以抵抗。"他平静地说道。

"我们赢不了。"贾斯帕沉吟道，我能够想象抗争时他脸上的表情，他如何躬起身子保护爱丽丝。

"还有，我们不能逃跑，有德米特里在，我们没法逃。"埃美特厌恶地说道，我本能地察觉到，令他烦恼的并不是沃尔图里的追踪者，而是逃跑的想法，"而且我并不认为我们**不能**赢，"他说道，"还可以考虑其他的办法，我们不一定要独自抵抗。"

听到这话，我猛地抬起头："我们不能让奎鲁特也被判死刑，埃美特！"

"冷静点，贝拉。"他的表情跟刚才想象和水蟒搏斗时没什么两样，即使是灭顶之灾也无法改变埃美特的态度，无法改变他喜欢迎接挑战的个性，“我指的不是狼人，但是，你客观地想一想——你觉得雅各布和山姆会对这次入侵袖手旁观吗？即使这件事跟尼斯无关？更何况阿罗通过艾瑞娜已经知道了我们同狼人的联合，我刚才在想我们其他的朋友。”

卡莱尔低声重复了我的话：“那些不需要被判死刑的朋友。”

“嘿，我们会让他们自己决定，”埃美特用安抚的语气说道，“我没说他们必须和我们一起抵抗。”我看得出他的脑子里已经孕育出完整的计划，“我们只需要他们站在我们这边，拖住时间，延缓沃尔图里的行动。贝拉的想法没错，我们要设法让沃尔图里停下来听我们解释，尽管这样会错失一次搏斗的好机会……”

埃美特的脸上甚至出现了一丝笑意，奇怪的是竟然还没有人揍他，我想揍他一拳。

“是的，”埃斯梅急切地说道，“有道理，埃美特。我们需要的正是沃尔图里短暂的停顿，只要足够让他们**听**我们解释就行。”

“我们需要出庭的证人。”罗莎莉尖刻地说道，声音像玻璃一样干脆。

埃斯梅赞同地点点头，好像她没有听出罗莎莉讽刺的语气：“我们可以请朋友们帮忙，只是帮忙作证。”

“换作是他们提出这个请求，我们也会答应的。”埃美特说道。

“我们必须合适地提出这个请求，”爱丽丝轻声说道，她的眼睛又变成了黑暗的空洞，“必须小心翼翼地向他们展示。”

“展示？”贾斯帕疑惑不解。

爱丽丝和爱德华都望向蕾妮斯梅，爱丽丝的眼睛突然一亮。

“坦尼娅一家，”她说道，“希奥布翰一家，艾蒙一家，还有一些流浪吸血鬼——加勒特和玛丽肯定行，也许还能算上埃利斯戴。”

“彼得和夏洛特呢？”贾斯帕略带恐惧地问道，他似乎希望答案是否定的，这样他的哥哥就能避免这场大屠杀。

“也许行吧。”

“亚马孙血族呢？”卡莱尔问道，“卡叽里，查弗丽娜，还有塞娜？”

爱丽丝深深地陷入对未来的预测中，她没有回答卡莱尔的问题。

她身子突然一抖，目光又回到了眼前。她迅速地朝卡莱尔瞟了一眼，然后垂下眼帘。

“我看不到。”

“那是什么？”爱德华带着质疑的语气轻声问道，“丛林里那部分，我们是要去找他们吗？”

“我看不到，”爱丽丝重复道，没有抬眼看他，爱德华的脸上闪过一丝疑惑，“我们得分头行动，动作要快——在地面出现积雪之前。我们得找到我们能找到的所有人，把他们带到这里，向他们展示一切。”她的眼神又开始变得迷离，“请以利亚撒帮忙，事情绝不止吸血鬼孩子这么简单。”

屋子里又是一阵长久的沉默。爱丽丝神情恍惚，过了一会儿，她缓缓地眨了眨眼睛。尽管她已经回到了现实中，但她的眼神还是显得特别的朦胧。

“我们要做的事情太多了，必须抓紧时间。”她低语道。

“爱丽丝？”爱德华问道，“刚才的图像太快了……我不明白，那是……”

“我看不到！”她朝他大声吼道，“雅各布快进来了！”

罗莎莉朝门口挪了一步：“我去拦……”

“不，让他进来。”爱丽丝语速极快，音调越来越高。她抓起贾斯帕的手，拉着他朝后门走去，“避开尼斯和雅各布，我会看得更清楚。我得走了，我需要集中精神。我必须尽我所能看清楚一切，我得走了。快点，贾斯帕，不要浪费时间！”她说。

我们听到雅各布踏上台阶的声音，爱丽丝不耐烦地猛拉贾斯帕的手。他赶紧跟上前去，眼中的疑惑跟爱德华一模一样。他们穿过后门，冲进了夜晚的一片银色之中。

“抓紧时间！”她回过头朝我们喊道，“你们必须找到所有人！”

“找到什么？”雅各布问道，关上了身后的大门，“爱丽丝去哪儿了？”

没有人回答他，我们都目瞪口呆。

雅各布甩了甩头发上的水，捋起T恤的长袖子，露出胳膊，他的视线一刻也没有离开蕾妮斯梅："嘿，贝儿！我还以为你们已经回家了……"

他的目光终于转向了我，他眨了眨眼睛，然后目不转睛地看着我。我察觉到他表情的变化，房间里的异常气氛最终感染了他。雅各布看到了弄湿的地板、散落的玫瑰、支离破碎的水晶，他瞪大了双眼，手指不停地颤抖。

"怎么了？"他紧张地问道，"发生了什么事？"

我不知道从何说起，其他人也没作声。

雅各布三大步穿过房间，在蕾妮斯梅和我身边跪下。他的胳膊和手指不停地颤动着，我能感觉到他身体散发出来的热。

"她还好吗？"雅各布问道，他轻抚她的前额，歪着脑袋仔细听她的心跳声，"告诉我吧，贝拉，求你了！"

"蕾妮斯梅什么事也没有。"我哽咽地说道，一句话被我莫名其妙地分割成好几块。

"那么谁出事了？"

"我们所有人，雅各布，"我轻声地说道，这一回轮到我的声音让人感觉置身于坟墓之中，"全部结束了，我们都被判了死刑。"

背　叛

我们坐了整整一宿，像一尊尊雕像，内心充满了恐惧和忧伤，爱丽丝一直没有回来。

我们的承受力达到了极限——极度的狂乱令我们一动也不动地待着，卡莱尔几乎不能张开嘴向雅各布重述发生的一切，重述似乎是雪上加霜。就连埃美特也一直默默无语地呆立着。

太阳升起来了，蕾妮斯梅很快就会醒来，这时我才回过神来问自己，究竟是什么使得爱丽丝这么久还没有出现。在我的女儿好奇地提问之前，我想掌握更详细的情况、了解更清楚的答案。即使是微乎其微的一点希望，也能让我微笑地面对她，不让她受到惊吓。

整个晚上，我都感觉被蒙上了一张面具，而这张面具似乎将永远固定在我的脸上，我不确定自己还有没有能力微笑。

角落里传来雅各布的鼾声，他看上去像一座毛茸茸的山丘，他的身子在熟睡中不安地颤抖。山姆知道了所有事情——狼人们为即将到来的一切做好了准备，但这准备并不能改变什么，只会让他们陪着我们送死。

阳光透过后面的窗户照射进来，爱德华的皮肤闪闪发光。爱丽丝离开后，我的视线就再也没有离开过他。我们整晚相互对视着，看着自己生命中无法失去的那个人。阳光照在了我身上，爱德华痛苦的双眼中反射出我闪亮的身体。

他的眉毛稍稍动了一下，接着是他的嘴唇。

“爱丽丝。”他说道。

他的声音仿佛冰块融化时的破裂声。我们硬邦邦的骨骼慢慢松动，僵硬的身子渐渐变软，我们重新动了起来。

“她离开太久了。”罗莎莉吃惊地轻声说道。

“她会去哪儿呢？”埃美特问道，朝门口走了一步。

埃斯梅的一只手搭在另一只胳膊上：“我们不想打扰……”

“她以前从没花过这么长时间。”爱德华说道。忧虑击碎了他脸上毫无表情的面具，他的面容重又活过来，另一种恐惧、惊慌令他突然瞪大了双眼，“卡莱尔，你觉得他们会不会……先发制人？爱丽丝能不能预测到他们会派人抓她？”他说。

阿罗光亮的脸庞立刻浮现在我脑海中。阿罗对爱丽丝的想法了如指掌，他清楚地知道她有可能做什么……

埃美特大声地咒骂了一番，雅各布被他惊醒，扭身站了起来，发出一声嗥叫。他的族群在院子里回应着他的咆哮，我的一家人已经行动起来。

“看好蕾妮斯梅！”我朝雅各布尖声叫道，一跃而起跳到门外。

我仍是所有人中最强壮的一个，我用尽全部的力量往前冲，几步赶上了埃斯梅，又几步追上了罗莎莉。我在茂密的树林中飞驰，很快就跟在了爱德华和卡莱尔的身后。

“他们会偷袭她吗？”卡莱尔问道，他的声音还是那么平静，仿佛他正纹丝不动地站立着，而不是全速飞奔。

“我不确定，”爱德华回答道，“但是阿罗比任何人都了解她的想法，比我更了解。”

“这会不会是个圈套？”埃美特在我们身后喊道。

“也许吧，”爱德华说道，“这里只有爱丽丝和贾斯帕的气味，他们打算去哪里？”

爱丽丝和贾斯帕留下的痕迹形成了一个大大的弧形，先是从房子的东边延伸开来，接着穿过河面朝北边扩展，过了几英里后又转回了西边。我们六个人再次迅速地穿过河面，爱德华神情专注，他在最前面领路。

“你闻到那个气味了吗？”我们再次跃过河面后不久，跑在最后面的埃斯梅喊道。她处在我们这群人中最靠左边的位置，朝东南方向做了个手势。

“跟着主要的踪迹走——我们快要越过奎鲁特的边界了。”爱德华简洁地指挥道，“别走散了，看看他们往北还是往南去了。”

我不像其他人那样了解哪里是奎鲁特的边界，但我能从东面吹来的微风中闻到狼人的味道。爱德华和卡莱尔出于习惯放慢了速度，我看见他们朝两边张望，希望有迹可循。

突然间，狼人的味道变得十分强烈，爱德华猛地抬起头，他止住脚步，我们也跟着停了下来。

“山姆？”爱德华直截了当地问道，“这是怎么回事？”

山姆从数百码外的树林中现出身来，他以人形向我们快步走来，两只硕大的狼跟在他的两侧——保罗和杰莱德。过了好一会儿，山姆才走到我们身边，他作为正常人的步速让我等得有些不耐烦。我不想花时间去思考发生了什么事情，我只想采取行动，做点什么。我只想用双臂紧紧搂住爱丽丝，确定她安然无恙。

爱德华读懂了山姆的想法，脸色一瞬间变得苍白。山姆没有理会爱德华，他停下脚步，直勾勾地盯着卡莱尔，开始向我们讲述发生的一切。

“刚过午夜，爱丽丝和贾斯帕来到这个地方，恳请我准许他们越过边界去海边。我答应了他们，并亲自护送他们到了海岸。他们立刻下了海，再也没有回来。在去海岸的路上，爱丽丝叮嘱我，在见到你们之前不要告诉雅各布我见过她，这一点至关重要。我一直在这里等你们来找她，把这张字条交给你们。她告诉我一定要按她的意思做，否则我们大家都性命难保。”

山姆绷着脸，掏出一张折叠的纸，纸上布满了黑色的印刷字。这是从书上撕下来的一页纸。卡莱尔打开它，看里面写着什么，而我敏锐的双眼盯着反面的印刷字，我发现这是**《威尼斯商人》**一书的版权页。当卡莱尔将纸张抖平时，我闻到纸上散发出我自己的味道，我意识到这张纸是从我的一本书上撕下来的。我曾从查理的屋子里搬了些东西到我们的小家：几件普通的衣服、母亲寄来的信笺、我喜欢的书籍。我零散收集的莎士比亚著作一直摆放在起居室的书架上，昨天早上也在……

“爱丽丝决定离开我们。”卡莱尔轻声说道。

“什么？”罗莎莉哭喊道。

卡莱尔将纸条翻过来，我们都看到了纸上的字。

不要找寻我们，不要浪费时间。记住：坦尼娅、希奥布翰、艾蒙、埃利斯戴，还有你们能找到的所有流浪吸血鬼。我们会顺路通知彼得和夏洛特。我们感到非常抱歉，没有告别，没有解释，就这样离开了你们，但这是我们唯一的出路。我们爱你们。

我们呆若木鸡地站在那里，四周寂静一片，只听到狼人的心跳和呼吸，他们脑中的想法也不那么安静。爱德华最先移动身子，他回应了山姆的想法。

“对，事情危险至极。”

“危险到宁可抛弃自己的家人？”山姆带着责难的语气大声地问道。显然，他在把纸条交给卡莱尔之前，没有读过上面的内容。他看上去有些失落，似乎后悔听从了爱丽丝的安排。

爱德华表情严肃——在山姆看来也许是愤怒或者高傲，但我能看出他脸上僵硬的线条里隐藏的痛苦。

“我们不知道她看到了什么，”爱德华说道，“爱丽丝不是薄情寡义的人，也不是胆小的懦夫，她只是比我们知道的事情更多。”

“**我们**不会……”山姆刚张开口。

“你们族群内的关系和我们不同，”爱德华打断他，“**我们**每个人都保留自己的自由意志。”

山姆昂起头，他的眼睛突然显得格外黑亮。

“不过，你们应该仔细考虑这些警告，”爱德华继续说道，“这可不是随随便便的一场搏斗，你们现在想要避开爱丽丝预见的一切还来得及。”

山姆冷酷地笑了笑。“**我们**不做逃兵。”他身后的保罗嗤之以鼻。

“别让你的家人因为自尊而丧命。”卡莱尔轻轻地插上一句。

山姆看了看卡莱尔，表情变得柔和了些：“正如爱德华所说，我们不像你们那样拥有自由。蕾妮斯梅如今既是你们的家人，也是我们的家人。雅各布不可能置她于不顾，我们也不可能置雅各布于不顾。”他的目光转向了爱丽丝留下的纸条，他紧紧地合上嘴唇。

“你不了解她。”爱德华说道。

“你了解吗？”山姆质问道。

卡莱尔把手搭在爱德华的肩膀上：“我们有太多的事情需要做，儿子。不管爱丽丝的决定是什么，我们不按照她的安排去做就是大错特错。我们回家吧，准备行动。”他说。

爱德华点点头，仍是一副痛苦不堪的僵硬面容，我听见埃斯梅在我身后轻轻地抽泣。

我自从换了副身子骨后，就不知道如何哭泣；我什么也不能做，只能瞪大眼睛看着眼前的一切。我还没有任何感觉，这些事好像不是真实的。经过几个月的无梦之夜，我又开始做梦了，做了一个噩梦。

“谢谢你，山姆。”卡莱尔说道。

“对不起，”山姆回应道，“我们不应该放她走。”

“你做得对，”卡莱尔告诉他，“爱丽丝有自由做她想做的事情，我们不能剥夺她的权利。”

在我的印象中，卡伦一家向来是一个整体，一个不可分割的团体。我突然意识到，其实事情并非如此。卡莱尔创造了爱德华、埃斯梅、罗莎莉和埃美特，爱德华创造了我。我们靠身体上的血液和毒汁维系在一起。我从没把爱丽丝和贾斯帕当作外人——他们是吸收进来的一分子，但事实上，是爱丽丝**选择**了卡伦一家。她带着与卡伦一家毫无关系的过去、带着贾斯帕出现，很好地适应了这家人的生活，她和贾斯帕都了解卡伦家之外的生活。难道她看出同卡伦家在一起的日子将结束，于是另谋生路去了？

这样说来，我们注定要灭亡，不是吗？根本没有一线希望，没有一丝光明，没有一点亮光足以说服爱丽丝留在我们身边。

明亮晨光中的空气突然显得厚重、黑暗，似乎是被我绝望的心情染黑。

“我坚决奋力抵抗，”埃美特低沉地吼叫道，“爱丽丝告诉了我们应该做什么，我们就照她说的去做。”

其他人表情坚定地点点头，我意识到他们将希望寄托在爱丽丝赋予的任何一个机会上，他们绝不轻易俯首称臣、坐以待毙。

是的，我们所有人都将奋力抵抗。除此之外，我们还能做些什么呢？显然，我们还需要许多人的帮助，因为爱丽丝在离开前曾交代过我们。我们怎么可能违背爱丽丝最后的嘱咐？狼人们也会为了蕾妮斯梅同我们并肩作战。

吸血鬼们将奋力抵抗，狼人们将奋力抵抗，我们大家都将死去。

我不像其他人那样感到信心十足，爱丽丝了解我们可能的胜算，她给了我们她能预料到的唯一机会，但这机会太渺茫了，她自己都不敢赌上一把。

我转身背对着一脸不满的山姆，跟着卡莱尔朝家里走，觉得自己好像已经吃了败仗。

回去的路上，我们以自然速度前进，不像之前那样形色匆忙。我们来到河边，埃斯梅抬起了头。

“我又闻到了那个气味，留下不久的。”

她朝前方点点头，那是她之前示意爱德华看的地方，当时我们正赶着去**营救**爱丽丝……

“应该是更早的时候留下的，只有爱丽丝的味道，没有贾斯帕。”爱德华毫无生气地说道。

埃斯梅皱着眉，点了点头。

我移向右边，落在了所有人的后面。我相信爱德华的判断是正确的，但同时……别的不说，爱丽丝怎么会用我书里的一页纸留下字条呢？

“贝拉？”在我犹豫不前的时候，爱德华用冷淡的声音喊道。

“我想跟着这气味。”我告诉他，又嗅了嗅这淡淡的味道，它引向一条不同于爱丽丝逃走路线的道路。虽然我还是个新手，但这味道对我来说没什么不同，只是少了贾斯帕的气味而已。

爱德华金色的眼睛显得空洞：“它有可能引回家里。”

“那我们就在家里会合。”

起先我以为他会让我独自追寻这气味，但我刚走了几步，他无神的眼睛突然恢复了生气。

“我跟你一起去，”他温和地说道，“卡莱尔，我们在家里会合。”

卡莱尔点点头，和其他人一起离开了。等他们完全从视野中消失后，我疑惑地看着爱德华。

“我没法让你离我而去，”他低声解释道，“想一想都让人觉得痛苦。”

无需更多的解释，我已经完全理解。我想象着从此刻开始与他分离，我也能感受到同样的痛苦，不管这种分离是多么的短暂。

我们能在一起共度的时光不多了。

我朝他伸出手，他握住我的手。

“赶紧，”他说道，“蕾妮斯梅快要醒了。”

我点了点头，我们又飞奔起来。

仅仅因为好奇而耽误与蕾妮斯梅的相聚，这种做法也许有些愚蠢，但是，那张字条困扰着我。如果爱丽丝缺少文具，她可以在大石头或者树桩上刻下留言，她可以从路边的任何一户人家偷一本便笺。为什么选择我的书？她是什么时候弄到那张纸的？

果然，这条踪迹经过几番迂回，避开了卡伦家的房子和附近树林里的狼人，最终引向了我和爱德华的小屋子。爱德华也看出了这气味的目的地，疑惑地皱起眉头。

他试着做出推论：“她让贾斯帕等着她，然后一个人来到这里？”

我们就快到小屋子了，我感到心神不宁。我很高兴有爱德华牵着我的手同行，但我似乎觉得我应该独自一人来这里。撕掉书里的一张纸，带着它去找贾斯帕，做这种莫名其妙的事情不是爱丽丝的风格。她也许想借此传达某个信息——一个我完全无法理解的信息，但是，书是我的，那么这个信息一定是向我传达的。如果她是想告诉爱德华一些事情，她为什么不撕掉他书里的一页纸？

“给我一点时间。”我说道。我们来到门前，我松开他的手。

他眉头紧锁：“贝拉？”

"求你了？三十秒钟。"

我没等他回答，飞速冲进屋，拉上身后的门。我直奔书架而去，爱丽丝的气味刚留下不久——没超过一天。壁炉里的火不是我生的，火光奄奄一息，但仍十分暖和。我从书架上抽出《**威尼斯商人**》，翻到书名页。

就在撕掉那一页的毛边旁，在"**威尼斯商人　莎士比亚著**"几个字下面，有一行提示。

销毁这本书。

提示下面还有一个人名和西雅图的某个地址。

爱德华推门而入，他只等了十三秒而不是三十秒，我把书扔进了壁炉。

"出了什么事，贝拉？"

"她来过这里，她从我的书上撕了一页，用来写她的留言。"

"为什么？"

"我不知道为什么。"

"你为什么烧掉书？"

"我……我……"我皱了皱眉头，灰心和痛苦在我的脸上显露无遗。我不知道爱丽丝想告诉我什么，只知道她兜了一大圈就为了告诉我一个人，唯一令爱德华的读心术失去效力的人，所以，她一定想瞒着他，她这样做可能有充分的理由。"烧掉它似乎比较合适。"我说。

"我们不知道她要做什么。"他轻柔地说道。

我凝视着火焰，我是这世界上唯一能对爱德华撒谎的人。难道这就是她想让我做的事情？她最后的请求？

"我们在去意大利的飞机上，"我轻声说道——这不是在撒谎，也许只是语境不太对，"在去救你的路上……她向贾斯帕编了个谎话，这样他就不会跟着我们一起去。她知道如果他抵抗沃尔图里，他只有死路一条。她宁愿自己送死，也不愿让他处于危险的境地。她也宁可让我送死，宁可让你送死。"

爱德华没有回应我的话。

"她有自己优先考虑的人。"我说道，我的解释从任何角度看都不像是谎言。当我意识到这一点时，我那无法跳动的心脏感到隐隐作痛。

"我不信，"爱德华说道，他说这话时不是在与我争辩——而是在与他自己争辩，"也许只有贾斯帕身处危险。她的计划对我们其他人管用，但是，如果他留下来的话，他会丧命，也许……"

"她可以告诉我们，然后让他离开。"

"那样的话，他会离开吗？说不定她这次又向贾斯帕编了个谎话。"

"也许，"我假装同意他的说法，"我们应该回家了，时间不多了。"

爱德华拉起我的手，我们飞奔离去。

爱丽丝的提示没能点燃我的希望，如果有任何方法可以避开即将来临的残杀，爱丽丝一定会留下来，我看不到其他的可能性。她留给我的提示另有目的，并不是逃亡的出路。可是，她认为我还需要别的什么呢？也许是拯救**某个东西**的办法？而我现在还能拯救什么呢？

卡莱尔和其他人在我们离开的这段时间里并没有闲着。我们离开足有五分钟，他们已经准备好出发。雅各布待在角落里，他又变回了人形，蕾妮斯梅坐在他的腿上，两人睁大了眼睛看着我们。

罗莎莉换下了丝绸罩衣，穿上了一条看上去很结实的牛仔裤、一双跑鞋、一件老式的衬衫，衬衫的布料粗厚，是背包客们长途旅行时常穿的那种，埃斯梅的穿着与她相似。茶几上放着一个地球仪，他们已经查看过了，只等我们回来后出发。

屋子里的气氛比之前轻松了许多，采取行动让他们的心里有了慰藉，他们把希望都寄托在爱丽丝的指引上。

我看了一眼地球仪，不知道我们先去哪里。

"我们俩留在这里吗？"爱德华问道，他朝卡莱尔看去，声音听起来不太开心。

"爱丽丝说过，我们得向其他人展示蕾妮斯梅，而且必须小心翼翼地做这件事，"卡莱尔说道，"我们将通知我们能找到的所有人来这里找你们——爱德华，你们是坚守这一阵地的最好人选。"

爱德华迅速地点点头，还是不太开心："你们要去那么多地方。"

"我们已经分工了，"埃美特回应道，"罗斯和我去找流浪吸血鬼。"

"你们在这里也会忙得不可开交，"卡莱尔说道，"坦尼娅一家早上到，他们对事由还一无所知。首先，你们必须说服他们，不让他们产生类似艾瑞娜那样的反应。其次，你们得弄清楚爱丽丝提到以利亚撒是什么意思。最后，他们会留下来做我们的证人吗？等其他人来了，你们又得重复上述事情——前提是我们能说服其他人来到这里。"卡莱尔叹了口气，"你们的工作是最艰难的，我们会尽快赶回来帮忙。"

卡莱尔把手搭在爱德华的肩膀上，然后吻了吻我的额头。埃斯梅拥抱了我们，埃美特握起拳头轻轻捶了捶我们的胳膊。罗莎莉对着爱德华和我挤出微笑，又朝蕾妮斯梅来了一个飞吻，最后给雅各布扮了个鬼脸告别。

"祝你们好运。"爱德华对他们说道。

"也祝你们好运，"卡莱尔说道，"我们大家都需要好运。"

我目送他们远去，但愿我也能像他们一样充满希望，但愿我能单独地用一会儿电脑。我必须弄清楚这个 J. 詹克斯是什么人，爱丽丝为什么大费周章地把这个人的名字给我。

蕾妮斯梅在雅各布怀里扭了扭身子，用手贴住他的脸颊。

"我不知道卡莱尔的朋友们会不会来，我希望他们能来，看起来我们现在人手不够。"雅各布轻声地对蕾妮斯梅说道。

蕾妮斯梅知道了。她清楚地理解目前发生的一切。狼人们总是满足烙印爱人的一切要求，雅各布很快就对此习以为常，难道回答她的疑问比保护她更重要吗？

我仔细地观察着她的脸。她看上去并没有感到害怕，只是有些担心，她非常认真地同雅各布默默地交谈着。

"不，我们没有办法，我们必须留在这里，"他继续说道，"大家会来这里看你，而不是欣赏风景。"

蕾妮斯梅朝他皱了皱眉。

"不，我不用离开。"他对她说道。他看了一眼爱德华，意识到自己的回答也许是错误的，觉得有些惊讶。"我得离开吗？"他说。

爱德华迟疑了一会儿。

“快说吧。”雅各布说道，他的声音因为紧张而显得生硬。他和我们所有人一样，正处于生命的转折点。

“来帮助我们的吸血鬼和我们不一样，”爱德华说道，“坦尼娅一家是除了我们之外，唯一尊重人类生命的血族，就连他们也不认同狼人。我觉得，更安全……”

“我能照顾好自己。”雅各布打断他的话。

“对蕾妮斯梅来说更安全，”爱德华继续说道，“如果我们同狼人的联合不会影响他们相信有关她的故事。”

“他们是你们的朋友，他们会仅仅因为你们现在的同伴而与你们反目？”

“正常情况下，他们会比较宽容，但是，你必须理解——接受尼斯对他们任何人来说都并非易事。为什么还要火上浇油呢？”

昨天晚上，卡莱尔曾向雅各布解释关于吸血鬼孩子的法令。“吸血鬼孩子真的那么可怕吗？”他问道。

“你无法想象他们在吸血鬼集体心理上留下的伤痕有多么深。”

“爱德华……”听到雅各布毫无愤懑地叫出爱德华的名字，依旧让人觉得不太习惯。

“我知道，杰克，我知道离开她有多么难受。我们会随机应变——看他们对她的反应如何。不管怎样，尼斯在接下来的几周里会时不时地被隐藏起来。她先待在我们的小屋子里，等到时机成熟，我们再向来客介绍她，只要你同我们保持安全距离……”

“我能做到，明天早上就有客人，是吗？”

“是的，是我们最亲密的朋友。他们是个特例，我们最好尽快地把事情对他们公开。你可以留在这里。坦尼娅听说过你，她甚至见过塞思。”

“好的。”

“你应该告诉山姆发生的一切。不久以后，树林里会出现一些陌生人。”

“有道理，尽管昨晚的事情发生后，我不太想同他说话。”

“听从爱丽丝的安排是正确的做法。”

雅各布紧紧地咬着牙齿。看得出来，对于爱丽丝和贾斯帕的行为，他同山姆的感觉相同。

趁着他们说话的时候，我朝后面的窗户走去，尽量表现得心烦意乱、忧心忡忡。这一点不难做到。我把头倚在起居室和饭厅之间的墙壁上，身旁就是一张电脑桌。我目不转睛地盯着前方的森林，手指在键盘上敲了几下，努力使自己的动作显得心不在焉。吸血鬼有可能心不在焉地做事情吗？我想其他人没有特别在意我的举动，我也没有转身确认。显示器亮了，我又敲了敲键盘，然后用手指有节奏地轻敲木头桌面，好让一切看上去随意自然。接着，我再次敲击键盘。

我用眼睛的余光扫视着电脑屏幕。

没有 J. 詹克斯，只有詹森·詹克斯，是个律师。我继续保持节奏地敲击键盘，感觉就好像你正专注地抚摸着腿上的小猫，但实际上已经不记得它躺在你的腿上。詹森·詹克斯的公司有一个精美的网站，但是网页上显示的地址不对，虽然确实在西雅图，但邮政区码不同。我记住了网页上的电话号码，然后敲击键盘。这一次我输入了爱丽丝留给我的地址，但是什么搜索结果也没有，似乎这个地址根本就不存在。我想查询一下地图，但觉得自己是在碰运气。我又敲了敲键盘，清除了网页访问记录……

我仍旧盯着窗外，偶尔轻敲一下木桌。我听到地板上细柔的脚步声向我靠近，我转过身，努力保持着和刚才一样的表情。

蕾妮斯梅向我伸出手，我张开双臂。她跳进我的怀里，把头轻轻地靠在我的脖子边，她身上带着浓烈的狼人味道。

我不知道自己能不能承受这一切。我担心我的生命、爱德华的生命，所有家人的生命，但是，我对女儿的担心格外不同，其中包含着一种肝肠寸断的痛苦和恐惧。一定要想办法救她，即使这是我唯一能做的事情。

突然间，我意识到这正是我所需要的。其他的痛苦我都能承受，但我无法忍受她的生命受到威胁，无法忍受。

她就是我**必须**拯救的人。

爱丽丝是不是预料到我现在的感受？

蕾妮斯梅用手轻轻摸了摸我的脸。

她的脑海里浮现出许多人的面庞，我、爱德华、雅各布、罗莎莉、埃斯梅、卡莱尔、爱丽丝、贾斯帕，家人的一张张脸孔越来越快地闪过。塞思和里尔，查理、苏，还有比利，一张接一张地反复出现，她像我们所有人一样担心。在我看来，她只是担心而已，雅各布没有告诉她最可怕的事情。她并不知道我们已经走投无路，一个月后我们都将死去。

爱丽丝的脸停留在她的脑海中，她想念爱丽丝，又感到疑惑。爱丽丝在哪里？

“我不知道，”我轻声说道，“但她是爱丽丝，她所做的事情无可厚非，永远都是这样。”

也许只是对爱丽丝自己来说无可厚非。我不愿把爱丽丝想成那种人，但不这样想的话，又怎么解释眼前的事情呢？

蕾妮斯梅叹了口气，她的思念之情更加强烈。

“我也想她。”

我的脸抽搐着，不知道如何表达内心的悲伤。干涩的双眼感觉很奇怪，我不舒服地眨了眨眼。我咬着嘴唇，吸了口气，空气堵在我的嗓子眼，让我觉得呼吸困难。

蕾妮斯梅推开我的身子看着我。我从她的脑海和眼睛里看到了自己的脸，我的样子看上去就像今天早上的埃斯梅。

看来这就是哭泣的感觉。

蕾妮斯梅看着我，眼睛里泛着泪光。她摸了摸我的脸，没有向我展示任何图像，只是尽力地安抚我。

我从未想过我们俩会互换母亲与女儿的角色，就像以前蕾妮和我之间一样，只是我对未来还没有清晰的想法。

蕾妮斯梅的眼角溢出一滴眼泪，我用一个吻将它擦掉。她惊奇地摸摸眼睛，然后看了看湿润的手指尖。

“别哭，”我告诉她，“一切都会好起来。你会没事的，我将帮你渡过这道难关。”

即使我对将要发生的事情无能为力，我也要拯救我的蕾妮斯梅。我比以前更加确信，这就是爱丽丝想让我做的事情。她知道该怎么办，她一定给我留了一条出路。

难以抗拒

需要考虑的事情太多了。

我怎样才能找到机会单独去找寻J.詹克斯？爱丽丝为什么想让我知道这个人？

如果爱丽丝提供的线索跟蕾妮斯梅毫无关系，我又该怎样拯救我的女儿？

明天一早，爱德华和我该如何向坦尼娅一家解释所有的事情？如果他们的反应跟艾瑞娜一样怎么办？如果由此引发了一场搏斗怎么办？

我还不知道如何搏斗，我怎样才能在一个月内学会呢？有没有可能我学习得足够快，哪怕能够威胁到沃尔图里的一个成员？又或者，我命中注定就是个一无是处的人？只是一个不费吹灰之力就能被杀死的新生吸血鬼？

我需要得到的答案太多了，但我连提问的机会都没有。

我不想让蕾妮斯梅的正常生活受到任何打扰，所以坚持带她回我们的小房子睡觉。雅各布此时已变身为狼，这让他感觉更舒服。当他为战斗做好准备的时候，紧张的情绪更容易缓解。我真希望自己也能有相同的感受，也能感到我已经做好了充分的准备。他冲进树林中，开始守卫着我们。

蕾妮斯梅沉沉地睡着了，我把她放到床上，然后走进客厅向爱德华提出我的疑问，至少是那些能向他提出的疑问。尽管他的读心术对我不起作用，但一想到要对他有所隐瞒，我就觉得困难重重。

他背朝我站立着，一动不动地盯着炉火。

“爱德华，我……”

他迅速转过身，一眨眼的工夫就穿过了房间，速度快得惊人。我还没来得及看清他脸上狂热的表情，他的嘴唇就用力地压在我的双唇之上，他的胳膊像钢条一样牢牢地揽住我。

整个晚上，我再也没有想起那些问题。我很快就明白了他的情绪如此强烈的原因，我自己也感同身受。

我曾经计划用几年时间来平衡身体上无法抵抗的激情，之后用上百年的时间来尽情地享受。如果我们共度的时光只剩下一个月……那么，我不知道如何能让这一切暂停。此时此刻，我只想自私地拥有他，只想在我们有限的时间里无限地爱他。

太阳升起来的时候，我们不得不结束所有的缠绵。我们还有任务，也许这份任务比其他家人的搜寻任务加起来还要难以完成。我一想到即将发生的事情，便觉得紧张不安，我的神经仿佛被拉开放在刑架上受刑似的，越来越细。

“我希望，在告诉他们关于蕾妮斯梅的事情之前，我们能想办法从以利亚撒那里得到我们需要的信息，”我们在宽敞的衣橱里匆忙地穿着衣服，这衣橱又让我想起了爱丽丝。“以防万一。”爱德华喃喃低语道。

“但他不理解问题，没办法回答，”我赞成他的提议，“你觉得他们会让我们解释吗？”

“不知道。”

我从床上拉起仍在熟睡中的蕾妮斯梅，把她紧紧地抱在怀里。她的鬈发紧贴着我的脸，她身上香甜的气味，盖过了其他任何气味。

今天我连一秒钟的时间也不能浪费，我需要得到答案，而我还不确定爱德华和我能独处的时间有多长。如果与坦尼娅一家的事情进展顺利的话，接下来的一段时间我们就有人陪伴了。

“爱德华，你能教我怎样搏斗吗？”他为我推开大门时，我问道，紧张地等待着他的反应。

正如我所料，他愣住了，双眼意味深长地打量着我，就好像他是第一次或者最后一次看我。他的目光又转移到我怀里的孩子。

“如果真需要搏斗的话，我们任何人都无能为力。”他避而不答我的问题。

我平静地说道："难道你要让我毫无防备之力吗？"

他猛地倒吸一口气，紧紧地把住大门。门板微微颤抖，铰链发出嘎吱嘎吱的抗议声，他点了点头："既然你这样说……我想我们应该尽快开始练习。"

我也点了点头，我们开始朝大房子走去。我们没有急。

我不知道自己能做些什么来改变事态。我只有那么一点与众不同——如果说拥有超级厚实的头盖骨也能算与众不同的话，我能用这点与众不同来做些什么呢？

"你觉得他们最大的优势是什么？难道他们就没有弱点吗？"

爱德华不用问也知道我说的是沃尔图里。

"亚历克和简是他们最厉害的进攻者，"他面无表情地说道，就好像我们在讨论一支篮球队，"他们的防守者很少见他们进攻。"

"简能不动声色地活活烧死敌人——至少让敌人感觉到大火烧身。亚历克能做什么？你以前是不是说过他比简更危险？"

"是的。在某种程度上，他是简的对立面，简让你感觉到世间最难受的痛苦。而亚历克正好相反，他让你失去知觉，完全失去知觉。沃尔图里有时会大发善心，如果即将处决的罪犯曾向他们投降，或者曾以某种方式取悦他们，他们会在用刑前让亚历克麻醉这些罪犯。"

"麻醉？这怎么可能比简更危险呢？"

"因为他切断了你的所有官能。没有触觉，感觉不到疼痛，但同时也丧失了视觉、听觉和嗅觉，完全的官能丧失。你绝对孤立地身处黑暗之中，根本感觉不到大火烧身。"

我不寒而栗，难道这就是我们将面临的最好的结局？看不到也感觉不到死亡侵蚀着我们？

"他们俩都能残害你，把你变成不能反抗的进攻目标，"爱德华继续平静地说道，"从这一点来看，亚历克和简一样危险，他们之间的不同之处就像我和阿罗之间一样。阿罗的读心术每次只能用于一个人，简也只能对一个目标施行烧身术，而我能同时听到所有人的想法。"

我听出他对比的意思，不禁感到一股彻骨的寒气。“亚历克能同时让我们所有人失去知觉？”我轻声问道。

“是的，”他说道，“如果他向我们施展超能力，我们只能又瞎又聋地呆立着，直到他们动手杀死我们——也许他们根本不用花力气就能置我们于死地。哦，我们确实可以搏斗，但很有可能是漫无目的地互相残杀，而不会伤害他们中的任何一个。”

我们默默无语地走了一会儿。

我的脑子想到了一个主意，虽然不能从根本上解决问题，但总胜过束手无策。

“你觉得亚历克擅长搏斗吗？”我问道，“我是说，不考虑他的特殊才能外。如果他无法施展超能力，必须赤手空拳地搏斗，不知道他有没有尝试过……”

爱德华敏锐地看了我一眼：“你在想什么？”

我盯着前方：“嗯，也许他不能对我施展超能力，对吗？如果他和阿罗、简还有你一样的话，也许……如果他从来没有保卫自己的必要……我又学了些搏斗的技巧……”

“他和沃尔图里待在一起已经数百年了。”爱德华打断我的话，他的声音突然显得惊慌失措。也许他的脑海中也浮现出一幅和我想象中一样的画面：卡伦一家像柱子一样无助地、毫无知觉地矗立在战场上——除我之外。我是唯一**能够**搏斗的人。“没错，你有免疫功能，能够抵御他的招数，但你还是个新生吸血鬼，贝拉。我不可能让你在几个星期里成为无坚不摧的战士，而且，我确定他是个训练有素的搏斗者。”

“也许是，也许不是。这件事只有我能做到，其他人都不行。即使只能让他有一小会儿**分神**……”我能与亚历克对抗多长时间呢？长到能让其他人发动进攻吗？

“不，贝拉，”爱德华斩钉截铁地说道，“我们别谈这个了。”

“你要理智一点。”

“我会尽我所能地教你，但是，让你牺牲自己来转移他们的目标，我不愿想……”他哽住了，没把话说完。

我点了点头，看来我只能把我的计划当作秘密守住。第一个目标是亚历克，如果我侥幸赢了他，接下来就对付简。如果我能扫除一切障碍——毁灭沃尔图里势不可当的进攻气势，也许有机会……我的思维迅速地向前飞转。如果我**真**能令他们分神，甚至清除他们，将会发生什么事？说实话，简和亚历克有什么理由需要学习搏斗技巧呢？我无法想象，任性倔强的简会放弃她的烧身术，转而学习肉搏术。

如果我能够消灭他们所有人，事情将会发生翻天覆地的变化。

“我必须学会所有技巧，在一个月里学会你能塞进我脑子里的所有技巧。”我低声说道。

他没有反应。

那么，下一个目标是谁？我必须有序地制订计划，这样，如果我能战胜亚历克，就能毫不犹豫地采取下一步行动。我试想着厚实的头盖骨还能在哪些情况下发挥作用，我对其他敌人还不够了解。显然，像费利克斯这样的大块头不是我的对手，我曾经轻而易举地打败了埃美特。我对沃尔图里的其他卫士还不太了解，除了德米特里……

想到德米特里，我显得异常平静。毫无疑问，他将参加搏斗。在战斗中，他虽然总是处于进攻队伍的最前列，但每次都能毫发无损，这其中唯一的原因就是他强悍的搏斗能力。他总是走在队伍的最前端，因为他擅长追踪术——他无疑是全世界最出色的追踪者。如果能找到比他更好的追踪者，沃尔图里一定会换了他，阿罗的身边从不会聚集二流的吸血鬼。

假若消灭了德米特里，我们就**可以**逃走，至少我们中的生还者可以逃走。我的女儿，躺在我怀里温暖的孩子……有人可以带她逃走，雅各布或者罗莎莉，任何一个生还的人都可以。

而且……假若消灭了德米特里，爱丽丝和贾斯帕就会永远平安无事。难道这是爱丽丝预料到的事情？我们家族的一部分人能够活下来？至少他们俩能。

我可以羡慕她活了下来吗？

“德米特里……”我说道。

“德米特里是我的，”爱德华强硬而严肃地说道。我很快朝他看了看，他脸上的表情变得狂暴。

“为什么？”我轻声问道。

他没有马上回答我的问题。到了河边，他终于低语道：“为了爱丽丝，这是五十年来我唯一能向她表达谢意的机会。”

他和我的想法竟然不谋而合。

我听见雅各布厚重的脚掌拍打在冰冻的地面上，不一会儿，他就出现在我身旁，黑亮的眼睛注视着蕾妮斯梅。

我朝他点了下头，继续提出我的问题，留给我的时间不多了。

“爱德华，你觉得爱丽丝为什么要我们向以利亚撒询问有关沃尔图里的事情？是因为他最近去过意大利吗？他会知道些什么？”

“以利亚撒了解沃尔图里的一切，他曾是他们中的一分子，我忘了你不知道这件事。”

我不由自主地倒吸了一口凉气，雅各布在我身边咆哮。

“什么？”我问道，回想起曾在我们婚礼上出现的那个英俊的黑发男人，他当时裹着一件长长的灰色披风。

爱德华的脸色变得柔和——他笑了笑：“以利亚撒是个温文尔雅的人。他和沃尔图里待在一起的时候并不快乐，但他尊重法令、尊重法令存在的必要性，他觉得自己是在为维护正义而努力。对于同沃尔图里共度的时光，他并不感到后悔。遇到了卡门之后，他才在这个世界上找到了属于自己的位置。他们俩十分相似，都是心怀同情的吸血鬼。”他又笑了笑，“后来他们遇到了坦尼娅姐妹，就再也没有回头，他们非常适应这种生活方式。即使没有遇到坦尼娅，我想，他们最终也会找到不需要人血也能生存的方法。”

我脑中的画面变得不太和谐，我无法将他们合二为一，富有同情心的沃尔图里战士？

爱德华看了一眼雅各布，回答了雅各布心里的问题：“不，他并不是他们的战士，他只是拥有能被他们利用的超能力。”

雅各布显而易见一定又接着问了一个问题。

“他对其他人的超能力——某些吸血鬼拥有的特殊能力——有一种本能的感应，”爱德华告诉他，“他只需靠近某些吸血鬼，就可以大致地告诉阿罗这些吸血鬼具备怎样的能力。沃尔图里奔赴战场的时候，这一点对他们大有帮助。如果敌对血族中某些吸血鬼的技能会给他们造成麻烦，他可以提前警告他们。以利亚撒的这种感应非常罕见，在一段时间里，没有任何技能可以令沃尔图里方寸大乱。阿罗经常利用这种警告，将敌对势力中那些日后对他有用的吸血鬼留下活口。在某种程度上，以利亚撒的超能力还能施展到人类身上，但他必须完全集中精力，因为人类的潜力非常模糊不定。阿罗还会让他检测那些想要加入他们的人，看看他们是否具有潜质，以利亚撒的离开让阿罗感到十分遗憾。”

“他们准许他离开？”我问道，“就这样离开？”

他脸上的笑容暗淡下来，显得不太开心：“沃尔图里不该是你看上去那样的坏人，他们是我们和平和文明的根基，每一位卫士都是自愿为他们服务的。沃尔图里声望极高，卫士们因为能成为其中的一分子而深感自豪，他们并不是被迫加入的。”

我皱起眉头盯着地面。

“只有罪犯才觉得他们可恶而邪恶，贝拉。”

“我们不是罪犯。”

雅各布赞同地吐了口气。

“可他们不知道真相。”

“你真的认为他们会停下来听我们解释吗？”

爱德华迟疑了一下，然后耸耸肩：“如果我们找到足够多的朋友站在我们这边，也许能成功。”

如果……我突然意识到摆在我们面前的紧急状况。爱德华和我加快脚步，开始飞奔，雅各布紧紧跟在我们身后。

“坦尼娅应该很快就要到了，”爱德华说道，“我们必须准备好。”

可是，怎么准备呢？我们商量了一遍又一遍，想了又想。一开始就让他们看到蕾妮斯梅？还是先把她藏起来？雅各布待在屋子里，还是待在外面？他已经告诉他的族群待在附近，但是不要现身，他也应该这样做吗？

最后的决定是，蕾妮斯梅、雅各布变回人形，和我坐在饭厅的大餐桌旁等候，饭厅在远离正门的角落里。雅各布让我抱着蕾妮斯梅，这样，他变身起来更加方便。

尽管我很乐意抱她在我怀中，但这让我觉得自己一无是处。在与成熟吸血鬼的搏斗中，我这个新生吸血鬼就是个最容易击溃的活靶子，我根本不需要空出双手。

我试着回忆婚礼上的坦尼娅、凯特、卡门和以利亚撒，在我朦胧的记忆中，他们的面容模糊不清。我只记得他们美丽动人，其中两个是金发，另外两个是深色头发，我记不起他们的眼睛中是否带有一丝善意。

爱德华一动不动地靠在后面的窗户上，目不转睛地盯着前门，就好像身前的房间在他眼里隐形不见了。

我们听着公路上飞驰而过的汽车，没有一辆放慢速度。

蕾妮斯梅依偎在我的脖子旁，她的手贴着我的脸，但我的脑海里没有呈现任何图像，她没有展示自己此刻的心情。

"如果他们不喜欢我怎么办？"她轻声细语地说道，我们的目光齐刷刷地落到她的脸上。

"他们当然会……"雅各布开口回答，我看了他一眼，止住了他的话。

"他们不了解你，蕾妮斯梅，因为他们从来没有见过像你这样的孩子，"我告诉她，不想对她许诺也许无法兑现的誓言，"让他们了解你是最大的问题。"

她叹了口气，我的脑海中迅速闪过一连串面孔——吸血鬼、人类、狼人，而她不属于其中任何一类。

"你很特别，这不是什么坏事。"

她反对地摇了摇头，接着想起了我们紧张焦虑的脸庞，说道："都是我的错。"

"不。"雅各布、爱德华和我几乎同时说道。我们还没来得及向她进一步解释，门外传来了我们等待已久的声音：公路上有车放慢了速度，车轮从水泥路面移到软泥路上。

爱德华绕过拐角，走到大门旁等待着。蕾妮斯梅躲到我的头发下面，雅各布和我互相对视，脸上满是绝望。

车很快穿过了树林，比查理和苏开车的速度快很多。我们听见车开到草坪上，停在了门廊前。四扇车门被推开又被关上，他们朝大门走来，没有人说话，爱德华在他们敲门前打开了大门。

“爱德华！”一个女人激动的声音。

“你好，坦尼娅，凯特，以利亚撒，卡门。”

另外三人低声地打了招呼。

“卡莱尔说他需要立刻跟我们谈谈。”第一个声音说道，是坦尼娅，我听出来他们还待在门外。我想象着爱德华站在门口，堵住他们的路。“出了什么问题？是狼人惹麻烦了吗？”她问。

雅各布厌恶地转了转眼珠。

“不是，”爱德华说道，“我们同狼人的和平关系比任何时候都牢固。”

一个女人咯咯地笑了一声。

“你不打算请我们进去吗？”坦尼娅问道，没等爱德华回答，她继续问道，“卡莱尔在哪儿？”

“卡莱尔不得不离开。”

一阵短暂的沉默。

“怎么回事，爱德华？”坦尼娅严肃地问道。

“希望你们能暂且相信我所说的话，”他回答道，“有件事我很难解释，我需要你们不抱成见，直到你们完全理解这件事。”

“卡莱尔还好吗？”一个男人担忧地问道，是以利亚撒。

“我们大家都不太好，以利亚撒，”爱德华说道，然后他拍了拍什么东西，也许是以利亚撒的肩膀，“但是从身体上来说，卡莱尔完全健康。”

“身体上？”坦尼娅敏锐地问道，“你指什么意思？”

“我是指我们整个家族都深陷危险之中。在我解释之前，我请你们向我保证，等我把所有的事情说完你们再做反应，我请求你们听我把话说完。”

一阵更长的沉默回应了他的请求。在这紧张的寂静中，雅各布和我默默无语地对视着，他赤褐色的嘴唇变得苍白。

“我们听你解释，”坦尼娅终于说话了，“我们会等你把话说完再做判断。”

“谢谢你，坦尼娅，”爱德华激动地说道，“如果我们有其他办法的话，绝对不会把你们牵扯进这件事。”

爱德华让开了路，我们听见四双脚踏进门来的声音。

有人用力吸了吸鼻子。“我就知道这事肯定少不了狼人的份儿。”坦尼娅嘟囔道。

“是的，他们站在我们这边，和上次一样。”

爱德华的提醒让坦尼娅无话可说。

“你的贝拉在哪儿？”另一个女人问道，“她好吗？”

“她马上就来。她很好，谢谢关心，她对吸血鬼的生活适应得特别快。”

“告诉我们有关危险的事情，爱德华，”坦尼娅轻轻地说道，“我们会听你说完，我们会和你们站在同一战线上，我们属于你们这一边。”

爱德华深深地吸了一口气：“我想先让你们亲眼见证，仔细听——另一个房间里的声音，你们听到了什么？”

屋子里静下来，然后又有了声响。

“请你们先仔细听听。”爱德华说道。

“我猜是狼人，我能听到他的心跳。”坦尼娅说道。

“还有什么？”爱德华问道。

屋子里又静下来。

“那个轻轻跳动的声音是什么？”凯特或者卡门问道，“那是……一种小鸟吗？”

“不是，但是，请你们记住这个声音。好了，除了狼人以外，你们闻到了什么？”

“这屋子里有人类吗？”以利亚撒轻声问道。

“不，”坦尼娅反对道，“不是人类……但是……比这里的其他气味更接近于人类的味道。那是什么，爱德华？我想我以前从来没有闻到过这种香味。”

“你肯定没有闻到过，坦尼娅。请你们**千万**记住，这是一个对你们来说全新的事物，请抛弃你们的成见。”

“我向你保证，爱德华，我会听完所有的事情。”

“那么，好吧。贝拉，请把蕾妮斯梅抱出来。”

我感觉双腿似乎失去了知觉，但我知道这只是我的心理作用。我站了起来，朝前走了几小步，我强迫自己不要停止不前，不要行动迟缓。雅各布寸步不离地跟着我，他滚烫的身体在我身后燃烧。

我刚走进大房间，整个身体便凝固了，我再也不能强迫自己往前走。蕾妮斯梅深吸一口气，透过我的头发往外窥视，她窄小的肩膀绷得紧紧的，等待着他们的断然拒绝。

我想我已经准备好面对他们的反应，面对指责，面对惊叫，面对极度紧张引起的呆滞。

坦尼娅的反应就像突然看到毒蛇的人类，她向后跳了四步，草莓色的鬈发跟着她的身体颤动。凯特一直跳回到大门口，她靠着墙壁支撑起她的身体。她咬紧牙关，牙缝里发出震惊的嘶声。以利亚撒挡在卡门前面，俯身保护着她。

“哦，**得了吧**。”我听见雅各布轻声抱怨道。

爱德华伸手搂住蕾妮斯梅和我。“你们答应过听我把话说完。”他提醒他们。

“有些事情不堪入耳！”坦尼娅大声叫道，“你怎么能这样做，爱德华？难道你不知道这意味着什么吗？”

“我们必须离开这里。”凯特焦虑地说道，她握住了门把手。

“爱德华……”以利亚撒似乎无话可说。

“等等，”爱德华说道，他的声音变得强硬，“想想你们听到了什么、闻到了什么，蕾妮斯梅不是你们以为的那样。”

“这条法令没有特例，爱德华。”坦尼娅声色俱厉地反驳道。

“坦尼娅，”爱德华厉声说道，“你可以听到她的心跳！冷静下来，想一想这意味着什么。”

“她的心跳？”卡门低声说道，她绕过以利亚撒的肩膀望过来。

“她不是一个完完全全的吸血鬼孩子，”爱德华回应道，他把注意力转向了不太带有敌意的卡门，“她是半人类。”

四个吸血鬼直愣愣地盯着他，仿佛他说着他们听不懂的语言。

“听我说。”爱德华的声音变成了轻言细语的劝说语气，“蕾妮斯梅属于独一无二的一类。我是她的父亲，不是她的创造者——她的生身父亲。”

坦尼娅的脑袋轻微地颤抖着，她自己似乎没意识到。

“爱德华，你不能希望我们……”以利亚撒开始发表意见。

“那么你告诉我一个更合理的解释，以利亚撒，你能感觉到空气中有她身体的温度。她的血管里流淌着鲜血，以利亚撒，你可以闻到。”

“这怎么可能？”凯特轻声说道。

“贝拉是她的生身母亲，”爱德华告诉她，“她还是正常人的时候怀上了蕾妮斯梅，然后生下了她，这差一点要了她的命。为了救她，我逼不得已才往她的心脏注入了毒液。”

“我从来没听说过这种事。”以利亚撒说道。他的肩膀依然绷得僵直，表情冷漠。

“吸血鬼和人类之间的这种关系并不常见，”爱德华回应道，语气中带着些许的黑色幽默，“经历了这场翻云覆雨后还能幸存的人类就更加微乎其微了。你们同意吗，姐妹们？”

凯特和坦尼娅都对他怒目而视。

“来吧，以利亚撒，你一定能看出这孩子和我俩的相似之处。”

回应爱德华邀请的人是卡门。她绕过以利亚撒，无视他模糊的警告声，小心翼翼地走到我的面前。她微微地弯下腰，仔细地注视着蕾妮斯梅的脸。

“你继承了你妈妈的眼睛，”她的声音低沉、平静，“继承了你爸爸的脸形。”接着，她似乎无法控制自己，情不自禁地朝蕾妮斯梅笑了起来。

蕾妮斯梅也冲她露出了灿烂的笑脸。她摸了摸我的脸颊，目光一直停留在卡门身上。她想象着抚摸卡门的脸庞，不知道行不行得通。

“你介意让蕾妮斯梅本人告诉你发生的一切吗？”我问卡门，我仍然紧张不已，说话的声音轻似耳语，“她拥有阐明事情的天赋。”

卡门仍对着蕾妮斯梅微笑：“你会说话吗，小家伙？”

“会。”蕾妮斯梅用她颤抖的女高音回答道，听到她的声音，坦尼娅一家人除了卡门外都缩了缩身子，“但是我可以向你展示，比说话更好。”她说。

她伸出肉嘟嘟的小手贴到卡门脸上。

卡门像被电击中了一样全身紧绷。以利亚撒迅速飞奔到她身边，他的双手搭在她的肩膀上，似乎要把她拉走。

“等等。”卡门几乎喘不过气来，她的双眼眨都不眨地盯着蕾妮斯梅。

蕾妮斯梅花了很长时间向卡门“展示”她的解释。爱德华神情专注，他看到了卡门看到的一切。我真希望自己也能像他一样会读心术。雅各布在我身后不耐烦地晃动身体，我知道他和我的想法相同。

“尼斯告诉了她什么？”他声音低沉地嘟囔道。

“一切。”爱德华轻声说道。

又过了一分钟，蕾妮斯梅从卡门的脸上放下小手，她像打了胜仗一样朝惊讶的吸血鬼笑了笑。

“她真的是你的女儿，对吗？”卡门缓过气来，她那浅黄褐色的眼睛瞪得大大的，转而盯着爱德华的脸，“多么出神入化的天赋啊！一定是从一位天才的父亲那里继承而来。”

“你相信她向你展示的一切吗？”爱德华表情紧张地问道。

“毫无疑问。”卡门简单地回答道。

以利亚撒担心地绷着脸：“卡门！”

卡门紧紧地握住他的手：“这一切似乎不太可能，但是爱德华告诉你们的都是事实。让这孩子展示给你看。”

卡门将以利亚撒轻轻推向我，然后朝蕾妮斯梅点点头：“向他展示，**我的宝贝儿**[①]。”

蕾妮斯梅开心地笑着，显然，卡门接受了她令她感到非常高兴，

---

① 原文为西班牙语 mi querida。

她轻轻地摸了摸以利亚撒的前额。

“哦，天哪[1]**！”**他惊叫道，猛地跳开了。

“她对你做了什么？”坦尼娅焦急地问道，小心地靠近我们。凯特也蹑手蹑脚地走过来。

“她只想向你展示她的故事。”卡门安慰他道。

蕾妮斯梅不耐烦地皱了皱眉头。“请您看。”她向以利亚撒要求道。她朝他伸出手，在她的指尖和他的脸庞之间留下一小段距离，等待他的回应。

以利亚撒怀疑地看了看她，又朝卡门瞅了一眼寻求帮助，她点了点头鼓励他。以利亚撒深深地吸了口气，然后靠上前来，直到他的前额再次碰到她的手。

刚一开始，他的身体微微一抖，但这次他没有跳开，他聚精会神地闭上了双眼。

“啊！”几分钟后，他睁开眼，松了口气，“我明白了。”

蕾妮斯梅朝他笑了笑，他犹豫了一会儿，稍微有点勉强地向她回了个笑脸。

“以利亚撒？”坦尼娅叫道。

“都是真的，坦尼娅。这不是个吸血鬼孩子，她是半人类。过来，你自己看吧。”

在一片寂静中，坦尼娅警惕地站在了我的面前，接着轮到了凯特。当看到蕾妮斯梅展示的第一幅画面时，她们俩都震惊不已，但是，待一切展示完毕，她们就像卡门和以利亚撒一样完全被蕾妮斯梅征服。

我看了看爱德华平静的脸，不知道事情的进展是否真有这么顺利。他金色的眼睛清澈而明亮，我的疑问得到了最好的回答。

“谢谢你们听我们解释。”他轻声说道。

“之前你向我们提到过**深陷危险**，”坦尼娅说道，“我明白，应该不是直接源于这个孩子，那么一定是来自沃尔图里。他们怎么会知道

---

① 原文为西班牙语 Ay caray。

她的事？他们什么时候来？”

我对她敏捷的理解力一点也不感到奇怪。毕竟，能对我们这样一个强大的家族构成威胁的又有谁呢？只有沃尔图里。

“贝拉看到艾瑞娜待在悬崖上的那一天，”爱德华解释道，“她带着蕾妮斯梅。”

凯特倒吸一口凉气，眼睛眯成了一条细缝：“是**艾瑞娜**干的？对你们？对卡莱尔？**艾瑞娜**？”

“不，”坦尼娅低语道，“是别人……”

“爱丽丝预见她去找他们。”爱德华说道。我不知道其他人有没有注意到，他在提到爱丽丝的名字时，身体微微地颤抖了一下。

“她怎么能做这种事？”以利亚撒自顾自地问道。

“想象一下，如果你是从远处看到蕾妮斯梅，如果你没有听我们解释。”

坦尼娅瞪大了眼睛：“不管她怎么想……你们是我们的家人啊。”

“对于艾瑞娜的选择，我们现在也无能为力，一切都为时已晚，爱丽丝预测我们还有一个月的时间。”

坦尼娅和以利亚撒都歪着脑袋，凯特眉头紧锁。

“这么长的时间？”以利亚撒问道。

“他们所有人都会来，一定需要一些时间准备。”

以利亚撒大吃一惊：“所有卫士？”

“不只是卫士，”爱德华说道，他的下巴绷得紧紧的，“阿罗、凯厄斯、马库斯，甚至连妇人们也来。”

他们的眼神充满了惊恐。

“不可能。”以利亚撒茫然地说道。

“两天前我会和你说一样的话。”爱德华说道。

以利亚撒皱起眉头，等他再次说话时，声音听上去像在咆哮：“但是这说不通。他们为什么会把自己和妇人们置于危险境地？”

“从那个角度看确实说不通。爱丽丝说过，这一切绝不是惩罚我们所谓的罪过那么简单，她认为你可以帮助我们。”

“不只是惩罚？那还会是什么呢？”以利亚撒踱起步子，他走向大门，又走了回来，好像房间里空无一人。他盯着地板，眉头紧锁。

“其他人在哪儿，爱德华？卡莱尔、爱丽丝，还有其他人？”坦尼娅问道。

爱德华不露半点迟疑，回答了她的一部分问题：“寻找有可能帮助我们的朋友。”

坦尼娅朝他倾过身子，在身前伸出双手：“爱德华，不管你们能找到多少朋友，我们都无法帮你们获胜。我们只能陪你们死，你一定要相信这一点。当然，也许这是我们四个人应得的惩罚，因为艾瑞娜现在的不仁不义，因为我们过去的所作所为——那次也是因为她的缘故。”

爱德华立刻摇了摇头：“我们不是要你们陪我们战斗、陪我们送死，坦尼娅，你知道卡莱尔绝不会提出这种要求。”

“那是为什么，爱德华？”

“我们只是需要证人，如果我们能让他们暂停片刻，如果他们能听我们解释……”他抚摸着蕾妮斯梅的脸蛋，她抓住他的手，让它紧紧地贴着自己的皮肤，“亲眼看过我们的故事后，就很难产生怀疑。”

坦尼娅缓缓地点点头：“你觉得她的过去会对他们那么重要吗？”

“她的过去预示着她的未来。法令的目的是保护我们不被暴露于世人面前，保证我们远离那些不受驯服的孩子的暴行。”

“我一点也不危险，”蕾妮斯梅突然插话道，我听着她清脆的高音，不知道我新生的耳朵听到的声音和跟其他人听到的是否一样，“我从不伤害外公、苏和比利。我喜欢人类，也喜欢像雅各布这样的狼人。”她松开爱德华的手，拍了拍身后雅各布的胳膊。

坦尼娅和凯特互相对视了一眼。

“如果艾瑞娜迟一些时候回来，”爱德华思索着，“我们也许可以避免这场灾难。蕾妮斯梅的成长速度快得惊人，一个月对她来说相当于一般孩子的六个月成长时间。”

“哦，我们绝对可以做她的证人，”卡门坚定地说道，“我们可以发誓，我们亲眼看到她自己成熟长大，沃尔图里怎么可能无视这个证据？”

以利亚撒咕哝道："确实，怎么可能呢？"他没有抬起头，依旧来回踱着步子，似乎根本没在意自己说了什么。

"是的，我们可以做你们的证人，"坦尼娅说道，"绝对可以，我们再想想还能帮你们做些什么。"

"坦尼娅，"爱德华抗议道，他听到了她心里想的嘴上却没说的想法，"我们不希望你们同我们一起搏斗。"

"如果沃尔图里不愿意停下来听我们的证词，我们绝不会袖手旁观，"坦尼娅坚持道，"当然，我所说的仅代表我的个人立场。"

凯特哼着鼻子说："你这么不相信我吗，姐？"

坦尼娅朝她会心一笑："不管怎么说，这可**是**一次自杀行动。"

凯特也冲她咧嘴笑了笑，满不在乎地耸耸肩："算我一个。"

"我也一样，我会竭尽全力保护这个孩子，"卡门赞同道，然后，她情不自禁地朝蕾妮斯梅张开双臂，"我能抱抱你吗，**小可爱**[1]？"

蕾妮斯梅迫不及待地把手伸向卡门，为拥有了新朋友而欣喜若狂。卡门紧紧地搂着她，向她低声地说着西班牙语。

蕾妮斯梅叫人难以抗拒，查理无法抗拒她，卡伦一家无法抗拒她。她到底具有怎样的魔力，能把所有人吸引在她周围，能让他们为了保护她不惜失去自己的生命？

一时间，我觉得也许我们的努力会获得成功。也许蕾妮斯梅能让一切不可能成为现实，她能像说服我们的朋友一样战胜我们的敌人。

但是，我想到爱丽丝离开了我们，突如其来的希望又在瞬间破灭了。

① 原文为西班牙语 bebe linda。

才　能

“狼人跟这件事有什么关系？”坦尼娅问道，朝雅各布看了一眼。

雅各布抢在爱德华之前回答了她：“如果沃尔图里不肯停下听有关尼斯的事情，我是说蕾妮斯梅的事情，”他自我更正了一下，心想也许坦尼娅不明白他起的愚蠢的昵称，“**我们**会阻止他们。”

“非常勇敢，孩子，但是，比你们经验更丰富的斗士都不可能完成这项任务。”

“你不了解我们的本事。”

坦尼娅耸了耸肩：“当然，生命是你们自己的，怎么选择由你们自己决定。”

雅各布的目光停留在蕾妮斯梅身上——卡门还抱着她，凯特在她俩周围兜来兜去——他们之间的思慕之情显而易见。

“那个小家伙很特别，”坦尼娅若有所思地说道，“难以抗拒。”

“多么有才能的家庭啊，”以利亚撒一边踱着步子一边轻声说道，他的速度越来越快，每秒钟在大门和卡门之间来回一次，“父亲会读心术，母亲是个盾牌，而这个不可思议的小孩不知道拥有什么魔法，让我们所有人都着了魔。我不确定应该给她的特殊才能冠以怎样的名称，又或者，这也许是吸血鬼混血儿普遍具备的超能力。似乎这种奇特的怪物已被视为正常！吸血鬼混血儿，没错！”

“稍等。”爱德华惊讶地说道，以利亚撒正准备向大门转去的时候，爱德华伸手抓住了他的肩膀，“你刚才把我的妻子称作什么？”

以利亚撒好奇地看着爱德华，突然间忘记了躁乱不安的踱步：“我**觉得**，她是个盾牌。她此刻正在阻挡我，所以我不太确定她的超能力。”

我盯着以利亚撒，疑惑地皱起了眉头。盾牌？他说我在阻挡他是什么意思？我好端端地站在他的身边，一点攻击行为也没有。

“盾牌？”爱德华迷茫地重复着。

“听好了，爱德华！如果我不能探查到她的超能力，我怀疑你也不能听到她的想法。你现在能听到她在想什么吗？”以利亚撒问道。

“不能，”爱德华轻声说道，“我从来都不能听到她的想法，就连她还是人类的时候也不能。”

“从来都不能？”以利亚撒眨了眨眼睛，“有意思。如果在变成吸血鬼之前都这么明显的话，说明这是个具有强大潜力的超能力。我根本没办法穿过她的盾牌看到这种超能力的真面目，但她现在还是个新手——只有几个月大。”他几乎向爱德华露出愠色，“她显然完全不知道自己在做什么，完全无意识，这太可笑了。阿罗派我在全世界搜寻像这样具有特殊才能的人，而你却不费吹灰之力撞到了一个，而你甚至没有意识到自己的好运气。”以利亚撒怀疑地摇了摇头。

我皱了皱眉：“你在说什么？我怎么可能是**盾牌**？这个盾牌到底是什么意思？”我脑子里所能想到的是滑稽的中世纪盔甲。

以利亚撒把脑袋歪向一边，开始打量着我：“我想，卫士们对这个词的使用过于正式。实际上，对超能力的分类是一件主观而随意的事情；每一种超能力都是独一无二的，就像这世界上没有完全相同的两片树叶，但是贝拉你很容易被归入一类。有些超能力完全是防卫性质的，它们从某些方面保护着超能力拥有者，这些超能力通常叫作**盾牌**。你有没有测试过你的能力？除了我和你的丈夫之外，你还能阻挡其他人吗？”

尽管我的新生脑袋运转起来非常迅速，我仍花了好几秒钟组织我的回答。

“只对某些事情起作用，”我告诉他，“我的大脑似乎是……私密的，但是，这不能阻止贾斯帕扰乱我的情绪，也不能阻止爱丽丝预测我的未来。”

“纯粹的心理防卫。”以利亚撒点了点头，“有局限，但很强大。”

“阿罗不能听到她的想法，”爱德华插话，“尽管他们见面时，她还是人类。”

以利亚撒瞪大了眼睛。

“简尝试过伤害我，但她没法办到，”我说道，“爱德华认为德米特里不能找到我，亚历克也拿我没办法，这样好吗？”

以利亚撒仍然瞪大着眼睛，他点点头：“很好。”

“盾牌！”爱德华心满意足地说道，“我从来没有这样想过。我以前只知道勒娜特具有这种超能力，但是她和贝拉能做到的完全不一样。”

以利亚撒从震惊中稍稍回过神来：“是的，没有一种超能力是通过完全相同的方式表现出来的，因为没有人是通过完全相同的方式思考的。”

“勒娜特是谁？她做了什么？”我问道。蕾妮斯梅也对我们的谈话产生了兴趣，她往卡门怀抱外侧身，绕过凯特看着我们。

“勒娜特是阿罗的私人保镖，”以利亚撒告诉我，“一种非常实用也非常强大的盾牌。”

我模糊地记得，在阿罗恐怖的城堡里，一群吸血鬼紧紧围在他的周围，其中有男的也有女的。那段往事令人毛骨悚然，我记不清女吸血鬼的面目，但有一个一定是勒娜特。

“我想……”以利亚撒思索着，“你们知道，勒娜特是抵挡身体进攻的强大盾牌。如果有人靠近她——或者阿罗，在战斗中她总是寸步不离地待在他身边——这些人最终会发现自己……改了道，她的周围形成了一种不被察觉的排斥力量。你会不由自主地朝一个不是你原本计划的方向前进，甚至怀疑自己最开始为什么要朝计划的方向前进。她的盾牌能向四周扩展数米，如果有需要，她还可以保护凯厄斯和马库斯，但是阿罗永远是她的首要保护对象。”

“她能做到这一点不是凭借身体的力量，就像我们绝大多数拥有超能力的吸血鬼一样，她靠的是意志施展超能力。如果她想抵挡你的话，我不知道你们俩谁会胜出？”他摇了摇头，“我从来没听说阿罗和简的超能力遭到抵挡。”

“妈妈，你很特别。”蕾妮斯梅毫不讶异地对我说道，就好像在评价我衣服的颜色。

我有些迷惑，我不是已经知道自己的超能力了吗？我拥有超强的自我控制力，能让我顺利地度过新生吸血鬼最为恐怖的第一年。每个吸血鬼最多只能拥有一项超能力，不是吗？

或许爱德华当初的判断是正确的？在卡莱尔断定我的自控力是超自然的行为之前，爱德华觉得那是我准备充分的结果——**专注与态度**，他认为这是我之所以成功的关键。

到底哪一种说法是对的呢？我**还**能做些什么呢？我应该被称作什么，被归于哪一类？

“你能扩展你的盾牌吗？”凯特兴致盎然地问道。

“扩展？”我问道。

“将它从你的身体推散开来，”凯特解释道，“保护除你之外的其他人。”

“我不知道，我从来没有试过，我以前不知道我有这本领。”

“哦，也许你办不到，”凯特迅速地说道，“天晓得我花了几百年来练就一身本领，但我现在顶多能让皮肤产生电流。”

我疑惑地盯着她。

“凯特拥有一种攻击技能，”爱德华说道，“跟简差不多。”

我条件反射地躲开凯特，她大声笑了起来。

“我可不是虐待狂，”她向我保证道，“这只不过是搏斗中使用的小伎俩。”

凯特的话映入我的脑海，开始让我有所领悟。她刚才说，**保护除你之外的其他人**，似乎我能够找到某种方式在我古怪离奇、密不透风的脑袋里装下另一个人。

我记得爱德华在沃尔图里城堡的塔楼里受难的情景。尽管这是我作为正常人时候的记忆，但它比其他往事更清晰、更令人痛苦——仿佛它已经深深地烙印在我的头脑中。

要是我能阻止这种灾难再次降临会怎样？要是我能保护他会怎样？保护蕾妮斯梅呢？要是我也能将他们置于盾牌保护之下，要是有这样的一线微薄希望会怎样？

“你得教我怎么做！”我坚决地要求道，不假思索地抓住凯特的胳膊，“你得教我怎么做！”

凯特被我抓得直缩身子：“也许可以——只要你不捏碎我的骨头。”

“天哪！对不起！”

“没错，你在施展盾牌术，”凯特说道，“你这样的动作本应该让你丢掉一只胳膊，你刚才什么也没有感觉到？”

“大可不必这样，凯特，她又不是故意伤害你。”爱德华轻声咕哝道。我们俩都没在意他的话。

“没有，我什么感觉也没有，你刚才是在放射电流吗？”

“是的。嗯，我从未遇到过感觉不到我身上电流的吸血鬼和人类。”

“你之前说你扩展了电流？扩展到你的皮肤？”

凯特点点头：“以前我只有手掌带有电流，和阿罗差不多。”

“和蕾妮斯梅差不多。”爱德华插话道。

“但是经过长期的练习，我能将电流扩散到我的全身，这是很好的防卫手段。凡是触碰到我的人就像被泰瑟枪射中一样动弹不得，电流在一秒钟内贯穿他的全身，一秒钟足以击倒他。”

我心不在焉地听着凯特说话，脑子里不停地想，如果我学得够快，我也许能保护我的小家庭。我迫切地希望自己也能擅长这种扩展的本领，就像我能不可思议地擅长做一个合格的吸血鬼一样。我作为正常人时从没有什么出众的天分，而对于我现在拥有的超能力，我也不确定能持续多长时间。

我从未体验过如此强烈的愿望：尽全力保护我深爱的人。

我专注于自己的思考，没有发现爱德华和以利亚撒之间默默的交谈，直到他们开口说话。

“难道你不能想到一个特例吗？”爱德华问道。

我抬眼看了看，想弄清楚他问话的意思，这时我才发现其他人都目不转睛地盯着他们。他们神情专注地朝对方倾着身子，爱德华表情严肃，满脸怀疑，以利亚撒显得不太高兴，面露难色。

“我不想以那种方式看待他们。”以利亚撒咬紧牙关，房间里突然改变的气氛令我惊讶。

“如果你是对的……”以利亚撒又说道。

爱德华打断了他的话：“这想法是你的，不是我的。”

“如果**我是**对的……我不敢想象那意味着什么。我们创造的世界将会面目全非，我生活的意义将完全改变，我曾是罪魁祸首的一分子。”

“以利亚撒，你的初衷总是最好的。”

“那又有什么用呢？我都做了些什么？多少生命……”

坦尼娅伸出手搭在以利亚撒的肩膀上安慰他：“我们错过了些什么，我的朋友？我想知道你们刚才在谈什么，这样我也能帮忙讨论讨论，你从未做过任何值得让你如此苛责自己的事情。”

“哦，我没做过吗？”以利亚撒咕哝道。他耸了耸肩，从坦尼娅手下滑开，又开始来回踱步，速度比先前快了许多。

坦尼娅看了他一会儿，然后转向爱德华：“解释一下。”

爱德华点点头，他紧张的目光跟随着以利亚撒，说道：“他想知道为什么会有这么多沃尔图里的人来惩罚我们，这不是他们一贯的处事作风。当然，我们是他们遇到过的最庞大的成熟血族，但是历史上也有许多血族联合起来抵抗沃尔图里的事件。他们也拥有庞大的人数，却不是沃尔图里的对手。比起这些血族间的联合来说，我们之间的联合更为密切，这是我们的优势，但我们不及他们人多。

“以利亚撒回忆了以往一些血族由于某种原因接受惩罚的例子，他想起了惩罚他们的固定模式。其他的卫士们是不会注意到这种模式的，因为只有以利亚撒一人能将相关的情报秘密地传达给阿罗，这种模式大概每隔一百年出现一次。”

“这是种什么样的模式？”卡门问道，她同爱德华一样紧盯着以利亚撒。

“阿罗本人很少亲自参加惩罚行动，”爱德华说道，“但在过去，一旦阿罗有什么特别想要达到的目的，不久以后就会有证据表明某个血族犯下了不可饶恕的罪行。元老们会决定亲自参加惩罚行动，目睹卫士们执行正义的处罚。接下来，在整个血族差不多毁灭之后，阿罗特准赦免其中某个族人的罪行，他会声称这个罪人改过自新的意念特别强烈，但无一例外的是，这个受到宽恕的吸血鬼拥有阿罗钦慕的超能力，他将在卫士中获得一席之地。这个有超能力的吸血鬼很快就被笼络进去，对恩赐给自己的荣誉感激不尽，从来没有特例。”

“能被选中肯定是件令人兴奋的事。”凯特猜想道。

“啊！”以利亚撒吼了一声，没有停下步子。

“有这样一个卫士，”爱德华说道，解释着以利亚撒愤怒的反应，“她的名字叫切尔西。她具有影响人与人之间情感纽带的力量，能让这些纽带变得更松弛或者更紧密。她能让人渴望同沃尔图里有所联系，成为他们的一分子，**取悦**他们……”

以利亚撒突然停下了脚步：“我们都明白为什么切尔西如此重要。在战斗中，如果能够破坏联合血族之间的信任和忠贞，我们就更容易打败他们。如果能让血族中无辜的族人脱离罪恶感，我们在执行正义的处罚时就能避免大规模的伤亡——无辜的族人不会干涉我们对罪人的惩罚，他们自己也将免于一死。否则的话，我们有可能遇到整个血族的团结抵抗。所以，切尔西的任务是将族人之间的情感纽带解散，我就是阿罗大发善心赦免的幸存者。我怀疑是切尔西的力量令卫士们紧密地结合在一起，但这一点也不是全无益处，因为它令我们行动更有效率、共存更为和睦。”

以利亚撒的话终于解答了我很久之前的疑惑。以前我一直不明白，卫士们怎么会对他们的首领唯命是从，简直就像对自己的爱人那般投入热忱。

“她的超能力有多强大？”坦尼娅的语气中带有一丝恨意，她迅速地望了望每一位家人。

以利亚撒耸耸肩："能让我带着卡门离你们而去。"说完他摇了摇头，"任何不如爱人间亲密的关系都难逃一劫，至少在普通血族中是这样的。我们家族成员之间的关系应该比普通血族内部更为紧密。我们是不嗜人血的文明血族——我们是由真爱维系在一起的，我怀疑她没法破坏我们的团结，坦尼娅。"

坦尼娅点点头，似乎安了心，以利亚撒继续他的分析。

"我认为，阿罗之所以决定亲自前往，还带着这么多人一起来，是因为他的目的不是惩罚而是获取，"以利亚撒说道，"他需要亲自出面控制局势，但他的对手是我们这样一个庞大而富有超能力的血族，他需要全体卫士的保护。另一方面，让其他的元老毫无防备地独自留在沃特拉太冒险了——有人会趁机滋生事端。所以，他们所有人一起来了，还有其他什么方法能确保他获得他所觊觎的超能力呢？他一定非常迫切地想得到它们。"以利亚撒陷入了沉思。

爱德华的声音低沉得像在喘气："春天见到他的时候，我听到过他的想法，他最想要的是爱丽丝。"

我张大了嘴巴，记起了很久以前想象过的梦魇般的画面：爱德华和爱丽丝穿着黑色的长罩衣，眼睛鲜红，脸上的表情冷漠、疏远，两个人形影不离地站在一起，阿罗握着他们的手……难道爱丽丝最近也看到了同样的画面？她是不是预见到切尔西会剥夺她对我们的爱，将她和阿罗、凯厄斯和马库斯绑在一起？

"这是爱丽丝离开的原因吗？"我问道，提到她的名字我不禁声音一颤。

爱德华伸手抚摸我的脸颊："我想一定是的，为了不让阿罗得到他最想要的东西，为了不让她的力量受阿罗摆布。"

我听见坦尼娅和凯特不安地低语着，想起了她们还不知道爱丽丝离开的事情。

"他也想要你。"我轻声说道。

爱德华耸耸肩，他的脸突然变得异常平静："不像他需要爱丽丝那样迫切。我给不了他什么，我拥有的他也有。当然，除非他有办法迫使我服从他的意志。他了解我，他知道这是不可能实现的。”他嘲讽地挑起一边的眉毛。

爱德华的冷静令以利亚撒眉头紧锁。“他也了解你的弱点。”以利亚撒指出，他看了我一眼。

“这不是我们现在需要讨论的话题。”爱德华立刻说道。

以利亚撒没有理会他的话，继续说道：“他也许也看中了你的爱人。贝拉还是正常人的时候就能够抵挡住他的力量，她的超能力一定让他垂涎三尺。”

爱德华因为这个话题感到不安，我也不想谈论这个话题。如果阿罗真想让我做什么事——任何事——他只需要拿爱德华的生命威胁我，我就会服从，他还可以如法炮制让爱德华俯首称臣。

难道死亡已不再重要？被阿罗俘获才是我们最应该担心的事情吗？

爱德华转换了话题：“我想沃尔图里正在等待这个机会——等待适当的借口。虽然他们不知道利用什么样的借口，但他们早已经制订好行动计划，万事俱备，只欠东风。所以爱丽丝在艾瑞娜挑起这场战火之前就预见到他们做好了决定，他们只是在等待一个正当的理由作为掩护。”

“如果沃尔图里滥用吸血鬼们赋予他们的信任……”卡门低语道。

“这个重要吗？”以利亚撒问道，“谁会信呢？就算其他吸血鬼相信沃尔图里在滥用职权，又能怎样？没有人能抵抗他们。”

“我们想要抵抗他们显然也是疯狂之举。”凯特咕哝道。

爱德华摇了摇头：“你们来这里只是为我们做证人，凯特。不管阿罗的目的是什么，我想他还不至于为此玷污沃尔图里的名誉。如果我们能有理有据地推翻他的控诉，他就必须毫无条件地离开我们。”

“当然。”坦尼娅低语道。

但没人看起来对爱德华的假设深信不疑，漫长的几分钟里，大家都沉默不语。

这时，门外传来了车轮从公路转弯到软泥路上的声音。

“哦，糟糕，是查理，”我轻声说道，“也许德纳利的朋友可以在楼上待一会儿，等到……”

“不用了。”爱德华茫然地说道，他的眼神恍惚，迷茫地盯着大门，“不是你的父亲。”他注视着我，“爱丽丝找来了彼得和夏洛特，准备好迎接下一轮的挑战吧。”

访　　客

卡伦家宽敞的屋子里满是客人，他们从早到晚用不着休息，舒适的房间因而显得有些拥挤。客人们在用餐时间展开了探险之旅，他们尽最大努力同我们合作，远离福克斯和拉普西，在州外的其他地方捕食。爱德华是位慷慨大方的主人，他随时出借他的小汽车，丝毫没有怨言。我试着安慰自己，心想不管怎样他们是在远离我的地方捕食人类，但是，这种折中的办法还是令我不太舒服。

雅各布比我更心烦意乱。狼人的存在是为了保护人类的生命，而如今，在族群的边界之外，杀害人类的行为正肆无忌惮地进行着。但是，蕾妮斯梅正处于极度危险的境界，他只能默不作声地盯着地板，不去理睬那些吸血鬼。

来访的吸血鬼们很容易就接受了雅各布，这让我惊讶不已，爱德华担心的问题从来没有出现。对他们来说，雅各布不是人类，更不是食物。他们几乎对他视而不见，就像不太喜欢动物的人对待朋友宠物的态度。

里尔、塞思、奎尔和安布里跟着山姆在树林中巡逻，雅各布巴不得加入他们的行列，但是他舍不得离开蕾妮斯梅，蕾妮斯梅正忙着向卡莱尔千奇百怪的朋友们展现她的迷人之处。

我们几次重演将蕾妮斯梅介绍给德纳利血族的一幕。第一批观众是彼得和夏洛特，爱丽丝和贾斯帕让他们来找我们，但没有给他们任何解释。他们像大多数了解爱丽丝的人一样，毫无缘由地遵从她的指令。爱丽丝没有告诉他们贾斯帕和她将去向哪里，也没有承诺将来会与他们重聚。

彼得和夏洛特都没有亲眼见过吸血鬼孩子。虽然他们知晓法令的规定，但他们对蕾妮斯梅的拒绝态度没有德纳利吸血鬼刚开始时那样强烈。好奇心驱使他们允许蕾妮斯梅的“解释”，于是一切就自然而然地发生了。现在，他们像坦尼娅一家一样决心留下来做证人。

卡莱尔找来了爱尔兰和埃及的朋友。

爱尔兰血族先到达，说服他们的过程顺利得叫人难以置信。希奥布翰——她是个身材魁梧的女人，走起路来身子上下起伏，美得令人着迷——是血族的首领，但是，她和她表情严肃的伴侣里尔姆早已习惯相信玛吉的判断。玛吉是爱尔兰血族里的最新成员，她拥有一头极富弹性的红色鬈发，看上去不像希奥布翰和里尔姆那么咄咄逼人。她的超能力是鉴定真话和谎言，她得出的结论向来毋庸置疑。玛吉断定爱德华说的是实话，希奥布翰和里尔姆便不假思索地相信了我们的故事，在这之前甚至没让蕾妮斯梅触摸他们。

说服艾蒙和其他埃及吸血鬼的故事就是另一回事了。尽管埃及血族里比较年轻的两个成员本杰明和蒂亚相信了蕾妮斯梅的解释，艾蒙仍然拒绝接触蕾妮斯梅，还命令他的血族马上离开我们。本杰明——一个总是乐呵呵的吸血鬼，样子看上去跟小男孩差不多大，既充满自信又不拘一格——说服艾蒙留下来，他略微带着几分威胁的口气说要脱离艾蒙的血族。艾蒙最终留了下来，但他还是拒绝接触蕾妮斯梅，也不许他的伴侣凯比接触她。这四个性格迥异的吸血鬼能凑在一块儿实在不可思议——尽管埃及吸血鬼们的外貌极其相似，都拥有深黑色的头发和略带橄榄色调的灰白皮肤，看上去就像有血缘关系的一家人。艾蒙年纪最大，是血族里说一不二的首领。凯比寸步不离地待在艾蒙身边，我没听到她说过任何话。蒂亚是本杰明的伴侣，她也是个安静的女人，但只要开口讲话，她总能一语中的，洞悉一切。实际上，本杰明才是血族的核心人物，其他三人似乎一直围绕在他身旁，好像他具有某种无形的磁力，他们要靠这种磁力才能保持平衡。以利亚撒总是睁大眼睛盯着这个男孩，我想本杰明一定具有吸引他人的超能力。

“不是这样的，”那天晚上我们独处的时候，爱德华告诉我，“他拥有独一无二的超能力，艾蒙很害怕失去他，就像我们千方百计不让阿罗发现蕾妮斯梅一样，”他叹了口气，“艾蒙也不想让阿罗注意到本杰明。艾蒙创造了本杰明，他知道本杰明的特别之处。”

“他会些什么？”

“以利亚撒从没有见过这种超能力，我也从没有听说过，甚至连你的盾牌也无法抵挡它。”他冲我咧着嘴微微一笑，“他能改变自然力量——土、风、水、火，真正地自然操控它们，而不是头脑里的幻境。本杰明仍在对他的超能力进行实验，艾蒙想把他塑造成武器，但是，你看得出本杰明有多么的独立，他绝不会让人家利用他。”

“你喜欢他。”我从他的语气中猜测道。

“他是个明辨是非的人，我喜欢他的态度。”

艾蒙的态度可没这么好，他和凯比不跟其他人打交道，而本杰明和蒂亚已经同德纳利血族和爱尔兰血族成了亲密无间的朋友，我们期待卡莱尔回来以后能够缓解艾蒙与我们的紧张关系。

埃美特和罗斯也找来了卡莱尔的朋友——他们俩能追踪到的流浪吸血鬼。

加勒特最先到——他又瘦又高，有着红宝石般的眼珠，长长的茶色头发用皮筋束在脑后——一眼就能看出他是个冒险家。我能够想象，他会接受我们摆在他面前的任何挑战，只是为了考验他自己。他很快同德纳利姐妹打成一片，没完没了地打听她们不同寻常的生活方式。我不知道他是否也想挑战一下素食主义，看看自己究竟能不能做到。

玛丽和兰德尔也来了——他们没有结伴流浪，但已经成了朋友。他们倾听了蕾妮斯梅的故事，像其他人一样留下来做证人。他们也像德纳利血族那样考虑，如果沃尔图里拒绝听我们解释，他们会做些什么，三个流浪吸血鬼琢磨着要不要陪我们奋起反抗。

当然，家里每增添一个吸血鬼，雅各布就会变得更加粗暴。能忍住脾气的时候，他会同他们保持距离。实在忍不住了，他会向蕾妮斯梅发句牢骚：如果有人希望他记住所有吸血鬼的名字并能对号入座，最好先为他制作一份吸血鬼名册索引。

卡莱尔和埃斯梅在离开一周后回到家里，几天后，埃美特和罗莎莉也回来了，他们的返回令我们所有人感觉舒心许多。卡莱尔又带回来一个朋友，或许朋友并不是对他最准确的定义。埃利斯戴是一个厌恶人类的英国吸血鬼，他声称卡莱尔是他最亲密的朋友，但一百年里也难得来探望卡莱尔一回。埃利斯戴更喜欢独自游荡，卡莱尔费了好大的力气才说服他来到这里。他有意回避家里的其他访客，显然，其他访客也不怎么喜欢他。

这位阴森逼人的黑发吸血鬼相信卡莱尔对蕾妮斯梅出身的描述，但他像艾蒙一样拒绝接触她。爱德华告诉卡莱尔、埃斯梅和我，埃利斯戴很害怕待在这里，更害怕不可预知的后果。他对所有权威都持有怀疑态度，自然也不信任沃尔图里，眼下发生的一切似乎证实了他所担忧的事情。

"当然，他们会知道我来过这里，"我们听到他在阁楼里喃喃自语——阁楼是他发泄怨气的首选之地，"现在没办法向阿罗隐瞒了，我苦苦躲避了他数百年，却落到这么个结局。在过去二十年里与卡莱尔说过话的人统统都会登上他们的黑名单，不敢相信我竟然蹚了这摊浑水，真是为朋友两肋插刀啊。"

如果我们真的要逃离沃尔图里的话，至少埃利斯戴比我们其他人成功的机会都大。他是一个追踪者，虽然他没有德米特里那样精确和高效，只能感觉到一股难以捉摸的牵引力将他拉向应该去的任何地方，但这股力量足以告诉他该往哪个方向逃跑——与德米特里相反的方向。

不久，又来了一对意料之外的朋友——之所以说意料之外，是因为卡莱尔和罗莎莉都没能联系上亚马孙血族。

"卡莱尔。"来的是两个野性十足的高个子女人，其中更高的那个向卡莱尔打了声招呼。她们俩看上去像被拉伸过一样——长长的胳膊和腿，长长的手指，长长的黑色麻花辫，长长的脸庞，长长的鼻子。她们全身的行头都由兽皮制成——皮马甲和紧身裤，裤子侧面有细皮带绑成的花边。她们的野性不仅仅因为异乎寻常的打扮，还因为她们所展现出来的一切，从不安分的深红色眼睛到唐突无礼的迅猛举止，我还从未见过这么粗鲁的吸血鬼。

是爱丽丝让她们来这里的。说得含蓄一点，这真是一条十分有趣的消息。爱丽丝为什么会在南美洲？仅仅因为她预见到没有其他人能联系上亚马孙血族？

“查弗丽娜，塞娜！怎么没见到卡叽里？”卡莱尔问道，“我从没见你们三人分开过。”

“爱丽丝说我们必须分头行动，”查弗丽娜回答道，她的声音粗犷而低沉，与她野性的外表正好相配，“彼此分离让人难受，但是爱丽丝确定地告诉我们，你们需要我们来这里，而她需要卡叽里跟随她到别的地方去。她本想详细地解释，只可惜她要赶时间……”查弗丽娜的陈述句渐渐变成了疑问句——我还是不能抑制住浑身的颤抖，尽管我已将这个动作重复了很多次——我抱着蕾妮斯梅出来见她们。

她们对看到的一切反应强烈，但她们非常平静地听完我们的故事，然后让蕾妮斯梅来证明。她们像其他吸血鬼一样完全被蕾妮斯梅征服，可当我看到她们在她身边迅速急促的动作时，心里不免有些担心。塞娜总是待在查弗丽娜身边，从不说话，但她们同艾蒙和凯比的关系不同。凯比对艾蒙百般顺从，而塞娜和查弗丽娜更像是一个人的两只手臂——查弗丽娜只是她们俩的代言人。

关于爱丽丝的消息让人感到慰藉。显然，她在避开阿罗针对她的行动计划的同时，正在执行一项神秘的任务。

爱德华因为亚马孙血族的到来兴奋不已，因为查弗丽娜极具天赋，她的超能力可以用作杀伤性极强的进攻武器。爱德华倒不是想让查弗丽娜加入我们的搏斗，但如果沃尔图里见到我们的证人后仍不停下来，也许他们将会因为看到另一种场景止步不前。

“这是纯粹的幻境……”爱德华解释道，可是就像平常那样，我什么也没看见，我的免疫力逗乐了查弗丽娜，令她兴致大增——她从未碰到过这种情况——她焦躁地在我和爱德华周围打转，听他向我描述他所看到的画面，爱德华的眼神显得有些迷茫，他继续说道，“她想让别人看到怎样的画面，别人就会看到怎样的画面——除了这个画面以外，其他什么也看不见。比方说，我现在正只身处于热带雨林之中。眼前的图像异常清晰明了，简直可以以假乱真。要不是我还握着你的手，我真会以为自己在热带雨林里。”

查弗丽娜的嘴唇微微抽搐，冷峻的脸上露出一丝笑意。过了一秒钟，爱德华的眼神恢复了正常，他朝查弗丽娜咧嘴一笑。

“印象深刻。”他说道。

蕾妮斯梅被我们的谈话所吸引，她大胆地朝查弗丽娜伸出手。

“我能看吗？”她问道。

“你想看什么？”查弗丽娜问道。

“你给爸爸看的一切。”

查弗丽娜点点头，蕾妮斯梅的眼神茫然地盯着前方，我着急地看着她。过了一会儿，蕾妮斯梅的脸上露出灿烂的笑容。

“我还要看。”她要求道。

从那以后，蕾妮斯梅再也离不开查弗丽娜和她**美妙的图画**。我很担心，因为我不确定查弗丽娜会不会创造出一些并不那么美妙的画面。好在我能通过蕾妮斯梅的思绪看到查弗丽娜展现的幻境——它们同蕾妮斯梅脑海中对往事的记忆一样清晰，看上去非常逼真——这样我就能判断这些景象是否适合给蕾妮斯梅看。

虽然我不太愿意让蕾妮斯梅离开我的怀抱，但我不得不承认查弗丽娜能够吸引住她的注意力是件好事。我得空出双手，我需要学习很多东西，不管是身体上的还是精神上的，而且留给我的时间已经不多了。

我第一次学习搏斗的尝试并不尽如人意。

爱德华狠狠地压住我，使我不能动弹。可是，他没有让我自己挣脱出来——我绝对能办到——他跳了起来，放开了我。我立刻意识到出了问题，他像石头一样纹丝不动地站立着，视线越过我们练习的草地盯向我。

“对不起，贝拉。”他说道。

“没事，我很好，”我说道，“我们再试一次。”

“我办不到。”

“你办不到？你这话什么意思？我们才刚刚开始。”

他没有回答。

“你瞧，我不太**擅长**搏斗，这我也知道，但是如果你能帮助我，我会越来越厉害。”

他什么也没有说。我开玩笑似的扑向他，他没有任何反抗，我们俩倒在了地上。我亲吻了他的脖子上的动脉，他始终一动不动。

“我赢了。”我宣布道。

他眯缝着双眼，依旧沉默不语。

“爱德华？怎么了？你为什么不教我？”

整整沉默了一分钟以后，他终于开口说话。

“我只是没法……忍受。埃美特和罗莎莉和我一样懂得搏斗，坦尼娅和以利亚撒也许知道的更多，你去让他们帮你吧。”

“这不公平！你**擅长**搏斗，你以前还教过贾斯帕——你同他还有其他人搏斗过。为什么不教我呢？我做错了什么吗？”

他有些恼怒地叹了口气，他的眼睛变成了黑色，没有丝毫金光点亮这片黑暗。

“把你看成敌人，把你当作攻击目标，千方百计地想要杀了你……”他身子一缩，“我实在无法接受这个事实。我们的时间不多了，谁当你的老师都无所谓，能教你一些基本的搏斗技巧就行了。”

我皱起了眉头。

他摸了摸我噘起的嘴唇，笑了笑：“再说，你没必要学搏斗。沃尔图里会停下来听我们的解释，我们会让他们通情达理。”

“但如果他们不停下来呢？我**必须**学搏斗。”

“另找一个老师吧。”

这并不是我们最后一次谈论这个问题，但我始终无法动摇他的决定。

埃美特主动提出帮助我练习，我感觉他不像是老师，更像是个复仇者，要为上一次失利的掰手腕比赛出一口气。如果我的身体还能产生淤伤的话，我一定从头到脚变成了紫色。罗斯、坦尼娅和以利亚撒循循善诱，他们向我教授的课程让我回想起六月份贾斯帕对大家进行的搏斗指导，尽管我的那些记忆已经模糊不清。有些客人觉得我的学习过程非常有趣，有些甚至为我提供帮助。流浪者加勒特也加入其中——出人意料的是，他是一位出色的老师，他很容易与他人相处，我不明白他为什么从没找到合适的血族。我还同查弗丽娜练习过一次，蕾妮斯梅躺在雅各布的怀里观看我们的搏斗。我从她身上学到了一些小技巧，但我再也没有寻求她的帮助。实际上，虽然我很喜欢查弗丽娜，我也知道她不会真正地伤害我，但她狰狞的面目着实让我吓破胆。

我从老师们那里学到了很多东西，但是我始终认为我掌握的只是皮毛而已。我不知道同亚历克和简搏斗时，我能坚持多长时间。我祈祷自己能够撑久一点，至少能对大家有所帮助。

一天里，除了陪伴蕾妮斯梅和学习搏斗以外，我都同凯特待在后院，练习将体内的盾牌从我的大脑向外扩展，用来保护其他人。爱德华鼓励我进行这一项训练。我明白他的意思，他是希望我找到一种贡献力量的方式，既能让我自己觉得满意，又能让我远离战火。

这项训练的难度太大了。没有可供我支撑的物体，没有有形的对手，我只能利用自己愤怒的情绪，把爱德华、蕾妮斯梅和更多的家人安全地罩在盾牌之下。我反复地尝试着，使劲将捉摸不定的盾牌向体外扩展，但依旧很难看到成功的曙光。我觉得自己是在挣扎着拉伸一个隐形的皮圈——这皮圈随时都有可能从实物化为虚无。

只有爱德华愿意做我的实验品——他接受凯特一次又一次的电击，而我无能为力地在脑中进行抵抗。我们每次练习长达数小时，我使出的力气应该令我汗流浃背，但我如今完美的体能当然不会出卖身体的疲惫，我的疲惫是精神上的。

看到爱德华承受痛苦令我心如刀割，我的双臂无助地搂着他，在凯特的“低”电流下，他的身子一阵阵退缩。我竭尽全力延伸盾牌，想让它罩住我们俩，可每次当我接近成功的时候，盾牌又失去了控制。

我讨厌这练习，真希望查弗丽娜能代替凯特帮助我。这样的话，爱德华需要做的只是观看查弗丽娜的幻境，直到我能阻止他看到它们，但是凯特坚持说我得有更好的动力——我不愿看到爱德华在痛苦中煎熬，这就是“更好的动力”。我开始怀疑我们第一天见面时她的声明——凯特曾说自己不是虐待狂，不会滥用超能力。在我看来，她现在似乎很享受施展超能力的过程。

“嘿，”爱德华高兴地说道，他努力掩饰着声音中流露出的痛苦，他愿意做任何事让我远离搏斗，“刚才那次似乎没什么感觉了。干得好，贝拉。”

我深深地吸了一口气，试着领会成功的窍门。我检测了一下富有弹性的皮圈，用力让它保持牢固，同时缓缓地将它扩展开来。

“来吧，凯特。”我紧咬着牙关低声说道。

凯特把手掌按在爱德华的肩膀上。

他安心地松了口气：“一点感觉也没有。”

她挑起一边的眉毛：“这可不是低电流。”

“太好了。”我气呼呼地说道。

“准备好。”她告诉我，然后又把手伸向爱德华。

这一次他浑身颤抖，牙缝里传出低沉的嘶声。

“对不起！对不起！对不起！”我连连叫道，紧咬住嘴唇，我为什么就办不到呢？

“你干得非常好，贝拉，”爱德华说道，将我拉入了他的怀里，“你不过练习了几天而已，但你偶尔已能扩展你的盾牌。凯特，告诉贝拉她做得多么出色。”

凯特噘起嘴：“我不知道。很明显，她的能力非常强大，我们现在看到的只是冰山一角。我相信她能做得更好，她只是缺少动力。”

我将信将疑地盯着她，我的嘴角不自觉地翘了起来。凯特当着我的面电击爱德华，她怎么可能认为我缺少动力呢？

我听见一旁的观众们在窃窃私语，自从我的练习上演以来，观众人数与日俱增——刚开始只有以利亚撒、卡门和坦尼娅，后来在周围游荡的加勒特也加入进来，接着是本杰明和蒂亚、希奥布翰和玛吉，就连埃利斯戴也从三楼的窗户朝下张望。观众们与爱德华意见一致：他们认为我已经做得非常出色。

“凯特……”显然，凯特又想到了新招数，爱德华警告地叫了她一声，但是为时已晚，她已经开始行动。她沿着弯曲的河岸来到查弗丽娜、塞娜和蕾妮斯梅散步的地方，蕾妮斯梅握着查弗丽娜的手，她们俩相互交换着图像。雅各布寸步不离地跟在她们身后。

“尼斯，”凯特说道——新来的客人很快就叫惯了这烦人的昵称，“你愿意来帮助你妈妈吗？”

“不。”我几乎咆哮着说道。

爱德华安慰地抱了抱我。蕾妮斯梅迅速穿过院子朝我飞奔而来，凯特、查弗丽娜和塞娜紧跟在她后面，我挣脱爱德华的怀抱。

“绝对不行，凯特。”我用尖厉的声音喊道。

蕾妮斯梅朝我伸出手，我自然地张开双臂。她蜷缩着身子躺在我怀里，脑袋紧紧地贴着我肩膀下凹陷的地方。

“可是妈妈，我**想**帮助你。”她语气坚决地说道。她把手轻轻地搭在我的脖子上，用画面再次表明了她的决心，画面中的我们组成了一个密不可分的二人团队。

“不。”我边说边快速地向后退。凯特故意朝我走近了一步，她朝我们俩伸出手。

“离我们远点，凯特。”我警告她。

“不。”她笑了笑，开始紧逼过来，就像猎人围捕猎物。

我挪了挪怀里的蕾妮斯梅，她牢牢地靠在我的背上。我仍然一步一步地往后退，同凯特前进的节奏一致。现在，我的手空出来了，如果凯特不想让**她的**手和手腕分家，她最好和我们保持安全距离。

凯特也许还不太了解状况，她从没体验过母亲对孩子的强烈感情，她一定没有意识到她的行为已经**过头**了。我怒火中烧，眼前的一切变成了奇怪的鲜红色，嗓子眼里好像塞了一块灼热的金属。一直以来被我竭力压抑的力量涌向我身上的每一块肌肉，我知道，如果她把我逼上绝路，我一定会将她碾成钻石般坚硬的碎块。

怒火促使我整个人精神高度集中，我能更敏锐地感觉到盾牌的弹性——此刻它不再是一个皮圈，而是一层薄膜，将我从头到脚覆盖。随着愤怒在我的身体里蔓延开来，我对盾牌的感知越来越清晰，对它的控制也越来越牢固。我将它向四周延伸，从我的身体扩展出去，把蕾妮斯梅完全罩了进来，以防凯特突破了我的守卫。

凯特又向前迈出蓄谋已久的一步，我紧咬牙关，一声恶狠狠的咆哮几乎撕破了我的喉咙。

“小心，凯特。”爱德华提醒她。

凯特又迈了一步，然后犯下了一个连我这种新手都能察觉到的错误。她朝后跳了一小步，脸转向一边，把注意力转移到爱德华身上。

蕾妮斯梅牢牢地靠在我的背上，我蜷起身子准备跳跃。

“你能听到尼斯在想什么吗？”凯特问爱德华，她的声音平静而从容。

爱德华立刻冲到我们中间，挡在我的身前，防止我扑向凯特。

“不能，什么也听不到，”他回答道，“给贝拉一点时间平静下来，凯特，你不应该这样刺激她。我知道她比一般的新生吸血鬼成熟，但她毕竟只有几个月大。”

“我们没时间这么温柔地训练她，爱德华，我们必须刺激她。只剩下几个礼拜的时间了，她的潜能可以……”

“暂且离她远点，凯特。”

凯特皱了皱眉头，但她接受了爱德华的警告，不像刚才对我的警告那样充耳不闻。

蕾妮斯梅的手贴着我的脖子，她在回忆凯特的进攻，告诉我凯特并无恶意，爸爸出面阻止了她……

我并没有平静下来。我眼前的光线似乎还染着鲜红色，但是，我能更好地控制住自己。其实凯特言之有理，愤怒的情绪对我有益，在强大的压力之下，我进步得更快。

但这并不意味着我喜欢发怒。

“凯特。”我叫道，把一只手搭在爱德华的腰背部。我还能感觉到我的盾牌像坚固、柔韧的薄膜覆盖着蕾妮斯梅和我。我又将它向外扩展，让盾牌罩住了爱德华。这盾牌密不透风、坚不可摧。我使劲地喘着粗气，说出来的话听上去像是呼吸困难而不是怒不可遏。“再来一次，”我对凯特说道，“你只能攻击爱德华。”

她转了转眼珠，飞奔过来，将手掌压在爱德华的肩膀上。

“没感觉。”爱德华说道。我听出他声音里的笑意。

“现在呢？”凯特问道。

“还是没感觉。”

“现在呢？”这次，她的问话里带着一丝紧张。

“一点感觉也没有。”

凯特嘟囔了一声，然后走开了。

“你能看到这幅图画吗？”查弗丽娜用她低沉、粗野的声音问道，她目不转睛地盯着我们一家三口。她说的英语带着奇怪的口音，单词也在不应该停顿的地方断开。

“我没看到任何不该看到的东西。”爱德华说道。

“你呢，蕾妮斯梅？”查弗丽娜问道。

蕾妮斯梅冲查弗丽娜笑了笑，然后摇摇头。

我的怒火几乎完全熄灭，我紧咬牙关，喘息得越来越快。我拼命地撑住这个弹性十足的盾牌，似乎我撑得越久，它就变得越重。它正朝着与我的力量相反的方向拉动，不停地往里收缩。

“大家不要惊慌，”查弗丽娜警告周围的一群观众，“我想看看她能把盾牌扩展多远。”

所有人都惊讶地喘着粗气——以利亚撒、卡门、坦尼娅、加勒特、本杰明、蒂亚、希奥布翰、玛吉——除了塞娜，她似乎对查弗丽娜做的任何事都有充分的思想准备。其他人的眼神变得迷离，表情变得紧张。

“如果视觉恢复了正常，就举起手来，”查弗丽娜指示道，“好了，贝拉，看看你能用盾牌罩住几个。”

我愤愤地吐了口气。凯特是除了爱德华和蕾妮斯梅之外离我最近的人，但她也站在十英尺开外的地方。我紧闭着嘴巴，用力猛推盾牌，要把这一层不断与我抗衡的弹性保护膜向四周扩展。我将它一点一点地推向凯特，每向前推进一点，我所承受的反作用力就越大。我盯着凯特紧张的表情，直到她眨了眨眼睛，眼神恢复了正常，我才略感宽慰地轻轻叫了一声，她举起了手。

“太奇妙了！”爱德华轻声地说道，“这盾牌就像是面单向镜，我能听到他们的想法，但是他们却无法看透站在镜子背面的我。我也能听到蕾妮斯梅的想法，但我在盾牌外时却听不到。我敢打赌，凯特现在可以电击我，因为她也在这把保护伞下。我还是听不到你的想法……嗯，这是怎么办到的？我不知道……”

他继续自言自语地说着，我无心听他说话。我咬紧牙关，拼命将盾牌推向加勒特，他离凯特最近。他也举起了手。

“非常好，”查弗丽娜称赞道，“接下来……”

她表扬得过早了，我急喘一口气，盾牌像伸展过度的皮圈一样弹了回来，收缩成它最原始的模样。蕾妮斯梅第一次体验到查弗丽娜施展在其他人身上的失明术，她在我背上一阵战栗。我疲倦地顶住反弹力，用盾牌罩住了她。

“我能休息一会儿吗？”我气喘吁吁地问道。自从变成吸血鬼以来，我还从未像现在这样感觉到需要休息。我既感到精疲力竭，又觉得自己变得强健有力，这种矛盾的感觉令人烦躁不安。

“当然可以。”查弗丽娜说道，她让观众们重获视觉，大家都舒了口气。

“凯特。”加勒特叫道。其他人被短暂的失明弄得心神不宁，他们低声说着话，缓缓地散开。吸血鬼们还不习惯这种无力反抗的感觉。高个子、茶色头发的加勒特是唯一不具超能力的吸血鬼，他被我的练习课所吸引，我不知道这位冒险家此刻又发现了什么具有诱惑力的挑战。

“我劝你不要尝试，加勒特。”爱德华警告他。

加勒特没有理会爱德华的警告，继续朝凯特走去，他若有所思地噘着嘴：“他们说你的超能力可以放倒吸血鬼。”

“对，”她赞同道，然后狡黠地笑了笑，冲他开玩笑似的晃了晃手指，“你很好奇吗？”

加勒特耸了耸肩：“这种事情我前所未见，听上去有一点夸张……”

“也许吧，”凯特说道，她的表情突然变得很严肃，“也许只对体弱者或年幼者起作用，我也不太确定。不过，你看上去倒是很强壮，也许你能承受得住我的超能力。”她掌心朝上地向他伸出一只手——

显然是一种邀请。她的嘴唇微微抽搐，我确信，她严肃的表情是故意激他。

加勒特面对挑战咧嘴一笑，他自信满满地用食指触碰她的手掌。

就在这时，他大声喘了口气，双膝一软，仰面朝天摔倒在地。他的头撞到一块花岗岩上，发出刺耳的破裂声，这场面惊心动魄。亲眼看到吸血鬼遭到这样的伤害，我本能地想要回避，这种伤害大错特错。

“我提醒过你。”爱德华嘟囔道。

加勒特的眼皮颤抖了几秒钟，接着他睁大了眼睛，直愣愣地盯着笑呵呵的凯特，他也觉得不可思议地笑了起来。

“哇。”他说道。

“你觉得很舒服吗？”她怀疑地问道。

“我又不是疯子，”他大声笑道，一边摇着头一边慢慢地站了起来，“不过，你的超能力真了不起！”

“我听到你这么想了。”

爱德华冲她转了转眼珠。

前院传来一阵微弱的喧闹声，在众人惊讶不断的模糊话语中，我听到卡莱尔的声音。

“是爱丽丝叫你来的？”他问道，声音里透着不确定，也带有一丝不安。

又一个意料之外的客人？

爱德华飞快地冲进屋子，其他人也跟在他身后进去。我的动作比较迟缓，蕾妮斯梅还在我的背上，我想给卡莱尔一点时间，让他先为新客人预热一下，这样他或者她或者他们不会因为突如其来的情况受到惊吓。

我把蕾妮斯梅抱在了怀里，小心翼翼地绕进了厨房，仔细聆听外面发生的事情。

“没有人通知我们来这里。”一个低沉、轻似耳语的声音回答了卡莱尔的问题。我立刻想到了阿罗和凯厄斯苍老的声音，身体变得僵直。

我知道大门口一定拥挤不堪——几乎所有人都去看新来的访客——但是却没有任何动静，只听见浅浅的呼吸声。

卡莱尔警惕地回应了客人：“那么，你们为什么会来这里？”

“消息传开了，”另一个声音回答道，同第一个客人的说话声一样轻柔，“我们听说沃尔图里正朝你们而来，还有谣传说你们不会独自作战。很显然，谣言是千真万确的，你们聚集的人还真不少。”

“我们不会同沃尔图里作战，”卡莱尔紧张地说道，“只是有些误会而已，当然，是一个很严重的误会，但是，我们希望能将这个误会澄清。你们看到的这些人是我们的证人，我们只想让沃尔图里听我们解释，不想……”

“我们不在乎他们说你们做了什么，”第一个客人打断了卡莱尔的话，“我们也不在乎你们是否违反法令。”

“不管你们做得多么过分，我们都不在乎。”第二个客人插话道。

“我们已经等待了一千五百年，等待有人向这帮意大利渣子发起挑战，”第一个客人说道，“哪怕只有一线希望推翻他们，我们也要亲眼目睹。”

“甚至帮助你们推翻他们，”第二个客人补充道，两人一前一后配合默契地说着，他们俩的声音非常相似，听觉不太敏感的人也许会以为是一个人在说话，“如果我们觉得你们有一线成功的希望。”

“贝拉！”爱德华尖声叫道，“请带蕾妮斯梅出来，也许我们应该验证一下罗马尼亚客人的诚意。”

如果罗马尼亚血族的客人无法接受蕾妮斯梅，屋子里半数的吸血鬼都有可能保护她，想到这里，我感到些许慰藉。我不喜欢他们俩的声音，也不喜欢他们话中隐晦的威胁。当我走进房间时，我发现大多数吸血鬼和我的想法一致。面无表情的吸血鬼们恶狠狠地盯着新来的客人，还有一些——卡门、坦尼娅、查弗丽娜和塞娜——挡在蕾妮斯梅和新客人之间，他们敏捷地摆出防御的姿势。

站在门口的两个吸血鬼个头矮小，其中一个的头发是黑色，另一个的金色头发已经淡得变成了浅灰色。他们的皮肤同沃尔图里一样，像涂擦过白粉似的，但不如沃尔图里那么明显。对于这一点，我不太确定，因为我只用人类的肉眼看过沃尔图里，我不能做出公正合理的比较。他们锐利、细长的眼睛是深酒红色的，没有灰白的薄膜覆盖。他们穿着非常简单的黑色衣服，看上去似乎很时尚，但款式已经过时。

黑发的那位一眼看到我，他咧嘴笑了起来："哎呀，哎呀，卡莱尔，你可**真**不太听话，不是吗？"

"她不是你想象中那样的孩子，史蒂芬。"

"管她是不是，反正我们不在乎，"金发的那位回应道，"就像我们刚才说过的一样。"

"既然如此，你们可以留下来目睹一切，弗拉德米尔。但是，我们的计划绝不是同沃尔图里作战，就像**我们**刚才说过的一样。"

"那我们只能把食指和中指交叉。"史蒂芬领头说了前半句。

"祈求我们一切顺利。"弗拉德米尔接着说完后半句。

最后，我们聚集了十七位证人——爱尔兰血族的希奥布翰、里尔姆和玛吉，埃及血族的艾蒙、凯比、本杰明和蒂亚，亚马孙血族的查弗丽娜和塞娜，罗马尼亚血族的弗拉德米尔和史蒂芬，还有流浪吸血鬼夏洛特和彼得、加勒特、埃利斯戴、玛丽和兰德尔——再加上我们自己的十一位家人，坦尼娅、凯特、以利亚撒和卡门坚持要算作我们的家人。

除了沃尔图里之外，我们也许是有史以来最为庞大的成熟吸血鬼盟会。

我们都开始觉得我们的计划有希望成功，就连我也抱有一丝希望。蕾妮斯梅在这么短的时间里征服了这么多人心，而沃尔图里需要做的只是短暂地停下脚步听我们解释……

罗马尼亚血族唯一的两位幸存者——只专注于对一千五百年前推翻罗马尼亚王朝的敌人的深仇大恨——从容地接受眼前发生的一切。他们不愿意触摸蕾妮斯梅，但并不憎恶她。他们对我们同狼人的联合表现出莫名的兴奋。他们看着我同查弗丽娜还有凯特一起练习盾牌术，看着爱德华回答未问出口的问题，看着本杰明凭借他的意志令平静的河面波涛汹涌，令安宁的天空狂风大作。他们的眼睛闪烁着激动的光芒，他们迫切的愿望就要实现，沃尔图里终于碰到了死对头。

我们的愿望与他们的大不相同，但我们都满怀希望地祈盼着。

假　证

“查理，我们依然严格地遵守‘了解必须了解的事情’这个原则。我知道你已经有一个多星期没看到蕾妮斯梅了，但是，你现在来我们这里实在不是个好主意，我带着蕾妮斯梅去你那里好吗？”

查理沉默了许久，我怀疑他是不是听出了我声音中掩藏的紧张。

接着他咕哝道：“了解必须了解的事情，呃……”我这才意识到，是他对超自然现象的谨慎态度令他迟迟不作回答。

“好吧，孩子，”查理说道，“今天上午带她过来可以吗？苏会为我准备午饭。她也被我的厨艺吓坏了，就像你当初第一次品尝时的反应一样。”

查理大声笑了起来，然后又为过去的美好时光叹了口气。

“就定在今天上午吧。”越早越好，我已经推迟太久了。

“杰克会跟你们一起来吗？”

尽管查理不知道狼人有烙印爱人这回事，但任何人都不会无视雅各布和蕾妮斯梅之间亲密的关系。

“有可能来。”雅各布怎么可能无缘无故错过同蕾妮斯梅共度的时光，更何况周围没有吸血鬼。

“也许我应该邀请比利过来，”查理若有所思地说道，“但是……嗯。也许以后再说吧。”

我没太注意查理的反应——但发现他提到比利的时候，声音里带着奇怪的不情不愿，我没精力去理会那究竟是怎么一回事。查理和比利都是成年人了，如果他们之间真的有什么瓜葛，他们自己会找到解决的办法，我还有许多更重要的事情需要思考。

“待会儿见。”我告诉他，挂了电话。

这趟出行不仅仅是为了让我的父亲远离家里二十七个千奇百怪的吸血鬼——虽然他们都信誓旦旦地说不会在方圆三百英里内捕食人类，但是……显然，任何正常人都不应该靠近这个群体。我这样向爱德华解释：我带着蕾妮斯梅去查理家，这样他就不会来我们家。这是一个离开家的正当理由，但并不是我的真正理由。

“为什么不用你的法拉利？”雅各布在车库里向我抱怨道，我已经和蕾妮斯梅坐上了爱德华的那辆沃尔沃。

生日那天过后，爱德华找机会向我展示了我的**吸血鬼专用**车，正如他猜想到的，我确实没能表现出适当的热情。当然，这车外观美、速度快，但我更喜欢用双脚**跑**。

“太惹眼了，”我回答道，“我们可以步行过去，但那一定会让查理大吃一惊。”

雅各布嘟囔了几句，不情愿地坐到了前排座上，蕾妮斯梅从我的腿上爬到他的腿上。

“你还好吧？”我一边问他，一边将车开出了车库。

“你觉得呢？”雅各布尖刻地问道，“我烦透了这些臭气熏天的吸血鬼。”他看到我脸上的表情，没等我开口又说道，“是的，我知道，我知道，他们都是善良的吸血鬼，他们是来帮忙的，他们会拯救我们所有人，等等等等。随便你说什么，我始终认为德拉库拉[①]一号和德拉库拉二号叫人汗毛直竖。”

我忍不住笑起来，我也不太喜欢罗马尼亚血族的两位客人：“在这一点上，我没有反对意见。”我说。

蕾妮斯梅摇了摇头，但是什么也没说。她同我们其他人的态度不同，她觉得罗马尼亚吸血鬼们特别有吸引力。他们不愿意接触蕾妮斯梅，她就努力地朝他们大声说话。她问他们为什么会拥有那么与众不同的皮肤，虽然我担心他们会生气，但我很高兴她提出了这个问题，

---

① 德拉库拉，英文名为 Dracula，是爱尔兰作家布拉姆·斯托克（Bram Stoker）的吸血鬼小说《德拉库拉》中的吸血恶魔，主角德拉库拉来自罗马尼亚，所以雅各布如此称呼两个来自罗马尼亚的吸血鬼。

因为我也一样好奇。

他们似乎没因为她的问题而恼怒，倒是显出几分惆怅。

“我们一动不动地坐了很长很长一段时间，孩子，”弗拉德米尔回答道，史蒂芬在一旁点点头，但没有像平常那样跟着弗拉德米尔说下去，“我们沉思冥想自己的神性。众生都来向我们顶礼膜拜，其中有被捕食的猎物，有机敏圆滑的外交官，还有寻求我们恩惠的人，他们的崇拜象征着我们的伟大力量。我们坐在御座上，把自己想象成神，长久以来我们都没有注意到自己开始发生变化——几乎快要石化了。我想，沃尔图里烧毁我们的城堡时，反倒帮了我们一个忙，至少史蒂芬和我没有继续石化下去。如今，沃尔图里的眼睛蒙上了一层灰白的浮垢，但我们依然是火眼金睛，正好方便我们报仇。”

从那以后，我尽量让蕾妮斯梅离他们远远的。

“我们要在查理家待多久？”雅各布问道，打断了我的思路。我们离卡莱尔的屋子和里面的新住户们越来越远，雅各布看上去轻松了许多。他并没有把我算入吸血鬼的行列，这让我十分欣慰。对他来说，我还是原来的贝拉。

“得多待一会儿。”

我的语气引起了他的注意。

“除了看望你爸爸以外，是不是还有其他什么事情？”

“杰克，你在爱德华周围可以很好地控制住自己的思绪，你知道吗？”

他挑起一边又黑又浓的眉毛：“是吗？”

我只是点了点头，迅速地朝蕾妮斯梅瞅了一眼。她正望向窗外，我看不出她是否在专心地听我们谈话，但我决定不冒险透露更多的细节。

雅各布等着我补充下文，他噘起了下嘴唇，琢磨着我简短的一句问话。

我们沉默不语地行驶在路上。我眯缝着眼，透过恼人的隐形眼镜看着冰冷的雨滴，天气还不够冷，不会下雪。我的眼睛不像刚开始那样令人毛骨悚然——不再是鲜亮的深红色，而是晦暗的红橙色。不久以后，它们会变成琥珀色，那时我就用不着戴隐形眼镜了，我希望查理不会因为这些改变而感到心神不宁。

我们在查理家门口停住车，雅各布还在研究刚才那场没进行下去的对话。我们在雨中按照正常人的步速行走，谁也没有开口说话。父亲正等着我们，我还没来得及敲门，他就打开了门。

“嘿，伙计们！一日不见，如隔三秋啊！瞧你，尼斯！过来外公这儿！我敢打赌你又长了半英尺。你看上去真瘦，尼斯。”他瞪了我一眼，“难道他们没给你吃的东西吗？”

“这只是生长突增引起的。”我嘟囔道，“嘿，苏。”我朝他的身后喊道。厨房里飘出鸡肉、西红柿、蒜和奶酪的味道，也许对其他人来说，闻上去是美味佳肴。我还闻到了新鲜松木和积尘的味道。

蕾妮斯梅露出了小酒窝，她从不在查理面前说话。

“好了，孩子们，进屋暖和暖和，我的女婿怎么没来？”

“他在家招待朋友，”雅各布说道，接着哼了一声，“你**太**幸运了，查理，还好你没进入他们的圈子，我想说的就这些。”

查理显得有些局促不安，我轻轻地朝雅各布的腰上打了一拳。

“哎哟。”雅各布低声地抱怨道。嗯，我以为我只给了他轻轻一拳。

“查理，实际上，我还要完成其他的任务。”

雅各布立即看了我一眼，但是什么也没说。

“是不是还没来得及为圣诞节购物啊，贝儿？要知道，剩下的时间可不多了。”

“对，圣诞节购物。”我勉强地说道。难怪屋子里有积尘的味道，查理一定挂上了往年的装饰品。

“别担心，尼斯，”他对着她的耳朵低语道，“要是你妈妈搞砸了，外公会让你过一个愉快的圣诞节。”

我冲他转了转眼珠，但事实上，我确实一点也没有想过节日的事情。

“午饭准备好了，”苏在厨房里喊道，“快来吃饭吧，伙计们。”

“待会儿见，爸爸。”我说道，迅速地同雅各布交换眼神。即使他忍不住在爱德华附近回想这件事，至少他不会向爱德华提供太多的信息，他压根儿不清楚我要做什么。

我坐进车里独自思忖，其实就连我自己也不清楚我要做些什么。

前方的道路又黑又滑，但我已经不再为驾车感到害怕，我超强的反应能力完全能胜任这份工作，我几乎没怎么在意路况。关键的问题在于，当车旁有其他车辆的时候，我得控制好车速，以免引起别人的注意。我迫切地希望履行使命、揭开谜底，这样我就能一心一意地去完成生死攸关的学习任务。学习保护一些人的生命，学习夺走另一些人的生命。

我能越来越娴熟地施展盾牌术。凯特觉得没必要再刺激我——既然我知道盾牌术的关键是愤怒的情绪，找到生气的理由对我来说并不难——因此，我大部分时间是和查弗丽娜在一起练习。她为我增强的扩展能力感到高兴，我能让盾牌覆盖差不过十英尺的范围，而且可以坚持一分钟，尽管每次练习之后我都精疲力竭。一天上午，她想让我试试能不能使盾牌完全脱离我，让我置身盾牌之外。我不明白这么做有什么益处，但是查弗丽娜认为这样可以帮助强化我的实力，就好比健身的人，除了练习臂力之外，还要锻炼腹部和背部的肌肉，只有当全身的肌肉变得更强健，才能举起更重的东西。

我并不太擅长这项技能，我仅仅看到过一次她试着向我展示的丛林河流。

然而，对于即将发生的一切，我需要准备的绝不局限于此。只剩下两周时间了，而我也许忽略了最重要的事情，今天一定要弥补这个疏忽。

我在脑子里记住了相关的地图，我没能在网页上搜索到J.詹克斯的地址，但是要找到这个地方并不困难。我的另一个目的地是詹森·詹克斯的地址，而这并不是爱丽丝指引我去的地方。

说这一带的环境不尽如人意简直是过于含蓄。即使是卡伦家最不起眼的小轿车，如果停放在这条街上，也算得上是极品。我那辆破旧的雪佛兰也能成为这里不错的车。假若回到过去还是正常人的时候，我一定会紧锁车门，鼓足勇气飞驰而去。如今成了吸血鬼，我反而被眼前的一切吸引住。我想象着爱丽丝来到这种地方的原因，但始终没找到答案。

街边的房子年代久远，全都是三层小楼，全都又窄又长，全都微微倒向一边，似乎被雨滴敲打倾斜，里面被分割成无数个小房间。房子外墙壁的油漆已经脱落，看不出它们原本的色彩，全褪成了清一色的灰白。有的房子的底楼开了些店铺：一家脏兮兮的酒吧，窗户被涂成了黑色；一家巫师道具专卖店，大门上时断时续地闪着手掌和塔罗牌形状的霓虹灯；一家文身店；一家日间托儿所，靠街面的窗户快要散架，用胶带勉强地粘着。尽管正常人在这种昏暗的环境下应该需要照明，但所有屋子里都没有灯光。我听见远处传来低沉含糊的说话声，好像是电视里的声音。

周围没什么人影。有两个人冒雨朝着彼此相反的方向一步一拖地走着。有一个人坐在一家二流律师事务所的窄小门廊里，律师事务所的大门已经用木板封上。他看着一张湿漉漉的报纸，吹着口哨，欢快的口哨声和这里的氛围格格不入。

我疑惑不解地望着这位轻松快活的吹哨人，一时间没意识到这家律师事务所正位于我要找寻的地址上。破败的屋子上没挂门牌，但是旁边文身店的门牌号码正好差两位。

我把车停到路边，独自寻思了一会儿。无论如何我要进入那间破屋子，但是，我要怎么做才能不让吹哨人发现呢？我可以把车停到另一条街上，然后从后面绕进去……说不定后面那条街上的人更多。也许可以从屋顶进去？灰暗的天色能够掩饰住我吗？

“嘿，女士。”吹哨人朝我喊道。

我摇下了副驾驶座位的车窗，装作听不到他的话。

那人把报纸放到一边，我这才看清他穿的衣服，不禁大吃一惊。在破旧的长风衣下，他的穿着十分考究。车外一丝微风也没有，我闻不到衣服的气味，但他那件深红色的衬衣亮光闪闪，看上去像是丝绸。他卷曲的黑发蓬松杂乱，黑色的皮肤光滑无瑕，牙齿洁白整齐，皮肤和牙齿形成了鲜明的对比。

“女士，恐怕你不该把车停在那儿，”他说道，“等你回来时，它就不在那儿了。”

“谢谢你的提醒。”我说道。

我熄掉引擎，走出车来。比起破门而入，也许这位吹口哨的朋友能更快地解答我的疑问。我撑开灰色的大伞——倒不是因为我想护着身上长长的羊绒毛衣，正常人是会撑伞避雨的。

吹哨人眯起眼睛，穿过雨滴看见了我的脸，一下子目瞪口呆，咽了口唾沫。我渐渐向他靠近，听见他的心跳不断加速。

“我在找人。”我先开口道。

“我就是你要找的人，”他笑着说道，“我能帮什么忙吗，美女？”

“你是J. 詹克斯吗？”我问道。

“哦。”他说道，他脸上的表情从满怀期待变成了恍然大悟，他站起身来，眯缝着眼睛打量我，“你为什么要找J？”

“这是我的事，”其实我自己也没有任何线索，“你是J吗？”

“不是。”

我们面对面地站了一会儿，他敏锐的目光上下扫视着我身穿的珍珠色贴身外套，他的视线终于落在了我的脸上：“你看上去跟普通的客户不太一样。”

“也许我不是普通的客户，”我承认道，“不过我必须尽快见到他。”

“我不确定能做些什么。”他坦白道。

“你叫什么名字？”

他咧嘴一笑：“马科斯。”

“很高兴认识你，马科斯。好了，告诉我你为**普通的**客户做些什么？”

他收起笑脸，皱了皱眉头：“嗯，你和J的普通客户简直有天壤之别。像你这样的人根本没必要来贫民区的事务所，你可以直接去他安置在摩天大楼里的豪华办公室。”

我告诉他另外一个地址，故意将门牌号码说错。

“对，就在那一带，”他说道，又疑心重重地看着我，“你为什么不去那里？”

“是朋友指引我来这里的——一个非常可靠的朋友。”

“如果你要办理正当的案件，你是不会来这里的。”

我噘起嘴，我从不擅长欺骗别人，但是爱丽丝并没有给我更多的选择。“也许我要办理的不是正当的案子。”我说。

马科斯的脸上显出一丝歉意：“你瞧，女士……”

“贝拉。”

“哦，贝拉。你瞧，我需要这份工作。J付给我很不错的薪水，我要干的活就是整天待在这里。我想帮助你，真的，但是……当然，我接下来要说的只是假设，好吗？或者只是我们私底下随便聊聊，或者任何让你觉得舒服的理由……但是，如果我介绍的人给他造成了麻烦，我肯定会被炒鱿鱼，你理解我的苦衷吗？”

我咬了咬嘴唇，仔细地想了一会儿：“你以前从未见过像我这样的人来这里吗？嗯，和我有几分相似。我姐姐比我矮，她有一头乌黑的长发。”

“J认识你姐姐？”

“我想是的。”

马科斯琢磨着我的话。我冲他笑了笑，他的呼吸变得急促：“告诉你我会做些什么。我会给J打个电话，向他介绍你，然后让他自己决定。”

J. 詹克斯知道什么呢？马科斯的介绍能让他想起什么吗？想到这里我不禁心烦意乱。

“我姓卡伦。”我告诉马科斯，不知道这个信息是否有帮助。我开始对爱丽丝有些恼怒了。难道有必要把我蒙在鼓里吗？她完全可以向我多透露一两个词……

“卡伦，我知道了。”

我看着他按下电话键，很轻松地记住了号码。嗯，如果马科斯这里行不通的话，我可以自己打电话给J. 詹克斯。

“嘿，J，我是马科斯。我知道我不该拨你的这个号码，除非发生紧急情况……”

发生紧急情况了吗？我隐隐约约地听见电话那头的说话声。

“呃，不算紧急，有位女士想见你……”

我看不出这算哪门子的紧急情况，你为什么不按照正常程序

办事？

“我之所以不按照正常程序办事，是因为她看上去一点不像正常……”

她是警察吗？！

“不是……”

你不能保证，她看上去像库巴里夫的……

“不……听我说，好吗？她说你认识她姐姐什么的。”

不太可能，她长什么样？

“她长得……”他带着欣赏的眼神将我从头到脚打量了一番，“嗯，她长得像标致的超级模特，这就是她的样子。”我笑了笑，他冲我使了个眼色，继续说道，“身材完美，皮肤苍白，茶褐色的长发几乎齐腰，有点黑眼圈，看上去需要好好睡一觉……这些听上去熟悉吗？”

不，一点也不熟悉。你对漂亮女人总是无法抗拒，我感到很不满意，你竟然让自己的弱点干扰……

“是啊，我就是个好色之徒，又有什么大不了的？抱歉我打扰了你，伙计，就当我没说过这事。”

“姓名。”我轻声提醒他。

“哦，对了，等一下，”马科斯说道，“她说她叫贝拉·卡伦，这个管用吗？”

电话那头突然静默无声，接着，传来了粗鲁的尖声叫骂，有些脏话只有无礼的货车司机才说得出口。马科斯脸色大变，刚才的嬉皮笑脸消失不见，他的嘴唇变得苍白。

“因为你没有问过我！”马科斯惊慌失措地对着电话大叫。

电话那头又没了声音，J在平定自己的情绪。

美丽、苍白？J问道，他镇静了许多。

“我已经说过了，不是吗？”

美丽、苍白？这个人对吸血鬼的了解有多少？难道他本身就是吸血鬼？我可没准备好面对这样的局面。我紧紧地咬了咬牙，爱丽丝究竟把我带入了怎样的境地？

电话那头传来了新一轮的高声辱骂和指示，马科斯足足干等了一分钟，他几乎是胆战心惊地瞅了我一眼。“可是，你只在星期四接待贫民区的客户……好吧，好吧！我明白了。”他合上手机。

“他想见我？”我兴奋地问道。

马科斯愤愤地说道：“你应该早点告诉我你是优先客户。”

“我也不知道自己是优先客户。”

“我还以为你可能是个警察，”他坦白地说道，“当然，你看上去不像警察，但是，你的举止很奇怪，美女。”

我耸了耸肩。

“毒品交易？”他猜测道。

“谁？我吗？”我问道。

“对，或者你的男朋友什么的。”

“不是，抱歉。我对毒品毫无兴趣，我的丈夫也一样，我们对毒品的态度是**断然拒绝**。”

马科斯轻声地咒骂了一句：“已婚女士，好运总是不会降临在我头上。”

我笑了笑。

“黑手党？”

“不是。”

“偷运钻石？”

“拜托！这就是你经常打交道的人吗，马科斯？也许你该换一份新工作了。”

我不得不承认，我感到有些开心。除了查理和苏以外，我很少同其他人类交流，他茫然不知所措的样子实在很逗乐。同样令人欣慰的是，我毫不费力就能做到不伤害他。

“你一定卷入了什么大事件，**而且**不是好事。”他若有所思地说道。

“不是你想的那样。”

“他们都这么说，但是，还有什么人需要伪造证件呢？而且能够付得起J提出的天价。管他呢，反正与我无关。”他说道，接着又把已婚这个词念叨了一遍。

他给了我一个全新的地址，上面简单地指明了方向，然后目送着我开车离去，眼神中充满了怀疑和遗憾。

此时此刻，我准备好奔向任何危险之地——最好是像詹姆斯·邦德电影里供反派人物们用的高科技藏身之地。于是我幻想，马科斯一定给了我一个错误的地址作为考验。我行驶在狭长的林荫道上，旁边是一片安定和谐的居住区，路旁还有一座被繁茂树木覆盖的小山，说不定我要找的人正藏身于地下，就在这普普通通的林荫道之下。

我把车停在开阔的空地上，抬头看到了一块精美雅致的标志牌，上面写着：詹森·斯科特，律师。

事务所米色的墙壁上点缀着叶绿色，看上去自然舒服，墙壁中镶着一个金鱼缸。空气中没有吸血鬼的味道，只有不熟悉的人类，这让我舒了口气。一位漂亮的金发接待员坐在办公桌后面。

"您好，"她向我打招呼，"有什么可以为您效劳？"

"我来见斯科特先生。"

"您有预约吗？"

"没有。"

她不自然地笑了笑："那您得等上一会儿，您先坐一下，我去……"

艾普丽尔！她桌上的电话里传出一个男人尖厉的叫声，**马上会有一位卡伦女士找我。**

我笑了笑，指向我自己。

立刻让她进来，你明白吗？我不在乎她会不会打扰到我。

我能听出他的声音里不仅仅有急躁，还有压力、紧张。

"她刚到。"电话那头的话音刚落，艾普丽尔赶紧说道。

"什么？让她进来！你还在等什么？"

"马上就来，斯科特先生！"她站起身，双手不停地颤抖。她领我走过一段短短的走廊，边走边问我想喝咖啡或者茶还是别的什么。

"到了。"她说道，带我进入了律师办公室。办公室里有一张宽大的木桌，墙面上挂着镜子，令房间显得更为宽敞。

"关上门。"一个刺耳的男高音命令道。

艾普丽尔匆忙地离开办公室，我仔细打量桌子后面的那个男人。他矮矮的个子，有点秃头，挺着大肚腩，看上去五十五岁左右。他穿着一件蓝白相间的条纹衬衣，搭配一条红色的丝绸领带，深蓝色外套搭在椅背上。他的身子也在不停地颤抖，面色发白，是那种略显病态的苍白，额头上的汗珠清晰可见。

J平静下来，左右摇晃着站起身，从桌后伸过手来。

"卡伦女士，非常高兴见到你。"

我走到桌前，迅速地同他握了握手。他碰到我冰冷的皮肤不禁身子一缩，但并没有显得特别惊奇。

"詹克斯先生，或者你更喜欢人家叫你斯科特？"

他又缩了缩身子："随便你，都行。"

"你叫我贝拉，我叫你J，怎么样？"

"就像老朋友之间一样称呼。"他赞同道，拿起一块丝绸手帕擦了擦额头上的汗。他示意我坐下，然后自己也坐了下来，"我很想问问，我是不是终于见到贾斯帕先生的娇妻了？"他说。

我思量着他话里的意思。这个男人认识贾斯帕，但不认识爱丽丝。他不仅认识贾斯帕，显然还有些害怕他。"事实上，我是他的嫂子。"我说。

他噘起嘴，似乎也像我一样拼命地琢磨话里的意思。

"我相信，贾斯帕先生的身体一定很好吧？"他小心翼翼地问道。

"他非常健康，他现在正在度长假。"

我的回答似乎消除了J的一些困惑。他点了点头，用手指顶着太阳穴撑住脑袋："原来如此，你一开始就该到这里来，我的助手会直接带你见我——没必要通过不太友善的渠道。"

我只能点点头，我也不确定爱丽丝为什么会把贫民区的地址给我。

"啊，不说了，反正你已经到这儿来了，我能为你做些什么？"

"证件。"我说道，尽量让我的声音显出我完全清楚自己在说什么。

"当然，"J立即赞同道，"你想要出生证明、死亡证明、驾驶执照、护照、社会保障卡……"

我深深地吸了口气，笑了起来。多亏有马科斯之前的提示，我欠他个大人情。

我的笑容很快就消失了。爱丽丝让我来这里一定有她的理由，而且我确定跟保护蕾妮斯梅有关。这是她送给我的最后一个礼物，她了解我的需要。

为蕾妮斯梅办假证的唯一原因是她必须逃跑，蕾妮斯梅必须逃跑的唯一原因是我们将会失败。

如果爱德华和我能同她一起逃走，没有必要现在就给她办理这些证件。我确信，爱德华知道怎么弄到身份证或者自己制作假证，他肯定还知道不需要身份证也能逃走的办法。我们可以带着她逃到千里之外，我们可以带着她游过海洋。

前提是我们能在她身边解救她。

绝不能让爱德华发现我的这个秘密。因为他所知道的事情，阿罗也很有可能知道。如果我们的计划以失败告终，阿罗一定会在杀死爱德华之前得到他渴望的信息。

所有这些只是我的猜想。我们没办法战胜沃尔图里，但在彻底失败之前，我们一定要想尽办法除掉德米特里，这样蕾妮斯梅才有机会逃跑。

我能把保护蕾妮斯梅逃走的任务交给谁呢？查理？可他只是一个手无寸铁的普通人。更何况，我能用什么法子把蕾妮斯梅交给他呢？他绝不可能靠近搏斗现场。最合适的人选只有一个，没有其他人可以胜任。

我很快就将一切考虑清楚，J 没有注意到我的分神。

“两份出生证明、两份护照、一份驾驶执照。”我的声音低沉，语气紧张。

即使他发现了我脸上表情的变化，他也会装作没看见。

“用什么名字？”

“雅各布……乌尔夫[①]，还有……瓦内莎·乌尔夫。”尼斯这个昵称同样适用于瓦内莎，雅各布一定会为乌尔夫这个姓氏感到欣喜若狂。

---

① 乌尔夫，英文为 Wolfe，这一姓氏跟英文中“狼”一词 wolf 十分相近，因而非常适合雅各布。

他拿起笔迅速地在标准便笺纸上记了一笔。“中名呢？”他问。

“随便用个普通的名字就行。”

“照你说的做，年龄呢？”

“男人二十七岁，小女孩五岁。”雅各布可以扮成二十七岁，他是只野兽。根据蕾妮斯梅现在的成长速度，我还是把她的年龄估算得稍大一点为好，他可以装成她的继父……

“我还需要他们的照片，”J说道，打断了我的思绪，“贾斯帕先生总是自己把照片贴上去。”

哦，难怪J不知道爱丽丝长得什么样子。

“稍等。”我说道。

我的运气真好。我的钱包里塞着几张家庭合影，里面最完美的一张——雅各布抱着蕾妮斯梅站在前门廊的台阶上——是一个月前照的。数天前，爱丽丝将这张照片给我……哦，也许这根本与我的好运气无关。爱丽丝知道我有这张照片，也许她早就预见到我需要它，才专门把它挑出来让我塞在钱包里。

“给你。”

J仔细地看了看照片：“你女儿长得真像你。”

我紧张起来：“她更像她的父亲。”

“而这个男人不是她的父亲。”他摸了摸照片上雅各布的脸。

我眯缝着眼睛，J光亮的前额上又冒出了汗珠。

“不是，他是我们一家人非常亲密的朋友。”

“请原谅我的好奇，”他嘟囔道，又拿起笔在纸上草草地写了一番，“多久以后需要这些证件？”

“我能在一周以后拿到它们吗？”

“这可是个加急任务。价钱是一般价格的两倍——哦，原谅我刚才说的话，我忘了自己是在和谁谈生意。”

显然，他害怕贾斯帕。

“开个价吧。”

他似乎犹豫不决，迟迟没敢开口，但是我相信，和贾斯帕打过交道以后，他一定明白价钱不是真正的问题。卡伦一家以五花八门的名字在世界各大银行开有账户，户头上的存款都是天文数字，且不说这个，光是家里存放的现金就足以让一个小国家在十年里完全不受经济困难的滋扰。我想起卡莱尔家的每个抽屉后部都有百来个绑钱用的皮筋，没有人会发现我为了今天的行动拿走了一小摞钱。

J在法律稿纸的底端写下价格。

我平静地点了点头，我带的钱比他要的数目更多。我拉开包，点出钞票——我出发前已把钱按照每五千美元一沓夹好，没花多久就数出需要的数目。

“给你。”

“啊，贝拉，你不用现在就把所有钱给我。我们的惯例是，先付一半，等你来取证件时，再付另一半。”

我朝这个紧张的男人微微一笑：“我信任你，J。等我拿到证件后，我会给你额外奖励——跟这个数目一样多。”

“我向你保证，没那个必要。”

“别担心。”反正我带着这些钱也没什么用，“那么，下周同一时间我来这里找你？”

他为难地看着我：“实际上，我希望在其他地方进行交易，最好是跟我的律师工作无关的地方。”

“没问题，我想我一定打破了你的许多惯例。”

“和卡伦家做生意，我向来不遵循惯例。”他扮了个鬼脸，很快又恢复了严肃，“一周后，晚上八点，在静海餐厅，怎么样？在联合湖[①]附近，那里菜的味道棒极了。”

“一言为定。”我当然不会同他共进晚餐，我想，他大概也不愿意让我陪着他吃东西。

我站了起来，同他握了握手。这次他的身子没有退缩，但他看上去心事重重。他噘起嘴唇，绷紧后背。

“你是不是觉得时间期限太短了？”我问道。

“什么？”他听到我的问题才回过神来，抬眼看了看我，“时间期

① 联合湖，英文为Union Lake，是西雅图著名的湖区，风景优美。

限？哦，不，完全不用担心。我一定会将证件准时交给你。”

如果爱德华在这里就好了，这样我就能知道J在担心什么事情，我叹了口气。藏住秘密不让爱德华发现已经令我感觉糟透了，离开他的身边更让我受不了。

“一周后见。”

宣　言

我还没下车就听到了屋子里的钢琴声。从爱丽丝离开那一晚起，爱德华就再没有碰过钢琴。我关上车门，听到歌曲渐渐转为一段间奏，最后变成了他为我作的摇篮曲，爱德华在欢迎我回家。

我动作轻缓地从车里抱起蕾妮斯梅，我们已经在外面待了一整天，她睡得正香。雅各布留在了查理家，他说会搭苏的顺风车回家。我想，他一定注意到我返回查理家时脸上的表情，他现在正试图用一些不重要的小事占满脑袋，这样就没工夫去琢磨我当时的表情。

我慢慢朝卡伦家的屋子走着，察觉到这座白色大房子的四周洋溢着希望和信心。就在今天早上，我自己还被这种鼓舞人心的气氛深深感染，而现在，我感觉到希望已离我远去。

听到爱德华为我弹奏的曲子，我真想大哭一场，但是我忍住了，我不想使他产生任何怀疑。我不能在他的脑子里留下丝毫线索，不能让阿罗有机可乘。

我走进屋，爱德华扭过头冲我笑了笑，继续弹着钢琴。

“欢迎回家。”他说道，似乎今天只是普普通通的一天，似乎周围的其他吸血鬼都销声匿迹。十二个吸血鬼正在客厅里做着自己的事情，另外十几个大概待在屋子里的其他什么地方。“今天在查理家玩得开心吗？”他问。

“开心。抱歉我去了这么久，我出门为蕾妮斯梅买了点圣诞礼物。我知道没什么值得庆祝，但是……”我耸耸肩。

爱德华撇了撇嘴，他从琴键上拿开手，转过身面对着我。他伸手揽住我的腰，把我拉近他的身边。“我没想过圣诞节的事，如果你**想**好好庆祝一番……”

“不，”我打断了他的话，我的内心痛苦地挣扎着，尽量装出一点点热情，“我只是不想让她过一个没有礼物的圣诞节。”

“我能看看她的礼物吗？”

“只要你想看，一个小玩意儿而已。”

蕾妮斯梅完全没有知觉，她靠在我的脖子边轻轻打着鼾。我羡慕她，能够逃离现实真令人幸福，哪怕这个幸福只有短短的几个小时。

我小心翼翼地打开包，从里面掏出一个小巧的天鹅绒首饰袋，不让爱德华发现包里的现金。

“我开车经过一家古玩店时看到了这个盒子坠。”

我抖了抖手里的首饰袋，把一个圆形的金坠子倒在了爱德华的手心，盒子坠的边缘雕刻着细长的葡萄藤。爱德华按了一下锁扣打开盒子，朝里面看了看。盒子里足够放下一张小照片，盒盖的反面刻着一行法文。

“你知道这行法文什么意思吗？”他问道，语气比以往更温柔。

“店老板告诉我说，意思差不多是‘**比我的生命更珍贵**’，他说的对吗？”

“对，他说的没错。”

他抬头看着我，黄宝石般的眼睛似乎要看穿我的心事。我和他对视了一会儿，然后装作被电视分了神，移开了目光。

“我希望她会喜欢。”我低声说道。

“她当然会喜欢。”他轻松自然地说道。这一刻我百分之百确信，他看出了我有事情瞒着他，但他不知道究竟是什么事情。

“我们带她回家吧。”他提议道，站起身，用胳膊搂住了我的肩膀。

我迟疑了一下。

“怎么了？”他问道。

“我想和埃美特练习一会儿……”整整一天都用来执行秘密任务，没有时间练习搏斗，我觉得自己落后了一大截。

埃美特和罗斯坐在沙发上，手里握着遥控器，抬头望向我们，满怀期待地咧嘴一笑：“太好了，森林里的树木正需要修剪一下。”

爱德华眉头紧锁地看了看埃美特，又看了看我。

“明天还有很多时间练习。”他说道。

“别说傻话了，”我抱怨道：“再也没有**很多时间**这回事。这个概念永远不存在，我要学习很多东西……”

他打断了我的话：“明天再说。”

他的表情是那么的严肃而坚定，连埃美特也没再争辩。

生活又恢复到常态，然而这种常态对于我来说是全新的，我惊奇地发现要适应它需要一个很困难的过程。我一直以来抱有的那么一点希望在顷刻间烟消云散，这令我万念俱灰。

我试图更乐观一些，至少我的女儿可以避免即将到来的灾难幸存下来，雅各布也可以。如果他们还能拥有自己的未来，这也不失为一种胜利，不是吗？只有当我们这支队伍能在战斗中抵挡住敌人的攻击时，雅各布和蕾妮斯梅才可能有机会逃走。没错，只有我们奋勇战斗，不让敌人轻易取胜，爱丽丝的战略才有意义。这样看来，我们也算取得了一种胜利，因为一千年来，沃尔图里还从未遇到过如此强大的挑战。

我们面临的不是世界末日，而是卡伦家的末日，爱德华的末日，我的末日。

我宁愿这样想——爱德华的末日，我的末日。我再也不用苦熬没有爱德华的日子了；如果他要离开这个世界，我一定会追随他而去。

我时常漫无边际地幻想，在另一个世界里，我们会不会再续前缘。我知道爱德华不太相信这些，但是卡莱尔相信。我自己也无法想象另一个世界会是什么样子。但是，我更无法想象任何一个没有爱德华的地方。只要我们能在一起，不管是在哪里，都会是一个完美的结局。

生活的常态仍在继续，而痛苦的感觉一天比一天强烈。

圣诞节这天，爱德华、蕾妮斯梅、雅各布和我一同去看望查理。雅各布的族群都在那里，包括山姆、艾米莉和苏，有他们在身边让人感到特别舒心。在战场上，你总是可以信赖狼人，不管即将来临的战争多么危险，他们都会浴血奋战。狼人们硕大而温暖的身躯挤在查理狭小的房间里，几乎要把他的家具挤得粉碎。他们围在圣诞树旁，查理的圣诞树上稀稀拉拉地点缀着几个装饰品，你可以从树上看出他在什么地方没了兴致，半途而废。狼人们激动兴奋的心情感染了屋子里的所有人，正好掩盖住我郁郁寡欢的心情。爱德华还是那样谈笑自如，他一直都是一个比我更具演技的演员。

蕾妮斯梅戴着我在拂晓时分送给她的坠子，她的上衣口袋里装着爱德华送给她的MP3——这个小玩意儿能容纳五千首歌曲，爱德华已经把他最喜欢的音乐装了进去。她的手腕上戴着花饰复杂的奎鲁特版本“定情戒指”。爱德华对这个礼物咬牙切齿，但我却不以为意。

某一天，就在不久以后的某一天，我将把她交给雅各布保护。我寄全部希望于他的承诺，又怎么可能讨厌这个象征承诺的礼物呢？

爱德华也为查理订购了一份礼物，又为这一天增添了几分喜悦的节日气氛。礼物昨天就送到了查理家——这是优先速递服务的功劳——查理一上午都在阅读厚厚的使用说明，研究崭新的声波探鱼器。

从狼人们吃饭的样子可以看出，苏准备的午饭一定美味无比。我不知道外人怎么看待我们这群人，我们每个人的角色扮演得成功吗？陌生人会不会相信我们只是一帮快乐的朋友，像普通人一样无忧无虑地庆祝着节日？

离开查理家的时候，爱德华和雅各布同我一样感到了解脱。我们还有许多更重要的事情需要做，把时间和精力花在扮演快乐的假象上似乎不合情理。在查理家，我一直神情恍惚，无法集中注意力。这有可能是我最后一次见到查理，而我竟然麻木到没有流露出任何感伤，或许这样更好。

婚礼以后我再也没有见过我的母亲。两年前，我们就开始渐渐疏远彼此，现在看来，这是件可喜可贺的事情。我的世界一定会让她崩溃，我不想把脆弱的她牵扯进来，查理比她更坚强。

此时此刻，他可以坚强地向我们告别，但是我做不到。

回家的路上，车里一片寂静。车外雨雾蒙蒙，雨滴似乎很快就要凝结成冰。蕾妮斯梅坐在我的腿上，摆弄着她的盒子坠，一会儿打开，一会儿关上。我望着她，想象着如果此刻爱德华不在身旁，我会对雅各布说些什么。

假如一切恢复到安全状态，带着她去查理那儿，告诉查理所有的故事。告诉他，我非常爱他，即使我的生命早已结束，我仍不忍心再次与他生离死别。告诉他，他是世界上最好的父亲。让他替我向蕾妮表达我的爱，我衷心希望她快乐、健康……

我要趁早把证件交给雅各布，另外还有一张给查理的字条、一封写给蕾妮斯梅的信。当她读到信的时候，她会明白我有多么爱她，虽然我已无法亲口对她诉说我的爱。

车开到了卡伦家门口的草地上，屋子四周没有任何异样，我隐隐约约听见屋子里传来的喧闹声。低沉的说话声和咆哮声混成一片，听上去像是一场激烈的争吵，卡莱尔和艾蒙的声音比其他人的更为明显。

爱德华没有绕到车库，直接把车停在了屋前。我们警惕地彼此对看了一眼，匆忙跳下车。

雅各布的神态完全改变了，他的表情变得严肃而谨慎。我猜想他一定进入了阿尔法状态。显然，有事情发生了，他要获取他和山姆所需要的信息。

“埃利斯戴走了。”我们冲上台阶时，爱德华轻声说道。

客厅里，对峙的双方显而易见。除了为埃利斯戴发生争执的三个吸血鬼以外，其余的吸血鬼全都围站在墙边观战。埃斯梅、凯比和蒂亚离三个争吵者最近，客厅正中间，艾蒙正冲着卡莱尔和本杰明嘶声怒吼。

爱德华咬紧牙关，他拉着我的手，迅速走到埃斯梅身边。我紧紧地将蕾妮斯梅贴在我的胸前。

“艾蒙，如果你想走，没有人逼你留下来。”卡莱尔平静地说道。

“你偷走了我血族里的一半人，卡莱尔！”艾蒙尖声叫道，一只手指像利刃一样指向本杰明，“你是因为他才叫我来这里的吧？想从我身边偷走他？”

卡莱尔叹了口气，本杰明厌恶地转了转眼珠。

“是啊，卡莱尔向沃尔图里发起挑战，把他的一家人都置于危险之中，就是为了引诱我来这里送死，”本杰明讽刺地说道，“讲讲道理，艾蒙。我来这里是为了行正义之事——并不是要投奔其他的血族。当然，就像卡莱尔刚才说的，你愿意怎么做都可以。”

“不会有好结果的，”艾蒙咆哮道，“埃利斯戴是这里唯一清醒的人，我们所有人都应该逃走。”

“也不想想你在说谁清醒。”蒂亚在一旁轻声嘟囔道。

“我们都会死无葬身之地！”

“我们不会同他们搏斗。”卡莱尔语气坚定地说道。

“你说得容易！”

“如果非得搏斗不可，你随时可以改变立场，艾蒙。我相信，沃尔图里会非常感激你的帮忙。”

艾蒙朝他一声冷笑：“也许这是解决问题的办法。”

卡莱尔温和而真诚地回应他：“我不会反对你那样做，艾蒙。我们做了这么多年朋友，我绝不会让你为我送死。”

艾蒙的声音也变得更加镇定：“但是你要让我的本杰明陪你送死。”

卡莱尔伸出一只手搭在艾蒙的肩膀上，艾蒙挪开了身子。

“我留下来，卡莱尔，但也许会对你们不利。如果加入他们才是生存之道，我会这么做的。你们竟然相信自己能够打败沃尔图里，太幼稚了。”他皱皱眉头，叹了口气，朝蕾妮斯梅和我瞅了一眼，愤愤地说道，“我会做证人证明那个孩子在长大，这是无法否认的事实，所有人都亲眼见证了。”

“这正是我们希望你做的事情。”

艾蒙一脸愁容：“但似乎不是你们能够实现的事情。”他转向本杰明，“我赐给你生命，你却浪费了它。”

本杰明的表情变得前所未有的冷酷，与他孩子气的脸庞形成鲜明的对比。“遗憾的是，你没能把你的意志注入我的身体里，那样的话，你会对我非常满意。”

艾蒙眯缝着眼睛，他猛地转向凯比，他们俩趾高气扬地经过我们面前，走出了大门。

“他不会离开，”爱德华轻轻地对我说道，“但是从现在起，他会同我们保持更远的距离。他刚才说要加入沃尔图里并不是诈唬我们。”

“埃利斯戴为什么要离开？”我低声问道。

“没人知道为什么，他没有留下字条。从他的自言自语中可以听出来，他认为一场搏斗在所难免。尽管埃利斯戴胆小怕事，但他确实很在乎同卡莱尔的友谊，因而不会同沃尔图里站在同一战线上。我想，他是认为形势太危险了。”爱德华耸耸肩。

所有人都听到了我们俩的对话，以利亚撒回应了爱德华的看法。

“我从他的喃喃自语中不只是听到了这些。我们还没怎么讨论关于如何说服沃尔图里的问题，但是埃利斯戴担心，即使我们能够证据确凿地证明我们的清白，沃尔图里也不会就此罢休，他们会千方百计地达到他们的目的。”

吸血鬼们忐忑不安地相互看了几眼。沃尔图里利用神圣的法令谋取自己的私利，这种想法是吸血鬼们未曾预料到的。只有罗马尼亚血族表现得非常冷静，他们微微翘起嘴角，露出一丝带有讽刺意味的微笑。其他人竟然没有认清他们的夙敌的真正面目，这似乎让他们觉得很可笑。

大家三五成群地低声讨论起来。也许是因为那个灰头发的弗拉德米尔不断朝我这边看过来，我特别留意罗马尼亚血族的谈话。

“我真希望埃利斯戴的预言能实现，”史蒂芬对弗拉德米尔低语道，“不管我们是输是赢，沃尔图里的所作所为都会流传出去，是让我们看清楚沃尔图里的真面目的时候了。如果大家都相信他们是我们的保护者这种鬼话，沃尔图里永不会下台。”

“我们当统治者的时候可不像他们这样虚伪，我们诚实地面对自己的一切。”弗拉德米尔回应道。

史蒂芬点点头：“我们从不做披着羊皮的狼。”

“我们俩反抗的机会来了，”弗拉德米尔说道，“我们到哪里去找战斗力如此强大的战友？什么时候能碰上这样千载难逢的机会？”

“一切皆有可能，也许有朝一日……”

“我们足足等了**一千五百年**，史蒂芬，而且沃尔图里的实力一年强似一年。”弗拉德米尔停了下来，又朝我看了一眼，我们俩的目光撞了个正着，他丝毫不觉得讶异，他说，“如果沃尔图里打赢了这场仗，他们的实力会比来到这里之前更加强大，俘虏们将会成为他们新的有力武器。光是那个新生吸血鬼就能为他们的队伍增色不少，”他冲我抬了抬下巴，“而且她的潜能才刚刚开发出来，还有那个能够操纵自然的家伙。”弗拉德米尔又冲本杰明点点头，本杰明身子绷得僵直，几乎所有人都像我一样在偷听罗马尼亚血族的谈话，“沃尔图里有一对具有魔力的吸血鬼，他们不再需要幻境大师和电击术。”他的视线移向查弗丽娜和凯特。

史蒂芬看了看爱德华。“读心术也不怎么需要。但是我完全明白你的意思，如果他们赢了，他们确实会有不小的收获。”

“他们的收获远远超过了我们俩能承受的范围，你同意吗？”

史蒂芬叹了口气：“我完全同意。这意味着……”

“意味着我们必须趁着还有一线希望奋起抵抗。”

“如果我们能削弱他们的实力，或者揭穿他们的阴谋……”

“那么，总有一天会有人送他们下地狱。”

“我们最终能报仇雪恨。”

他们对视了一会儿，然后齐声低语道：“这是唯一的出路。”

“战斗。”史蒂芬说道。

我可以看出他们复仇的欲望和自卫的本能，但在他们俩彼此的会心一笑中，我还看出了他们满怀希望。

“战斗。”弗拉德米尔赞同道。

他们的加入不失为一件好事。我和埃利斯戴的想法相同，一场殊死搏斗在所难免。如果是这样的话，增添两个勇猛的斗士会增强我们的战斗力，但是，罗马尼亚血族的决定还是令我不寒而栗。

“我们也加入，”蒂亚说道，她向来低沉的声音显得特别严肃，“我们认为沃尔图里会滥用职权。我们不愿成为他们的一分子。”她的目光定格在她的伴侣身上。

本杰明咧嘴一笑，调皮地冲罗马尼亚血族瞅了一眼：“很明显，我是个抢手货。看来，我必须通过战斗获得自由的权利。”

“这不是我第一次违抗朝廷的圣旨了，”加勒特逗笑地说道，他走了过去，轻轻拍了拍本杰明的后背，“祝你摆脱压迫，获得自由。”

“我们同卡莱尔站在一起，”坦尼娅说道，“我们要陪他战斗。”

罗马尼亚血族的宣言深深感染了其他人，他们似乎都觉得有必要表明自己的态度。

“我们还没想好。”彼得说道。他低头看了看他矮小的伴侣，夏洛特不满地噘着嘴，看上去她好像已经做出决定，我不知道会是怎样的决定。

“我也加入战斗。”兰德尔说道。

“还有我。”玛丽补充道。

“狼人族群会陪着卡伦一家战斗到底，”雅各布突然说道，“我们不怕吸血鬼。”他一边傻笑一边说道。

“真是一群小孩子。”彼得咕哝道。

“是一群婴儿。”兰德尔纠正道。

雅各布不屑地咧嘴一笑。

“好吧，我也加入，”玛吉说道，她耸耸肩膀，从希奥布翰的阻拦中挣脱出来，“我相信真理属于卡莱尔这边，我不能无动于衷。”

希奥布翰担忧地看了看血族里最小的成员。“卡莱尔，”她旁若无人地说道，没有理会屋子里突然严肃的气氛和出乎意料的一连串宣言，“我不希望事情演变成一场战争。”

“我也不希望，希奥布翰。你知道，我最不希望看到的就是搏斗。”他浅浅一笑，“也许你应该集中意志，让事态保持和平。”

“那帮不上忙。”她说道。

我记起罗斯和卡莱尔曾经讨论过这位爱尔兰血族首领，卡莱尔相信希奥布翰拥有某种微妙却强大的超能力，能让事情按照她的意志发展，但是，希奥布翰自己却不相信。

“又不会对你造成大碍。”卡莱尔说道。

希奥布翰转了转眼珠。“我是不是应该想象一个我期望的结果？”她尖刻地问道。

卡莱尔笑得更开心了：“悉听尊便。”

“这样的话，我的血族没有必要发表什么宣言，不是吗？”她反问道，“因为根本就不可能发生战争。”她将手放回玛吉的肩膀上，把这个小女孩拉到她的身边。希奥布翰的伴侣里尔姆一言不发，他面无表情地站在一旁。

屋子里的其他人看着卡莱尔和希奥布翰开玩笑似的你一言我一语，全都感到疑惑不解，他们俩也没向大家解释究竟是怎么一回事。

这一晚戏剧性的演说画上了句号。吸血鬼们渐渐散去，有的外出捕食，有的待在家里消磨时光，要么翻阅卡莱尔的书籍，要么看看电视，要么玩玩电脑。

爱德华、蕾妮斯梅和我一起出去捕食，雅各布跟在我们身后。

“自以为是的吸血鬼，”我们刚出门他就自言自语道，“以为自己多么的高人一等。”他愤愤地说道。

“要是这帮高人一等的家伙要靠一群婴儿救命，他们一定会大受刺激，不是吗？”爱德华说道。

杰克笑了起来，朝他的肩膀打了一拳：“千真万确，他们一定会的。”

这不是最后一次外出捕食。在沃尔图里即将来到这里之前，我们还会出来。我们不清楚他们到来的确切日子，于是计划在爱丽丝预见的宽敞的棒球场上待上几夜，以防万一。我们只知道，当地上有积雪的时候，他们便会出现。我们不希望沃尔图里太接近市镇，德米特里会领着他们找到我们所在的位置。我不确定德米特里会追踪谁的气息找到我们，既然他没办法追踪我，目标很有可能是爱德华。

我一边捕食一边寻思着德米特里的超能力，一点没在意猎物和飞舞的雪花。雪花终于飘落下来，但还没触地就已经融化。德米特里有没有意识到他没法追踪我？他会采取怎样的对策呢？阿罗又会采取怎样的对策呢？万一爱德华的判断是错误的怎么办？有那么一些超能力可以穿越我的盾牌，令我无法抵抗，凡是在我情绪控制范围之外的事物都易受到影响——像贾斯帕、爱丽丝和本杰明那样的超能力就能对我起作用。说不定德米特里的超能力也跟他们的一样。

我突然怔住了，手里还没吸干的麋鹿落在了崎岖不平的地面上。麋鹿带着余温的躯体令它周围的雪花瞬间蒸发，发出嗞嗞的细声，我茫然地盯着血淋淋的双手。

爱德华发现了我的反应，他扔掉手里的猎物，飞奔到我身边。

“怎么了？”他低声问道，双眼扫视着我们周围的树林，探查是什么原因引发了我的异常举动。

“蕾妮斯梅。”我哽咽地说道。

“她刚刚穿过树林，”他安慰我道，“我能听到她和雅各布的想法，她没事。”

“我不是这个意思，”我说道，“我在想我的盾牌——你真的觉得它万无一失，能帮助我们。我知道其他人希望我能用盾牌罩住查弗丽娜和本杰明，即便我每次只能坚持几秒钟。如果这一切都是个错误怎么办？如果你们对我的信任只会导致我们大家的失败怎么办？”

我的声音变得歇斯底里，我竭力地压低嗓门，不想让蕾妮斯梅发现而感到沮丧。

“贝拉，你怎么会有这种想法？当然啦，你能保护自己是件极好的事，但是，你没有义务拯救所有人，别胡思乱想困扰自己了。”

“如果我什么也不能保护呢？”我喘着粗气低声说道，“我所谓的超能力既不完美也不稳定！简直就是莫名其妙、毫无道理，也许我根本就没法抵挡住亚历克。”

“嘘，”爱德华止住我，“不要惊慌，也别因为亚历克担心。他的超能力同简和查弗丽娜的没什么两样，只不过是幻境而已——他像我一样不能进入你的脑海之中。”

“但是蕾妮斯梅可以！”我紧咬着牙齿，疯了似的尖声说道，“一切是那么的自然，我以前从来没有产生过任何怀疑，就好像这是她与生俱来的一部分，但是她可以把她的思想注入我的脑海中，就像注入其他人的脑中一样。我的盾牌有漏洞，爱德华！”

我无助地盯着他，等待他承认这是个可怕的发现。他噘起嘴，似乎在斟酌如何表述自己的看法，他的神情格外自如。

“你很久以前就发现了这一点，对吗？”我问道。在这么长的一段时间里，我竟然对如此明显的事情一直熟视无睹，我觉得自己像是个傻子。

他点点头，扬起一边的嘴角微微笑了笑："她第一次触摸你的时候我就发现了。"

我为自己的愚蠢叹了口气，但是他的镇定令我的情绪渐渐平静下来："难道你不担心吗？你不觉得这是个严重的问题？"

"我有两个理由，一个比较可信，另一个不太可信。"

"先说那个不太可信的理由。"

"好吧，她是你的女儿，"他指出，"继承了你的一半基因。我曾经跟你开玩笑说，你同我们其他人的思维频率不太一致，也许她的和你的一模一样。"

我不太相信这个解释："但是你能听到她在想什么，**每个人**都能听到她在想什么。万一亚历克也跟我的思维频率一致怎么办？万一……"

他用手指挡在我的双唇之上："我也考虑到了，所以我才说另一个理由更加可信。"

我咬了咬牙，等着他往下说。

"就在蕾妮斯梅向你展示第一幅画面的时候，你还记得卡莱尔说了些什么吗？"

我当然记得。"他说：'真是有趣的反转，就好像她在做与你完全相反的事情。'"我说。

"没错，所以我认为，也许她继承了你的超能力，然后将它完全翻了个个儿。"

我仔细想着爱德华的话。

"你把所有人挡在外面。"他说道。

"而没有人能把她挡在外面？"我犹豫不决地接了他的话。

"这正是我的理由，"他说道，"如果她能进入你的脑海，我相信，这世界上没有一块盾牌能够挡得住她，这一点对我们大有裨益。正如我们之前看到的，一旦蕾妮斯梅有机会向别人展示她的思绪，没有人会对她所说的一切产生丝毫怀疑，而且我还相信，只要她靠得够近，没有人会拒绝她的展示，如果阿罗允许她解释……"

一想到蕾妮斯梅那么靠近阿罗贪婪、灰白的眼睛，我就不寒而栗。

“好了，”他说道，揉了揉我僵直的肩膀，“至少没有什么能阻止他看到真相。”

“可是，真相确实能阻止他吗？”我低声问道。

对于这个问题，爱德华没有答案。

期　限

“你要出去？”爱德华问道，语气显得若无其事，脸上强装出镇定的表情。他将蕾妮斯梅紧紧地贴在胸前。

“是的，还有一些事情要处理。”我漫不经心地回答道。

他笑了笑，那是我最喜欢的笑容。“早些回来。”他说。

“没问题。”

我还是开了他那辆沃尔沃，不知道那天的秘密任务结束后，他有没有读过车上的里程表。他猜到了几分呢？他绝对明白我有事瞒着他。他会不会推测出我之所以不向他透露秘密的原因？他是不是也想到阿罗会看穿他的心思？我想爱德华一定能推断出这个结论，所以他从不向我询问任何理由。我猜他是不想考虑太多，尽量不去推敲我的异常行为。爱丽丝离开后的那个上午，我莫名其妙地把书扔进火堆，他会把当时的情景同我现在的一举一动联系起来吗？我不知道他会不会前后联系，有所领悟。

这是个阴郁的下午，刚到黄昏时分，天色就暗了下来。我开车在一片昏暗中飞驰，眼睛盯着空中的阴云。今晚会下雪吗？地上会像爱丽丝预见的那样堆起积雪吗？爱德华估算我们还有两天时间。到那时，我们要在空地上等待，将沃尔图里吸引到我们选择的地方。

我在越来越黑的树林中穿行，回想着上一次去西雅图的经历。我已经知道爱丽丝为什么让我去那个废弃的律师事务所，只有 J. 詹克斯的不法客户才会去那里。如果我直接去他更体面、更合法的办公室，我怎么可能明白要找他做些什么呢？如果我只知道他叫詹森・詹克斯或者詹森・斯科特，是一位正统的律师，我怎么可能发现他还是个化名为 J. 詹克斯的假证办理者？我必须绕段弯路才能弄清楚自己不太正当的目的，我是这样理解爱丽丝的意图的。

天完全黑了，我比约定的时间早到了几分钟。我没理会餐厅门口殷勤的代客停车侍应，把车直接开进了停车场。我戴上隐形眼镜，走进餐厅等待J。我恨不得马上完成这次程序化的会面，然后赶回去同家人团聚，但是J似乎非常慎重，不愿意让不太光彩的客户们破坏他的绅士形象。我想：在黑黢黢的停车场里进行交易，大概会伤害他的自尊。

我向接待的侍应报了**詹克斯**这个名字，谄媚的领班把我带到楼上一个私密的房间。壁炉里的火烧得正旺，我脱下象牙色的长风衣，露出银光闪闪的缎面晚礼服，爱丽丝一直倡导的正确着装理念终于在我身上得以实现。领班接过我的风衣，看到我的盛装打扮他不禁轻轻地倒吸一口气。我忍不住倍感骄傲，我还不习惯在除爱德华之外的人面前展现美丽。领班结结巴巴地说了几句赞美之词，然后有点摇晃地走出了房间。

我站在壁炉边等着，将手指靠近炉火取暖，为不可避免的握手礼做好准备。虽然J肯定知道卡伦家有些不同寻常的地方，但是遵循礼节仍不失为一个好习惯。

突然间，我很想知道把双手置于大火中会是怎样的感觉。我的身子在燃烧会是怎样的感觉……

J走进房间，打断了我疯狂的思绪。领班也接过了他的外套，很显然，我并非唯一为这次会面而盛装打扮的人。

“抱歉，我迟到了。”领班一走出房间，J就对我说道。

“没有，你非常准时。”

他朝我伸出手。我们握手时，我能明显地感觉到他的手指还是比我的暖和许多，但他似乎一点也不在意。

“恕我大胆地讲一句，您今晚真是光彩照人，卡伦夫人。”

“谢谢你，J，请叫我贝拉。”

“我必须承认，和你做生意的感觉非常不同，你比贾斯帕先生……冷静多了。”他迟疑地笑了笑。

“是吗？我一直觉得贾斯帕拥有使人心宁神安的外表。”

他眉头紧锁。“真的吗？”他礼貌地轻声说道，显然不太同意我的观点。太奇怪了，贾斯帕究竟对这个男人做了些什么？

“你同贾斯帕认识很长时间了吗？”

他叹了口气，看上去有些不安：“我同贾斯帕先生合作了二十多年，在此之前，我以前的合伙人认识他也有十五年……他一点变化也没有。”J微微地缩了缩身子。

“是啊，贾斯帕是挺奇怪的。”

J摇了摇头，似乎要把脑袋里那些扰人的想法统统甩出去：“你不坐下来吗，贝拉？”

“实际上，我有点赶时间，待会儿还要开很长的一段路回家。”我一边说，一边从包里拿出一个塞得厚厚的白色信封递给他，里面装着给他的奖金。

“哦。”他说道，语气中透露出小小的失望。他没有检查酬金的数目，把信封塞进上衣内的口袋里。“我想我们可以聊一会儿。”他说。

“聊什么？”我好奇地问道。

“嗯，先让我把证件交给你，我要确保你对我的工作感到满意。”

他转过身，拿起公文包放到了桌上，按开锁扣，从里面掏出标准尺寸大小的马尼拉纸①信封。

虽然我完全不知道自己应该检查些什么，但我还是打开信封，匆忙地看了看里面的证件。J翻拍了雅各布的照片，而且改变了一些色彩，一眼看上去，护照和驾驶执照上用的不是同一张照片。对我来说，这两份证件完全可以以假乱真，但这一点不重要。我又匆匆瞅了瞅瓦内莎·乌尔夫护照上的照片，立刻移开了视线，好像有什么东西哽住了我的喉咙。

“谢谢你。”我对他说道。

他稍稍眯起眼睛，我感到他对我不太彻底的核查有些失望。“我向你保证，每一份证件都完美无瑕，绝对能通过专业人士最严格的审查。”他说。

① 马尼拉纸，英文为manila，是一种白色的高级包装纸，韧性好，不易断裂。

“我相信它们没问题，我真的非常感谢你为我做的一切，J。”

“这是我的荣幸，贝拉。日后，如果卡伦家还有任何需要，请随时与我联系。”他毫无掩饰地说道，他的话听上去更像是一种邀请，诚邀我接替贾斯帕成为他与卡伦家之间的联络人。

“你刚才说想和我聊聊？”

“呃，是的，有一点难以启齿……”他面露疑惑，走到壁炉边。我在炉边坐下，他坐在了我身旁。他的额头上又冒出一粒粒汗珠，他从口袋里掏出一条蓝色的丝绸手帕，擦了擦额头。

“你是贾斯帕先生妻子的姐姐？还是嫁给了他的哥哥？”他问道。

“嫁给了他的哥哥。”我澄清道，不知道他到底想问些什么。

“那么，你是爱德华先生的妻子？”

“是的。”

他抱歉地笑了笑：“要知道，卡伦家所有人的名字我都看过无数遍。送上我迟到的新婚祝福，爱德华先生找到了一位这么漂亮的伴侣。”

“非常感谢你。”

他停顿了一会儿，轻轻擦了擦汗珠：“这么多年来，我已经对贾斯帕先生和整个卡伦家族产生了一定程度的敬意，这一点你可以想象得到。”

我谨慎地点点头。

他深深地吸了口气，然后又一言不发地吐了口气。

“J，求你了，想说什么你就说吧。”

他又吸了口气，语速飞快、含糊不清地嘟囔着。

“如果你能确定地告诉我，你们不是计划把这个小女孩从她的父亲那儿拐走，我今晚会睡得安稳些。”

“哦。”我惊讶地说道，过了好长时间，我才完全理解他得出的这个错误结论。“哦，不。跟你想的完全不一样。”我微微一笑，试着打消他的疑虑，“我只是为她找一个安全的藏身之地，以防我的丈夫和我发生什么不测。”

他眯缝着眼睛。“你们会发生什么不测吗？”他羞愧地红了脸，抱歉地说道，“不关我的事。”

我看着他薄薄的皮肤下散开的红晕，不禁感到高兴——像平常一样感到高兴——因为我不是一般的新生吸血鬼。撇开他的犯罪行为不谈，J也算是个好人，杀死他实在令人惋惜。

“世事难料。”我叹了口气。

他皱皱眉头：“那么，我祝你们好运。请容我再问一句，亲爱的贝拉……如果贾斯帕先生来找我，问我这些证件上的名字……”

“你当然应该立即告诉他，让贾斯帕先生清楚地了解我们之间的全部交易，这是我求之不得的事情。”

我的坦诚似乎缓解了他的紧张情绪。

“太好了，”他说道，“我真的没法说服你留下来和我共进晚餐吗？”

“对不起，J，我现在确实赶时间。”

“这样的话，再次祝你身体健康、生活幸福。如果卡伦家有任何需要，请随时与我联系，贝拉。”

“谢谢你，J。”

我带着伪造证件匆匆离开，回头瞥见J还盯着我的背影，脸上的神情充满焦虑和遗憾。

回家的旅程没花多少时间。四周一片漆黑，我关掉车子的前灯，用最快的速度飞驰。到家后，我发现家里的大多数小汽车都不在，包括爱丽丝的保时捷和我的法拉利。传统的吸血鬼们都开车到尽可能远的地方去填饱他们的肚子。我努力不去想象他们在黑夜里捕食的样子，一想到那些无辜受害的人类我就不寒而栗。

客厅里只剩下凯特和加勒特，他们半开玩笑地争论着动物血液的营养价值。我推测，加勒特大概尝试过素食风格的捕食，但没能坚持下来。

爱德华一定带着蕾妮斯梅回家睡觉去了。雅各布无疑在屋子周围不远处，其他的家人也许同德纳利血族一起外出捕食了。

基本上，整间屋子完全属于我一个人，我立刻抓住这个机会。

我溜进爱丽丝和贾斯帕的房间，从房间里的气味可以判断，我是最近这段时间里第一个来到这里的人，也许从他们俩离开的那晚起，这房间就无人问津。我在他们宽敞的壁橱里静静地搜寻，终于找到一个合适的背包。这个小小的黑色皮包一定是爱丽丝的，它样子小巧，可以用作钱包，就连蕾妮斯梅背上它也不会显得太大。我将房间里的现金洗劫一空，数目差不多是美国普通家庭年收入的两倍。我猜想，这个房间发生失窃案应该不会那么引人注意，因为其他人都不太愿意来到这个伤心地。我把钱塞进皮包，又把装有假证的信封压在钱上头。我坐在爱丽丝和贾斯帕的卧床边上，哀伤地看着这个微不足道的皮包，这就是我能给予我的女儿和好友的救命稻草。我弓着背靠在床柱上，觉得无能为力。

可是我还能做些什么呢？

我耷拉着脑袋，呆呆地坐了许久。模模糊糊中我想到了一个好主意。

如果……

如果雅各布和蕾妮斯梅能有机会逃走的话，说明德米特里肯定死了。这样的话，灾难的幸存者们，包括爱丽丝和贾斯帕，就有了更广阔的生存空间。

照此说来，爱丽丝和贾斯帕不就能帮助雅各布和蕾妮斯梅了吗？如果他们联合起来，蕾妮斯梅将会得到最安全可靠的保护。虽然杰克和蕾妮斯梅是爱丽丝预见力的盲点，但是再没有其他理由能够阻止她和贾斯帕援救他们，用什么办法才能让爱丽丝找到他们呢？

我寻思了一会儿，起身离开爱丽丝和贾斯帕的房间，穿过走廊来到卡莱尔和埃斯梅的套房。埃斯梅的书桌上像平常一样堆着一摞摞厚厚的计划书和设计图，所有东西都整整齐齐地摆放着。桌面上有很多分类文件架，其中一个架子上放着文具盒。我拿出一张纸和一支笔。

我直愣愣地盯着空白的纸，足足呆立了五分钟，集中注意力思考我的决定。爱丽丝也许看不到雅各布和蕾妮斯梅，但是她能看到我。我想象着她能看到此情此景，迫切地希望她不要因为太忙碌而忽略我的所作所为。

我故意不紧不慢地在纸上写下了一排大写字母：RIO DE JANEIRO（里约热内卢）。

里约热内卢似乎是最理想的藏身之地：它距离这里非常遥远，而且根据客人们的消息，爱丽丝和贾斯帕已经到达了南美洲。新问题的出现并不意味着能把老问题抛到九霄云外，对蕾妮斯梅未来的疑虑、对她成长速度的恐慌仍然存在，我们早就计划要去往南方。如今，这个寻找传说的任务就交给了雅各布，但愿也能交给爱丽丝。

我埋下头，紧紧地咬着牙齿，强忍住想要失声痛哭的冲动。没有我，蕾妮斯梅将会生活得更好，但是，我是那么想念她，我实在无法忍受与她分离的痛苦。

我深深地吸了一口气，把字条压在刚刚准备好的行李袋最里面，雅各布不久以后就会发现它们。

我感到庆幸的是——虽然杰克读书的高中不教授葡萄牙语，但是至少他选修了西班牙语课。

所有事情都安排妥当，现在唯一能做的就是等待。

爱德华和卡莱尔在爱丽丝预见的空地上待了两天，那里将是沃尔图里的目的地，那里也曾是维多利亚的新生吸血鬼们在夏天发动进攻时的战场。我不知道卡莱尔是否有似曾相识的感觉。对于我来说，即将来临的这场战争与以前全然不同，因为这一次爱德华和我将同我们的家人并肩作战。

我们猜测沃尔图里会追踪爱德华或者卡莱尔的气味来到这里。当看到他们的猎物没有作鸟兽散时，沃尔图里会感到惊奇吗？他们会提高警惕吗？我想，沃尔图里大概从来都不需要提高警惕吧。

尽管我——但愿能够——对德米特里的超能力有免疫力，我还是陪在爱德华身边。当然了，我们能够共度的时光只剩下几个小时。

爱德华和我之间并没有什么盛大的诀别仪式，我也没打算郑重地向他告别。说再见就代表着我们再也不能见，这就好像在小说的最后一页写上**剧终**二字。正因如此，我们谁也没说再见，只是紧紧地依偎在一起，轻轻地抚摸着对方。不管我们的结局如何，结局中的我们永不分离。

我们在数码开外的树林里为蕾妮斯梅搭了个帐篷，树林里更隐蔽更安全。在天寒地冻时，爱德华和我又同雅各布露宿在一起，这又是一次昨日重现。六月以后，事情发生了翻天覆地的变化，叫人难以相信。七个月前，我们之间的三角关系似乎没有解决的办法，三个人的三种心碎无法避免。而现在，一切达到了极致的平衡。可是具有讽刺意味的是，这幅刚刚拼贴完整的拼图马上就要被摧毁。

除夕夜，雪又开始下起来。这一回，落到空地上的雪花并没有融化。蕾妮斯梅和雅各布熟睡时——雅各布鼾声如雷，真不知道蕾妮斯梅怎么能睡得着——雪花在地面上凝结成薄薄的冰层，逐渐积成厚厚的雪堆。太阳升起来的时候，爱丽丝预见的场景出现在我们眼前。爱德华和我牵着手，凝视着闪闪发光的雪地，谁也没有作声。

清晨时分，其他人陆陆续续集中到空地上，他们的目光无声地表达着决心和斗志——有的眼睛是淡金色，有的是鲜红色。所有吸血鬼都到齐后，树丛里传出狼人的行动声。雅各布从帐篷里钻出来，留下仍在熟睡的蕾妮斯梅，加入到狼人的行列中。

爱德华和卡莱尔安排我们的证人松散地站到一边，看上去像陈列馆的艺术品。

我从远处看着他们，站在帐篷边等待蕾妮斯梅醒来。她醒来后，我帮她穿上两天前精心挑选的衣服。这些衣服都镶有褶边，看上去特别俏丽，但更重要的是，它们非常牢固、不易磨损——即使穿着这身行头的人将会骑着硕大的狼人，穿越无数个州。我在她的上衣外套上黑色的皮背包，包里装着证件、现金、字条，还有写给她、雅各布、查理和蕾妮的几封信。她足够强健，这个背包完全不会成为她的负担。

她发现了我脸上痛苦的表情，眼睛瞪得大大的，但她几乎猜透了我的心思，于是没有问我究竟怎么回事。

“我爱你，”我告诉她，“胜过一切。”

“我也爱你，妈妈，”她回应道，摸了摸挂在脖子上的盒子坠，里面放着一小张她、爱德华和我的合影，“我们永远在一起。”

“在我们的内心深处，我们永远在一起，”我低声地纠正道，声音轻柔得像呼吸，“但是，在今天的某个时刻，你必须离开我。”

她瞪大眼睛，伸手贴到我的脸颊上，此时的拒绝无声似乎比她呼喊出来更响亮。

我好不容易倒吸一口气，哽住的喉咙几乎说不出话来：“你能为了我这样做吗？求你了！”

她的手更用力地贴紧我的脸。**为什么？**

“我不能告诉你，”我低语道，“但是你很快就会明白，我保证。”

我的脑海里浮现出雅各布的脸庞。

我点了点头，挪开了她的手指。“别想这件事了，”我对着她的耳朵轻声说道，“不要告诉雅各布，保守这个秘密直到我让你们离开的时候，好吗？”

这回她理解了我的意思，也点了点头。

我从口袋里掏出准备好的最后一件东西。

在收拾蕾妮斯梅的东西时，一道耀眼的彩光突然吸引了我的视线。阳光透过天窗照了进来，正好落在那个古老而珍贵的首饰盒上。首饰盒一直被塞在高架子上隐蔽的角落里，盒子上的珠宝在阳光照耀下熠熠生辉。我仔细想了一会儿，然后耸了耸肩。我把爱丽丝提供的线索整理了一番，其实即将到来的双方对峙不可能以和平的方式收场，但是，为什么不在一开始的时候就尽可能表现出友好的态度呢？我问自己。友好的态度又能带来什么坏处呢？我想，我心里一定还残存着一线希望——盲目、无谓的希望——我爬上了高架子，取出阿罗送给我的结婚礼物。

此刻，我把这条厚重的金链子系到脖子上，偌大的钻石正好陷入锁骨间的凹坑，我能明显地感觉到它的分量。

“真美。”蕾妮斯梅轻轻地赞叹道，然后，她的两只手臂像钳子一样牢牢围住了我的脖子，我也将她紧紧地按在我的胸口。我们就这样密不可分地抱在一起，走出帐篷，来到了空地上。

爱德华看见了我们，他惊讶地挑起一边的眉毛，除此之外，他没对我和蕾妮斯梅的加入发表任何看法。他把我们俩紧紧地搂在怀里，过了很久才松开双臂。我从他的眼睛里看不到一点告别的意思。也许他以前声称自己不太相信“另一个世界”只是在伪装，也许他对此生之后再续前缘抱有更多的希望。

我们站定了位置，蕾妮斯梅敏捷地爬到我的身后，让我腾出双手。在我前面数英尺远的地方，站着卡莱尔、爱德华、埃美特、罗莎莉、坦尼娅、凯特和以利亚撒，他们站在队伍的最前列。我的身边是本杰明和查弗丽娜；我的任务是尽可能持久地保护他们，因为他们俩是我们攻击性最强的武器。如果沃尔图里能够失去视觉，哪怕只是一小会儿时间，局势也将会发生巨大的变化。

查弗丽娜的表情严肃而凶猛，她身旁的塞娜简直就是她的翻版。本杰明坐在地上，双手按着泥地，自顾自地嘟囔着地表裂缝什么的。昨天晚上，他在空地后方布置了几堆大石头，看上去就像是自然形成的，现在这些石堆都被白雪覆盖。虽然它们不足以伤害到吸血鬼，但至少能转移他们的视线。

证人们聚集在我们的左右两侧，有些离得较近，有些离得较远——那些曾经发表过宣言的证人离我们最近。我发现希奥布翰正揉着太阳穴，紧闭着双眼，精神高度集中。难道她真的采纳了卡莱尔的建议？集中意志想象一个皆大欢喜的结局？

在我们身后的树林中，隐身的狼人们纹丝不动，时刻准备着战斗。我们只听到他们急促的喘息声和心跳声。

突然间，天空中云层翻滚，阳光透过厚厚的云层向四周漫射，令人辨不清太阳的方向。爱德华两眼发直，观察着眼前的景象。我相信这是他第二次看到这种情景——第一次是在爱丽丝预见的图像中看到。沃尔图里到来时就是这番景象，我们现在只剩下几分钟甚至几秒钟了。

在场的所有人都为即将到来的一切做好了准备。

一只身形硕大的赤褐色阿尔法狼从树林里走出来，立在了我的身边。蕾妮斯梅正处于如此危急的境地，他实在无法忍受自己与她保持那么远的距离。

蕾妮斯梅把手指伸进他宽厚肩膀上的软毛里，她的身体放松了一些。有雅各布在旁边，她显得更加平静。我也感到了些许慰藉，只要有雅各布陪着蕾妮斯梅，她就会平安无事。

爱德华一刻也不敢分神，他没有冒险转头看我，朝身后伸出手。我伸长胳膊，紧紧地抓住了他的手，他也用力握紧我的手。

一分钟过去了，我隐隐约约听到有声音在向我们靠近，不禁万分紧张。

爱德华的身体绷得僵直，咬紧的牙缝里发出尖厉的嘶声，他目不转睛地注视着正北方的树林。

我们也朝他看的地方望去，等待着最后几秒钟过去。

杀　欲

他们声势浩大，带着几分优雅从容。

他们的队列严紧、整齐，所有人都一起朝前移动，但不似军人那样昂首阔步，而像潺潺流水从树林中缓缓涌出——这是一个色彩昏暗、不可分割的整体，似乎悬行在离雪地数英寸的空中，他们如此平稳地向我们前进。

队列的四周是灰色的，颜色随着一排排的身躯由外向里逐渐变暗，直到正中心变得最黑，每张脸孔都藏在蒙头斗篷的阴影中。他们的脚步声轻柔细碎，听上去就像极富韵律的音乐，其中的节奏错综复杂，无休无止。

在无人察觉的信号提示下——也许根本就没有什么信号提示，上千年的操练已经让他们熟能生巧——队列渐渐向外展开。队列颜色的变化像一朵绽放的花朵，但是花朵没有这么僵硬、这么平直；这个动作更像展开的扇子，不紧不慢、有棱有角。灰色的身躯慢慢地散到两侧，深色的队列正好从中间移上前来，所有的行动都整齐划一。

他们慢条斯理、不慌不忙地行进，没有匆忙，没有紧张，没有焦虑，这正是战无不胜者的步伐。

我似乎又回到了旧日的梦魇之中。唯一不同的是，我没有看到梦中那一张张扬扬得意的笑脸——享受报复之乐的笑脸。到此刻为止，沃尔图里仍严守纪律，没有表露出任何情绪。他们看到了静候在空地上的一群吸血鬼，没有表露出讶异和惊慌——和他们相比，这群吸血鬼看上去毫无组织、毫无防备。他们也看到了一只身形硕大的狼，同样没有表露出任何惊奇。

我忍不住数了数，一共来了三十二个吸血鬼。即使不算最后面两个游离在队列之外的黑色身影——其他人掩护着她们，我想这是两位妇人，她们应该不会参与进攻——我们在数量上还是不及他们。我们当中只有十九个吸血鬼会参加搏斗，另外七个将目睹我们被消灭的全部过程。即使算上十个狼人，我们还是不如他们人多。

“卫士们来了，卫士们来了。”加勒特诡秘地自言自语道，然后笑了笑，朝凯特靠近了一步。

“他们真的来了。”弗拉德米尔对史蒂芬轻声说道。

“妇人们，”史蒂芬嘶声回应道，“所有卫士，全部出动，我们没去沃特拉是正确的选择。”

沃尔图里似乎还不满足于我们已经看到的这个数目。就在他们缓慢而庄严地行进时，更多的吸血鬼从他们的身后蹿到了空地之上。

后出现的这些吸血鬼如无穷无尽的潮水般涌上空地，他们脸上的表情与沃尔图里的不苟言笑形成鲜明的对比——各种各样的情绪在他们的脸上表露无遗。他们看到了出乎意料的抵抗势力，一开始是表现出震惊和些许的担心，不过，忧虑很快烟消云散。压倒性的人数和战无不胜的沃尔图里是他们的双保险，他们的表情又恢复到看见我们之前时的样子。

他们心里在想些什么显而易见——答案清清楚楚地写在他们的脸上。这是一群愤怒之众，情绪被煽动至极度狂热，誓死捍卫正义的法令。在看到这些面孔之前，我还没有深刻地意识到吸血鬼们对吸血鬼孩子的感觉。

显然，这群混杂而无组织的吸血鬼——共有四十多个——是沃尔图里自己的证人。等我们被处死后，他们会在吸血鬼世界散布消息：罪犯们已经被处决，沃尔图里毫不利己、公平公正地执行了法令。他们中的大多数看上去不只是想当一名证人——他们想帮助沃尔图里除掉罪犯。

我们不可能成功，即便我们能抑制沃尔图里的超能力，这群吸血鬼也会将我们碎尸万段。即便我们杀死了德米特里，雅各布也不可能逃脱这群吸血鬼的追捕。

我能觉察到，周围的同伴们也和我有一样的想法。绝望四处蔓延，空气变得沉重，让我感觉到前所未有的压力。

敌人的阵营中似乎有一个吸血鬼既不属于沃尔图里，也不是他们的证人。我认出了艾瑞娜，她犹豫不决地站在队列和证人之间，脸上的表情不同于其他吸血鬼。艾瑞娜盯着站在最前面的坦尼娅，眼神中充满恐惧。爱德华怒吼了一声，声音低沉却气势汹汹。

“埃利斯戴没错。”他轻声地对卡莱尔说道。

我看见卡莱尔疑惑地瞅了爱德华一眼。

“埃利斯戴没错？”坦尼娅低语道。

“他们——凯厄斯和阿罗——来这里是为了毁灭和获取，”爱德华朝身后低声地说道，他的声音轻如呼吸，只有我们这边的人才能听到，“他们已经预先设计好多种对策。如果艾瑞娜的指控不幸被证明无效，他们一定会绞尽脑汁找到其他的理由攻击我们。不过他们现在已经看到蕾妮斯梅了，所以他们对自己最初的计划非常有信心，不需要执行后备策略。我们可以尝试对他们编造的其他指控提出辩解，但他们首先得停下来，停下来听我们解释有关蕾妮斯梅的真相，”他的声音压得更低，“尽管他们根本没这个打算。”

雅各布发出了一声奇怪的喘息。

就在这时，出人意料的事情发生了，行进的队列**真的**停了下来，和谐前进时奏出的轻柔音乐声戛然而止。队列中仍然保持着严明的纪律，没有一丝动静，没有一声异响，沃尔图里的卫士们似乎合众为一，他们停在离我们百码远的位置。

我的旁边和身后传来心跳的声音，比之前更加清晰。我用眼睛的余光向左右两侧瞥了几眼，想看看是什么阻止了沃尔图里的前进。

原来，狼人加入了我们的行列。

狼人们分成两路从树林中走出来，他们围在我们参差不齐的队列两头，形成了一道长长的分界。我匆匆地朝他们扫了一眼，发现至少有十只巨狼，其中有些是我认识的，有些我从来没有见过。总共是十六只——算上雅各布的话共有十七只，他们均匀地分布在我们身旁。从身高和超大的手爪可以明显地看出，那些我不认识的狼人全都非常非常的年轻，我想我早该预料到这一点。在附近安营扎寨的吸血鬼增多了，狼人的数量理所当然也会暴增。

更多的孩子将战死沙场，我不知道山姆为什么能忍受这种景象，但是转念一想，他确实别无选择。只要有一个狼人同我们站在同一战线上，沃尔图里就会想尽一切办法将所有狼人赶尽杀绝，狼人们是拿他们整个族群的生命当作赌注。

而我们却注定面临败局。

突然间，我怒火中烧。除了愤怒，我能感觉到自己的腾腾杀气。无助的绝望完全消失，一道微弱的红光覆盖住眼前黑压压的队列，我恨不得冲上前去，狠狠咬住他们的躯体，把他们消灭掉。我一定会欣喜若狂，我会开怀大笑。我下意识地紧抿双唇，身体里蕴藏的怒气直抵喉咙，形成了低沉而狂暴的咆哮。我扬起嘴角，露出一丝微笑。

我身旁的查弗丽娜和塞娜也跟着我发出怒吼。爱德华用力地握了握我的手，提醒我抑制住怒火。

沃尔图里隐藏在阴暗中的脸庞始终不露声色，只有两双眼睛微微流露出心里的想法。阿罗和凯厄斯手拉着手站在队列的正中间，他们停下脚步分析眼前的形势，所有的卫士也忠顺地停了下来，等待他们发出开战的命令。他们俩没有彼此对视，但不难看出他们正在交流想法。马库斯拉着阿罗的另一只手，但他似乎没有加入他们的谈话。他的表情不像卫士们那般呆滞，却也是一脸默然。同我上次见到他的时候一样，他看上去对周围的一切毫无兴趣。

沃尔图里的证人们朝我们倾着身子，怒气冲冲地盯着蕾妮斯梅和我，但他们留在树林边，和沃尔图里的战士们保持着一定的距离。只有艾瑞娜紧跟着沃尔图里，离两个妇人——她们头发灰白，皮肤上像涂抹了一层白粉，眼珠上像覆盖了一层白膜——和她们身材魁梧的保镖只有几步之遥。

阿罗的身后跟着一个女人，披着深灰色的蒙头斗篷，看上去她的手似乎搭在阿罗的后背上。难道这就是另一个盾牌，勒娜特？我也像以利亚撒那样猜想，她是否能够抵挡住我。

但是，我不会浪费精力去对付凯厄斯和阿罗，我有更关键的进攻目标。

我开始在队列中迅速地搜寻他们，很快就在中心地带附近发现了两个瘦小的深灰色身影。亚历克和简是所有卫士中身材最小的两位，他们站在马库斯身旁，德米特里站在他们身旁。他们漂亮的脸庞平静安详，无法从中窥探出他们的内心世界；除了元老们穿的纯黑色外衣，他们身上的蒙头斗篷颜色最深，弗拉德米尔称他们俩为具有魔力的一对吸血鬼。他们的超能力是沃尔图里进攻的保障，是阿罗收藏品中的稀世珍宝。

我全身紧绷，嘴里涌出了毒汁。

阿罗和凯厄斯朦胧的红色眼睛扫视着我们。阿罗的视线一遍又一遍地从我们每个人的脸上扫过，他要找寻的人不在我们中间，他满脸失望，懊恼地紧闭双唇。

这一刻，我为爱丽丝的离开感到万分庆幸。

沃尔图里仍然没有采取任何行动，爱德华的呼吸变得急促。

“爱德华？”卡莱尔担心地低声问道。

“他们不知道从何处下手，他们正在深思熟虑，选择关键的进攻目标——我、你、以利亚撒和坦尼娅。马库斯在研究我们相互间的情感联系，寻找突破口。罗马尼亚血族的出现令他们倍感不安，他们还很担心那些不熟悉的面孔——特别是查弗丽娜和塞娜——当然还有狼人们。他们以前从没有在人数上输给过敌人，这就是他们停下来的原因。”

“人数上输给我们？”坦尼娅怀疑地问道。

“他们没把他们的证人计算在内，”爱德华低语道，“证人们形同虚设，对卫士来说毫无意义，阿罗只是找来一群观众罢了。”

“我该同他们说话吗？”卡莱尔问道。

爱德华犹豫了一会儿，点了点头：“这是你唯一的机会。”

卡莱尔绷直肩膀，朝我们的防线外走了几步，我真不愿看到他一个人毫无防备地出战。

他手心朝上地张开双臂，摆出打招呼的姿势：“阿罗，我的老朋友，咱们有几百年没见了。”

白雪皑皑的空地上一阵死寂。爱德华专注地听着阿罗心里对卡莱尔的反应，我能感觉到他的紧张。随着时间一分一秒过去，这种紧张的情绪愈来愈强烈。

阿罗从沃尔图里队列的中心走了出来，盾牌勒娜特如影随形，就好像她的指尖同阿罗的长袍缝在了一起。沃尔图里的队列中第一次有了动静，有的卫士们低声嘟囔，有的紧锁眉头，有的撇着嘴巴，还有的弓起身子准备出击。

阿罗朝他们举起一只手："安静。"

他又朝前走了几步，然后把脑袋歪向一边，白蒙蒙的眼珠有一种奇特的光芒。

"别说得好听，卡莱尔，"他的声音细柔微弱，"看看你组织的军队。你都已经打算杀了我和我挚爱的同伴们了，何必枉费唇舌说些不合时宜的话。"

卡莱尔摇了摇头，朝他伸出右手，似乎他们之间百码远的距离根本不存在："你握一握我的手，就会知道我真正的意图。"

阿罗眯缝着狡猾的眼睛："亲爱的卡莱尔，面对你犯下的滔天大罪，你的意图又有什么意义呢？"他皱了皱眉头，脸上露出悲伤的愁容——我看不出这是他的真情流露还是装模作样。

"我没有犯下任何错误，值得让你们来这里惩罚我。"

"那就请你让开，让我们惩罚那些犯了错误的人。说真的，卡莱尔，能够留住你的性命实在令我非常开心。"

"没有人触犯法令，阿罗，请听我解释。"卡莱尔又一次朝他伸出手。

阿罗还没来得及反应，凯厄斯就飞奔到他身边。

"卡莱尔，你为自己制定了那么多毫无意义、完全多余的规则，"这位白头发的元老尖声说道，"而对于真正重要的法令，你却熟视无睹，你包庇法令的触犯者，这是为什么呢？"

"没有人触犯法令，如果你们听……"

"我们看到那个孩子了，卡莱尔，"凯厄斯怒吼道，"别把我们当成傻瓜。"

"她**不是**吸血鬼孩子，她不是吸血鬼。给我一点时间，我就能向你们证明……”

凯厄斯打断了他的话：“如果她不是吸血鬼孩子，你为什么组织了一支军队来保护她？”

“他们是证人，凯厄斯，就像你们带来的证人一样。”卡莱尔指了指树林边一群愤怒的吸血鬼，其中一些吸血鬼冲他一阵咆哮，“他们每个人都能告诉你们关于这个孩子的真相。不然，你也可以亲自看看她，凯厄斯，你看她脸上的红晕。”

“那是假扮的！”凯厄斯突然叫道，“告发他们的人在哪儿？让她过来！”他扭过头去，看到游移在妇人身后的艾瑞娜，“你！过来！”

艾瑞娜莫名其妙地盯着他，脸上的表情仿佛是刚从噩梦中惊醒，还没有完全从恐惧中摆脱出来的样子，凯厄斯不耐烦地打了个响指。妇人边上一个魁梧的保镖走到艾瑞娜的身旁，他用力戳了戳她的后背。艾瑞娜眨眨眼睛，然后像在梦游一样缓缓地朝凯厄斯走来。她在离凯厄斯数码远的地方停了下来，眼睛始终看着她的姐妹们。

凯厄斯走了过去，狠狠地扇了她一耳光。

这一耳光并不会带来多大的伤痛，但却是极度侮辱人格的行为，看上去就像是有人朝一只狗猛踢了一脚，坦尼娅和凯特同时发出尖厉的怒吼。

艾瑞娜的身体变得僵硬，她的目光终于集中在凯厄斯身上，他用一只像鹰爪一样的手指指向蕾妮斯梅。蕾妮斯梅紧紧地贴在我的背上，她的小手仍然搁在雅各布的软毛里。凯厄斯在我狂怒的视线中完全变成了红色，雅各布的胸膛里翻滚着一腔怒火。

“你看到的是这个孩子吗？”凯厄斯质问道，“这个显然不属于人类的孩子？”

艾瑞娜直勾勾地看着我们，这是她来这里后第一次仔细地审视蕾妮斯梅。她歪斜着脑袋，脸上露出疑惑的表情。

“怎么了？”凯厄斯吼道。

“我……我不确定。”她说道，声音里充满困惑。

凯厄斯的手骤然一抽，似乎又要给她一巴掌。“你这话什么意思？”他冷酷地问道。

“她有些不太一样，但我相信她是我上次看到的那个孩子。我的意思是，她变了。这个孩子比我看到的那个要大，但是……”

凯厄斯突然露出了锋利的牙齿，愤怒地喘着粗气，艾瑞娜话没说完就停了下来。阿罗飞奔到凯厄斯身边，伸手搭在他的肩膀上。

“冷静些，兄弟。我们有的是时间把这一切弄清楚，没必要这么着急。”

凯厄斯脸色阴沉，转过身背对着艾瑞娜。

“好了，亲爱的，”阿罗的轻言细语听上去甜似蜜糖，“告诉我你想说些什么。”他朝那个疑惑不解的吸血鬼伸出手。

艾瑞娜将信将疑地握住他的手，他只将她的手握了短短五秒钟。

“你看到了吗，凯厄斯？”他说道，“不费吹灰之力就能得到我们想要的东西。”

凯厄斯没有回答他。阿罗用眼睛的余光扫了一眼他的观众，那群乌合之众，接着又转身回到卡莱尔面前。

“看来我们遇到了神秘状况。这个孩子似乎在长大，但是，艾瑞娜第一次看到的那个显然是吸血鬼孩子，太不可思议了。”

“这正是我想向你们解释的问题。”卡莱尔说道，他的声音有了些变化，我能猜测到他心里头的解脱，我们所有的希望正是寄托于这样一个时机。

我毫无解脱之感，极度的愤怒令我浑身麻木。爱德华曾说他们设计了多种对策，我等待着他们使出新的花招。

卡莱尔再次伸出手。

阿罗迟疑了一下：“亲爱的朋友，我更想让故事的主要人物向我解释。我想，你并不是触犯法令的罪魁祸首，对吗？”

“没有人触犯法令。”

“就算没有人触犯法令，我也要了解真相的全部细节。”阿罗轻柔的声音变得冷酷，“最好的办法，就是直接从你才华出众的儿子那儿获取证据。”他把头转向爱德华的方向，“那孩子趴在新生吸血鬼的背上，而新生吸血鬼是爱德华的伴侣，我想，爱德华一定跟这孩子有关系。”

他理所当然选择了爱德华，一旦看穿了爱德华的想法，他就掌握了除我之外我们**所有**人的想法。

爱德华迅速地转过身，亲吻了我和蕾妮斯梅的额头，他故意回避了我的目光。接着，爱德华大步踏过雪地。走到卡莱尔身边时，轻轻地拍了拍他的肩膀。我听见身后传来轻轻的呜咽声——埃斯梅按捺不住心中的恐惧。

我眼里的沃尔图里被红色的薄雾笼罩，如今这片红色变得越发透亮。看着爱德华单枪匹马穿过空旷的雪地，我心有不忍——但是，带着蕾妮斯梅靠近我们的敌人，我也无法忍受。两种矛盾的念头折磨拉扯着我，我用力将身体绷得僵直，全身的骨头似乎要在重压之下散架。

爱德华穿过了战场的中点，现在，他离敌人更近，离我们更远，我看见简的脸上露出了笑容。

这一丝扬扬得意的笑容似火上浇油，我心中的怒火燃至最高点。狼人们舍弃族群的利益投身于这场注定失败的战争，刚发现这一点时，我感到了一股怒不可遏的杀欲，而此时此刻，这股欲望比当时更为强烈。我的舌头品尝到愤怒的滋味——它就像潮水一般流经周身，将力量灌注到身体的每一部分。我不由自主地绷紧肌肉，用尽全力将盾牌像掷标枪一样从脑中抛散出去，让它跨越整个战场，这在以前是根本不可能实现的——这样宽阔的区域是我练习时最好成绩的十倍，我一边用力一边愤然地吐了口气。

盾牌向我的四周扩展，像一个充满力量的气泡，像一朵氢弹爆炸后产生的蘑菇云。它如生命体一般拥有跳动的脉搏——我能**感觉**得到，从盾牌的顶端到它的边缘都蕴涵无限生机。

如今，富有韧性的盾牌不再反弹。在刚刚发力的那一瞬间，我意识到，练习时盾牌之所以具有强大的后冲力，完全是我自己造成的——我一直都把盾牌当作自卫的武器，潜意识里不愿意彻底放开它。而现在，我解开束缚，将盾牌解放，它一下子就延伸到五十码开外的地方。对于我来说，这一切毫不费力，只需稍稍集中注意力就能办到。盾牌伸缩自如，就像身上的肌肉，服从我的支配。我将它扩展为长而扁的椭圆形，坚韧盾牌之下的所有人、事、物突然成为我的一部分——它们似闪耀的光点围绕在我身边。我继续将盾牌沿着空地往前推进，爱德华闪耀的亮光终于出现在盾牌之下，我欣慰地松了口气。我牢牢地撑住盾牌，让它密实地罩住爱德华，在他的身体和敌人之间形成一道薄如蝉翼却坚不可摧的屏障。

爱德华继续朝阿罗走去，在不到一秒钟的时间里，一切都发生了变化，但是除了我以外，没有人注意到我施展了盾牌术。我突然大声笑了起来，其他人吃惊地瞅了我一眼，雅各布黑亮的眼睛疑惑地盯着我，好像我是个失去控制的疯人。

爱德华在离阿罗数步远的地方停了下来。我气恼地发现，尽管我绝对能用盾牌保护爱德华，但我不**应该**阻止他们之间的交流。这正是我们期待的一刻：让阿罗听我们解释。我不情愿地将盾牌拉了回来，爱德华再次处于毫无防备的状态，我感到痛苦难忍，刚才那股大笑的情绪也已烟消云散。我的注意力完全集中在爱德华身上，一旦情况不妙，我要随时用盾牌护住他。

爱德华高傲地昂起头，他朝阿罗伸出手，似乎是施与阿罗一种恩惠。阿罗对他合作的态度高兴不已，但不是所有人都分享着这份快乐。勒娜特神情紧张地尾随在阿罗身后，凯厄斯眉头紧锁、愁容不展，他那如纸片般的透明皮肤似乎要永远这样褶皱下去。简露出锋利的牙齿，她身边的亚历克专注地眯着眼睛。我想，他大概也和我一样，准备好在第一时间采取行动。

阿罗毫不犹豫地迎上前去——说实在的，有什么能令他害怕呢？灰色长袍下的庞然大物，像费利克斯那样强壮结实的斗士，近在咫尺。简和她的烧身术能让爱德华瞬间倒地、痛不欲生。没等他向阿罗靠近一步，亚历克就能令他又盲又聋。没有人知道我有能力阻止他们，连爱德华都不知道。

阿罗轻松地笑了笑，他握住爱德华的手。他突然闭上眼睛，大量的信息顷刻间涌入他的脑海，他耸起双肩、弓起背。

每一个私密的想法，每一个精细的谋略，每一个深刻的见解——爱德华在过去一个月里听到的一切——现在都属于阿罗了。更久以前——爱丽丝的每一个预言，和家人共度的每一个安宁的时刻，蕾妮斯梅脑海里的每一幅画面，每一个吻，爱德华和我的每一次爱抚……所有这些如今也都属于阿罗了。

我懊丧地发出嘶声，盾牌似乎也被我的愤怒煽动，不断变换形状，收缩到我们这一边。

“放松，贝拉。”查弗丽娜轻声地对我说道。

我紧咬牙关。

阿罗继续专注于爱德华的回忆。爱德华也低下脑袋，脖子上的肌肉绷得紧紧的，他读回阿罗从他脑海里拿走的记忆，同时读出阿罗对这些回忆的反应。

这段双向但是不平等的对话持续了很长时间，就连卫士们也开始焦躁不安，窃窃私语声在队列中蔓延开来。凯厄斯冲他们严厉地吼了一声，命令他们保持安静。简不由自主地朝前移动身子，勒娜特脸上的表情因为忧虑而显得僵硬。我审视着这个威力强大的盾牌，她看上去恐慌而虚弱。尽管她能帮助阿罗，但我看得出，她并不是一位战士，她的任务是保护而不是搏斗。她根本没有杀戮的欲望，我相信，如果让我同她决斗，我这个杀气腾腾的新生吸血鬼一定能够消灭她。

我回过神来。阿罗挺直了后背，猛然睁开眼睛，眼神中充满敬畏和警惕，他没有松开爱德华的手。

爱德华稍微放松身子。

“你看到了？”爱德华问道，声音温柔而平静。

“是的，我看到了，确实看到了。”阿罗赞同道，令人惊讶的是，他的心情听上去似乎很愉快，“就算是两个神，或者两个人，也没法像我们俩这样看穿彼此。”

卫士们严肃的脸庞上露出怀疑的表情，我也觉得难以置信。

“你告诉我这么多事情，我得好好地考虑一下，年轻的朋友，”阿罗继续说道，“比我想象中还要多。”他仍没有松开爱德华的手，爱德华紧张地听着他嘴上说的和心里想的话。

爱德华没有回应。

“我能见见她吗？”阿罗兴致勃勃地问道，几乎是恳求，“数百年来，我从没料想过有这样的东西存在，又为我们创造了一个历史奇迹啊！”

“这是怎么回事，阿罗？”没等爱德华回答，凯厄斯就抢先问道。我一听到阿罗的问题，便立即将蕾妮斯梅揽入怀中，让她紧紧地贴在我的胸口，保护着她。

“你从没料想到的事情，务实的朋友。花点时间好好地想想吧，我们施行的正义在这里行不通。”

凯厄斯听到他的话，震惊得发出阵阵嘶声。

“镇定，兄弟。”阿罗抚慰地提醒他。

这应该是一个好消息——这是我们一直期待听到的话，我们从未想过沃尔图里会暂缓他们的行动。阿罗倾听了事情的真相，他自己也承认没有人触犯法令。

我还是目不转睛地盯着爱德华，他背上的肌肉绷得僵直。我反复地想着阿罗对凯厄斯的指示，他让凯厄斯好好地**想想**，这其中似乎暗藏玄机。

“你能带我见见你的女儿吗？”阿罗又向爱德华问道。

这一回，不止凯厄斯一个人发出阵阵嘶声。

爱德华勉强地点了点头。蕾妮斯梅赢得了那么多吸血鬼的喜爱，而阿罗似乎又是所有元老的首领，如果他能站在她这一边，其他吸血鬼还会敌视我们吗？

阿罗一直握着爱德华的手，爱德华回答了一个无声的问题。

“考虑到目前的状况，我想，折中的办法当然可以接受，你可以到空地的中心位置见她。”

阿罗松开他的手。爱德华朝我们转过身，阿罗跟着他，一只胳膊随意地搭在他的肩膀上，看上去似乎是一对亲密的朋友——这样就能始终与爱德华的皮肤保持接触。他们穿过空地，朝我们这边走来。

所有的卫士都开始移动脚步，跟在他们身后走过来。阿罗没有回头看他们，只是漠然地抬起另一只胳膊。

“停住，亲爱的同伴们。如果我们的态度和平友善，他们不会对我们造成任何伤害。”

卫士们的反应比刚才更加强烈，他们咆哮、嘶喊以示抗议，但仍顺从地停下了脚步。勒娜特形影不离地跟着阿罗，哀声低语。

“主人。”她轻声说道。

“别担心，亲爱的，”他回应道，“没事。”

“也许你应该带上几个卫士，”爱德华建议道，“这样会让他们更安心。”

阿罗点了点头，似乎他自己早该做出这个明智的决定，他打了两下响指：“费利克斯，德米特里。”

两个吸血鬼一转眼就出现在他身边，他们同我上次见到他们时一模一样。两个人都是高高的个子、黑黑的头发，德米特里冷硬瘦削像剑刃，费利克斯魁梧凶恶似钉头棍。

他们五个人在雪地的中央停了下来。

“贝拉，”爱德华叫道，“带上蕾妮斯梅……和几个朋友来这里。”

我深深地吸了一口气。我的身子一点也不愿向前移动，想到把蕾妮斯梅带到战场的中心地带……但是我相信爱德华。如果阿罗现在想要什么花招，他一定能察觉到。

阿罗那边有三个卫士保护他，我要带上两个朋友，我毫不犹豫地做了决定。

“雅各布？埃美特？”我轻声地问道。选择埃美特，是因为他一定迫不及待地想投身战斗。选择雅各布，是因为他一定无法忍受蕾妮斯梅的离开。

他们点点头，埃美特咧嘴一笑。

我穿过空地，雅各布和埃美特跟在我的两侧。卫士的队列里又传来一阵喧哗，我的选择令他们不安——显然，他们不相信狼人。阿罗抬起手臂挥了挥，再次止住了他们的骚动。

“你们结识的伙伴真是有意思啊。”德米特里向爱德华低语道。

爱德华没有回应，雅各布从牙缝里发出低沉的咆哮声。

我们在离阿罗数码远的地方停下来。爱德华弯腰挣开阿罗的胳膊，迅速地加入我们的行列，他握住了我的手。

我们同他们面对面地站了许久，谁也没有开口说话，费利克斯低声地向我打了个招呼。

“你好，贝拉，我们又见面了。”他自以为是地咧嘴一笑，用眼睛的余光关注着雅各布的一举一动。

我冲这个高大如山的吸血鬼冷漠地笑了笑：“嘿，费利克斯。”

费利克斯轻轻笑道：“你看上去真美，你很适合做吸血鬼。”

“谢谢夸奖。”

“不客气，不幸的是……”

他的声音越变越小，直到完全消失。即使我没有爱德华那般神奇的读心术，我也能猜到他想说什么。**不幸的是，我们马上就会杀了你。**

“的确，太不幸了，不是吗？”我低语道。

费利克斯眨了眨眼。

阿罗没理会我们之间的交流，他出神地侧着脑袋。“我听见了她奇怪的心跳声，”他轻声说道，语调轻快得像一首乐曲，“我闻到了她奇怪的气味。”接着，他朦胧的目光射向了我，“说真的，贝拉，你做了吸血鬼以后变得光彩照人，”他说道，“好像你天生就该是吸血鬼。”

我点了点头，算是答复他的赞美之词。

“你喜欢我送的礼物吗？”他问道，眼睛盯着我脖子上的钻石坠子。

“礼物非常漂亮，你真大方，谢谢你，我也许该写封信对你表示感谢。”

阿罗开心地大笑起来：“这只是我随便收藏的一点小玩意儿罢了。我想，它应该和你的新脸孔很搭配，现在看来，果真如此。”

我听见沃尔图里队列的正中传出一声嘶叫，我朝阿罗身后看去。

嗯，简似乎因为阿罗送给我礼物而感到不悦。

阿罗清了清嗓子，重新吸引我的注意力。“我能问候一下你的女儿吗，亲爱的贝拉？”他亲切地问道。

我不断提醒自己，我们满心期待的时刻终于来临了。我竭力压制住想带着蕾妮斯梅转头就跑的冲动，缓缓地朝前走了两步。盾牌在我的身后展开，像扬起的披肩，保护着我的家人。只有蕾妮斯梅一个人暴露在盾牌之外，这让我感觉恐惧不安。

阿罗迎向我们，他的脸上神采奕奕。

“她美极了，”他轻声说道，“真像你和爱德华。”接着，他抬高嗓门说道，“你好，蕾妮斯梅。”

蕾妮斯梅迅速地朝我看了一眼，我点点头。

“你好，阿罗。”她礼貌地回应道，声音清脆响亮。

阿罗的眼里闪过一丝困惑。

“那是什么？”凯厄斯从后面尖声喊道。他似乎觉得根本没必要提这个问题，因而显得有些不耐烦。

“半人半吸血鬼，”阿罗入迷地注视着蕾妮斯梅，头也不回地向凯厄斯和其他卫士们宣告道，“这个新生吸血鬼还是人类的时候怀上了她。”

“不可能。”凯厄斯讥讽道。

“那么，你觉得他们是在糊弄我吗，兄弟？”阿罗给逗乐了，而凯厄斯却胆怯地缩了缩身子，“你听到的心跳声也是他们玩的小把戏吗？”

凯厄斯皱起了眉头，看上去懊恼不已，阿罗温和的问题仿佛一记记重拳打在他的脸上。

“冷静、谨慎一点，兄弟，”阿罗提醒道，他仍冲着蕾妮斯梅微笑，“我非常清楚你热衷于维护正义，但是，这个独一无二的小家伙出身清白，如果你与她作对，就毫无正义可言。我们不了解的事情太多了，太多了！我知道你不像我一样对搜集历史奇迹充满热情，但是，请容忍我的猎奇心，兄弟，我将为历史增添新的一章，这是个不可能发生的奇迹，简直令人叹为观止。我们来这里是为了伸张正义、惩戒罪人，但是，看看我们的意外收获吧！属于我们自己的崭新而光辉的历史，还有我们自身所蕴藏的可能性。”

他伸出手，向蕾妮斯梅发出邀请，但这不是她想要的。她拼命地朝外挪动身子，抬起手臂，用指尖触到阿罗的脸庞。

在场的所有人都被蕾妮斯梅的举动惊呆了，只有阿罗保持镇定。他像爱德华一样，习惯于接受别人的思绪和回忆。

他笑得更开心了，满意地舒了口气。“真棒。”他低声慨叹道。

蕾妮斯梅退回到我怀里，她的小脸蛋看上去非常严肃。

“行吗？”她问他。

阿罗的笑脸变得更加温柔：“蕾妮斯梅宝贝儿，我当然不想伤害你的至亲至爱们。”

阿罗的声音格外亲切，让人感到慰藉，我几乎信以为真。就在这时，我听到爱德华愤愤然地咬紧牙齿，远处的玛吉怒气冲冲地嘶叫，看来她的测谎术发挥了作用。

“我想知道。”阿罗意味深长地说道，似乎对爱德华和玛吉的反应视而不见，他的视线出人意料地落在雅各布身上。他不像其他的沃尔图里那样对这只硕大的狼人恨之入骨，相反，阿罗的眼神中充满了渴望，我完全不能理解他的意图。

“这个法子行不通。”爱德华说道，他的声音突然变得严厉，与之前谨慎、平淡的语气大不相同。

“这只是个设想。”阿罗说道，他用审视的目光打量着雅各布，然后朝我们身后的两排狼人慢慢地扫视了一番。无论蕾妮斯梅向他展示了些什么，她展示的画面令阿罗对狼人倍感兴趣。

“他们不**属于**我们，阿罗。他们不会像你想的那样服从我们的命令，他们来这里纯属自愿。”

雅各布凶狠地怒吼一声。

“但他们似乎跟你很亲近，”阿罗说道，“跟你年轻的伴侣和你的……家人也很亲近，**忠贞不贰**。”他非常轻柔地说出最后一个词。

“他们全心全意地保护人类的生命，阿罗。正因如此，他们才能与我们共存，但他们与你们不共戴天，除非你们考虑改变一下生活方式。”

阿罗轻松地笑了起来。“这只是个假设，”他又说了一遍，“你应该很清楚这是怎么一回事，我们没有人能够控制住自己潜意识里的欲望。”

爱德华皱起眉头：“我确实很清楚这是怎么一回事。我还很清楚假设和阴谋的区别。这个法子永远行不通，阿罗。”

雅各布朝爱德华扭过头去，咬紧的牙缝里发出一阵低嗥。

“他在密谋让狼人们做……警卫狗。”爱德华向雅各布低声说道。

四周突然一片死寂，接着，狼群里爆发出愤怒的咆哮声，巨大的声响在宽敞的空地上空回荡。

这时，传来一阵厉声吼叫——尽管我没有回头看，但我猜一定是山姆发出了命令——狼群中的咆哮声戛然而止。

“我想他们已经回答了我的问题，”阿罗说道，又笑了起来，“这群人已经做出了选择。”

爱德华怒吼一声，朝前弓起身子。我抓住他的胳膊，不知道阿罗到底在想什么，竟然让他反应如此强烈。费利克斯和德米特里也同时摆出进攻的姿势，阿罗冲他俩挥了挥手。他们都恢复到正常的站姿，包括爱德华。

“需要讨论的事情太多了，”阿罗说道，他的语气突然变得像一个普通的生意人，“需要做出的决定太多了。我亲爱的卡伦家族，请和你们毛茸茸的守卫者们一起耐心等待，我必须同我的兄弟们商议一下。”

诡　计

卫士们在空地的北面焦急地等待，阿罗并没有回到队列之中，他冲他们挥了挥手，示意他们前进。

爱德华立刻拉住我和埃美特的胳膊往后退。我们一边迅速地后撤，一边盯着步步逼近的威胁。雅各布撤退的速度最慢，他肩上的软毛直挺挺地竖了起来，他冲阿罗露出了锋利的牙齿。蕾妮斯梅紧紧地抓住他的尾巴，就好像握着拴狗的皮带，拼命将他拉回我们身边。我们终于退回到我们的阵营，与此同时，那群身着深色长袍的卫士们又围住了阿罗。

现在，我们同他们之间只有五十码的距离——我们在瞬间就能跨越这个距离扑向敌人。

凯厄斯急切地同阿罗争辩起来。

"你怎么能容忍这种恶行？面对这样一个滔天大罪，面对这样一个愚蠢的欺骗手段，我们为什么还要无动于衷地站在这里？"他的手臂僵硬地垂在身体两侧，蜷曲的手掌看上去像鹰爪。我不明白他为什么不直接触摸阿罗，这样不就可以传递他的想法了吗？难道他们之间已经出现隔阂了吗？我们真有这么幸运吗？

"因为这一切千真万确，"阿罗平静地告诉他，"字字属实，看看有多少证人愿意提供证据啊。他们在认识这孩子的短短时间里，已经见证了她神速的成长和成熟，他们能感觉到她温暖的血液和跳动的脉搏。"阿罗扫视着我们这边的一排证人，从一头的艾蒙到另一头的希奥布翰。

听到阿罗宽慰的话语，凯厄斯的反应有些奇怪，特别是听到证人一词时，他竟然微微颤抖了一下。他脸上的愤慨全然消失，取而代之的是冷酷的斟酌。他瞟了一眼沃尔图里的证人，隐隐约约露出了……紧张的表情。

我也朝那群义愤填膺的吸血鬼看去，这才发现，“义愤填膺”这个词已经完全不适用于他们了，那股几欲战斗的狂热变成了疑惑不解。他们交头接耳、窃窃私语，想要弄清楚到底发生了什么事情。

凯厄斯眉头紧锁、若有所思，他暗自思忖的表情助长了我心中未熄灭的怒火，同时也令我担心不已。卫士们是不是又会在无人察觉的信号提示下采取行动，就像他们在行进中表现的一样？我不安地检查了我的盾牌，它还是一如既往地坚不可摧。我将它扩展成一个又矮又宽的穹隆，在同伴们的头顶形成了一道弧形。

我能感觉到在盾牌之下，家人和朋友们的身体变成了闪亮的光柱——每个人都有自己独特的色彩，我想，过不了多久，我就能认出每个光柱代表着谁。我已经知道哪一个是爱德华——他的光柱是最亮的那一个。盾牌笼罩下的空白地带令我担忧，我的盾牌并不能像实质的盾牌那样阻挡敌人，万一哪个拥有超能力的沃尔图里踏入盾牌之下的空白地带，盾牌能保护的人就只有我一个而已。我皱起眉头，小心谨慎地将韧性十足的盾牌往回拉。卡莱尔离我最远，我一点一点地收缩盾牌，尽量让它不偏不倚地裹住卡莱尔的身体。

我的盾牌似乎很愿意同我合作，它紧紧地围住卡莱尔的身体；当卡莱尔变换位置，走近坦尼娅的时候，它也随着他的光柱自由伸缩、移动。

我被这神奇的盾牌迷住了，用力将它从各个方向往回拉，直到它裹住每一个朋友和同盟的光柱。盾牌自动地和每个人粘为一体，并跟随着他们移动。

一秒钟过去了，凯厄斯仍在深思熟虑。

“狼人。”他终于开口说道。

我突然感到一阵恐慌，大多数狼人都在保护之外。我正准备朝他们扩展盾牌，却惊奇地发现我竟然能感受到他们身体的光柱。我好奇地拉回盾牌，直到艾蒙和凯比——他们站在我们阵营的最边上——和狼人一起暴露在盾牌之外。艾蒙和凯比的光柱立刻消失不见，但是狼人的光柱依然闪亮——更准确地说，一半狼人的光柱依然闪亮。嗯……我又把盾牌向外扩展，一旦山姆处于盾牌之下，所有的狼人便成了耀眼的光柱。

他们之间心与心的相互联系一定比我想象得更为紧密。如果阿尔法狼人处于我的盾牌之下，那么其他狼人也会像他一样受到保护。

“啊，兄弟……”阿罗面露难色地回应了凯厄斯的话。

“难道你也要为他们辩护，阿罗？”凯厄斯质问道，“月亮之子[1]是我们的宿敌。在欧洲和亚洲，我们差不多将他们消灭干净，但是卡莱尔却和我们的死对头结为盟友——毫无疑问是想推翻我们的统治，为了维持他那变态的生活方式。”

爱德华大声地清了清嗓子，凯厄斯怒视着他。阿罗用一只骨瘦如柴的手遮住自己的脸，似乎替他的兄弟感到羞愧。

“凯厄斯，现在是正午时分，”爱德华明示道，他指了指雅各布，“显然，他们并不是月亮之子，他们同你们的宿敌并没有任何干系。”

“你们竟然养了这么多狼人。”凯厄斯冲他怒吼道。

爱德华咬了咬牙，然后平静地说道：“他们根本不是狼人，如果你不相信我，阿罗可以向你解释。”

不是狼人？我疑惑不解地看了看雅各布。他耸了耸宽大的肩膀，他也不知道爱德华在说什么。

“亲爱的凯厄斯，如果你事先告诉我你的想法，我一定会警告你不要在这一点上大做文章，”阿罗轻声地说道，“尽管他们以为自己是狼人，但其实不是，他们更准确的名字应该是变形人。变成狼的样子纯属巧合，他们第一次变形的时候，还可以选择变成熊、鹰或者豹什么的。这些变形人确实与月亮之子没有任何关系，他们只是从父辈那里继承了变形的技能，完全是遗传所得——他们不像真正的狼人那样靠感染人类来繁衍自己的部落[2]。”

① 月亮之子，英文为 Children of the Moon，指狼人。盛传月圆之夜是狼人出现的时候，变身后的狼人会对着月亮长啸。

② 古代欧洲人一般认为，直接被狼人咬过后的人类会变成狼人。

凯厄斯怒气冲冲地看着阿罗，他的眼神中还带有其他的意思——也许是谴责阿罗的背叛。

“可是他们知道我们的秘密。”凯厄斯冷漠地说道。

爱德华正准备回击他的指控，阿罗抢先说道：“他们也是超自然世界的一分子，兄弟。他们也许比我们更需要守住自己的秘密，不可能暴露我们。冷静些，凯厄斯，毫无意义的指控对我们没有帮助。”

凯厄斯深深地吸了一口气，点点头，他们意味深长地对视了许久。

我想，我明白阿罗言辞谨慎背后的真正目的。错误的指控并不能使双方的证人心悦诚服，阿罗是在提醒凯厄斯采取下一步计策。我不知道两位元老之间显而易见的紧张关系——凯厄斯不愿意触摸阿罗，分享自己的想法——是不是因为凯厄斯并不像阿罗那样在意装模作样地掩饰。对于凯厄斯来说，即将来临的大屠杀比被玷污的声誉更重要。

“我想同告发者谈谈。”凯厄斯突然说道，他转身盯着艾瑞娜。

艾瑞娜并没有注意凯厄斯和阿罗的对话，她满脸痛苦，直愣愣地注视着坦尼娅和凯特，姐妹俩排列在我们的阵营中，随时准备献出自己的生命。从艾瑞娜脸上的表情可以看出，她已经知道自己的指控大错特错。

“艾瑞娜。”凯厄斯不情愿地大声叫道。

她惊讶地抬眼看着他，看上去胆战心惊。

凯厄斯打了个响指。

她犹豫不决地从沃尔图里队列的边缘走到了凯厄斯面前。

“看来，你的指控有误啊。”凯厄斯开始审问道。

坦尼娅和凯特焦急地朝前倾着身子。

“对不起，”艾瑞娜轻声地说道，“我应该确认一下我所看到的证据，但是，我不知道……”她无助地朝我们这边看了看。

“亲爱的凯厄斯，你能指望她怎么想？你以为她能很快猜到这个不可思议的小家伙是什么玩意儿？”阿罗问道，“换作我们，也会犯同样的错误。”

凯厄斯冲他摇了摇手指，让阿罗闭上嘴巴。

“我们知道你犯了个错误，”他粗暴地说道，“我想说的是你的意图。”

艾瑞娜紧张地等着凯厄斯继续说下去，她跟着他重复了一句：“我的意图？”

“是的，你跑来这里窥探他们，究竟有何意图？”

艾瑞娜听到**窥探**一词，不由得身子一抖。

“你不太喜欢卡伦家族，对吗？”

她痛苦的眼神转向了卡莱尔。“我不喜欢。”她承认道。

“因为……”凯厄斯鼓动她回答。

“因为狼人杀了我的朋友，”她低语道，“卡伦一家维护他们，不让我替朋友报仇雪恨。”

“变形人。”阿罗轻声地纠正道。

“这么说来，卡伦家族与**变形人**同流合污，却跟我们自己人作对——跟朋友的朋友作对。”凯厄斯总结道。

爱德华厌恶地低吼一声。凯厄斯正在逐个地尝试他绞尽脑汁想出来的理由，寻找一个站得住脚的指控。

艾瑞娜的肩膀绷得僵直：“我是这么认为的。”

凯厄斯想了一会儿，又暗示她道：“如果你想正式控诉这群变形人，还有包庇他们暴行的卡伦家族，此刻正是你的大好时机。”他残酷地笑了笑，等待艾瑞娜为他实施诡计做好铺垫。

也许凯厄斯并不了解什么是真正的家庭——家庭成员的关系是以彼此间的深爱为基础，而不是建立在对权力的渴望之上，也许他也高估了复仇心理的力量。

艾瑞娜突然昂起头，挺直身子。

“不，我对巨狼和卡伦家族毫无怨言。你们今天来这里是为了消灭吸血鬼孩子，但是，吸血鬼孩子并不存在。这是我的错误，我会承担全部的责任。卡伦家族是清白无辜的，你们没有理由还待在这里。我感到非常抱歉，”她对我们说道，然后朝沃尔图里的证人们转过脸，“这里没有罪人，你们完全没必要留在这里。”

艾瑞娜说话的时候，凯厄斯扬起了手，手里握着一块奇怪的金属，金属上雕刻着繁复的花纹。

这是一个信号。卫士们对这个信号的反应相当迅速，我们被眼前难以置信的一幕惊呆了，还没来得及反应，一切都结束了。

三个沃尔图里的战士跳上前，他们灰色的长袍彻底遮住了艾瑞娜。就在这时，一阵刺耳的尖叫声响彻云际。凯厄斯敏捷地滑到三个战士围成的圆圈中心，惊声尖叫变成了一声轰响，圆圈中冒出闪亮的火星和火舌。战士们立即跳离这突然形成的火堆，回到整整齐齐的队列里。

凯厄斯独自站在艾瑞娜燃烧的尸骨旁，他手里的那块金属还在朝火堆猛烈地喷射火焰。

一声轻微的咔嗒声过后，凯厄斯手里喷射的火焰消失了，沃尔图里身后的证人们震惊地喘着粗气。

我们惊呆了，一句话也说不出来。我们都知道，死亡必会气势汹汹、不可阻挡地到来，但是，亲眼目睹死亡的降临又是另一番滋味。

凯厄斯冷酷地笑了笑："**现在**，她为她的错误承担了全部责任。"

他的目光扫视着我们阵营的最前排，很快掠过坦尼娅和凯特僵硬的身体。

这一刻，我恍然大悟。凯厄斯了解什么是真正的家庭，他没有低估家人间亲密的关系，**这**不过是他的诡计。他并不希望艾瑞娜控诉任何人，他只想让她反抗，这样一来，他就有理由消灭她，点燃导火索，引发战争。一切都是他设计的骗局。

双方间本来就很紧张的和平局面岌岌可危、濒于崩溃。战争一旦爆发，没有人能够阻止。战火会越演越烈，直到有一方完全毁灭，这一方正是我们。凯厄斯知道这一点。

爱德华也知道。

"拦住她们！"爱德华大声叫道。坦尼娅突然朝阴笑的凯厄斯冲过去，怒不可遏地哭喊着。爱德华跳上前抓住她的胳膊，她拼命地挣扎却无法摆脱，卡莱尔也上前紧紧地抱住了她的腰。

"已经来不及了，"卡莱尔急切地劝说她，"不要中了他的圈套！"

拦住凯特更不容易，她像坦尼娅一样尖叫着，大步冲了出去，她的进攻能将任何敌人置于死地。罗莎莉离凯特最近，她想用手臂紧夹住凯特的脑袋，但是凯特发出的电流狠狠地击中了她，罗斯倒在了地上。埃美特抓住凯特的手臂，将她摔倒在地，自己却踉踉跄跄地向后退了几步，也倒在了地上。凯特迅速地站了起来，似乎没有人能够阻止她。

加勒特猛扑向她，将她反扣在地，用自己的手臂牢牢地拴住她的手臂。在激烈的电击下，他的眼球不停翻滚，身体不断颤抖。他用一只手抓住另一只的手腕，始终没有松开。

“查弗丽娜。”爱德华叫道。

凯特的眼神显得茫然，她的尖叫变成了哀号，坦尼娅也停止了挣扎。

“把视觉还给我。”坦尼娅尖声叫道。

我没有其他办法，只能谨小慎微地收缩盾牌，更紧密地裹住朋友们的光柱。我慢慢地将盾牌从凯特身上拉回来，但尽量让它护住加勒特，在他们俩之间形成一道薄薄的屏障。

就这样，加勒特又恢复了正常，他稳稳地将凯特按在雪地上。

“如果我松开手，你还会将我击倒吗，凯特？”他轻声地问道。

她怒吼一声作为回答，仍然盲目地发射出电流。

“听我说一句，坦尼娅，凯特，”卡莱尔语重心长地低语道，“现在报仇也无济于事，艾瑞娜肯定不愿你们这样白白送命。好好想想你们的一举一动，如果你们攻击他们，我们大家只有死路一条。”

坦尼娅伤心地弓起背，无助地靠在卡莱尔怀里。凯特终于镇定下来，卡莱尔和加勒特继续安慰着两姐妹，他们语速极快，听上去不像是在安慰。

我注意到对面的一双双眼睛正一动不动地盯着我们的一时混乱。我用眼睛的余光瞟见，爱德华和包括卡莱尔、埃美特在内的其他人都重回到警戒状态。

凯厄斯的眼神最为专注，他疑惑地盯着雪地上的凯特和加勒特，怒从中来。阿罗也看着他们俩，满脸狐疑。他知道凯特能做些什么，他从爱德华的回忆中了解到她的超能力。

刚才发生的一切，他看明白了吗——他有没有发现我的盾牌变得更加强大更加敏锐，远远超越了爱德华记忆中的盾牌？或者，他认为是加勒特自己学会了什么免疫术？

沃尔图里的卫士们不再纪律严明地站立着——他们朝前弓起身子，准备好随时迎接我们的进攻。

在他们的身后，四十三个证人目睹了一幕惨案，他们脸上的表情同初到空地时大相径庭，困惑变成了怀疑。艾瑞娜在顷刻之间化为灰烬，这让他们大为震惊，她犯了什么罪呢？

凯厄斯本指望立马会有一场激烈的厮杀，这样就没人注意到他鲁莽的行为，然而事与愿违，沃尔图里的证人们开始怀疑这其中究竟有什么猫腻。阿罗匆匆回头看了一眼，他的脸上闪过一丝恼怒，找来一群观众实在是下下策。

我听见史蒂芬和弗拉德米尔低声耳语，他们因为阿罗的恼怒感到高兴。

正如罗马尼亚血族所说，阿罗显然很担心沃尔图里名声不保，但是，我不相信他们会为了保全名声而善罢甘休，就此离我们而去。等他们消灭了我们，他们肯定会杀掉所有的证人，这样就能保住声誉。沃尔图里带来的这群陌生人是来见证我们的死亡，而现在，我突然对他们产生了一种莫名的同情感。德米特里一定能追踪到他们，将他们赶尽杀绝。

为了雅各布和蕾妮斯梅，为了爱丽丝和贾斯帕，为了埃利斯戴，为了这群毫不知情的陌生人，德米特里非死不可。

阿罗轻轻地摸了摸凯厄斯的肩膀。“艾瑞娜因为提供伪证已被处决。”这就是他们为她定的罪，他继续说道，“也许我们应该回到正事上来？”

凯厄斯挺直身子，他的表情变得严肃，旁人难以看出他的心思。他茫然地盯着正前方，看上去就像一个刚刚得知自己被贬职的人。

阿罗迅速地朝前移动，勒娜特、费利克斯和德米特里形影不离地跟在他的身后。

“为了详细了解情况，”他说道，“我想同你们的一部分证人谈一谈。你们知道，这是我们的办事程序。”他若无其事地挥了挥手。

阿罗的话音刚落，两件事情同时发生。凯厄斯的双眼目不转睛地盯着阿罗，那一丝残酷的笑容又回到了他的脸上。爱德华一声怒吼，他紧紧地握起拳头，指关节上的骨头似乎要刺破他坚硬无比的皮肤。

我迫不及待地想问他究竟发生了什么事，但是阿罗离我们非常近，就连最轻微的呼吸声他都能听见。卡莱尔焦急地看了爱德华一眼，脸上的表情变得严肃冷酷。

当凯厄斯提出那些毫无意义的指控，愚蠢地想要引发一场战争的时候，阿罗一定想出了更有效的对策。

阿罗像鬼魂一样飘过雪地，来到我们阵营的最西边，停在距离艾蒙和凯比大概十码远的地方。附近的巨狼愤怒地咆哮，但他们很好地控制住自己。

“啊，艾蒙，住在南方的友邻！”阿罗热情地说道，“你已经有很长一段时间没去过我那儿了。”

艾蒙纹丝不动地站着，他身旁的凯比看上去像一尊石像。“时间并不能说明什么，我从不在意时光飞逝。”艾蒙说道，他的嘴唇一动不动。

“的确如此，”阿罗赞同道，“但是，你不去我那儿也许还有其他的原因吧？”

艾蒙什么也没有说。

“组织新成员加入血族确实是件耗费时间的事情。我完全理解！好在我有其他人帮我处理这些沉闷的工作。你的新成员很适应你的血族，这一点让我十分高兴。我本人很想见见他们，我想你正打算不久以后带他们去我那儿。”

“当然。”艾蒙说道，他的语气冷淡，没有人听出他的回答中是否带有恐惧或者讽刺。

“哦，太好了，我们马上就能欢聚一堂！是不是特别令人愉快？”

艾蒙点了点头，一脸漠然。

“不幸的是，你在这里出现的原因并不那么令人愉快，卡莱尔叫你来做证人？”

“是的。”

“你为他证明什么？”

艾蒙的语气还是那样冷淡：“我观察了那个可疑的孩子，没过多久就发现，她显然不是吸血鬼孩子……”

“也许我们应该定义一下术语，”阿罗打断了他的话，“因为现在似乎又出现了新的种类。你所说的吸血鬼孩子，是指那些被吸血鬼咬过之后转变为吸血鬼的人类的孩子。”

“是的，我说的正是这个意思。”

“你还看到了些什么？”

“同你从爱德华脑海中看到的那些事情一样。那个孩子是他的亲生骨肉，她会长大，她还会学习。”

“是的，是的，”阿罗说道，虽然他仍刻意保持和蔼的语气，但已经显得有些不耐烦，“但是，在这几个星期里，你具体看到了些什么？”

艾蒙皱起了眉头：“她成长的速度……非常快。”

阿罗笑了笑：“你认为我们应该允许她存活下来吗？”

我忍不住发出愤怒的嘶喊。感到愤怒的绝不止我一个，一半的吸血鬼跟着我一起抗议，低沉的嘶吼声回荡在空地上空。站在空地另一头的沃尔图里证人们听到了阿罗与艾蒙的对话，其中一些证人也发出了同样的嘶喊声。爱德华朝后退了几步，紧紧地搂住我的腰，抑制住我的怒气。

阿罗对抗议声充耳不闻，艾蒙却不安地向四周张望。

“我不是来这里做法官的，我无权判决。”艾蒙支支吾吾地说道。

阿罗微微地笑了笑：“我只是想听听你的意见。”

艾蒙昂起头：“我看不出这孩子有什么危险之处，她学习的速度比她成长的速度还要快。”

阿罗若有所思地点点头，过了一会儿，他转身准备走开。

“阿罗？”艾蒙叫道。

阿罗倏地转过身：“什么事，朋友？”

“我已经提供了证据，我留在这里也没什么意义了，我的伴侣和我想要离开。”

阿罗亲切地笑了笑："当然可以，能和你聊上一两句我感到非常高兴。我相信，在不久的将来，我们还会见面。"

艾蒙绷紧双唇，点了一下头，完全领会了阿罗毫无掩饰的恐吓。他碰了碰凯比的手臂，俩人飞快地朝空地的南边跑去，接着消失在树林中。我想，接下来很长一段日子里，他们俩都不会停下飞跑的脚步。

阿罗沿着我们的阵营朝东移动，卫士们紧张地跟在他身后，他在希奥布翰庞大的身躯前停了下来。

"你好，亲爱的希奥布翰，你还是像从前那么漂亮。"

希奥布翰点了点头，默默地等待着。

"你怎么回答我的问题呢？"他问道，"你的答案是不是跟艾蒙的一样？"

"是的，"希奥布翰说道，"但是，我还要补充一点内容。蕾妮斯梅很清楚我们的限制，她对人类不构成威胁——她对各种食物的接受能力比我们还要强，她更不会暴露我们的身份。"

"你真的这么以为？"阿罗严肃地问道。

爱德华从喉咙深处发出一声低沉的怒吼。

凯厄斯朦胧的红眼珠放出亮光。

勒娜特防护地朝她的主人伸出手。

加勒特放开凯特，往前迈了一步，他没有理会凯特的提醒，这回轮到凯特拦住他。

希奥布翰慢慢地回答道："我不明白你这话什么意思！"

阿罗随意地向后稍微退了几步，离卫士们的队列越来越近，勒娜特、费利克斯和德米特里如影随形。

"没有人触犯法令。"阿罗的声音略带安抚之意，我们都听出来，一场义正词严的自辩马上就要开始。我拼命压制住胸中几欲喷薄而出的怒气，抗议地怒吼一声。我将愤怒化为巨大的力量，令盾牌变得更加厚实，并确保每个同伴都在盾牌保护之下。

"没有人触犯法令，"阿罗又说了一遍，"但是，这是不是就意味着没有危险存在呢？不是。"他轻轻地摇了摇头："这完全是两码事。"

没有人开口回应阿罗，空气中紧张的气氛变得更加令人窒息，站在我们阵营边上的玛吉一脸愠怒地摇了摇头。

阿罗若有所思地移动着脚步，看上去好像在空中浮动，而不是双脚着地走动。我留意到，他每移动一步，就朝卫士的队列靠近了一些。

“她绝对是……独一无二的孩子，非常不可思议。毁掉这样一个可爱的孩子，实在是很大的损失，更何况我们能从中学到许多……”他叹了口气，似乎不愿意继续说下去，“但是，危险**确实**存在，危险不容忽视。”

他的自说自话没有得到任何响应。空地上一片死寂，阿罗接着表演他的独白，仿佛只是说给他自己听。

“人类不断进步，他们对科学的信仰与日俱增，这一信仰影响着人类世界。具有讽刺意味的是，他们的世界越先进，我们的世界反而越安全。因为他们不相信超自然现象，我们不容易被他们发现，可以无拘无束地生活下去，但是，他们的技术实力日益壮大，只要他们愿意，随时都有可能威胁到我们，甚至彻底毁灭我们。

“千百年来，我们之所以不暴露身份，是为了方便、为了省事，而不是为了安全，但是，过去的这一百年纷争不断、战火频繁，人类发明创造的武器极具杀伤力，它们甚至能将不死之身置于危险的境地。如今，我们掩藏身份确实是为了自我保护，不让他们反过头来伤害我们。”

“这个令人惊叹的孩子，”他手心朝下地抬起一只手，似乎要将它搁在蕾妮斯梅身上，而他已经退出了四十码之远，差不多重新回到沃尔图里的队列中，“如果我们能了解她的潜能——如果我们能**绝对**肯定她将永远隐藏身份、守住保护我们的秘密，那再好不过。可是，我们完全不确定她会变成什么样子！她自己的父母都为她的未来担惊受怕，我们**没法**知道她会长成什么样子。”他停了下来，先看了看我们这边的证人，然后又意味深长地看了看自己的证人。他的话断断续续，故意试探证人们的反应。

他仍然盯着自己的证人，继续说道：“只有众所周知的事情才是安全无害的，只有众所周知的事情才能叫人容忍。大家都不清楚的事情……是极大的隐患。”

凯厄斯笑逐颜开，一脸邪气。

“你说得太过火了，阿罗。”卡莱尔冷酷地说道。

“放轻松，朋友。”阿罗笑了笑，他保持着和颜悦色的表情，声音还是那么轻柔，“不要草率行事，让我们从各个角度仔细地分析这件事。”

“我能为你提供一个角度吗？”加勒特不动声色地问道，他又朝前走了一步。

“流浪者。”阿罗说道，应允地点了点头。

加勒特昂起头，他注视着空地一头挤成一团的沃尔图里的证人们，直接对着他们发表自己的看法。

“我像其他人一样，应卡莱尔的要求来到这里做证，”他说道，“但是现在，我觉得完全没有必要为这个孩子做证，我们大家都看到了她是怎样一个孩子。”

“我留下来是为了替另一件事做证。你们……”他突然指向那群警惕的吸血鬼，“我知道你们当中有很多人和我一样是流浪者，有两个我还认识——马克娜和查尔斯，你们不受任何人摆布，认真地想一想我接下来说的话。”

“这些元老告诉你们，他们是为正义而来，但事实**并非如此**。我们早就怀疑他们的动机，现在一切都得到了证明。他们为自己的行动套上了正当的理由，但实际上却心怀鬼胎。你们睁大眼睛看看吧，看看他们如何想出各种不堪一击的理由来完成自己的真正任务，看看他们如何绞尽脑汁地达到自己的真正目的，那就是毁灭这个家族。”他指向了卡莱尔和坦尼娅。

“沃尔图里来到这里，是为了消灭他们心目中的竞争对手。也许，你们也像我一样对这群族人金色的眼睛大感惊异。他们确实与众不同、难以捉摸，但是，元老们看到的不仅仅是卡伦家族另类的选择，他们还看到了**权力**。

“我见证了这个大家庭的和睦和亲密——我说的是**家庭**，而不是

血族。这群奇怪的金眼吸血鬼克制了自己的本性，而他们是不是收获了比满足嗜血欲望更珍贵的东西呢？在与他们相处的这段日子里，我做了一个小小的研究，我认为，他们之所以能脱离嗜血欲望生存下来，最根本的原因是他们的家庭关系非常亲密无间，而这种亲密无间的本质其实是与人无争、和平共处。这个家庭不像我们看到的庞大的南方血族那样纷争不断，时而壮大时而衰败，这里没有侵略心，没有统治欲，阿罗应该比我更清楚这一点。”

我紧张地看着阿罗的脸，等待他对加勒特的谴责做出回应，但阿罗只是礼貌地笑了笑，就好像加勒特是一个无理取闹的孩子，而阿罗正等着这个孩子意识到无人在意他的荒唐闹剧。

“卡莱尔告诉我们即将发生的事情，他向我们保证，他并不是号召我们来这里参加搏斗。这些证人，”加勒特指向希奥布翰和里尔姆，“答应替卡伦家族做证，并帮助他们延缓沃尔图里的行动，这样一来，卡莱尔就有机会向沃尔图里解释。”

“但是，我们当中有人提出质疑，”他的视线转移到以利亚撒脸上，“也许卡莱尔陈述的真相并不能阻止所谓的正义之行。沃尔图里来到这里，究竟是为了守护我们的秘密，还是为了守护他们自己的权力？他们是要消灭非法的造物，还是要消灭一种生活方式？如果危险解除、误会澄清，他们会就此罢休吗？他们会假借正义以外的理由行不义之事吗？

“所有这些问题的答案已经揭晓。我们从阿罗的谎言中听到了答案——我们的同伴中有一位拥有测谎术——我们从凯厄斯如饥似渴的笑脸中看到了答案，他们的卫士只是没有思想的武器，帮助主人实现统治欲望的工具。

“现在，有更多的问题摆在你们面前，**你们**必须回答。你们受谁支配，流浪者？你们服从自己的意志还是别人的意志？你们自由选择自己的道路，还是任由沃尔图里决定你们的生活方式？

“我来这里做证，我留下来战斗。沃尔图里根本不在乎这孩子是死是活，他们的目的是消灭我们的自由意志。”

他转身面对元老们：“嘿，来吧！我们不想听胡编乱造的理由。诚实地说出你们的意图吧，我们也将坦诚地表明我们的意图。我们是为自由而战，你们究竟会不会剥夺我们的自由，现在就做出选择吧，让这些证人看清楚争端的真正原因。”

他又朝沃尔图里的证人们看了一眼，他的双眼探视着每一张面孔。他们脸上的表情说明他的一言一语非常有分量。“你们可以考虑加入我们，如果你们以为沃尔图里会让你们活下来，让你们有机会讲述**今天**发生的故事，你们真是大错特错。我们都会被消灭掉。”他耸了耸肩，“不过，也许不会。也许我们现在与他们势均力敌，也许沃尔图里终于碰到了强劲的对手。不管怎样，我向你们保证——如果我们死了，你们也活不了多久。”

加勒特结束了激昂的演讲，他回到凯特身边，朝前半蹲，准备迎接战斗。

阿罗笑了笑：“你的演讲非常精彩，充满革命热情的朋友。”

加勒特保持着进攻的姿势。“革命？”他怒吼道，“我想问问，我要革谁的命？你是我的王吗？你是不是也希望我像那个马屁精一样称你为**主人**？”

“冷静些，加勒特，”阿罗镇定地说道，“我说的是你出生时候的事情[①]。看来，你的革命热情不减当年啊。”

加勒特愤怒地盯着阿罗。

“让我们问问我们这边的证人，”阿罗建议道，“让我们听听他们的意见，然后再做决定。告诉我们，朋友们，”他漫不经心地转过身背对着我们，朝他的观众们走近了几步，这群焦虑不安的证人更紧地贴着树林的边缘，“你们怎么看待这件事？我能确定地告诉你们，我们畏惧的并不是这个孩子。我们该不该冒着危险让她存活下来？我们该不该为了他们家庭的完整而把整个吸血鬼世界置于危难之中？或许诚恳的加勒特拥有这样做的权利？你们会加入他们的行列，抵抗我们最新萌生的统治欲望吗？”

① 加勒特在美国独立战争时期转变成吸血鬼。后文中，阿罗将他戏称为“爱国者”。

证人们小心翼翼地盯着他的眼睛。一个矮小的黑发女人朝她身边的男人匆匆看了一眼，这个男人一头暗金色头发。

“这是我们的唯一选择吗？”她突然问道，目光又回到阿罗身上，“要么赞同你们，要么抗击你们？”

“当然不是，魅力十足的马克娜。”阿罗说道，他脸上惊恐的表情好像在说：你怎么会这样想？“即使你们不同意我们的决定，你们也可以像艾蒙那样毫发无损地离开这里。”

马克娜又看了看她的伴侣，他微微地点了点头。

“我们来这里不是为了参加战斗，”她停了下来，呼了口气，接着说道，“我们来这里是为了做证。我们目睹的情况是，这个被判有罪的家庭是清白的，加勒特所说的一切都是事实。”

“啊，”阿罗伤心地说道，“你也把我们看成那种人，我感到非常遗憾，但是，我们的工作要求我们这么做。”

“并不是看到的，而是感觉到的，”马克娜的伴侣说道，他的男高音显得非常紧张，他瞅了一眼加勒特，“加勒特说他们当中有人拥有测谎术，我同样能感觉到谁在讲真话、谁在讲假话。”他的眼神里充满恐慌，他靠近他的伴侣，等待阿罗的反应。

“别害怕，亲爱的查尔斯，那个热血沸腾的爱国者当然会对他自己讲的话深信不疑。”阿罗轻声地笑了笑，查尔斯眯缝起眼睛。

“这就是我们的证词，”马克娜说道，“我们现在就离开。”

她和查尔斯面对着阿罗慢慢朝树林里退，直到空地上的一切完全从他们的视野中消失，他们才转过身飞奔而去。另一个证人也像他们一样逃离了是非之地，过了一会儿，又有三个飞速离开。

我仔细地观察剩下来的三十七个吸血鬼。有几个看上去对发生的事情仍然疑惑不解，他们根本不知道该如何决定，但是大多数证人都对这场对峙的后果心知肚明。我猜，他们之所以不逃走，是因为他们清楚地知道谁会在后面追赶他们。

阿罗一定也察觉到证人们的变化。他转过身，不紧不慢地走到卫士们的面前，说话声显得格外清楚。

“亲爱的战士们，我们人数不如他们多，”他说道，“我们也不可能找到外援，我们该不该撤退来保全自己的生命？”

“不，主人。”他们异口同声地回答道。

“为了保卫我们的世界，是不是应该做出一些牺牲？”

“是，”他们说道，“我们毫无畏惧。”

阿罗笑了笑，又走到那帮身穿黑色长袍的同伴跟前。

“兄弟们，”阿罗严肃地说道，“需要考虑的事情太多了。”

“我们商量一下。”凯厄斯急切地说道。

“我们商量一下。”马库斯漠然地重复道。

阿罗背对着我们，面对着另外两个元老。他们手拉着手，形成了一个被黑衣包裹的三角形。

趁着阿罗全神贯注于三兄弟无声的交流时，又有两个证人偷偷地逃进了树林。我真希望他们跑得够快，能够逃出沃尔图里的魔爪。

时候到了，蕾妮斯梅的胳膊紧紧地搂着我的脖子，我小心地将它们挪开。

“还记得我对你说过什么吗？”

她的眼睛里噙满泪水，她点了点头。“我爱你。”她轻声说道。

爱德华看着我们，瞪大了黄褐色的眼睛，雅各布斜着眼注视着我们。

“我也爱你，”我说道，然后摸了摸她的盒子坠，“胜过爱我自己的生命。”我亲吻了她的额头。

雅各布不安地吼了一声。

我踮起脚，对着他的耳朵低语道：“待他们完全不注意的时候，带着她逃走，能逃多远就逃多远。等跑到够远的地方后，你们可以搭飞机离开。打开她的包，里面有你们需要的东西。”

爱德华和雅各布脸上恐惧的表情简直一模一样，尽管他们中有一个是狼。

蕾妮斯梅朝爱德华伸出手，他将她揽入怀中，两人紧紧地抱在一起。

“这就是你瞒着我的事情？”他轻声问我。

“为了瞒着阿罗。”我说道。

“是爱丽丝的计划？”

我点了点头。

他痛苦的表情带着一丝理解。数天前，当我最终弄清楚爱丽丝的意图时，脸上的表情是不是和他现在一个样呢？

雅各布的喉咙里发出低沉而均匀的咆哮声，他身上的毛发变得僵硬，锋利的牙齿杀气逼人。

爱德华亲吻了蕾妮斯梅的额头和脸颊，然后把她放到雅各布宽厚的肩膀上。她抓住他身上的毛发，敏捷地爬到他的后背上，牢牢地将自己固定在他肩胛骨间的陷窝中。

雅各布扭头看着我，眼神中透露出伤心和痛苦，隆隆的咆哮声不断在他的胸膛回荡。

“我们将她托付给你，你是唯一能完成这个任务的人，”我轻声地对他说道，“要不是你那么深爱她，我永远也无法忍受这份痛苦。我相信你能保护她，雅各布。”

他又吼了一声，低下脑袋触碰我的肩膀。

“我明白，”我低声说道，“我也爱你，杰克，你永永远远都是我至亲至爱的朋友。”

一滴硕大的泪珠顺着他眼睛下赤褐色的软毛滑落下来。

爱德华把头靠在雅各布的肩膀上，这正是他刚才放下蕾妮斯梅的地方：“再见，雅各布，我的兄弟……我的孩子。”

其他人也注意到这幕诀别的场景。他们目不转睛地盯着前方静寂无声的黑三角，但我看得出来，他们在听着我们的谈话。

“真的没有希望了吗？”卡莱尔低语道。他的声音里没有丝毫畏惧，只有坚定和坦然。

“当然有希望，”我轻声回答道，**我们有可能胜利，**我对自己说，“我的命运由我自己掌握。”

爱德华握住我的手，他知道我和他紧密相连。我所说的**我的命运**，毫无疑问是指我们两个人的命运，我们俩是不可分割的一个整体。

埃斯梅在我身后喘着粗气，她走到我们身边，轻抚我们俩的脸庞，然后走到卡莱尔身边，握住了他的手。

一时间，我们听见周围传来一声声温情的“再见”和“我爱你”。

“如果我们能活着走出这个战场，”加勒特对凯特轻柔地说道，“我将跟随你到天涯海角，女人。”

“到现在才向我表白。”她嘟哝道。

罗莎莉和埃美特迅速而深情地拥吻。

蒂亚抚摸着本杰明的脸庞，他冲她轻松地笑了笑，抓住她的手，紧紧地按在自己的脸颊上。

一股强大的压力突然从盾牌外部侵袭而来，我的注意力立即从一张张充满深情却又痛苦不堪的面孔上移开。我不确定这股压力来自何方，但它直奔我们阵营的边缘地带而来，目标似乎是希奥布翰和里尔姆。这股强压没有造成任何伤害，随即消失不见。

四周还是一片寂静，元老们仍在无声地交流，但是，也许他们已经发出了无人察觉的信号。

“做好准备，”我对其他人低语道，“战争即将爆发。”

力　量

“切尔西想要切断我们之间的联系，”爱德华轻声地说道，“但是她找不到我们的感情纽带，她甚至感觉不到我们的存在……”他猛地看向我，“你在施展盾牌术？”

我冷酷地笑了笑：“我使出了**全部**力量。”

爱德华突然从我身边跳开，朝卡莱尔伸出手。就在这时，我察觉到一股更加猛烈的压力刺向了卡莱尔。盾牌围裹在他的光柱四周，保护着他。我没有感到任何疼痛，但这滋味确实不怎么好受。

“卡莱尔？你还好吗？”爱德华紧张地喘着粗气。

“我很好，怎么了？”

“简想要袭击你。”爱德华回答道。

他的话音刚落，简又在瞬间发起了猛攻。无数支利箭瞄准十二个不同的光柱，朝盾牌发射过来。我试探地伸缩盾牌，确定它完好无损，简似乎没有办法刺穿盾牌。我迅速地朝周围看了看，每个人都平安无事。

“难以置信。”爱德华说道。

“他们为什么不等到元老们做出决定以后再行动？”坦尼娅不服地问道。

“这是他们的正常程序，”爱德华愤愤地回答道，“他们通常会想办法令犯人们不能动弹，这样犯人们在受审时就不会逃跑。”

我朝简望去，她恼怒地看着我们的阵营，满脸疑惑。我确信，她除了知道我能抵挡烧身术外，还未见过其他人能抵挡她猛烈的进攻。

我的做法也许不太成熟，但我想，阿罗不久后就会猜出——如果他现在还没有猜到的话——我的盾牌比爱德华了解到的更加强大。既然我已经暴露了自己的实力，就没有必要再遮遮掩掩。于是，我冲着简得意扬扬地咧嘴一笑。

她眯起眼睛，我又感到了一股强压刺向盾牌。这一次，利箭的袭击目标正是我。

我笑得更加开心，扬起嘴角露出了牙齿。

简尖声怒喊，所有人都惊跳起来，连纪律严明的卫士们也不例外。只有元老们纹丝不动，他们头也没抬地继续讨论着。简弓起身子准备一跃而起，她的孪生兄弟抓住了她的胳膊。

罗马尼亚血族不怀好意地咯咯笑了起来。

“我告诉过你，我们要转运了。”弗拉德米尔对史蒂芬说道。

“瞧瞧那个女巫的脸。”史蒂芬兴奋地笑道。

亚历克抚慰地拍了拍简的肩膀，然后用一只胳膊揽住她的脖子。他面朝着我们，看上去从容淡定，脸蛋像天使一样纯洁美丽。

我等待着压力来袭，等待着他发出进攻的信号，但是，我什么也没有感觉到。他依旧目不转睛地盯着我们，神情沉着冷静。他已经发动进攻了吗？难道他穿透了我的盾牌？我该不会是唯一还能看得到他的人吧？我抓住爱德华的手。

“你还好吧？”我紧张得几乎说不出话来。

“很好。”他轻声说道。

“亚历克在发动进攻吗？”

爱德华点了点头：“亚历克的超能力没有简的那么迅速，它正在缓缓地蔓延开来，几秒钟后就会到达我们这里。”

等我明白了这是怎么回事后，我察觉到一丝异样。

一缕奇异且清亮的雾气沿着雪地延伸，在白雪的映衬下几乎看不出来。这景象像极了海市蜃楼——虚无缥缈，幻光乍现。我将盾牌从卡莱尔和站在前排的其他人面前往外推，以防雾气的撞击力太大伤到他们。如果它潜入了这层无形的保护膜之内怎么办？我们应该逃跑吗？

我们脚下传来一阵低沉的轰隆声。突然间，狂风大作，卷起地上的雪花，在我们的阵营同沃尔图里的队列之间形成了一场猛烈的暴风雪。原来，本杰明也发现了潜在的威胁，他想利用大风将雾气吹走。雪花随风飞旋，不难判断风向，但是，那缕雾气没有丝毫反应。它就像一道影子，不管风力如何强劲，影子始终不会被风吹散。

元老们的黑三角终于散开，几乎在同一时刻，随着一声震耳欲聋的炸裂声，空地中间出现了一道深邃狭长、弯弯曲曲的裂缝。地面剧烈震动，雪花落进了深洞之中，而那缕雾气越过裂缝继续前行，地心引力同暴风雪一样对它束手无策。

阿罗和凯厄斯瞪大眼睛盯着裂开的地面，马库斯不露声色地朝同一个方向看去。

他们没有说话，他们也在等待，等待雾气接近我们。狂风越刮越猛，但依旧没能改变雾气的方向，简得意地笑起来。

这时，雾气碰到了一堵墙。

它刚碰到盾牌，我就能感觉到它的味道——浓郁的甜，甜得发腻。我的舌头像注射了麻醉剂一样失去知觉。

雾气沿着盾牌向上蔓延，想寻找一道裂口、一个漏洞，但它一无所获。雾气分成了好几缕，向四面八方延伸开来，仔细地搜寻着突破口。分叉的雾气像巨型的手指紧贴着盾牌，我们这才发现，原来这道保护屏大得惊人。

暴风雪的两头传来了讶异的喘息声。

“好样的，贝拉！”本杰明低声地鼓励道。

笑容回到了我的脸上。

亚历克眯缝着眼睛，雾气严实地缠绕着盾牌，却无门可入，他的脸上第一次露出了一丝疑惑。

我意识到，我成功地保护了家人和朋友。显然，我将成为他们首选的进攻目标，我将成为第一个被他们杀死的吸血鬼，但是，只要我能撑住盾牌，我们就同沃尔图里势均力敌，甚至比他们更有优势。我们还有本杰明和查弗丽娜，而沃尔图里被挡在盾牌之外，相当于丧失了所有超能力，只要我能坚持住。

“我必须集中意志，”我轻声地对爱德华说道，“如果发生肢体冲突，想让盾牌只罩住我们的人就很困难了。”

“我不会让他们靠近你。”

“不，你**必须**对付德米特里，查弗丽娜会让他们远离我。”

查弗丽娜严肃地点点头。“没人会靠近她半步。”她向爱德华保证道。

“我很想亲自收拾简和亚历克，但是我待在这里贡献更大。”

“简是我的，”凯特愤愤地说道，“我要以其人之道还治其人之身。”

“亚历克欠我的人命不计其数，我要让他一次还清，”站在另一头的弗拉德米尔怒气冲冲地吼道，“他是我的。”

“我对付凯厄斯。”坦尼娅平静地说道。

其他人也开始选择进攻目标，但是，还没等他们做出决定，就有人打断了他们。

镇定地目睹着雾气败下阵来的阿罗终于开口说话了。

“在我们投票前。”他说道。

我愤怒地摇了摇头。对这套骗人的把戏我已经深恶痛绝，抑制已久的杀机再次燃遍全身。遗憾的是，我只能原地不动地待在这里保护大家，我**渴望**搏杀。

“让我提醒你们，”阿罗继续说道，“不管我们的决定是什么，都不需要用暴力解决问题。”

爱德华愤慨地冷笑一声。

阿罗满脸忧愁地盯着他：“失去你们当中的任何一个，对吸血鬼世界来说都是无法弥补的损失。尤其是你，爱德华，还有你新生的伴侣。沃尔图里热忱地欢迎你们加入我们的行列。贝拉、本杰明、查弗丽娜、凯特，你们面前有很多种选择，慎重地考虑考虑吧。”

切尔西想要分裂我们的企图在盾牌之外跃跃欲试。阿罗挨个扫视着我们坚定的眼神，希望从中看到一点点动摇的念头，但是从他脸上的表情可以看出，他的希望落空了。

我知道，他拼命想留住爱德华和我，想把我们据为己有，按照他打算奴役爱丽丝的方式对待我们，但是，这场战争规模浩大，只要我活着，他们就必输无疑。我很高兴自己拥有如此强大的力量，不杀掉我，他只有死路一条，

“那么，我们开始投票吧。”他的语气中明显带有一丝不情愿。

凯厄斯迫不及待地说道："那个孩子的未来难以预料，我们没有理由允许这个潜在的危险存在于世，我们必须消灭她，消灭保护她的人。"他满怀期待地笑了起来。

我冲着他阴险的笑脸尖声怒吼。

马库斯抬起漠然的双眼，他一边审视我们，一边发表他的意见。

"我没看出有什么危险，就目前来说，那个孩子完全无害。我们可以迟些时候再做评定，我们走吧。"他的声音比他兄弟们轻柔的叹息声还要微弱。

他的不同意见并没有改变卫士们准备战斗的姿势。凯厄斯的脸上依然挂着满怀期待的狞笑，他们对马库斯的话充耳不闻。

"看来，我必须投出决定性的一票。"阿罗若有所思地说道。

突然间，爱德华绷紧了身子。"太好了！"他叫道。

我冒险看了他一眼。他的脸上神采奕奕，充满胜利的喜悦，我实在无法理解——这是死神看到地球毁灭时露出的表情，美丽而可怕。

卫士的队列中传来低沉、不安的议论声。

"阿罗？"爱德华叫道，声音格外响亮，毫不掩饰获胜的兴奋。

阿罗迟疑了一会儿，谨慎地判断这新出现的情绪，然后回答道："什么事，爱德华？难道你还有其他……"

"或许吧，"爱德华开心地说道，努力地克制住这令人莫名其妙的激动心情，"不过，我可以先澄清一件事情吗？"

"当然可以。"阿罗说道，他挑起眉毛，语气中尽是彬彬有礼的关心。我咬紧了牙齿，阿罗表现优雅的时候正是他最具杀伤力的时候。

"你们从我女儿身上预见的危险，是不是完全出自我们对她未来的不确定？这是不是问题的症结所在？"

"是的，亲爱的爱德华，"阿罗赞同道，"如果我们确定一定以及肯定她长大后不会暴露于人类世界——不会让我们的秘密受到威胁……"阿罗的声音越来越小，他耸了耸肩。

"这么说，只要我们能确切地知道，"爱德华暗示道，"她将来会变成什么样子……就根本没必要再审判下去了，是吗？"

"如果能够**绝对**肯定。"阿罗赞同道，他轻柔的声音变得有些尖厉，他不明白爱德华究竟要做什么，我也不明白，“那么，是的，再也不存在值得我们继续争辩的问题了。”

“也就是说，我们将和平收场、重修旧好？”爱德华问道，话里带着讽刺的意味。

阿罗的声音显得更加尖厉：“当然，年轻的朋友，这是我最希望看到的结局。”

爱德华高兴得笑出声来：“好了，我确实还要提供些证据。”

阿罗眯缝着眼睛：“她绝对是独一无二的孩子，她的未来只能凭空猜测。”

“并不是绝对的独一无二，”爱德华反对道，“当然了，她这样的孩子确实罕见，但绝不是独一无二。”

希望之火重被点燃。我竭力压制住内心的惊喜，不让它分散我的注意力，那缕白茫茫的雾气仍缠绕在盾牌上。在我拼命集中意志的时候，我又感觉到一股猛烈的压力狠狠地刺向了我支撑的这层保护屏。

“阿罗，请你让简不要再攻击我的妻子了，好吗？”爱德华礼貌地要求道，“我们还在讨论证据。”

阿罗抬起一只手：“冷静，亲爱的同伴们，让我们听他把话说完。”

强压消失不见，简冲我露出锋利的牙齿，我忍不住朝她咧嘴一笑。

“为什么不加入我们的阵营呢，爱丽丝？”爱德华大声地叫道。

“爱丽丝。”埃斯梅惊讶地低语道。

爱丽丝！

爱丽丝，爱丽丝，爱丽丝！

“爱丽丝！”“爱丽丝！”我身旁的其他人也轻声地唤着她的名字。

“爱丽丝。”阿罗说道。

解脱和狂喜涌入我的身体，我费了好大的力气才稳稳地撑住盾牌。亚历克的雾气仍在探测，寻找突破口——一旦我露出破绽，简就会乘虚而入。

我听见他们在飞驰，穿过树林，他们以最快的速度朝我们飞奔而来，一刻也没有放慢脚步。

所有人都一动不动地等待着，沃尔图里的证人们再次疑惑地皱起眉头。

爱丽丝出现在西南角，她优雅地穿过空地。看到她的脸庞我欣喜若狂，几乎完全失去控制。贾斯帕紧跟在她身后，锐利的双眼炯炯有神。他们俩身后跟着三个陌生人。最前面的女人高挑结实，一头蓬松的黑发——一定是卡叽里。她和亚马孙血族的其他两个女人一样，四肢和五官像被拉伸过一样，她甚至比她们还要修长。

中间那个橄榄色皮肤的女人个子矮小，又长又黑的麻花辫轻轻地拍打着后背，酒红色的眼珠嵌在深深的眼窝里，她紧张地将对峙的双方匆匆扫视了一番。

最后面是一位年轻的男子……他奔跑的动作不像其他人那样迅速而流畅，咖啡色的皮肤和柚木色的眼睛与众不同，他警惕地看了看聚集在面前的吸血鬼们。同他身前的那个女人一样，他的黑发也编成了一束束小辫子，只是没有女人的辫子那么长，他看上去俊俏极了。

他渐渐向我们靠近，一个陌生的声音清晰可闻，令所有人震惊不已——又一个心跳声，一个剧烈奔跑过后加速的心跳声。

爱丽丝轻巧地越过盾牌上逐渐消散的雾气，左躲右闪跳到了爱德华身旁。爱德华、埃斯梅、卡莱尔和我都伸出手轻抚她的胳膊。没时间让我们热烈欢迎她的归来，贾斯帕他们也跟着她穿过了盾牌。

卫士们看着我们的新成员毫不费劲地穿过了这道隐形的屏障，他们的眼神透露着心中的猜测，一群像费利克斯那样壮实的卫士突然满怀希望地盯着我。在这之前，他们还不确定我的盾牌具有多大的抵抗力，现在看来，起码它无法阻止身体上的进攻。只要阿罗一声令下，就会爆发一场闪电战，而他们唯一的袭击目标就是我。我不知道查弗丽娜能让多少敌人失明，也不知道失明的敌人是否会放慢进攻速度。至少要让凯特和弗拉德米尔解决掉简和亚历克吧？这是我仅存的念想。

爱德华还未从自己策划的意外出场中缓过劲来，但他听到了卫士们的想法，愤怒地绷紧身子。他抑制住怒火，继续向阿罗解释。

“最近这几个礼拜里，爱丽丝在忙着寻找证人，”他对阿罗说道，“看来，她没有空手而归。爱丽丝，向大家介绍一下你带回来的证人吧！”

凯厄斯怒喝道：“证人做证的时间已经结束了！宣布你的决定吧，阿罗！”

阿罗抬起一只手指示意他的兄弟闭嘴，他的视线一刻也没有离开爱丽丝。

爱丽丝轻轻地朝前走了一步，向所有人介绍两位陌生人。“这位是休伊伦，旁边那位是她的外甥纳维尔。”

她的声音如此亲切、熟悉……就好像她从来没有离开过我们。

当爱丽丝提到两位陌生人之间的关系时，凯厄斯瞪大了眼睛，沃尔图里的证人们也发出阵阵惊叹。吸血鬼世界正在发生变化，每个吸血鬼都能感受到这一点。

“说吧，休伊伦，”阿罗命令道，“向我们提供证词。”

这个矮小的吸血鬼紧张地望了望爱丽丝。爱丽丝点了点头鼓励她，卡吼里伸出细长的手，搭在她的肩膀上。

“我是休伊伦，”女人的声音非常清晰，但她的英语口音听上去怪怪的，她讲述故事的时候，流利得就像在背诵一首朗朗上口的童谣，显然，她已经反复练习过，为这一刻做好了充分的准备，“一百五十年前，我还是马普切部落[①]的一员。我有一个妹妹，名叫碧尔。她的皮肤晶莹剔透，所以我的父母就以‘高山之雪’替她起名。她生得楚楚动人，漂亮至极。有一天，她偷偷地告诉我，她在树林里遇见了一个天使，这天使会在夜里去找她，我警告她多加小心。”休伊伦悲哀地摇了摇头，“其实，她身上的淤伤足够引起她的警惕。我知道，她一定遇到了传说中的利比索门[②]，但她像中了邪一样，完全不听我的劝告。

“她肯定地告诉我，她怀上了黑暗天使的孩子，打算离家出走。我没有阻拦她，因为我确信，即便是我们的父母，也会赞同将碧尔和

① 马普切部落（Mapuche），是智利南部一个具有悠久历史的部落。马普切族的语言是智利主要的地方性语言。文中提到两个人名碧尔（Pire）和纳维尔（Nahuel），在马普切族语言中的意思分别为“高山之雪”和“丛林猫”。

② 利比索门（Libishomen），是马普切族传说中的恶魔。

她腹中的骨肉一同处死，我陪着她躲到了树林里最隐蔽的地方。她不停地寻找那恶魔，但是一无所获。我照料她，在她虚弱的时候帮她捕猎。她吸干动物的鲜血。想都不用想就能猜到她怀的是怎样一个怪胎，我想在杀死这个怪物前保住她的性命。

“可是，她非常爱肚子里的孩子。她为孩子起名为纳维尔，意思是‘丛林猫’。他越来越强壮，像丛林猫一样凶猛，折断了她的骨头，但她依然很爱他。

“我救不了她，这孩子撕裂了她的肚子来到世界上，而她很快就死了。临死前她不断央求我，让我照顾好她的纳维尔，这是她的遗愿——我应允了。

“当我准备把他从她身上抱起来的时候，他咬了我一口。我朝丛林里爬去，心想自己必死无疑。我没能爬多远，因为疼痛已经让我完全失去力气。这个新生儿竟然找到了我，他翻过树丛来到我身旁，静静地等着我。待我身上的疼痛彻底消失后，我发现他蜷缩在我身边，睡得正香。

“我一直照顾着他，直到他有能力为自己捕食。我们在树林周围的村庄里捕食，从不跟外人打交道。这是我们第一次来到离家这么遥远的地方，纳维尔很想见见那个孩子。”

休伊伦的故事讲完了，她低下脑袋，朝后退了几步，躲在卡叽里身后。

阿罗噘起嘴，盯着那个深色皮肤的年轻人。

“纳维尔，你已经一百五十岁了？”他问道。

“上下不超过十年，”他的声音清晰、悦耳，让人觉得温暖，而且他说的英语几乎不带什么口音，“我们不记自己的年龄。”

“你大概在几岁的时候长成了成年人？”

“在出生七年以后，大概是那个时候吧，我长成了大人。”

“从那以后，你就没有任何改变？”

纳维尔耸了耸肩：“至少我没注意到任何改变。”

我感到雅各布的身子猛地一颤，我现在还不想考虑这件事。等一切危险都过去了，我才能集中精神想想这件事。

“你吃什么？”阿罗迫切地问道，似乎对这个年轻人产生了浓厚的兴趣。

“大部分时候是吸鲜血，有时候也吃人类的食物，我能依靠其中的任一种方式存活下来。”

“你能创造吸血鬼？”阿罗指了指休伊伦，他的声音突然变得紧张。我赶紧将注意力转回到盾牌上，说不定他又在寻找新的借口。

“是的，但是其他孩子都不能。”

所有人无不发出低沉的惊叹声。

阿罗眉毛几乎竖了起来：“其他孩子？”

“我的妹妹们。”纳维尔又耸了耸肩。

阿罗一时间竟不知该看向何处，他眼神游离，过了老半天才镇定下来。

“你的故事似乎还没有讲完，也许你该继续讲下去。”

纳维尔皱了皱眉头。

“妈妈去世几年后，我的爸爸来找寻我。”他英俊的脸庞微微抽搐，“他见到我非常高兴。”纳维尔的语气分明在说：可我一点儿也不高兴，“他有两个女儿，但是没有儿子。他希望我像妹妹们一样跟着他生活。”

“当他看到我的身边还有一个吸血鬼的时候，他大吃一惊。我的妹妹们不带毒汁，也许这跟性别有关，也许只是巧合……谁知道呢？我有我的亲人，那就是休伊伦，我没有兴趣……”他的声音颤抖了一下，“做出任何改变。我有时会同他见见面，我又添了一个妹妹，她在大概十年前长大成人。”

“你父亲叫什么名字？”凯厄斯咬牙切齿地问道。

“约翰姆，”纳维尔回答道，“他自封为科学家，他认为自己正在创造一个全新的超级族群。”他毫不掩饰语气中的厌恶感。

凯厄斯看着我。“你的女儿，她带有毒汁吗？”他厉声问道。

“不带。”我回答道。听到凯厄斯的问题，纳维尔猛地抬起头，柚木色的眼睛一动不动地盯着我。

凯厄斯朝阿罗看了一眼，想让他核实我的回答，但阿罗正陷入沉思。他噘着嘴，望了望卡莱尔，接着又瞅了瞅爱德华，最后将视线停在了我身上。

凯厄斯怒吼道："我们先把这里的问题解决掉，然后到南方去扫除异类！"他催促阿罗。

阿罗一直目不转睛地盯着我。我不清楚他想要找寻什么，或者找到了什么，但是，在他直视我的这段漫长而紧张的时间里，他脸上的表情发生了变化。他的嘴和眼微微地放松下来，这一刻，我知道阿罗已经做出了决定。

"兄弟，"他对凯厄斯轻柔地说道，"不存在危险。这确实是吸血鬼世界里一个奇异的发展，但并不对我们构成威胁。这些半吸血鬼孩子似乎跟我们没什么区别。"

"这就是你的决定？"凯厄斯质问道。

"是的。"

凯厄斯咆哮道："那个约翰姆呢？那个热衷实验的吸血鬼？"

"也许我们**应该**找他谈谈。"阿罗赞同道。

"随便你们怎么处置约翰姆，"纳维尔冷漠地说道，"但是，不要伤害我的妹妹们，她们是无辜的。"

阿罗表情严肃地向他点了点头，然后，他满面笑容地朝卫士们转过身。

"亲爱的同伴们，"他叫道，"我们今天不用出战。"

卫士们一致地点点头，收起了进攻的姿势，站直了身子。盾牌上的雾气随即烟消云散，但我仍使劲撑着盾牌，说不定这又是他们的诡计。

阿罗又转身面对我们，我仔细地观察着他们的表情。阿罗仍然摆出一副和蔼可亲的样子，但是和之前不同的是，我感觉到他的伪装背后是漠然和空虚，就好像他的计划已经全部落空。凯厄斯依旧怒火中烧，但他把这团怒火藏在了心里。显然，他放弃了。马库斯看上去……十分厌倦，确实找不到更合适的词来形容他。卫士们恢复到面无表情、纪律严明的状态，他们又合在一处，排成整齐的队列，准备出发。沃尔图里的证人们小心翼翼，他们一个接着一个冲进了树林。

发现周围的吸血鬼越来越少，剩下的证人们加快速度逃走。不一会儿，他们全都消失不见了。

阿罗朝我们伸出手，似乎带着一丝歉意。他身后的卫士们，连同凯厄斯、马库斯和沉默而神秘的妇人们一起迅速地离开。他们的队列就像当初来这里时一样整齐划一，只有三个吸血鬼像他的贴身保镖一样游移在他身旁。

“我们没有动用武力就解决了所有问题，这让我非常高兴，”他甜甜地说道，“卡莱尔，我的朋友——能再次称你为朋友，我感到万分激动！我希望你我之间不会因此产生隔阂。我相信你能够理解我的苦衷，沃尔图里肩负的巨大责任让我们倍感压力。”

“走吧，阿罗，”卡莱尔冷酷地说道，“请记住，卡伦家族还要守住秘密、隐藏身份，不要让你的卫士们在这一带捕食。”

“当然啦，卡莱尔，”阿罗向他保证道，“很遗憾，我让你感到不悦，亲爱的朋友。也许，总有一天你会原谅我。”

“也许会有那么一天，只要你真心诚意地想同我们交朋友。”

阿罗懊悔不已地低下脑袋，迅速地往后退，过了一会儿才转过身子离开，我们静静地看着最后四个沃尔图里消失在树林中。

周围一片寂静，我仍然撑着盾牌。

“真的结束了吗？”我轻声地问爱德华。

他的脸上露出灿烂的笑容。“是的，他们撤退了，他们是一群色厉内荏的胆小鬼。”他开心地笑出声来。

爱丽丝也跟着他一起笑起来：“说真的，同伴们，他们不会回来了，现在大家可以放松啦。”

又是一阵沉默无语。

“真是走了狗屎运。”史蒂芬嘟囔道。

就在这时，所有人如梦初醒。

空地上爆发出震耳欲聋的欢呼和高喊。玛吉不断击打希奥布翰的后背，罗莎莉和埃美特又拥吻在一起——比上次更热烈更享受。本杰明和蒂亚紧紧拥抱，卡门和以利亚撒深情相拥。埃斯梅一把将爱丽丝和贾斯帕揽入怀中。卡莱尔热情地感谢来自南美的客人，他们是我们的救命恩人。卡叽里紧挨着查弗丽娜和塞娜，她们三人手指紧扣。加勒特举起凯特，抱着她一圈一圈地打转。

史蒂芬朝雪地上狠狠啐了一口，弗拉德米尔咬了咬牙，一脸失望和不快。

我伸手到赤褐色巨狼的背上抱下我的女儿，把她紧紧地贴在我的心口，爱德华伸手将我们俩揽入怀里。

“尼斯，尼斯，尼斯。”我反复地低声叫着。

雅各布张大嘴巴狂笑，他的笑声听上去像是咆哮，他边笑边用鼻尖戳我的后背。

“安静点。”我冲他咕哝道。

“我能和你们待在一起吗？”尼斯问道。

“永远在一起。”我向她保证道。

我们可以永永远远在一起。尼斯将会健康、快乐、茁壮地成长。她会同半吸血鬼半人类的纳维尔一样，一百五十年后依旧年轻，我们所有人都将永远在一起。

快乐像一枚爆发的炸弹，瞬间遍及周身——如此猛烈，如此强大，我怀疑自己会高兴得死过去。

“永远在一起。”爱德华在我的耳边重复道。

我已经说不出话来，抬起头亲吻了他，燃烧的激情简直可以焚毁整片树林。

即使真的毁掉了，我也不会注意到。

永无止境

“所以说，我们最终能够获得胜利有多方面的原因，但是，归根结底靠的是……贝拉。”爱德华解释道。我们一家人和留下来的两位客人闲坐在卡伦家宽敞的客厅里，窗外是漆黑一片的树林。

弗拉德米尔和史蒂芬在我们欢庆胜利之前就消失得无影无踪。他们对这样的结局感到失望至极，但爱德华说，沃尔图里的胆小怯懦已经让他们满心欢喜，足以弥补他们心里的失落。

本杰明和蒂亚很快就动身去找寻艾蒙和凯比，迫不及待想让他们知道这场冲突的结局。我相信，不久以后我们还会见到他们——至少会见到本杰明和蒂亚。所有的流浪吸血鬼都走了，彼得和夏洛特同贾斯帕简短地谈了一会儿，然后也离开了。

重聚的亚马孙血族恨不得马上赶回家——阔别深爱的热带雨林令她们度日如年——虽然比起某些吸血鬼来说，她们显得格外依依不舍。

“你一定要带上孩子来看我，”查弗丽娜要求道，“答应我，年轻人。”

尼斯也把小手贴在我的脖子上恳求我答应。

“没问题，查弗丽娜。”我同意道。

“我们会成为很好的朋友，亲爱的尼斯。”这个狂野的女人兴冲冲地说道，然后和她的姐妹们一起离开。

接下来同我们告别的是爱尔兰血族。

“干得好，希奥布翰。”卡莱尔称赞道。

“啊，这是凭借意志想象的力量。”她转了转眼珠，嘲讽地说道，接着，她的表情变得严肃，“当然，这一切还没结束，沃尔图里绝不会善罢甘休。”

爱德华回应道：“没错，虽然我们动摇了他们的地位，削弱了他们的自信，但我相信，总有一天，他们会从今天遭受的打击中恢复过来。到那时……”他紧张地瞪大眼睛，“我想他们会想办法将我们逐个铲除。”

“在他们发动进攻之前，爱丽丝会提醒我们，”希奥布翰确信地说道，“我们可以像现在这样团结起来。有朝一日，吸血鬼世界将彻底摆脱沃尔图里的控制。”

“会有这么一天的，”卡莱尔说道，“我们会齐心协力，为这一天的到来而战斗。”

“说得太好了，我的朋友，”希奥布翰赞同道，“再说了，只要我意志坚定地相信我们能取得胜利，沃尔图里怎么可能战胜我们呢？”她大声笑了起来。

“千真万确，”卡莱尔说道，他同希奥布翰互相拥抱，又同里尔姆握了握手，“尽量找到埃利斯戴，告诉他发生了什么，我可不忍心让他躲躲藏藏、遮遮掩掩地过日子。”

希奥布翰又笑了起来，玛吉抱了抱尼斯和我，爱尔兰血族走了。

最后离开的是德纳利血族，加勒特和他们在一起——我十分肯定，他将永远同他们在一起。坦尼娅和凯特无法忍受欢庆的氛围，她们需要时间抚平失去姐妹的创伤。

休伊伦和纳维尔留了下来，我原本以为他们会同亚马孙血族同行回家。卡莱尔同休伊伦兴致勃勃地聊着天；纳维尔坐在她身旁，倾听爱德华讲述这场冲突背后的故事，只有他才了解沃尔图里的真正想法。

“爱丽丝带来的证人正好替阿罗解了围。要不是他那么害怕贝拉，即使我们的证据再充分，他也会按照他们的原定计划行动。”

“害怕？”我疑惑不解地问道，**“我？”**

他冲我笑了笑，脸上的神情让我感到陌生——虽然还是那样温情脉脉，但充满了敬畏，甚至还有一丝愠怒。

“你到底什么时候才能看清自己的实力呢？”他轻柔地说道。接着，他提高了嗓门，对着我也对着其他人说道，“两千五百年来，沃尔图里从没打过公平之仗，更没有在战争中棋逢对手。特别是在简和亚历克加入他们的行列之后，他们发动的战争几乎无一例外地成了毫无敌手的大屠杀。”

“你应该看到了他们脸上的诧异！他们有一套惯用的伎俩，元老们扮出商量讨论的假象，亚历克趁机切断对手的感官和知觉，这样一来，对手在听到判决后就没办法逃走，但是，我们打破了他们的惯例。我们安然无恙地等待着他们的判决，做好准备迎接挑战，而且，我们在人数上占有优势。我们还能施展超能力，而他们的超能力被贝拉挡在盾牌之外。阿罗明白，战争一旦爆发，我们这边的查弗丽娜能把他们变成一群无头苍蝇。当然了，我们会在战争中伤亡惨重，但是，**他们**也会死伤无数。不仅如此，我们很有可能打败他们。他们从来没遇到过这种情况，看看他们今天的表现就知道了。”

“有这么多身形彪悍的‘肌肉狼’围在身边，恐怕很难表现得信心十足啊。”埃美特开心地笑道，他戳了戳雅各布的胳膊。

雅各布冲他咧嘴一笑。

“他们是看到巨狼后才停下脚步的。”我说道。

“当然啦。”雅各布赞同道。

“确实如此，”爱德华也赞同道，“这又是他们从未见过的景象。真正的月亮之子很少群族出动，也很难做到自我控制。十六只硕大的巨狼有组织地聚集在一起，的确出乎他们的意料。其实凯厄斯非常害怕狼人，数千年前，他差点儿败在一个狼人手下。一朝被蛇咬，十年怕井绳。”

“这么说，**真实的**狼人确实存在？”我问道，“那些有关满月和银子弹[①]的传说是真的？”

雅各布不屑地说道：“**真实的**，难道我是虚构的不成？”

“你知道我是什么意思。”

“满月，确有其事，”爱德华说道，“银子弹，纯属想象——只不

① 银子弹，英文为 silver bullet。在欧洲传说中，银子弹是杀死狼人的唯一方法。

过是虚构出来的故事，好让人类心存一丝战胜狼人的幻想。狼人已经所剩无几，凯厄斯差不多将他们赶尽杀绝了。”

“你从来没提起这件事是因为……”

“没机会提嘛。”

我转了转眼珠，爱丽丝笑了起来，她朝前探出身子——爱德华的手臂绕着她的肩膀——冲我眨了眨眼。

我瞪了她一眼。

毫无疑问，我非常非常地爱她。她自编自导自演了一幕背信弃义的悲剧，是为了让爱德华完全相信她抛弃了我们。既然她现在已经平平安安地回来了，而且她的骗局真相大白，我忍不住要向她发泄一下怨气，爱丽丝必须向我解释她的所作所为。

爱丽丝叹了口气：“别钻牛角尖啦，贝拉。”

“你怎么可以这样对我，爱丽丝？”

“我也是逼不得已。”

“逼不得已！”我激动地叫道，“你让我彻底相信我们全都必死无疑！这几个礼拜里，我整天魂不守舍，活像行尸走肉。”

“你彻底相信的事情并不是不可能发生，”她冷静地说道，“如果大家真的必死无疑，你必须为拯救尼斯做好准备。”

我下意识地搂紧尼斯——她在我怀里熟睡着。

“但你也知道还有别的可能性，”我指责道，“你知道还有希望。难道你就没有想过告诉我事情的真相吗？我明白，你不得不让爱德华以为我们走投无路，只有这样才能瞒过阿罗，可是，你可以告诉**我**啊。”

她若有所思地看了我一会儿。“我不这么认为，”她说道，“你并不是一个善于掩饰的好演员。”

“都是我的**演技**惹的祸？”

“哦，请把你的说话声降低八度，贝拉。你知道要办妥这些错综复杂的事情有多难吗？我甚至不确定像纳维尔这样的人到底存不存在——我唯一确定的是，我要去寻找一件自己无法预见的东西！你想象一下寻找盲点是什么感觉——绝对是件‘踏破铁鞋无觅处’的苦差事。其次，我们还要抓紧分分秒秒的时间找到主要的证人，让他们到这里来同你们会合。再则，我必须一直睁大眼睛、提高警惕，以防错过你向我传递的任何信息。等以后有机会了，你得向我解释解释你写下里约热内卢究竟是什么意思。在完成上述任务之前，我要尽量看清楚沃尔图里有可能使用的每一个伎俩，尽量向你们提供一点点线索，尽量避免让你们打无准备之仗，而我只有短短几个小时的时间来预测所有可能性。最重要的是，我要让你们所有人相信我抛弃了你们、放弃了迎战，这样一来，阿罗就会确信你们已经束手无策，他才会下定决心采取行动。如果你认为我很乐于——”

“好了，好了！”我打断她的话，“对不起！我知道你也不好受。我只是……唉，我太想念你了，爱丽丝，别再那样对我。”

爱丽丝颤抖的笑声在房间里回荡，再次听到这音乐般的笑声，我们所有人都笑了。“我也想念你，贝拉。原谅我吧，好好享受超级女英雄的感觉。”

大家又开心地笑了，我尴尬地把脸埋进尼斯的头发里。

爱德华继续分析今天战场上发生的一幕幕，解释敌人每一次转变意图和策略的原因。他断言，是我的盾牌让沃尔图里夹着尾巴逃跑了。

大家看我的眼神让我觉得浑身不自在，连爱德华也对我刮目相看，就好像我在一天之内猛长了一百英尺似的。我尽量回避他们赞许的目光，要么盯着酣睡中的尼斯，要么望向面无表情的雅各布。对于雅各布来说，我永远都是原来的那个贝拉。想到这里，我感到些许欣慰。

然而，有一个人的眼神最难回避，也最难理解。

半人半吸血鬼的纳维尔并不像其他吸血鬼那样对我刮目相看。就他所知，攻击吸血鬼对我来说是家常便饭，今天空地上的场景根本不足为奇。但是，他仍目不转睛地盯着我，也许他是在看尼斯，他的眼神同样让我觉得浑身不自在。

也许他意识到了这样一个事实：尼斯和他属于同一类人，她不是他同父异母的妹妹，她会出落成一个成熟的女人。

我想，雅各布一定还没意识到这个事实。真希望他迟些时候再发现纳维尔的心思，我暂时没有心情再去面对任何形式的冲突。其他人向爱德华提出的问题越来越少，讨论渐渐变成了三言两语的闲聊。

我感到一阵莫名的疲倦，当然不是睡意蒙眬的那种疲倦，只是这一天实在太漫长了。我需要安宁，需要恢复正常的生活，我希望尼斯能睡在自己的卧床上，我希望回到自己的小屋子里。

我朝爱德华看了一眼，这一刻我似乎拥有读心术，能读懂他的想法。看得出来，他和我的感觉完全相同——需要一些安宁。

“我们带尼斯……”

“这是个好主意，”他立马赞同道，“我确信她昨天晚上没睡好，某人的鼾声振聋发聩。”他朝雅各布咧嘴一笑。

雅各布冲他翻了个白眼，哈欠连天地说道：“我有好些日子没睡在床上了。我敢打赌，我爸爸一定很高兴见到我返回家里。”

我轻抚他的脸颊：“谢谢你，雅各布。”

“随叫随到，贝拉，我想你早就知道我的‘服务宗旨’了吧。”

雅各布站了起来，舒展一下身子。他亲吻了尼斯和我的额头，然后朝爱德华的肩膀上打了一拳。“明天见，伙计们。我想，咱们又要开始过平淡乏味的日子了，不是吗？”

“我求之不得。”爱德华说道。

雅各布走后，我们站起身。我小心翼翼地移动身体，生怕惊醒了尼斯。看着她睡得香甜，我感到特别宽慰。她小小的肩膀扛起了巨大的压力，是时候让她做回一个平凡的小孩子了——保护她，给她安全感，让她享受短短几年的童年时光。

寻求安宁和安全的念头令我突然想起了一个人，一个丝毫没有安宁和安全感觉的人。“哦，贾斯帕？”我们转向大门的时候，我叫道。

贾斯帕被紧紧地夹在爱丽丝和埃斯梅中间，不知道他什么时候变成了家里的中心人物。“什么事，贝拉？”他问道。

“我很好奇——为什么J. 詹克斯一听到你的名字就吓破了胆呢？”

贾斯帕得意地笑了起来：“我的经验表明，有些工作关系是要靠恐吓建立起来的，恐吓比金钱更管用。”

我皱了皱眉头，下定决心从现在起接手这个工作关系，不然的话，J迟早会丧命于心脏病。我们同家人们互道晚安、拥吻告别。整支散场曲中唯一不和谐的音符就是纳维尔，他专注地盯着我们的背影，似乎想要跟着我们一起回家。

我们穿过河流，手牵着手朝家里走去。我们的步速比正常人稍微快一点，我已经厌倦了最终期限带来的紧迫感，我只想从容不迫地度过每分每秒，爱德华一定也有相同的感受。

“不得不说，雅各布深深地打动了我。”爱德华告诉我。

“这群巨狼总是让人印象深刻，不是吗？”

“我不是这个意思。按照纳维尔的成长速度，尼斯在六年半后就会变成一个成熟女子，但是雅各布完全没有琢磨这件事。”

我仔细想了一会儿：“他没从那个方面考虑他和尼斯的关系，他也不急于让她长大，他只希望尼斯能快乐地生活。”

“我明白，所以我刚才说，他深深地打动了我。有些话我本不想说出口，但是，她可能比吸血鬼还要厉害，我担心雅各布……”

我皱了皱眉头：“等到六年半以后，我再去考虑这档子事。”

爱德华笑了笑，接着叹了口气：“到了那个时候，他恐怕要担心竞争对手的出现。”

我紧锁眉头：“我也注意到了。我很感谢纳维尔为我们做的一切，但是，他老是一动不动地盯着她，有点诡异。我才不管她是不是唯一跟他没有血缘关系的半吸血鬼呢。”

“哦，他不是盯着她——他盯着你。”

看上去也是这样……但是这没有道理啊。“他为什么要盯着我呢？”我问。

“因为你活下来了。”他轻声说道。

“我不懂。”

“自他出生以来，”他解释道，“他比我还年长五十岁呢。”

“老人家。”我插了一句。

他继续说道：“他一直认为自己是邪恶的化身，是天生的杀手。他的妹妹们也杀死了自己的母亲，但是她们从不像他这样想。约翰姆把她们养大，他灌输给她们的思想是：人类是动物，而她们是神，但纳维尔是休伊伦抚养长大的，休伊伦深爱她的妹妹。于是，他自然而然产生了这种想法。有些时候，他甚至非常地憎恶自己。”

“太可怜了。”我低声慨叹道。

“他看到了我们这个三口之家——有生以来第一次意识到，虽然他是半吸血鬼，但并不表示他天性邪恶。他注意到我的一举一动、一言一行，这才明白……他的父亲应该怎么做。”

“你**确实**在各方面都表现得非常完美。”我赞同道。

他笑着哼了一声，然后又严肃地说道：“他也注意到了你，这才明白他的母亲应该过怎样的生活。”

“可怜的纳维尔。”我轻声说道，叹了口气。知道这件事情以后，无论他的凝视让我感到多么的不自在，我都不可能再怀疑他不怀好意。

“别为他伤感了，他现在很幸福。今天，他终于开始原谅自己。”

我替纳维尔的幸福感到快乐，今天真是幸福之日啊。尽管艾瑞娜的死让我们很伤感，但是，幸福感带来的欢喜是不可否认的。

我努力保护的生命平安无事，我的家人们欢聚一堂，我的女儿有一个灿烂辉煌、永无止境的未来。明天，我将去探望我的父亲，他会发现我眼中的恐惧被快乐取代，他也会无比高兴。突然间，我意识到我将会在他家里看到另一个人。在过去的几周里，我没有心思琢磨他的事情，而这一刻，一切对于我来说都是那么清楚明了。苏会陪在查理身旁——狼人的母亲陪着吸血鬼的父亲——他不再是孤孤单单的一个人。一想到这里，我忍不住开心地笑了。

然而，在这股汹涌而至的幸福浪潮中，最重要也是最肯定的一个事实是：我和爱德华在一起，永不分离。

我不希望重演最近几周里发生的一幕，但我不得不承认，正是这几周里的经历让我更加珍惜自己拥有的一切。

我们的小屋子在蓝灰的夜色中显得安宁静谧。我们把尼斯放到她的床上，轻轻地为她掩好被子，她在睡梦中露出甜美的微笑。

我从脖子上取下阿罗的礼物，放在她房间的角落里。如果她愿意，可以把它当作玩具，她喜欢闪闪发亮的东西。

爱德华和我缓缓地朝我们自己的卧房走去，我们手拉着手，无拘无束地摆动着手臂。“欢庆之夜。”他轻柔地说道，用手抬起我的下巴，让我的唇靠近他的唇。

“等等。”我迟疑地推开他。他疑惑不解地看着我。一般情况下，我是不会推开他的，但现在可不是一般情况，我要进行第一次尝试。

“我想试试。”我说道，冲着满脸疑云的他莞尔一笑。

我用双手捧着他的脸，闭上双眼，屏气凝神。

当初查弗丽娜教我练习的时候，我完成得不太好，但如今我更了解我的盾牌。我明白，是我的自我保护本能令盾牌很难与我分离。

比起扩展盾牌以罩住自己和其他人来说，这可是件难上加难的事情。我再次感觉到盾牌强大的反弹力，它正试图保护我。我竭尽全力彻底地将它从我的身体里推出去，我的全部精力都汇聚在盾牌之上。

“贝拉！”爱德华惊讶地轻声叫道。

他的语气告诉我，我成功了。于是，我更加努力地集中精神，拼命挖掘出埋藏在记忆深处的往事。这些往事是我特意为这一刻而准备的，它们如潮水般在我的脑海之中漫溢，希望它们也能注入他的脑海。

有一些回忆并不太清晰——那是我做常人时的模糊记忆，当时的眼睛和耳朵都不如现在这么灵敏：第一次看见他的脸……在草地上与他拥抱的感觉……我在意识不清的一片黑暗中听到他的声音，他把我从詹姆斯的魔爪中救了出来……我们的婚礼上，他站在布满鲜花的天棚下等待我……岛上的快乐时光……我怀上孩子以后，他用冰凉的双手轻抚着我的肚子……有一些回忆历历在目：剧痛之后，我变成了吸血鬼，再次睁开眼时，看到了他的脸庞，我迎来了全新的生活，迎来一个又一个清晨……我们第一次拥吻……第一个夜晚……

他突然猛烈地吻住我的双唇，分散了我的注意力。

我喘了口气，放开被我猛力推出身外的盾牌。它像弹簧一样弹了回来，又将我的思绪密不透风地保护起来。

“糟糕，不行了！”我叹了口气。

“我**听见**你在想什么，”他说道，“怎么会这样？你是怎么办到的？”

“这是查弗丽娜的主意，我们以前练习过几次。”

他诧异地眨了眨眼睛，摇摇头。

“现在你知道了，”我轻轻地说道，耸了耸肩，“绝对没有人能像我爱你一样爱另一个人。”

“基本上可以这么说吧。”他笑了笑，仍然瞪大了眼睛，“我知道有一个特例……我就能像……”

“你骗人。”

他又开始亲吻我，过了一会儿，他停了下来。

“你能再试试吗？”他问道。

我皱了皱眉：“难度非常大。”

他满心期望地等待着。

“只要我的注意力有那么一点点涣散，我就没办法坚持住。”我警告他。

“我不会影响你。”他保证道。

我噘起嘴，眯缝着眼睛，然后笑了笑。我又用双手紧紧地贴住他的脸颊，用尽全力将盾牌推出我的脑海之外。

我继续刚才的回忆——获得新生后的第一个夜晚是那么的清晰可见……我回想着当时的细节。

他的热吻又让我的努力付诸东流，我气喘吁吁地大声笑了起来。

“见鬼。”他抱怨道，疯狂地亲吻我的脖颈。

“我们还有许多时间可以练习。”我提醒他。

“永无止境，永无止境，永无止境。”他轻柔地说道。

“听上去棒极了。”

就这样，我们开始幸福地享受着永无止境的时光中渺小却完美的一刻。